Nunzia Alemanno

Il Dominio dei Mondi
Volume I

L'Egemonia del

Drago

Vi sono elementi nella realtà di Silkeborg che, ai fini dello svolgimento della storia, sono stati inventati. Quanto narrato in questo libro, quindi, è opera di fantasia. Ogni riferimento a cose, persone o fatti realmente accaduti è puramente casuale.

Pubblicazione EnneAPublisher
Editing: Daniele Trono
Collaboratori: Romina Leo
Realizzazioni grafiche: Nunzia Alemanno

Opere di Nunzia Alemanno

Serie *Il Dominio dei Mondi*
L'Egemonia del Drago
L'Angelo Nero
Il Mistero del Manoscritto

Serie *Venator*
Venator – L'Incubo dell'Inferno
Quella Bestia di mio Padre

Naufraghi di un Bizzarro Destino

Eroi-Il Coraggio di Esistere

A mio marito

Prefazione

Come si fa a scegliere un libro? Quale ci conquista e ci affascina tanto da spingerci a comprarlo? Personalmente affronto un vero e proprio rito: osservo la copertina, annuso l'odore particolare della carta stampata e lo apro al centro con il preciso scopo di leggere alcuni righi perché è fondamentale scoprire se riesce a trascinarmi nel suo mondo, se il linguaggio che esso parla cattura la mia attenzione e soprattutto se accende l'interruttore della mia immaginazione. A volte l'autore è sconosciuto ma non importa perché è il libro che parla per lui, trasmettendo al lettore l'intimità del suo essere, il suo bisogno di condivisione.

Devo ammettere che i draghi mi hanno sempre affascinata dal cartone animato Grisù il draghetto, per passare poi al film Dragonheart interpretato da Dennis Quaid fino a Eragon, romanzo fantasy opera di Christopher Paolini, tanto per citarne qualcuno.

Quando ho aperto l'Egemonia del Drago questo brano ha catturato la mia attenzione:

> *"[...] Dovrai recarti da lei, ha bisogno di essere protetta, e dovrai farlo tu, anche a costo della tua stessa vita. È molto importante che tu lo faccia. Elenìae le darà la caccia, una caccia spietata! Vuole il suo cuore e non si darà pace finché non lo avrà posseduto. L'antico papiro è nelle sue mani, l'antica profezia è stata rivelata [...]"*

> *"[...] Il drago è la causa di tutto. La profezia ha svelato il modo di sconfiggerlo e la maga, sua eterna nemica, non si lascerà sfuggire quest'occasione, un'opportunità che attende da mille e mille anni. Della profezia si conoscono solo poche righe ma grazie al dono*

della veggenza, un tempo ebbi la possibilità di
scorgerne ogni parola [...]"

In seguito ho scoperto che è il Vecchio della Montagna che parla a Nicholas della necessità di salvare Ambra dalla strega Elenìae e, successivamente, ho scoperto che in questo low fantasy, dove gli elementi fantastici irrompono in maniera improvvisa e senza spiegazioni nella nostra realtà, non manca proprio nulla.

Si parla di Magia sia essa intesa come giustizia e benefico dominio nelle mani di Asedhon o come terribile potere nelle mani di Elenìae, vittima del cattivo agire dell'essere umano. Ricorda la storia di Malefica, la malvagia strega del film Disney «Maleficent-Il segreto della Bella Addormentata.» Qui non c'è il lieto fine: Elenìae nasce con un cuore puro e vive un'infanzia allegra e spensierata fino a quando non rimarrà vittima di un ignobile tradimento e sarà persa per sempre.

Si parla di Amore in tutte le sue sfaccettature. Mai melenso ma intimo e travolgente, descrive i profondi sentimenti che uniscono non solo Asedhon e Ariel ma anche Ambra e Nicholas. Non dimentichiamoci dell'amore fraterno di Dionas che è il custode dell'adorata sorella Ambra, e dell'amore materno di Karen per il figlio Karl. Solo chi vive un amore così grande può superare grandi ostacoli.

Si parla di Miti con il Vecchio della Montagna ed Evolante che riportano alla mente i grandi saggi della letteratura celtica oppure i miti di re Artù e Merlino mentre le descrizioni dei paesaggi e degli animali che popolano la realtà del Drago, mai lunghe e noiose, riportano alla mente la flora e la fauna del mondo di Pandora nel film di James Cameron del 2009 "Avatar".

Con grande abilità la scrittrice riesce, a un certo punto della storia, a tessere in un'unica narrazione i vari intrecci che si susseguono sin dall'inizio del testo perché L'Egemonia del Drago non comincia con tutti gli elementi secondo un ordine logico e cronologico ma essi vengono montati artificialmente creando molta suspense. All'inizio pensavo di perdermi tra mille flash-back, flash-forward, ricordi ed esperienze vissute dai personaggi che le raccontano...ma così non è stato.

Ci si ritrova, alla fine della narrazione, sazi e soddisfatti dai colpi di scena che riportano ogni cosa a come dovrebbe essere, secondo l'ordine naturale delle cose perché, anche nel mondo fantastico, l'ordine è importante e ognuno, secondo il libero arbitrio, è responsabile delle sue scelte e delle azioni che ne derivano.

Perciò popolo dei lettori di Harry Potter, Le Cronache di Narnia, Il Signore degli Anelli, La Bussola d'oro, Il Trono di Spade, La Signora delle Tempeste, Le Guerre del Mondo Emerso, L'unicorno Nero non abbiate paura di affidarvi alla fantasia di Nunzia Alemanno mentre, chi non ha mai letto un romanzo fantasy si lasci catturare dagli eventi del mondo reale, che si svolgono in Danimarca e che hanno come protagonisti Karen e il piccolo Karl, e del mondo del Drago. Avranno a che fare con il fantastico, il favolistico, il mistero, l'arcano e chi più ne ha più ne metta!

Romina Leo

"Oh Solon,
mia adorata stella del firmamento,
a lungo ti attenderò
e quando la tua chioma illuminerà la notte, saremo pronti..."

(Eleniae)

Premessa

Voglio raccontarvi una storia.

«La solita storia,» direte voi, «una di quelle che sarà poi dimenticata in uno dei tanti scaffali della libreria, fra tante storie già lette, tra decine di libri già sfogliati.»

Non è detto, magari questa volta è diverso.

È la continua lotta tra eterne realtà in conflitto da sempre, dall'inizio dei tempi, da quando il nero dell'Universo ha ospitato le sue prime stelle.

Il Bene e il Male, l'Odio e l'Amore, La Vita e la Morte. Tutti elementi con cui si può dar vita a una storia, a una favola, protagonisti della vita reale di tutti i giorni e che nel mio romanzo non potevano mancare.

Si narrano le vicende di un bambino di sei anni, uno dei giorni nostri, uno dei tanti, appassionato di videogiochi e supereroi, amante della lettura e del sapere, un bambino coraggioso e intelligente, già fin troppo maturo per la sua età. Ma prima di giungere a lui dobbiamo fare un passo indietro, arretrare nel tempo di qualche migliaio di anni e volare verso la lontana quanto ignota Castaryus, la terra del Drago, dove questa favola di orrore e morte, di sangue e potere ma anche di gioia e di vita, ebbe inizio.

Le Origini
(Castaryus – Galassia di Ursantia)

Ellech - Era del Drago, duemila anni prima.

L a sfera rovente che aveva macchiato di rosso il limpido cielo occidentale era appena svanita oltre le verdeggianti alture che delimitavano il regno più sconfinato delle Terre dell'Est. Presto l'oscurità avrebbe inghiottito ogni cosa, il rosso fiammante del tramonto sarebbe divenuto sempre più spento, fino a lasciare l'orizzonte vuoto e nero. Incuranti della notte, che li avrebbe abbracciati come una madre affettuosa, i due innamorati giocavano spensierati come due bambini, lontani dagli impegni e dalle responsabilità.

«Smettila, no… mi fai il solletico… basta!»

Dopo diversi tentativi, Ariel riuscì a districarsi dalla sua presa e a fuggire. Filava via lesta, voltandosi spesso indietro, ma la sabbia soffice le faceva affondare i piedi, rallentandola, e infine lui la raggiunse sulla duna più alta. La travolse, rotolarono insieme sulla bianca sabbia delle rive di Ellech, ma questa volta non le fece il solletico. La tenne stretta a sé e, mentre accarezzava i suoi lunghi capelli, le ripeteva *«Ti amo»*, come in una sorta di cantilena romantica.

«Anch'io ti amo» replicò lei, specchiandosi nelle sue verdi iridi e sfiorandogli il viso con tenere carezze. Lo baciò.

Correva l'anno 523. Due tra i più forti guerrieri, di quei luoghi e di quei tempi, in quel momento si donavano l'uno all'altra amandosi come nessuno aveva mai amato. Si lasciarono travolgere dalla passione, ognuno donando il proprio corpo all'altro, di nascosto, come clandestini in un mondo a cui non appartenevano, come ladri di un sentimento a cui non avevano diritto. Furono risucchiati in un vortice di sentimenti come l'amore che provavano l'uno per l'altra. Come la gioia di stare di nuovo insieme. Come la tristezza, scaturita dal fatto che presto si sarebbero separati e troppo tempo sarebbe trascorso prima di ritrovarsi ancora.

Due tra i più forti guerrieri…

Provenivano da popoli diversi, lontani, con ceti sociali, usanze e costumi differenti, un modo di vivere completamente dissimile.

Da una parte Ellech, un immenso e potente regno, quello di Ariel, unica figlia di re Vanguard e capitano dell'esercito. Nonostante fosse una donna, era l'unica in grado di tenere testa a una battaglia e suo padre poneva in lei una fiducia cieca. In tutte le terre del Continente Veliriano, le donne venivano chiamate all'addestramento militare allo stesso modo degli uomini. Solo l'esercito di Vanguard contava oltre un migliaio di guerriere e il coraggio che dimostravano in battaglia, spesso, superava di gran lunga quello dei soldati. Vivevano nel lusso più sfrenato. Il regno godeva d'immense ricchezze, la maggior parte conquistate in guerra a seguito delle numerose vittorie. Molteplici erano state le invasioni e innumerevoli i regni a loro sottomessi. Prestigio e potere che li caratterizzavano, erano noti a chiunque e la loro alleanza era richiesta e ben gradita.

Dall'altra parte Mitwock, il regno di Kiro. Era situato sulle alture di Xenidra e ubicato nel cuore della foresta di Bledt-Iris, circondato da alte querce e larici, tanto da sembrare un tesoro difeso da imponenti soldati. Il legno degli alberi sradicati era stato utilizzato per dar luogo alle costruzioni che, inizialmente, circondavano l'imponente castello. Col passare degli anni, il centro abitato si espanse fino a formare dei veri e propri gruppi di villaggi, divenuti poi piccole cittadine che dipendevano dal re. Il regno, ai suoi albori, era modesto e il popolo non godeva di particolari ricchezze. La difesa non beneficiava di un esercito numeroso, ma in quanto a potenza non aveva pari. L'arte del combattimento era essenziale e basavano la vita su quello. L'addestramento dei soldati avveniva sulle alture di Xenidra e spesso in condizioni ambientali sfavorevoli. Le vette erano spesso innevate e i guerrieri, prima di tutto, venivano addestrati a resistere alla fame e al freddo. L'esercito contava appena duemila guerrieri, niente rispetto ai diecimila di re Vanguard, ma nonostante ciò, il sovrano di Ellech chiedeva spesso la loro alleanza.

L'anno prima il regnante di Mitwock aveva subito un attentato da un membro dei *feleninsi*, eterni nemici di Vanguard. Colpendo Mitwock, i nemici avevano sperato di aprire una breccia consistente nella difesa di Ellech, ma si erano sbagliati. Durante la battaglia per la conquista di tutto il territorio dell'est, il figlio di Kiro, Asedhon, aveva guidato il suo esercito alla vittoria, proprio quando non sembrava esserci più speranza, conquistando così fama e rispetto da parte degli alleati di suo padre. Nonostante il dolore per la perdita del re, egli aveva avuto la freddezza di prendere in mano le sorti del suo regno. Erede al trono, si era autonominato capo dell'esercito e lui stesso addestrava i suoi guerrieri. Ora Mitwock era divenuto il regno di Asedhon. Egli era a capo dell'esercito più potente che fosse mai esistito e questo era solo uno dei tanti miglioramenti che aveva apportato al suo reame.

Era la prima volta che veniva convocato all'Incontro dei Capi. Si trattava dell'Assemblea degli Alleati che Vanguard stabiliva qualora ci fosse il rischio di una guerra imminente. Ne facevano parte in tutto diciotto regni, governati da sovrani giusti e incorruttibili.

L'alleanza con Mitwock esisteva già da molti anni, ai tempi di re Kiro, ma solo ora, Asedhon, ebbe il privilegio di essere convocato per la prima volta all'Incontro.

«Guarda che non ti perdi nulla, sai?»

«Stai scherzando spero! Sono stato convocato nel castello della più grande leggenda vivente e tu dici che non mi perdo niente? Io, un piccolo e insignificante essere al cospetto dei più grandi!»

«Non sei un insignificante essere! Sei un re, esattamente come ognuno di loro, e per me sei la leggenda più grande!» lo interruppe lei prima di baciarlo ancora.

«L'ultima volta, Mitwock, venne rappresentata da mio padre. Non so perché, ma non mi sento alla sua altezza, non mi sento all'altezza di nessuno di loro.»

«Vedrai che andrà tutto bene. Sei il più giovane tra tutti, ma ciò non vuol dire che non terrai loro testa. Intanto domani inizierete con la colazione, così abbondante che per portarla a compimento ci impiegherete tutta la mattina. Diverrà già l'ora di pranzo e comincerete anche a pranzare. Vi abbufferete come maiali e solo se avanzerà un po' di tempo prima della cena, inizierete a parlare delle cose serie.» Risero divertiti e si abbracciarono forte ricominciando la lunga cantilena di baci che di tanto in tanto interrompevano per rivolgersi la parola.

Asedhon, ora, divenne serio «Quando lo dirai a tuo padre? Di noi, intendo.»

«Dammi un po' di tempo. Voglio aspettare l'esito dell'incontro di domani. A quanto pare mio padre vuole organizzare un massiccio attacco all'isola del Drago Rosso. Secondo lui se continueremo solo difenderci, finiranno per sterminarci, come è successo oltre l'orizzonte. Sono rimasti in pochi, ora, e ci hanno implorato aiuto, ma non servirà uccidere i seguaci del Drago. Per ogni cento di loro che abbattiamo, lui se ne procura altri mille. Sì, ammetto che non sarà facile eliminarlo, anzi a quanto pare è impossibile, ma per lo meno possiamo cominciare a parlarne. Non so cosa abbia in mente mio padre, ma da un po' di tempo lo vedo molto preso.»

«Non sarà facile, no!» affermò lui. «Ricorda che, secondo quanto si dice, il Drago Rosso custodisce la *pergamena sacra* e finché sarà in suo possesso, nessuno potrà mai distruggerlo. Sarà impossibile anche solo avvicinarsi alla sua isola, nessuno ci è mai riuscito o per lo meno nessuno è mai tornato per raccontare com'è andata.»

Non avevano più voglia di pensarci in quei momenti così a lungo attesi. Non era un problema cui dare un'immediata soluzione, troppo tempo era passato da quando le loro voglie erano state soddisfatte, per troppo tempo i loro corpi si erano cercati e desiderati e in quegli attimi di passione nulla si sarebbe interposto tra loro.

Il giorno successivo, dopo la prevista generosa colazione, i re si avviarono verso la Camera del Consiglio. Vanguard comunicò che li avrebbe raggiunti in seguito e, congedandosi da loro si diresse verso la stanza di sua figlia. Bussò, e Ariel gli aprì. Vanguard rimase immobile per qualche istante, non aveva mai visto sua figlia così bella. In quell'istante non dava la minima impressione di essere il capitano di un esercito e lui ne rimase affascinato. Non era abituato a vederla indossare lussuosi abiti femminili; d'altronde il suo lavoro non glielo permetteva e il re, non avendo avuto un erede maschio, non sembrava per niente dispiaciuto che sua figlia, almeno per quanto riguardava il vestiario, mantenesse le sembianze di un uomo. Per quanto potesse presentarsi reale questa condizione, però, era quasi impossibile non accorgersi dell'aura femminile che gli indumenti da guerra del capitano tentavano di nascondere, per non parlare delle lunghe ciglia che avvolgevano due incantevoli occhi blu mentre scrutavano l'avversario dall'unica fenditura sulla parte superiore dell'elmo. Era difficile restare impassibili al tono della sua voce forte e dura, com'era giusto che fosse per un condottiero, ma soave e piacevolmente femminile, o come non scorgere la lunga e ondulata chioma dorata che cadeva dolcemente sulle sue spalle quando il capitano sfilava il copricapo.

Quel giorno Asedhon avrebbe avuto dinanzi a sé la donna più seducente che avesse mai visto e non un condottiero pronto a guidare il suo esercito. Colei che un giorno sarebbe stata la madre dei suoi figli e molto presto la sua sposa, non un guerriero ricoperto di corazza e armato di arco e spada.

Aveva raccolto i capelli sulla sommità del capo, lasciando discendere libere solo alcune chiome ondulate. Il suo viso era fresco e radioso e le guance rosee lo facevano brillare. Il vestito lungo di purpureo e morbido velluto, si stringeva in vita cadendo poi, soffice e leggero, fino a ricoprire i sandali dorati e ornati con poche pietre preziose. Il corsetto che le cingeva il busto, metteva in particolare evidenza il procace e lussurioso seno che impreziosiva l'ampia scollatura rotonda. Il manto avorio, in morbida seta era tenuto fermo, alle sue estremità, da una preziosa spilla tondeggiante, attorniata da piccole gemme di topazio, che a loro volta avvolgevano un'iridescente pietra di zaffiro. Probabilmente dopo il Consiglio avrebbe parlato con suo padre. Asedhon gli era fedele ed era un grande re, non avrebbe potuto non acconsentire alla loro unione.

Gli ci volle qualche attimo per tornare in sé e informarla di quanto doveva dirle.

«Padre, tutto bene?» Con una punta d'imbarazzo, si accorse del fatto che suo padre era rimasto affascinato dalla sua bellezza.

«Sì, tesoro… è che… per un momento mi hai lasciato senza fiato.» Risero imbarazzati. «Sei bellissima!»

«Grazie, mio re» replicò lei spiritosamente. «Avete bisogno di qualcosa?»

«Sì, mia cara. Ero venuto a dirti che quanto prima dovrai organizzare tutto. Chiama all'appello i soldati, ordina un rifornimento totale di armi, medicinali e viveri. Oggi pomeriggio i marinai di Hosenat saranno qui e dovremo organizzare il tutto nel più breve tempo possibile. Poi, volevo anche dirti che riguardo a Calav…»

«No!» lo interruppe lei in maniera impulsiva. «Padre, no…» riprese questa volta con fare più pacato «non voglio sposarlo, non provo nulla per lui, vi prego…»

«Non è questione di sentimenti Ariel e non sarai certo tu a decidere. Ne avevamo già parlato mi sembra e avevo già preso la mia decisione. Calav è un ottimo partito e un buon re, l'unione dei nostri due regni non può che crearne uno ancora più grande.»

«È già immenso il vostro, a che vi serve un regno ancora più grande!»

«Non è mai abbastanza grande!» rispose lui a denti stretti. «Proprio oggi ho discusso con lui in privato riguardo al vostro matrimonio. Abbiamo preso gli ultimi accordi e se usciremo vivi da questa battaglia, appena torneremo, renderò la cosa ufficiale.»

Detto ciò le voltò le spalle per andarsene quando Ariel gli intimò di fermarsi.

«Io amo Asedhon!» gli gridò. «Il mio cuore e tutto il resto appartengono a lui da molto tempo e poi, anche lui è un re ed è nelle vostre grazie, mi pare!»

Gli bastò udire… *il mio cuore e tutto il resto…* per annebbiargli la vista e renderlo furente. Si voltò di scatto, le si avvicinò con passo rapido e la schiaffeggiò.

«Come hai potuto? Come hai osato? Asedhon! Come osi solo nominarlo? Lui è nelle mie grazie per il semplice fatto che ne ho bisogno. Una volta conclusa questa guerra non saprò che farmene! Non ti azzardare minimamente a pensare che un individuo del genere mischi la sua razza con la mia. Un tempo» le urlò «erano poco più che pezzenti.»

«Un tempo!» ribatté lei piangendo. «Guarda ora cosa sono diventati. Asedhon ha tutte le carte in regola per diventare più grande di voi e Calav messi insieme! E poi gli ho giurato amore eterno. Lo amo più della mia stessa vita e se non sarà con lui, io non avrò più motivo di esistere.»

I raggi solari che penetravano dalla finestra della camera facevano sembrare le sue lacrime piccole gocce di diamanti splendenti, ma non smossero minimamente la pietà di suo padre che imperterrito continuava a minacciarla.

«No, mia cara, non ricattarmi con queste sciocchezze. Prima che tu metta fine alla tua vita, vedrai svanire prima la sua e ti giuro che lo farò io, con le mie stesse mani. È questo che vuoi? È questo che vuoi?» le urlò al punto tale da farla sussultare. «Se è vero che lo ami come tu dici allora dovrai proteggerlo e l'unico modo per farlo sarà non rivederlo mai più. E con questo ho detto la mia ultima parola.»

Le voltò nuovamente le spalle e se ne andò, ma questa volta Ariel non ebbe la forza di fermarlo, non sarebbe servito, e poi la disperazione dominava ormai il suo cuore. Senza pensarci troppo, lasciò immediatamente la sua camera e volò alla ricerca di Asedhon. Era un problema che doveva risolvere in fretta prima che il cuore o la ragione prendessero il sopravvento e la facessero tornare sui suoi passi.

Rinunciare alla vita per amore o rinunciare all'amore per la vita, quella di lui. Sì, doveva proteggerlo, conosceva suo padre e sapeva che non si sarebbe fatto scrupoli nel commettere ciò che aveva appena espresso. Senza Asedhon, la sua esistenza non avrebbe avuto senso, ma lasciarlo morire solo perché lei non aveva la forza di rinunciare al suo amore, questo no, non lo avrebbe mai permesso.

Correva negli intricati corridoi del castello, in preda all'affanno, alla ricerca di lui, con il cuore già in frantumi per ciò che doveva comunicargli. Correva e a stento controllava le lacrime, ma lui non doveva accorgersi che piangeva né intuire il dolore sul suo volto. Per quanto possibile doveva rimanere impassibile e controllata, ma soprattutto, Asedhon, doveva crederle. Poco dopo s'imbatté nel gruppo dei re che avevano quasi raggiunto la Camera del Consiglio. Bloccò la sua corsa all'improvviso e s'impose un'andatura più pacata. I re si voltarono verso di lei e tutti insieme, come telecomandati da un unico movimento, la salutarono con una regale riverenza. Ariel contraccambiò l'inchino imbarazzata e, con cautela, fece un cenno ad Asedhon che capì. In maniera furtiva e silenziosa il giovane re riuscì a separarsi dal gruppo e raggiungere la sua amata. Si nascosero in un angolo, ma quando lui tentò di baciarla, lei si discostò. Asedhon, con un movimento delicato, riportò il viso di lei di fronte al suo e quando tentò di baciarla ancora, lei, per l'ennesima volta, si voltò di lato.

«Ariel, cosa c'è?» chiese preoccupato. «Che ti prende?»

«Asedhon, devo parlarti di una cosa che non ti piacerà e che non ho avuto il coraggio di dirti. Mi dispiace ma… non posso più tacere.»

Il suo cuore stava per esplodere, ma da buon capitano dell'esercito era molto brava a non far trasparire la minima emozione. Lo sguardo era sicuro, le parole fredde, ma il suo animo colmo di dolore perché era consapevole che stava per pugnalare al cuore il suo uomo.

«Piccola, così mi spaventi. Cosa devi dirmi di così… terribile?»

«È da un po' di tempo che…» riprese lei, poi fece una lunga pausa, infine abbassò lo sguardo e un filo di voce fuoriuscì dalle sue labbra «non ti amo più!» Il suo tono era gelido e sicuro.

«Ma cosa dici!» esclamò lui incredulo.

«Non sapevo come dirtelo, immaginavo di darti... un grande dolore...» ora balbettava «ero molto in ansia e... non sapevo proprio come dirtelo. Ma prima o poi lo dovevo fare, sarebbe stato peggio se... ti prego perdonami.»

Quelle parole furono veleno per Asedhon. I suoi occhi erano sbarrati e fissi su di lei, non riusciva a credere a ciò che aveva appena udito. Era uno scherzo, pensava, stupido e brutale, non poteva che essere così, ma perché? Perché giocare in un momento così delicato? E poi, accidenti come recitava bene! Era un'attrice perfetta. Sì, era uno scherzo ben simulato, ma era il momento di smetterla. Una strana sensazione di paura, però, fece aumentare i battiti del suo cuore e la voce uscì a fatica.

«Ma cosa dici? Che significa, non capisco! Ariel, ti prego, non scherzare, mi fai a pezzi così, ti prego! Ci sei riuscita! Sei riuscita a farmi tremare, sei contenta? Però ora smettila, è di cattivo gusto!»

«Mi dispiace!» Ariel tentava invano di tenere a freno le lacrime. Lacrime autentiche, non recitate. Lacrime colme di vera angoscia. «Non sto scherzando Asedhon, ho fatto la mia scelta, non provo più alcun sentimento nei tuoi confronti. Non possiamo più restare insieme, finirei per farti solo del male e poi la mia mente deve essere libera ora. La guerra incombe e ho molte responsabilità, ho bisogno di essere serena e levare...»

«Levare dalla tua strada tutti gli intoppi?» la interruppe lui. «Ostacoli, come un uomo di cui non t'importa più? No! Non posso credere che tu stia parlando sul serio. Ariel non ci credo! Te ne prego, dimmi che... eppure solo fino a ieri... le cose che ci siamo detti, tutti i progetti che abbiamo fatto, quando mi parlavi, quando mi guardavi, quando... quando...» la sua voce cominciò a strozzarsi e alcune lacrime scesero sul suo viso. Sembrava così bizzarro vedere un uomo così forte e imponente piangere. Era una scena da cui bisognava fuggire e Ariel, chiedendo per l'ennesima volta perdono, lo lasciò e se ne andò. Il tempo di qualche secondo per riprendersi e Asedhon le corse dietro, la prese per il gomito e la fermò.

«C'è qualcosa che non vuoi dirmi, lo sento! È stato tuo padre, vero? Hai parlato con lui, non è così? È stato lui a costringerti...»

«No! Mio padre non c'entra nulla, se avessi dovuto parlargliene, lo avrei fatto dopo la battaglia. Non ho parlato con lui semplicemente perché non avevo nulla da dirgli.»

Questa volta Asedhon, più addolorato che mai, la lasciò andare. Non aveva più la forza di continuare quella conversazione. Sperava con tutta l'anima in un incubo dal quale si sarebbe presto svegliato, ma in cuor suo sapeva di non essere mai stato così sveglio e il forte dolore che sentiva nel petto lo dimostrava. Lei, invece, si diresse nella sua stanza e vi si barricò lasciandosi andare alla disperazione più profonda. In quel momento solo la morte l'avrebbe fatta stare meglio o per lo meno le avrebbe impedito di pensare a lui.

Ariel aveva ragione, le sue parole lo avrebbero pugnalato al cuore ed era proprio così che si sentiva Asedhon. Raggiunse amareggiato la Camera del Consiglio. Lui e Vanguard arrivarono insieme incrociandosi sulla porta; il giovane re fece cenno al padrone di casa di entrare per primo ma Vanguard non si mosse. «No, amico mio, siete mio ospite. Dopo di voi, vi prego!»

Senza dare il minimo peso a quelle parole e senza dire nulla, Asedhon entrò nella Camera seguito dal re. Si avviarono verso gli unici due posti rimasti vuoti attorno a un grande tavolo tondo, e al loro ingresso tutti gli altri sovrani si alzarono.

«Vi prego, state pure comodi» li invitò Vanguard. Tutti sedettero tranne lui.

«Amici miei! Fratelli nella vita e nella guerra, siete stati convocati qui, oggi, per affrontare insieme un grave problema che ci affligge da tempo e ciò che è nelle mie intenzioni, vi è già stato preannunciato dai miei messaggeri. Il semplice fatto che siate qui oggi, mi fa intuire che nessuno di voi ha deciso di tirarsi indietro. Ebbene fratelli miei, io la ritengo l'unica soluzione possibile per mettere fine a quest'orrore. Estirpare il male alla radice, mettere fine all'esistenza di colui che ha deciso lo sterminio di tutti i popoli. È vero, non siamo ancora stati toccati direttamente, ma non manca molto affinché ciò avvenga. Molti popoli al di là dell'orizzonte sono in gravi difficoltà, ci hanno chiesto aiuto e noi non lo negheremo, ma non è lì che saremo diretti. Il nostro obiettivo sarà altrove...»

Uno dei re si alzò, Rachais, regnante di Roncas, a nord-ovest delle montagne di Gallen.

«Vanguard, amico mio, alleato nella vita e nella guerra, non vi negherei mai il mio appoggio e sapete che potete contare sulla nostra lealtà qualunque sia la decisione che prenderemo oggi. È vero, non siamo stati toccati direttamente e come avete detto, non tarderanno a farlo. Alcuni seguaci del Drago Rosso sono stati avvistati mentre esploravano il mio territorio, ne abbiamo uccisi alcuni, ma potrebbero essercene altri.»

«Anche da me è successa la medesima cosa,» intervenne Calav alzandosi a sua volta «non ci vuole molto a capire che ci stanno studiando e che saremo i prossimi bersagli.»

«Ecco!» convenne Vanguard. «Un motivo in più per cominciare a muoverci ed elaborare un valido piano di attacco. Una massiccia offensiva all'isola, intendo, per uccidere colui che si nasconde dietro la maschera del Drago Rosso.»

«Beh, immagino che dovremmo risolvere un bel po' di problemi prima» intervenne Hilnemor, sovrano di Heraltil, con aria mesta. «Intanto bisognerà studiare il modo di raggiungere l'isola, impresa ardua che a nessuno è mai riuscita. Supponendo di farcela, ci ritroveremo ad affrontare il suo esercito, potente e indistruttibile, e che presumo dovremmo battere se vogliamo arrivare a lui. Se miracolosamente dovessimo riuscirci, ci ritroveremo poi di fronte al più potente nemico mai esistito, partendo dal presupposto che si tratti di una creatura dai poteri illimitati e che basterà una sua fiammata per incenerire metà dei miei uomini. Non è pessimismo il mio, fratelli, ma semplice realismo. Non mi tirerò indietro, ma se volete il mio parere, non riusciremo mai ad abbatterlo.»

«A meno che…» intervenne nuovamente Vanguard «qualcuno non si infiltri nel castello e recuperi la *pergamena sacra*, la nostra unica speranza. La *pergamena* ha creato il Drago ed essa lo distruggerà. Il mio piano, fratelli, non consiste nel recarsi sull'isola di Otherion e giocare alla guerra. Ciò che noi attueremo sarà solo un diversivo, che costerà probabilmente la vita di molti uomini, ma permetterà a uno solo di raggiungere il castello e recuperare la *pergamena*. Egli la consegnerà poi ai Saggi che conoscono il rito e le formule esatte per cancellare definitivamente la magia spietata del Drago.»

«Bene!» intervenne nuovamente Hilnemor. «Difficile ma non impossibile, e come pensiamo di risolvere intanto il primo dei problemi? Raggiungere l'isola, intendo. Sembra che nessuno vi sia mai riuscito. La leggenda narra che quando qualsiasi cosa cerca di avvicinarsi a essa, il Drago la percepisce e tutto in breve si trasforma nella peggiore tempesta mai esistita che non si placherà finché l'ultimo respiro non si sarà fermato, e lo dimostra il fatto che chiunque vi si sia avventurato non abbia mai fatto ritorno.»

«I marinai di Hosenat ci condurranno lì. Loro sono i migliori, ci giocano con le tempeste, tutti voi conoscete i materiali con cui costruiscono le loro navi e la maestria con cui le governano.»

Vanguard aveva ragione.

Hosenat era un'immensa isola, un vero e proprio continente, situato a diversi chilometri a sud dalla terra ferma di Ellech. Il suolo non era molto ricco di risorse naturali. La maggior parte dei prodotti e delle materie prime venivano importate, i suoi abitanti erano per lo più marinai e di conseguenza la loro attività primaria era la navigazione. Gli hosenati erano veri esperti, costruivano le loro navi con il legno ricavato dalle foreste, ma con una particolarità. Le assi venivano trattate con *ascalina*, una resina speciale che estraevano dalle miniere di Ascal e che rappresentava la loro unica ricchezza. Tale resina rendeva il legno leggero come una piuma e resistente come l'acciaio. Le loro imbarcazioni erano immense, ma nonostante ciò, in balia del vento filavano come bolidi. Acquistavano velocità anche grazie alla forma stretta e allungata e, qualora la potenza del vento non fosse sufficiente, la forza motrice costituita da oltre duecento rematori la sostituiva degnamente. Lunghe all'incirca ottanta metri potevano ospitare, oltre ai rematori, altri duecento uomini, senza comunque comprometterne la velocità e la maneggevolezza.

Il re di Hosenat, Alonias, metteva a disposizione le sue navi a tutti coloro che ne richiedevano l'utilizzo, in cambio naturalmente d'immense ricchezze. Ma questa volta era stato diverso. Alonias era cosciente del fatto che prima o poi anche lui avrebbe dovuto fare i conti con gli orrori del Drago Rosso e non avendo una buona difesa militare, aveva accolto volentieri l'appello di Vanguard in cambio di protezione.

«Oggi pomeriggio trecento delle loro navi con oltre trentamila marinai attraccheranno nei nostri porti e, non appena ci saremo organizzati, partiremo. Non posso garantire che tutte arriveranno intatte o che molte di loro non affonderanno, ma posso assicurarvi che la maggior parte di esse approderà sull'isola.»

Per molto tempo nella sala non si fece che discutere dei pro e dei contro riguardo tale impresa, ma alla fine la decisione fu presa. Combattere.

«Bene, ordinerò che siano allestiti gli accampamenti al più presto. Una volta che saranno tutti presenti, i marinai riferiranno ai soldati le istruzioni necessarie per affrontare la tempesta.»

«Sì,» intervenne Hilnemor per l'ennesima volta «ma dovranno sapere che non si tratta di una tempesta qualunque. Si è sentito parlare di onde alte quanto la torre di un castello. Fulmini che quando colpiscono sembra che prendano la mira e centrino il bersaglio che si prefiggono, mentre il rombo dei tuoni ti spacca i timpani e ti apre in due la testa. No, non è una tempesta qualunque, è giusto che lo sappiano. Dovranno avere le idee ben chiare su ciò che stanno per affrontare, perciò sarà bene prepararli al peggio e farli trovare pronti.»

«Sono d'accordo» assentì Vanguard. «A questo punto non ci rimane che decidere chi si assumerà la responsabilità di trafugare la *pergamena sacra*. Dovrà trattarsi di qualcuno molto forte, veloce e astuto. Una volta nel castello sarà solo e dovrà essere in grado di affrontare qualsiasi situazione. Asedhon,» disse rivolgendosi al giovane sovrano seduto al suo fianco, «i vostri uomini sono molto valorosi, di sicuro uno tra loro sarà in grado di svolgere tale missione.»

Il giovane re di Mitwock aveva ascoltato ogni singola parola pronunciata durante quell'incontro, ma i suoi occhi e la sua mente erano assenti e il prolungato silenzio dominò nella stanza. Erano tutti in apprensione per una sua risposta, quando, a un certo punto, Asedhon si alzò e senza incrociare alcuno sguardo pronunciò solo due parole che risuonarono come una campana assordante in quel silenzio di attesa, facendo cadere tutti nello stupore generale.

«Andrò io.»

Vanguard restò sorpreso da quella decisione, come tutti d'altronde, e la sua voce risuonò più forte e risoluta tra i bisbigli generali. «Asedhon, non capisco, che significa? Voi siete un re, perché esporvi in prima persona quando può farlo uno dei vostri uomini?»

«Nessuno di loro sarà in grado di fare ciò che deve essere fatto, meglio di me. Ognuno di essi conosce alla perfezione l'arte della guerra. Ogni colpo inferto, di pugno o di spada, lo ha appreso attraverso i miei insegnamenti, ma se vuoi un lavoro fatto bene, fattelo da solo. Non dobbiamo correre rischi, il recupero della *pergamena* è una missione che deve riuscire a tutti i costi e non possiamo permetterci di sbagliare.»

«Ma… Asedhon…» insistette Vanguard.

«Ho detto che andrò io!» affermò il giovane re con ferma risolutezza.

Vanguard si arrese. «È la vostra decisione dunque?»

«Sì, anche uno solo dei miei uomini vi sarà più utile in battaglia. Avrei solo bisogno di sapere, se non il posto esatto, almeno l'ala del castello da cui iniziare a cercare. Ci farà risparmiare tempo e vite umane. Avete i migliori maghi qui, saranno pure in grado di penetrare l'unica dimora di Otherion con la loro magia! Non vedranno la *pergamena*, lo so, ma sentiranno la sua potenza provenire da qualche parte del castello! O no?»

«Sì, avete perfettamente ragione. Anzi posso dirvi che i miei stregoni sono già al lavoro e quanto prima ci faranno sapere qualcosa. Potete incontrarli di persona, se volete, e chiedere loro tutto ciò che vi necessita sapere. Ogni singola informazione può essere importante, se non vitale.»

«Sarà fatto.» E, detto ciò, il giovane re lasciò la Camera del Consiglio congedandosi dai presenti e si diresse nella stanza che gli era stata assegnata. Si distese sul letto e chiuse gli occhi. Avrebbe voluto addormentarsi e svegliarsi il giorno prima della battaglia, ma non avvenne. Molte notti furono insonni, il dolore per l'amore perduto era troppo forte. La sua mente era offuscata e oramai non più lucida e un pensiero fisso, ora, aveva preso il sopravvento su tutti. La *pergamena sacra*.

Il giorno prima della grande partenza erano tutti molto tesi. Più di cinquantamila uomini brulicavano alle prese con i preparativi. Le navi venivano rifornite di armi e viveri, il viaggio poteva durare a lungo. Il coraggio e il valore di ogni uomo la faceva da padrone in ogni battaglia ma questa volta, molti di loro, nutrivano apprensione, erano consapevoli che non sarebbero più tornati. Erano stati messi al corrente di ciò che avrebbero affrontato e a ognuno fu data la possibilità di tirarsi indietro, ma nessuno lo fece. Furono addestrati a dovere riguardo alla tempesta, a non cadere e a proteggersi l'un l'altro e, per quanto possibile, far restare in vita i Saggi. Anzi, questa era una delle priorità assolute poiché erano i soli a conoscere il rituale e la formula da pronunciare per abbattere il Drago.

Asedhon fece spesso visita agli stregoni del re durante i giorni di permanenza al castello e con uno di loro era più in confidenza. Ora, era dietro la sua porta e dopo che ebbe bussato, lo stregone gli aprì.

«Maestà! Mio Signore, quale onore avervi qui, ma prego entrate, cosa posso fare per voi? Prego!»

«Ho da chiedervi ancora un ultimo ragguaglio, vecchio.»

«Ma certo… certo, cosa volete sapere mio Signore? Qualunque cosa io possa fare per voi sapete che non esiterò a realizzarla.»

«Bene, illuminatemi! Se nessuno dei tre Saggi giungerà vivo sull'isola… se, per qualsiasi motivo, non dovessero farcela, io con la pergamena che ci faccio? Ci sarà un modo alternativo per distruggere il Drago! Non ditemi che solo i Saggi possono farlo!»

«Ebbene, è così, mio Signore. Ho paura che non vi sia alcuna alternativa» lo informò desolato lo stregone. «I Saggi devono essere protetti, anche a costo della vita! Questo è stato spiegato chiaramente ai soldati. Almeno uno di loro deve giungere vivo o sarà la fine, la fine di tutto. Se il Drago Rosso non sarà distrutto, nessuno di voi tornerà!»

«Non è possibile! Non posso credere che non ci sia un altro modo!»

«Perché mai non dovrei rivelarvelo, mio Signore? Sono davvero desolato, ma non so proprio come aiutarvi.»

Asedhon uscì dalla stanza sconsolato. Si diresse alle scuderie, prese il suo cavallo e cavalcò verso i porti. Constatò che tutto era pronto. Dopo un'intera giornata di lavoro, i carichi erano stati ultimati, le vele aspettavano solo di essere spiegate, l'alba del nuovo giorno avrebbe dato il via al grande viaggio e tutti erano in ansia, in attesa di partire e che tutto fosse già compiuto. Asedhon sentì pronunciare il suo nome e, voltatosi, riconobbe Vanguard che giungeva insieme a tre uomini vestiti con lunghe tuniche bianche, orlate di bordi dorati e ricamate con simboli incomprensibili.

«Asedhon,» esclamò il re indicando i tre uomini «loro sono…»

«Sì, immagino chi siano, basta guardarli per capire. Ma non è po' scomodo per voi viaggiare con quelle lunghe tuniche? A essere sincero vi consiglierei un abbigliamento un po' più… adatto all'occasione.»

«Siamo consapevoli di ciò che ci attende, maestà,» rispose uno dei Saggi «ma non è il nostro abbigliamento che vi deve destare preoccupazione, bensì il fatto che la *pergamena* giunga quanto prima nelle nostre mani per limitare il più possibile la perdita di vite umane.»

«E così sarà fatto!» ribatté il giovane re con molta sicurezza.

Quella notte nessuno dormì, la maggior parte degli uomini mangiava e beveva, alcuni erano già ubriachi e ballavano come forsennati, altri si lasciavano andare alla beatitudine più sfrenata con le donne che avevano frequentato in quei giorni. I loro capitani non li fermarono, i loro re li lasciarono fare. Per molti, quella sarebbe stata l'ultima notte di pace.

«Amico mio, vieni a bere un sorso insieme a me! Questo è nettare di alastide, a mio parere la migliore bevanda che abbiano qui. Sai... l'ho sgraffignata a uno degli stregoni di Vanguard, è molto buona. Dai... butta giù!»

«Beh, a giudicare dall'effetto che ti provoca, direi che è anche molto efficace.»

«Efficace per cosa?» chiese incuriosito Asedhon.

«Per buttarti giù al tappeto! Guardati, sembri uno di quegli ubriaconi di *Bèllemos l'adone*. Anche in quella locanda girano bevande prodigiose sai? Ma un sovrano come te non frequenta certi posti, dico bene? Dai qua, sentiamo cosa ne pensano le mie papille di questa bontà che vanti tanto.»

Cletus afferrò la fiaschetta di nettare di alastide e ne bevve alcuni sorsi. Le smorfie che si leggevano sul suo volto facevano presupporre che non era di suo gradimento e, come se avesse avuto tra le mani carboni ardenti, si liberò della fiaschetta rimettendola nuovamente tra le sue mani.

«Ma come fai a bere questa roba? Fa proprio schifo, accidenti!»

«Ah Cletus! È che non te ne intendi! È questa roba che ti rende forte. Se dimostri di reggerla... allora... sei... sei... un grande.» Continuava a blaterare strani discorsi finché a un certo punto non perse l'equilibrio cadendo tra le braccia del suo migliore amico.

«Beh, non mi pare che tu stia dimostrando di essere così forte, ci stai facendo una pessima figura, lo sai? Forse è meglio se vai a farti una bella dormita. Se sono queste le condizioni con cui porterai i tuoi uomini alla vittoria, allora non potremmo essere in mani peggiori. Accidenti quanto pesi!»

Il re dormiva già profondamente, il nettare miracoloso aveva dato l'effetto sperato. Avendo avuto a che fare con innumerevoli notti insonni, Asedhon, pensò bene di prendere le dovute precauzioni. Cletus, pazientemente, lo caricò sulle sue spalle e, nonostante fosse davvero pesante, riuscì a trasportarlo fino alla sua camera. Lo adagiò sul letto e dopo avergli tolto i sandali, lo coprì. Una premura, la sua, dettata da anni di amicizia e fedeltà.

Cletus aveva qualche anno in più di Asedhon; era molto giovane quando aveva iniziato l'addestramento militare ai tempi di Kiro. Molto presto era divenuto uno dei migliori combattenti e negli anni a venire aveva dimostrato una profonda lealtà al regno, tanto che Kiro aveva riposto la fiducia soltanto in lui, affidandogli incarichi di una certa importanza e domandandogli spesso consiglio. Asedhon lo ammirava e spesso lo osservava attentamente durante l'addestramento. Cercava di carpirne le mosse, i trucchi, l'attacco e la difesa e, quando si confrontavano, Cletus rimaneva sbalordito dalle capacità grazie alle quali, spesso, riusciva a batterlo. Asedhon era più giovane di lui, ma quanto a prestanza fisica lo superava di gran lunga. L'altezza imponente e la muscolatura alquanto sviluppata lo avevano sempre fatto apparire più maturo della sua giovane età e non solo, anche la sua mente era saggia ed equilibrata. Sta di fatto che alla morte di suo padre non aveva avuto la minima difficoltà a prendersi carico di tutto ciò che aveva ereditato e con ponderata sapienza operava sempre per il bene del suo regno. Cletus si era messo completamente al suo servizio, era il suo braccio destro nonché il suo migliore amico. Erano appena dei ragazzi la prima volta che si erano incontrati e si può dire che siano cresciuti insieme. Adesso avevano poco meno di trent'anni l'uno e poco più di trent'anni l'altro ed erano sempre stati leali nei confronti del prossimo e di loro stessi.

Vent'anni prima.

«Il gomito deve stare più in alto e la lama devi portarla al di sopra del tuo capo. Non deve essere la tua testa a scendere sotto la tua spada, ma è il tuo braccio che deve stare ben rialzato. Il tuo sguardo deve rimanere alto, l'avversario deve vedere i tuoi occhi furenti, devi incutere terrore! Avanti riprova ancora!»

Garthis addestrava sempre con molta severità i suoi allievi, le sue doti di combattente erano esemplari e metteva a loro disposizione tutte le conoscenze sull'arte della guerra. Le sue tecniche di attacco e di difesa erano le migliori e i soldati che lui plasmava componevano l'esercito più forte di tutti i tempi.

Ora osservava un'altra coppia di allievi che tiravano di spada. Uno di loro era molto giovane, aveva quindici anni e frequentava l'addestramento già dall'anno prima. Non aveva mai da ridire sul suo modo di combattere, il ragazzo seguiva sempre alla lettera tutti i suoi consigli e memorizzava alla perfezione ogni lezione impartita. Non solo, Garthis notava a volte che lui stesso inventava procedure particolari con cui venir fuori da situazioni problematiche.

«Cletus!»

«Sì, signore!» esclamò il ragazzo interrompendo bruscamente l'esercizio.

«Tieni più indietro la gamba quando subisci il colpo, ti aiuterà ad assorbire meglio la stoccata e a mantenere l'equilibrio. Continua così, stai andando bene.»

«Grazie, signore.»

«Dai, dai andiamo!» urlava il comandante in seconda mentre batteva forte le mani per animare i suoi allievi. «Un po' più di grinta, forza! Mi sembrate tante femminucce rammollite che non vedono l'ora di tornare a casa a ricamare tovaglie. Forza!»

Il re quella mattina era in visita all'accampamento. Sostava insieme al principe Asedhon alla periferia del campo di addestramento e osservava interessato le attività che vi venivano svolte. Era solito accertarsi di persona dei progressi acquisiti da coloro che un giorno avrebbero combattuto per il suo regno, e quella volta condusse con sé anche suo figlio.

Asedhon lasciò il suo cavallo e s'incamminò lungo i bordi del campo guardando con profonda ammirazione sia i combattenti che si allenavano con le spade sia coloro che si scontravano corpo a corpo. Era così entusiasta che non si accorse di essersi addentrato nel campo ulteriormente.

«Non vi conviene restare qui maestà,» intervenne qualcuno alle sue spalle «è pericoloso, potreste farvi male.»

Il principe si voltò di scatto. I suoi undici anni non erano sufficienti per guardare direttamente il volto di Garthis e man mano che sollevava lo sguardo, davanti ai suoi occhi prendeva forma una montagna di muscoli perfettamente scolpiti e ben distribuiti.

«S... sì...» balbettò «adesso vado.»

«Vi rivedrò molto presto mio signore.»

Garthis lo salutò con un regale inchino e fece ritorno al suo lavoro, mentre il giovane principe, sempre distratto dalle lotte intorno a lui, si dirigeva alla periferia del campo dove avrebbe raggiunto suo padre. Un ultimo sguardo alle sue spalle e la sua attenzione fu attirata da un giovane allievo che compiva incredibili prodigi con la spada, tanto da rimanerne incantato.

«Ehi voi!» gridò il giovane Asedhon. «Ehi dico a voi!»

Alcuni degli allievi si voltarono verso il principe e Cletus capì di essere stato interpellato. Fece cenno al suo compagno di attendere, conficcò la sua spada nel terreno e si diresse verso il bambino.

«Principe Asedhon, è un onore avervi in mezzo a noi. Il mio nome è Cletus, figlio di Atedinos, in cosa posso servirvi, mio signore?»

«Come avete fatto a realizzare quella... *cosa*?»

«Vi chiedo perdono sire, ma a quale *cosa* vi riferite?»

«Quella... quella magia che avete fatto prima con la spada.»

«Ah! Intendete la manovra che ho compiuto durante l'allenamento! Dico bene?»

«Sì, sì proprio quella. Potete insegnarmela?»

«Beh, vedete, non è facile. È una cosa che viene da dentro, non so se sarei in grado di insegnare tecniche simili, ma se voi lo desiderate, posso provarci.»

«Dite sul serio? Lo farete?»

Una voce severa e lontana interruppe la loro conversazione. «Asedhon, cosa fai? Vieni immediatamente via di lì, non devi distrarre gli allievi durante il loro addestramento!» Kiro, suo padre e re di Mitwock, si dirigeva a passo veloce verso di loro.

«Oh no... si è arrabbiato, sono sicuro che non vi permetterà mai di insegnarmi le vostre tecniche.»

«Aspettate qui maestà, lasciate parlare me.»

Ancor prima che il re li raggiungesse, il giovane combattente gli andò incontro lasciando il principe a una dovuta distanza. Si chiedeva cosa avrebbe potuto riferire a un sovrano così duro e severo che avrebbe sicuramente punito il figlio solo per il semplice fatto di aver interrotto un allenamento di spada tra due allievi e futuri guerrieri di Mitwock.

«Onore e gloria a sua maestà!» enunciò il ragazzo come segno di saluto prostrandosi con umiltà al suo cospetto. «Il mio nome è Cletus, figlio di Atedinos e volevo informarvi, sire, che il principe Asedhon non commetteva nulla di male...»

«Se il principe Asedhon ha bisogno di difendersi che venga qui a farlo personalmente. Tu torna pure al tuo esercizio, futuro soldato di Mitwock.»

«Vi sbagliate sire, non lo sto proteggendo. So quanto sia importante imparare a difendersi in qualsiasi occasione. È una vostra filosofia che io non tralascerei mai, ma il principe era solo stato attirato da alcune mie tecniche di combattimento che ha reputato molto interessanti e mi chiedeva se avessi avuto la possibilità di insegnargliele.»

«Anch'io sono stato attratto dal tuo modo di combattere, Cletus, figlio di Atedinos. Per essere molto giovane sei alquanto forte e soprattutto veloce e sono sicuro che diverrai uno tra i migliori guerrieri del mio esercito, ma mio figlio non verrà addestrato qui, insieme a tutti voi. Quando arriverà il suo momento, Garthis lo istruirà in privato, nel castello e con i migliori allievi uscenti.»

«Lo so sire, ma vedete, non sarà un addestramento ufficiale. Permettetemi di insegnargli solo le basi. Quando arriverà poi il suo momento, sarà pronto e con alle spalle già una buona conoscenza sulla maneggevolezza delle armi e sul loro uso. E poi potrebbe fargli bene, vista la scomparsa recente della nostra amata regina...» s'interruppe all'improvviso. Notò sullo sguardo del re l'espressione di uno che stava sicuramente per invocare la forca. Era entrato in un discorso troppo confidenziale e lui, semplice allievo del corpo militare, non si sarebbe dovuto permettere. Ed eccolo nuovamente lì, genuflesso ai suoi piedi a invocare un perdono che non sarebbe mai stato concesso. «Perdonate la mia sfrontatezza, maestà, non avrei dovuto osare. Vi chiedo umilmente perdono...»

«Purtroppo hai ragione» assentì con sorpresa, dopo alcuni brevi istanti, il re.

«Come dite?» intervenne incredulo il ragazzo.

«Alzati, Cletus! Dico che hai ragione. Ha sofferto troppo la morte della madre al punto da chiudersi troppo in se stesso senza più reagire. Questo è uno dei motivi per cui l'ho condotto qui oggi, per distrarlo e fargli respirare un'aria che non gli avrebbe, almeno per una volta, ricordato sua madre. Sì, forse gli farebbe bene.»

Asedhon aveva iniziato ad avvicinarsi con cautela intenzionato a origliare. Era già al loro cospetto quando udì le ultime parole di Cletus.

«Questo vuol dire che posso istruirlo?»

«Ah...» si lamentò Kiro «voi giovani d'oggi avete la testa più dura del marmo di Kalassia. Gli dei ci preservino! Quando vi mettete in testa qualcosa... e va bene, così sia!»

«Grazie padre!» urlò Asedhon che, in preda a una gioia sconfinata, si era intanto lanciato ad abbracciarlo. In un'altra occasione, per Kiro, quel gesto sarebbe stato vero sinonimo d'imbarazzo. Un re fiero e duro come lui che si abbassava, davanti a decine e decine di uomini altrettanto grintosi, a un atto così delicato e amorevole. Ma lui amava suo figlio e in quel momento aveva bisogno di un'occasione per dimostrargli che non era insensibile al suo dolore, e lasciare che frequentasse Cletus per un po' di tempo, sarebbe stata un'ottima opportunità.

Già quella stessa sera, al giovane guerriero, fu data la possibilità di accedere al castello e, all'imbrunire, i due ragazzi erano in cima alla torre di guardia uno di fronte all'altro.

«Cosa facciamo?» chiese impaziente il giovane principe.

«Prendete!» rispose Cletus porgendogli l'impugnatura della sua spada mentre la sorreggeva dalla lama.

«Posso prendere sul serio la vostra spada?»

«Certo che potete! Avanti prendetela!»

Con una certa soddisfazione, Asedhon afferrò quell'impugnatura così, fino a quel momento, irraggiungibile e con immenso orgoglio, ora, la stringeva sentendosi irradiato di una forza nuova, a lui sconosciuta. Quella forza che lo avrebbe accompagnato per il resto della sua vita.

«Non posso crederci, impugno una spada vera!» Ma nel momento in cui Cletus la lasciò andare, la lama stramazzò pesantemente al suolo dando origine ad alcune zampillanti scintille.

«Ma è pesante!» osservò giustamente il giovane principe.

«Certo che è pesante! Credevate di avere a che fare con un giocattolo?»

Afferrò l'impugnatura anche con l'altra mano e tirò su la lama. «Ora cosa devo fare?»

«Puntatela verso di me... bravissimo, così!»

«E ora?» continuava imperterrito Asedhon, credendo chissà quali acrobazie gli avrebbe lasciato compiere.

«Ora? Ora niente, dovete rimanere così finché... finché l'ultimo raggio di sole non sarà morto, e dovete reggerla con una sola mano!» precisò severamente Cletus.

«Cosa? Non posso farcela con una mano!»

«E va bene! Con tutte e due, ma solo per questa volta.»

In breve tempo il giovane principe riuscì a padroneggiare la spada di Cletus come solitamente faceva con il suo giocattolo preferito e non passò molto tempo, quando per la prima volta, Asedhon, batté in un duello amichevole il suo maestro.

«Sono fiero di voi, ragazzi,» esclamò il re alla fine dello scontro «è stata davvero una bella lotta. Cletus, stai facendo un ottimo lavoro e tu, figlio mio, stai apprendendo in maniera esemplare.»

Il giovane principe prese parte alla sua prima battaglia a soli quindici anni e i nemici che abbatté in quel giorno memorabile, non si contarono.

***

L'alba.

Asedhon lasciò la sua camera molto prima che il sole nascesse e, mentre si apprestava a uscire dal castello per recarsi ai porti e prepararsi alla grande partenza, fu raggiunto dallo stregone con cui, il giorno prima, aveva discusso su un'eventuale alternativa per l'abbattimento del Drago Rosso.

«Maestà... mio Signore!»

Il re si voltò incuriosito verso quella voce sciatta e soffocata che nell'affanno, a stento, riusciva a invocarlo. Vide un vecchio correre verso di lui in maniera alquanto goffa e, nonostante l'ora buia e le lingue danzanti delle torce impedissero una buona visuale, lo riconobbe.

«Mio Signore... aspettate!» ansimava lo stregone in preda al fiatone. Era molto vecchio e di certo non aveva l'abitudine di correre.

«Mio re... mio re! Ho pensato molto alle vostre parole. Ho preso in seria considerazione il fatto che i saggi potrebbero realmente non raggiungere vivi l'isola. In realtà, un modo alternativo ci sarebbe per uccidere la creatura, ma è un segreto che neppure il Drago stesso conosce e a nessuno mai dovrà essere svelato. Della sua esistenza, ne sono al corrente solo pochi Saggi. Uno di loro, un caro amico, decenni fa, lo confidò a me e gli giurai di non far trapelare mai...»

«Siamo in una situazione in cui non è il caso di mantenere segreti, vecchio! È necessario che io apprenda ogni singola informazione per evitare il maggior numero di rischi. State tranquillo, la vostra confidenza sarà al sicuro con me, nessuno ne verrà mai a conoscenza.»

«Vi rivelerò tutto ciò che c'è da sapere, mio Signore, ma non qui. Andiamo in un posto più sicuro, lontano da orecchi inopportuni.»

Era ancora presto, l'alba nascente s'intravedeva appena dalle minuscole finestrelle allineate lungo il corridoio. Per quanto poteva, lo stregone cercava di mantenere un'andatura dinamica per tenersi alla pari con i passi smorzati del possente re e, in breve tempo, furono nella sua camera. Si sedettero attorno a un vecchio tavolo di rovere massiccio ove erano disposte alcune fiaschette contenenti un miscuglio torbido di bevande sperimentali. Ancora un attimo per riprendere fiato ed egli iniziò.

«Molti secoli fa, il più grande mago della storia fu catturato e tenuto prigioniero da un re malvagio e crudele, molto potente, che ambiva alla conquista assoluta di tutti i popoli. Ma il suo potere non gli bastava. Lui desiderava l'onnipotenza e costrinse il mago a costruire un'arma che lo avrebbe reso invincibile e immortale. Il mago non costruì un'arma, ma elaborò semplicemente una serie di formule magiche incise su una grande pergamena di vitello e che si rivelò la più potente delle armi. Potente e indistruttibile. Tuttora non vi è modo di distruggerla. La *pergamena sacra*, non può essere bruciata, né lacerata; qualunque sistema usato per il suo disfacimento si è rivelato vano, ha sempre ripreso la sua forma perfetta, come fosse stata appena creata. Solo il Drago, con il suo immenso potere può cancellarne lo scritto, ma non gli converrebbe farlo in quanto perderebbe i suoi poteri. Ma... torniamo a noi. Prima di poter usufruire delle formule magiche incise sulla *pergamena*, il re fu attaccato da migliaia di popoli che si erano radunati per combatterlo e mettere fine alla sua barbarie, proprio come sta avvenendo ora, e prima ancora che egli potesse raggiungere il mago nei sotterranei del castello e impossessarsi della *pergamena sacra* che era stata appena ultimata, la fortezza fu presa d'assalto e il sovrano dittatore ucciso. Il mago fu presto liberato e in breve raggiunse la sua dimora, senza mai perdere d'occhio la *pergamena*. Nessuno era al corrente della sua esistenza. Il mago, però, era consapevole che non sarebbe vissuto in eterno e, per evitare che essa cadesse in mani sbagliate, creò una congrega di uomini Saggi che l'avrebbero custodita, ai quali venne tramandato ogni segreto e tutta la sua pericolosità. Ma secoli dopo un Saggio corrotto la rubò, donandola a un principe cui ne aveva svelato l'esistenza, in cambio del suo regno, della sua ricchezza e del suo potere. Il Saggio corrotto ottenne ciò che gli fu promesso e in cambio, durante un rito sacro, proferì nei confronti del principe, le formule elaborate sulla *pergamena sacra* tramutandolo così in colui che oggi conosciamo come il *Drago Rosso*. Egli fondò il suo regno sull'isola di

Otherion, immersa tra le onde più oscure degli oceani infuocati. A nessuno mai fu dato modo di raggiungerla e da allora, paura e orrore hanno viaggiato con lui per tutti i popoli di questa terra. Sulla *pergamena* è vergata la formula per sconfiggere colui che l'avrebbe usata con malvagità, ma tale formula deve essere pronunciata impugnando la stessa *pergamena* durante un rito sacro o non avrà alcun effetto. Ma c'è un altro modo di cui nessuno è al corrente. Fu rivelato in gran segreto dal mago al capo della prima congrega di Saggi e solo pochi di essi, nel corso dei secoli, ne sono venuti a conoscenza. È possibile uccidere il Drago, semplicemente, diventando come lui e può farlo chiunque, senza un rito specifico.»

«Come dici vecchio? Chiunque? Questo vuol dire che... posso farlo anch'io? E come?»

«Dovete prima giurarmi che attuerete ciò solo qualora i Saggi non dovessero sopravvivere.»

«Lo giuro, avanti parla!» gli intimò Asedhon.

«Una volta che avrete la *pergamena* tra le mani, dovrete distenderla in tutta la sua lunghezza e, verso la sua esatta metà, vi è descritta una formula in lingua diversa da quella usata per descrivere le altre. Non so se conoscete l'antica lingua *rhocaj,* ma se così non fosse, non avete di che temere. Le parole dovranno essere lette così come sono state scritte e dopo aver fatto ciò, una parte dei poteri del Drago si trasferirà nel vostro corpo rendendovi entrambi, in forza e potenza, perfettamente alla pari. Potrete ucciderlo allo stesso modo di come lui potrebbe fare con voi. Ecco perché, quando lo affronterete, sire, dovrete mettercela tutta per aggiudicarvi la vittoria, perché il vincente di tale scontro, alla fine, guadagnerà i pieni poteri. Ma promettetemi, maestà, che nonostante il potere immenso che avvertirete e al quale vi sarà difficile rinunciare, riporterete la *pergamena sacra* alla nuova congrega di Saggi che troveranno il modo di farvi tornare quello che siete ora, un re rispettoso, onorevole e valoroso.»

«Va bene, vecchio, lo farò, ve lo prometto. C'è altro che devo sapere?»

«No, mio Signore, vi ho detto tutto ciò che era nelle mie conoscenze. Ricordatevi del giuramento. Vi auguro buona fortuna e che la forza sia con voi.»

Ora Asedhon cavalcava verso i porti. I suoi uomini erano già a bordo della *Stellamaris,* la nave madre della flotta militare di Mitwock, e si apprestavano tutti agli ultimi preparativi. C'era grande fermento, molti non si erano ancora ripresi dai lunghi festeggiamenti notturni; ciò non toglie che prima di imbattersi nella tempesta, avrebbero avuto giorni interi per dormire e recuperare le forze. Prima di salire sulla scialuppa che lo avrebbe condotto alla nave, Asedhon incrociò poco distante Ariel. Per un breve e intenso istante si guardarono, poi ognuno andò per la sua strada.

Nelle settimane dedicate all'addestramento e ai preparativi del viaggio, ella aveva fatto di tutto per non imbattersi in lui e quella, nel giorno della grande partenza, fu l'ultima volta che lo vide.

Oceano di Ther-Himril - Era del Drago, anno 523
Venti giorni dopo la partenza.

Il sole era già alto nel cielo, la brezza era piacevole e le poche nubi davano vita alle figure più bizzarre. Le navi avevano già preso il largo e l'idea di andare incontro alla morte faceva gustare ogni momento di quel viaggio. Il mare non era mai stato così seducente e le sue creature mai così affascinanti. Pesci di ogni forma e dimensione, alcuni di una bellezza incantevole, accompagnavano i soldati nel lungo cammino verso qualcosa d'ignoto e terrificante. Durante la navigazione, l'equipaggio si dedicava alla pesca per cibarsi, uccideva quelle splendide creature a malincuore, ma bisognava tenere da parte i viveri per un eventuale e insperato ritorno.

Esattamente venti giorni dopo, per la prima volta all'orizzonte, s'intravidero strane e minacciose nubi. I marinai le scrutavano attenti e preoccupati. Erano del mestiere, conoscevano bene il cielo, e ciò che si presentava ai loro occhi non era di buon auspicio. Intuivano che era arrivato il momento di tenersi pronti e difatti, il giorno dopo, il cielo fu completamente coperto, il mare gonfio e le onde sempre più alte. La *Stellamaris* si approssimò, tenendosi a breve distanza, alla Nave Comando su cui era imbarcato Vanguard. Una scialuppa, con a bordo due uomini, si dirigeva verso di essa e la conducevano Cletus, il migliore amico di Asedhon nonché suo primo ufficiale, e Minos uno dei marinai di Hosenat.

«Maestà, il primo ufficiale dell'esercito di Asedhon è qui e chiede di parlarvi.»

«Fallo entrare!» ordinò Vanguard.

Cletus entrò nella cabina del re e salutò com'era abituato a fare quando era al cospetto di una persona importante.

«Maestà, il mio re e capitano mi manda a dirvi che, dopo una lunga riflessione, siamo giunti alla conclusione di un nuovo piano.»

«Un nuovo piano? Proprio adesso? E quale sarebbe?»

«Vedete maestà, la nostra nave ha la priorità su tutte di arrivare integra all'isola, poiché trasportiamo uno dei Saggi mentre il mio re dovrà compiere la più importante delle missioni. Abbiamo pensato che se il Drago fosse distratto dall'arrivo delle vostre navi e impegnato a scatenarvi contro la tempesta, molto probabilmente potrebbe sfuggirgli una singola nave, la nostra, che nel frattempo cercherà di aggirarlo per raggiungere l'isola dall'altra parte. Se questo piano dovesse funzionare, per il mio re sarà molto più semplice raggiungere il castello e infiltrarsi. Solo che a questo punto non c'è più tempo, se decidessimo di dare vita a questo schema dovremmo iniziare a staccarci sin da ora per schivare la tempesta.»

Vanguard rifletté per un momento. «Uhm! Sembra un buon piano, ma è sicuro che funzionerà?»

«Nulla è sicuro, mio Signore, ma se c'è una probabilità anche remota di poter raggiungere lo scopo…»

«D'accordo, faremo come avete deciso. Noi affronteremo la tempesta distraendo il Drago, dando a voi la possibilità di intraprendere la vostra strada. D'altronde questa missione è nata come un diversivo. Vorrà dire che inizieremo sin da ora. Sì, così faremo! Mi sembra un buon piano. Riferite ad Asedhon che può procedere e… buona fortuna.»

«Gli dei vi proteggano! Ci rivedremo vivi dall'altra parte.»

E con queste ultime parole Cletus salutò nuovamente il re, raggiunse Minos alla scialuppa e tornarono alla nave che, come deciso, si staccò dal gruppo cambiando rotta.

Solo dopo poche ore dall'incontro di Cletus con Vanguard, si scatenò l'inferno. Le stesse parole di re Hilnemor pronunciate all'Incontro dei Capi sembrava prendessero vita: onde alte quanto la torre di un castello, fulmini che colpivano ogni angolo dei galeoni e potenti tuoni che squarciavano l'aria tanto da sentirsi scoppiare la testa. Il vento era così forte che molte vele, nonostante fossero state ammainate, vennero strappate e molti alberi furono distrutti. Alcune onde avevano le fattezze di gigantesche mani che, afferrate le navi, le scagliavano l'una addosso all'altra; altre ancora avevano la forma di enormi lingue di fuoco tanto che si aveva l'impressione di essere tra le fiamme dell'inferno e, nonostante il sole fosse alto nella volta celeste, l'aria era buia e tetra.

Viaggiarono nella tempesta per tre giorni e tre notti. Molte navi non raggiunsero l'isola, la maggior parte degli uomini scomparve tra quelle lingue di fuoco e i pochi che sopravvissero, una volta a terra, dovettero affrontare il peggiore degli incubi: l'esercito del Drago, creato da lui e indistruttibile come lui.

Uomini un tempo, catturati dai suoi seguaci e messi al suo cospetto, strappando loro l'anima, il Drago li riempiva di vita *nuova* rendendoli vere e proprie macchine da guerra, forti e incrollabili. Solo recidendone il capo avrebbero trovato la morte, ma non era cosa facile. Molti di loro erano già sulle rive dell'isola ad attendere le scialuppe degli alleati, che assalirono ferocemente prima ancora che toccassero terra.

Iniziò così una violenta battaglia; i soldati di Veliria non avevano di certo immaginato di doversi scontrare con esseri così mostruosi. La verità è che non si aspettavano neppure di riuscire a raggiungere l'isola, perciò un difficile ostacolo era stato comunque superato e la speranza, anche se sotto forma di una piccola scintilla, cominciò ad accendersi.

Com'era stato previsto, il Drago non si accorse del veliero solitario di Asedhon che, nel frattempo, aveva raggiunto indisturbato la costa opposta dell'isola. Le sue attenzioni erano concentrate sulle navi sopravvissute alla tempesta che avevano già raggiunto la sua terra e sugli uomini che la stavano occupando. Dalla terrazza della sua camera aveva l'intera visuale della riva sabbiosa su cui erano sbarcate le scialuppe. Con aria soddisfatta seguiva la lotta tra gli uomini e le creature che componevano il suo esercito, ritenendo che sicuramente non ci sarebbe stato bisogno di un suo intervento.

La *Stellamaris*, intanto, fu ancorata non molto lontano dalla riva, dalla parte opposta dal punto in cui si combatteva la battaglia. Asedhon diede ordine di calare le scialuppe in mare, ma prima di mollare gli ormeggi, riunì tutti i suoi uomini prendendo la parola.

«*Uomini di Mitwock...*» urlò e tutti, sospendendo ogni attività, si voltarono verso di lui.
«*Figli di Kiro, figli di mio padre*
Colui, che dal nulla ha dato vita al nostro regno

Grazie al quale siamo diventati quello che siamo!
Fratelli miei
Oggi… Qui… Molti di voi perderanno la vita
Oggi… Qui… Molti di voi avranno la gloria e l'onore di morire
Affinché la vita di altri possa continuare
Oggi… Qui… Tutti noi faremo la storia
Perché al Drago non daremo scampo!
Guerrieri inferociti avrà dinanzi a sé
Combattenti indemoniati si troverà davanti!
Per la prima volta, qualcun altro ha preso l'iniziativa
Per la prima volta non vedrà la paura negli occhi del suo nemico
Oggi… Sarà un giorno memorabile per noi
E un giorno maledetto per lui
Perché oggi… lo distruggeremo!»

E un unico e glorioso «*Sì!*», accompagnato da spade sguainate al cielo, si levò dalle bocche urlanti di quegli uomini, trepidanti di coraggio e speranza per un giorno che nessuno di loro avrebbe mai dimenticato. Poi Asedhon riprese.

«Silenzio… Ascoltatemi!
Non è il vostro re che in questo momento vi sta parlando
Non è il vostro capitano che ora vi parla… no!
Ma un uomo
Un soldato come voi
Un fratello
Un fratello che vi ama dal più profondo del suo cuore
Un fratello che per anni ha combattuto al vostro fianco
Un fratello che ha sempre condiviso con voi gioie e sofferenze
Un fratello che insieme a voi ha onorato, seppellito e pianto i suoi caduti
Un fratello che non vi ha mai abbandonato
Ma oggi non sarà così
In questo giorno
Per la prima volta nella mia vita
Io prenderò la mia strada
Qualcun altro vi guiderà in battaglia
E so già che non mi deluderà

Qualcun altro prenderà il mio posto nella vita e nella guerra
A partire da oggi
È a qualcun altro cui dovrete la vostra obbedienza
A Cletus! Il vostro nuovo re!»

L'urlo di Cletus si levò alto mentre gli uomini si guardavano l'un l'altro stupiti di ciò che avevano appena udito.

«Noo! Non ascoltatelo! Non dategli retta! Il re vaneggia!» gridava mentre lasciava il gruppo dei guerrieri per raggiungere Asedhon sul ponte.

«Si può sapere che ti prende? Sei impazzito? Ma che discorsi fai! Così li spaventi!»

«Spaventarli? E perché? Perché li lascio nelle tue mani? No! Non credo proprio! Mio padre si è sempre fidato di te, io mi fido di te, loro…» disse indicando gli uomini «… si fidano di te. Sarai un ottimo re Cletus, non posso mettere il mio regno in mani migliori.»

«No… no, ma di che stai parlando, non sono degno di tutto ciò, ma non è questo il punto. Mitwock ha già il suo re e vuoi sapere come andrà a finire? Che tu andrai al castello a prendere quella maledetta *pergamena* e la porterai qui. Il Saggio annienterà il Drago e ce ne torneremo tutti sani e salvi a casa. Tu sposerai una bellissima principessa, avrete il vostro erede e vivremo tutti felici e contenti e bada che non è il finale di una favola, ma ciò che accadrà realmente!»

Asedhon prese il viso di Cletus tra le mani e lo portò vicino al suo, al punto tale che le loro fronti si toccarono.

«Sì, fratello mio,» disse con gli occhi lucidi «è così che andrà a finire. Tornerete tutti a casa sani e salvi, ve lo giuro, ma non io. In qualunque modo andrà a finire questa storia, Cletus, io non farò più ritorno.»

Ora è l'amico a prendere il viso di Asedhon tra le mani.

«Non osare… non osare neanche pensarlo… non te lo permetto, nessuno di noi morirà qui oggi. Io non morirò e tu non morirai.»

«Io sono già morto,» lo interruppe il giovane re, mentre il lucido dei suoi occhi si trasformava ora in lacrime «qualcuno ha pensato bene di uccidermi già tempo prima di arrivare qui. Asedhon… ormai non esiste più.»

«Ma di che cosa stai parlando? Asedhon, amico, non capisco! Che ti succede?»

«Nulla che debba farti preoccupare, cerca di rimanere vivo, amico mio, e tieniti pronto per la tua nuova carica.»

E, detto ciò, Asedhon si distaccò da lui e si rivolse nuovamente agli uomini.

«I marinai e venti di voi resteranno sulla nave. Il resto salpi sulle scialuppe e si diriga al campo di battaglia. Quando tutto sarà risolto e il Drago sarà stato ucciso, tornate sulla nave, spiegate le vele e volate verso casa… Non mi aspettate!»

«No! Non se parla nemmeno,» urlò nuovamente Cletus «nessuno di noi si muoverà di qui se prima non sarai…»

«Cletus… adesso basta!» proruppe Asedhon. «Ricorda che sono ancora il tuo re e il tuo capitano, e quello che ho appena dato è un ordine! Andate… adesso!» urlò.

I due compagni si fissarono senza parlare per alcuni istanti, poi Cletus, amareggiato e consapevole che non lo avrebbe mai più rivisto, con aria affranta gli rispose «Sì, capitano, ai tuoi ordini.»

Poi gridò agli uomini. «Avete sentito il capitano? Avanti… muoversi!»

E la nave divenne improvvisamente un vorticoso brulicare di uomini, mentre le numerose scialuppe tuffate pesantemente in mare provocarono un moto ondoso non indifferente. Sguardi inferociti, muscoli pronti a scattare, in ogni corpo di quegli uomini s'intravedevano tendini così tesi che sembravano sul punto di spezzarsi. Il coraggio e la voglia di fare giustizia superavano di gran lunga la paura e, con la consapevolezza della vittoria, si dirigevano ora verso l'isola.

Asedhon fu il primo ad affondare i piedi nelle acque trasparenti che lambivano la costa e a raggiungere la sabbia soffice di Otherion. Si voltò e vide che molte scialuppe erano in procinto di arrivare, altre invece stavano per essere tirate a riva. Si sentì toccare una spalla, era Cletus.

«Siamo pronti, Signore. Direi di non attendere oltre e di cominciare ad avviarci. Gli altri, appena pronti, ci raggiungeranno.»

«È la prima volta che mi chiami Signore. Non lo fai da almeno vent'anni. Credevo fossimo amici…» precisò il capitano mentre continuava a guardare le ultime scialuppe che si stavano approssimando sempre di più alla riva.

«Asedhon era mio amico, il mio migliore amico, ma mi è stato detto che non esiste più e vorrei tanto sapere che fine ha fatto. Insomma che ti succede? Che intenzioni hai? Perché tanto pessimismo? Lasciami venire al castello con te! Insieme siamo imbattibili.»

«No, gli uomini hanno bisogno di te, ora e in futuro. Non andate adesso, aspettate gli altri. Non ci vorrà molto, le altre scialuppe stanno per arrivare. È meglio che arriviate al campo tutti insieme.»

Si guardarono per un istante poi Asedhon lo abbracciò e Cletus contraccambiò la stretta.

«È stato un onore combattere per te, mio re.»

«È stato un onore per me averti al mio fianco, fratello mio!» e detto ciò Asedhon gli voltò le spalle e iniziò a inoltrarsi nell'entroterra.

L'ambiente circostante era selvaggio. In condizioni normali sarebbe stato difficile attraversarlo e sopravvivere da soli, ma la lucidità della sua mente aveva lasciato il posto alla follia. La ragione cominciò a venire meno sopendo ogni sorta di paura, minimizzando ogni forma di pericolo. Non si guardava indietro, procedeva velocemente; guadagnare tempo era essenziale per ridurre al minimo la perdita di vite umane.

Appena pronti, i suoi uomini marciarono dritti al campo di battaglia e, una volta giunti, si trovarono di fronte a uno spettacolo raccapricciante. Corpi straziati di soldati e teste mozzate dei seguaci del Drago ricoprivano il suolo del supplizio. Il verde della fresca erba bagnata dalla rugiada mattutina era offuscato dallo scarlatto colore della morte. L'odore metallico e stomachevole del sangue riempì le loro narici, disgustandoli, ma alla fin fine la situazione non era delle peggiori. Procedevano quasi alla pari e, con l'arrivo degli uomini di Asedhon, il sovrano di Otherion cominciò perfino a inquietarsi, al punto che decise di intervenire.

Un uomo semplice, di altezza media, dall'aspetto regale, si dirigeva ora sul tetto del castello. Raggiunto il punto più spazioso, si spogliò completamente e, alzando le braccia al cielo e pronunciando parole ignote al mondo di Castaryus, iniziò a modificare la sua forma. Il suo corpo si deformava, assumeva sembianze sempre più strane, cresceva, finché l'uomo non divenne una tra le creature più orribili e temute di quei tempi. Un drago rosso, dall'aspetto tetro e minaccioso, gigantesco, dagli occhi infuocati, come tutto il resto del suo corpo, prese il volo nell'aria fetida di morte che aleggiava sull'isola. Fuoco e fiamme scaturirono dalle sue fauci, incendiando tutto ciò che si presentava sul suo cammino: navi, uomini, e ogni cosa che per lui rappresentasse una minaccia.

Asedhon, dopo aver combattuto la sua guerra con radici fluttuanti che ghermivano il suo corpo e rovi giganteschi muniti di pungiglioni acuminati che straziavano le sue carni, giunse finalmente al castello. Lo trovò completamente deserto e, sbirciando da una finestra, si accorse che il Drago era in volo intento a fare ciò che gli piaceva di più: sterminare.

Gli stregoni di Vanguard, prima della partenza, avevano informato il giovane re che una potente fonte di energia proveniva dall'ala nord del castello e ora era proprio lì che Asedhon si dirigeva. Con sua meraviglia, scoprì che in quella zona era situata la camera del sovrano di Otherion. Quale posto migliore, pensò, per custodire la *pergamena sacra*. Vi entrò e la sua attenzione fu attratta da un forziere chiuso con una strana serratura. Non aveva idea di come aprirlo, ma qualunque cosa cede alle cattive maniere, perciò tirò fuori il suo pugnale e cominciò a scardinare il meccanismo. Dopo numerosi tentativi qualcosa scattò all'interno e la serratura si sbloccò. Gli costò però la punta del suo pugnale che si ruppe dentro lo strano marchingegno, ma alla fine il forziere si aprì. Al suo interno vide la *pergamena,* avvolta in un drappo di pelle di bufalo dal colore scuro, indefinito. Sopra, nessun disegno o simbolo; dei legacci cuciti a mano la tenevano ben chiusa. Asedhon la prese. La *pergamena sacra*, tanto sospirata, era ora nelle sue mani. Non doveva essere aperta. Questo gli fu raccomandato, ma egli rimase lì, immobile, con lo sguardo fisso su di essa, accarezzando con la punta delle dita quei legacci che desiderava tanto sciogliere.

I suoi propositi, in realtà, erano diversi dai piani elaborati all'Incontro. Egli voleva la *pergamena* per sé. Non aveva mai avuto intenzione di portarla dai Saggi. Cletus aveva ragione, il re non era più in sé, il re vaneggiava. L'amore per la donna che aveva perduto, o l'odio per la donna che lo aveva lasciato, lo avevano spinto a prendere tale decisione.

Con molta calma e freddezza sciolse il primo dei legacci che tenevano chiuso il drappo, poi il secondo e infine il terzo. Diede un respiro profondo. Afferrò il rotolo, una pergamena scialba, dai bordi consumati e sdruciti, ruvida e maleodorante. Inginocchiatosi sul pavimento, la dispiegò in tutta la sua lunghezza. Una luce accecante brillò dai suoi scritti, ma gli occhi di Asedhon non si chiusero. Il suo sguardo si posò in direzione del centro. All'esatta metà, due righe scritte in lingua *rhocaj* sfolgoravano sulla pallida cartapecora che toccava il pavimento. Come ipnotizzato, iniziò a leggere una formula composta da strane strofe, da parole incomprensibili. Le leggeva così com'erano scritte, esattamente come gli aveva consigliato lo stregone. Non aveva idea di ciò che pronunciava, ma l'effetto fu rapido. All'improvviso un dolore immenso lo pervase in tutto il corpo. Si piegò su se stesso, si lasciò cadere al suolo contorcendosi e non resistette al bisogno di urlare.

Nello stesso istante, la creatura alata che solcava i cieli dell'isola maledetta, cominciò a volteggiare nell'aria in modo bizzarro. Il suo corpo mutava, diveniva sempre più piccolo, finché non si distinse un bolide dalla forma umana precipitare sul tetto del castello. Nonostante ciò, i seguaci del Drago non si distrassero, continuarono imperterriti a lottare contro gli alleati oramai allo stremo delle forze. Questi però, dopo ciò che si era verificato, a loro volta intuirono che il capitano della *Stellamaris* aveva trovato di sicuro un rimedio. Qualcosa di positivo si percepiva nell'aria e ciò diede loro una carica maggiore, una speranza più viva e, per la prima volta, più concreta.

Asedhon nel frattempo si riprese. Non solo le fitte dolorose erano svanite, ma avvertiva dentro di sé un'energia nuova, si sentiva rinato, un uomo rinnovato, anche se del suo aspetto non era cambiato nulla. Comprendeva di non essere più lo stesso. Stringeva i pugni e li rilassava. Avrebbe potuto stritolare il collo di un essere umano senza il minimo sforzo. Gli bastò una semplice annusata per sentire, sul tetto, la presenza di ciò che era rimasto del Drago, un odore che di umano aveva ben poco, un miasma di morte e desolazione che aleggiava sulla sommità del castello. Sguainò la spada e vi si precipitò. Una volta giunto in cima, un uomo nudo gli si scagliò contro con smodata violenza, lo agguantò e lo lanciò, catapultandolo a diversi metri di distanza e facendolo sbattere contro il muro della torretta, lesionandolo in più punti. Come se niente fosse, Asedhon si rimise di nuovo in piedi. Il suo sguardo lo avrebbe fulminato se avesse avuto i pieni poteri. Si accorse di non avere più la spada con sé ma non importava, per il momento non serviva. Aveva voglia di scaricare addosso a quell'essere tutta la rabbia e la collera che aveva dentro. Avvertiva il desiderio irrefrenabile di dare sfogo a tutta la sua energia. Si scaraventò così, come un leone inferocito, verso l'individuo che lo attendeva con aria di sfida e, nel gridare, un ruggito selvaggio e disumano aveva occupato il posto della sua voce. I canini si allungarono ulteriormente e azzannarono la carne del suo nemico, mentre le unghie avevano ceduto il posto a dieci orridi e agghiaccianti artigli. Un sanguinoso corpo a corpo ebbe inizio facendo scoccare, a ogni loro contatto, scintille di fuoco funesto e sanguinario. Si batterono a lungo duramente; le mura che li circondavano e parte della pavimentazione erano stati fracassati in seguito alle percosse causate dai loro stessi corpi. L'ambiente era completamente intriso di sangue e la lotta si attenuò nel momento in cui Asedhon bloccò l'uomo, ormai gravemente ferito, contro il muro della torretta dove, poco tempo prima, lui stesso era stato lanciato. Lo sollevò contro il muro, tenendolo bloccato per la gola. Tirò indietro l'altra mano e, a quel punto, con un colpo secco la affondò nella sua carne squarciandogli il torace. Gli strappò il cuore, lo gettò ai suoi piedi e lo calpestò. Poi lo lasciò andare e, voltandogli le spalle, vagò alla ricerca della sua spada che trovò nel punto esatto in cui fu attaccato la prima volta. Il sovrano di Otherion non perì inizialmente; barcollando e con passi incerti, si avviò verso il giovane capitano che aveva ora in pugno la sua spada. La mossa fulminea di Asedhon squarciò l'aria che sibilava al passaggio della sua fulgida lama e con un colpo netto e preciso, staccò la testa di colui che fino a poche ore prima era stato l'essere più temuto di tutti i tempi.

Un'altra fitta di dolore, ancora più intensa questa volta, lo percosse nuovamente. Urlò ancora, più forte adesso, e una luce intensa lo avvolse dappertutto.

Nel campo di battaglia, intanto, avvenne qualcosa d'inaspettato. Uno per volta, i seguaci del Drago, sconcertati e impauriti iniziarono a prendere fuoco. Le armature si scioglievano sul loro corpo fino a fondersi con esso e corpi in fiamme, sbraitanti e scalpitanti, si distinguevano ora che smaniavano in maniera disordinata tra i soldati sempre più increduli, finché non desistevano e divenivano cenere.

Il vivo bagliore che circondava il suo corpo, divenne sempre meno intenso fino a quando, dopo solo pochi attimi, non scomparve del tutto. Il dolore che lo aveva fatto stramazzare al suolo, contorcere e urlare con una voce ruggente che nulla aveva di umano, svanì nuovamente. Il corpo di Asedhon era cambiato ora, ma non di molto. Era divenuto più alto, la struttura muscolare molto più accentuata, i lineamenti del viso più marcati e tirati e gli occhi dalla verde iride, erano bui, più neri del nero, più neri di quella che era ora la sua stessa anima. Un leggero alone luminoso era rimasto sulla pelle, che pareva brillare. I polmoni respiravano acutamente e l'aria che inalavano, al loro interno diveniva rovente. Le mani rimasero artigliate come nel momento in cui aveva strappato il cuore al suo nemico e la pelle, un tempo morbida, era divenuta ora più dura della pietra e nulla l'avrebbe mai più lacerata.

Nel campo erano tutti confusi e sorpresi per ciò cui stavano assistendo e quando l'ultimo dei seguaci del Drago non divenne altro che un cumulo di polvere, si guardarono stupiti l'un l'altro e tutti insieme, come fossero un unico corpo, all'unisono, alzarono al cielo un urlo di vittoria e di incontenibile gioia. Non avevano solo vinto una guerra, ma si erano duramente conquistati il diritto di esistere.

Asedhon, o meglio il nuovo Drago, tornò di corsa nella camera. Ricordava bene le parole del vecchio stregone. *"La pergamena sacra, non può essere bruciata, né lacerata, qualunque sistema usato per il suo disfacimento si è rivelato vano, ha sempre ripreso la sua forma, perfetta, come fosse stata appena creata. Solo il Drago, con il suo immenso potere può cancellarne lo scritto, ma non gli converrebbe farlo in quanto perderebbe i suoi poteri..."* Si chinò quindi dinanzi alla *pergamena* e pensò bene di cancellare, con la magia appena acquisita, le uniche due righe che avrebbero potuto annientarlo, senza che i poteri venissero compromessi. Ora l'onnipotenza era in lui e la *pergamena*, oramai, non rappresentava più un pericolo. Non ne aveva più bisogno e dopo averla riavvolta nel suo drappo e annodato i legacci che fino a poco tempo prima la tenevano chiusa, la abbandonò nello scrigno dove lo aveva trovata, lasciò la stanza e fece perdere ogni traccia di sé.

Tutti immaginarono che la distruzione del Drago fosse stata opera dell'unico Saggio rimasto in vita, ma furono informati da Cletus che il re non fece mai ritorno alla *Stellamaris* e che il Saggio non ebbe mai modo di spiegare la *pergamena*. Gli altri Saggi erano periti in mare durante la tempesta e nessuno alla fine riuscì mai a capire cosa fosse realmente successo.

Gli alleati seppellirono i loro morti. Si trattennero sull'isola ancora per alcuni giorni e ne setacciarono ogni centimetro alla ricerca del re scomparso. Nulla fu rinvenuto, solo il corpo di un uomo nudo con la testa mozzata trovato sul tetto, un drappo scuro in un forziere, chiuso da tre legacci, che conteneva la *pergamena sacra* e sul pavimento accanto ad essa, un pugnale con la punta mozzata, dall'impugnatura in nero ebano scolpita magistralmente dagli artigiani di Mitwock e raffigurante simboli regali del regno di Asedhon. La sua spada, rinvenuta sul tetto accanto al cadavere decapitato, fu avvolta in un panno di velluto blu e, in seguito, come un cimelio prezioso, sarà custodita nel Tempio dei Sacri Avi.

***

«Tesoro...»

Ariel era nella sua tenda, davanti a un tavolino su cui erano state poste varie armi da taglio e in quel momento stava pulendo la sua spada. Non gli rispose e non si voltò nemmeno. Con la totale indifferenza verso quel *"tesoro"* appena recitato, sperava di far capire a suo padre che non aveva alcuna voglia di ascoltarlo, ma Vanguard insistette e le si avvicinò.

«Tesoro!»

A quel punto lei scaraventò con violenza la spada sul tavolino e si voltò di scatto, furiosa, con il cuore pieno di collera e il volto a pochi centimetri da quello di suo padre.

«Che siete venuto a fare qui, padre? Cosa volete da me adesso? Che cosa volete dirmi?»

Le sue labbra iniziarono a tremare e il suo respiro divenne pesante. Lacrime amare lambivano ora il suo volto stanco. «Sapevate quello che provavo per lui!» Urlava adesso e scagliava pesanti pugni sul torace di suo padre. «Che cosa siete venuto a dirmi ora? Che vi dispiace? È questo che siete venuto a dirmi? Che vi dispiace? È troppo tardi, non credete? Vi odio... io vi odio!»

Vanguard tentava di tenerle i polsi, impresa ardua data la forza immensa di sua figlia. Le intimava di calmarsi. Per un po' Ariel diede sfogo a tutto il suo dolore, fino a quando lui non la abbracciò forte tenendola stretta a sé. Fu allora che lei si lasciò andare a un pianto disperato. Si abbandonò a quell'abbraccio sperando di sentire quel conforto che non avrebbe mai più trovato.

I corpi dei sovrani uccisi furono sigillati in casse di legno ricavato dai resti delle navi bruciate e sarebbero stati seppelliti, in seguito, nelle tombe reali.

I sopravvissuti sarebbero tornati nei loro regni; il viaggio di ritorno fu intrapreso con uno spirito molto diverso da quello vissuto all'andata.

Si festeggiava la vittoria, si trangugiava *nettare di alastide* a sazietà, finché i sensi non raggiungevano quella stasi fluttuante tra il sogno e la realtà. Si rideva, si ballava, ma c'erano anche momenti in cui si pregava per i caduti e ogni notte, per tutta la durata del viaggio, veniva accesa una grande fiaccola posizionata in un incavo a poppa della nave, in memoria di colui che aveva reso possibile il ritorno a casa. Tre tra i sovrani, Rachais del regno di Roncas, Zarcos di Sellerot e Casius di Jugaia, perirono dispersi durante la tempesta. Vestus del regno di Vestusia e Kromier di Adamanthis furono uccisi in combattimento e ora, a bordo della Nave Comando, venivano condotti a Ellech, dove sarebbe stato loro reso onore in una cerimonia commemorativa da parte dell'intera Congrega degli alleati.

Ariel, suo malgrado, ma decisa più che mai, non avendo altro per cui battersi, decise di darla vinta a suo padre e gli comunicò che non appena si sarebbe stabilito l'ordine, e comunque dopo la commemorazione dei caduti, avrebbe approfittato della presenza dei sovrani alleati per celebrare la sua unione con Calav. Vanguard accettò la sua decisione, ma non fece salti di gioia sapendo ciò che sua figlia portava nel cuore. Si rese conto che era stato duro con lei e se mai fosse stato possibile tornare indietro, pensava, non le avrebbe impedito di seguire il suo cuore.

Raggiunti i porti, un'ampia distesa di folla eccitata era ad attenderli. Soldati e marinai lasciavano le navi tra gli applausi e le grida di coloro che con ansia li attendevano, che con fervore avevano pregato e con l'angoscia nel cuore li avevano lasciati andare il giorno della grande partenza. Chi baciava il proprio marito, chi abbracciava il proprio figlio e chi invece, con le lacrime agli occhi, si rendeva conto che il proprio caro non era più tra i vivi.

Calav fu pienamente d'accordo, ma soprattutto felice, per la decisione che Ariel avevo preso riguardo alla loro unione e, come stabilito, subito dopo la cerimonia di commemorazione fu annunciato il matrimonio che sarebbe avvenuto da lì a tre giorni.

I preparativi furono piuttosto precipitosi. Una grande quantità di fiori fu acquistata dai migliori fioristi del regno e i più bravi tra loro erano intenti a eseguire le più complicate realizzazioni ornamentali. L'intero castello e soprattutto la sala del trono dove si sarebbe svolto il rito nuziale furono appositamente addobbati con ghirlande, composizioni floreali, tappeti preziosi e ogni sorta di fastosità.

La notte prima della cerimonia, Ariel, nella sua camera, contemplava il vestito da sposa di sua madre che Vanguard, con molta premura, aveva conservato per lei e che, quel giorno, le diede in dono. L'abito di colei che l'aveva messa al mondo e che non aveva mai conosciuto. *"Morì di parto..."* le avevano detto *"... sapeva che correva un grosso rischio, ma la sua decisione di farti nascere fu irremovibile, ti amava troppo, ancor prima di tenerti tra le braccia..."* Toccava la stoffa morbida con cui era stato realizzato, cercava di immaginarsi al suo interno e lo stupore che avrebbe trasmesso mentre, al fianco di suo padre, si sarebbe diretta verso l'uomo che l'avrebbe resa una regina. L'uomo che lei non voleva, ma che il destino spietato le aveva imposto.

Si spogliò e si distese nel letto. Rifletteva, pensava a come avrebbe reagito Calav una volta constatato che la sua verginità era stata concessa a un altro. Cosa avrebbe fatto? Non aveva voglia di pensarci; cercò di svuotare la mente da tutti i pensieri nella speranza di addormentarsi presto e, come per magia, avvenne che i suoi occhi si socchiusero. Si lasciò andare finché la piccola fessura rimasta tra le palpebre non si serrò completamente e a quel punto, i suoi sogni iniziarono a viaggiare oltre l'infinito. I muscoli tesi del suo viso si rilassarono, le labbra si dischiusero e il respiro divenne sempre più profondo.

La mano di *lui* si posò delicatamente sulla sua guancia, teneva i suoi artigli sollevati, non voleva farle male. Non ancora. Prima di squarciare il suo volto, Asedhon il Drago, desiderava per un'ultima volta sentire la morbidezza della sua pelle delicata e soffice. Voleva restare a guardarla ancora per qualche istante, prima di sfigurarla la notte prima del suo matrimonio. Voleva ricordare gli attimi intensi in cui si erano amati. L'avrebbe uccisa piuttosto che vederla tra le braccia di un altro, ma non lo avrebbe fatto. Quel Calav poi, non si era mai fidato di lui. Il pensiero di essere stato lasciato per quel viscido verme, l'idea di aver preferito gli interessi del suo regno all'amore che provavano l'uno per l'altra, immaginare che quel giorno avrebbe detto «SI» a un altro, lo mandava in bestia. Beh... lui era già una bestia, ma lo rendeva una bestia ancora più feroce. Tutti questi pensieri alimentarono ancor più la sua rabbia e, nel momento in cui si preparava a compiere quel gesto spregevole, lei aprì gli occhi e lo guardò. Gli sorrise, portò la mano sulla sua, accarezzando i suoi artigli, baciandone il palmo e coccolando il suo viso come farebbe un gatto quando fa le fusa al suo padrone.

«Sei venuto anche stavolta» gli sussurrò mentre baciava ancora il palmo della sua mano. «Ciò che desidero più di ogni altra cosa è non smettere mai di sognarti. È l'unico modo per poterti avere vicino, accarezzarti e baciarti.»

Gli sorrise ancora e poi accarezzò il suo viso.

«Sei così diverso da ieri.»

Lo sognava tutte le notti. Lo aspettava tutte le notti. Nessuno poteva negarle il privilegio di sognare, il diritto di amare l'uomo per il quale avrebbe dato la sua stessa vita. Nessuno le avrebbe vietato di baciarlo, di sorridergli, di abbracciarlo e di possederlo nei suoi sogni, quel mondo in cui sarebbero stati liberi di volare insieme e compiacersi per il resto della loro vita. Non si accorse che non era un sogno ciò che stava vivendo ora. Non percepiva il motivo per cui egli era al suo capezzale e lui non si aspettava di potersi riflettere ancora una volta nella luce dei suoi occhi. Non immaginava che quella notte avrebbe gustato ancora il tocco delle sue labbra sulla pelle e quando ciò avvenne, l'odio che provava per lei all'improvviso si sciolse, ma non solo. Accadde qualcosa che lui non aveva previsto.

Grazie a uno dei suoi poteri, di cui ignorava ancora l'esistenza, egli riusciva a scorgere i suoi sogni, leggerne i pensieri, percepirne i sentimenti. Avvertiva la repulsione che lei nutriva nei confronti di Calav. Vedeva ben chiara la costernazione, il pianto disperato quel giorno nella tenda, su Otherion, quando suo padre la abbracciava stretta cercando di calmarla e di consolarla. Sentiva il cuore di lei che mentiva quando gli disse di non amarlo più. Sembrava quasi un viaggio a ritroso nel tempo, un volo planante sulle ali dei ricordi, fino a quando non arrivò alla mattina in cui suo padre apprese del loro amore. Lo vide schiaffeggiarla, minacciarla e ridurre in frantumi i loro sogni.

Il suo cuore era già a pezzi da tempo, ma ora fu peggio. Non poteva sapere, non poteva immaginare. In quel momento desiderava essere morto. Avrebbe voluto non vedere, ma poi avrebbe fatto del male ad Ariel senza che lei lo meritasse. Era confuso, i suoi pensieri turbinavano vorticosamente e all'impazzata finché, di colpo, tutto si fermò. Lei, con delicatezza, aveva posato le labbra sulle sue e lo baciava teneramente. Egli fu, ancora una volta, circondato dal suo amore come non succedeva più da tempo; la sentiva di nuovo sua, la desiderava con tutte le sue forze e dopo solo pochi istanti erano completamente nudi, uno sull'altra, a concedersi per un'ultima volta, lasciando la passione e il desiderio liberi di agire e realizzare ciò che in quel momento, Ariel, credeva solo un sogno.

La cerimonia nuziale fu delle più sfarzose, non si badò a spese. Quella era un'unione importante che avrebbe portato ulteriori ricchezze e potere a Ellech. Lei non era così triste come si aspettava, il sogno di quella notte l'aveva messa di buon umore. Ci pensava spesso, aveva l'impressione di sentirlo ancora dentro di lei, avvertiva ancora il lieve tocco delle sue mani sul corpo e il dolce sapore della sua calda e soffice lingua. Non mangiò quasi niente, ma bevve tanto. Sperava di narcotizzare i suoi sensi e, una volta a letto con il suo fresco sposo, non ne avrebbe sentito neanche l'odore. I festeggiamenti durarono fino a notte fonda, nessuno era più lucido, neanche Calav. Partirono quella notte stessa per Hiulai-Stir, il regno di cui Ariel era appena divenuta regina e durante il viaggio, nel letto di nozze che era stato allestito nella cabina del re, i due sposi si unirono nella carne, ubriachi, senza alcun ritegno e lontani dalla preoccupazione che le loro effusioni potessero essere ascoltate.

Nel loro regno ospitarono l'ultimo dei Saggi rimasto in vita, cui affidarono la *pergamena sacra*. Costui si accorse della mancanza di alcune righe tra gli scritti della pergamena, come se fossero state depennate. Il dubbio nacque in lui, ma non fu mai espresso.

Sebbene il Drago non rappresentasse più un problema, la *pergamena* era considerata comunque un pericolo e nell'ultimo Incontro dei Capi che si svolse a Ellech, fu deciso di custodirla nel tempio di Avelar, a Hiulai-Stir, dove sarebbe stata sorvegliata giorno e notte. Il pugnale di Asedhon fu consacrato e custodito come un prezioso tesoro insieme alla pergamena. La sua spada fece ritorno a Mitwock, anch'essa fu consacrata e preservata nel Tempio dei Sacri Avi.

"La sacra lama che recise la testa al Drago e liberò i popoli dal terrore" era l'incisione sulla facciata anteriore del piedistallo. La base era stata ricoperta da una lastra d'argento e su di essa giaceva la spada che per anni aveva accompagnato il capitano nelle sue battaglie. Asedhon fu onorato da tutti i re e da nessuno mai dimenticato.

L'era degli orrori era finita. Ora in tutti i regni governava la pace e la grande battaglia di Otherion passò presto alla storia. Nel corso dei decenni se ne parlò sempre meno e il Drago fu quasi dimenticato. Ma ci fu un giorno in cui alcuni giurarono di aver visto una creatura alata, simile a un drago, completamente nera, che solcava i cieli stellati e si fondeva con il buio della notte. Altri, addirittura, dicevano di aver ricevuto la sua visita in sogno, in cui egli parlava.

Io sono il Drago
E sono onnipotente.
Non ho seguaci
Ma un solo cavaliere.
A colui che mi servirà
Io prometto fama, potere e rispetto.
Da tutti sarà temuto
Perché da me attingerà la forza
E da me sarà scelto.

Queste parole divennero leggenda finché un giorno non comparve il primo cavaliere: il Ministro del Drago. Un potente guerriero al suo servizio, da tutti temuto e da chiunque rispettato. Ne seguirono altri nel corso dei secoli, ma nessuno tra loro fu così giovane come Dionas, l'ultimo Ministro in carica.

Prima di mostrarsi agli uomini il Drago rimase nascosto per anni sull'isola di Otherion, dove nessuno era mai più tornato; pensava spesso ad Ariel e la rabbia per averla persa non si era mai sopita. Sfruttò quella rabbia e tutto il suo potere per reclamare il dominio sull'intera Castaryus. Dettò le sue regole: nessuno avrebbe mai più dominato e conquistato, nessuno avrebbe avuto il diritto di opporsi e ciò debellava ogni tipo di guerra. Chiunque non rispettasse le sue leggi era condannato a fare i conti con la sua ira. Ancora morte e distruzione si respirarono nell'aria, finché ogni popolo e sovrano non riconobbe ubbidienza all'unico Signore di Castaryus. Ogni regno avrebbe conservato il suo esercito che avrebbe impiegato solo in caso di difesa o al servizio del Drago stesso. L'addestramento dei soldati si sarebbe svolto come di norma e la vita del reame avrebbe preservato gli usi e i costumi di ogni popolo. Si conduceva quindi una vita ordinaria, pacifica, e ciò andava bene ad alcuni, meno ad altri. Con il passare dei secoli, ovunque nelle terre di Castaryus, si adunavano sempre più oppositori che rivendicavano il diritto alla lotta e alla conquista. Ciò che speravano era che un giorno qualcuno mettesse fine a quella che loro definivano una *prigione di pace* e uccidesse quel dittatore che affogava la loro libertà. Dopo circa duemila anni, finalmente, il loro desiderio sarebbe stato esaudito.

Il Ministro rappresentava il Drago tra gli uomini e a lui dovevano fare riferimento per ogni tipo d'interpellanza. La sua dimora fu stabilita a Mitwock, ma egli era sempre in viaggio per tutti i regni di Castaryus per assicurarsi che l'ordine e la legge fossero rispettati.

Hiulai-Stir - Era del Drago
Sedici anni dopo la battaglia di Otherion

Ariel entrò in silenzio nella camera del vecchio Saggio che, malato, giaceva con il capo posato su due cuscini mentre faticava a respirare. La luce era tenue e l'aria un po' pesante. La sedia era rimasta al fianco del letto sin dalla sera prima. Ariel sedette al suo capezzale e gli prese la mano tenendola con estrema delicatezza tra le sue. Il vecchio si voltò verso di lei e le sue parole furono appena udibili.

«Mia bellissima regina… in che modo… un vecchio morente… può esservi utile?»

«Non parlate, state tranquillo. Sono solo venuta a vedere come vi sentite stamattina.»

«Non tanto bene purtroppo.»

«Tra un po' assaporerete la vostra tisana preferita, vedrete che poi vi sentirete meglio. Ve la sta preparando la mia bambina, Elenìae,» disse sorridendo Ariel «con le sue stesse mani. Vi sentirete meglio.»

«Ah… Elenìae…» sospirò il vecchio Saggio. «Tra qualche giorno compirà il suo sedicesimo compleanno, mi dispiacerà non esserci alla sua festa.»

«Oh, ma voi ci sarete eccome!» ribatté Ariel.

«No mia cara, le forze mi hanno abbandonato. Il mio tempo è giunto…»

«Non dite così, è solo un malanno passeggero, vedrete che presto starete meglio. E poi Elenìae ci tiene a voi, vi vuole bene. Si può dire che l'avete cresciuta al posto di suo padre. Non vi ho mai ringraziato abbastanza per tutto quello che fate per lei, per ciò che le insegnate.»

«Non dovete ringraziarmi, mia cara» la interruppe il vecchio. «Elenìae, nonostante la sua giovane età è molto responsabile, è una donna ormai e… un giorno diverrà una grande regina, sarà una donna forte… forte, come… come lo era suo padre!»

Ariel si bloccò per un attimo.

«Lo era? Che significa? A cosa vi riferite?» chiese preoccupata.

«Mi riferisco al suo vero padre… Asedhon!»

A quel punto Ariel lasciò la mano del vecchio Saggio e si alzò di scatto. La sedia si rovesciò alle sue spalle e lì rimase con la totale indifferenza di lei.

«Ma cosa dite, è impossibile!» esclamò con un filo di voce.

«Sin dalla prima volta che la tenni in braccio,» continuava il vecchio «sentii nelle sue vene pulsare il sangue di colui che non apparteneva alle terre di Hiulai-Stir. Ma non abbiate timore mia regina, è stato un segreto ben custodito e oggi morirà con me…»

Emise alcuni colpi di tosse molto violenti. Ariel gli si accostò di nuovo, lo aiutò a mettersi seduto e gli fece bere un sorso d'acqua, poi lo aiutò a distendersi nuovamente e gli asciugò la fronte. Il Saggio le indicò il cassetto del suo comodino e Ariel lo aprì. Ne estrasse l'unica cosa che era al suo interno, un papiro, e la mostrò al vecchio. Egli annuì con un cenno della testa. Oramai non aveva più la forza di parlare, riuscì a pronunciare solo poche parole.

«Se il Drago… dovesse… tornare…» poi spirò.

L'ultimo dei Saggi si spense e con lui il segreto che gelosamente custodiva.

Elenìae fu concepita quella notte, tra il sogno e la realtà, tra l'amore e il desiderio. La notte in cui lei e Asedhon si amarono per l'ultima volta e quella in cui si persero per sempre.

Il segreto di quel frutto d'amore, Ariel, solo sei mesi dopo che le fu rivelato, lo portò con sé nella tomba, a causa di una grave malattia che la stroncò. Il papiro, che i consiglieri del re avevano custodito in un posto sicuro, non fu mai letto, ma alcuni anni dopo sarebbe stato rubato, per la prima volta ne avrebbero tolto il sigillo e il suo contenuto avrebbe visto la luce.

**

I suoi vent'anni giunsero in fretta. Elenìae, come il vecchio aveva profetizzato a sua madre quattro anni prima, si rivelò una ragazza responsabile, sicura di sé e molto interessata ai problemi che a volte affliggevano Hiulai-Stir. Cercava di rendersi utile in ogni frangente e, nonostante il re non fosse molto presente a causa dei continui impegni, ella era in grado di gestire alla perfezione ogni circostanza. Non mancava mai ai suoi doveri di dama, così come non era mai assente agli addestramenti di lotta e di spada. *"Bisogna essere pronti a tutto"* diceva, soprattutto ora che coloro che amava non erano più con lei: il vecchio saggio che l'aveva cresciuta e sua madre che l'aveva amata più di ogni altra cosa. Si impegnava perciò al massimo per diventare una vera donna, forte, avveduta e orgogliosa di quel re che un giorno l'avrebbe presa in moglie.

«Salute a voi padre, vi disturbo?»

Calav smise di scrivere, ripose il pennino e sollevò lo sguardo. Era la prima volta che Elenìae lo andava a trovare nella Sala del Governo. Evitava sempre di disturbarlo quando era in riunione con i suoi consiglieri, ma quel giorno si accorse che era solo e non esitò a scomodarlo.

«Cara! Non mi disturbi affatto, siediti.»

«Avrei bisogno di parlarvi, padre, ma se siete impegnato potremmo farlo in un altro momento.»

«Dimmi Elenìae, di cosa vuoi parlarmi?»

«Vedete… sì insomma… probabilmente vi colgo di sorpresa con questa mia richiesta, ma mi chiedevo se non fosse arrivato per me il momento di prendere marito.»

«Marito? E come mai questa improvvisa voglia di unirti in matrimonio? Non ti sarai invaghita di qualcuno spero! Desidero solo il meglio per te, lo sai vero?»

«Sì, padre mio, lo so e vi assicuro che nessuno per il momento è nelle mie grazie, ma ho già vent'anni e credo sia l'età giusta per…»

«Elenìae, non adesso. Ti chiedo scusa ma ho un po' d'impegni ora. Ti prometto che ne riparleremo, va bene?»

«Come volete, vi lascio al vostro da fare.» Gli fece una riverenza alquanto delusa e uscì. Sperava solo che suo padre non avesse intenzione di unirla a qualche re vecchio e decrepito che avrebbe avvantaggiato i suoi interessi. La sua giovane bellezza meritava sicuramente di meglio, ma come lei stessa aveva affermato poco prima, nessuno era ancora entrato nelle sue grazie e come ogni giovane donna romantica, traboccante di sogni, aspettava che il suo principe azzurro, atteso così a lungo, spuntasse all'improvviso e la conducesse in un paradiso perduto tra gli abissi dell'amore e della passione. Ed era esattamente con questo pensiero che ora, nella sua camera, si preparava per la notte. Il bagno era pronto e si era svestita ma, prima di inoltrarsi nella rilassante e calda carezza degli oli profumati, dinanzi all'armadio aperto, si accingeva a scegliere gli indumenti intimi che avrebbe indossato dopo. Si chiedeva quale tra quei fastosi pizzi e merletti sarebbe stato abbastanza provocante da far cadere un uomo ai suoi piedi e prima ancora di prendere una decisione, sentì bussare.

«Un momento…» disse indossando in tutta fretta la vestaglia in seta d'organza, lasciatale in ricordo da sua madre e che lei custodiva gelosamente «arrivo subito!»

Si diresse con passo veloce alla porta e aprì. Suo padre la guardava quasi intimorito e un po' imbarazzato. Era del tutto inusuale che egli andasse a trovarla in camera sua e lei non si aspettava di vederlo.

«Padre!» esclamò meravigliata. «Ma che ci fate qui?»

«Sì, lo so… non è tua abitudine vedermi sulla soglia della tua stanza, non è così? Ti disturbo?»

«Ma no, affatto, cosa dite! Entrate, vi prego! C'è qualcosa di cui volete parlarmi?»

«No, mia cara, nulla di particolare. Ero solo passato per augurarti la buona notte. Sai, dopo il nostro incontro, oggi, mi sono abbandonato a un profondo esame di coscienza, rendendomi conto di aver commesso non pochi errori. So benissimo di non essere stato un padre esemplare per te. Sai, la morte di tua madre mi ha scosso profondamente ed io, di giorno in giorno, non ho fatto altro che chiudermi in me stesso abbandonandoti completamente ai tuoi tutori. L'ho capito solo oggi, dopo la nostra conversazione. Pensavo che quando prenderai marito avrai finalmente una famiglia tutta tua e ti allontanerai da me, ma sicuramente non più di quanto sia stato lontano io da te per tutto questo tempo.»

«Non dovete dire queste cose, non è giusto che vi attribuiate delle colpe inutili. Non nego che ci siano stati momenti in cui ho desiderato la vostra presenza, ma il fatto che sia mancata non vuol dire che voi mi abbiate negato il vostro affetto, anzi l'ho sempre sentito vivo.»

«Ed è così, piccola mia. Tu sei la mia luce e la mia vita e non ho mai avuto la forza di dimostrartelo. La mia depressione e i miei troppi impegni mi hanno sempre allontanato da te, ma ho intenzione di mettere riparo a questa mia mancanza di responsabilità, cominciando da stasera.»

«Passando da me ad augurarmi la buonanotte?» intervenne lei scherzosamente.

«Ah ah… sì è proprio così tesoro mio! Voglio recuperare tutte le *"buonanotte"* che non ti ho dato.»

«Padre mio,» approfittò Elenìae «se non avete molta fretta, potremmo riprendere il discorso di questo pomeriggio? Avete già pensato a chi avrà l'onore di prendermi in moglie?»

«Mia cara, ti prometto che ne riparleremo» le assicurò mentre la guardava con attenzione. «La vestaglia di tua madre…» continuò con espressione nostalgica «le piaceva così tanto. Fu un mio regalo.»

«Sì, me la concesse in dono poco tempo prima di morire. *"Sei già una donna"* mi disse *"e sicuramente starà meglio a te che a me…"* lo ricordo come se fosse ieri.»

Calav le si accostò ulteriormente. Era troppo vicino ora. «La indossò durante la nostra prima notte, era così bella. Esattamente come lo sei tu ora… ti sta… ti sta… davvero d'incanto. Con questo splendore addosso mi ricordi tanto lei… Dio come sei bella!»

Il re balbettava con il respiro sempre più pesante; senza rendersene conto aveva slacciato uno dei tre nastrini in raso bianco che chiudevano la scollatura della vestaglia, mentre con tocco lieve ne accarezzava delicatamente il merletto di fine organza che la contornava.

«Padre, ma cosa fate!» esclamò lei arretrando di un passo e tentando, con le dita tremanti, di riallacciare il nastrino.

«Elenìae, tu lo sai quanto mi manca tua madre, vero?»

«Certo che lo so, manca tanto anche a me» replicava mentre cercava di sottrarsi ai passi sempre più avanzati di suo padre.

«E tu sai quanto mi sento solo?»

«Lo posso… immaginare, ma…» adesso era lei che balbettava e, come se non bastasse, non poteva più arretrare perché il muro che aveva dietro glielo impediva «ma voi siete un re… potete permettervi tutte le donne che volete…»

Suo padre era fin troppo vicino. I loro corpi si toccavano e il suo fiato accalorato le riempiva le narici. «Nessun'altra donna entrerà mai nella mia vita, così come nessun uomo entrerà mai nella tua!»

«Ma cosa dite? Cosa vi prende… statemi lontano!»

Calav aveva cominciato ad accarezzarle i fianchi facendo scivolare le mani sulla morbida vestaglia in seta che le avvolgeva il corpo casto e sensuale. Lei invece le allontanava, gli puntò le mani sul petto cercando di spingerlo oltre, ma non vi riusciva.

«Smettetela… andate via… vi prego… cosa volete fare…»

farfugliava mentre era presa a districarsi dalla sua stretta. Si agitava, aveva paura.

«Tu appartieni a me, Elenìae, soltanto a me...» ribatteva bloccandole le braccia al muro e preparandosi a baciarla.

«Voi siete pazzo... vaneggiate! Avete perso la ragione... non potete farmi questo!» Si agitava e piangeva. «Non potete farmi questo...» ripeteva «non potete farlo, siete mio padre!»

«E il tuo re!» urlò. «Io sono il tuo re...» ripeteva percuotendole con forza le braccia contro la parete alle sue spalle «sono il tuo re e tu, come tutto ciò che fa parte di questo regno, mi appartieni. Nessun altro ti possiederà! Sarai la mia regina, governerai con me su questo popolo ed io sarò il tuo Signore.»

Lei si disperava, ma era consapevole che solo la morte l'avrebbe sottratta a quella decisione. Voleva fuggire, però le braccia di suo padre la tenevano stretta e non potette fare altro che arrendersi a quel bacio. In preda alle sue veementi carezze si lasciò spogliare. Non opponeva più resistenza, non sarebbe servito. Nel contemplarla nuda, così bella e senza veli, Calav perse l'ultimo sprazzo di ragione che gli era rimasto o, per usare un'espressione più consona, uscì completamente fuori di testa. La gettò con impeto sul letto baciandola sulle labbra, sulle guance, sul collo, stringendola e graffiandola. Dopo essersi sfilato i pantaloni, si denudò completamente, le aprì le gambe con forza e con dolorosa prepotenza s'impossessò della sua castità che lei, con arrendevole sconforto, tra le lacrime, gli concesse.

Dopo l'amplesso, suo padre si rivestì e andò via lasciandola nuda e persa nel suo dolore. Aveva ottenuto ciò che da tempo bramava. Quante volte l'aveva osservata di nascosto durante gli addestramenti o l'aveva contemplata mentre passeggiava nei giardini reali, e quante volte ancora la gelosia lo aveva accecato quando un uomo, si trattasse di un cavaliere, di un soldato o di un semplice servo, si permetteva anche solo di rivolgerle la parola o un servile inchino. Aveva deciso già da tempo che non sarebbe appartenuta a nessun altro e l'unico modo era possederla lui stesso e unirsi a lei in matrimonio.

Quella notte gli occhi di Elenìae restarono sempre aperti, persi nel vuoto, fino al mattino. La violenza di suo padre aveva risvegliato in lei ciò che dalla nascita era rimasto incubato, occulto, in attesa. Con immensa meraviglia vide i suoi capelli fluttuare nell'aria come fossero sensuali sirene danzanti tra le onde del mare e appurò che ogni suo pensiero o desiderio non aveva bisogno di essere espresso che già lo vedeva realizzarsi. Un'energia violenta e possente le bruciava dentro al punto che se fosse esplosa avrebbe raso al suolo l'intera Hiulai-Stir, ma la cosa più spaventosa era che suo padre non solo aveva stuprato il suo corpo, ma anche la sua anima e nulla vi era sopravvissuto se non l'irrefrenabile desiderio di vendetta e il disgusto di essere appartenuta a un essere così viscido. La luce dei suoi occhi era velata come il chiaro del sole di quella mattina. La rabbia le offuscava tutto ciò che era vivo intorno a lei e i suoi sogni di giovinezza romantica lasciarono il posto a un nuovo sentimento di orrore e di morte.

Non uscì dalla sua camera se non per recarsi al Tempio di Avelar dove era custodita la tomba di sua madre, ma non era da lei che aveva intenzione di recarsi, come aveva l'abitudine di fare tutti i giorni. Amava tanto sua madre e dopo quattro anni dalla sua morte, ancora, non riusciva ad accettare il fatto di averla persa così all'improvviso. Le avevano tenuta nascosta la sua malattia per non avvilirla, ma quando se ne andò, Elenìae, non riuscì a rassegnarsi e tuttora versava lacrime per lei.

Una volta nel tempio, i suoi passi veloci e sicuri la condussero allo Scrigno di Cristallo che conteneva il *pugnale dalla punta mozzata* e la *Pergamena Sacra* rinvenuti sull'isola del Drago. Si fermò e giacque davanti allo scrigno che era posato su un piedistallo d'oro massiccio, sorretto da un pilastro in marmo bianco striato da venature rosa.

«Mia Signora!» la salutò la guardia addetta alla sorveglianza dello scrigno, compiendo una devota riverenza.

Fu il primo uomo che Elenìae incontrò dopo quella notte e con suo immenso stupore si accorse che riusciva a intravedere i suoi pensieri, a riflettersi nello specchio della sua anima ravvisando ogni sua singola voglia, percependo ogni suo lascivo desiderio.

Lei era molto bella, uno splendore agli occhi di chiunque la mirasse. Oggetto di desiderio e bramosia era stata per molti da quando era ancora un'adolescente. Il suo corpo maturato in fretta e l'incontaminata innocenza, la rendevano ancor più seducente, soprattutto agli occhi di colui che aveva sempre creduto suo padre.

«Mi desideri?» chiese all'improvviso, con voce calda e suadente, alla guardia del Tempio, che rimase impassibile e senza parole.

«Come dite... mia Signora?» balbettò infine il giovane.

«Ti ho chiesto se mi vuoi!» gli rispose con tono piuttosto alterato.

«Mia... mia Signora... io non so cosa... io...»

«Non devi fare altro che prendermi» gli sussurrava mentre si avvicinava a lui.

«Non voglio mancarvi di rispetto, mia Signora. Siete molto bella, più del sole, ma non oserò mai...»

«Non vuoi mancarmi di rispetto?» lo interruppe mentre lo provocava avvicinando le labbra alle sue nell'intento di baciarlo. «Ma non la pensavi in questo modo quando pochi attimi fa immaginavi di sbattermi come una cagna in calore su questo stesso pavimento! Non è così, mio adulatore?»

«Ma... di cosa parlate? Non mi permetterei mai di pensare una cosa simile! Io... non oserei...»

«Ah no? Eppure l'ho visto così chiaramente da sentirti godere come un maiale schifoso. Se hai tanta voglia di prendermi, perché non lo fai? Non mi tirerò indietro. Non desideri assaporare la dolcezza della mia bocca? Allora baciami!» sussurrava al suo orecchio mentre con la lingua lo accarezzava.

La guardia era in leggera apprensione. Come aveva fatto a vedere i suoi desideri? In che modo era riuscita a penetrare i suoi pensieri? Ma più lei lo provocava e meno a lui importava di trovare una risposta a quegli interrogativi. Era bramoso di accontentarla. Le loro bocche stavano per fondersi l'una nell'altra e quando ciò avvenne, l'uomo si disintegrò come una foglia secca bruciata dal sole, disperdendosi nell'aria fino a svanire completamente. Elenìae, quasi si spaventò per aver generato tanto orrore, ma nello stesso tempo si sentiva soddisfatta, appagata, quasi incredula della facilità con cui i suoi propositi prendessero vita e tutto ciò la deliziò di quell'amara gioia che l'avrebbe accompagnata per il resto della sua lunga vita.

Con un solo gesto della mano ridusse in frantumi il cristallo che componeva lo scrigno e, come fossero minuscole pietre preziose, i frammenti ruzzolarono in ogni parte del pavimento, facendo rimbalzare i colorati riflessi della luce che penetrava dalle finestre del tempio.

Allungò la mano tra le schegge lucenti di cristallo, sottraendo il pugnale consacrato allo scrigno che per anni lo aveva custodito e sorvegliato; lo collocò nella cinta dietro il fondoschiena e lo coprì con il suo mantello. Lasciò il Tempio di Avelar, per la prima volta, senza aver degnato di uno sguardo la tomba di sua madre e si diresse al castello, esattamente nella Sala del Governo dove, presumeva, avrebbe trovato suo padre.

Calav era dietro il suo scrittoio, pensieroso, con lo sguardo fisso su ciò che stringeva tra le mani. Un rotolo di circa venticinque centimetri, chiuso da un sigillo rosso incerato e che dava l'impressione di essere qualcosa d'importante.

«Padre!» lo chiamò.

«Ah… Elenìae, cosa vuoi?» le rispose sollevando di poco lo sguardo e tornando subito a osservare quel rotolo di papiro che girava e rigirava tra le mani, come se non sapesse cosa farne.

«Sono qui al vostro cospetto per sapere se il mio Signore ha bisogno di qualcosa o ha qualche esigenza che io possa soddisfare.»

Il re smise di giocherellare con il rotolo e ammirò sua figlia, viaggiando con gli occhi su tutto il suo corpo.

«Sei uno splendore stamattina!»

«Grazie, mio re. Il mio unico desiderio è deliziarvi e compiacervi. Vi prego di perdonare la mia curiosità, ma cosa tenete tra le mani?»

«Questo? Ah sì, questo è il documento che il vecchio Saggio, prima di perire, affidò a tua madre e si presume vi sia espressa una certa profezia che dovrebbe essere esposta qualora gli orrori del Drago dovessero ripresentarsi. Forse riporta il modo con cui distruggerlo, chissà! Mi son sempre chiesto… ma se il Drago è stato ucciso, perché mai dovrebbe tornare, giusto? Eppure eccolo qui, a quanto pare è tornato più sfavillante che mai, com'è possibile?»

«È tornato il Drago, ma non i suoi orrori» precisò Elenìae. «È vero che costringe i regni a vivere secondo i suoi principi, ma mi sembrano regole alquanto ragionevoli dal momento che tutti i reami hanno accettato la sua autorità.»

«Hanno accettato? Abbiamo accettato! E in che modo? Siamo stati costretti a riconoscere il suo potere. O così o la morte! Ti sembra ragionevole?»

«Avete intenzione di staccare il sigillo?»

«Vedremo…» rispose adagiando il papiro nel cassetto dello scrittoio «vedremo, ma ora torniamo a noi.»

Si alzò e le andò vicino. «Mi pare di aver capito che la nottata è stata di tuo gradimento.»

«Sì, padre, nessun uomo potrà mai concedermi ciò che mi avete donato voi.»

Le accarezzava i capelli. «Sì, mio tesoro, hai ragione. Nessun uomo potrà mai, nessuno uomo oserà mai. Tu sei soltanto mia e guai, guai a colui che si azzarderà anche solo a guardarti. Lo ucciderò con le mie stesse mani. Sei così... così bella...» le diceva stringendola a sé e baciandola sul collo «così desiderabile!» Ora la baciava sulle labbra. «Così... così sgualdrina. Mi fai impazzire!» le sussurrava mentre con le labbra le accarezzava il collo, salendo prima verso l'orecchio, scendendo poi sulle spalle e mordendola. La sollevò e la sedette sullo scrittoio scaraventando via tutto ciò che gli creava impedimento. Le aprì le gambe e la tirò verso di sé.

«Vi eccita definirmi una sgualdrina, mio Signore?»

«Sì, mi eccita da morire saperti una sgualdrina, proprio come tua madre!»

Elenìae, all'improvviso, gli rifilò uno spintone da fargli perdere l'equilibrio. «Come osate parlare di lei in questo modo? Come potete dire queste cose di una donna che vi ha amato con tutto il cuore!»

«Amato? Amato un corno!» urlò. «Lei non mi ha mai amato. C'è sempre stato un uomo nel suo cuore e non ero io. È sempre stata innamorata di quel... quell'Asedhon. Li notavo gli sguardi che si scambiavano, il modo con cui lei gli sorrideva quando lui le baciava la mano, i suoi occhi che brillavano come non mai quando lui la guardava e tutto questo prima ancora che Vanguard decidesse la nostra unione. Non sono uno stupido, mia cara. Ero brillo la nostra prima notte, ma non abbastanza da non rendermi conto che la sua verginità era già stata concessa.»

«Come fate a esserne così sicuro, può anche darsi che vi sbagliate.»

«Già, forse non potrei dirlo con sicurezza, ma c'è una cosa di cui sono sicuro. Della mia sterilità. Sono infecondo a causa di una grave malattia che contrassi da bambino e di questo nessuno è a conoscenza. Se non posso generare il cosiddetto frutto dell'amore, come pensi di essere arrivata tu?»

«Non posso credere che sia vero, le vostre sono solo menzogne!»

«No, mia cara. Non proferisco menzogna, te lo posso assicurare. Vuoi sapere perché odio così tanto il Drago? Vuoi conoscere il motivo per cui oggi stavo per spiegare quel documento? Perché voglio distruggerlo, disintegrarlo, eliminare per sempre la sua esistenza. Basta pensarci un attimo. Se il Drago è stato ucciso chi ha preso allora il suo posto? Te lo dico io. Il suo assassino, Asedhon! Il grande amore di tua madre e, per dirla in breve, il tuo vero padre!»

Elenìae era incredula a tutto ciò che udiva dalla bocca di Calav e soprattutto alle offese che infliggeva a sua madre.

«Sono solo supposizioni le vostre, non potete avere la certezza di tutto ciò che blaterate. Ipotesi, solo ipotesi che hanno saturato la vostra mente. Asedhon non può essere il mio vero padre, lei me lo avrebbe detto, ci confidavamo tutto!»

Calav le si avvicinò di nuovo. Solo pochi centimetri separavano i loro volti.

«Non ho bisogno di fare supposizioni o di stabilire ipotesi. È stata lei stessa a rivelarmelo. Me l'ha confessato il giorno in cui l'ho strangolata.»

«Cosa... cosa avete detto?»

«Hai capito bene, mio tesoro.»

«L'avete uccisa? Voi avete ucciso mia madre? L'avete uccisa?» continuava a ripetere tra le lacrime.

«Ha avuto ciò che meritava e ciò che merita chiunque non mi mostri fedeltà, rispetto e obbedienza!»

«Mi avete mentito! Avevate detto...» non riusciva più a parlare.

«La sua malattia? È la versione ufficiale sulla sua morte, quella che conoscono tutti, te compresa naturalmente. Dopo ciò che mi aveva confessato non meritava di vivere un minuto di più.»

«Maledetto... che siate maledetto!» urlava tra i singhiozzi. «Maledetto bastardo!»

«Non osare!» gridò lui sferrandole un ceffone così violento da scaraventarla a terra.

A quel punto Elenìae perse il controllo e la ragione. Sollevandosi dal freddo pavimento, con un solo gesto della sua mano scagliò il re contro il muro e con la sola forza del suo sguardo lo teneva appeso a circa trenta centimetri da terra.

«Ma cosa succede? Elenìae che succede? Fammi scendere, cosa fai?»

Si avvicinava a lui con molto garbo e leggiadria, con la mano dietro il fondoschiena, sotto il suo mantello. Estrasse il pugnale dalla punta mozzata e ne leccò la lama.

«Chi sei, maledetta? Fammi scendere da qui, fammi scendere! Qualcuno mi aiuti!» urlava dimenandosi.

Uno dei suoi consiglieri batteva freneticamente i pugni dietro la porta d'accesso alla sala che Elenìae aveva premurosamente serrato, mentre alcuni soldati erano in procinto di giungere sul posto.

«Mio signore, che succede? Chi c'è lì con voi? Presto,» ordinò ai soldati «buttate giù questa porta, muovetevi!»

Calav era atterrito, aveva appena constatato che sua figlia era un'ignobile strega e che con un pugnale dalla punta mozzata stava per tagliare il cinturino dei suoi pantaloni. Le forti percosse inferte alla porta che sembrava cedere da un momento all'altro, non lo tranquillizzavano. Elenìae, stringeva già in una mano il suo membro ridicolo e impaurito e nell'altra la lama consacrata con cui glielo avrebbe tranciato. L'urlo straziante del re che ne derivò, trasmise ai suoi uomini l'impulso di infliggere il colpo definitivo che spalancò finalmente la porta di accesso. Irruppero nella sala e si trovarono di fronte a uno spettacolo sconcertante. Elenìae si voltò verso di loro senza fretta, masticando. La sua bocca gocciolante di sangue, schiusa a un ironico sorriso, faceva intravedere tra i denti brandelli di carne viva appartenenti a colui che, fino a pochi minuti prima, credeva essere suo padre.

Nel momento in cui lei aveva distolto lo sguardo, Calav era piombato pesante a terra urlando dolorante. Gli era stata recisa anche l'arteria femorale e dal modo in cui sanguinava, non aveva speranze di sopravvivere a lungo.

«Mia Signora, ma cosa... avete fatto?»

«Ciò che farò anche a voi se non andrete via immediatamente.»

«Perdonatemi,» continuò il consigliere con una certa autorità «devo chiedervi di gettare quel pugnale e farvi da parte. Lasciate che ci prendiamo cura del nostro re.»

«Nessuno oserà toccarlo finché l'ultima goccia del suo sangue non avrà abbandonato il suo corpo!»

«Mia Signora, vi prego di tornare in voi. Avete perso la ragione e se non vi arrenderete, saremo costretti a usare la forza. Ma non vogliamo mancarvi di rispetto, perciò gettate via il pugnale e...»

«Ho ancora fame» lo interruppe. «Mi nutrirò anche di voi, consigliere!»

Lo scempio cui Elenìae diede vita nella Sala del Governo quel giorno, non si può descrivere. Il re morì dissanguato in preda a una lunga e dolorosa agonia e degli uomini che occupavano la sala, rimase ben poco. Con le mani ancora sporche di sangue estrasse dal cassetto dello scrittoio il rotolo di papiro del vecchio Saggio. Ne staccò il sigillo e impresse nella sua mente ogni parola di quella profezia.

Tutti gli uomini che Elenìae portò nel suo letto, nel corso dei secoli, perirono per sua stessa mano. Una sorta, la sua, di vendetta eterna che non si sarebbe mai placata, tranne che per pochi, tra cui Alvin, Elias e colui con cui un giorno avrebbe generato il suo discendente.

«Oh Solon, mia adorata stella del firmamento, a lungo ti attenderò e quando la tua chioma illuminerà la notte, saremo pronti...»

Elenìae

Frazione di Bellarja - Era del Drago, anno 2487

Il calore del giorno indugiava sulle colline, l'aria era densa e umida anche dopo la scomparsa della luce pomeridiana.

La guardava ammirato. Non poteva farne a meno. La amava oggi esattamente come quando l'aveva vista per la prima volta, più di vent'anni prima. A quell'epoca, Alvin era solo un ragazzino, mentre lei era già una donna, più vecchia di lui e molto più esperta.

Elizabeth si accorse che la stava guardando e gli sorrise.

«Anch'io ti amo!» gli disse, come per dare una risposta a quegli sguardi ammaliati, ricolmi d'amore e desiderio.

Inizialmente legati dalle esperienze vissute insieme da giovani, avevano scoperto di condividere molti modi di vedere, nonostante la loro estrazione così diversa.

Elizabeth proveniva da una generazione di guerrieri e lei non era stata da meno, eccelleva nel combattimento. Suo padre aveva avuto in mente un futuro molto duro per lei ma Elizabeth aveva preferito seguire Alvin, umile e, all'epoca, apprendista artigiano. Le circostanze li avevano fatti innamorare e dopo molti anni Alvin si sorprendeva ancora.

Lei, sempre forte e bellissima come allora, non aveva risentito del passare del tempo. Un tesoro raro, agli occhi di lui, dai capelli dorati e dai grandi occhi verdi, il corpo slanciato e flessuoso e un sorriso che avrebbe fatto sciogliere chiunque come neve al sole. Lui era un uomo di altezza media, un po' più basso di Elizabeth con spalle larghe e robuste, capelli e occhi scuri, la pelle abbronzata dal sole. Era solito mettersi fuori a battere il ferro, soprattutto d'estate, quando l'aria dentro la fucina era spesso irrespirabile. Non avevano figli, il fato per loro aveva deciso così. Nessuno dei due lo faceva pesare all'altro, anche se in cuor loro serbavano un segreto rimpianto, soprattutto Elizabeth che sapeva quanto era importante un erede che portasse avanti la discendenza di Alvin.

Quando lei finì di preparargli i bagagli, era già buio. Andarono a letto e, in silenzio, si abbracciarono ascoltando una il respiro dell'altro. Lui le passò la mano sul fianco e sulla gamba avvertendo le cicatrici delle ferite che aveva riportato a causa di una violenza subita quando era ancora una ragazzina. Le loro labbra si sfiorarono una, due volte. Elizabeth aprì la bocca e invitò Alvin a entrare. Si abbandonarono al piacere ognuno nel corpo dell'altra e, nel silenzio della notte, si udivano solo i loro sospiri.

Da quando stavano insieme, era la prima volta che Alvin partiva. Non sapeva ancora quanti giorni sarebbe stato via e la sola idea di separarsi li rattristava.

Si svegliarono molto presto quella mattina e la prima luce dell'est fu sufficiente a destarli da un sonno inquieto. Alvin si lavò, indossò gli abiti e trovò una nutriente colazione ad attenderlo in cucina. Pane, formaggio, frutta e una fetta di torta ai frutti di bosco. In un angolo della cucina era poggiata una bisaccia ricolma di provviste per il viaggio; Elizabeth pensava sempre a tutto.

Continuava a guardarla mentre mangiava e lei ricambiava il suo sguardo in modo gentile, ma visibilmente inquieto.

«Non starò via a lungo» la rincuorò. «È un affare molto importante questo per me, per noi!»

«Lo so tesoro, non pensare a me e non ti preoccupare di nulla. Cerca solo di tornare il prima possibile. Lo sai quanto mi mancherai, vero?»

Sì che lo sapeva, eccome!

Lo sconcertava solo il fatto di doverle mentire, non lo aveva mai fatto prima e questo lo avviliva. L'aveva informata che si trattava di un affare in cui avrebbe potuto avere il ferro alla metà del prezzo con cui lo acquistava abitualmente e il commerciante, ahimè, viveva lontano e poteva essere raggiunto solo attraverso un lungo viaggio per mare.

Invece...

"Lei è l'unica che potrà aiutarti; non riceve facilmente qualcuno, ma io posso fare in modo di fartela incontrare, ho le conoscenze giuste..." gli aveva detto un vecchio amico.

Uscirono dalla porta e, prima che lui cominciasse il suo cammino, si voltò verso di lei un'ultima volta a contemplare il suo viso. Le si avvicinò e la baciò. Pose le labbra vicino al suo orecchio e le sussurrò ancora una volta il suo amore. «Ti amo! Tornerò presto… aspettami!»

«Anch'io amore mio. Anche se fosse solo per poche ore, mi mancheresti da morire, sarò dietro quella porta ad aspettarti, giorno dopo giorno.»

Si strinsero forte; era dura allentare la presa di quell'abbraccio, ma dovettero farlo e, con un ultimo bacio, lei, lo congedò.

L'aria era piatta, come anche il mare. Alvin era già sul molo ed era in leggero anticipo all'appuntamento. All'orizzonte non si vedevano navi e il sole continuava ad alzarsi nel limpido cielo quando, in lontananza, comparve un natante. Non appena attraccò al molo, scese un uomo sulla trentina, un po' calvo, viso arcigno e fiero, vestito con una tenuta logora e sporca, sudato e stanco a seguito della lunga remata. Era chiaro che si trattava di un mozzo incaricato di prelevarlo e condurlo alla nave.

«Sei tu Alvin?»

«Sì!»

«Vieni con me» lo invitò il mozzo.

L'uomo non riposò e, quando Alvin mise piede sul natante, ricominciò il suo ininterrotto remare che li avrebbe condotti alla nave. Mentre navigavano, Alvin notava l'evidente stanchezza sul volto dell'uomo e l'impegno che adoperava per non mollare. *"Potrebbe fermarsi un attimo per riprendere fiato"* pensava, ma il suo pensiero fu interrotto dalla visione di una nebbia rossastra all'orizzonte che, avvicinandosi, diveniva sempre più fitta.

I due uomini si guardarono e Alvin sembrava volergli chiedere qualcosa di *lei*, ma il marinaio lo precedette.

«Non guardarla mai negli occhi. Non parlare, a meno che non sia lei a chiedertelo. Ogni suo desiderio è un ordine perciò ogni cosa che lei ti chiederà, concedigliela e qualunque cosa ti farà non tirarti mai indietro. Per quanto insensato possa sembrarti ciò che chiede, non domandarle mai il perché. Chiamala *Signora*, e che non ti venga in mente, mai e poi mai, di chiamarla maga, sono stato chiaro?»

«S… sì» balbettò Alvin.

Entrarono nella nebbia che ora sembrava diradarsi e un'ombra tetra e imponente, davanti a loro, si fece sempre più nitida.

Alla visione di quella nave, Alvin tremò.

"Dio, ma devo essere proprio impazzito…" pensò.

Era al cospetto di un veliero a tre alberi, gigantesco e armato di vele quadre cupe e ordite in pesante *tela olona* nera. La struttura dello scafo si presentava logora; ai suoi fianchi, file di cavità ospitavano una batteria di venti pezzi di balestre, mentre il ponte di coperta accoglieva catapulte di media grandezza che venivano usate per lanciare blocchi di legno o metallo intrisi di liquido infiammabile. Sull'albero maestro sventolava una bandiera completamente nera con un teschio bianco al centro e due spade incrociate sotto di esso. Sulla prua invece, fusa alla sommità del rostro, una figura orrenda rappresentava il volto di un demone dall'aspetto maligno e soprannaturale. Dai suoi occhi pareva fuoriuscire sangue vivo e chissà che non lo fosse davvero. La carena, immersa tra le frenetiche onde, esibiva una folta peluria di alghe rosse e vaste zone su cui padroneggiavano organismi incrostanti. Il veliero si presentava immobile, in un modo quasi innaturale e l'aria che lo circondava era inerte e puzzava di cadavere.

Salirono a bordo. Alvin venne accolto dal giovanissimo, appena undicenne, capitano.

Roshas era passato al comando della nave pirata subito dopo la morte del più temuto saccheggiatore di tutti i tempi, il capitano, Ironeye, suo padre, che aveva messo la nave a completa disposizione di Elenìae. Lei stessa aveva nominato Roshas capitano del *Neromanto* e il giovane ragazzo si era dimostrato fiero e aveva giurato lealtà fino alla fine dei suoi giorni. Ora accompagnava Alvin alla cabina che occupava lei, Elenìae.

«Spero che Orazio ti abbia dato le dovute istruzioni.»

«Sì, mi ha messo in guardia. Ma è davvero così spietata?»

Dallo sguardo del ragazzino, Alvin capì che la risposta era affermativa.

Furono davanti alla porta e il capitano bussò.

«Avanti!» esclamò lei con una voce che tutto lasciava intuire, tranne la sua malvagità.

Il capitano entrò. Lei era di spalle.

«Mia signora, è qui.»

«Fallo entrare e chiuditi la porta alle spalle.»

Il ragazzo fece cenno ad Alvin di entrare e, come ordinato dalla donna, si chiuse la porta dietro. Alvin rimase fermo lì; aveva paura ad alzare lo sguardo, ma lo fece, anche se di poco. Vide un corpo voltato di spalle, di una bellezza inebriante. I capelli erano raccolti da un fermaglio azzurro, di una forma indefinita, vestiva un abito rosso scoperto sulle spalle e su gran parte del fondoschiena; era lungo e le copriva i piedi. Le maniche, strette in alto, scendevano poi larghe sulle dita delle mani lasciando intravedere solo le unghie, lunghe, rosse e appuntite. Lei si voltò lentamente e lo sguardo di Alvin di colpo si abbassò.

«Alvin!» Lo chiamava con voce lenta, suadente, provocatoria, come se lo conoscesse da tempo, come se lo aspettasse da chissà quanto. «Perché sei qui? Parla, non avrai paura di me, vero? Cosa ti hanno detto quei manigoldi?»

La sua voce era leggera e sensuale e con passi lenti si avvicinava a lui. Alvin balbettava.

«Mia… mia Signora, io…»

«Dimmi che non hai paura di me!» lo incoraggiava mentre con la parte esterna di una delle sue unghie gli accarezzava delicatamente la guancia destra.

«Se voi non mi farete del male… che motivo avrei di temervi? Volete farmi del male? Se sì, allora, vi temerò.»

Elenìae si lasciò andare a una risata assordante, poi smise e gli si avvicinò ulteriormente.

«Perché sei qui, mio bellissimo uomo? Cosa vuoi da me?»

«Mia Signora, sono qui al vostro cospetto per chiedervi benevolenza… per chiedervi aiuto.»

«E cosa ti fa pensare che io faccia dei favori a te o cosa ti fa credere che io ti faccia semplicemente uscire vivo da questa cabina?»

«Nulla, mia Signora, è solo che voi siete la mia unica speranza.»

«Cosa vuoi che io faccia per te?» continuava, accarezzandogli la guancia con l'esterno della sua unghia.

«Ecco… vedete, sono sposato da qualche anno con la donna che amo, solo che il destino non ha voluto figli per noi. Io so quanto lei ci tenga, ma dopo tutto questo tempo noi non…»

«Vuoi darle un figlio?» lo interruppe lei.

«Sì!»

«Io non posso averne. Per quanto sia potente, l'unica cosa che non mi è concessa è partorire dei figli. Perché dovrei dare questa possibilità a tua moglie?»

«Mia Signora… io vi prego, v'imploro, se solo voi…»

«Va bene!» acconsentì lei, con un filo di voce.

«Cosa?» esclamò Alvin incredulo.

«Ho detto che va bene. Ma hai idea di quanto ti costerà?»

«Sono disposto a pagare qualsiasi cifra, tutto ciò che mi chiederete!»

«Non ho bisogno di denaro, non è quello che voglio.»

«Allora come potrò sdebitarmi, mia Signora?»

«Avrete vostro figlio, tua moglie lo sentirà fiorire nel suo grembo, lo partorirà, lo crescerete insieme, ma sarà pur sempre *MIO* figlio e questo lo dovrai sempre tenere a mente. Quando avrà compiuto il diciottesimo anno, tu lo porterai da me.»

"Portarlo qui...? Ma perché?" pensò.

(Per quanto insensato possa sembrarti ciò che chiede, non domandarle mai perché...).

Alvin rimase per un attimo titubante, quel *"mio figlio"* gli incuteva ansia, ma ci passò sopra. Era l'unica speranza e non vi erano altre vie.

«Allora sia!» accettò rassegnato.

Elenìae tirò fuori un sorriso ironico mentre si avvicinava volubile al suo corpo. Il seno sodo e prosperoso premeva contro il petto robusto e vigoroso di lui e la mano che prima accarezzava il suo viso, scendeva lenta, provocante, finché non arrivò a toccargli i testicoli. Alvin sobbalzò e il suo respiro divenne tremulo e agitato.

«Andiamo,» lo provocò lei senza smettere di accarezzarlo tra le gambe «non essere timido, come pensi di averlo un figlio? Sarò anche una maga ma per questo non ci vuole la bacchetta magica, sai? Lascia che io veda i tuoi occhi. Alvin, *guardami!*» esclamò stringendo ora le sue gonadi.

Anche se con una certa titubanza, egli levò lo sguardo; i loro occhi finalmente s'incontrarono ed egli si perse in quella magia di luce scaturita dalle sue rosse iridi e vani furono gli sforzi per districarsi da quella visione. Ma poi tornò in sé.

«Sì,» disse lui con voce quasi tremante «ma voi avevate detto di non poter avere figli e pensavo...» s'interruppe sentendo la sua mano che ora saliva.

Elenìae ascoltava il respiro di Alvin che diveniva sempre più profondo e, mentre lui cercava con la mente di andare altrove, il suo corpo non ne voleva sapere. Anche lei se ne accorse sentendo quella protuberanza sotto il palmo della sua mano. Ora il suo respiro si faceva più lieve, fino a diventare un sospiro... di piacere.

La maga posò le labbra su quelle di lui e baciò la sua bocca, dapprima con soave delicatezza poi, quasi con prepotenza, vi penetrò la lingua impetuosa. Egli la lasciò vorticare intorno alla sua, cercandola e assaporandone la dolcezza. Poi, con movimenti lenti, quasi temibili, mosse le mani facendole scorrere dietro il fondoschiena, gustando ogni centimetro della sua pelle morbida e delicata. Sfilò l'unico gancio che teneva fermo il suo vestito, il quale, morbido e rapido, cadde ai suoi piedi lasciandola spudoratamente nuda. Mentre seguitava a baciarla, Alvin la prese in braccio, sempre col timore di fare qualcosa di sbagliato, di mancarle di rispetto. Ma lei si lasciò trasportare, non avrebbe osato alzare un dito contro di lui. Era troppo importante, le avrebbe dato un figlio.

Il Fato lo aveva deciso.

Oltre tutto era anche un bel maschio, giovane e rude. Di tutti gli uomini che Elenìae aveva posseduto, Alvin era senza dubbio quello che le dava più soddisfazione, piacere, era colui che per anni aveva atteso e averlo finalmente lì, la eccitava.

La adagiò sul letto e adesso era lui a baciarla con avidità. Le sfilò via il fermaglio che sosteneva i capelli e, attraversandoli con le dita, li accarezzava e li stringeva nelle mani. Con un colpo di reni lei lo rivoltò e Alvin si ritrovò supino. Sopra di lui, Elenìae gli afferrò le mani e, tirandole verso di sé, lo fece sedere sul letto. Gli sfilò i vestiti con la maestria di un'amante esperta, poi gli diede una spinta e lui si ritrovò di nuovo disteso. Gli si sedette sopra e le loro intimità si sfiorarono. Gli teneva le mani ferme sul letto come a farne un suo prigioniero e quando lei gli permise di entrare, la mente di Alvin si oscurò: dimenticò la sua vita, non rammentava più chi fosse e il motivo per cui era lì.

Dimenticò Elizabeth.

Tutto ciò che desiderava in quel momento, era possedere quella creatura che gli donava il piacere, la donna più bella e desiderabile che i suoi occhi avessero mai visto e le sue mani accarezzato.

La forte luce che filtrava dalla finestrella faceva intuire che la mattinata era tarda, ma i due amanti non avevano ancora voglia di destarsi.

Sì, lei aveva lasciato che dormisse nel suo letto nonostante gli avesse fatto preparare una cabina. Al suo risveglio, si voltò verso di lui e restò ad ammirarlo per un po'.

Alvin dormiva. A un certo punto lei chiuse gli occhi, pose la mano sul ventre e cominciò a sibilare parole incomprensibili. Mentre attuava l'incantesimo, la mano sul grembo si chiuse, la portò lentamente sui genitali di lui e lì, la riaprì. Alvin si svegliò al suo tocco, e i suoi occhi socchiusi furono attraversati da una bellezza abbacinante come la luce del sole e crudele come le fiamme dell'inferno. Ancora assonnato portò la mano sui suoi capelli, rossi come il fuoco, come il sangue, e iniziò a pettinarli con le dita. Lei lo lasciò fare. Non le era mai stata data la possibilità di scoprire come fosse bello lasciarsi coccolare da un uomo, abbandonarsi alle sue tenerezze, a semplici carezze, sufficienti per farti volare via in un mondo meraviglioso dove non esiste l'odio, la guerra, dove anche un semplice fiore può saziare il corpo e l'anima.

«Torna a casa ora e fai l'amore con tua moglie.»

Orazio aveva attraccato al molo la scialuppa; aiutò Alvin a scendere e, non appena i suoi piedi toccarono terra, i sensi, sopiti fino allora, cominciarono a risvegliarsi.

«Oddio... non è possibile, non posso credere di averlo fatto davvero!» pensava.

Quello stesso giorno Alvin ed Elizabeth fecero l'amore e avvenne l'impossibile.

Due mesi dopo

Alvin era intento nel suo lavoro come ogni giorno e notò Elizabeth avvicinarsi con aria un po' turbata. Erano un po' di giorni che la vedeva strana.

«Alvin!»

«Tesoro, cosa c'è?» Era preoccupato.

«Io... devo dirti una cosa. Sono più di due mesi che...»

Elizabeth non trovava le parole per dirglielo, era felice e nello stesso tempo turbata.

«Che cosa? Tesoro!»

«Insomma... che non ho più le mie cose, ecco! Avevo intenzione di dirtelo prima, ma volevo esserne sicura. Alvin, credo di aspettare un bambino!»

Nonostante Alvin non fosse sorpreso più di tanto, fece un urlo di gioia, la prese in braccio e la fece girare, dopodiché la abbracciò stretta.

«Ne sei sicura?»

«Credo… spero di sì.»

Vissero intensamente ogni giorno di quella gravidanza e, circa sette mesi dopo, diede alla luce Elias, un bellissimo maschietto di quasi quattro chili, la loro gioia più immensa.

Da piccolo Elias era molto vivace, amava la natura e gli animali e in modo particolare i serpenti. Non era la prima volta che Elizabeth ne vedeva uno in giro per casa.

«Alviiin! Portalo via!» urlava lei dal punto più alto della cucina, quello che in una situazione normale non avrebbe mai raggiunto, mentre l'imperturbabile rettile girovagava per la stanza tranquillo e senza pensieri. Così come non era la prima volta che Alvin e suo figlio rimanevano divertiti a guardarla, ridendo di gusto e prendendola in giro.

Al compimento del suo diciottesimo anno, Alvin si ricordò della promessa, del *patto*. Portarlo da lei.

"Perché?" Si era sempre domandato, ma non aveva mai osato chiedere.

Rispolverando la vecchia scusa di un nuovo viaggio d'affari, Alvin se ne andò, portando con sé Elias. Non fu in anticipo al suo appuntamento questa volta. Orazio era lì che lo attendeva da tempo. Si avviarono nuovamente verso l'orizzonte e, come avvenne diciotto anni prima, lui si ritrovò dinanzi a lei, sempre accattivante e suadente, bellissima e sensuale, del tutto indifferente al passare del tempo.

«È arrivato il momento di riprendermi ciò che mi appartiene!» comunicò ad Alvin con una certa solennità.

«Mia signora, non potete farmi questo, voi…»

«Non posso cosa? Non esiste nulla che io non possa fare. Lo sapevi, faceva parte del patto e non puoi tirarti indietro, lui è mio figlio e in un modo o nell'altro resterà qui, perciò immagino che tu preferisca restare vivo e tornare da tua moglie, giusto?»

«E se lui non volesse rimanere?»

«Perché non vai a chiederglielo? Sono curiosa di sapere cosa ti risponderà.»

Era più una provocazione che un invito, a ogni modo Alvin uscì dalla cabina in cerca di suo figlio; sapeva che sarebbe stato un giorno disgraziato, quello in cui lo avrebbe perso. Lo vide sul ponte mentre confabulava con alcuni uomini dell'equipaggio. Elias scorse suo padre che si dirigeva verso di lui e gli andò incontro e ciò che giunse alle orecchie di Alvin, mentre il ragazzo si avvicinava eccitato e pieno di entusiasmo, aveva dell'inverosimile.

«Padre, io resto qui, non tornerò a casa.»

Sì, lo aveva perso.

Cosa avrebbe detto a Elizabeth? Quale credibile scusa avrebbe mai potuto inventare? Come poteva dirle che quel figlio tanto atteso e cresciuto con immenso amore e dedizione per diciotto anni, passati così in fretta, si era imbarcato su una nave di pirati diretta chissà dove e che, con tutta probabilità, non lo avrebbe mai più rivisto? Con quale coraggio l'avrebbe affrontata? Durante il cammino verso casa, già immaginava la sua espressione preoccupata nel vederlo sopraggiungere da solo, lo sguardo di lei in cui avrebbe letto mille domande, alle quali non avrebbe saputo dare una risposta.

Invece non cercò una scusa, trovò il coraggio di raccontarle tutto, ma proprio tutto, senza tralasciare nulla, nessun particolare, accettando il fatto che avrebbe potuto perdere anche lei. Però non fu così. La rabbia di Elizabeth durò solo pochi giorni perché in cuor suo sentiva che egli non avrebbe mai fatto nulla per farla soffrire. Ciò che aveva compiuto, lo aveva fatto per lei, solo ed esclusivamente per lei, per compiacerla, per darle un figlio e renderla felice. Per di più, ella serbava un segreto che non avrebbe potuto tenere nascosto troppo a lungo, una piacevole sorpresa per Alvin.

Difatti, come diciotto anni prima, Elizabeth gridò nuovamente al miracolo, ma questa volta fu una grazia vera, un frutto concepito dall'amore puro, un miracolo generato alcune settimane prima che Alvin salpasse insieme a suo figlio.

Alcuni mesi dopo, il pianto di quella piccola creatura, inondò di gioia i loro cuori, ridando vita a quel silenzio di angoscia che Elias aveva lasciato.

Lo chiamarono Dionas.

Nonostante l'età avanzata, riuscivano a stare dietro a Dionas come avrebbe fatto una giovane coppia con il suo primo bambino; era un po' dura ricominciare dopo diciotto anni, ma l'entusiasmo era tale che nessun tipo di difficoltà li avrebbe fatti demordere, anche se la pena per

Elias era ancora viva nei loro cuori.

Elizabeth e Alvin concepirono il terzo figlio trentasei mesi dopo la nascita di Dionas: una bellissima bambina dalla pelle chiara e delicata che evidenziava ancor di più la sua folta capigliatura corvina. Le palpebre, semiaperte, lasciavano intravedere il nero lucente dei suoi occhi e, dietro la nuca, era ben visibile una piccola voglia di color ambra dalla forma allungata, più larga nella parte superiore e più stretta in quella inferiore, dove *terminava a punta*. Una macchia limpida e distinta da cui la piccola ebbe il nome: Ambra.

Quelle due splendide creature erano l'orgoglio dei loro genitori, un miracolo vivente per Elizabeth, un tesoro prezioso, da difendere con le unghie e con i denti, per Alvin. Le amavano più di ogni altra cosa, a tal punto che un giorno, prima Elizabeth, poi Alvin avrebbero sacrificato la loro vita per proteggerle.

Il Rapimento

Silkeborg – Danimarca
Giovedì 16 settembre

"*anto tempo fa, su un'isola lontana, immersa tra le onde più oscure degli oceani infuocati, viveva un drago solitario, un potente Signore dal potere infinito, padrone dei mille volti, dominatore delle forze della terra e sovrano delle arti magiche più oscure. L'onnipotenza era in lui, e da tutti era temuto e rispettato. Di notte solcava l'aria tra le stelle lucenti in cerca di pace per la sua anima e nel vento navigava il suo lamento, spinto in ogni angolo della Terra. Era il suo grido di rabbia per l'amore perduto…*"

«Per una draga femmina?»

«Draghessa, si dice draghessa, non draga e comunque qui non è specificato.»

«Come faceva le magie? Come riusciva a trasformarsi?»

«Era il signore più potente dell'universo. Bastava uno schiocco delle sue dita per tramutarsi in un immenso drago affamato di fiamme oppure in un piccolo esserino come te» spiegò Amanda mentre stringeva la punta del nasino del piccolo nipote tra le sue dita.

Era già molto tardi e non c'era più tempo per continuare la storia, la sveglia avrebbe trillato presto la mattina e l'autobus della scuola avrebbe proseguito se sul marciapiede non vi fosse stato nessuno ad attendere.

«Solo un'altra pagina nonnina!»

«Domani, te lo prometto!»

Un bacio sulla fronte e Amanda lasciò la camera del piccolo Karl, dirigendosi poco più avanti, nel corridoio, dove era situata la sua stanza.

Dopo la morte del genero, Albert, causata da una grave malattia, Amanda si era trasferita dalla figlia per aiutarla in casa e con il piccolo Karl. Karen ne aveva bisogno, un po' per la depressione dovuta alla morte del marito, un po' per il lavoro e anche perché Amanda era diventata ormai una figura permanente in casa Overgaard già da qualche tempo.

Erano le sei e mezzo del mattino e Karl non aveva dormito granché quella notte. L'emozione per il primo giorno di scuola lo aveva eccitato più del dovuto, aveva insistito per acquistare zaino e quaderni a partire già da un mese prima dell'inizio dell'anno scolastico. Per non parlare del grembiule, comprato nel mese di agosto e rimasto appeso nel suo armadio fino a quella mattina. Ancora prima che la sveglia suonasse, era già sceso in cucina sperando di trovare una succulenta colazione a base di latte e cereali, i suoi preferiti, quelli che sulla scatola avevano impressa l'immagine di Spiderman. Si aspettava di trovare un bel bicchierone con il suo immancabile succo di arancia e una piccola manciata di caramelle da riporre nello zaino. Ciò che trovò, invece, fu una cucina vuota e spenta, un silenzio placido e serafico e nemmeno l'ombra di un cereale per la colazione. Risalì di corsa le scale e piombò come un razzo nella camera della madre, saltando sul suo letto come una gazzella impazzita. La sveglia aveva cominciato a tintinnare la sua melodia e Karen aveva stentatamente aperto gli occhi mentre aspettava che gli ultimi sprazzi di torpore la abbandonassero.

«Mamma, se non ci sbrighiamo perdo l'autobus... alzati dai!»

«Va bene, va bene, ora mi alzo...» ribatté Karen afferrando il suo tenero corpicino avvolto in un morbido pigiamone di calda flanella, lanciandosi così in un solleticarsi sfrenato a cui si unì anche Amanda, entrata nella camera proprio in quel momento. Un groviglio di corpi si rallegrava e gioiva sul letto di Karen che pareva ora un parco giochi e, dopo alcuni minuti di saltelli e risate, erano finalmente tutti desti e vispi pronti per avventurarsi nel nuovo giorno.

Mancava ancora un po' di tempo all'arrivo dell'autobus ma Karl era già pronto sul marciapiede nella sua nuova divisa, in fremente attesa di intraprendere il viaggio verso quella meta da lui tanto ambita. Karen e sua madre si affacciavano a turno alla finestra del soggiorno, per sorvegliarlo. Quel bambino rappresentava per loro la cosa più importante, il tesoro che avrebbero difeso e protetto anche a costo della loro stessa vita.

L'arrivo dell'autobus pose fine all'angosciante attesa di Karl che vi entrò fiero, accomodandosi in un posto diverso da dove era solito sedersi: verso il fondo, sui sedili posteriori, dove si recavano di solito i *grandi.* La scuola materna non era molto lontana, ma lui non doveva più scendere a quella fermata; ora doveva proseguire oltre, verso la sua nuova meta. Era eccitato, contento, osservava dal finestrino uno stabile che si avvicinava divenendo sempre più grande, finché, a un certo punto, l'autobus si fermò.

Quando si trovò al cospetto di quell'immenso cancello bruno, di un colore che si avvicinava molto al cioccolato, gli si bloccò il respiro; sembrava così immenso ai suoi occhi e l'idea di attraversarlo, quasi lo intimoriva. Si ritrovò ben presto circondato da bambini che si precipitavano in ogni direzione, genitori che baciavano i propri figli mettendo in ordine il colletto bianco del grembiule attorno al collo e inoltre figure più distinte che Karl presuppose fossero i maestri. I ragazzi più grandi, quelli dell'ultimo anno, correvano come forsennati schiamazzando nei confronti dei più piccoli, con aria spavalda, tanto che uno di loro urtò Karl alla spalla sinistra, seguitando poi la sua corsa senza avere la minima intenzione di chiedergli scusa. Lui però non se ne curò e proseguì il suo viaggio verso i numerosi scalini che portavano all'interno dell'edificio scolastico.

La stessa confusione animava anche i corridoi che brulicavano di piccoli scolari, alcuni strepitanti, altri intimiditi, intenti a cercare le aule che erano state loro assegnate ma, al suono della campanella, come per magia, tutti erano già svaniti nelle proprie classi in maniera così repentina da far pensare che sarebbe giunto chissà chi a infliggere raggelanti punizioni.

La sua classe era ampia e soleggiata, in tutto erano venti alunni seduti ordinatamente in coppia e disposti su due file di banchi. Le pareti della stanza erano state appositamente tinte di bianco per far risaltare più adeguatamente tutto ciò che vi era appeso. Cartelli con grandi iniziali abbinate ognuna alla sua figura, numeri e strani segni che presto i bambini avrebbero utilizzato per compiere le principali operazioni numeriche, cartine geografiche della Danimarca che la raffiguravano dal punto di vista fisico e politico. Una grande locandina colorata ritraeva un lungo treno composto da svariati vagoni. Al loro interno, sorridenti bambini con lo zainetto sulle spalle si apprestavano ad avventurarsi in questo nuovo mondo di conoscenza e cultura che li avrebbe presto trasformati in piccoli *Einstein*, mentre, in cima al lungo treno, era stata posta una grande scritta multicolore di benvenuto.

Come sarebbe avvenuto tutte le mattine successive, fu fatto

l'appello e Karl riuscì a memorizzare tutti i nomi di quelli che sarebbero stati i futuri compagni con cui avrebbe condiviso l'intero anno scolastico.

Si annoiò molto quel giorno. Ripetere l'alfabeto, mettere insieme due lettere per formare una sillaba e con alcune di esse tentare di costruire una parola era tutta roba superata per lui. Per uno che già sapeva leggere e scrivere e formare intere frasi, stare dietro a quelle sciocchezze si era rivelato davvero noioso. La giornata si movimentò quando tutti i bambini furono condotti in cortile per l'ora di educazione fisica e, tra un passo di ginnastica e due tiri al pallone, Karl scacciò finalmente la noia divertendosi e socializzando con i suoi nuovi compagni. Il campo da calcio sterrato aveva impolverato le sue scarpe nuove, fiammanti solo fino a pochi minuti prima e acquistate apposta per il primo giorno di scuola, mentre sul lindo grembiule, intriso di sudore, erano visibili macchie di polvere biancastra, di varie forme e dimensione, che spiccavano lucenti su quel blu di cui lui era tanto fiero.

Non sembrava, ma tutto quel movimento lo aveva affaticato. Erano settimane che non giocava con qualcuno, la sua casa era situata nella lontana periferia di Silkeborg, un comune danese ubicato nello Jutland Centrale, dove vivevano un po' isolati dalle altre abitazioni e Karl, oltre a non ricevere visite, era anche impossibilitato a compierne. Karen lavorava fino a sera e al suo ritorno era troppo stanca per portare il figlioletto a giocare con gli amici.

***

Le prime piogge d'autunno favorirono il risveglio di molte specie di piante selvatiche ancora dormienti e il vasto campo retrostante la loro abitazione ne era colmo. Karen non era andata al lavoro quella mattina, aveva preferito rimanere in casa qualora Karl avesse avuto bisogno di lei, ma la mattinata procedeva serena e tranquilla e una passeggiatina in quella distesa dai caldi colori autunnali misti al fresco verde dei nuovi erbaggi nativi, sarebbe stata ideale per rilassarsi e, allo stesso tempo, assicurare un buon contorno di verdure campestri all'ottimo arrosto di coniglio previsto per il pranzo.

Nonostante il mattino inoltrato, il sole non era ancora abbastanza caldo da far evaporare la briosa rugiada mattutina, le cui infinitesime gocce brillavano su ogni filamento d'erba come fossero microscopici diamanti luminosi. Le calzature di Karen e di sua madre erano oramai inzuppate al punto da risentire della fredda umidità anche tra le dita dei piedi.

«Non voglio che gli racconti quelle storie!»

«Quali storie?» chiese sorpresa Amanda girandosi di scatto verso la figlia.

«Tutte quelle leggende di draghi sputa fuoco, streghe cattive, mostri violenti e chi più ne ha più ne metta.»

«Ma sono solo delle favole!» ribatté Amanda. «Karl è un bambino abbastanza intelligente da distinguere perfettamente la differenza tra favola e realtà, è un bambino speciale ed è sempre stato un passo avanti, anzi due, rispetto ai suoi coetanei, e tu questo lo sai. È lui stesso che mi chiede quel genere di racconti e non lo spaventano per niente, credimi, e se ti posso dire il mio pensiero, meglio così, almeno dimostra di non essere un rammollito.»

«Un rammollito? Mamma! Ha solo sei anni! E poi è mio figlio e decido io come crescerlo e se ti dico che quel genere di storie non mi va giù, lo devi evitare.»

«Oh andiamo, Karen… e cosa dovrei raccontargli quando mi chiede una storia? Trovamela tu una favola dove non ci sia un orco cattivo che insegue un Pollicino o una strega perfida che avvelena una Biancaneve o una matrigna crudele che schiavizza una Cenerentola! Scusa se te lo dico, ma per me ti stai preoccupando troppo.»

«Una favola semplice mamma, adatta a un bambino di sei anni, dove non ci siano mostri e violenza, ecco cosa ti chiedo.»

«È il *libro* vero?»

«Non so di cosa parli.»

«Sai benissimo di cosa parlo» insisteva Amanda. «Parlo del *libro* o meglio di quel mucchio di fogli raccolti con le graffette che ti eri ripromessa di riscrivere e rilegare.»

«E infatti lo farò, solo che ora non ne ho il tempo.»

«E invece cerchi di sfuggirgli. Lo avevi nascosto ma poi io l'ho trovato e ti sei infuriata in una maniera assurda quando hai visto che lo leggevo a Karl.»

Karen si fermò, pensierosa e triste, a fissare l'erba che invece brillava gioiosa ai raggi del sole.

«Stava scrivendo quel racconto durante il periodo della sua malattia. Non so neppure se lo abbia finito. Continuava a scrivere anche durante la fase terminale del suo male, non era lucido, ma continuava a scrivere. Non mi riconosceva più, ma proseguiva imperterrito a buttare giù parole su quei fogli come se rappresentassero la cosa più importante della sua vita. Cosa può aver mai dettato una mente ormai non più coerente? Io non ho il coraggio di leggerlo mamma, non lo so... ma ogni volta che me lo ritrovo davanti, il solo pensiero di stringerlo tra le mani, m'incute ansia.»

«Ma questo non ti dà il diritto di impedire a Karl di conoscere il racconto che ha scritto suo padre.»

«Non glielo impedirò mamma, ma non voglio che tu glielo legga, non adesso.»

«Mi spieghi per quale motivo?»

«Non lo so mamma!» Questa volta Karen era piuttosto irritata. «È solo una sensazione, ti sto chiedendo un favore... ti costa così tanto?»

«Va bene, va bene, sarà fatto,» assentì Amanda un po' seccata «anche se il problema primario secondo me è un altro.»

«E quale? Sentiamo!» chiese altrettanto spazientita Karen.

«Tu! Ma ti vedi? Sei tesa come una corda di violino che sta per spezzarsi da un momento all'altro, hai perso la voglia di vivere, di piacere. La tua vita, da due anni, consiste in lavoro, cena e letto e quei pochi minuti che ti restano, se sei sveglia li dedichi a tuo figlio. E a te? Quando è che ci pensi?»

«Mamma, ti faccio presente che se vogliamo mangiare devo anche lavorare e la vita non si riduce solo a sfamarsi, ci sono le tasse da pagare, c'è il mutuo, le spese quotidiane e a Karl non voglio che manchi nulla.»

«Ma è proprio così, tesoro! Non ci manca niente, non hai bisogno di sfiancarti dalla mattina alla sera. Trovati un lavoro più vicino e che non ti faccia stare tanto tempo fuori di casa, un lavoro che ti dia la possibilità di dedicare più tempo a te e a tuo figlio; non importa quanto sarai retribuita, la tua paga insieme con la mia, saranno sufficienti ad andare avanti senza farci mancare niente.»

«Cerca di capire, mamma! Se mi sforzo tanto è proprio perché sto cercando di superare lo stress che mi porto dietro. Solo quando lavoro, riesco a non pensare a niente.»

«Karen, sono passati due anni ed è arrivato il momento di ricominciare. Guardati! Dimostri almeno dieci anni in più di quelli che hai. Perché non riprendi il karate, per esempio? Ti piaceva tanto ed eri così orgogliosa di quella cintura nera che ti eri guadagnata; ricordo ancora tutto l'impegno che avevi dedicato per raggiungere quel traguardo. Il giorno dell'esame… ricordi come eri emozionata quel giorno?»

«Sì, lo ricordo, fui davvero orgogliosa di me, ma alcuni giorni dopo, ad Albert diagnosticarono quella malattia rara che lo stroncò in pochi mesi. Mamma, non frequento il karate da allora e non ne ho più avuto voglia.»

«Capisco, ma devi reagire. Non puoi continuare così in eterno», le disse teneramente, posandole un braccio sulla spalla mentre erano sulla via del ritorno.

Mancavano ancora un paio d'ore all'arrivo di Karl e mentre Amanda preparava il pranzo, Karen si dedicava in maniera più approfondita a quel tipo di pulizie domestiche che si rimandavano sempre e inoltre, avendo pensato molto alle parole di sua madre, aveva progettato un pomeriggio da dedicare solo a se stessa, tra manicure, pedicure e tutte le cure necessarie per abbellire e detergere in profondità il proprio corpo. In seguito alla morte del marito si era un po' trascurata a causa della depressione, ma erano ormai passati due anni e, guardandosi allo specchio, notò a malincuore che sua madre aveva ragione, cominciava a dimostrare qualche anno in più rispetto alla sua età e pensava tra sé *"allarme rosso Karen… allarme rosso…"* Decise perciò di regalare qualche coccola in più al suo corpo e di organizzare meglio le sue giornate, anche se prendersi cura di sé non era mai dipeso dal fattore tempo, ma dalla volontà che, per due anni, le era venuta a mancare.

L'idea di trovare un padre per Karl non la sfiorava minimamente, anche se sua madre non faceva che ripeterlo *"Non puoi crescere tuo figlio senza una figura paterna, lui è ancora piccolino e tu sei ancora giovane."* No, quel pensiero non la toccava affatto, ma sapeva che alla fine avrebbe dovuto farci i conti.

Karl fu ampiamente appagato dal generoso e appetitoso pranzo che nonna Amanda aveva accuratamente preparato e, in breve tempo, soprattutto per l'eccessiva stanchezza, il piccolo crollò sul divano preda di un sonno così profondo che neanche il frastuono dei piatti lavati dalle due donne, lo destò.

Dovette attendere ancora a lungo Karl, prima di arrivare a studiare argomenti a lui sconosciuti, potendosi mettere così alla pari degli altri e giocare di competizione. Indubbiamente era sempre stato il primo della classe, ma non perché conosceva già la maggior parte degli argomenti, ma perché era un bambino prodigio, sempre curioso di tutto e smanioso di imparare. Anche se ancora molto piccolo, aveva vissuto in prima persona le sofferenze del padre e, nonostante venisse allontanato da lui nei momenti di maggior sofferenza, Karl era sempre cosciente di tutto ciò che accadeva e, per i suoi sei anni, era già un bambino fin troppo maturo.

Venerdì 22 ottobre

Il vento era fremente quella sera e accelerava l'avvicinarsi di cupi nuvoloni neri da nord, il meteo prevedeva un fine settimana burrascoso e avrebbe senz'altro mandato all'aria il progetto «*picnic*» di domenica. Come al solito Karl andò a letto presto. Silkeborg era rimasto uno tra i pochi comuni danesi in cui la scuola era frequentata anche di sabato. Nonostante il piccolo ne provasse una grande passione, non gli sarebbe certo dispiaciuto restare un giorno in più a casa, magari per svegliarsi qualche ora più tardi, scalmanarsi con la bici nel viale o riprendere i giochi al videogame interrotti a causa dei compiti. Ma a lui non importava. Lo studio, oltre a essere un dovere, era anche un'attività che eseguiva volentieri, perciò gli altri passatempi non erano una necessità.

Karen gli aveva appena augurato la buona notte ed era tornata al piano inferiore. Si mise comoda sul divano, dove Amanda era intenta a leggere una delle riviste di gossip che adorava. Lei invece gironzolava tra i canali del televisore alla ricerca di qualcosa d'interessante; il venerdì sera purtroppo era un giorno in cui non trasmettevano nulla di stimolante da vedere. Alla fine vinse un documentario di storia egizia, un tema che l'aveva sempre affascinata, in cui venivano trattati argomenti come le tombe dei faraoni e le dinastie fondate nell'undicesimo secolo a.C.

I sensi di Karl non si erano ancora sopiti. Egli veniva spesso distratto dalle ombre che scrutava sui muri bianchi della cameretta, sagome che cambiavano forma fino a divenire gioiose farfalle che s'inseguivano tra loro o viscidi serpenti che avvolgevano i loro corpi intorno a sfuggenti matasse. Aveva l'abitudine di dormire con le persiane aperte perché gli piaceva far filtrare la luce fioca dei lampioncini collocati nel prato in giardino. Anche la luna piena quella notte dava il suo contributo: la sua lucentezza si rifletteva sui rami ancora pieni di vita del grande acero situato non tanto lontano dalla sua finestra e, quando il forte vento giocava tra le foglie, nella camera di Karl apparivano strane sembianze senza forma che danzavano tra loro disinvolte, mentre lui si divertiva ad attribuire una figura a ciascuna di esse.

Quell'enorme sagoma mostruosa non lo spaventò inizialmente, anzi lo divertì. Non cambiava però le sue fattezze come accadeva di solito con le altre ombre, se ne stava fissa sul muro senza smuoversi di un centimetro e questa era una cosa piuttosto insolita. Si atterrì nel momento in cui il vento forte spalancò di colpo la finestra permettendo alla tenda di svolazzare libera nell'aria. Poi si voltò d'istinto verso il muro e vide che l'ombra minacciosa era sempre lì, immobile. Ma lui era un bambino coraggioso, sempre curioso di sapere, di vedere, di scoprire e fu proprio questo che gli diede la forza di scendere dal letto e incamminarsi verso la finestra, dapprima con l'intenzione di curiosare, poi di chiudere tutto. Quel gioco di ombre non lo divertiva più.

Amanda era sempre interessata ai pettegolezzi descritti nella rivista di gossip, Karen invece non aveva retto alla pesantezza degli occhi che, gentilmente, aveva lasciato che si chiudessero. Era molto stanca. L'azienda agricola dove era stata assunta l'anno prima, distava più di cinquanta chilometri da Silkeborg, di norma non valeva la pena tornare a casa per il pranzo e, nelle due ore di pausa, pranzava in una trattoria o da un'amica che abitava non molto distante dall'azienda.

Le due donne trasalirono di colpo, saltando giù dal divano, quando udirono l'urlo acuto di Karl. Nonostante Amanda avesse una certa età e fosse un po' più in carne rispetto alla figlia, volava per le scale ed era un passo avanti a Karen. Giunsero precipitose sulla soglia della cameretta, spalancando con violenza la porta. Trovarono il piccolo in piedi, davanti alla finestra con la tenda che gli svolazzava intorno, pallido come un cadavere, gli occhi spalancati e pieni di terrore, il respiro affannoso e sibilante e tremava con una tale veemenza che neanche l'abbraccio stretto di Karen riuscì a farlo smettere.

«Tesoro... tesoro calmati... non è niente, calmati!» cercava di tranquillizzarlo la madre mentre Amanda sbirciava fuori dalla finestra per capire cosa lo avesse spaventato in quel modo. Vide che tutto era normale; chiuse dapprima le persiane e poi la finestra, risistemò la tenda e si avvicinò a Karl che nel frattempo era stato adagiato sul lettino. Tremava ancora e, nonostante le coccole di Karen, non riusciva a riprendersi.

«È stato solo un brutto sogno. Stai tranquillo adesso... è tutto finito, c'è la mamma qui con te.»

«Mamma... mamma...» la sua voce era bassa e tremula. «Ho paura... ho tanta paura...» Tirava sua madre per la camicia che stringeva nei pugni serrati.

«Non devi avere paura, ci sono io con te... c'è anche la nonna. Se vuoi, ti porto a dormire con me, va bene? Solo per questa notte, finché non ti sarai calmato, ok?»

«Sì, per favore!» assentì Karl.

«È stato solo un incubo, domani ci rideremo su, vedrai, e poi tu sei un bambino così coraggioso!» lo consolava Karen mentre si dirigevano nella sua camera.

Nessuno rise la mattina seguente. Karl era ancora visibilmente impaurito e tentò di trattenere con sé la madre che si accingeva ad alzarsi dal letto. Era ancora molto presto e Karen doveva prepararsi per andare al lavoro.

«Tesoro, cosa c'è? Devo preparami. Tu se vuoi dormi ancora un po', è presto per te.»

«Voglio stare con te, non mi va di andare a scuola oggi.»

«Karl, non fare i capricci. So che hai passato una brutta nottata, ma non è una buona scusa per non andare a scuola, non è da te. Io devo sbrigarmi, se mamma non lavora, non ci sfamiamo, lo sai?»

«Ma posso restare a casa solo per oggi? Non mi va di uscire!»

«No. Se per ogni brutto sogno che farai, ti chiuderai in questo modo, quando avrai a che fare con i problemi reali, come pensi di reagire, eh? E poi la scuola sarà utile per distrarti, così non ci penserai più e tutto passerà, credimi!»

Forse era stata un po' dura e aveva preso troppo alla leggera ciò che si era verificato. Considerando che Karl non aveva mai sofferto d'incubi né di allucinazioni, un evento come quello della sera prima non era certo da sottovalutare. Si sentì un po' in colpa per non aver dato il peso necessario all'accaduto e fu una fortuna che il maltempo quel giorno la costrinse a sospendere il lavoro e prendere la via verso casa.

Erano poco più delle undici e sperava che il brutto tempo non le impedisse di giungere prima dell'arrivo di Karl. Trovarla in casa, per lui sarebbe stata una piacevole sorpresa.

Dopo aver visto il nome della figlia lampeggiare sul cellulare Amanda, piuttosto impacciata, premette il tasto verde. Era strano che avesse a che fare con un telefonino, era sempre stata piuttosto imbranata nell'usare oggetti tecnologici come quello. A malapena era in grado di adoperare il telecomando del televisore per non parlare di quella volta che Karl le aveva insegnato a usare il joystick della console dei videogiochi. Solo ricordare le funzioni di due semplici tasti si era rivelata una vera e propria impresa. Alla fine, le circostanze degli ultimi due anni l'avevano costretta ad acquistare un cellulare e, soprattutto, a capire come funzionasse, anche perché nella zona dove risiedevano, non era ancora presente la linea telefonica. «Pronto? Karen, dimmi!»

«Mamma, sto tornando a casa, c'è una bufera terribile da queste parti. Dimmi, Karl è andato via tranquillo? Ha fatto storie anche con te? Non voleva andare a scuola stamattina.»

«No, non ha fatto storie, ma era strano. Sembrava che si trovasse con la mente altrove ed era spaventato. Sono contenta che torni, quando ti vedrà ne sarà felice.»

Anche Amanda sentiva in sé la sua parte di colpa. Quella mattina aveva tenuto compagnia a Karl mentre era in attesa dell'autobus e ora, mentre sfaccendava in cucina, non faceva che pensare alla loro conversazione.

«Ehiii... come siamo silenziosi stamattina, a cosa pensi?» gli aveva chiesto nel tentativo di spillargli anche un minimo indizio su ciò che era accaduto quella notte.

Karl invece era assorto nei suoi pensieri. «A niente.»

«Non hai l'espressione di uno che non pensa a niente. Ti va di parlarne?»

Erano seduti sulla panchina, distanziata di qualche metro dal cancelletto di entrata. Karl si era voltato verso di lei e sembrava che il suo volto chiedesse aiuto, comprensione; era consapevole che se avesse raccontato a qualcuno ciò che aveva visto quella notte, nessuno lo avrebbe creduto. Solo un incubo, un brutto sogno. Questo sì, sarebbe stato credibile, ma non era stato un sogno.

«Nonna...» l'aveva chiamata timidamente.

«Sì, tesoro mio.»

«Nonna... l'ho visto... fuori dalla finestra... era lì.»

La sua voce era bassa e tremula, come se avesse temuto di essere spiato.

«Che cosa hai visto?»

«Era lì fuori, era enorme, aveva gli occhi di fuoco...» e a questo punto aveva iniziato a piangere.

«No, no, no tesoro, non fare così, cosa hai visto? Cosa ti ha messo tanta paura? Era un animale? Cosa... che cosa hai visto?»

«Un DRAGO!» aveva risposto a gran voce, come se urlare quel nome lo avrebbe fatto sentire meglio.

«Oh no! Non è possibile!» si era lamentata Amanda. «Accidenti... accidenti e accidentaccio a me! Karen aveva ragione, altroché se aveva ragione! Vedi? Questo per esempio è uno dei motivi per cui tua madre mi aveva proibito di raccontarti storie in cui compaiono mostri, draghi e personaggi simili. Alla fine questo è il risultato... è stata tutta colpa mia. Avrei dovuto darle retta, che stupida!»

«Non c'entra niente, nonna.»

«Oh sì che c'entra! C'entra eccome, ed è solo colpa mia se ora ti sono venuti gli incubi.»

«Nonna, non è stato un incubo. Io l'ho visto davvero, non dormivo, te lo giuro!»

L'aveva supplicata. Per lui sarebbe stato importante che almeno sua nonna gli avesse creduto.

«Non puoi averlo visto. I draghi non esistono, è come ti dico io, dammi retta! Ti sei addentrato talmente nella storia che la tua mente ha deciso di renderlo reale a tal punto che alla fine ti sei convinto di essere sveglio e averlo scorto fuori dalla finestra, ma non è così!»

«E invece ero sveglio... e l'ho visto... l'ho visto davvero. So che nessuno mi crederà, ma io l'ho visto davvero!» aveva gridato mentre era diretto verso le portiere dell'autobus che si aprivano, lasciando sua nonna sola, seduta sulla panchina di legno, con un'evidente espressione di angustia.

I suoi pensieri furono interrotti dalla voce di Karen che era appena rientrata. La casa profumava di minestrone, sembrava quasi di poter distinguere l'aroma di ogni singola verdura e, considerando che era già ora di pranzo, quel cocktail di profumi faceva venire un certo languorino. Non mancava molto all'arrivo di Karl; già Karen pregustava la sorpresa che avrebbe suscitato in lui trovarla sulla soglia di casa ad attenderlo a braccia aperte.

«Mamma dove sei? Sono tornata!»

Vedendo la casa vuota e silenziosa, Karen andò alla ricerca di sua madre attraverso le varie stanze, chiamandola a gran voce.

«Sono qui, giù in lavanderia» rispose Amanda.

Anche se pioveva, non era una buona scusa per non far lavorare la lavabiancheria. Karl anche d'inverno, tra i giochi e le corse in bici, sudava tanto, per non parlare dell'attività fisica a scuola. Al ritorno a casa lo attendeva come sempre una doccia calda e il cambio dei vestiti.

Karen raggiunse la lavanderia. Sua madre era abituata a sgrassare ogni singola macchia prima del lavaggio e ora era intenta a sganciare il colletto bianco dal grembiule di Karl per candeggiarlo a parte, ma qualcosa attirò la sua attenzione. Una macchia rossa, di circa tre centimetri di diametro lambiva la parte posteriore del colletto. La guardavano entrambe attentamente per cercar di capire di cosa potesse trattarsi. *"E se gli avessero fatto uno scherzo?"* pensavano, ma non sembrava per niente la traccia di un pennarello, era troppo uniforme, assomigliava di più a una chiazza di sangue, *"si sarà graffiato?"* pensava Amanda. Karen invece era più pensierosa.

«Non mi piace…»

«Cosa ti preoccupa?» le chiese la madre.

«C'è qualcosa che non mi convince… che non mi quadra…»

«Cioè?»

«È successo qualcosa a scuola, ne sono sicura. Prima quell'incubo, poi il fatto che non volesse andarci stamattina… non voleva per nessuna ragione. Adesso questa macchia di sangue che non riesco a spiegarmi… non so, non ho idea di cosa pensare.»

«Non siamo ancora sicure che sia una macchia di sangue» affermò Amanda. Karen invece ne era convinta.

Vedere sua madre sulla soglia di casa a braccia aperte mise Karl di buon umore, tanto da lasciare sua nonna con l'ombrello e correre sotto la pioggia incessante per raggiungerla.

Fino a quel momento si era sempre considerato lui l'uomo di casa, colui che avrebbe dovuto proteggere sua madre, quello che la consolava quando piangeva, che la incoraggiava nei momenti in cui si sentiva persa. Ora, per la prima volta, si sentiva piccolo e debole; era lui che nutriva il bisogno di essere protetto, sostenuto, difeso e in quel forte abbraccio, finalmente, si sentì al sicuro.

Si abbandonarono per un po' a baci, abbracci e coccole ma Karen fremeva di esaminare il collo del figlio alla ricerca di qualche ferita che avrebbe potuto svelare il mistero di quella macchia sul colletto e ciò che vide quando discostò le punte ondulate dei suoi morbidi capelli che scendevano sulla nuca, la impressionò non poco.

«Ahi!» si lamentò Karl. «Quando tocchi, brucia.»

«Come ha fatto a diventare così?» si stupì lei. «Abbiamo spuntato i capelli la settimana scorsa, l'avevo notata ma non era così, è molto strana.»

Si riferiva a una macchia, o meglio, a una *voglia* che Karl aveva sulla base del collo sin dalla nascita. Fino a pochi giorni prima si presentava come una figura allungata, irregolare, di color grigio chiaro, alta all'incirca quattro centimetri e larga due. Era più ampia sulla zona superiore e si stringeva nella parte inferiore, *scendendo a punta*. Ciò che Karen aveva davanti adesso era invece una macchia nera, ben marcata, con croste di sangue coagulato intorno ai bordi. In un punto della macchia, vi era ancora una piccola fuoriuscita di sangue e si accorse che il nuovo colletto bianco era stato ancora una volta macchiato.

Non prese in considerazione l'idea di chiamare il medico di famiglia, anche perché di sabato pomeriggio non sarebbe stato disponibile. Decise invece d'interpellare Henrik Larsen, un vecchio collega e amico del defunto marito, che esercitava la professione in una clinica ostetrico-pediatrica situata a Them, un comune appartenente fino a poco tempo fa alla contea di Arhus, soppresso e accorpato dopo il 2007 alla stessa Silkeborg. Il dottor Larsen non era di turno quella sera ma, vista l'eccessiva apprensione di Karen, si rese disponibile fissandole un appuntamento in clinica da lì a un'ora.

***

«Da quanto tempo è divenuta così?» le chiese Larsen mentre, con una lente speciale e una specifica lampada a ultravioletti, scrutava l'insolita *voglia* in ogni suo punto.

«Di preciso non lo so. Fino alla settimana scorsa era normale.»

«Quindi possiamo affermare che il suo cambiamento sia avvenuto al massimo da una settimana. È piuttosto anomalo. Sarebbe dovuto succedere in modo un po' più graduale, non in una settimana. Da quanto tempo sta sanguinando?»

«Da ieri, credo. Mi sono accorta che aveva il colletto sporco, dice che gli brucia. Henrik sono preoccupata, cosa rischia?»

«Qualunque cosa sia, si risolverà stai tranquilla. Con cosa abbiamo a che fare non posso dirlo così su due piedi. La verità è che non esistono testimonianze di melanomi in persone con età inferiore ai diciotto anni, perciò eviterei di preoccuparci in maniera eccessiva. Dovrò studiarlo e analizzarlo in maniera più approfondita e, al di là di ciò che potrei scoprire, non escluderei un'asportazione chirurgica immediata. Comunque non voglio allarmarti. Io rientro lunedì mattina, ora lo copriamo con una garzina, che cambierai di tanto in tanto se dovesse sporcarsi, e lunedì eseguiremo un ricovero, così potremo iniziare a praticare tutti gli esami necessari. Che ne dici ometto? Per te va bene?» chiese a Karl arruffandogli i capelli sulla sommità del capo.

«Sì, dottore, ma mi farete le iniezioni?»

«No, ma che ti viene in mente! Il primo che proverà a fartene una se la vedrà direttamente con me, parola mia!»

Mentre i due conversavano, Karen osservava incuriosita quella macchia nera e la fissava come se cercasse di attribuirne una forma. «Che strani lineamenti, non avevo mai notato fossero così netti. Ha la forma di… sembra quasi… sì, assomiglia proprio alla metà di un cuore.»

«Già…» confermò Larsen «è vero, sembra proprio la metà di un cuore. Chissà dove sarà l'altra metà? Forse dietro al collo di colei che un giorno diverrà una bellissima fanciulla e con cui ti fidanzerai. La tua anima gemella, insomma!»

«Sì, probabilmente è così,» proseguì Karen «da qualche parte ci sarà la metà di un cuore ad attenderti, Karl.»

«Cosa? Ma voi siete tutti matti, una fidanzata io? Non se ne parla proprio! Poi finisce che la devo pure baciare… bleah, che schifo!»

Conclusero il loro incontro tra una risata e l'altra anche se Karen, in cuor suo, era molto turbata. Karl rappresentava per lei tutto ciò per cui valeva la pena vivere e il solo pensiero che potesse soffrire la consumava dentro.

Molti, tra il personale, la riconobbero e furono lieti di salutarla. Larsen poi li accompagnò all'uscita della clinica e si congedarono fissando un appuntamento a lunedì mattina.

Per quanto poteva, Karen cercava di non pensare ai problemi che sarebbero potuti insorgere nei prossimi giorni. Decise così che avrebbero passato la domenica all'insegna del divertimento, tra videogiochi, partite a carte, disegni da colorare e, se le condizioni del tempo lo avrebbero consentito, una passeggiata al parco sarebbe stata l'ideale, concludendo la serata con una bella abbuffata in pizzeria.

Come anticipato dalle previsioni meteo il fine settimana si rivelò burrascoso. La domenica piovve per tutto il giorno e i piani per il picnic erano già saltati come anche la passeggiata al parco. La pizza? No, quella no. Anche a costo di farsela portare a casa, non ci avrebbero rinunciato. Per fortuna, in serata smise di piovere per qualche ora e fu un'ottima occasione per recarsi da *Hans*.

Raggiunsero così la pizzeria. A Karl piaceva molto la pizza, la mangiava volentieri senza lasciare neanche una briciola; a volte ripuliva anche il piatto di nonna Amanda che era solita lasciare i bordi un po' più duri e bruciacchiati.

La pizzeria da Hans era la sua preferita. Ci andavano spesso perché era un ambiente molto gradito a Karl, sembrava un luogo creato appositamente per i bambini. All'esterno del locale era stata realizzata un'area in erbetta sintetica occupata da scivoli, altalene e melodiche giostrine adatte ai più piccoli e, qualora il freddo invernale e il brutto tempo non avessero permesso ai piccoli di divertirsi, nessun problema! All'interno era stata allestita una camera apposita per loro. Una saletta tutta colorata era ricolma di giocattoli di ogni tipo che giacevano in vari contenitori di diverse dimensioni, collocati lungo tutta la parete sinistra della camera. Un paio di panchine di legno variopinto lambivano l'unica parte della parete a destra rimasta libera, mentre piccoli sedili e alcuni minuscoli tavolini in solida plastica multicolore erano raccolti al centro della sala. Lungo la parete frontale, invece, erano state disposte alcune scaffalature di legno, di dimensioni adatte ai bimbi, dove erano riposti libri di favole, fumetti e giocattoli. Karl era solito trasferirsi lì dopo le grandi abbuffate, *per smaltire un po'*, diceva, e quella sera aveva fatto anche il pieno di patatine fritte.

Dopo cena, Amanda e Karen si rilassarono bevendo un caffè mentre ascoltavano la musica soft del pianobar. Karl invece, tenendo la pancia tra le mani come se fosse sul punto di scoppiargli, si diresse verso la saletta.

«Karl, non ti allontanare!» gli raccomandò sua madre.

«Vado a leggere un fumetto, tra un po' torno.»

«Sì, ma non ti allontanare da lì!»

Giunto nella sala, sistemò uno dei tavolini vicino agli scaffali, afferrò una delle sedie e si sedette, cominciando a sfogliare il primo fumetto che gli capitò tra le mani.

Karen intanto aveva chiesto il conto. Decise, però, di attendere ancora qualche minuto per permettere al figlio di distrarsi un po', considerando lo stress della notte passata.

«Mamma... mamma, corri!» urlò Karl alcuni minuti più tardi. «Guarda che bello! Guarda cosa ho fatto!»

Nonostante la musica, Karen udì perfettamente le grida lontane di Karl; urlava a squarciagola e sarebbe stato impossibile non sentirlo. D'istinto, scattò in piedi e si diresse a passo veloce verso la sala dei giochi, non riuscendo a immaginare cosa avesse fatto di tanto speciale, suo figlio, da indurlo a strillare in quel modo.

«Sto arrivando Karl, ma cosa c'è?» chiese mentre correva.

«Dai mamma, sbrigati! Corri!»

«Eccomi... eccomi... sono arrivata!»

Karen irruppe nella sala, agitata e ansimante, ma trovò solo l'addetta alle pulizie che riordinava la stanza, una bellissima donna dall'aspetto curato e pulito, con indosso la divisa in dotazione ai dipendenti, impegnata a rimettere al proprio posto tavolini, sedie e giocattoli.

«Karl... Karl!» lo chiamava mentre si guardava intorno. Karen era perplessa, la disposizione della sala non forniva nascondigli.

«Cerca qualcuno signora?» chiese la donna.

«Karl... adesso basta... non mi sto divertendo affatto, vieni fuori!» continuò Karen guardandosi intorno, come se le parole di quella donna non le fossero mai giunte.

La sala era vuota e silenziosa, *due piccole farfalle variopinte* giocavano e si rincorrevano svolazzando qua e là. Che strano, eppure solo pochi metri prima di arrivare sulla soglia della stanza, lei sentiva suo figlio saltellare e gridare di gioia. Quella era l'unica via di accesso alla sala dei giochi, lei non lo aveva visto uscire e le finestre erano sbarrate dall'interno, quindi dov'era suo figlio?

«Signora chi sta cercando?» chiese nuovamente la donna.

«Mio figlio, sto cercando mio figlio, pochi istanti fa era qui che mi chiamava, è un bambino di sei anni.»

«No, signora, sono qui da alcuni minuti e non c'era nessuno. Provi a guardare in bagno, forse la chiamava da lì…» le disse mentre indicava la porta di fronte alla sala.

Dopo un'ultima e attenta occhiata all'interno della sala, Karen si diresse nella toilette. Le porte dei vari servizi erano aperte e nonostante ciò andò a controllare al loro interno ma suo figlio non era nemmeno lì. Continuò in fondo al corridoio; una porta conduceva allo sgabuzzino, ma era chiusa a chiave, mentre l'ultima conduceva in cima al solaio, ma non vi si addentrò perché le grida di suo figlio non erano così lontane.

Cominciò a tremare e il panico prese il sopravvento, lo chiamava a gran voce correndo da una parte all'altra senza esito mentre Amanda si affrettò fuori a fare il giro dell'isolato. Furono messi tutti in allarme e, chi più chi meno, si dedicarono alla ricerca del bambino scomparso, chi nelle cucine, chi nei bagni, nel solaio, nei mobili, dappertutto, ma del piccolo Karl nemmeno l'ombra.

Nicholas

Il Vecchio della Montagna non aveva l'abitudine di prendere con sé allievi da istruire. Le sue conoscenze erano preziose e, nelle mani sbagliate, avrebbero generato solo distruzione, ma quando *Lumloir* gli aveva presentato suo figlio, gli era bastata una sola occhiata per capire che quel bambino era un puro di cuore dall'animo nobile. Sì, era colui che aspettava, sarebbe stato lui il suo erede.

Il Vecchio era molto affezionato a Lumloir. Insieme ai padri di suo padre aveva combattuto lunghe guerre e sanguinose battaglie. Era un valente guerriero, oltre a essere un potente mago, e conosceva tecniche di combattimento ignote a chiunque con cui poteva uccidere dieci nemici in un colpo solo. Serviva con devozione il suo re, ma poi il fato aveva deciso per lui una sorte diversa.

L'esilio, col passare degli anni, lo aveva reso sempre più abulico e stanco, poi un giorno, grazie al dono della veggenza, aveva avuto la visione di un papiro antico, su cui era descritta una profezia, una rivelazione di sangue, di morte, di scempio. Un papiro logoro e vecchio, passato di mano in mano come in una staffetta, tramandato per secoli, annunciava che il tempo era prossimo. *Solon*, la cometa millenaria, era vicina e il cielo era in attesa di farla brillare.

Lumloir era molto preoccupato per le voci che circolavano sul futuro di quelle terre e voleva che suo figlio fosse preparato ad affrontare ciò che lo attendeva.

C'erano voluti mesi per trovare il Vecchio. Le grandi alture di Alissar, quell'inverno, erano minacciose, il paesaggio innevato aveva reso il loro viaggio faticoso e pesante e, per un bambino di soli dieci anni attraversare le creste ostili, in quel particolare periodo dell'anno, era pretendere troppo. Nicholas era cresciuto a Loremann, terra pacifica e tranquilla, i cui abitanti non avevano mai combattuto, non avevano mai vissuto una guerra. Egli soggiornava in un centro di accoglienza, quasi una sorta di ospedale, creato dai suoi nonni e gestito, ora, dai suoi genitori. In quel luogo aveva imparato come realizzare semplici fasciature o come imboccare i bambini più piccoli, come disinfettare le ferite o come rifare un letto, insomma nel suo piccolo cercava di rendersi utile. Negli ultimi giorni si sentivano spesso voci in cui si narrava che molte terre avevano subìto attacchi da parte dei *logon*, spietati pirati mercenari che sterminavano tutto ciò che si presentava sulla loro strada, distruggendo case, villaggi, arraffando tutto ciò che potevano, violentando donne e bambini. E se fossero giunti a Loremann?

Lumloir aveva deciso di tutelare la sicurezza di suo figlio; sapeva che una volta da lui, il Vecchio lo avrebbe tenuto con sé in rispetto dei tempi andati.

Quel giorno Nicholas si era presentato al suo cospetto in pessime condizioni di salute. Il clima rigido della montagna lo aveva reso vulnerabile, aveva la febbre alta e i polmoni sibilavano a ogni respiro. Ma era anche un bambino dalla fibra vigorosa ed era riuscito a rimettersi in sesto in brevissimo tempo. Dopo alcuni giorni aveva salutato suo padre e si era separato da lui come se doveva essere l'ultimo addio.

Nicholas non rivide mai più suo padre.

Il Vecchio gli voleva bene e non si risparmiava negli insegnamenti. Il ragazzo maturava in forza e sapienza e ben presto divenne un guerriero incrollabile nonché abile manipolatore delle arti magiche. Nonostante la sua giovane età, erano tante le battaglie che combatteva e i nemici uccisi per sua mano non si contavano.

Ora, Nicholas, era un uomo alto e forte, il suo viso aveva lineamenti aspri e marcati, gradevoli, nonostante la cicatrice che partiva dalla punta esterna del sopracciglio sinistro terminando al di sotto dello zigomo. Era un guerriero inflessibile, i suoi occhi erano miti, color nocciola e i capelli scuri, tagliati corti, scendevano disordinatamente sulla fronte.

Il sole era già in procinto di calare oltre il verde rigoglioso delle alture che circondavano il lago di Alissar. Era il momento migliore per pescare e l'ombra del piccolo natante che navigava in quelle acque tranquille, diveniva sempre più lunga. Il vento era assente e il silenzio portava pace e tranquillità, si udiva solo il ronzio familiare di quegli insetti che sono soliti disturbare la pace notturna.

Erano l'uno di fronte all'altro, ognuno con la propria canna da pesca, la lenza lanciata lontano e l'esca in attesa che un luccio, una carpa o una trota la afferrassero. Una lunga barba grigia ricopriva il volto del Vecchio della Montagna. I suoi occhi azzurri, quieti, erano pressoché sommersi nelle fitte sopracciglia altrettanto grigie, mentre i suoi lunghi capelli erano tenuti legati da un cordoncino sottile. Impugnava rilassato la sua canna da pesca e si lasciava dolcemente accarezzare dai raggi morenti del sole, ma Nicholas no. Lui si agitava, tirava e lanciava la lenza innumerevoli volte, non rimaneva fermo un attimo; per i suoi venticinque anni era pretendere troppo che restasse immobile e rilassato su un piccolo natante. Il suo viso barbuto e le esperienze vissute lo facevano apparire più vecchio della sua età, e anche il suo animo, grazie all'educazione e ai continui insegnamenti del suo maestro, era maturato già da tempo.

Il buio iniziò a scendere lento e silenzioso intorno a loro; un alito di vento si alzò e la lunga barba grigia si smosse lievemente.

«Stai un po' fermo! Se ti muovi di continuo, non farai avvicinare i pesci» lo rimproverò il vecchio.

«Uffa, che noia...» ribatté Nicholas.

«Non fa male annoiarsi un po'.»

«Annoiarsi un po'? Annoiarsi un po'? Sono anni che veniamo qui tutte le sere a pescare e sappiamo benissimo che catturiamo pesci solo un giorno su quattro. Perciò se ne abbiamo pescato in abbondanza due giorni fa è ovvio che oggi non ne prenderemo e neanche domani. Si può sapere perché continuiamo a venirci comunque? Non l'ho mai capito, sono anni che ve lo volevo chiedere. Ma poi... potremmo pescarne a centinaia se usassimo la magia. Perché annoiarci con la canna da pesca?»

«Non ti faccio venire qui per usare la magia. Devi considerarla come l'ultima delle tue risorse, devi imparare a venir fuori da ogni situazione usando le tue sole forze o diventerai un rammollito. Se catturassimo e mangiassimo pesci tutti i giorni, con il tempo finiremmo per provarne disgusto. Mangiarne ogni quattro invece lo rende sempre gradevole al gusto e fa molto bene alla salute.»

«Perché non venire a pescare ogni quattro giorni allora?» propose il giovane.

«Semplice! Perché le giornate in cui non catturiamo pesci serviranno a te per allenare la tua pazienza.»

«Sono già abbastanza paziente mi pare, considerando quello che mi costringete a fare!» ribatté Nicholas.

«Non abbastanza. Se durante la battaglia di Achtalom fossi stato più paziente, ora non avresti quella cicatrice sul volto.»

«Quello è stato un episodio sfortunato. Come volontario dell'esercito del re ho combattuto centinaia di battaglie e in nessuna sono mai stato colto di sorpresa.»

«Ma in quella circostanza sì, però!» precisò il vecchio.

«Beh, su un unico episodio si può anche sorvolare no?»

«No, non si può. La missione che ti sarà assegnata un giorno richiederà molta calma e pazienza. Basterà che tu agisca un po' di tempo prima o poco tempo dopo e il mondo cadrà nella schiavitù e nella tribolazione. Il destino grava sulle tue spalle figliolo, ma ora non è il momento di parlarne, si è fatto tardi e sarà meglio rientrare.»

«Vi ho sentito parlare troppo spesso del mio destino, ma non mi avevate mai rivelato che da me dipende addirittura quello del mondo intero. Voi prevedete il futuro, sapete già come andrà a finire?»

«Io prevedo solo le situazioni future, ma non conosco il modo in cui evolveranno.»

Il riposo di Nicholas fu agitato quella notte. Nessun sogno alloggiò nella sua mente e il risveglio, al mattino, fu assai brusco. Ansimava e grondava sudore nonostante una gradevole frescura inondasse la sua stanza. L'aria montana era sempre piacevolmente fresca ma, in quel particolare periodo dell'anno, faceva molto caldo e quando il sole era alto nel cielo, la temperatura raggiungeva gradi molto elevati. Si faceva fatica a proseguire il lavoro ed era questo uno dei motivi principali per cui i due anticipavano oltremodo il loro risveglio.

Non capiva perché si sentisse tanto irrequieto quel giorno eppure la pace albergava in quelle terre, la guerra era lontana dal suo vivere, le lezioni del vecchio proseguivano e forza e sapienza crescevano in lui.

Era un combattente esemplare e, per mettere in atto gli insegnamenti del suo maestro, sin da giovanissimo, si era arruolato volontario nel plotone di difesa del regno di Adamanthis, non molto lontano dalla dimora del suo vecchio, dove spesso faceva ritorno per proseguire la sua formazione. Il suo tutore non si era in alcun modo risparmiato nell'insegnamento delle arti magiche, degli incantesimi più oscuri e complessi. Nicholas ne era divenuto profondo conoscitore e, nella loro realizzazione, a volte era persino superiore al suo maestro.

La tavola era stata imbandita con latte e formaggio di capra, frutta di stagione, un'abbondante manciata di biscotti secchi e noci. Nicholas aveva imparato che una colazione fatta bene era l'anticamera di una buona giornata. Stava già sgranocchiando il primo biscotto quando il vecchio entrò in cucina con aria ancora assonnata, si sedette di fronte a lui e, una per volta, si portò vicino le pietanze scelte per soddisfare il suo appetito mattutino. Erano entrambi silenziosi e il volto teso del vecchio faceva intendere che neanche lui aveva passato una buona nottata.

«Non credo di volerlo apprendere» disse all'improvviso Nicholas.

«Cosa non vuoi apprendere?» domandò sorpreso il suo maestro.

«Predire il futuro. Non voglio sapere come sarà il mio o quello di qualcun altro.»

Il vecchio sospirò. «Vedi, non si tratta di vedere in una sfera di cristallo come si svolgerà la tua vita oltre questo giorno, o sbirciare quanti nemici potrai uccidere nella prossima battaglia. È una cosa diversa da come la intendi tu, è una tecnica grazie alla quale non solo potrai vedere nel tempo, ma anche nello spazio. Ti metterà in guardia sul pericolo ma non ti sarà concesso vedere come lo affronterai, né quale sarà il suo esito. Non dovrai attuarla se non ne avrai voglia, ma nel momento giusto ti servirà, nella tua nuova missione si renderà necessaria. Sarà l'ultima e la più difficile delle lezioni che ti sarà impartita e non sei autorizzato a tirarti indietro.»

«Volete dire che mi costringerete?»

«Se sarà necessario, sì. Ancora non sei a conoscenza di ciò che ti aspetta. Se solo sapessi, mi pregheresti in ginocchio di istruirti.»

«Perché non volete rivelarmi ancora ciò che dovrò affrontare? Di che missione si tratta? Quando mi riferirete qualcosa?»

«Il momento non è ancora giunto, sarai informato a tempo debito. È ora di portar da mangiare a tuo fratello,» disse alzandosi dalla sedia «lo sai che è sempre molto affamato e prima o poi a furia di rodere quelle sbarre, finirà per farle svanire completamente.»

Su un grande vassoio erano stati ben disposti diversi pezzi di carne appartenenti a cinque lepri che Nicholas aveva cacciato il giorno prima. Erano state spellate, ben ripulite e tagliate a pezzi e mentre trasportava quei bocconi, egli pensava che stufati con patate, carote e cipolline novelle sarebbero stati la beatitudine del palato, ma purtroppo il destino che li attendeva era un pavimento rustico e umido e denti acuminati che li avrebbero ridotti a brandelli.

Il seminterrato che accoglieva la *bestia* non era così poi così tetro. A un lungo corridoio semibuio seguiva un'ampia camera quadrangolare con pareti di pietra chiara, quasi bianca che faceva risaltare maggiormente i pochi raggi luminosi che filtravano dalle aperture poste sulla parete adiacente al soffitto. La grande gabbia scavata nella roccia che ospitava la bestia era serrata da sbarre di *sedrivium*, una lega più potente dell'acciaio, e si presentavano logore e malridotte a causa del suo continuo rosicchiare, per fame o per noia, chissà, o forse anche per mantenere ben limata la sua aguzza dentatura. Uno scatto aggressivo e inaspettato fece scuotere l'aria e Nicholas, a un passo dalla gabbia, trasalì facendo un salto indietro.

«Un tempo affermaste che questo rappresentava il suo modo per dirmi che era contento di vedermi, ma non so se vi ho mai creduto veramente. Sono sicuro che se fosse fuori dalla sua prigione non prenderebbe minimamente in considerazione il vassoio che reggo nelle mie mani, valutando di avere di fronte a sé due corpi generosi e succulenti come i nostri.»

«Non oserebbe, io sono suo padre e tu il fratello acquisito che lo sfama.» Il vecchio lo tranquillizzava mentre trascinava la sedia vicino alla gabbia. «Nulla toglie che sia feroce, spietato e violento, ma è la sua natura ed è giusto che sia così perché gli avversari che un giorno affronterà saranno a dir poco malvagi e sanguinari.»

«Ho come la sensazione che sto per sentirmi dire che anche lui è legato al mio destino!» esclamò Nicholas mentre lanciava tra le sbarre i pezzi di quelli che un tempo erano vivaci e scattanti leprotti selvaggi.

«È alla sorte di qualcun altro che è legato, è la vita di qualcun altro che dovrà proteggere, ma non solo. Quando arriverà il momento, adempierà la vera missione per cui è stato concepito.»

«Proteggere? Non mi direte che una bestia come quella è capace di un gesto simile! Credevo fosse solo in grado di sbranare e squarciare! Chi è che deve proteggere e da chi?»

«Un giorno ti sarà concesso di venire a conoscenza anche di questo.»

«Un giorno… un giorno… ma quando? Non fate altro che dirmi un giorno questo, un giorno quello…» sostenne impaziente Nicholas.

«Molto presto. Ti ho detto che devi imparare ad avere pazienza e il giorno in cui avverrà, sarai pronto.»

«Ecco, lo sapevo!» Detto ciò, il giovane e impaziente allievo lasciò il maestro a fare compagnia a colui che definiva suo figlio, mentre la creatura, eccitata come un bambino, si agitava ansiosa, in attesa di ascoltare il suo canto preferito.

L'ultima lezione fu la più lunga e la più faticosa; ininterrotti allenamenti e infiniti momenti di profonda concentrazione furono necessari per ultimare una tecnica che il vecchio considerava la più importante tra tutte e dopo due anni di continui tentativi, prove, esperimenti, applicazioni, il giovane Nicholas, finalmente, ottenne gli apprezzamenti da parte del suo maestro.

«Volete dire che siete orgoglioso di me?» domandò il giovane con un certo umorismo.

«Di solito non faccio elogi così apertamente, ma questa volta posso affermare di ritenermi soddisfatto.»

Il vecchio portò una mano vicino alla bocca ruttando con discrezione. Quella sera avevano cenato a base di zuppa di pesce aromatizzata con finocchio selvatico, stufato di verdure di stagione, formaggio, pane al sesamo, crostini di amaranto e frutta secca. Il vino era molto buono e alzarono un po' il gomito, ma non erano ubriachi. Forse un po' alticci, ma abbastanza lucidi.

«Vieni,» disse il vecchio mentre accendeva la sua pipa «devo farti vedere una cosa.»

Si alzò dalla sua sedia con fare goffo, lasciò la tavola e lo invitò a seguirlo. Si recarono nella sala degli incantesimi, una sorta di laboratorio, dove Nicholas aveva trascorso gran parte del suo tempo a studiare le arti magiche e attuare esperimenti. Al centro della sala vi era una colonna. Sopra vi era poggiato qualcosa simile a un gigantesco piatto al cui interno brillavano carboni incandescenti. L'anziano maestro vi gettò dentro la cenere della sua pipa soffiandoci sopra con una certa imponenza. L'intruglio di polvere svolazzò nell'aria circostante divenendo anch'esso incandescente finché, a un certo punto, quella nuvola di cenere si trasformò in fumo rosa. Il miasma si contorceva, cominciava ad acquisire svariate forme, si plasmava fino a quando non disegnò un corpo. Si distingueva perfettamente il volto di una donna, con capelli scuri e *occhi neri come ossidiana lucente che spiccavano su un viso bianco come un'immagine di cera.*

Nicholas rimase rapito da quella figura che emanava così tanta bellezza. Non si poteva affermare che avesse avuto molte possibilità di frequentare ragazze durante la sua frenetica gioventù. Tra le battaglie e gli addestramenti del vecchio, il tempo a sua disposizione era limitato e poi... c'era sempre quella storia sul suo destino per il quale non poteva permettersi di distrarsi con inutili divertimenti.

«Si chiama Ambra ed è...»

«La creatura più bella che io abbia mai visto!» lo interruppe Nicholas. Era rimasto immobile ed estasiato.

«Non è il momento di mettersi a fare commenti, ora. Devi ascoltarmi e molto attentamente! Ti ricordi di quando ti accennai dell'importante missione che ti sarebbe stata assegnata? Bene, è lei.» E il vecchio iniziò a parlargli di Ambra, chi fosse quella figura che si stagliava nella cenere e perché fosse così importante ma, quando volse lo sguardo verso di lui, smise subito. «Hai ascoltato almeno una parola di quello che ti ho detto?»

«Cosa? S... sì, s... no. Avevate detto qualcosa?» chiese Nicholas disorientato.

«Accidenti, ragazzo! Ma si può sapere a cosa stai pensando, sembra che tu non abbia mai visto una donna in vita tua!»

«Beh, veramente è passato un po' di tempo. Ricordo che l'ultima ragazza di cui m'innamorai si chiamava Betty. Veramente era lei che si era infatuata di me, aveva all'incirca otto anni, io ero grande... ne avevo già dieci. Mi fece promettere di sposarla una volta cresciuti, ma poi, mio padre, solo due settimane dopo mi condusse qui e non l'ho più rivista. Chissà dov'è adesso!» sospirava con aria nostalgica.

«Otto anni? Bah, lasciamo stare che è meglio. Adesso svegliati per favore, dov'è finita tutta la tua impazienza di... sapere?»

Il giovane guerriero non riusciva ancora a distogliere lo sguardo dalla bellissima creatura che indugiava in quel gioco di fumo rosa e cenere. Qualunque fosse stato l'incarico assegnatogli, non si sarebbe tirato indietro, era già pronto a mettere la vita a sua completa disposizione.

«Ma chi è?» chiese incuriosito.

«Come ti dicevo, si chiama Ambra...»

«Che bellissimo nome!» lo interruppe ancora.

«Nicholas, smettila di interrompermi, dobbiamo parlare di cose serie, per favore! Avrai tutto il tempo per... per... le tue cose insomma!»

«Vi chiedo perdono. Allora... Ambra, giusto? E poi?»

«Dovrai recarti da lei, ha bisogno di essere protetta, e dovrai farlo tu, anche a costo della tua stessa vita. È molto importante che tu lo faccia. Elenìae le darà la caccia, una caccia spietata! Vuole il suo cuore e non si darà pace finché non lo avrà. L'antico papiro è nelle sue mani, la profezia è stata rivelata.»

«Elenìae... il cuore... la profezia! Un momento... fermatevi un attimo, quale profezia? E perché vuole il suo cuore?»

«Il Drago è la causa di tutto. La profezia ha svelato il modo per sconfiggerlo e la maga, sua eterna nemica, non si lascerà sfuggire quest'occasione. Un'opportunità che attende da mille e mille anni. Della profezia si conoscono solo poche righe ma grazie al dono della veggenza, un tempo ebbi la possibilità di scorgerne ogni parola.

"Al tramonto del venticinquesimo autunno
L' ardente chioma di Solon
Le sue orme lascerà,
Tra le più belle del cielo splenderà.
La sua luce verrà calda e sincera
Fino all'alba della nuova primavera.
Il cuore sarà strappato
A coloro dal segno ambrato,
Divisi dalla spada reale
Nutriranno il tempio del male.
A lei l'ultimo discendente si unirà
E una nuova stirpe di morte sorgerà.
Sottomesse saranno
Le galassie dell'universo
E ogni pensiero di pace
Sarà disperso".»

«Non riesco a capire, che significa?» chiese Nicholas.

«Il tempo si riferisce all'età della giovane fanciulla, all'inverno dei suoi venticinque anni, quando tutto sarà compiuto. Il tempo in cui la cometa di Solon solcherà i cieli per la prima volta dopo duemila anni, il tempo in cui la caccia avrà inizio e la maga farà di tutto per avere la sua preda. Ambra ha il *segno* e rappresenta l'elemento sacrificale. Sin dal primo giorno in cui è venuta al mondo l'occhio di Elenìae ha sempre vigilato, è sempre stato attento. Il cuore della fanciulla è il primo degli elementi necessari affinché tutto abbia inizio. L'ultimo discendente rappresenta il secondo elemento. Due cuori saranno divisi dal terzo elemento, la Spada Reale, e in seguito riuniti, fino a far pulsare un unico, possente, organo vitale di cui Elenìae si ciberà, e quando ciò avverrà, una nuova stirpe di sangue sarà eletta.»

«Chi è l'ultimo discendente?»

«Non mi è dato modo di conoscere la sua identità. Ciò di cui sono sicuro, è che non appartiene a questo mondo. Sembra tutto così assurdo, lo so, ma ogni evento descritto nella profezia si realizzerà e se i cuori dei due sventurati cadranno nelle mani della maga, il suo potere diventerà immenso e non solo. Unito a quello del Drago, dopo che lo avrà annientato, diverrà un potere assoluto, spietato e sanguinario, un potere di morte. Le galassie degli universi conosciuti e sconosciuti cadranno sotto il suo dominio e il futuro di tutti i popoli sarà deciso solo da lei. Ora sei pronto! Le tue capacità e la tua forza salveranno Ambra. Nemici invincibili affronterai per lei, mostri senza scrupoli seguiranno le vostre tracce, ma voi fuggirete lontano, veloce, resisterete fino all'alba della nuova primavera.»

Nicholas, ora, ascoltava con una certa apprensione ciò che il suo maestro affermava. «Che succederà all'alba della nuova primavera?»

«Se Elenìae non avrà ottenuto ciò che desidera prima che Solon lasci i nostri cieli, non potrà più averlo. Mai più.»

Questa notizia rincuorò Nicholas, anche se non aveva la benché minima idea di ciò che lo attendeva. «Che cosa posso dirle quando la incontrerò? Con… con che scusa mi presenterò a lei? Non posso certo rivelarle che qualcuno la inseguirà per strapparle il cuore e che io sarò il suo salvatore!»

«Di arti e tecniche te ne ho insegnate fin troppe. Quella del corteggiamento non mi appartiene. Dovrai cavartela da solo.»

«Corteggiamento? Do… dovrò farle la corte?!» balbettava mentre sorrideva con una punta d'imbarazzo.

«Naturalmente! In che modo pretendi, sennò, di starle accanto notte e giorno! E poi… su, si vede lontano un miglio che ti ha già conquistato.»

Nicholas arrossì.

La mattina successiva era già pronto per partire. I suoi bagagli erano stati preparati con cura la sera prima e il vecchio, come un buon padre premuroso, aveva riempito tre bisacce di cibo per il viaggio, scegliendo con attenzione alimenti che non si sarebbero deteriorati col tempo.

«Prendila! Tienila sempre al tuo fianco.» Da un fodero lucido come l'argento aveva estratto una spada dalla *lama bianca*, luminosa e tagliente come un rasoio.

«La vostra spada! Perché la date a me? Ne possiedo già una.»

«Voglio che sia tu a usarla d'ora in poi. La forgiai con le mie mani insieme alla sua *gemella*, non ci siamo mai separati. Abbiamo combattuto insieme per più di un secolo ma ora per me il tempo delle battaglie è finito. Prendila!» gli disse porgendogliela come si fa con un dono prezioso. «Non è una spada come le altre e preserva la vita di chi la custodisce. Sei pronto!»

Nicholas la impugnò, era leggerissima, scintillante. I suoi occhi si specchiarono nella bianca lama lucente e… sì, non era affatto una spada come le altre. La ripose nel suo fodero argenteo e la sistemò sul lato della sella. Prima di montare in groppa al suo destriero abbracciò il vecchio e lo ringraziò per tutto ciò aveva fatto per lui, per i suoi insegnamenti, per essere stato un padre amorevole e severo allo stesso tempo ed egli, prima di lasciarlo partire, gli ribadì gli ultimi suggerimenti.

«Abbi la forza di essere sempre te stesso, non lasciare mai che altre volontà posseggano la tua mente. Affronta il tuo nemico con coraggio, rispettalo e non calpestare mai la sua dignità. Sii sempre onesto, ama e dona senza pretendere nulla in cambio. Proteggi, anche con la vita, il prezioso tesoro che il destino ti ha affidato. Non lasciarti mai sopraffare dalla paura, ti acceca la mente e non ti fa prendere la decisione giusta.»

«Farò del mio meglio, ve lo prometto. La forza che ho in me la devo a voi e non vi deluderò!»

In breve Nicholas fu in groppa al suo cavallo e si allontanò da colui con cui aveva condiviso gli ultimi diciassette anni della sua vita. Era solo un bambino quando il Vecchio della Montagna gli prese per la prima volta la mano e lo condusse nella sua dimora. Era un forte guerriero ora, quello che lo stesso vecchio vedeva allontanarsi da lui, per andare incontro a un ignaro e gravoso destino.

***

«Lui com'è?»

«Non lo so, non l'ho mai veduto Sono innumerevoli le forme che assume. Una volta intrapresi un lungo discorso con un vecchio seduto sul ciglio di un sentiero. Mi fermai perché credevo avesse bisogno di qualcosa. Parlammo a lungo e solamente dopo, quando scomparve, mi resi conto che era *lui* e che ero stato messo alla prova. Solo quando è nella sala reale, sul trono, rivela la sua vera identità, ma nessuno dei precedenti Ministri l'ha mai visto, nemmeno io. Quando sono al suo cospetto, il mio sguardo è abbassato, non mi è consentito guardarlo e, anche se volessi farlo, non potrei. Il trono è situato in un angolo oscuro e avvolto dalle tenebre.»

«Ti sei mai chiesto perché ha scelto te?» chiese Ambra.

«Sì, spesso me lo chiedo. Non so perché l'abbia fatto, ma ne sono contento. È il Drago e ho bisogno della sua forza e della sua protezione perché ho giurato giustizia a nostra madre e solo con il suo potere la potrò ottenere.»

Avevano appena lasciato il sentiero per inoltrarsi nella fitta boscaglia e ora i due fratelli procedevano con passo cauto e leggero, entrambi con l'arco tra le mani e la freccia pronta per essere scoccata.

All'improvviso…

«Sta' giù!» intimò Dionas.

Si acquattarono tra i cespugli mentre l'edera spinosa punzecchiava la loro pelle; stettero in silenzio per un po' nell'attesa che la loro futura cena si avvicinasse.

«Sono contenta di averti qui,» bisbigliò Ambra stanca dell'attesa, «mi sei mancato molto.»

Non le piaceva la caccia, l'aveva sempre considerata un'attività noiosa. Avrebbe preferito cibarsi di bacche, radici e verdure pur di evitare di gironzolare nel bosco e rimanere in attesa che qualche leprotto le sfrecciasse davanti o un fagiano planasse in quei paraggi.

«È qui da qualche parte. Tieniti pronta!» la esortò il fratello.

Ed ecco comparire una coppia di giovani lepri scattanti che giocavano a rincorrersi. Si fermarono vicino a una grande radice e attesero. Annusavano l'aria, inquiete, come se presagissero l'imminente pericolo.

«Quella a sinistra è mia» precisò Dionas in silenzio mentre lentamente tendeva il suo arco. «Al mio via colpisci!»

«Va bene, sono pronta!»

Anche il suo arco iniziò a tendersi e al *via* del fratello, le frecce squarciarono l'aria filando verso le lepri. Quella a sinistra fu colpita al collo, ma l'altra riuscì a spostarsi in tempo e fuggire.

«Le corro dietro!» Ambra, come per mettere riparo all'errore appena commesso, scattò all'inseguimento della piccola bestiola. Aveva promesso a suo fratello un saporito stufato di lepre e non aveva alcuna intenzione di venir meno a tale impegno.

«Ambra, no! Lascia stare…» Ma sua sorella era già svanita tra le ombre delle immense querce, circondate da fitti cespugli di ogni genere. Il timo fiorito, in quel particolare periodo dell'anno, emanava il tipico intenso profumo di bosco e, cosparso sullo stufato di quella sera, lo avrebbe reso ancor più appetitoso.

Il piede di Ambra incespicò in una radice nascosta tra le foglie cadute durante il forte vento della notte ed ella, perdendo l'equilibrio, precipitò pesantemente tra i rovi. Alcune delle spine le graffiarono la parte alta della fronte e minuscole gocce di sangue iniziarono a scivolare verso il sopracciglio destro. Lei d'istinto vi passò sopra la mano nel tentativo di ripulirsi e, mentre stava per rialzarsi, di colpo si bloccò. Non molto distante da lei, la lepre era ferma, seduta sulle zampe posteriori, intenta a ripulire il muso impolveratosi durante la fuga e, ignara del fatto che due occhi neri la stavano scrutando, continuava senza scomporsi a grattarsi e a giocherellare con il fogliame che la circondava. In silenzio, la mano di Ambra s'indirizzò verso la freccia caduta a pochi passi da lei, la afferrò tra due dita e la trascinò verso il suo arco. Ancor prima di tenderla, però, udì un tagliente sibilo provenire dalla sua sinistra; si accorse poi che il leprotto giaceva a terra colpito da una freccia che lei non riconosceva e il suo respiro, per un attimo, si fermò. Per prudenza decise di restare nascosta tra i rovi trattenendo quasi il fiato per evitare di fare rumore e, scrutando tra il fitto fogliame, intravide qualcuno avvicinarsi alla povera vittima trafitta. Tutto ciò che riusciva a scrutare, erano solo due stivali di pelle nera, chiusi ai lati da borchie di metallo, che si approssimavano al piccolo mammifero inerme. Poi comparve una mano che lo afferrò. I passi dello sconosciuto cambiarono direzione e ora avanzavano verso di lei. Quando l'uomo fu a un palmo dal suo naso, Ambra sollevò appena lo sguardo e vide una mano protesa verso di lei. Poi alzò la testa e scorse due occhi placidi color nocciola che la stavano scrutando, sul viso un'espressione che diceva *non voglio farti del male*. Dopo aver esitato qualche istante Ambra afferrò la sua mano e si lasciò tirare. Rimasero per qualche istante l'uno di fronte all'altra senza dire una parola, poi lui le porse il leprotto, ormai senza vita, dopo aver sfilato la freccia che lo aveva colpito.

«Credo che vi appartenga» le disse con tono mite e tranquillo.

«Oh no… no di certo…» gli rispose timidamente «lo avete colpito voi, è vostro!»

«Vi prego, non saprei cosa farmene. Non ho una cucina dove cuocerlo e non ho il tempo di fermarmi per accendere un fuoco. Tra poco sarà buio e devo trovare al più presto una sistemazione per la notte. Ma… vi siete fatta male! State perdendo sangue! Aspettate, vi do qualcosa per ripulirvi!» Si precipitò a tirare fuori un candido fazzoletto bianco per asciugarle la ferita sulla fronte.

«Oh, non vi preoccupate non è nulla, è solo un graffietto e… oh no!» gridò all'improvviso. «Dionas! Fermati!»

Una lama luccicante lambiva la gola del giovane e Dionas, alle sue spalle, gliela premeva contro.

«Fermo dove sei, non ti muovere!» lo minacciò.

L'uomo allargò le braccia in segno di resa, la piccola lepre giaceva ancora nella sua mano, mentre l'affilata lama affondava sempre di più.

«Vi prego, vengo in pace,» si difese remissivamente l'uomo «non ho cattive intenzioni.»

«Dionas, ti prego! Metti via quell'arma,» lo supplicava allarmata Ambra «mi stava solo porgendo la lepre, ti prego!»

Dionas, anche se con una certa titubanza, si lasciò convincere e allentò la presa alla gola, ma non ripose il suo pugnale.

L'uomo si voltò verso di lui.

«Chi sei? E che ci fai qui?» gli chiese Dionas in maniera brusca. «Sei straniero, dico bene?»

«Sì, vengo dal regno di Adamanthis, sono un volontario dell'esercito e sono in viaggio.»

«In viaggio? E verso dove? Credevo che ai soldati non fosse permesso lasciare il posto di comando.»

«Non per noi volontari. Grazie alla nostra dedizione non abbiamo vincoli. Siamo liberi di uscire così come siamo stati liberi di entrare. Combatto sin da quando ero un ragazzo e sono stanco di tanta morte. Ho intenzione di godermi un po' la vita approfittando di questa pace momentanea.»

Dionas gli rispose in maniera sarcastica strappandogli, quasi, la lepre dalle mani e facendo cenno ad Ambra di andare. «Bene, buon viaggio allora!»

Si erano allontanati di pochi passi quando l'uomo li chiamò.

«Domando scusa. Prima che andiate, ho da chiedervi un ragguaglio!»

Ambra si rese volentieri disponibile ad ascoltarlo. «Che cosa volete sapere?»

«Sto cercando Alvin, il mastro ferraio. Giù al villaggio mi hanno detto che vive da queste parti, ma quando mi sono inoltrato nel bosco credendo di prendere una scorciatoia, mi sono perso. Lo conoscete? Sapete dove posso trovarlo?»

Dionas gli si avvicinò con aria sospettosa, il suo pugnale era ancora stretto nella mano. «Perché lo cerchi?»

«Affari.»

«Che tipo di affari ti portano da lui?»

«Come vi ho detto sono in viaggio. Ora però ho terminato le mie risorse e ho bisogno di fermarmi per trovare un lavoro. Qualcuno mi ha detto che questo Alvin potrebbe aiutarmi, poiché il suo aiutante è venuto a mancare un po' di giorni fa. È un mestiere che conosco molto bene e potrei essergli utile, come lui a me.»

Dionas esitò alcuni istanti. Poi... «È nostro padre.»

«Davvero? Non posso crederci, ma guarda un po'... quando si dice la fortuna. Potete portarmi da lui?»

Ambra era entusiasta. «Certo che possiamo!» ma poi guardò suo fratello e, dall'espressione impressa sul suo volto, si accorse che lo straniero non gli ispirava tanta fiducia.

«Ti porteremo da lui,» rispose Dionas rassegnato «tanto se non lo faremo, riuscirai comunque a trovarlo, ma bada che è molto diffidente con gli stranieri, preferisce qualcuno di fiducia.»

«Vi sono molto grato. Non so davvero come ringraziarvi.»

«Vedi di muoverti allora!»

Intrapresero la via del ritorno. Ambra procedeva insieme allo straniero mentre Dionas li distanziava di qualche passo. La luce mite dell'imbrunire creava un'atmosfera magica di pace e serenità e l'umida frescura che inondava l'aria si sentiva come una carezza lieve sulla pelle.

«È sempre così vostro fratello?»

«No, lui non è cattivo. Solo esageratamente cauto. Dategli un po' di tempo per conoscervi meglio, vi accorgerete che è diverso.»

«E voi invece? Credete già di conoscermi?»

Ambra sorrise imbarazzata e si voltò a guardarlo.

«Non vedo cattiveria nei vostri occhi!» esclamò con tono sicuro. «Qual è il vostro nome?»

«Il mio nome è Nicholas, ma potete chiamarmi Nick se volete. Ricordo che mia madre da piccolo mi chiamava così. Era sempre di fretta e Nick per lei era più sbrigativo.»

«E aveva ragione...» intervenne Ambra sorridendo «ma Nicholas mi piace di più» precisò mentre abbassava esitante lo sguardo.

«Come preferite, allora. In qualunque modo pronuncerete il mio nome, sarò sempre pronto ad accorrere da voi.»

«Ehi...» lo rimproverò immersa in un timido sorriso «mi state forse corteggiando, straniero?»

Lui rise. «Se corteggiandovi, vi recassi un'offesa, allora no. Non oserei mai mancarvi di rispetto, ma se voi...»

«Insomma, vogliamo muoverci o no!» intervenne scocciato Dionas, ormai a una certa distanza. «È quasi buio sbrigatevi!»

Nicholas si dimostrò un factotum impeccabile. Oltre ad assistere Alvin nella sua officina era un brillante giardiniere e, per la gioia di Lusedia, anche un ottimo cuoco. Erano passati un paio di mesi dall'incontro nel bosco e quel pomeriggio i due fabbri smisero di lavorare prima. Ambra ne approfittò per farsi insegnare da Nicholas qualche nuova tecnica di combattimento e ora lui era alle sue spalle che la avviluppava tra le sue braccia spiegandole quale sarebbe stata la mossa migliore per liberarsi.

«Dimmi quello che ti pare...» esclamò Lusedia che, insieme a Dionas, li osservava dalla finestra della cucina che dava sul retro del giardino «ma a me quei due sembrano innamorati ed io non mi sbaglio mai!»

Con il suo mezzo secolo di esperienze vissute, era raro che Lusedia si sbagliasse. I ragazzi avevano nove e tredici anni quando ella era divenuta la loro tata. Era un'età difficile da gestire e Alvin non avrebbe potuto fare il lavoro di una madre. Lusedia li aveva in pratica cresciuti e nessuno li conosceva meglio di lei, le bastava un'occhiata per capire se era tutto a posto o no e osservando lo sguardo accigliato di Dionas con cui scrutava i due ragazzi, intuì che lui non approvava.

«Sarà, ma c'è qualcosa... non mi fido di quell'uomo.»

«A me pare un bravo ragazzo, non vedo il male in lui. Basta considerare l'impegno che mette in tutto ciò che fa. Hai visto com'è cambiato il nostro giardino da quando c'è lui? È diventato come la reggia delle fate e poi tuo padre è soddisfatto del suo lavoro. Il suo aiuto gli è prezioso, anzi, mi ha confessato una cosa. Vuole proporgli di stabilirsi qui.»

«Sul serio? Mi sembra azzardata come decisione. Non sto dicendo che non sia una brava persona, ho solo come la sensazione che mi stia nascondendo qualcosa, che abbia mentito...»

Con molta probabilità, sì. Di certo non era stato del tutto sincero. Aveva mentito sulla vera ragione che lo aveva condotto alla dimora di Alvin, ma non sull'amore che provava per Ambra. Un amore nato in una nuvola rosa di fumo e cenere e che giorno dopo giorno cresceva.

L'acqua della cascata, quel giorno, era limpida e fresca e sembrava quasi sedurre i due giovani al punto tale che alla fine cedettero. Si sfilarono i vestiti e si tuffarono in quella carezza frizzante di bolle, si divertivano giocando come bambini innocenti e spensierati, radiosi ed esultanti. Ora, erano distesi sul soffice prato che lambiva la cascata, i filamenti erbosi solleticavano la loro pelle nuda e bagnata. Altri ancora li punzecchiavano, ma loro non sembravano curarsene.

«Credo di amarti» le sussurrò Nicholas in un orecchio.

«Credi?» lo rimproverò lei, mentre accarezzava i suoi capelli.

«No,» la rassicurò, mentre le labbra si avvicinavano alle sue accarezzandole dolcemente «ne sono sicuro.»

«Credo di averti amato dal primo giorno che ti ho incontrato,» replicò lei «facevi così tenerezza con quel leprotto in mano!»

«Credi?» la rimproverò lui e scoppiarono a ridere.

«No, ne sono sicura.»

L'ortica continuava a punzecchiarla ma lei era immersa nel piacere delle sue carezze. Lui sfiorava l'interno delle sue gambe con delicatezza e, senza fretta, salì fino a lambire il pelo del pube. Camminò con le dita sul ventre, attraversò i seni, le accarezzò il collo e la baciò. La mano tornò sul suo seno. Il vento fresco della mattina aveva reso turgidi i suoi capezzoli e, nel sentirli al tatto, Nicholas si eccitò. Li strinse tra le dita e Ambra avvertì un piacevole dolore. La pelle morbida del ventre era di nuovo sotto le sue dita che continuavano a scendere e mentre seguitava a baciarla, si fermò a giocherellare con la morbida peluria. Poi s'inabissò nei meandri del piacere dove lui poté avvertire il profondo desiderio di lei di appartenergli. Si abbracciarono forte, le loro lingue si cercavano, s'incontravano, si lasciavano e fremevano ancora. Poi Ambra lo invitò tra le sue gambe. Lui vi si accomodò e, come fosse una rosa morbida e profumata che prende vita in un deserto arido e infuocato, come un raggio di sole caldo e luminoso che squarcia il cielo affranto da una tempesta di neve e ghiaccio, la tenne stretta a sé, facendola sua e concedendosi a sua volta. Fu il loro *primo* momento d'amore. Dolore e piacere fuso insieme. Sesso dettato dall'amore. Niente di più bello e affascinante per un uomo e una donna che si desideravano più di ogni altra cosa e che dopo quel giorno niente e nessuno avrebbe mai più separato.

***

Lusedia era alquanto curiosa. «Qual è il segreto, avanti dimmelo!»

«Se è un segreto, non ve lo posso rivelare» sostenne Nicholas, mentre rigirava la minestra sul fuoco.

«Ed io riferirò ad Ambra che hai speso una fortuna per comprarle quell'anello. Si arrabbierà parecchio, lo sai?»

«Non oserete, vero?»

«Non mi conosci, oserò eccome!»

«Eh va bene!» si arrese Nicholas. «Il segreto consiste nelle foglie di pepe selvatico e nei semi di finocchio campestre. Voi non le adoperate, ecco perché la vostra minestra non ha lo stesso sapore.»

«Tutto qui? Immaginavo chissà cosa!»

Il profumo che aveva inondato la cucina si era esteso anche fuori, fino a raggiungere l'officina di Alvin, e non solo. Anche la cuccia di Tobia era divenuta una reggia di profumi e aromi; il suo naso arguto si era lasciato trasportare da quella scia fino a raggiungere la cucina. Era un periodo in cui il lavoro scarseggiava e Alvin lasciava che Nicholas si rendesse utile in casa o nel campo adiacente, dove maturavano fiorenti ortaggi e rigogliosi alberi da frutto. Dionas era ripartito da un po'; il richiamo del Drago aveva la priorità su tutto, ma sarebbe tornato presto, assicurò.

«Posso vederlo per l'ultima volta?» chiese timidamente Lusedia.

«Non ve lo meritate…» replicò Nicholas mentre degustava la sapidità della sua minestra «considerando il vostro ricatto.»

«Su! Era a fin di bene!»

Nicholas, con pazienza, introdusse la mano nella tasca dei pantaloni tirando fuori un fagottino di velluto blu. Lo dispiegò e apparve un anello d'oro lucente con incastonata alla sommità una delicata e preziosa pietra di alabastro.

«È bellissimo, che darei per avene uno!» Ma mentre pronunciava queste parole, senza farlo apposta, calpestò la zampa di Tobia che sobbalzò, gemendo dolorante. Ella si spaventò e accidentalmente colpì la mano che reggeva il prezioso gioiello. L'anello cadde e, credendolo un giocattolo luccicante, Tobia lo afferrò tra i denti e scappò via. Nicholas lo rincorse per tutto il giardino ma, quando credeva di averlo raggiunto, il cane, in maniera scaltra, riusciva a sfuggirgli. Si divertivano spesso in quel modo e, credendolo un gioco, la bestiola si rallegrava filando a destra e a sinistra.

«Cagnaccio maledetto, fermati! Accidenti a te, ridammelo!»

Ma quelle imprecazioni non toccavano affatto Tobia, che alla fine s'imboscò nel granaio, una sorta di magazzino per le scorte invernali. Su un lato erano stati collocati alcuni fardelli ricolmi di farine, grano, ceci e fagioli secchi, granturco e piselli, che Alvin aveva riposto, con perizia, su alcuni scaffali di legno per evitare che i sacchi venissero a contatto con il pavimento umido.

«Da bravo bello, non ti muovere.»

Nicholas si avvicinava con cautela mentre Tobia, scodinzolante e con aria di sfida, lo attendeva accucciato in un angolo. Quando l'uomo fu abbastanza vicino per attaccarlo, il cane, con uno slancio felino, tentò di sgattaiolare via mentre Nicholas, nel tentativo di afferrarlo, scivolò andando a sbattere sullo scaffale che reggeva le provviste. Le vecchie assi, usurate e logore già da qualche tempo, non ressero il colpo e, disintegrandosi come carta bagnata, lasciarono cadere senza pietà i sacchi delle scorte che si aprirono inesorabilmente, rovesciando sul pavimento il loro contenuto. Nicholas si ritrovò disteso tra le farine e i cereali toccandosi dolorante la testa che aveva sbattuto. Tobia gli si avvicinò quieto e silenzioso, con la coda tra le zampe, consapevole del disastro che avevano appena compiuto e iniziò a leccargli il viso come in segno di scuse. Nicholas lo accarezzò e da uno dei suoi canini sfilò il prezioso gioiello.

«E adesso? Mi dici che facciamo? Guarda cosa abbiamo combinato! Alvin ci ucciderà.»

Tobia lo guardò in modo curioso come dire *"E come faccio a saperlo, io sono solo un cane!"*

Nicholas si alzò ancora dolorante da terra e osservò preoccupato le scorte che di sicuro sarebbero andate perdute se...

Dispose l'indice davanti alle labbra facendo intendere a Tobia che doveva stare in silenzio. Gli fece l'occhiolino, poi pronunciò in avanti la sua mano e iniziò ad articolarla nell'aria. Stava per succedere qualcosa e Tobia, previdente, guaì e scappò via. Una per una, le varie specie di cereali si librarono nell'aria, pulite, separate. Ognuna di esse, seguendo la propria strada, imboccava il sacco cui apparteneva e in pochi secondi ogni cosa fu al suo posto.

Poi una voce.

«Dionas ha sempre insistito a dire che c'era qualcosa in te che non andava e ora capisco che aveva ragione.»

Nicholas si voltò di scatto. «Alvin! No... aspetta!»

«Ma non ho mai voluto dargli retta, io mi fidavo di te!»

«Alvin ti prego... lascia che ti spieghi...»

«Sì, Nicholas! Comincia a spiegarmi. Chi sei veramente, chi ti ha mandato, cosa vuoi da mia figlia? E pensare che ti ho accolto in casa mia e che ti ho considerato più di un figlio.»

«Ti posso assicurare che stai prendendo un abbaglio. Sono solo io Alvin, solo Nicholas! Colui che hai conosciuto due anni fa, soltanto io. Quello che hai visto è irrilevante, non ha importanza.»

«Irrilevante, dici? Quello che ho appena visto non è opera di un mago da quattro soldi. Una grande magia è in te e di solito non viene mai sprecata. Chi la possiede è sempre al servizio di qualcuno e tu, Nicholas, al servizio di chi sei?» L'animo di Alvin, ora, cominciava a scaldarsi.

«Al servizio di nessuno, te lo posso assicurare. Alvin, ti prego, adesso calmati!»

«Non mentirmi, Nicholas!» urlò. «So perfettamente che mia figlia non è come le altre, che ci sei venuto a fare qui?»

«Alvin, adesso basta!» Ora l'espressione di Nicholas era cambiata, dalla difesa passò all'attacco. «Vogliamo parlare? Va bene, parliamo! Della magia presente in te, per esempio, ne vogliamo parlare?»

«A che diavolo ti riferisci?» chiese Alvin sorpreso. «Non so di che parli. Non sono un mago, io.»

«E invece sai benissimo di che parlo. Lo hai nascosto ai tuoi figli, a chiunque fosse intorno a te, ma non a me. Io riesco a sentirla, a vederla, a volte anche a toccarla. Ne vogliamo discutere? O preferisci parlare di quando la maga ti ha posseduto e di come parte della sua magia sia penetrata in te?»

A quel punto la vista di Alvin si annebbiò. «Allora è lei che ti ha mandato! Che tu sia maledetto!» Gli si scagliò contro scaraventandolo sul muro, poi lo prese a pugni e il mento di Nicholas cominciò a sanguinare. Ma lui era un vero guerriero e non gli fu difficile sottrarsi all'attacco di Alvin e ribaltare la situazione. Ora il fabbro era steso sul pavimento e il giovane gli era addosso, aveva estratto il pugnale che custodiva sempre sul lato del suo stivale e la sua punta, ora, lambiva il collo di Alvin. I due si fissarono per qualche istante e Alvin comprese che contro di lui avrebbe potuto ben poco.

«Uccidimi, ma ti prego non fare del male alla mia ragazza.»

«Oh, accidenti… Alvin!» urlò Nicholas. «Non sono qui per uccidere, vuoi capirlo o no? Non potrei mai farle del male. Io la amo, la amo più di ogni altra cosa. Sacrificherei la mia vita per lei, sono qui solo per proteggerla, hai capito adesso? Per proteggerla!»

Alvin scrutò nei suoi occhi e non vi scorse menzogna. Nicholas ritirò il suo pugnale, si sollevò e lo aiutò ad alzarsi tendendogli la mano.

«Proteggerla da chi? Chi vuole fare del male alla mia bambina? *Lei?*»

«Sì» rispose Nicholas amareggiato.

«Che cosa aspettavi a dirmelo? Perché non… tu avresti dovuto portala via, lontano da qui. È il primo posto dove verrebbe a cercarla, trova un luogo sicuro dove nasconderla!»

Ora Alvin era spaventato. Sì, sapeva che alla fine Elenìae avrebbe fatto la sua mossa e sapeva che un giorno si sarebbe dovuto sacrificare per Ambra.

«È esattamente ciò che ho intenzione di fare. La condurrò a Loremann. Lì per un po' sarà al sicuro, ma non ora. La maga la tiene d'occhio da tempo, la osserva, sa dove si trova ed è in attesa del momento propizio. Se ci muovessimo ora, ci seguirebbe, saprebbe dove siamo diretti. Dobbiamo aspettare, al momento giusto lei saprà dove inviare i suoi demoni e sarà quello il momento in cui non ci faremo trovare.»

Quella sera tutti erano in attesa, in fermento per un evento che non si verificava da millenni. Tutti, a Bellarja, erano ad attendere per le strade o distesi sull'erba nei campi. Le rive sabbiose oltre il porto di Heossur erano invase da giovani innamorati che fremevano. Nelle piazze, una moltitudine di persone aveva lo sguardo rivolto al cielo: il sole stava per morire e la sua scomparsa avrebbe dato vita allo splendore di quell'astro fiammeggiante che avrebbe solcato i cieli per tutto l'inverno. Per i più pessimisti la cometa di Solon era invece presagio di sventura, ma mai quanto lo sarebbe stato per Ambra.

I loro cavalli erano già pronti, appena l'ultimo raggio di sole fu oltre l'orizzonte, i due ragazzi si diedero alla fuga e i *cavalieri maledetti* presero la via verso la dimora di Alvin.

La Bestia

on pioveva ancora.

Il vento era impetuoso e il cielo rigonfio di oscuri e imponenti nuvoloni, ma questo non rappresentava un problema per lui.

Non gli serviva vedere la posizione del sole per capire che era mezzogiorno; il suo stomaco ruggiva come un leone inferocito in mezzo a una mandria di gazzelle inermi e succulente e questo presagiva che sicuramente era ora di pranzo. Ma non avrebbe toccato cibo, non prima di aver sfamato per l'ultima volta la sua creatura, quell'essere venuto al mondo da un insolito destino, generato con maestria e perizia, tenuto nascosto fino al tempo stabilito, quando tutto si sarebbe compiuto e il bene e il male sarebbero stati su un filo di rasoio a contendersi il potere. Erano gli ultimi pezzi di carne che l'essere avrebbe avuto dalle sue mani. Era l'ultima volta che il vecchio era andato a caccia per lui. Il tempo era giunto e l'ora della libertà era vicina.

Trascinarsi su quelle ossa vecchie e stanche cominciava a diventare faticoso, le scale che portavano nel seminterrato divenivano ogni giorno sempre più ripide e la sacca in cui erano stati adagiati pezzi di carne appartenenti a un'aitante lepre, era sempre più pesante da trasportare.

La creatura attendeva ogni giorno impaziente il momento in cui avrebbe placato la sua fame e vedendo arrivare il suo vecchio, si agitò scagliando rabbia e pugni sulle sbarre della sua prigione, sbarre di *sedrivium,* una miscela di cui era composta anche la catena che la teneva legata dal giorno della sua nascita. Ogni rischio di fuga doveva essere scongiurato, la sua furia non avrebbe avuto pietà.

Man mano che il vecchio si avvicinava, la creatura calmava i suoi istinti, i suoi occhi ferini divenivano sempre più placidi, fino a quando non vedeva comparire il primo brandello di carne cruda, ancora sanguinante. Ed ecco allora che la sua furia riprendeva ardore e il silenzio non sarebbe tornato finché tutti i pezzi non fossero terminati.

«Il tempo è giunto, figlio mio» disse il vecchio con voce debole e amareggiata. «Quando uscirai da questa gabbia, ti sarà rivelato ciò che dovrai compiere. Il tuo destino ti attende, colui che ti assegnerà un nome è vicino e soltanto lui, sarà il Signore che dovrai servire.»

La bestia ascoltava con attenzione come se intuisse ogni singola parola che il vecchio proferiva, ma la sua mente non comprendeva il linguaggio degli uomini e una volta fuori di lì avrebbe obbedito solo al suo istinto famelico e rabbioso. Per questo era stata generata, la sua furia impetuosa e immortale sarebbe servita ad affrontare rivali dalla potenza sovrumana e solo colui che avesse posseduto l'*anello del comando,* l'avrebbe dominata.

Una volta cibata la bestia, il vecchio risalì con fatica le scale, si diresse verso l'uscita e si fermò sulla soglia di casa.

«È il momento!» esclamò mentre fissava le nubi rigonfie intersecarsi tra loro come ballerini fluttuanti in una danza di valzer. Il vento cessò all'improvviso ed egli discese con una certa difficoltà i quattro scalini della veranda per recarsi all'esterno. Si allontanò il più possibile, fermandosi poi in mezzo al campo antistante alla sua casa e, chiudendo gli occhi, amareggiato e consapevole che la sua vita avrebbe avuto termine di lì a pochi istanti, parlò al prescelto.

«Pazienza Nicholas… pazienza!»

Attese.

«Pazienza… non ancora!»

Minuscole gocce di pioggia iniziarono a solleticargli il volto fermamente concentrato e, nel momento in cui un fulmine accecante squarciò l'aria, il vecchio spalancò con forza le braccia, rivolgendo lo sguardo al cielo.

«Adesso!» urlò.

Un bagliore intenso cominciò a fluire dal suo corpo irradiandosi come un'onda d'urto per miglia e miglia, piegando con alterigia l'erba al suo passaggio.

La folgore si diradò gradualmente finché non scomparve del tutto e fu a quel punto che il vecchio si lasciò cadere esanime, senza più un frammento di energia. Ciò che doveva essere fatto era stato eseguito, il suo tempo era giunto e ormai poteva dire addio ai suoi centosettantacinque anni di vissuto, di avventure, di battaglie. Anni in cui era stato un prode guerriero, un potente mago e un grande maestro. Tutto sarebbe finito, ma non ancora. I suoi ultimi respiri erano affannosi, in attesa. *Lui* non avrebbe tardato ancora molto, non era distante, il galoppo del suo cavallo si udiva sempre più vicino e poco dopo, finalmente, dopo aver aspettato quel momento per molti anni, il cavaliere giunse.

«Vecchio... stai bene? Che ti è successo?»

Il cavaliere tastava il suo corpo in cerca di una parte dolente o sanguinante; pensò che quel bagliore di luce in qualche modo lo avesse travolto, anche se lui stesso ancora non sapeva cosa lo avesse scaturito.

«Chi sei?» sospirò il vecchio mentre si sforzava di aprire gli occhi.

«Il mio nome è Dionas e sono di passaggio, sono diretto a Loremann.»

«So chi sei cavaliere, il marchio che porti sul petto parla chiaro...»

«Ho visto un forte bagliore provenire da qui, cos'è successo? Vi porto in casa!» disse il cavaliere mentre tentava di sollevarlo.

«No... no... non c'è tempo...» ribatté il vecchio «prendi!»

Con le poche energie rimaste tentava di sfilarsi l'anello dall'anulare sinistro, un robusto gioiello d'oro massiccio con incisi simboli appartenenti al clan degli *arteni*, una tribù di stregoni, dove lui aveva passato gran parte della sua giovinezza e dove aveva appreso ogni sua conoscenza.

«Prendi... mettilo!»

«Cosa... cos'è?»

«È l'Anello del Comando... mettilo o non potrai dominarlo!»

«Dominare chi? Vecchio lascia stare le sciocchezze, dimmi cosa posso fare per aiutarti.»

Il vecchio si aggrappò all'armatura del cavaliere e si sollevò leggermente avvicinandosi a un palmo dal suo volto.

«Mettilo, all'anulare sinistro, non toglierlo mai! Quando arriverà il momento giusto, saprai cosa fare...» gli ripeté «abbi cura... di...» e si lasciò cadere con un forte lamento.

«Di chi? Vecchio, va tutto bene?»

«Di mio figlio!» balbettò con l'ultimo alito di vita rimasto, poi spirò.

La pioggia ora scendeva più pesante, Dionas sollevò il vecchio e si diresse verso la sua casa; lo avrebbe adagiato sul suo letto e sarebbe andato via. L'anello al dito risultava fastidioso. Probabilmente lo avrebbe tolto, non subito, pensava, altrimenti sarebbe stato come non rispettare le ultime volontà di un vecchio morente, anche se non aveva idea di chi fosse. L'abitazione era molto grande, vi erano diverse stanze e, dopo un paio di tentativi, trovò quella che immaginava fosse la sua camera. Lo posò adagio sul letto e con un canovaccio gli asciugò il viso. Poi dall'armadio estrasse un lenzuolo pulito e coprì il cadavere con garbo pensando che lo avrebbe seppellito se solo avesse avuto un po' più di tempo, ma non poteva trattenersi; doveva giungere a Loremann il prima possibile. Lasciò così la camera del vecchio dirigendosi all'uscita e non accorgendosi di nulla. Il rumore incessante di quella che ora si era trasformata in grandine e che batteva forte sul tetto, nascondeva il frastuono proveniente dal seminterrato. La creatura, dopo la morte di colui che si definiva suo padre, aveva perso il controllo, si dimenava con ferocia nella gabbia in cui era nata e vissuta per molti anni: una prigione senza serratura, legata a una catena senza chiavistello e che nessuna chiave avrebbe mai potuto aprire. Ciò che accadeva in quegli istanti la agitava. La lega di *sedrivium* si stava sciogliendo, e in fretta anche. La bestia capiva che da quel momento avrebbe dovuto cibarsi da sola, cacciare per sopravvivere e Dio solo sa chi sarebbe stata la sua prima preda.

Nata incatenata e ora libera.

Travolse tutto ciò che trovò sul suo cammino, ridusse in brandelli la porta che chiudeva il seminterrato, e un urlo di sfogo e di libertà si sprigionò dalla creatura. Dionas, sulla soglia della veranda, estrasse la spada all'improvviso, puntandola verso un nemico ancora sconosciuto. Ciò che incontrò il suo sguardo subito dopo fu qualcosa di surreale e disumano, un essere brutale che sprigionava una furia inaudita. Il cavaliere fu colto di sorpresa, era lì a farsi mille domande e, nell'arretrare, non si accorse dei quattro scalini della veranda alle sue spalle. Di conseguenza, quando il suo piede andò a vuoto, barcollò all'indietro. Fu quello il momento esatto in cui la bestia, ruggendo e sbavando, balzò verso di lui e Dionas, cadendo e in maniera del tutto istintiva, protese la mano sinistra in avanti come per proteggersi, ma ciò che avvenne stupì entrambi. L'anello s'illuminò ed emise una fioca luce azzurra; la bestia si placò all'improvviso mentre il cavaliere, steso a terra e sempre con la mano tesa, continuava ad arretrare sperando di raggiungere il suo cavallo, rimasto nel punto in cui aveva trovato il vecchio morente. Leggeva l'immortalità nei suoi occhi, annusava la magia con cui era stato creato, percepiva l'innaturale potenza che bruciava nel corpo di quell'essere e, con ogni probabilità, si trattava di quel *figlio* che, in punto di morte, il vecchio, gli aveva chiesto di proteggere.

La bestia spiccò improvvisamente un lungo balzo, sfiorando appena il capo di Dionas che nel frattempo si era rialzato. Prima ancora di rendersi conto dell'accaduto, la creatura era già alle prese con il cavallo, il quale, fiutato il pericolo, si era già dileguato. La bestia però lo raggiunse come un leone avrebbe fatto con un coniglio in un'ampia e vuota prateria e la scena che si presentò agli occhi del cavaliere fu delle più drammatiche. Era così straziante vedere un animale soffrire in quella maniera, lamentarsi e nitrire in modo così penoso desiderando di essere morto e sepolto a mille metri sotto terra.

La bestia mordeva, strappava e squarciava la carne, voracemente, come se non si cibasse da mesi.

«No!» urlò il cavaliere. «No... no... maledizione!»

La creatura si voltò di scatto; brandelli di carne gocciolante pendevano dalle sue fauci e schizzi di sangue irroravano l'erba nelle vicinanze. Il suo sguardo animalesco pareva di sfida; non gli avrebbe tolto quel cavallo neanche se fosse stato l'uomo più potente dell'universo.

«Vai al diavolo bestia maledetta,» le gridò «sempre che non sia tu il diavolo in persona. Tienitelo pure, tanto che me ne faccio di un cavallo morto! Dove ne trovo ora un altro, che non rischi di diventare la tua colazione? Come ci arrivo adesso a Loremann? Saresti pure scomoda da cavalcare... accidenti!» Voltò le spalle alla bestia e, in preda all'ira, proseguì per la sua strada a piedi sotto la pioggia battente e i nuvoloni che non accennavano a sgonfiarsi.

Le prime ore del pomeriggio erano fredde. Aveva smesso di piovere e alcuni sprazzi di sole si affacciavano timidi dalle nubi ancora altezzose e questo faceva sentire ancor più l'arrivo anticipato dell'inverno, anche se l'autunno era appena iniziato. La casa del vecchio era isolata nel bel mezzo della prateria; sarebbe stata un buon riparo per la notte, ma non poteva permettersi di interrompere il suo viaggio, soprattutto ora che aveva bisogno di trovare una cavalcatura, e in fretta anche. Non avrebbe percorso molta strada a piedi e sua sorella aveva bisogno di lui.

Il nero minaccioso dei nuvoloni lasciò in seguito il posto all'oscurità della notte, rischiarata da una radiosa e sfolgorante luna piena che toglieva alle stelle il loro diritto di splendere. Il bosco era vicino, s'intuiva dai versi delle bestie notturne in cerca di preda e quando il cavaliere vi si addentrò, trovò riparo sotto una grande quercia, si sistemò in un avvallamento comodo e, quando ogni parte del suo corpo si abbandonò alla quiete notturna, interrotta di tanto in tanto da latrati lontani, si addormentò.

***

Sembrava quasi un mondo diverso, rispetto al freddo paesaggio che affrontava Dionas. Qui l'aria si respirava più calda, il sole era basso nel limpido cielo orientale e i suoi raggi morenti rimbalzavano sulle ampie increspature del fiume. Un'aquila planava leggera nell'aria e quello che si presentava ai suoi occhi era un'immensa prateria verde ornata da mille colori, tra cui spiccava il rosso dei tulipani, così intenso che a qualcuno potrebbe far venire in mente il sangue dei valorosi, perso in battaglia. Più a nord, la prateria, sembrava quasi sollevarsi fino a formare una piccola collina, oltre la quale si ergeva una poderosa costruzione. Al suo interno non c'erano pareti ma lembi di stoffa che pendevano dal soffitto, disposti in modo da formare dei divisori, teli bianchi come la neve che, lievi, sbattevano, si gonfiavano e sospiravano come creature viventi al passaggio delle correnti d'aria in conflitto.

Lei era stata adagiata in un angolo, su una base che poteva sembrare un letto, ma non lo era. Era comodo, però. I suoi occhi, appena visibili, neri come ossidiana lucente, *spiccavano sul suo viso bianco come un'immagine di cera*. Cercava di aprirli, ma erano pesanti... stanchi. Indossava una semplice tunica di lino bianco con rifiniture azzurre, l'orlo arrivava sotto le ginocchia, la timida scollatura le incorniciava il petto mettendo in evidenza il suo seno generoso. Le gambe erano nude; una di esse era ornata da una catenina d'argento alla caviglia, così sottile da essere quasi invisibile. L'unico ricordo rimasto di suo padre. Un anello aureo con una pietra di alabastro avvolgeva il suo anulare sinistro, luccicava e dava l'impressione di essere molto prezioso.

Nel fare un respiro più profondo, fu pervasa da un dolore lancinante al petto.

«Non ti muovere! Sei ancora molto debole.»

Ambra cercava di capire da dove provenissero quelle parole, era confusa, disorientata, non aveva idea di dove fosse. Non ricordava nulla di quello che era successo negli ultimi giorni... settimane o addirittura mesi, le sembrava di aver dormito chissà quanto, invece i suoi occhi si erano chiusi solo da poche ore. Si voltò lentamente e scorse un uomo dirigersi verso di lei, socchiuse leggermente le labbra e un filo di voce sibilò dalla sua bocca.

«Cos'è questo posto?»

Lui sorrise. «Un ospedale, per alcuni. Devi stare tranquilla.» Si prendeva cura di lei e la contemplava. Aveva davanti la donna più bella che avesse mai visto… la donna di cui era profondamente innamorato e che in quel momento non si ricordava di lui.

«Cosa mi è successo?»

«Una lancia ti ha trafitto il cuore…» le rispose mentre le rinfrescava la fronte con una pezzuola bagnata. Pareva sereno, come se la gravità della situazione non lo toccasse.

Forse in quel luogo c'era davvero qualcosa di magico. Al posto di quello che doveva essere un petto squarciato, c'era una minuscola escoriazione lambita da tracce di sangue coagulato, ma dentro faceva ancora male.

«È stata una dura battaglia, ora riposa… avremo tutto il tempo.»

Quelle parole giungevano alle sue orecchie come note serene, tranquille. Si sentiva protetta, ovunque si trovasse. Si sentiva al sicuro con lui. Non sapeva chi fosse ma contava di potersi fidare. I suoi occhi si chiusero di nuovo, ma non dormiva. La sua mente vagabondava, lontano, verso il suo passato, verso i suoi ricordi.

Rammentava la sua famiglia o meglio ciò che era rimasto della sua famiglia. Ricordava vagamente suo padre, quello che non sapeva è che si era sacrificato per lei. Poi Dionas. Nonostante la momentanea amnesia lui era limpido nella sua mente. Erano fratelli. Ambra lo considerava il suo angelo custode, colui che l'avrebbe protetta sempre, ovunque, ed era convinta che ora la stava cercando. Da bambini giocavano sempre a fare i guerrieri combattendo con finte spade di legno che Alvin costruiva per loro; li adorava il loro papà e avrebbe fatto qualunque cosa per i suoi bambini. Con il tempo quelle spade di legno erano divenute di ferro tagliente, sempre più pesanti e difficili da manovrare. Ma non si erano mai arresi ed erano diventati sempre più abili e forti. Avevano combattuto sempre insieme, fianco a fianco, dapprima durante gli addestramenti a corte, in seguito nelle battaglie vere dove, per proteggersi, avrebbero dato la vita l'una per l'altro.

Il suo fratellino, da circa tre anni Ministro del Drago e che con tanta forza e coraggio si era guadagnato quel titolo, chissà dov'era adesso.

Stava calando la notte. Solon, la cometa millenaria, splendeva in tutta la sua bellezza e quei piccoli puntini che si alternavano a brillare nel cielo scuro erano più lucenti che mai. L'aria, immota, era talmente pura e dolce da far percepire il profumo di una rosa raccolta a un miglio di distanza. I ricordi di Ambra cominciarono a divenire sogni e il suo sonno divenne sempre più profondo e rilassato, con la consapevolezza che lui era lì, a vegliare su di lei e che suo fratello, prima o poi, l'avrebbe raggiunta.

***

"Ho sognato mia madre stanotte."

Il vento era divenuto ancora una volta astioso. E gelido. Catturava la polvere che volteggiava armoniosa e poi cadeva dispersa, a volte gentilmente, altre, con alterigia. Batteva sul suo elmo come una madre affettuosa che esorta il proprio figlio a svegliarsi per non mancare al suo impegno.

L'oscurità era ancora inoltrata e mancava ancora molto affinché lasciasse il posto alla fievole luce dell'alba, mentre i versi dei predatori si facevano sempre più radi. Il cavaliere dischiuse gli occhi, adagio, si sgranchì le gambe e ripiegò i gomiti nella speranza di ridare vita alle articolazioni bloccate. Lentamente, si sollevò da terra e, con movenze deboli, si scrollò la polvere di dosso senza preoccuparsi di ciò che lo circondava quando, all'improvviso, udì un suono inconfondibile provenire dalle tenebre. Un ululato, diverso da quello di un lupo, lasciava immaginare qualcosa di chimerico, un verso insolito che si faceva sempre più vicino.

Il cavaliere sollevò oltremodo lo sguardo e, dall'oscurità, due occhi rossi lo stavano fissando. Era la bestia, un incrocio tra un uomo e un gigantesco lupo, con corpo e braccia umane ricoperte da una folta peluria, le mani dal dorso peloso e con lunghi artigli. Gli arti inferiori erano composti da due cosce a cui seguivano due zampe che terminavano con lunghi piedi, alle cui estremità comparivano sei dita ben artigliate.

Lui era fedele al suo vecchio.

Inizialmente, il cavaliere trasalì. Poi, constatando che la creatura indugiava per passare all'attacco, attese. La vide avvicinarsi mentre egli esitava immobile, seguendola con lo sguardo. La bestia gironzolò attorno al cavaliere annusandolo, fiutando l'aria. Era inquieta, anche se il suo stomaco era già stato compiaciuto. In maniera del tutto inaspettata, spiccò un balzo e fece per allontanarsi, si fermò e guardò indietro.

"A quanto sembra, vuole che lo segua" pensò il cavaliere.

Si sistemò l'elmo e le corse dietro. Nelle vicinanze delle rocce che lambivano la Lama Lucente, il vento sibilava sempre più intensamente. Gli alberi, comandati dal vento, ondeggiavano in una sorta di danza romantica, simili a seducenti cavalieri agghindati di eleganti e signorili foglie, in attesa che la dama più bella facesse la sua comparsa.

La creatura svanì nella selva tenebrosa e il cavaliere avanzò con fatica per non perderla. Sopra di lui, le frasche s'intricavano, velando l'aria e rendendola quasi irrespirabile. A un certo punto la bestia comparve davanti a lui.

«Lupo!» disse l'uomo, non sapendo come chiamarla.

L'essere lo guardava, qualcuno lo aveva chiamato, ma lui non aveva un nome. Balzò via di nuovo disperdendosi tra i folti arbusti e lasciando dietro di sé un odore animalesco e selvaggio, di belva feroce.

«Lupo, no! Aspetta!»

La sua sagoma sprofondò nuovamente nell'oscurità mentre il cavaliere, ora, era furente.

«Accidenti, ma dove sei?»

Continuò ad avanzare senza fermarsi, mentre la creatura sembrava prendersi gioco di lui. Appariva e scompariva. La seguì per un po' sforzandosi di non perderla d'occhio, ma quando percepì di essersi smarrito nuovamente, decise quasi di mandarla al diavolo. Il vento si placò per un istante e in quell'effimera stasi notturna, udì un rumore aspro, indistinto. Lentamente e con molta accortezza si avviò verso quel suono incerto e scorse la bestia che scavava nel terreno dietro un grande masso di forma tondeggiante.

"Ma che sta facendo?» si chiese incuriosito il cavaliere.

Le si avvicinò con prudenza, con timore; era pur sempre una bestia feroce e avrebbe potuto reagire in qualsiasi modo.

Dal miscuglio della polvere emerse qualcosa: un fagotto stretto da una lunga fune logora. Il cavaliere guardava la bestia che sembrava lo invitasse a raccoglierlo e così fece. Tirò fuori l'involucro dalla fossa, recise la corda e lo dispiegò. Al suo interno era custodita una spada, leggera, *dalla lama bianca*, luminosa e tagliente come un rasoio.

«Goccia di Cristallo! Quella che gli esperti ferrai chiamano *perla delle nevi.*»

Sembrava nuova di zecca, appena forgiata, ma come mai la bestia conosceva il punto in cui era sepolta? Di certo il vecchio c'entrava qualcosa. Anzi, potrebbe averla seppellita lui stesso, ma cosa aveva di così prezioso o speciale quella spada per essere stata sepolta in un posto così oscuro? Era così diversa dalle altre!

La Goccia di Cristallo, ovvero l'*adamanta hallacair,* era un metallo puro e raro, più prezioso dell'oro, che veniva estratto in modeste quantità sulle vette più alte del monte Gaylarwen, e sulle cime minori della catena dell'Asturia, demarcante la zona orientale di Adamantzia. Si presentava di color bianco brillante, tanto leggero quanto resistente e sicuramente era questo che rendeva quella spada così preziosa, ma non solo.

Ricordi

Bellarja, 19 anni prima

Era giunto finalmente il giorno in cui avrebbe festeggiato il suo decimo compleanno. Dionas era eccitato perché per lui *compleanno* voleva dire dolce ai frutti di bosco e come lo preparava Elizabeth, era il dolce più buono del mondo. Erano rari i frutti di bosco in quella zona e in quella stagione, ma il giorno del suo compleanno, magicamente, abbondavano e Dionas, insieme a sua madre, andarono a raccoglierli nel bosco. Ambra preferì restare in casa col padre; le piaceva vederlo al lavoro, osservare come trattava il ferro e in che modo, quella massa infuocata e incandescente, magicamente prendesse le più svariate forme. Dalle punte di freccia alle lunghe lame delle spade, dagli arnesi da giardino agli utensili di cucina. Alvin era un mago ai suoi occhi, lo chiamava spiritosamente il *mago del ferro*. Aveva solo sei anni, ma cresceva così bene che lei e suo fratello sembravano avere la stessa età.

Dionas colmò il suo cesto di more, mirtilli e fragoline che a lui piacevano in particolar modo, tanto che ne aveva raccolte in abbondanza. Elizabeth invece si dedicò alla raccolta della bardana. Con le sue foglie e radici era solita preparare unguenti miracolosi per la pelle, un toccasana per le scottature e Alvin, a causa del suo lavoro, ne faceva un largo uso.

Dovettero affrettarsi per tornare o il dolce non sarebbe stato pronto per l'ora di pranzo. Abbandonarono così il bosco e, mentre erano impegnati ad attraversare la prateria, gioivano alla vista di quell'immensa distesa variopinta, rigogliosa di fiori e sfumature di ogni genere. Era maggio e la natura era esplosa in tutta la sua bellezza.

All'improvviso…

Elizabeth si voltò di scatto. Sembrava un tuono interminabile. No, non era un tuono e ora il rombo si udiva più distinto… zoccoli di cavalli che maciullavano il terreno.

Elizabeth capì.

Con una spinta scagliò Dionas a terra. I frutti di bosco si disseminarono ovunque e lui vi cadde sopra. Era piccolo, non l'avrebbero visto in mezzo all'erba alta. Lei invece…

«Resta giù… non muoverti. Qualunque cosa accada non ti muovere. Stai giù!»

Elizabeth iniziò a correre più veloce del vento ma non per fuggire, sapeva che non aveva scampo. Si allontanava il più possibile da suo figlio affinché non si accorgessero di lui. Non dovevano trovarlo, non ne avrebbero avuto pietà.

Erano almeno una decina. Cavalli neri come la notte. I cavalieri erano uomini, ma le armature che indossavano davano loro le sembianze di demoni. Le mani vestivano guanti in cuoio di serpente, rivestiti esternamente, su tutta la parte dorsale, di minuscoli uncini d'acciaio, il cui scopo era di squartare la carne, mentre le dita, alle loro estremità, presentavano lunghi artigli. Un alto collare cingeva il collo, sembrava quasi una protezione, e dal loro copricapo s'intravedevano solo gli occhi, vitrei, crudeli e senza pietà.

Uno di loro si staccò dal gruppo dirigendosi verso Elizabeth. La raggiunse e la travolse con il suo cavallo.

Rallentò.

Tornò indietro.

Ora sostava immobile accanto a lei. Lo zoccolo del suo diabolico destriero era a pochi centimetri dal suo volto. Elizabeth lo guardò sperando di scorgere nei suoi occhi un minuscolo granello di pietà, ma ciò che vide fu solo una freccia puntata su di lei.

Ciò che sentì fu quella freccia conficcarsi nel petto.

Dionas non resistette a urlare e si affrettò a raggiungere sua madre incurante del suo assassino che, ancora con l'arco in mano, non si era mosso di un centimetro. Giunse a pochi passi da lui. Il demone lo scrutò in una maniera così agghiacciante da far rabbrividire anche il più temerario tra gli uomini. Un bambino così piccolo ne sarebbe rimasto terrorizzato ma lui non lasciò trasparire il minimo spavento, non aveva paura di lui.

Con un colpo di reni al cavallo, indifferente, il cavaliere maledetto gli voltò le spalle e raggiunse il gruppo che era già a debita distanza. Dionas si lasciò andare delicatamente sul corpo morente di sua madre, piangeva e la chiamava.

Con l'ultimo alito di vita che l'era rimasto, Elizabeth, si voltò verso suo figlio e lo contemplò per l'ultima volta, prima che i suoi occhi si spegnessero... per sempre. A quel punto, Dionas emise un grido lacerante. Urlò tutta la sua rabbia, il suo dolore, la sua disperazione.

Un urlo che puntualmente si ripete quasi tutte le notti.

Quasi tutte le notti rivede sua madre morire.

Quasi tutte le notti Alvin, corre da lui a consolarlo.

Due anni dopo

Un urlo straziante squarciò il silenzio della notte.

Alvin, quasi più per abitudine che per preoccupazione, si buttò giù dal letto con gli occhi ancora chiusi. Nel buio i sui passi erano sicuri. Veloci. In un batter d'occhio raggiunse la camera dei bambini.

«Papà... che cos'ha, che gli succede?»

«Nulla, Ambra, non è niente. Non ti preoccupare.»

Lui invece era turbato, non lo aveva mai visto così.

Dionas soffriva spesso d'incubi, quasi tutte le notti, e la scena in cui Alvin si era imbattuto, era poco rassicurante. Lo aveva trovato seduto sul letto, immobile, il viso pallido... bianco; il sudore lo lambiva come rugiada mattutina, gli occhi erano sbarrati, assenti, persi chissà dove, a guardare chissà cosa.

«Ragazzo... ehi! È tutto finito, era solo un sogno, avanti guardami... Dionas, guardami!» gli urlò.

Due schiaffetti sulla guancia delicata fecero leggermente colorare, di un rosa pallido, il suo viso. Gli occhi si chiusero, poi si riaprirono e Dionas guardò suo padre.

«Dov'è la mamma?»

Per la prima volta dopo due anni, aveva nominato sua madre; non lo aveva mai fatto, non aveva mai pianto.

Alvin non si aspettava quella domanda.

«Piccolo la... la mamma... è in cielo. Gli angeli l'hanno portata in un posto bellissimo, dove non soffrirà mai.»

Gli occhi di Dionas divennero lucidi e per la prima volta, dopo due anni, pianse.

Pianse con tutto il cuore.

Pianse fino al mattino.

Quella non fu una notte come le altre.

L'incubo si era presentato diverso dal solito. Non era lui che sorreggeva il capo di sua madre. Questa volta c'era Ambra. Lui era rimasto distante, ma le scorgeva.

Aveva visto il cavaliere maledetto tornare una seconda volta e scendere da cavallo.

Lo aveva guardato con orrore mentre, con una forza brutale, conficcava gli artigli nel petto di sua sorella e le strappava il cuore.

Aveva visto Ambra morire.

L'uomo si era sfilato l'elmo e aveva avvicinato il cuore, ancora pulsante, alla sua faccia. Sembrava quasi avesse voluto cibarsene. Invece aveva preferito strizzarlo, forte, fino a farne rimanere brandelli di carne insanguinata mentre schizzi di sangue scarlatto, avevano bagnato il suo viso.

Quel viso...

Così familiare...

Lo aveva riconosciuto. Elias.

Quella non fu una notte come le altre.

Quella notte, la sua vita prese una nuova direzione.

Quella notte, Dionas fece la sua scelta. Avrebbe avuto la sua vendetta. Sì, avrebbe reso giustizia a sua madre.

Fu l'ultima notte che ebbe gli incubi.

Oggi

Era ancora buio, ma i lievi bagliori all'orizzonte annunciavano che l'alba non avrebbe tardato. Dionas era talmente assorto nei suoi pensieri *(ricordi...)* che non si accorse che Lupo non viaggiava più con lui. Era sparito di nuovo. Era tutta la notte che si dileguava, poi ricompariva, scappava di nuovo e rispuntava più tardi. Stava cominciando a farci l'abitudine ormai. Non aveva voglia di pensarci. Erano ore che camminava; i suoi piedi erano gonfi e stanchi e le gambe cominciavano a cedere.

Lontano nel buio, contrastate dal bagliore della luna calante, s'intravedevano due figure, ma non si distinguevano ancora. Solo dopo un po' ne riconobbe una. Lupo. Aveva qualcosa o qualcuno vicino. Correvano veloci. Non riusciva a credere ai suoi occhi ma quello era...

Un cavallo!

Lupo aveva con sé un cavallo. Lo tirava per le redini, non lo cavalcava, non ne aveva bisogno. Se solo avesse voluto, avrebbe potuto correre più veloce di un cavallo.

«Accidenti, Lupo!»

Ma dove lo aveva trovato? Le redini... era sellato... ma allora, lo aveva rubato! Si vergognò per aver pensato di poter accettare un cavallo sottratto a qualcun altro; forse non gli faceva onore quel pensiero ma... al diavolo, rubato o no, era troppo stanco. La strada era ancora lunga. Ambra, se pur al sicuro, era ancora in pericolo e colui che la stava cercando non avrebbe avuto pace. Non avrebbe dormito né mangiato, finché non le avrà strappato il cuore.

In pochi istanti la creatura fu già davanti a lui ed egli la guardò soddisfatto, con approvazione. Sulle sue labbra comparve un abbozzo di sorriso; ancora un attimo e la gioia inondò il suo volto fino a trasformarsi in una scrosciante risata. Dio... com'era bello ridere. Non lo faceva da... se l'era dimenticato.

Avrebbe voluto dare una pacca di approvazione sulla spalla di quella creatura come se in quel momento rappresentasse per lui il suo unico amico, ma si trattenne; era pur sempre una bestia feroce, anche se un barlume di fiducia nei suoi confronti si era appena acceso. *Lupo*, come lui aveva deciso di chiamarlo, con orgoglio e soddisfazione gli porse le redini. Il Ministro del Drago salì in groppa al suo nuovo destriero e, insieme alla sua bestia, volò verso l'orizzonte.

Il sole era già spuntato e le due figure che si stagliavano al chiarore dell'astro nascente, lasciavano ormai, dietro di loro, solo la polvere.

Nelle terre di Loremann.

«Mmhh... ottimo questo tè! Non ne bevevo uno così buono dall'ultima volta che lo preparò... mia madre.»

Nel nominarla si rattristò.

«Sono delle miscele pregiate che coltivano soltanto qui» precisò lui. «Le importarono i *monabi* quando emigrarono in queste terre, più di mille anni fa.»

«Interessante!»

Ambra lo guardava ora incuriosita, voleva sapere. La memoria di ciò che era avvenuto negli ultimi tempi non accennava a tornare. Ma doveva sapere perché era lì e come ci era arrivata.

«Come ti senti?» domandò lui.

«Oh, molto meglio grazie, oserei dire... bene.»

Aveva abbassato lo sguardo e si toccava il petto quasi incredula. Quello che fino a qualche giorno prima era un profondo squarcio aveva ora lasciato il posto a una pelle morbida e liscia. Neanche l'ombra di una cicatrice, nessun dolore. Ciò la stupiva. L'ambiente che la circondava la sorprendeva. Un'atmosfera così pacifica e una beatitudine così profonda si diffondevano nell'aria che respirava e, anche se non rammentava parte del suo passato, era certa che momenti così sereni non li avesse mai vissuti. Il venticello danzava tra i lembi di stoffa appesi al soffitto mentre i sibili che ne derivavano, giungevano a lei come soavi melodie. Qualcosa le faceva comprendere che la magia dimorava sicuramente in quel posto e poi... la sua ferita... com'era possibile?

«Com'è successo?» chiese Ambra incuriosita.

«Durante la battaglia, una lancia...»

«No,» lo interruppe lei «la verità!»

Lui dapprima la guardò stupito, come se non si aspettasse quell'affermazione, poi fece un sospiro e si rassegnò. Le si sedette vicino, sapeva che se non glielo avesse detto lei avrebbe trovato il modo per convincerlo. Era brava in questo e lui ci cascava sempre.

«Non mi ha colpito una lancia, vero?»

«Beh... no. Non è stata una lancia.»

«Allora quale arma ha squarciato il mio petto?»

«Nessuna delle armi che conosci.»

La guardò e fece una pausa, come per prepararla a ciò che stava per rivelarle.

«I cavalieri maledetti!» disse.

Al solo sentirli nominare, Ambra rabbrividì.

I *cavalieri maledetti...* così li chiamavano, non avevano un nome e di certo non potevano trovarne uno più adatto. Li chiamavano anche i *cavalieri della morte*, ma qualunque fosse il nome loro attribuito, stava di fatto che erano esseri crudeli, al servizio di qualcuno ancora più malvagio, dotati di una forza sovrumana e, per di più, immortali. Non vi fu mai guerriero più forte o incantesimo che sia mai riuscito a ucciderne uno.

«Ti cercano, vogliono...» gli mancava quasi il coraggio di proseguire.

«Che cosa vogliono? Ti prego, dimmelo!» lo supplicò lei.

«Vogliono il tuo cuore. Qualche settimana fa uno di loro ha

conficcato i suoi lunghi artigli nel tuo torace, voleva arrivare a strappartelo e ci sarebbe riuscito se…»

Ora Ambra era bianca in volto; ciò che aveva udito la terrorizzò. Lui se ne accorse e le strinse la mano nel tentativo di tranquillizzarla.

«Tu mi hai salvato?» gli chiese.

«In un certo senso sì. Diciamo che ho fatto la mia parte. La tua vita, in realtà, la devi al mio maestro, il Vecchio della Montagna. Il Vecchio lo sapeva, conosceva il posto e il momento esatto in cui ti avrebbero attaccato.»

«Ma… allora, se sapeva, avrebbe potuto impedirlo!» affermò Ambra.

«No. In qualunque posto fossi stata quel mostro ti avrebbe trovata e uccisa. L'unica cosa che potevamo fare era affrontarlo e l'unico modo per salvarti e distruggerlo era… lasciare che ti uccidesse.»

Ambra era sempre più confusa e spaventata.

«Non capisco, non riesco a capire… lasciare che mi uccidesse? Perché? E poi i cavalieri maledetti non si possono distruggere, nessuno ci è mai riuscito.»

«Un modo invece c'è. Esiste un incantesimo potentissimo che, se fatto nel momento giusto, rende il cavaliere, anche se per pochi istanti, mortale.»

«E qual è il momento giusto?» chiese lei con un filo di voce, come se già conoscesse la risposta.

«L'istante in cui uccide le sue vittime. Quello è l'unico attimo in cui s'indebolisce per poi inondarsi di una forza nuova e ancora più intensa, l'unico momento in cui un incantesimo potente può avere effetto su di lui. Non può ucciderlo, ma fa sì che la protezione impenetrabile che ha sul collo perda la sua magia e possa così essere decapitato.»

«Oddio!» rimase un po' turbata «Ma se è vero che esiste questo incantesimo perché nessuno l'ha mai attuato?»

«Semplicemente perché sfinisce il mago a tal punto da provocargli la morte all'istante o in pochi attimi.»

Ambra tentava di parlare, avrebbe voluto fargli altre domande, ma le sue labbra tremavano; il suo cuore era pieno di terrore ed era consapevole del fatto che qualunque cosa le avesse riferito Nicholas, non le sarebbe piaciuta affatto. Egli continuò.

«Doveva essere tutto sincronizzato. Nel momento in cui lui ti avrebbe attaccato, il Vecchio doveva già essere pronto con il suo incantesimo e prima che quella bestia raggiungesse il tuo cuore, io avrei dovuto colpire. Sta di fatto che lo abbiamo ucciso. È stata dura, soprattutto per me, restare inerme e aspettare, avere pazienza e indugiare mentre quel... quell'essere abominevole ti attaccava, ma non potevo fare altro. Dovevo aspettare e avere pazienza. Se ci penso, per anni il mio maestro mi ha addestrato alla calma e alla pazienza, ha sempre insistito così tanto e ora capisco il perché.»

Ambra si rattristò.

«Quindi, se il cavaliere maledetto è stato ucciso ed io sono qui sana e salva, vuol dire che il Vecchio...»

Non ebbe il coraggio di continuare. Anche Nicholas si lasciò andare alla tristezza. Il Vecchio era stato come un padre e ciò che era diventato lo doveva soltanto a lui.

Gli occhi di Ambra divennero lucidi e alcune lacrime cominciarono a lambire il suo viso; non sopportava il fatto che qualcuno avesse perso la vita per salvare la sua. Lui, con il dorso della mano le sfiorò delicatamente il viso, un po' per asciugare le sue lacrime, un po' per farle coraggio. Le si accese un lieve sorriso, comprensivo, verso un uomo che aveva appena perso una persona cara. Bevve un altro sorso di tè sperando di sentirsi meglio, ma non servì.

«Qual è il tuo nome?» gli chiese dopo un po', cercando di uscire da quelle scene di terrore, tentando di cambiare discorso trovandone uno più leggero: conoscere il suo nome, scoprire chi fosse quell'uomo che con tanta grazia si era preso cura di lei.

«Nicholas, ma puoi chiamarmi Nick se ti fa più comodo.»

Ambra accennò un piccolo sorriso.

«Oh, si certo, molto più comodo, così quando sarò in pericolo, farò prima a chiamarti.»

Si lasciarono andare a una liberatoria risata, ne avevano bisogno in quel momento e poi ad Ambra era sempre piaciuto fare dello spirito.

«Sì, comunque, Nicholas mi piace di più» precisò lei.

Lui arrossì e abbassò lo sguardo. «Sì, lo so!»

Quell'affermazione la stupì e dal modo in cui lui la guardava, lei, cominciò a capire.

«Nicholas, ci conosciamo? Voglio dire, io ti conoscevo già? Insomma tu ed io...»

«Sì!» le rispose timidamente.

«Oh, Nicholas, mi dispiace!»

«E di cosa?»

«Di non ricordarmi di te» gli rispose addolorata.

«Non importa» la rassicurò. «Vedrai che col passare del tempo...»

Sì, dopo tutto non importava, non serviva, non aveva bisogno di ricordarsi di lui. Ambra ne era nuovamente innamorata. Il modo in cui lui l'aveva accudita e curata in quei giorni avrebbe colpito anche il cuore più impenetrabile.

«Dobbiamo prepararci ora,» le disse «tuo fratello ci sta raggiungendo qui.»

L'Indagine

Silkeborg – Danimarca
Domenica 31 ottobre

C ome poteva il cuore di una madre accettare il fatto che il proprio piccolo fosse disperso chissà dove, in balia di chissà chi, a patire chissà quali sofferenze!

Era dura osservare la console dei videogiochi, in quell'angolo, con avvolti intorno i cavi dei joystick. Aveva pensato di riporla nello stipetto sottostante il televisore, ma preferì lasciarla lì, nel caso Karl fosse tornato.

Era così desolante entrare nella cameretta vuota e vedere ogni giocattolo e peluche ordinatamente al proprio posto, il letto sempre ordinato e la copertina azzurra, con stampato il suo eroe preferito, Spiderman, sempre ben tesa e senza alcuna piega.

Per Karen era dura guardare in faccia la realtà e convincersi che era già passata una settimana, da quando il sorriso radioso di suo figlio, non dava più vita a quella casa. Il silenzio e la disperazione, il mistero e la paura, ma soprattutto la rabbia, albergavano anche nel suo cuore. Tanta rabbia si era impossessata della sua mente, dei suoi gesti, delle sue parole, per non aver modo di sapere come e dove muoversi. Si sentiva impotente, ma la cosa più spaventosa era che la sua credibilità stava venendo sempre meno.

«Signora Walken, io capisco perfettamente ciò che sta provando…»

«No, ispettore,» lo aveva interrotto Karen *«lei non può minimamente immaginare cosa sto passando. Finché la sua unica ragione di vita non le sarà strappata via, lei non potrà mai capire!»*

«Signora,» aveva ripreso pazientemente l'ispettore Kallen, responsabile delle indagini *«lei ha perfettamente ragione, non arriverò mai a immaginare il profondo dolore che la affligge. Intendevo solo dire che è molto evidente la sua frustrazione, tutto qui. Torniamo a noi! Mi perdoni ma la sua versione, purtroppo, non porta a nessuna*

conclusione. *Non ha senso ciò che insiste a raccontare. Sarei più contento se mi dicesse che le è sembrato di aver sentito suo figlio che la chiamava da quella sala. Invece lei non fa che ostinarsi a…»*

«Non ho nessuna intenzione di renderla felice, ispettore, e dire una cosa per un'altra» era intervenuta lei esasperata. *«Ero nel corridoio e la voce di Karl era perfettamente chiara. Ero vicinissima a quella stanza e sono pronta a giocarmi la vita che la voce di mio figlio provenisse da lì. Non sono una visionaria e sono sicura di quello che dico. E poi ci sono i testimoni che l'hanno confermato. Mia madre, tutti nel locale l'hanno udito, urlava in un modo tale che sarebbe stato impossibile non sentirlo.»*

«Sì, è vero, in molti l'hanno udito, ma nessuno è pronto a giurare che la sua voce provenisse esattamente dalla sala. Hanno tutti indicato il corridoio, niente di più, e in quella zona vi sono altre stanze tra cui la toilette, uno sgabuzzino e l'ingresso alle scale che conducono al solaio del locale. Dunque, lei stessa mi ha riferito che il bagno era vuoto, lo sgabuzzino era chiuso a chiave, però non ha controllato l'altra porta, perché?»

«Era più distante e la voce di mio figlio non era così lontana.»

«Eppure, con tutto il rispetto signora Walken, anche se lei non lo ammetterà mai, io credo che il solaio rappresenti l'unico posto dove Karl si sarebbe potuto trovare nel momento in cui la chiamava. Abbiamo accertato che la porta non era chiusa a chiave e l'unica finestrella presente in soffitta è sprovvista di sbarre. È abbastanza grande affinché un uomo possa introdursi facilmente. Non voglio insinuare nulla, ma la vedo come l'unica soluzione possibile.»

«Era dalla sala che proveniva la sua voce,» insisteva Karen *«glielo giuro! Se Karl si fosse trovato nel solaio o anche sulle scale, avrei sentito la sua voce più cupa e lontana… invece era lì, a pochi passi da me, perché non vuole credermi?»* aveva insistito piangendo.

«Nessuno mette in dubbio la sua sincerità, signora Walken. Il fatto è che se non avrò tra le mani qualcosa di reale e concreto, non potrò fare granché per suo figlio.»

Lo sguardo perso nel vuoto, il cuscino stretto sul petto e alcune lacrime che lambivano il suo viso sofferente. Così si presentava Karen agli occhi di Amanda, quella mattina. Per tutta la settimana non aveva toccato cibo, tranne che in qualche rara occasione.

«Tesoro, ti ho portato una tazza di tè caldo.»

Ma Karen non sembrava darle retta, i suoi pensieri erano persi altrove. Pensava che quando Karl sarebbe tornato a scuola avrebbe dovuto giustificare una lunga serie di assenze. Sapeva quante lezioni stava perdendo e il lungo lavoro che avrebbero dovuto intraprendere insieme per recuperarle.

Rammentava che presto sarebbe stato il suo compleanno e doveva affrettarsi ad acquistare quel gioco che gli piaceva tanto; erano rimasti solo pochi pezzi, potevano esaurirsi da un momento all'altro e Karl ne sarebbe rimasto deluso.

«Non mi va,» esclamò, mentre tentava di sorseggiare il tè che Amanda, speranzosa, aveva preparato per lei, «non riesco a mandarlo giù.» Ripose la tazza sul comodino e si rimise distesa.

«Fai un piccolo sforzo! È solo una tazza di tè, non hai mangiato quasi nulla in questi giorni.»

Con il dorso della mano, Amanda le asciugava le minuscole lacrime che, scivolando lievi sul suo volto, stavano per raggiungere il cuscino. La consolava, ma anche lei aveva il cuore a pezzi. La morsa allo stomaco che si portava dietro da quel giorno non la abbandonava, però non poteva permettersi di lasciarsi andare allo sconforto. Karen non avrebbe retto. La figura che Amanda cercava di interpretare in quei giorni era di colei che non avrebbe perso la speranza, che doveva incoraggiare e non scoraggiarsi. Confortava sua figlia e la illuminava con il suo ottimismo.

C'erano giorni in cui ci riusciva e Karen stava meglio, ma altre volte, come adesso, la paura e la preoccupazione prendevano il sopravvento e non c'era carezza o consolazione che potesse dissuaderla.

«Mamma, tu mi credi, vero?»

«Certo che ti credo, perché mai non dovrei! Perché me lo chiedi?»

«Credono che sia pazza.»

Amanda si rattristò, pensando all'episodio del giorno prima.

«Signora Lorensen, spero di non averla disturbata. Prego si accomodi!»

«Avete qualche notizia?» aveva chiesto Amanda con apprensione.

«Non ancora, mi dispiace» aveva risposto rammaricato l'ispettore.

«Come mai mi avete convocata di nuovo? Ci siamo sentiti solo ieri!»

«Chiarimenti, signora Lorensen, solo chiarimenti. Posso offrirle un caffè o una tazza di tè?»

«No, ispettore, la ringrazio, ma di cosa si tratta?»

«Signora... posso chiamarla Amanda?»

«Certamente.»

«Amanda, da quanto tempo vive insieme a sua figlia?»

«Da circa due anni, in seguito alla morte di mio genero» aveva replicato Amanda un po' sorpresa.

«E come mai si è trasferita da lei? Sua figlia non era in grado di tirare avanti da sola?»

«Beh... ha passato un periodo molto stressante a causa della malattia del marito, gli ultimi mesi sono stati i più estenuanti e, dopo la morte di Albert, Karen ha vissuto un periodo di profonda depressione. Solo Karl la teneva in vita e le dava lo stimolo per continuare a guardare avanti. Non me la sentivo, a essere sincera, di lasciarla sola in quelle condizioni con il bambino, così mi decisi e le proposi di trasferirmi da lei per darle una mano. In seguito la convinsi anche a riprendere il lavoro; sapevo che le avrebbe fatto bene e che, prima o poi, sarebbe uscita da quel periodo di crisi.»

«Capisco, anche perché ho notato che la sua abitazione dista un centinaio di chilometri da qui, per cui le è venuto più comodo trasferirsi, dico bene?»

«Sì, è così ispettore.»

«Amanda, può dirmi se per tutto il tempo che ha vissuto con sua figlia, ha mai notato dei comportamenti strani da parte sua? Mi spiego meglio... si è mai accorta di problemi di altra origine, psichica per esempio, oltre alla consueta depressione, che abbiano afflitto Karen?»

«È un modo garbato, il suo, per chiedermi se mia figlia è pazza?»

«No, no, Amanda, se avessi voluto chiederglielo lo avrei fatto senza girarci troppo intorno, glielo assicuro!»

«No, ispettore, mia figlia non ha mai avuto nessun tipo di problema mentale. Anche se depressa, e ne aveva tutte le ragioni, ha sempre affrontato la vita in maniera esemplare, non ha mai fatto mancare nulla a suo figlio e, nonostante i molteplici impegni, con la malattia del marito prima, e il lavoro poi, è sempre stata presente.»

«Non lo metto in dubbio, ma lasci che le chieda una cosa. Lei crede davvero alla versione che ha rilasciato sua figlia? Non mi dia una risposta come la madre di Karen, lo faccia semplicemente usando la *logica. Pensa veramente che il piccolo Karl sia scomparso nel nulla, una frazione di secondo prima che comparisse sua madre sulla soglia della stanza? Almeno, questo è ciò che Karen si ostina a dichiarare.»*

«Io ho sentito mio nipote, ispettore, che chiamava sua madre, più di una volta e ora, usi lei la logica. Se lui la chiamava dal solaio, come voi insinuate, o dalle scale, ponendo sempre il fatto che mia figlia per qualche strana ragione abbia preso un abbaglio, mi sarebbe stato possibile sentire la sua voce chiara, tra il vociferare nel locale e la musica del piano bar?»

«Beh… se dobbiamo prendere in considerazione questo particolare, ho paura di non poterle dare torto, Amanda, però io ho bisogno di una pista da seguire e un punto da cui cominciare e la logica mi porta a pensare che, quando lei ha sentito suo nipote, probabilmente egli si trovava ancora nella sala o, perché no, addirittura nel corridoio e prima che Karen vi si inoltrasse, Karl aveva sicuramente già raggiunto le scale che conducono al solaio, attratto magari da qualcosa o da qualcuno. Questa è l'unica spiegazione razionale che riesco a darmi e, scelta questa pista, l'unico gancio che mi tiene ancora legato è l'insistenza di sua figlia ad affermare di aver sentito Karl nella sala dei bambini. Amanda, facendola venire qui oggi, speravo che avrebbe potuto ragguagliarmi su episodi simili accaduti a Karen, o eventuali stati di allucinazione vissuti in passato, ma a quanto pare è l'immagine perfetta della salute.»

«Beh… non mi dispiace affatto averla delusa ispettore. Mia figlia sta benissimo e, se posso confermarlo io che vivo con lei ventiquattrore su ventiquattro, allora deve credermi. Sarei la prima a venirle incontro, glielo assicuro.»

«Lo so, Amanda, lo so.»

***

Johan Kallen passò la domenica mattina ricontrollando le deposizioni raccolte in quella settimana, studiando ogni singola parola riferita dai diversi testimoni e formulando ipotesi di ogni genere. Aspettava pazientemente i risultati della scientifica i cui agenti, il giorno della scomparsa di Karl, avevano ripulito la sala con la stessa perizia che avrebbe usato una brava massaia per sgrassare la cucina. Proprio perché era un ambiente frequentato da bambini, la sala veniva rassettata due volte al giorno aspirando la polvere, detergendo il pavimento e sgrassando le impronte sui mobili lasciate dalle mani, a volte unte e appiccicose, dei piccoli frequentatori.

La sera di domenica 24 non vi erano altri bambini tra i clienti del locale; il brutto tempo aveva impedito a molti di uscire e la maggior parte dei locali era semivuota. Le strade, tranne che per le poche automobili di passaggio, erano deserte e le luci che vi si specchiavano, brillavano tra gli zampilli dei goccioloni che rimbalzavano sull'asfalto lucido, mentre i tuoni, ancora lontani, rompevano la melodica monotonia della pioggia cadente.

Il piccolo Karl era stato l'unico, quella sera, ad aver avuto accesso alla sala dei giochi ma, nonostante ciò, non furono rinvenuti elementi sufficienti da analizzare. Le copertine plastificate dei libri di favole e i giocattoli erano zeppi d'impronte di ogni tipo, il pavimento era lucido e pulito e, tranne pochi capelli recuperati, alcuni nei pressi dell'entrata e altri accanto alla libreria, non fu rinvenuto altro. Si cercavano macchie di sangue, tracce di saliva, eventuali segni di lotta ma nulla di tutto ciò fu riscontrato e *due piccole e variopinte farfalle*, di tanto in tanto distraevano i due agenti della scientifica che, ormai, non avevano più angoli in cui cercare.

A Karen era stato chiesto di perlustrare la casa in cerca di qualche elemento da analizzare e da confrontare poi con le tracce di DNA rinvenute nella sala. Aveva recuperato un paio di capelli dalla spazzola di Karl e anche lei si era lasciata prelevare un tampone orale. Aveva informato gli agenti che, durante i momenti di panico, aveva infilato spesso le mani nei capelli e, qualcuno tra quelli trovati, poteva appartenerle.

«Eccomi ispettore!» esclamò l'agente speciale Joren Chiusa che si era sentito chiamare a gran voce.

«Chiusa, chiama quelli della scientifica e fatti riferire a che punto sono e per quale motivo ci impiegano tanto. Ho bisogno di quei risultati, subito!»

«Sì, ispettore, chiamo immediatamente.»

Gli esiti sarebbero stati pronti nel pomeriggio. Johan, nel frattempo, visto che mancava ancora qualche ora per il pranzo, decise di fare un salto nei pressi della scuola e gironzolare intorno all'isolato sperando di scorgere qualche particolare che poteva essergli sfuggito ma, una volta giunto sul posto, con sua sorpresa, si accorse che la scuola era aperta.

Alcuni minuti più tardi si fermò davanti a quello che, a Karl, il primo giorno di scuola, era sembrato un enorme e smisurato cancello bruno color cioccolato.

Era il 31 ottobre e a scuola si festeggiava Halloween. Le grida dei bambini si udivano frenetiche dalla strada e questo mise Johan in agitazione. Indugiò qualche minuto sul bordo del marciapiede osservando una coppia di gatti innamorati che si lanciavano in effusioni amorose sfregando i loro corpi in un groviglio peloso dai tanti colori. Fece qualche respiro profondo, come per caricarsi di coraggio, oltrepassò la soglia del grande cancello e si avviò verso l'entrata principale, sentendo gli schiamazzi dei bambini sempre più vicini a ogni suo passo.

Non aveva mai sopportato i bambini; li riteneva chiassosi, impertinenti, capricciosi e piagnucoloni. Lo infastidivano e, se vogliamo trovare un termine più adatto, lo terrorizzavano.

L'unico figlio, avuto dalla seconda moglie, Sasha, lo aveva sempre visto di rado, la maggior parte delle volte, quando sonnecchiava placidamente nel suo candido lettino. Le loro conversazioni avvenivano, per lo più, lungo il breve tragitto verso la scuola. Difatti, anche se non si dimostrava un padre esemplare, aveva assunto l'impegno di accompagnarlo personalmente tutti i giorni. Quando Kallen aveva firmato l'atto di divorzio, il piccolo Steven aveva undici anni e quando lo aveva visto volare insieme alla madre verso la lontana New York, si era reso conto di non aver trascorso abbastanza tempo con lui e che probabilmente non ne avrebbe più avuto l'occasione. *Si è bambini una volta sola...*" aveva pensato "*... e il privilegio di tornare a esserlo, non ci è più concesso.*"

Giunse finalmente davanti alla grande porta a vetri che delimitava l'entrata principale e un'immagine spaventosa lo aggredì bloccandogli il respiro. Mantelli neri che si gonfiavano attorno a quei piccoli corpi saltellanti, cappelli a punta che fendevano l'aria consumata e irrespirabile, coriandoli e stelle filanti colorate che piovevano da ogni parte dell'atrio mentre, dagli occhi delle zucche ornamentali, fuoriuscivano lingue di luce spaventosa.

Con una punta di coraggio abbassò la maniglia, spalancò la porta e gli strilli aggredirono le sue orecchie come fuochi d'artificio, mentre un gruppo di stregoni volò verso di lui urlando all'unisono «Dolcetto o scherzetto?»

Il terrore e la pazienza giunsero al limite, stava per girare i tacchi e dileguarsi quando il suo salvatore intervenne facendo disperdere la piccola folla che si era creata intorno a lui.

«Toglietevi dai piedi, mocciosetti che non siete altro!» Jesper, uno dei bidelli del piano inferiore, rivolgendosi alla povera vittima con profonda comprensione, gli chiese di cosa avesse bisogno.

«Sono l'ispettore Kallen, Dipartimento di Pubblica Sicurezza, della Direzione Centrale di Polizia.»

«Sì, ispettore, lo so. Ci siamo incontrati qualche giorno fa, cosa posso fare per lei?»

«Vorrei sapere se è possibile parlare con la direttrice.»

«La direttrice Poulsen è… è sicuramente da qualche parte. Vado ad avvisarla. Lei, se vuole, può attenderla nel suo ufficio, l'ultima stanza a sinistra in fondo a quel corridoio.» Jesper lo invitò indicandogli una corsia al di là dell'atrio.

Per raggiungere quel corridoio, Kallen avrebbe dovuto attraversare la sala alla mercé di quegli scalmanati e infervorati ragazzini e, sinceramente, avrebbe preferito trovarsi in mezzo a un branco di pecore, in aperta campagna. Ormai era in ballo e, come se avesse dovuto eseguire un tuffo acrobatico tra le empie onde del cupo oceano, si diresse a grandi passi verso il fondo del corridoio e rimase con pazienza fuori dalla porta in attesa della direttrice, convinto di essere uscito indenne dalla grande e avventurosa traversata.

«Ispettore, mi hanno detto che mi cercava! Scusi il trambusto ma Halloween non ha pietà per nessuno, prego si accomodi!» lo invitò la signorina, ormai non più tanto giovane, Kirsten Poulsen, alle prese con la maniglia difettosa della porta.

«Non dovrebbe essere chiusa la scuola di domenica?»

«Non è colpa nostra se il 31 di ottobre arriva proprio di domenica. Non rappresenta un problema, comunque, per noi e finché non si tratta di studiare, i bambini sono più che lieti di venire a scuola, anche di domenica.»

I frastuoni chiassosi provenienti dall'atrio furono in parte smorzati quando la direttrice si chiuse la porta alle spalle.

La notizia della scomparsa di Karl era su tutti i giornali e notiziari televisivi; a scuola non si parlava d'altro ed erano tutti molto scossi. Silkeborg si vantava di essere uno dei pochi comuni in cui era molto difficile sentir parlare di episodi di violenza e quella notizia risuonò come l'eco di una bomba in tutto il paese.

«Siamo tutti ancora sconvolti e preoccupati per il piccolo Karl. Ci sono novità, ispettore?»

«Non ancora signorina Poulsen, ma stiamo seguendo alcune piste che potrebbero portarci sulla strada giusta.»

«Speriamo in bene, ma come mai è tornato qui? Nutrite dei sospetti all'interno di questa scuola?»

«No, almeno non per il momento. Avrei bisogno di parlare con almeno una delle maestre che erano di turno il 23 ottobre scorso, l'ultimo giorno che Karl ha frequentato. Pensa che una di loro potrebbe trovarsi qui, oggi?»

«Immagino di sì... un attimo che controllo il calendario scolastico, dunque... eccolo qui.»

La direttrice cominciò a scorrere l'indice sul foglio, cercando attentamente la data del 23 ottobre, per accertarsi che almeno una delle maestre di turno quel giorno fosse presente quella mattina, alla festa di Halloween.

«Bene... dunque, la maestra che è stata presente più a lungo nella classe quel giorno è la signora Birgit Johansen, l'insegnante d'inglese. Ricordo che oltre al tempo previsto per il suo turno, la signora Johansen si è trattenuta un'ora in più per sostituire una collega che era assente. Se ha la pazienza di attendere qualche minuto,» disse alzandosi dalla sedia e dirigendosi verso la porta, «gliela vado a chiamare.»

«La ringrazio molto, direttrice.»

La temperatura era calata di qualche grado a causa della forte perturbazione che aveva investito la regione dello Jutland Centrale, il sole era stato coperto da dense nuvole scure che rendevano il cielo di un cupo blu profondo.

Karen, tranne che per recarsi in bagno, non lasciava mai la sua camera; aveva superato quel livello di depressione che la colpì quando Albert morì e da cui solo Karl era stato in grado di tirarla fuori. Ora, era proprio lui che mancava. L'idea di non avere ben chiara la situazione e un appiglio cui aggrapparsi la sconfortava ulteriormente e, ogni giorno che passava, si chiudeva sempre più in se stessa.

Henrik andava a trovarla tutti i giorni e, con la scusa di bere un caffè o una tisana calda, riusciva a stanarla da quella che per Karen era divenuta, oramai, una prigione. Quel giorno i troppi impegni lo avrebbero tenuto occupato per tutto il tempo e sicuramente non avrebbe avuto l'occasione di far visita all'amica.

Quando Karen aveva oltrepassato la soglia della sala dei giochi, quel terribile giorno nella *Pizzeria da Hans*, aveva sentito qualcosa di oscuro nell'aria, un irreale senso d'inquietudine, ancor prima di accertarsi della scomparsa del figlio. Man mano che i giorni scorrevano, quella sensazione di turbamento si accentuava, cresceva in lei un'angosciante percezione che nulla aveva a che fare con la legittima apprensione per la scomparsa di Karl. L'iniziale sofferenza per il figlio aveva ceduto il passo a una preoccupante situazione di totale disinteresse, sia per se stessa, sia per tutto ciò che la circondava. Spesso Amanda aveva l'impressione di parlare a vuoto, di non essere ascoltata. Vedeva lo sguardo della figlia perso nel nulla, chissà dove, aveva la capacità di farla tornare in sé soltanto in seguito a violenti scossoni e, nell'ultima settimana, episodi di questo genere si erano verificati già quattro volte.

«Sono molto preoccupata per lei,» aveva confidato a Henrik un paio di giorni prima «la vedo lontana, si sta perdendo sempre di più in non so quale meandro nascosto della sua mente. Solo qualche giorno fa ho riferito a Kallen che mia figlia è il ritratto vivente della salute e che non ha mai avuto problemi di origine psichica. Che penserebbe se la vedesse ora?»

«E cosa vuoi che pensi?» aveva contestato Henrik. «È scomparso suo figlio, non ha la minima idea di dove sia e cosa possa essergli accaduto, quel figlio che per lei rappresenta la sua stessa esistenza e tu ti preoccupi di cosa possa pensare Kallen nel vederla sotto shock? Ma è naturale che reagisca così, dobbiamo solo starle vicino finché non riceveremo notizie più confortanti.»

«Lo so, Henrik, hai ragione, ma non è solo sotto shock. Ci sono momenti in cui è proprio fuori dal mondo. Devo scuoterla con una certa intensità per farla tornare in sé e vederla in quello stato, ti giuro, mi preoccupa. Puzza come una capra, non si lava da una settimana e non c'è verso di convincerla a rilassarsi con un bel bagno caldo.»

«Dalle tempo, Amanda. È chiaro che non riesce ad assorbire questa situazione e quindi il dolore prende il sopravvento. Come ti ho detto, dobbiamo restarle vicino, parlarle e trovare dei validi motivi per farla uscire da quella camera. Si sistemerà tutto, vedrai, e presto avremo notizie di Karl. Hai detto di aver incontrato nuovamente l'ispettore?»

«Sì, mi ha convocato per avere un quadro migliore sulla salute di Karen. Era venuto a conoscenza del periodo depressivo che l'ha colta in seguito alla morte di suo marito e voleva informarsi se lei, in passato, avesse sofferto di disturbi psichici o cose del genere. Nonostante lo abbia dissuaso, resta fermamente convinto che Karen abbia avuto un qualche tipo di allucinazione e si sia convinta di aver sentito suo figlio a due passi da lei. Io... mi sto perdendo Henrik, non so più cosa pensare. E se Kallen avesse ragione?»

«Amanda, ascolta! Salvo che non esista il soprannaturale, Kallen *ha ragione*! A meno che Karl non sia stato rapito da una strega o da un folletto, allora ha ragione lui. Non può essersi certo volatilizzato due secondi prima che sua madre comparisse nella sala, andiamo!»

«Quindi, mia figlia sta impazzendo!»

«Ma no... cosa dici! È probabile che in quell'istante si sia verificata una situazione psicologica per cui lei è convinta di aver sentito suo figlio vicino, quando, in realtà, era un po' più distante. È una condizione che può verificarsi senza un particolare preavviso. Non è indispensabile essere pazzi se si è coscienti di udire o vedere cose che nella realtà si presentano diverse. Ci sono addirittura casi in cui si è convinti di aver vissuto interi episodi che non sono mai esistiti o, al contrario, casi in cui si sono verificate delle vicende di cui però, non esiste alcuna traccia nei ricordi di chi le abbia vissute. È successo anche a Karl, l'ultima notte della settimana scorsa, mi pare. Mi raccontasti dell'incubo, ricordi? Era convinto di essere sveglio, non aveva sonno quella sera e si rigirava nel letto di continuo, annoiandosi. Ecco perché è sicurissimo di ciò che ha visto. Perciò, ponendo il caso che davvero non abbia preso sonno e sia rimasto vigile e sveglio per un po' di tempo, ha realmente visto un drago? No, non credo proprio. È ovvio che la sua sia stata un'allucinazione. Questo non vuol dire però che Karl sia affetto da una psicosi allucinatoria, ma una volta nella vita può anche capitare. L'unico problema è che, queste persone, non ammetterebbero mai di aver avuto un disturbo, ma rimangono fermamente convinte di ciò che hanno udito o visto. Anche Albert mi raccontò di essersi trovato in una situazione simile, vivendo un particolare episodio molto tempo fa, una sera, dopo essersi messo a letto. Per come la vedo io, si era semplicemente assopito e aveva sognato tutto l'avvenimento, ma lui era convinto di no. Addirittura riprese questo discorso cinque anni dopo, prima di morire. Da qualche tempo non era più mentalmente lucido. Ricordo quel giorno che lo andai a trovare in ospedale, era agitato, mi tirò per il braccio per avvicinarmi a lui e mi disse «*quella notte... non era un sogno*», mi supplicò di credergli ed io, immaginando che stesse delirando, acconsentii e solo allora si calmò. Il giorno dopo morì.»

«Che cosa aveva sognato?» aveva chiesto Amanda incuriosita.

«Beh... mi fece promettere di non dirlo a nessuno, fu una sua confidenza e preferirei che rimanesse tale.»

***

Birgit Johansen si presentò al cospetto dell'ispettore Kallen con il cappello a punta ancora sul capo, lo sfilò con molta grazia mettendo in piena evidenza il suo volto ancora giovane. Il costume da strega la rendeva alquanto stuzzicante e il suo modo di fare era educato e contenuto.

«Piacere di fare la sua conoscenza, signora Johansen. Spero di non averla disturbata.»

«Affatto, ispettore, anzi, la ringrazio per avermi portata via da quel fracasso, a riposare le mie povere orecchie per qualche minuto. In cosa posso rendermi utile?»

«Volevo solo domandarle se ha presente l'ultimo giorno che Karl è venuto a scuola.»

«Sì, certo, è stato sabato della settimana scorsa.»

«Ricorda di aver notato qualcosa di diverso quel giorno? Si è accorta della presenza di qualcuno, che magari non ha mai visto, che gironzolasse nelle vicinanze di Karl o che addirittura abbia parlato con lui o qualunque altra cosa sospetta che le venga in mente di quel giorno?»

«Sì, Karl era strano quella mattina, ne sono sicura e lo ricordo perfettamente. Lui è un bambino dalla condotta ammirevole e dal profitto eccellente, è sempre stato molto attento alle lezioni e operoso nelle attività didattiche. Quel giorno, però, era diverso, non era il solito Karl; si distraeva spesso e ho dovuto richiamarlo più volte, ma soprattutto sembrava spaventato per qualcosa, come se avesse vissuto una brutta avventura. Informai anche la madre di questo suo strano comportamento e lei stessa mi confermò di essere un po' preoccupata.»

«E… quando glielo avrebbe riferito?» chiese un po' sorpreso l'ispettore.

«Quella stessa mattina.»

«Per telefono?» chiese ancora.

«No, è venuta qui, verso le dieci…»

«Come? La signora Walken è stata qui?» la interruppe Kallen.

«Sì.»

«Beh… è strano, sulla sua deposizione è specificato che la mattina di sabato 23 era al lavoro e, a pensarci bene, la sua azienda non è neanche tanto vicina. È sicura di quello che afferma? Perché Karen Walken sarebbe passata?»

«Certo che ne sono sicura e poi non l'ho vista soltanto io! Era preoccupata per Karl, che diceva di non sentirsi bene quel giorno e non voleva venire a scuola, perciò era passata per assicurarsi che stesse bene e per verificare se fosse il caso che continuasse le lezioni. Così abbiamo chiamato il bambino e lo abbiamo chiesto direttamente a lui.»

«Aspetti un attimo… le dieci, ha detto? Sicura che fossero le dieci?»

«Minuto più o minuto meno, non ricordo esattamente. Sicuramente prima della ricreazione.»

«E a che ora suona la campanella della ricreazione?»

«Alle dieci e mezzo» precisò la bella insegnante d'inglese.

Johan rimase perplesso, rifletté per qualche secondo, qualcosa non quadrava.

«Karl e sua madre, dunque, si sono visti?» chiese Kallen, ora molto interessato a quella conversazione.

«Certo…» assentì Birgit «lui le corse incontro e l'abbracciò, poi la rassicurò dicendole di sentirsi meglio e subito dopo tornò in classe.»

«Mi scusi se glielo chiedo ancora ma, è sicura di quello che mi ha appena raccontato?»

«Certo che ne sono sicura!» gli rispose, quasi infastidita della mancata fiducia.

«Chi altri ha visto la signora Walken, oltre a lei e Karl?»

«Immagino il bidello. La porta d'entrata è sempre chiusa durante le lezioni, perciò ritengo che Jesper le abbia aperto per farla entrare.»

«La ringrazio per la pazienza signora Johansen, ora può andare e… grazie ancora.»

«Spero di essere stata utile, ispettore ma, mi dica, ci sono notizie di

Karl?»

«Non ancora, ma speriamo presto.»

Johan lasciò l'ufficio della direttrice riflettendo sulla testimonianza resa dalla giovane maestra. Decise, prima di andare via, di ascoltare il resto del personale e alcuni compagni di Karl.

L'aria era diventata più pesante e, nell'istante in cui pensava che, probabilmente, stesse per piovere, alcune gocce di acquerugiola gli solleticarono il volto. Alcune luccicavano sul marmo della panchina come fossero microscopiche perline mentre altre, leggere, rimanevano intatte sulle spalline della sua giacca scura.

Johan rifletteva su tutto ciò che gli era stato riferito quella mattina dal personale della scuola e, soprattutto, sulla prima deposizione rilasciata da Karen Walken. Le versioni non combaciavano affatto, ma qual era, allora, la strada da prendere? Quella in cui Karen avesse chissà quale grave disturbo mentale o quella in cui stava mentendo spudoratamente?

Decise quindi di rinunciare al pranzo e di fare una visita a casa Overgaard per chiarire tale mistero. Si alzò dalla panchina sul marciapiede adiacente alla scuola e la sagoma asciutta che il suo corpo vi aveva lasciato, accolse precipitosamente quelle che erano ormai divenute distinte gocce di pioggia.

Sarebbe stata una visita formale. Passò dall'ufficio, prese la cartella denominata *Karl Overgaard*, un piccolo registratore e chiamò all'appello l'agente speciale Chiusa che, con il boccone ancora tra i denti e sospirando per quel misero pranzo da fast-food che si era fatto portare e a cui doveva rinunciare, lo raggiunse di fretta nell'auto.

«Buongiorno Amanda!» si sentì salutare nel momento in cui aprì la porta di casa. Si stupì nel vedere Kallen con la cartelletta sotto braccio e l'agente speciale che lo accompagnava.

"Ci saranno novità" pensò, ma non stette a rifletterci ulteriormente. Come un'educata padrona di casa, Amanda li invitò ad accomodarsi in soggiorno e, dopo aver messo a scaldare l'acqua per il tè, li raggiunse.

«Avete scoperto qualcosa?» chiese con una certa ansia.

«Non ancora, Amanda. Volevo sapere se la signora Walken è in casa, ho da chiederle alcuni ragguagli.»

«Sì, è in camera sua, ma non sta tanto bene. Posso chiederle di cosa si tratta?»

«Sì, tanto dovevo chiederlo anche a lei. La mattina del 23 ottobre, Karen si recò al lavoro, giusto?»

«Sì, andò via alle sei del mattino.»

«Dopo di allora, quando è stata la volta successiva che ha visto o sentito sua figlia?»

«Verso le undici, mi aveva telefonato per sapere come stava Karl e informarmi del fatto che stava tornando a casa per colpa del brutto tempo.»

«E a che ora è arrivata?»

«Suppergiù a mezzogiorno.»

«Quindi lei può affermare con certezza che sua figlia stesse tornando dal lavoro quella mattina?»

«Tornava dal lavoro, è ovvio! Mi disse che erano stati colpiti da un violento temporale e avevano sospeso tutti le loro mansioni. È un'azienda agricola, quella dove lavora Karen, e se il tempo è brutto, non puoi farci niente, torni a casa e basta. Ma perché vuole sapere tutte queste cose? Cosa c'entrano con il caso di mio nipote?»

«C'entrano eccome! Ho due motivi fondamentali per indagare sulla mattinata di sabato e cioè scoprire se sua figlia stia mentendo o se ha seri problemi mentali.»

«E perché mai dovrei mentirle, ispettore?» intervenne Karen in cima alla scalinata che collegava il soggiorno con il piano superiore.

Amanda notò che si era pettinata e che aveva cambiato gli abiti che portava indosso da tutta la settimana, i suoi occhi erano gonfi e arrossati, il suo viso scarno e le clavicole che apparivano dall'ampia scollatura, si mostravano sempre più sporgenti.

«Signora Walken, buon pomeriggio» la salutò Kallen alzandosi educatamente dalla sedia. «Spero di non averla disturbata, Amanda mi ha detto che non si sentiva tanto bene.»

Non era passato molto tempo dall'ultima volta che si erano visti, eppure sembrava così diversa. La sofferenza del suo animo si rifletteva sul corpo e lo consumava visibilmente. Solo dopo che gli era giunta accanto, Kallen si rese conto di non averle tolto gli occhi di dosso per tutto il tempo e con una punta di imbarazzo abbassò lo sguardo nel momento in cui ella sollevò il suo.

«Sto meglio, grazie. Su cosa le starei mentendo, ispettore?»

«Spero su nulla, Karen...» le rispose con un profondo sospiro «le spiace se la chiamo Karen?»

«No, faccia pure. Siete riusciti a scoprire qualcosa?»

«Ci stiamo lavorando» rispose pazientemente Johan. «Karen, se la sentirebbe di descrivermi nei minimi particolari la mattinata del 23 ottobre scorso?»

«Perché? Che cosa c'entra con le vostre indagini?»

«Non so se è al corrente di come funzioni il nostro lavoro, ma quando investighiamo su qualcosa, per quanto insensato possa sembrare, non tralasciamo mai alcun particolare, nessun movimento o azione compiuta.»

«Capisco. Dunque, quella mattina sono andata via verso le sei...» iniziò Karen dopo essersi accomodata accanto a sua madre «e giunta in azienda tre quarti d'ora dopo. Durante il corso della mattinata notammo il brutto tempo che si approssimava e non prometteva nulla di buono, così il fattore ci comunicò che per quella mattina non avremmo potuto eseguire il lavoro nei campi e che eravamo liberi di tornare a casa. Gli addetti ai capannoni, invece, potevano continuare il loro lavoro e andare via una volta terminato, così io e altre tre persone ci trattenemmo, ognuna nel capannone che ci era stato affidato e continuammo il nostro lavoro, mentre tutti gli altri andarono via.»

«E ricorda che ora poteva essere?»

«Circa le nove.»

«Fino a che ora è rimasta nel capannone? Era sola?»

«Sì, come le ho detto, eravamo ognuno in un capanno diverso, avevamo il compito di nebulizzare il lucidante fogliare sui bonsai di olmo che, il giorno dopo, sarebbero stati messi in commercio. Gli altri terminarono il lavoro circa dieci minuti prima e fecero in tempo ad andar via.»

«E lei invece?»

«Io rimasi bloccata nel capanno, per più di un'ora. Si abbatté una bufera così violenta che mi fu impossibile uscire. Anche il suolo, dopo un po', cominciò ad allagarsi e non sapendo cosa fare, capovolsi una delle casse e mi ci sedetti sopra, aspettando pazientemente che tutto finisse.»

«A che ora si è messa in macchina per tornare e quanto tempo ha impiegato per raggiungere Silkeborg?»

«Un quarto d'ora prima delle undici ho iniziato il viaggio verso casa e vi sono giunta all'incirca verso mezzogiorno. Di solito impiego molto meno, ma il traffico che ho incontrato per strada mi ha rallentato. Vi erano alberi sradicati e detriti sparsi ovunque a causa della violenta tromba d'aria che si era abbattuta e molte strade erano state bloccate.»

«Ha effettuato qualche sosta prima di raggiungere la sua casa?»

«No.»

«Ne è sicura? Non so... non è passata ad esempio dalla scuola o dal salumiere, tanto che era di strada?»

«No!» insistette Karen. «Ho solo chiamato mia madre dopo che sono partita per avvisarla che stavo tornando. Non capisco a cosa possa servire ciò che vi sto raccontando. Piuttosto, avete scoperto qualcosa sulla donna che era nella sala quella sera? Siete riusciti a trovarla?»

«Beh... poiché lei non ha riconosciuto quella donna tra le foto dei dipendenti che le sono state mostrate, abbiamo pensato che Hans avesse impiegato lavoratori in nero. Così, inizialmente, gli abbiamo promesso che se avesse avuto dei dipendenti non dichiarati e avesse collaborato, non avremmo mosso alcuna accusa contro di lui, ma ricevendo una risposta negativa, alla fine, siamo arrivati addirittura a minacciarlo. Se avessimo rintracciato la donna, lui sarebbe finito dritto in galera per omissione d'informazioni, sequestro di persona e sottrazione di minore. Gli abbiamo messo una paura micidiale, mi creda, ma lui è stato inflessibile sulla sua versione. Sembra proprio che quella donna non esista e dall'identikit che lei ci ha fornito, pare che nessuno dei presenti nel locale, quella sera, l'abbia notata.»

«Che strano... non capisco!»

«È così purtroppo ma, tornando al discorso precedente, c'è chi è pronto a giurare che sabato 23 ottobre, all'incirca verso le dieci, lei Karen, abbia fatto visita alla scuola. Mi è stato riferito che ha conversato con una delle maestre circa il comportamento di suo figlio, ha parlato anche con lui e, dopo essersi assicurata che stesse bene, se n'è andata. Lei concorda?»

«Non so assolutamente di cosa stia parlando!» esclamò Karen turbata. «Ma chi le ha raccontato una cosa simile?»

«L'insegnante d'inglese, Jesper il bidello e alcuni compagni di Karl che, affacciandosi fuori dall'aula, l'hanno vista. Se non fosse che suo figlio è corso ad abbracciarla, raggiante e felice, avrei potuto pensare che sia la maestra sia i bambini si fossero confusi, ma non credo che Karl abbia scambiato un'altra donna per sua madre.»

Il panico di Karen, ora, era sempre più evidente. Le sue mani tremavano lievemente e il suo respiro era divenuto affannoso.

«Io... io non... non posso averlo fatto. È impossibile!» Volse lo sguardo in direzione di sua madre, poi verso l'ispettore. «Lo ricorderei... non è possibile! Rammento perfettamente ogni minuto di quella mattinata e ogni centimetro che ho percorso... Dio, ma che succede? Mamma...»

Ora piangeva rivolta verso sua madre sperando di trovare in lei un appoggio. Il figlio scomparso nel nulla, la donna che non esiste e, ora, anche questo. Ma cosa stava succedendo? Davvero stava perdendo la ragione? Amanda la guardava con compassione, le accarezzava la mano per farle capire che le era vicina, ma anche lei, ora, cominciava a dubitare dell'integrità mentale di sua figlia. Sì, le aveva telefonato, ma pensandoci bene non poteva giurare che, in quel momento, stesse tornando dal lavoro. E se così non fosse stato? E se Karen avesse immaginato di trovarsi nel capannone in preda alla bufera e invece, a quell'ora, fosse andata a scuola dimenticandosene completamente? E se invece stesse mentendo?

«L'hanno descritta tutti allo stesso modo,» continuava Kallen «i capelli legati, i jeans un po' sporchi, una maglietta a righe orizzontali bianche e blu e sopra di essa una camicia azzurra con le maniche arrotolate fino al gomito. Me lo può confermare Karen?»

"Oddio..." pensava Amanda. Legava sempre i suoi capelli quando andava a lavorare e il 23 ottobre indossava proprio la camicia azzurra.

«Sì...» rispose Karen tra le lacrime «confermo, solo che voi non capite! Io non sono stata a scuola, ve lo posso giurare sulla mia stessa vita... vi prego... credetemi... mamma!» insisteva mentre le lacrime, ora, scorrevano a dirotto. Era sicura di ciò che affermava e anche se avesse visto con i suoi occhi l'incontro con la maestra, registrato su un nastro, non ci avrebbe mai creduto.

Li lasciò e fuggì di corsa in camera sua, nella sua prigione. Non era una squilibrata e questo lei lo sapeva, ma le circostanze, purtroppo, dimostravano il contrario e ogni speranza di poter riabbracciare presto suo figlio, andava sempre di più spegnendosi.

L'Unicorno di Jerhiko

E ra la creatura più bella che l'occhio umano avesse mai potuto scorgere, sempre che nel corso dei millenni vi sia stato uomo che abbia avuto l'onore e la fortuna di vederne una. L'Unicorno dimorava nella Foresta incantata di Jerhiko, un luogo che non appartiene né a questo, né ad altri mondi, fluttuante in un'altra dimensione di spazio e di tempo e inaccessibile a chiunque, uomini o dei.

La leggenda narra che solo un potente incantesimo da parte di un cuore puro dall'animo nobile lo possa invocare, ma in mille e mille anni i puri di cuore si sono contati sulla punta delle dita e l'Unicorno di Jerhiko divenne una leggenda. Molte favole sono nate, molte storie sono state narrate su di lui e sui suoi poteri e diverse narrazioni sono state descritte sulla sua nascita.

Pare che migliaia di secoli prima, una fata abbia soccorso un unicorno ferito a morte, salvandogli la vita. Era una creatura incantevole, lo accudì con amore ed era così bello che se ne innamorò. Ma lei era una semplice fata e non avrebbe mai potuto amare un unicorno. Così si rivolse alla Madre Fata chiedendole aiuto e svelandole tutto il suo dolore. Vedendola così affranta e sconfortata, la Madre Fata si mosse a compassione. Le propose così un patto: l'avrebbe trasformata in un bellissimo unicorno ma avrebbe dovuto rinunciare in eterno alla sua vita di fata e di madre perché nel momento in cui avesse partorito un erede, la sua vita si sarebbe spenta per sempre. La fata accettò il patto e i due unicorni, per molti secoli, vissero felici e innamorati. Più passava il tempo e più la loro passione cresceva finché non divenne smisurata. Così, tanto amore non poté che generare un frutto inaspettato e quando la tenera creatura venne al mondo, il corpo di colei che un tempo era una piccola fata si accasciò al suolo, inerme e senza vita, abbandonando così per sempre il suo diletto innamorato. Accecato dalla rabbia per aver perso la sua amata, il padre unicorno rinnegò il figlio e fuggì lontano lasciandosi andare alla tristezza. Il piccolo si ritrovò solo, emarginato da tutti. Le altre creature lo reputavano una disgrazia e decisero perciò di cacciarlo dal loro mondo. Avvolto nella disperazione più profonda, nel momento in cui il piccolo unicorno spiegò le ali per la prima volta, volò lontano, molto lontano, fino a raggiungere in pochissimo tempo il posto più remoto dell'universo, la Foresta di Jerhiko.

Si dice fosse il luogo dove riposano gli spiriti degli unicorni, ai quali, una volta giunti, il candido bianco manto, lascia il posto a un colore indaco sfumato verso l'azzurro. Per questo, il primo essere umano che vide l'unicorno di Jerhiko gli attribuì questo soprannome e non seppe mai se si trattasse realmente di uno spirito.

Tra i tanti poteri, l'Unicorno di Jerhiko aveva la facoltà di spostarsi nello spazio in tempi brevissimi, volava da un continente all'altro di Castaryus in brevi momenti e raggiungeva in un solo giorno le zone più remote dell'universo. Con il suo alito aveva il potere di dare la vita e, allo stesso modo, di toglierla.

***

I suoi occhi si aprirono lentamente ma la luce pomeridiana, anche se non accecante, glieli fece subito richiudere. Il sole non si faceva vedere da un bel pezzo e il freddo gelido la faceva da padrone.

Non era mai stato così vicino a Lupo; la sua fronte e il dorso del suo naso erano appena poggiati su un ammasso di peli che contornavano il collo della bestia ed essa lo teneva in braccio come se trasportasse il più prezioso dei tesori. Il cavallo li seguiva ed entrambi procedevano con passo cauto. Il Ministro del Drago non doveva essere disturbato, quella era un'ottima occasione per lasciarlo riposare.

Dopo un ultimo sforzo Dionas aprì gli occhi. Nonostante ora fosse sveglio, la sua fronte era ancora rilassata sul collo di Lupo; sembrava quasi volesse prendere un po' di tempo prima di tornare alla realtà, ma poi fu scosso da un pensiero improvviso e saltò via repentino dalle braccia della bestia, ritrovandosi in piedi, disorientato. *Mia sorella, la devo raggiungere, che ci faccio ancora qui?* Si toccava e sentiva che qualcosa gli mancava, quando vide la creatura fare cenno verso il cavallo. Il fodero in cui aveva custodito Goccia di Cristallo era stato ben legato alla sella e, su uno dei ganci che la fiancheggiavano, era appeso il suo elmo. Diede un sospiro di sollievo e fece un cenno di approvazione verso Lupo: *"ottimo lavoro"* pensò.

Non poteva permettersi di perdere quella spada. Se il destino aveva voluto che finisse nelle sue mani, donata da una bestia feroce, un motivo ci doveva essere; non se n'era mai separato da quando la creatura l'aveva dissotterrata da quel fosso.

Cos'era successo? Come mai Lupo lo sorreggeva? Non riusciva a comprendere e non ricordava, l'unico pensiero che rievocava la sua memoria era l'esorbitante fatica di quel giorno di viaggio. Per quasi un'intera notte e gran parte della giornata, aveva cavalcato più veloce del vento. Rammentava che di tanto in tanto i suoi occhi cedevano e, dopo un ultimo sforzo, rinvenne l'attimo in cui le energie avevano abbandonato il suo cavallo, come esso era stramazzato pesantemente al suolo disarcionandolo e facendogli sbattere la testa su un masso dopo che il suo elmo era stato sbalzato lontano.

Lupo gli si accostò porgendogli le redini. Era arrivato il momento di rimettersi in cammino e in fretta anche; la luce del giorno, anche se grigia, avrebbe presto lasciato il posto a qualcosa di molto più oscuro. Una tempesta era nelle vicinanze e, a giudicare dal suo aspetto tetro, sarebbe stato meglio trovare riparo al più presto. Assestò un colpo alle reni del cavallo e, insieme a Lupo, scattò in una corsa contro il tempo, ciò che si avvicinava non prometteva nulla di buono.

L'armatura di Ambra era poggiata sul letto. Era stata riparata e pulita.

«Se non fosse che la conosco così bene direi che non è la mia, sembra nuova per le battaglie che ha combattuto.»

«Quei pochi artigiani che sono rimasti qui fanno miracoli» asserì Nicholas.

Accanto all'armatura erano stati riposti con molta cura i suoi indumenti. Erano stati ben lavati e profumati. Il suo farsetto, la cotta e la goletta in maglia di ferro erano inutilizzabili a causa dello squarcio lasciato dal *cavaliere maledetto* nel tentativo di strapparle il cuore. Furono sostituite e la nuova casacca intima, in lanetta morbida, aveva un aspetto quasi identico alla precedente se non fosse per la presenza di fiori ricamati di recente, forse per renderla un po' più femminile, dato chi avrebbe dovuto indossarla.

«Conviene che la indossi, mio fratello potrebbe giungere quando meno ce lo aspettiamo.»

«Sì, hai ragione,» convenne lui «meglio tenersi pronti.»

Ora i due giovani erano uno di fronte all'altra e lui con un sorriso malizioso le disse «Vuoi che ti aiuti?»

Lei gli rivolse un sorriso altrettanto smalizziato. «Non credo che per vestire gli indumenti ne avrò bisogno, grazie, ti farò un fischio quando arriverà il momento di indossare l'armatura.»

Sollevò quindi il suo dito indice e lo volteggiò nell'aria facendogli capire che doveva voltarsi.

Nicholas si voltò.

Lei fece altrettanto voltandogli le spalle, afferrò la tunica di lino bianco che indossava e cominciò a tirarla verso l'alto. La sfilò dalla testa e prima di tirare fuori le braccia sentì un tocco caldo e soffice dietro la nuca, poi un altro… e un altro ancora.

Non si ricordava di lui, ma i tocchi di quelle labbra sulla sua pelle li teneva bene a mente. Erano davvero i suoi, dell'uomo che aveva amato, di cui non si ricordava e del quale era ancora una volta profondamente innamorata. Lui, con la punta dell'indice, accarezzava piano i punti che aveva baciato, poi Ambra si voltò, con un certo imbarazzo, tenendo stretta sul petto la tunica dalla quale non aveva ancora sfilato le braccia.

Lui la guardò serio e un filo sottile di voce trapelò dalle sue labbra.

«Perdonami… mi dispiace, è che…» ma le voltò le spalle e si diresse verso l'uscita di quella che poteva sembrare una stanza, circondata da lenzuola e tende provvisorie che facevano da divisori.

«È che mi manchi tanto!» riprese senza voltarsi. Poi scostò uno dei teli e uscì.

Ambra rimase sola, senza dire una parola. Avrebbe voluto dirgli *"ma come osi!"* oppure *"non andare via!"* o forse avrebbe voluto lasciar cadere la sua tunica e abbandonarsi tra le sue braccia. Sì, senza dubbio era ciò che desiderava, ma lui era scappato senza darle il tempo di pensare, di decidere e dopo essersi vestita, lo cercò finché non lo trovò fuori dall'*ospedale*. Era seduto in mezzo all'erba, pensieroso, e quando la vide arrivare si alzò.

«Ambra, riguardo a quello che è successo prima…» cercò di scusarsi imbarazzato.

«Non devi dirmi nulla» lo interruppe lei.

Lui annuì, poi le prese la mano. «Vieni, devo farti vedere una cosa.»

Si recarono alle spalle della struttura, dirigendosi verso un ampio casolare di legno che era utilizzato come magazzino, al cui interno erano accatastate lenzuola pulite, tovaglie, bende, medicinali e tutto il necessario per far funzionare al meglio quello che era definito *l'ospedale*. Al centro, sotto alcune pile di lenzuola piegate vi era una botola, piuttosto grande. Nicholas rimosse le lenzuola e aprì il grande portello. Seguiva una scalinata non molto ripida che portava di sotto, in una specie di camera sottostante. Scesero insieme e, dopo aver acceso alcune torce, si ritrovarono in una sorta di arsenale gremito di armi di ogni genere. Si contavano all'incirca una cinquantina di pezzi per ogni tipo di arma. L'ambiente era esteso, almeno il triplo del casolare soprastante. Dal fondo si poteva distinguere un'enorme quantità di spade disposte in ordine l'una accanto all'altra, una diversa dall'altra. A destra erano incolonnati gli scudi, di varie fogge e dimensioni, seguiti da una lunga colonna di lance e armi da taglio di ogni genere. Pugnali, asce, katana, sciabole e un numero consistente di daghe. Sulla sinistra erano allineate in lunghe file, armature con le varie parti di ricambio, elmi, maglie di acciaio, cosciali, schinieri e altro ancora.

«Accipicchia!» esclamò lei impressionata «Quanta roba!»

«Ci sono armamentari di questo genere sparsi ovunque nelle terre di Loremann. Gli uomini che vivono qui si riuniscono spesso in vari gruppi per l'addestramento alle armi. Non vogliono farsi trovare impreparati, non più.»

«Sembra che tu conosca molto bene questo posto.»

«Ci sono cresciuto. I miei genitori gestivano quest'ospedale lasciato loro in custodia dai miei nonni. All'epoca era più che altro un centro di accoglienza per chi non aveva un posto dove andare o chi non avesse da mangiare o, ancora, malati che non potevano permettersi delle cure. Un tempo queste terre erano pacifiche; l'eventuale passaggio di una guerra non aveva mai sfiorato questa gente. Parecchi anni fa, quando si sentì vociferare di un probabile attacco da parte dei *logon*, nessuno lo credette, tranne mio padre che mi portò via da qui e mi condusse dal Vecchio della Montagna, nella speranza di insegnarmi qualche tecnica per sopravvivere. I nemici non erano in gran numero ma non vi furono i mezzi necessari per affrontarli e così morirono a centinaia. Fu distrutta ogni cosa, case, fattorie, anche di quest'ospedale non è rimasto molto. I miei genitori, mi fu riferito, morirono nel tentativo di portare in salvo alcuni bambini. Non li ho più rivisti da quando mio padre mi condusse dal Vecchio.»

«Mi dispiace tanto!» lo confortava addolorata mentre gli

accarezzava un braccio. Nicholas restò in silenzio per un po', poi si mosse verso le spade e ne estrasse una da un fodero lucido come l'argento. Accarezzò la *bianca lama* luccicante della Goccia di Cristallo e la distese davanti ai suoi occhi che vi si specchiarono dentro, esattamente come avvenne la prima volta che la tenne tra le mani. Si avvicinò ad Ambra e gliela porse.

«Prendila, è tua!»

Ambra impugnò l'arma: era una spada a lama corta e rimase stupita di ciò che aveva tra le mani.

«Accidenti… ma è leggerissima, sembra quasi di non tenerla in mano! Questa non è una spada come le altre, dico bene?»

«Dici bene, è una *gemella*. Erano due e appartenevano al mio maestro. Le forgiò lui con le sue stesse mani e mi stupirei se non vi avesse impresso anche un po' della sua magia. Hanno cinto i suoi fianchi per tutto il tempo che ha combattuto. *Le gemelle*, nelle sue mani avevano un potere smisurato. Unite, prendevano il sopravvento e si battevano al posto suo guidando le sue braccia, come farebbe un burattinaio con le sue marionette. Poi, quando il tempo delle battaglie per lui finì, occultò una di esse per evitare che entrambe le spade finissero in mani sbagliate. Dove fu nascosta, non l'ho mai saputo, nonostante insistetti per farmelo dire. Quando arrivai da lui, si era già ritirato dall'esercito da molto tempo; l'età avanzata era piuttosto evidente sul suo volto ed io non ero al corrente dell'esistenza delle *gemelle*. Notai per la prima volta questa spada nel laboratorio degli esperimenti. Era riposta, come un cimelio, su due colonnine di bronzo, posata in un angolo su un mobile antico. Gli chiesi cosa avesse di tanto speciale e perché la sua lama era bianca e non argentea come le altre. Mi svelò ogni cosa e fu allora che mi riferì dell'altra gemella nascosta. Mi raccontò di tutte le sue avventure, di tutti i nemici uccisi, delle tante battaglie combattute e di quante imboscate aveva subito da parte dei briganti che volevano impadronirsi delle *gemelle*. Fu per questo motivo che, una volta ritiratosi dall'esercito, decise di separarle e celarne una. Questa me la offrì in dono quando mi congedò. *"Sei pronto"* mi disse, porgendomela esattamente come ho fatto ora con te. Sì, non è una spada come le altre, ha ucciso centinaia di nemici, squarciato rocce ed è sempre lucida e perfetta, neanche un graffio né un'ammaccatura, guarda! Ha il potere di difendere la vita di chi la possiede. Mi ritenevo abbastanza forte perciò ho pensato che sarebbe stata più utile qui. Gli abitanti di Loremann ne avrebbero avuto più bisogno.»

«Non posso accettarla, Nicholas!»

«Devi! Ora sei tu che ne hai bisogno. La situazione a Loremann sembra tranquilla adesso e comunque non mancano i mezzi necessari alla difesa.»

«Loremann…» sospirò lei con aria pensierosa. «Ora che ci penso, non riesco a capire. Mi spieghi come ci siamo arrivati fin qui così in fretta?»

Lui rise divertito. «Sapevo che me l'avresti chiesto. Eh mia cara, segreti del mestiere!»

«E potrei avere l'onore di conoscere questi segreti?» chiese lei incuriosita.

Lui la guardava con tenerezza, senza smettere di sorridere. Potersi specchiare di nuovo nella luce dei suoi occhi era una cosa meravigliosa. «L'Unicorno di Jerhiko!»

«Cosa?!» si stupì lei incredula. «Non dirmi che… credevo fosse una leggenda, non immaginavo che esistesse. Mi prendi in giro, lo so!» Era eccitata e incredula mentre Nicholas la guardava divertito.

«No, non ti prendo in giro. Abbiamo cavalcato davvero l'Unicorno di Jerhiko. Il Vecchio della montagna mi ha insegnato il rito e la formula magica per evocarlo. A dir la verità anch'io lo credevo una leggenda e quando il Vecchio m'insegnò la tecnica del suo richiamo, la provai decine e decine di volte senza mai giungere a nessun risultato. Pensai che la mia magia non fosse abbastanza potente o io non abbastanza nobile, ma il maestro mi spiegò che l'Unicorno di Jerhiko non poteva essere invocato se non in una situazione di reale ed effettivo bisogno. Pensai che a Loremann saresti stata per un po' lontano dal fiuto dei cavalieri della morte e curata a dovere, ma ci sarebbero volute settimane per arrivarci. Così m'inoltrai nel bosco, ti adagiai al suolo e iniziai il rito. Non ricordavo quasi più le parole. Alla fine riuscii a metterle insieme con una tale disperazione nel cuore che dopo pochi istanti vidi apparire in lontananza un tenue barlume indaco e da lì, lo vidi apparire. Non credevo ai miei occhi, ne rimasi estasiato. Era come… non so spiegartelo. Poter accarezzare il suo manto, averlo lì davanti a me… è stata un'emozione così forte che per un momento avevo quasi dimenticato il motivo per cui lo avevo invocato. Siamo partiti che mancava poco per il tramonto e prima che l'ultimo raggio di sole scomparisse all'orizzonte, eravamo già qui.»

Poi divenne serio.

«Stavi morendo… non lo avrei mai permesso, per nessuna ragione al mondo. Avrei trovato qualunque modo. Io… ti avrei salvata. Anche a costo della mia stessa vita!»

Ambra lasciò cadere la spada dalle mani e l'assordante rumore che scaturì nel silenzio contro il duro pavimento non li toccò minimamente. Pose le mani attorno al suo viso e con i pollici iniziò ad accarezzargli gli zigomi. Sfiorò teneramente la sua cicatrice mentre l'ambiente circostante, pregno del profumo di lei, non lasciava in alcun modo trasparire quell'aria selvaggia e aggressiva che emanavano tutti gli strumenti di morte che li circondavano. I loro sguardi erano profondamente fusi l'uno nell'altro. Poi lei lo baciò.

***

Nonostante gli sforzi, alla fine, la tempesta li raggiunse. A fatica riuscivano a vedersi l'uno con l'altro. Dionas in groppa al suo cavallo, lo abbracciava stringendo nei pugni la soffice criniera, mentre Lupo, agguantate le redini, li guidava. Non era chiara la visuale, ma sembrava si fossero imbattuti in ciò che a prima vista sembrava un villaggio, abbandonato forse; non c'era il tempo di assicurarsene, non vi era modo di chiedere ospitalità.

Con una spinta brutale, Lupo sfondò l'uscio di una baracca e vi entrarono tutti, compreso il cavallo. Dionas bloccò la porta con quel poco che riuscì a trovare, una sola sedia e un tavolo rotto rovesciato. Si sentiva stremato, si sfilò parte dell'armatura e la posò sul pavimento nudo. Dopo aver sfilato l'elmo, i capelli dorati, umidi e arruffati scesero liberi sulle spalle mentre l'azzurro dei suoi occhi si confondeva con il rossore provocato dai detriti nella tempesta. La pelle chiara del suo viso era incrostata di neve e polvere, tanto da lasciare un'evidente scia più chiara al passaggio della sua mano. La bestia si accucciò in un angolo ed entrambi attesero pazienti che la tempesta si affievolisse.

Il cavaliere si perse per un po' nei suoi pensieri. Rimuginava sul sogno fatto la notte precedente quando, dopo quasi vent'anni, aveva sognato sua madre e, per la prima volta, non ne aveva visto la morte.

"La mamma è in cielo, gli angeli l'hanno portata in un posto bellissimo, dove non soffrirà mai." Furono queste le parole di suo padre, ed era così che l'aveva sognata questa volta, in una sorta di

paradiso, felice mentre raccoglieva frutti di bosco in un prato dai mille colori. Lui invece, seduto su un masso, la guardava. Non era più un bambino, era grande ormai e indossava la sua immancabile armatura con il simbolo del Ministro forgiato sul petto; teneva in una mano un mazzo di fiori campestri colorati che, con tutta probabilità, aveva raccolto per lei ed era in attesa. In attesa che lei lo raggiungesse. In attesa che fosse fatta giustizia e vendicare colei che aveva sacrificato la sua vita per salvarlo.

Nicholas stringeva Ambra tra le sue braccia. Quel bacio gli aveva ridato la speranza, non si sarebbe mai staccato da lei. A niente e a nessuno avrebbe permesso di farle del male.

Dopo aver raccolto la spada, le prese la mano e si diressero fuori dal sotterraneo. L'aria era diventata più fresca.

Fredda.

Nicholas divenne pensieroso, sospettoso. Strinse la mano di Ambra ancora più forte.

«Cosa c'è?» chiese lei preoccupata.

«Non so, ho un brutto presentimento. Sarà meglio tornare dentro.»

Rientrarono nell'ospedale e Nicholas, ora, era piuttosto agitato. Ordinò ad Ambra di restare dentro mentre lui andava a prendere delle assi di legno con cui sigillare le finestre rotte. Lei non capiva, ma ubbidì e da una delle finestre, in lontananza, avvistò qualcosa di diverso dal solito cielo di Loremann. Incuteva paura. Capì che qualcosa di spaventoso era alle porte e che si avvicinava con rapidità.

Una volta trovate le assi, Nicholas le condusse all'interno; l'ospedale era piuttosto vasto e i malati nelle varie camerate, dovevano essere protetti.

«Rosmar! Rosmar!»

«Sono qui!» Una voce distante aveva risposto da uno dei vani. La moglie di Tyron si precipitò da Nicholas e, dal modo in cui l'aveva chiamata, si rese conto che era piuttosto urgente.

«Rosmar, tu e Ambra trasferite tutti nella camerata centrale. Fatevi dare una mano da chi vi può aiutare. Tyron, tu dammi una mano con queste assi, dobbiamo sbarrare porte, finestre e qualunque fessura presente.»

Tyron, uno dei sopravvissuti all'attacco dei *logon* e che aveva portato avanti l'ospedale dopo la morte dei genitori di Nicholas, non era ancora stato informato di quello che stava per succedere, ma percepì la sua preoccupazione per cui non si fermò a chiedergli spiegazioni.

Gli ammalati furono trasportati nella camerata ritenuta più sicura, era l'unica stanza senza finestre con una sola porta centrale. I pazienti in grado di farlo, si resero utili e quando tutte le assi furono inchiodate, Ambra tornò da Nicholas a chiedere spiegazioni.

«Che succede?» Faceva riferimento a quell'oscurità minacciosa che si stava avvicinando. «Non vorrei sbagliarmi ma proviene dalla stessa direzione da cui dovrebbe arrivare Dionas. Nicholas! Fermati un attimo, ti prego!»

Era rimasta solo un'ultima asse da fissare alla finestra che dava nel cortile, ma egli si fermò, posò il martello e si voltò verso di lei. Le accarezzò delicatamente il viso e le disse di non preoccuparsi. Dionas stava bene, la tempesta, nonostante l'avesse travolto, non cercava lui.

Per un po', a Loremann, sarebbero stati al sicuro, ma a quanto pare il tempo era scaduto. Una volta sopraggiunta la tempesta, i cavalieri maledetti li avrebbero percepiti e ai due ragazzi non sarebbe stato concesso neanche il tempo di aspettare Dionas. Quei maledetti sarebbero piombati con la stessa velocità del vento, gli zoccoli dei loro cavalli avrebbero rombato più forte dei tuoni e questa volta non ci sarebbe stato il Vecchio della montagna a sacrificarsi.

La tempesta passò. Il tavolo rotto e la sedia che tenevano bloccato l'ingresso furono messi da parte e l'uscio fu spalancato. Lupo uscì.

Dionas si alzò. Con una certa difficoltà, indossò l'armatura e si diresse fuori. Ora la visione di ciò che aveva davanti era molto più chiara: un villaggio desolato, distrutto e non da molto tempo. Non vi era anima viva e tutto ciò che di vitale risiedeva in quella terra era ora rappresentato da brandelli di corpi umani sparsi ovunque; la maggior parte di essi era stata ricoperta dalla neve appena caduta, così insolita in quella stagione. La cerchia muraria, realizzata con le pietre estratte dal terreno inospitale e che circondava il villaggio, era stata abbattuta. La tempesta aveva ridotto a pezzi le poche capanne di legno massiccio, si vedevano assi lacerate sparse ovunque di cui, una, conficcata nel collo di un cavallo, mentre i casolari realizzati in pietra avevano resistito.

«Sembra che i *carnefici* abbiano visitato la zona prima della tempesta e, a quanto pare, hanno ripulito tutto» disse con una punta d'ironia.

Agguantò le redini del cavallo pronto a ripartire e, quasi senza farlo apposta, sfiorò la Goccia di Cristallo all'interno del fodero che cingeva la sua armatura al posto della sua vecchia spada. In quell'istante, un discreto raggio di sole lambì l'anello donatogli dal vecchio, facendolo brillare, attirando così la sua attenzione e, quasi senza pensarci, lo sfiorò con un dito. In quello stesso attimo percepì occhi di fuoco nella tempesta, artigli che squarciavano l'aria fredda e irrespirabile. La morte che correva.

Preso dall'affanno, incitò la bestia ad andare, balzando repentino in groppa al suo cavallo e iniziando, ancora una volta, la corsa verso Loremann.

***

Il regno di Haelarith non era distante, la città oltre ad aver subito l'attacco da parte dei *carnefici,* aveva dovuto fare anche i conti con la tempesta. I danni non si contavano e il numero consistente di morti e feriti peggiorava di gran lunga la situazione.

Dionas scese da cavallo e, tirandolo per le redini, si mosse con passo lieve tra le vie cittadine; non avrebbe potuto cavalcare in mezzo a quel tumultuoso disordine. Avanzava tra la disperazione del popolo, bambini afflitti rimasti soli, individui sconvolti che, con lo sguardo perso nel vuoto, si dirigevano qua e là, senza sapere dove andare. Una donna, in stato di shock, riponeva nel suo grembiule i pezzi sparsi e maciullati del corpo del marito. Nessuno era preparato a questo, erano stati colti di sorpresa durante la notte e qualcuno non era ancora cosciente di ciò che era accaduto o con cosa avessero avuto a che fare.

«Maestà… maestà!»

La voce cupa e lontana del capitano del Corpo di Guardia divenne più vicina e distinta nel momento in cui, all'improvviso e senza bussare, spalancò la possente porta d'ingresso alla sala del trono.

«Maestà! Il Ministro è in città, l'hanno visto dirigersi al castello!»

«Cosa?» si stupì il re, sussultando.

«Sì, mio signore, il Ministro del Drago sta venendo qui.»

«Che cosa aspettate, aprite la Grande Porta e andategli incontro, conducetelo da me e ditegli che sarò felice di riceverlo.»

Re Gailmor non stava nella pelle; quella era una visita tanto inaspettata quanto benvenuta e lui stesso lasciò la sala del trono per accogliere di persona il Ministro del Drago. Raggiunse l'atrio nel momento in cui Dionas attraversava la Grande Porta. Il re si fermò sulla soglia ma la frenesia fu tale che uscì all'esterno per corrergli incontro.

«Mio Signore, Ministro, qual buon vento…»

«Non è affatto un buon vento maestà, oserei dire *tempesta*. Sarebbe un termine molto più appropriato viste le circostanze. Sono in viaggio e chiedo ristoro.»

«Per me è un onore accogliervi nel mio castello. In un tempo di disgrazia come questo la vostra presenza qui è come una benedizione per noi!» esclamò il re mentre tentava di chinarsi a lui.

«Oh no, maestà, vi prego!» Dionas intervenne afferrandolo per un braccio per aiutarlo a rialzarsi. Data la sua giovane età, all'incirca ventinove anni, non accettava l'idea che un re e soprattutto uno dall'età avanzata come Gailmor, gli facesse la riverenza.

Dionas era l'incaricato di chi, da millenni, dominava e governava i regni di tutte le terre, l'essere dai poteri infiniti, indistruttibile e che nessuno avrebbe mai osato sfidare. Tutti vivevano secondo le sue regole e condizioni, secondo le quali nessuno avrebbe dominato o fatto la guerra all'altro. Questo aveva favorito un'esistenza tranquilla per molti secoli, ma non sempre era andata avanti così. In ogni regno c'era chi confabulava, chi trafficava, chi organizzava attacchi contro coloro che erano fedeli al Drago e chi, come avveniva ora, gli aveva apertamente dichiarato guerra. Eleniae. Lei non ambiva alla libertà di conquista come gli altri oppositori, lei bramava il potere del Drago che, secondo la profezia, si sarebbe evoluto e chi ne fosse venuto in possesso, avrebbe dominato i mondi dell'intero universo. I suoi attacchi erano già iniziati, orde di selvagge creature malefiche erano sotto il suo comando, i *carnefici*. La loro forma ricordava pressappoco quella di un grosso lupo, ma le fattezze ferine li rendevano alla vista orrendi e spaventosi. Le zampe erano ricoperte da una folta e nera pelliccia, il corpo era slanciato e flessibile e la peluria presente su di esso era più rada. Non avevano orecchi. Tutto ciò che era loro dato di percepire era il richiamo del padrone. La testa era grossa, ricoperta da una folta criniera rossa come il colore dei loro stessi occhi e la dentatura, selvaggia e spietata, sembrava essere stata creata solo per squarciare e ridurre a brandelli qualunque cosa fosse alla loro portata.

Quella volta toccò al regno di Haelarith.

«Quando avete subito l'attacco?»

«Questa notte, siamo stati colti di sorpresa. L'esercito non era pronto, non ce lo aspettavamo…» raccontava Gailmor mentre si dirigevano nella sala da pranzo «erano in centinaia e più ne facevamo fuori… più sembrava che aumentassero di numero. Se ne sono andati solo quando quel demone maledetto li ha in qualche modo richiamati.»

«Vi riferite al cavaliere della morte?» chiese Dionas.

«Sì, proprio lui. Non ho mai capito se sono uomini o esseri maligni venuti dall'inferno.»

«Sono uomini, consacrati a Elenìae» precisò il Ministro. «Uomini semplici che si sono posti al suo servizio ricevendo da lei poteri soprannaturali e una forza disumana. La loro armatura, quando viene indossata, si fonde con il corpo facendolo mutare. Divengono alti e possenti e tutto ciò che toccano non sopravvive.»

«Beh, qualcuno è sopravvissuto, invece. Il demone si è presentato davanti all'entrata del castello e come se avesse tenuto un pupazzo tra le mani, ha scagliato verso la Grande Porta un contadino ancora vivo e senza l'ombra di una ferita, ma è sotto shock e non siamo riusciti a cavargli una parola.»

Non era la prima volta che Dionas veniva a conoscenza di un episodio simile. In altri luoghi si era verificato lo stesso caso.

La tavola era stata imbandita con vivande di ogni genere, l'arrosto di cinghiale, brasato con cipolline, carote e patate, emanava un profumo a dir poco invitante e lo stomaco del cavaliere brontolava a ogni respiro. L'uva appena raccolta, prima che la tempesta distruggesse ogni coltivazione, era stata posta in un vassoio di vimini colorato con varie sfumature di verde e faceva da ornamento al centro della tavola. Le posate di puro argento, disposte sulla tovaglia scura, brillavano sotto l'effetto della luce delle candele come stelle luminose.

«Vi ha lasciato un messaggero» disse all'improvviso Dionas.

Il re smise di masticare per un attimo e guardò il cavaliere con curiosità.

«Come dite?» chiese con il boccone ancora tra i denti.

«Il contadino… avrebbe dovuto darvi un messaggio, ma con lo shock che ha subito, non credo che lo farà.»

«Perdonatemi, Ministro, ma a quale messaggio vi riferite?»

Il cavaliere fece una pausa, poi riprese.

"Chi li seguirà avrà salva la vita e il regno non subirà un secondo attacco, quello definitivo."

I due si guardarono in silenzio.

«Con il loro sterminio terrorizzano la gente» continuava Dionas. «Ai pochi rimasti danno la possibilità di salvarsi dai futuri attacchi a patto di rinnegare il Drago e mettersi al loro servizio. So di alcuni regni ormai vuoti che stanno per essere abbandonati anche dai loro sovrani.»

«E come si fa a dar loro torto,» lo interruppe il re «come si fa ad accettare questo scempio? Come fa un padre che ha visto sua moglie e i suoi figli maciullati da quelle bestie rimanere ancora fedele al Drago? Dov'era il suo Signore quando la sua famiglia moriva? È sempre stato presente nelle battaglie contro gli oppositori, è sempre bastata la sua presenza per mettere in fuga i nemici e quando ciò non era sufficiente, le sue fiamme, più alte di quelle dell'inferno, completavano l'opera. Ma ora, proprio ora che c'è più bisogno di lui, proprio adesso che abbiamo a che fare con esseri diabolici, indistruttibili e con una pazza che vuole sottomettere tutti i popoli della terra, dov'è? Perché non si fa vedere e ci lascia tutti a morire? Voi stesso avete avuto modo di vedere il mio regno massacrato, ridotto a brandelli...»

Quelle parole rattristarono l'animo del cavaliere, soprattutto vedere il re addolorato e quasi pronto alla resa. Il segreto che serbava nel suo cuore non poteva però essere rivelato, ma era così difficile. Però di Gailmor si poteva fidare, era uno dei re più saggi e più anziani e sapeva in cuor suo che non lo avrebbe mai tradito.

«Sì, maestà, ho avuto modo di vedere e, credetemi, sono davvero addolorato, ma cercate di capire! Se vi unirete a loro, avrete salva la vita, ma le vostre anime saranno dannate per sempre. Sarete schiavizzati in eterno e il mondo come lo conoscete ora non esisterà più.»

«E allora cosa dovremmo fare? Lasciare che ci ammazzino?»

«Resistete! Per quanto vi è possibile, cercate di resistere! Il Drago non vi ha abbandonato, lui sta già combattendo la sua battaglia e dal suo esito dipenderà il destino di tutti noi.»

«Perdonate la mia impertinenza Ministro, ma per quanto potente sia Elenìae, il nostro Signore potrebbe sconfiggerla come niente. Perché dunque non attaccarla e farla finita una volta per tutte?»

«Lui...» tentennò Dionas «lui non può farlo.»

«E perché mai... se mi è concesso chiederlo?» si sorprese Gailmor.

«Non conosco la ragione di ciò che sto per rivelarvi, ma a quanto pare il Drago non ha potere su Elenìae e lei non ha potere su di lui. Ecco perché non hanno mai avuto uno scontro diretto.»

«E la maga? Come ha intenzione di annientare il nostro Signore?»

«È scritto nella profezia.»

«Profezia? Di quale profezia parlate?»

«Una profezia incisa su un antico papiro. Non sono a conoscenza del suo esatto contenuto. La verità è che non sono sicuro nemmeno se esista davvero, ma a quanto pare predice il tempo in cui sarà possibile sfidare il Drago, mettendo a disposizione i mezzi con cui sconfiggerlo e farsi carico di tutto il suo potere.»

«Perdonatemi ancora, mio Signore, ma voi siete a conoscenza di questi *mezzi*?»

Sì, Dionas ne era a conoscenza. Abbassò lo sguardo e si rattristò; una di quelle soluzioni sarebbe proprio il cuore di sua sorella, strappato dal suo petto da un cavaliere della morte e donato, ancora vivo e pulsante, a Elenìae.

«No, Maestà, non mi è stato dato modo di conoscere altro riguardo alla profezia.»

«Siate paziente, ho bisogno di chiedervi ancora un ultimo chiarimento. Quando avete detto che il Drago sta combattendo la sua battaglia altrove, a cosa vi riferite con esattezza?»

«Beh...» tentennava ancora Dionas «è difficile da spiegare, lui in realtà non è qui.»

«Come non è qui!» lo interruppe il re. «E dov'è allora?»

«Ve l'ho detto è difficile da spiegare, insomma... è in viaggio verso tutti i mondi dell'universo, alla ricerca di *qualcuno* da cui dipenderà il nostro destino, *qualcuno* da proteggere a tutti i costi. Non chiedetemi altro Maestà, vi ho già riferito più di quanto avrei dovuto osare. L'unica cosa che vi chiedo è di avere fede, di resistere e non mollare. Presto sarà tutto finito, vi do la mia parola.»

Le bisacce erano state ricolme al punto da non riuscire quasi a trattenere al loro interno l'enorme quantità di cibo che il re aveva disposto per il Ministro. Quelle provviste sarebbero state sufficienti per mesi. Dionas non si alimentava spesso, aveva abituato il suo corpo a mantenere l'energia sufficiente con il minimo consumo alimentare.

Con un gesto di riverenza salutò il re e i suoi sudditi. Tutto il reame s'inchinò al suo passaggio e, mentre si dirigeva alla Grande Porta, la speranza brillava nei loro occhi. La presenza del Ministro del Drago aveva confortato i loro animi disperati e una scintilla di fiducia illuminava i loro cuori.

Lupo lo attendeva a pochi chilometri dal reame e anche il suo appetito era stato appagato, vista l'abbondanza di prede che offriva la boscaglia. I due ripresero il viaggio verso Loremann e questa volta niente li avrebbe più fermati.

Il freddo gelido e il baccano dei detriti scagliati addosso alle finestre facevano presagire l'arrivo della tempesta; la luce dei fulmini si diffondeva in ogni angolo del caseggiato e i violenti tuoni parevano vere e proprie esplosioni. Il frastuono del vento impetuoso diventava sempre più rabbioso e se i muri esterni non fossero stati di solida pietra, sarebbero stati spazzati via come piume al vento. Molti di loro iniziarono ad avere paura, c'era chi si abbracciava stretto, chi si teneva per mano e piangeva, alcuni di loro pregavano. Nicholas aveva sulle ginocchia due bambini che alloggiavano al centro di accoglienza perché rimasti orfani di entrambi i genitori. Poiché non c'era nessuno a prendersi cura di loro, erano divenuti ospiti permanenti dell'ospedale. Ambra era alle loro spalle e, con un largo abbraccio, li teneva stretti tutti e tre. Di tanto in tanto si udivano violenti colpi provenire dall'esterno, come se pesanti macigni fossero stati scagliati addosso ai muri dell'ospedale. Gelidi spifferi penetravano dalle poche fessure rimaste e il principio di quel che doveva essere un mite autunno sembrava aver ceduto il posto a un polare e avanzato inverno.

La tempesta sconvolse le terre di Loremann per circa un'ora finché, all'improvviso, predominò il silenzio, una calma surreale che spaventò Nicholas. Ebbe la certezza che gli occhi di fuoco nella tormenta avevano visto, che quei destrieri tetri e neri come la notte, cavalcati da coloro che parevano demoni, erano già in viaggio verso di loro ed egli li avvertì.

«Hanno già visto!» esclamò.

Mise giù i bambini e sbloccò l'unica porta della stanza schiodandone le assi. Nelle altre camere si era creato un tale scompiglio che dovette fare attenzione a non inciampare. Molte delle spranghe avevano retto, ma le altre erano divelte, ridotte a pezzi e scagliate ovunque. Dalle aperture rimaste, le raffiche furiose avevano spinto la neve all'interno delle stanze imbiancando i mobili e i letti. I teli divisori erano aggrovigliati e strappati e brandelli di essi erano sparsi ovunque. Nicholas si precipitò fuori; l'aria era fredda e piatta, vi erano alberi sradicati e detriti, provenienti da chissà dove, sparsi ovunque. Anche il pesante tetto della stalla, adiacente al magazzino, era stato spazzato via.

Il cielo era ancora coperto e l'inaspettata nevicata appesantiva i rami dei pochi alberi che avevano retto. Le colline, fino a poche ore prima tinte dorate dall'autunno, si presentavano ora candide e brillanti sotto gli sporadici raggi solari che si affacciavano timidi tra le nubi.

«Dobbiamo andare! Verranno e uccideranno chiunque si troverà a portata della loro spada. Tesoro, ci dobbiamo muovere!»

Ambra si avviò verso la camera in cui era stata riposta la sua armatura e, con l'aiuto di Rosmar, la indossò. Nicholas invece, si diresse alla stalla, dove tutto era in subbuglio e coperto dalla neve ma, per fortuna, i cavalli stavano bene.

Ne sellò due velocemente e li condusse verso l'ospedale, dove Ambra attendeva, pronta a partire.

«Tyron, riferisci a Dionas che non ci è stato possibile attenderlo e che abbiamo dovuto anticipare la partenza, digli che faremo il giro da nord e non ci orienteremo a est come previsto. È lì che si aspettano che andiamo, ma forse se li raggiriamo, guadagneremo un po' di tempo.»

«Nicholas, aspetta! Fermati un attimo!»

«Sì, cosa c'è?»

«Devo darti una cosa. Prendi questo!»

Tyron gli porse un grosso pugnale da guerra, con impugnatura di legno e acciaio puro, a lama asimmetrica, dentellata alla base e doppia arrotatura a filo di rasoio.

«Era di tuo padre, ricordi?»

«Sì...» rispose Nicholas con nostalgia brandendo il pugnale tra le mani. «Ricordo tutte le volte che lo rubavo dal suo tiretto quando ero bambino e, soprattutto, le legnate che mi ha dato perché non dovevo farlo.»

«Tuo padre si sarebbe salvato se non avesse lanciato questo pugnale a un *logon* che mi stava strangolando, e per salvare me, lui, tua madre e i bambini che cercavano di portare in salvo, restarono senza difesa. È giusto che lo prenda tu, potrà esserti utile nei momenti in cui credi di non avere più speranze. Vai tranquillo amico mio, non preoccuparti di nulla, qui penserò a tutto io. Voi cercate solo di salvare la pelle. Buona fortuna!»

«Grazie, non so davvero come ringraziarti per tutto quello che fai! Resterei volentieri ad aiutarti, ma non posso.»

«Non pensarci, andate!» li incitò Tyron.

Salutato Tyron, Nicholas e Ambra si diedero alla fuga. Cavalcarono per tutta la notte e pensarono davvero di aver seminato i cavalieri maledetti, ma ebbero un'amara sorpresa. Al levar del sole, alle loro spalle, tre figure nere e distinte si avvicinavano a gran velocità e non passò molto tempo, che i due giovani furono raggiunti. Durante la folle cavalcata, furono affiancati dai cavalieri maledetti. Uno di loro sguainò la spada e tentò di colpire Nicholas, ma il suo colpo andò a vuoto, mentre un secondo cavaliere aveva quasi raggiunto Ambra e stava per agguantarla, quando avvenne qualcosa d'inaspettato. Un'ombra si scagliò addosso al demone, scaraventandolo giù da cavallo. Nicholas si voltò e vide una bestia feroce, a lui familiare, attaccare furiosamente il demone e dietro di loro, Dionas, li aveva quasi raggiunti. Nicholas tirò fuori la spada, sapeva che non avrebbe potuto uccidere i cavalieri della morte, ma i loro cavalli sì.

Avvicinatosi a quello più vicino, conficcò la lama della sua spada nel collo dell'animale che ruzzolò facendo stramazzare al suolo il suo cavaliere, mentre Lupo ne approfittava per attaccarlo. Neanche quella bestia avrebbe potuto ucciderlo, ma di sicuro era in grado di tenerlo a bada. Nel frattempo Nicholas faceva cenno ad Ambra di proseguire senza fermarsi. Non avendo più la sua spada, rimasta conficcata nel collo del cavallo, s'issò sulla sella con un rapido movimento, e spiccando un vigoroso balzo si tuffò sull'ultimo cavaliere che cercava di raggiungere Ambra. Dionas li sorpassò, raggiunse sua sorella e insieme si diedero a una fuga disperata.

A un certo punto Ambra si fermò.

«Ma cosa fai! Dobbiamo andare!» la ammonì il fratello.

«Lo uccideranno, non possiamo abbandonarlo!»

«Lupo lo proteggerà, non ti preoccupare… andiamo!»

«Non posso. Quello che chiami Lupo si sta occupando degli altri due e… Nicholas non ha più la sua spada!»

«Tesoro, Nicholas è in gamba, se la caverà. Dobbiamo andare, se non ci sbrighiamo…»

Smise di parlare dopo aver notato il cavallo di Nicholas dirigersi verso di loro, ma chi lo cavalcava non era lui. Ambra fu presa dallo sconforto, mentre Dionas decise di affrontare il demone per permettere alla sorella di fuggire.

«Fuggi via! Corri Ambra. Scappa!» urlò.

Corse incontro al cavaliere della morte urlando con tutto il fiato che aveva in corpo, si scagliò addosso al demone e caddero entrambi da cavallo. Sfilarono le loro spade e diedero inizio a un combattimento all'ultimo sangue. Il demone rimase sbalordito di tanta forza e dovette arrancare per resistergli e solo dopo aver intravisto lo stemma sul suo petto, capì con chi aveva a che fare.

Dopo alcuni colpi andati a vuoto, con un gesto improvviso il demone disarmò Dionas e con un possente colpo gli strappò l'elmo, lo afferrò per la gola e lo sollevò da terra, soffocandolo.

Lui si dimenava energicamente, poi i suoi movimenti divennero sempre più fievoli ma, prima di perdere i sensi, il demone lo scaraventò lontano. Dionas atterrò con violenza e, tra l'affanno e i colpi di tosse, si contorceva dolorante.

Ambra non aveva obbedito all'ordine di suo fratello, non andò via. Sapeva che sarebbe stato inutile. Il cavaliere maledetto si dirigeva ora verso di lei, sentiva che i battiti del suo cuore acceleravano e l'aveva quasi raggiunta quando, all'improvviso, si udì un sibilo e poi un colpo secco.

Nicholas era alle spalle del demone, a una certa distanza, il viso insanguinato e gli abiti in alcuni punti stracciati che lasciavano intravedere la sua pelle lacerata. Aveva lanciato il pugnale di suo padre e perforato l'armatura, colpendo il cavaliere maledetto tra le scapole. Senz'altro un gesto inutile, ma il demone s'infuriò e gli corse incontro. Si batterono ancora, volarono percosse, pugni e calci, sia da una parte, sia dall'altra. Nicholas riusciva con grande maestria a schivare i suoi colpi, poi senza quasi accorgersene, si ritrovò tra i piedi la spada di Dionas, la bianca Goccia di Cristallo, e con la punta del suo stivale la scalciò in aria afferrandola al volo. Ora, era il demone a dover schivare i suoi colpi. A un certo punto fu disarmato e Nicholas lo colpì, con una potenza inaudita, sul lato del collo provocando una serie di scintille infuocate. Lo avrebbe tranciato di netto se non fosse stato protetto da una copertura realizzata con un materiale resistentissimo, fuso con la magia di Elenìae e che impediva a qualunque lama di penetrare. Durante quel possente colpo, però, la spada di Nicholas rimbalzò con una violenza tale da perderla di mano. Distratto da ciò, non si accorse che il demone stava approfittando della situazione per passare al contrattacco e questa volta il giovane mago ebbe la peggio; anche lui fu afferrato per la gola e poi scaraventato lontano sopra un cumulo di massi, dove batté la testa e perse i sensi.

Il cavaliere della morte, a questo punto, si voltò verso Ambra.

«Vieni a prendermi, maledetto… sono qui!» lo provocava lei dopo essere scesa da cavallo.

Aveva sguainato la spada donatale da Nicholas e stranamente non aveva paura. Era lì ad attenderlo e il demone non si fece aspettare. Riprese la sua spada e quando tentò di colpirla, Ambra bloccò il suo colpo che, in un'altra situazione, avrebbe tagliato un uomo a metà. Il demone rimase meravigliato di tanta forza e abilità e tutti i colpi che tentava di sferrarle non riuscivano a centrarla. A un certo punto, con una manovra che stupì lei stessa, Ambra riuscì a disarmarlo facendo volare via la sua spada. Con un potente calcio sul petto lo atterrò di schiena e il pugnale incastrato tra le scapole andò ancor più in profondità, perforandogli il torace. Ella mise il piede sulla faccia del cavaliere e puntò la sua arma sull'unica parte dell'elmo che lasciava intravedere il suo interno, ossia gli occhi. Occhi pieni di sangue e morte, occhi che lasciavano trasparire rabbia e violenza, occhi maledetti.

Una forte risata, beffarda e ironica, si sentì provenire dall'interno del copricapo. Parole di sfida furono pronunciate con voce cupa, rauca e spaventosa.

«Ti stai divertendo?» le disse, continuando a ridere. «Ne sono contento perché da questo momento in poi non potrai più farlo. Se pensi di accecarmi e risolvere il problema ti sbagli, perché non è con gli occhi che ti vedo. È l'odore del tuo sangue che mi attira, è il battito terrorizzato del tuo cuore che mi fa gioire. Il *segno* che hai sulla nuca è impresso nella mia mente e mi conduce a te. Non puoi uccidermi, non puoi sfuggirmi!»

Continuando a minacciarla afferrò con la mano la lama della spada che Ambra gli puntava contro; lentamente si alzò e notò il terrore sul volto della ragazza. Stringeva forte quella lama e non curandosi dei tagli che si stava provocando, riuscì infine a sfilargliela via. La scagliò lontano e con la sua enorme mano, afferrò quasi tutto il viso di Ambra lasciandole liberi solo gli occhi. Stringeva così forte che alcuni dei suoi artigli si conficcarono nelle tempie, mentre, con l'altra mano, si preparava a fare ciò per cui era stato incaricato. Strapparle via il cuore.

A questo punto Ambra pensò alla sua fine. Il demone si divertiva, lo avrebbe fatto lentamente, avrebbe affondato i suoi artigli senza fretta godendo della sua sofferenza e mentre le rozze grinfie si avvicinavano sempre più alla sua pelle, la giovane donna lanciò il suo ultimo sguardo a Nicholas che, nel frattempo, aveva ripreso i sensi. Ciò che vide però, la turbò, la spaventò. Notò lui e suo fratello guardarsi in modo strano. Vide Dionas che approvava.

Ambra capì.

Avrebbe voluto urlare forte, ma non ci riuscì. Neanche il dolore, provocato dagli artigli nella sua carne, la distrasse da ciò che Nicholas stava per compiere.

Gli occhi del giovane stregone, all'improvviso, divennero rossi come il fuoco. Protese le mani verso il demone e cominciò a pronunciare le stesse parole incomprensibili che scandì, in quella stessa circostanza, il Vecchio della montagna. Le lacrime di Ambra fluivano affrante sugli artigli del demone, mescolandosi al sangue che fuoriusciva dalle sue ferite. Le sue grida silenziose volevano raggiungere Nicholas, i suoi occhi lo supplicavano di fermarsi. Il cavaliere della morte, con un'occhiata furtiva, si accorse di lui ma, quando tentò di ritrarre la mano assassina dal petto insanguinato di Ambra, una potente onda d'urto, scaturita da un incantesimo potente, proruppe dal giovane mago e li travolse.

Anche se ferita e dolorante, Ambra, non poté fare a meno di sollevarsi sulle ginocchia e tentare di raggiungere il suo uomo. Strisciando sul freddo suolo dell'altopiano di Sullor, lo guardava spaventata, preoccupata per la sua vita conoscendo il destino cui andò incontro il Vecchio della Montagna. In quel momento non aveva occhi che per lui.

Mentre strisciava sull'erba fredda, non vide affatto il cavaliere maledetto alzarsi da terra alle sue spalle.

Non aveva occhi che per lui.

Non scorse suo fratello raccogliere le due gocce di cristallo e correre verso il demone.

Non aveva occhi che per lui.

Non si accorse che Dionas, con un balzo atletico e un secco incrocio di spade, aveva staccato la testa del demone, uccidendolo.

Non aveva occhi che per lui.

Nicholas, barcollante, dapprima si lasciò andare sulle ginocchia, poi stremato, cadde esanime a terra. Ambra, raccogliendo tutta la forza che le era rimasta, si sollevò, corse da lui, gli prese il capo tra le braccia e, fra le lacrime e i singhiozzi non riuscì a dire nulla. Lui la guardava, respirava a malapena. Il Vecchio della Montagna, dopo quell'incantesimo sopravvisse per alcuni minuti ma Nicholas non era forte come lui.

«Ti… amo…» le sussurrò con un filo di voce e nel momento in cui i suoi occhi si chiusero, Ambra si ricordò di lui e lacrime di dolore e grida di disperazione la pervasero.

Otherion

er me stanno raccontando balle.»

I suoi pensieri vagavano altrove. Lo sguardo oltre il finestrino scrutava le rade gocce di pioggia che persistevano nonostante i primi raggi del sole pomeridiano tentassero di farsi strada tra le nubi ormai sgonfie.

Johan vedeva il suo caso intricarsi ulteriormente. Pensava che la presenza di testimoni all'azienda agricola, che avrebbero potuto o meno confermare il racconto di Karen, sarebbe risultata molto utile ma, a quanto pare, quel giorno, erano andati tutti via con una certa fretta.

La donna avvistata a scuola non poteva non essere lei. Lo era senza ombra di dubbio. Quando Karen lo negava, però, non pareva mentire. I suoi occhi emanavano stupore, paura, sgomento, ma non mentivano.

Dopo il rapimento di un figlio, pensava Johan, può succedere che una madre si disperi al punto tale da perdere la ragione ma, a quanto pare, Karen era andata fuori di testa prima che il figlio sparisse nel nulla. Per quale motivo? Ora come ora, la sua vita procedeva tranquilla, il suo piccolo aveva intrapreso il cammino verso la scuola primaria, la madre le era perennemente vicina con il suo prezioso aiuto, il lavoro la soddisfaceva. Che motivo aveva per deprimersi? Secondo quanto gli aveva raccontato Amanda, Karen adorava la natura. Amava stare a contatto con la terra, si emozionava nell'osservare come da un minuscolo, quasi invisibile seme, prendesse vita una pianta che, con molta probabilità, sarebbe divenuta più alta di lei. Vedeva la vita in tutto ciò che la circondava e, soprattutto nel periodo primaverile, i mille colori che animavano i campi le colmavano l'animo di gioia. Proprio quella gioia e quella vitalità che le erano venute a mancare con la malattia di Albert, tant'è vero che, dopo la sua morte, si era tuffata anima e corpo nel suo lavoro che, da una parte la strappava alla depressione, dall'altra invece, la allontanava da suo figlio.

«Come... come dici scusa?» chiese Johan distratto.

«Stanno mentendo,» ripeté l'agente Chiusa distogliendo per un attimo lo sguardo dalla strada, «secondo me stanno inventando tutto.»

Guidava sempre lui quando uscivano insieme e si mostrava sempre molto prudente, anche nel corso dei pochi inseguimenti che avevano effettuato negli ultimi mesi.

«Ho come una strana sensazione» continuava Chiusa. «Se la signora Walken abbia agito volontariamente o no, non lo posso affermare con certezza, ma secondo me è stata lei a fare del male a suo figlio, magari in preda a un raptus di follia, gettandolo poi dal finestrino del solaio. Successivamente la nonna, conoscendo i disturbi da cui è affetta la figlia e sospettando qualcosa, si è diretta subito fuori dal locale alla ricerca del piccolo e, trovandolo privo di vita sul marciapiede, lo ha trasportato e nascosto nel bagagliaio della loro auto. Da ciò che ci hanno raccontato, Amanda è stata la prima a uscire. Perché? Con tutti posti in cui poteva cercare all'interno del locale, perché precipitarsi fuori? Guarda caso era una giornataccia e per strada non vi era anima viva e, come se non bastasse, nel bagagliaio della loro auto non ha controllato nessuno. Amanda ha avuto poi tutto il tempo di nascondere il corpicino del nipote o seppellirlo da qualche parte.»

Per tutto il tempo che Chiusa diceva la sua, Johan lo fissava come se gli avesse appena riferito di aver incontrato chissà quale alieno. Non voleva credere a quelle parole, ma non poteva neanche non tenerle in considerazione.

«Amanda non ha la patente e non guida. Non avrebbe mai potuto trasportare il corpo di Karl, all'insaputa di tutti.»

«E se sua figlia le avesse dato una mano?»

«No, no... è un discorso assurdo. Karen non farebbe mai del male a suo figlio, neanche in una situazione di follia.»

«Come fa a esserne così sicuro?»

«Questa è la *mia* sensazione!»

«È davvero la sua sensazione o c'è qualcosa che non le fa vedere chiaro quale strada prendere?»

«Non ti capisco, ma di che parli?»

«Gli occhi non mentono, mio caro ispettore! Mi sono accorto come la guarda, sa?»

«Tu sei tutto... ma tutto matto, sai? Non hai idea delle cazzate che dici. Prendi fischi per fiaschi.»

«Non riesco a capire» insisteva Chiusa riferendosi all'episodio della scuola. «Come fa a esistere una malattia in cui non si ricordano le azioni che si compiono?»

«Qui non si tratta di dimenticare le proprie azioni, ma di essere convinti di non averle affatto compiute. È diverso.»

«Ho sentito una cosa del genere sul sonnambulismo. Quello sì che è tremendo. Ho uno zio in Germania che abita nei pressi di un bosco e tutte le notti esce a fare una passeggiata. Poi torna casa e si rimette a letto. Al suo risveglio non ricorda assolutamente nulla, si accorge solo di avere, sparse tra le lenzuola, frammenti di foglie secche, per non parlare dei piedi che sono neri come il carbone. Poi mio cugino decise di indagare sulla vicenda, rimanendo alcune notti a vegliare sul padre e, alla fine, ha scoperto che era un sonnambulo. E di quel tizio che anni fa uccise la moglie nel sonno, gettandola poi nella piscina di casa? Se lo ricorda? Poveraccio, al suo risveglio affogò nella disperazione.»

«Sì, ricordo. Altro caso intricato,» convenne Kallen «però la mattina del 23 ottobre, Karen, non era in preda al sonnambulismo. È successo qualcosa quel giorno, non so cosa, ma di certo qualche evento strano e misterioso, e il problema è che non so come arrivarci.»

Erano trascorsi poco più di venti minuti da quando i due uomini avevano lasciato casa Overgaard. Amanda era ancora riversa sulla tazza di tè che non aveva ancora bevuto, con la testa tra le mani e le lacrime che cadevano nell'ambrata bevanda, come gocce di pioggia in una pozzanghera scura. Emise un profondo sospiro e si drizzò asciugando le lacrime col dorso delle mani, come farebbe un bambino che non si preoccupa di cercare un fazzoletto. Vagò per la casa alla ricerca del cellulare che trovò poi in cucina. Lo aveva poggiato in tutta fretta sulla cassettiera mentre preparava il tè all'ispettore e all'agente speciale che attendevano in soggiorno.

«Pronto, Henrik, ti disturbo?» La sua voce era tremula e rotta dai singhiozzi.

«No, no, non preoccuparti Amanda, ma che succede? Cos'hai?»

«Sono disperata, Henrik. La polizia è appena stata qui.»

«Avete avuto notizie? È successo qualcosa a Karl?»

«No, sono passati per farci altre domande. Stanno indagando su mia figlia, adesso. Sono venuti a conoscenza di un episodio che Karen sta negando fermamente. C'è più di un testimone che afferma di averla vista a scuola la mattina di sabato 23, ma lei smentisce nel modo più assoluto. L'ha incontrata il bidello, la maestra. L'hanno vista i compagni di Karl e lui stesso ci ha parlato. Ma lei insiste nel dire di non esserci mai stata… piangeva, Henrik, e pretendeva che le credessimo a tutti i costi.»

«Accidenti, è più grave di quanto immaginassi. Dov'è ora?»

«Si è barricata in camera sua. Puoi immaginare le sue condizioni. Henrik, non so più cosa pensare. E se avesse fatto del male a Karl senza rendersene conto? Ho paura!»

«Amanda, ascolta, dammi un'ora di tempo. Appena finisco il turno, faccio un salto da voi e decideremo il da farsi, ok?»

«Cosa intendi con *il da farsi*?»

«Intendo che probabilmente Karen ha bisogno di aiuto o, per usare un termine più appropriato, ha bisogno di cure. Dovrebbe vederla uno psichiatra ed eseguire accurate analisi. Come ti ho detto, non immaginavo fosse così grave.»

«Va bene, ti aspetto.»

Mentre rientrava, Johan Kallen pensava a quanto la centrale di polizia di Silkeborg non assomigliasse affatto a quelle che compaiono di solito nei film, dove, in secondo piano, non si distinguono altro che criminali ammanettati che cercano di divincolarsi dalla presa degli agenti o prostitute che sbraitano a destra e a sinistra rivendicando i loro diritti. Mentre percorreva il tratto di corridoio che conduceva al suo ufficio, notò due uomini che lo attendevano fuori dalla porta. Uno di loro gli andò incontro con la mano tesa e l'ispettore contraccambiò la stretta.

«Salve, ispettore, sono Niels Jacobsen, direttore responsabile del reparto di polizia scientifica e lui è Svend Matzen, nostro operatore tecnico. Questi sono i risultati delle analisi che ci ha chiesto» disse il direttore porgendogli una busta sigillata bianca.

«Ah, era ora! Come mai ci avete messo tanto?» si lamentò Johan facendo strada verso l'ufficio e cercando, in modo alquanto maldestro, di aprire la busta.

«C'è stato un problema, purtroppo, e abbiamo dovuto raccogliere altri campioni.»

«Che tipo di problema?» chiese Kallen incuriosito.

«Beh… ecco, siamo stati attirati dai risultati del test sul DNA, appartenenti alla signora Walken e a suo figlio. Ci siamo accorti che nonostante fossero madre e figlio i due codici non sono affatto compatibili, anzi, sono del tutto diversi.»

«E… che cosa vorrebbe dire questo?» domandò Kallen conoscendo, in cuor suo, già la risposta.

«Che la signora Walken non è la madre biologica di Karl Overgaard. Beh, non ci sarebbe niente di male se non fosse che, sul questionario compilato dal nostro medico, appare la nota che Karen Walken, invece, è la madre naturale. Le era stato espressamente chiesto prima del prelievo.»

«Ma che diavolo... non capisco! Siete sicuri di non esservi sbagliati?»

«Sospettavamo che i nostri strumenti non avessero compiuto a dovere il loro lavoro, per questo motivo abbiamo ripetuto i test per ben tre volte e in tre centri diversi, ma con il medesimo risultato. Per quanto riguarda il resto, non abbiamo rilevato nulla di particolare.»

Johan si lasciò cadere sulla sedia convinto di avere a che fare con un nuovo enigma da decifrare. Si massaggiava la fronte e osservava inquieto quei codici che, come aveva asserito Jacobsen, non coincidevano affatto. Che giornataccia, pensava, troppe cose tutte insieme; il cervello iniziava a surriscaldarsi e ciò che proprio non avrebbe fatto in quel momento sarebbe stato tornare dalle due donne a intraprendere un nuovo interrogatorio. Se Karen, nel questionario aveva segnalato di essere la madre naturale, non ci sarebbe stato motivo, per lei, di sostenere il contrario. Perciò la strada da seguire era un'altra.

I due della scientifica lasciarono la centrale alcuni minuti più tardi, abbandonando Johan nel più profondo sconforto. Le analisi di tutti i campioni raccolti non avevano dato esiti soddisfacenti ai fini delle indagini e, come se non bastasse, era venuta fuori una novità inaspettata.

«Che cosa ha intenzione di fare?» chiese l'agente speciale Chiusa, conscio della situazione intricata, da cui difficilmente sarebbero usciti senza quantomeno un'emicrania. «Vuole che faccia un salto da lei a chiedere conferma?»

«No, Chiusa, no. Cerca il numero di Henrik Larsen, il pediatra, dovrebbe essere nel fascicolo Overgaard. Ho intenzione di incontrarlo.»

Dopo pochi minuti Chiusa aveva già composto il numero del caro amico delle Overgaard e, con la cornetta tesa verso il suo superiore, gli fece capire che qualcuno era già in linea. Kallen agguantò il ricevitore con una leggera stizza mentre dall'altra parte, Henrik, insisteva a chiedere se ci fosse qualcuno all'apparecchio.

«Mi scusi se la disturbo dottor Larsen, sono l'ispettore Kallen. Avrei bisogno di vederla con urgenza per alcuni chiarimenti. Non le ruberò molto tempo, pensa di essere disponibile?»

«Beh… per la verità stacco tra un'ora circa, ma poi ho un impegno. Se è urgente, può fare un salto qui. Per il momento la situazione in clinica è tranquilla, potrebbe anche rubarmelo qualche minuto.»

«D'accordo, sto arrivando.»

Amanda continuava a chiedersi come mai sua figlia fosse giunta a una condizione mentale così grave, senza che lei se ne fosse, in alcun modo, resa conto. Girovagava tra un canale e l'altro del televisore, senza porvi la minima attenzione e rammentava l'ultima conversazione avuta con lei nel prato, mentre erano impegnate a raccogliere verdure selvatiche che avrebbero guarnito il secondo piatto di quel dì.

Teneva bene a mente la premura con cui Karen, quel giorno, le aveva espressamente vietato di raccontare a Karl storie con personaggi violenti che avrebbero potuto, a livello inconscio, spaventarlo. Una premura che non sarebbe mai venuta fuori da una mente problematica come quella che Karen stava mostrando. Se si dimostrava così preoccupata per i personaggi aggressivi di una favola, figuriamoci se avrebbe mai potuto far del male a suo figlio. Eh sì… perché adesso era questo il punto, che lei stava diventando la sospettata principale per la scomparsa di suo figlio e tutto ciò, per Amanda, continuava a non avere senso. Karen darebbe la vita per Karl, lei *viveva* per suo figlio. No! Si stavano sbagliando, doveva esserci per forza una spiegazione logica all'accaduto. Invece tutti quanti non facevano altro che sospettare di lei, distogliendo l'attenzione dal vero colpevole.

Larsen intravide Johan in fondo alla corsia del suo reparto. Fece un cenno per attirare la sua attenzione e lo attese vicino all'ambulatorio delle visite. Lì, si salutarono con una stretta di mano e si avviarono verso lo studio.

«Che cosa ha da chiedermi di tanto urgente, ispettore? Spero non sia successo nulla di grave!»

«Ancora no. Dottor Larsen, da quanto tempo conosce la signora Walken?»

«Dai tempi della scuola. Albert era il mio migliore amico e ho conosciuto Karen nei primi tempi in cui avevano iniziato a frequentarsi. Da allora non ci siamo mai separati, siamo sempre stati molto uniti. Sono anche stato il loro testimone di nozze, lo sa?»

«Quindi, presumo che lei sia rimasto vicino alla coppia anche durante altri avvenimenti importanti della loro vita coniugale, come ad esempio la nascita del loro primo figlio, spinto, oltre che dall'amicizia, anche dalla sua professione, dico bene?»

«Sì, erano molto emozionati per l'arrivo di Karl e soprattutto molto premurosi. Albert voleva che fossi presente a tutti gli esami ecografici di Karen. Diceva che quattro occhi esperti sarebbero stati meglio di due.»

«Mi sta dicendo che ha visto quel bambino nella pancia di sua madre?»

«Certamente, ma perché me lo chiede?»

«Karen, quindi, è la madre naturale di Karl?»

«Sì, ovvio, cosa le fa pensare il contrario?»

«Questo!» rispose Kallen, porgendogli la busta bianca che conservava nel taschino interno della sua giacca. «Poiché lei è un uomo di scienza, per favore, mi dia una spiegazione.»

«Cos'è?»

Larsen spiegò il foglio che aveva tirato fuori dalla busta, incuriosito quanto preoccupato, adocchiandone lo strano grafico.

«Test del DNA» spiegò Kallen. «Il primo grafico appartiene a Karl Overgaard, il secondo è di sua madre. I codici sono completamente diversi, sembrano appartenere a due perfetti sconosciuti. Come me lo spiega?»

«Semplice! C'è stato un errore di stampa o gli strumenti hanno qualche problema.»

«L'esame è stato ripetuto per tre volte, in tre centri diversi e con macchinari differenti.»

«No! Nel modo più assoluto, è impossibile!»

«Quelli della scientifica si sono ripresentati dalla signora Walken a prelevare un nuovo campione» insisteva Kallen. «Le è stato chiesto ancora una volta se fosse la madre naturale e lei ha confermato.»

«Ma è ovvio che dovesse confermare, è la verità! E i risultati? Sempre gli stessi?»

«Non è cambiato nulla. I risultati ufficiali sono quelli che lei ha in mano.»

«Hanno provato a cercare altri campioni di Karl?» chiese sempre più incredulo e preoccupato il medico pediatra.

«Sì, hanno rinvenuto un capello tra le lenzuola del lettino che la madre non aveva ancora cambiato. Niente. Il risultato è stato sempre lo stesso.»

«Io… io non so cosa dire. Le ripeto che è impossibile. Ho toccato la sua pancia, ho visto il bambino durante le ecografie, ho assistito al parto insieme al padre e l'ho tenuto in braccio. Io stesso l'ho condotto in pediatria, l'ho visitato, ho controllato i suoi riflessi. L'infermiera gli ha inserito il braccialetto di riconoscimento davanti ai miei occhi, perciò è da escludersi anche uno scambio di neonati.»

«Allora deve esserci un'altra spiegazione, per forza. C'è la possibilità che possano aver deciso un'inseminazione artificiale con l'ovulo di un'altra donna?»

«Assolutamente no. Karen non aveva alcun problema di fertilità. Un'inseminazione artificiale sarebbe stata fuori luogo, con l'ovulo di un'altra poi, ma scherziamo! Che io sappia non avevano problemi, ne sarei stato al corrente! Mi avrebbero chiesto consiglio come hanno sempre fatto. Comunque Karen rimase incinta un mese dopo il matrimonio. Perché mi guarda in quel modo?» gli chiese dopo aver notato che Kallen lo guardava in maniera dubbiosa.

«Può dimostrarmi quanto mi ha riferito?»

«Certo che posso! Ma mi faccia capire, sta prendendo anche me per un pazzo visionario o pensa che le stia mentendo?»

«Non si offenda, dottor Larsen, faccio solo il mio lavoro, ma soprattutto sto cercando di capire. È scomparso un bambino, porca puttana, e qualunque direzione io prenda, mi conduce alla madre. Prendiamo in considerazione il fatto che gli Overgaard siano una famiglia tranquilla. Non sono ricchi, non hanno nemici, non sono compromessi in situazioni malavitose o cose del genere. Tranne qualche maledetto pedofilo o qualcuno con precedenti di violenza su minori, sempre che ce ne siano qui a Silkeborg, non saprei quale altra pista seguire.»

«Venga con me!» lo invitò Henrik.

Si diressero al piano inferiore, al reparto di maternità, dove Larsen aveva intenzione di recuperare, dagli archivi della clinica, la cartella di Karen Walken.

L'aria che aleggiava nel reparto era di gran lunga diversa da quella che respirava Johan da alcuni giorni. Qui, l'atmosfera era più gioiosa rispetto agli altri reparti ospedalieri, dove i ricoverati erano affetti dalle più svariate patologie.

Erano giunti nel bel mezzo dell'orario di visita e per raggiungere l'ufficio della responsabile di reparto, si dovettero tuffare in uno slalom tra nonni gaudiosi e padri sorridenti pronti a ricevere gli auguri da tutti i parenti. Fiori freschi di tutti i tipi, raccolti in mazzi o confezionati in cesti di vimini, venivano donati alle neomamme come simbolo di buon augurio. Il loro profumo aveva inondato il reparto della clinica tanto che pareva essere in un paradiso floreale, immersi in un'esplosione di fragranze che deliziavano l'animo umano.

«Ho parlato con Amanda circa un'ora fa. Mi ha chiamato disperata.»

«Come mai?» chiese Johan.

«Fa finta di non saperlo? Certo che lo sa! Mi ha raccontato della vostra visita, di ciò di cui avete parlato e dell'episodio della scuola.»

«E lei cosa ne pensa?»

«L'unica cosa che penso in questo momento è che Karen ha bisogno di aiuto.»

«Su questo non c'è dubbio» concordò Johan. «Se le faccio una domanda, mi risponderà sinceramente?»

«Guardi che sono sempre stato sincero. Di cosa si tratta?»

«Secondo lei può essere che Karen, anche se inconsciamente, abbia fatto del male a suo figlio?»

Henrik si arrestò per un attimo e lo guardò. «Non saprei cosa risponderle, ispettore.»

«Solo un giudizio dal punto di vista medico.»

«Mi dispiace, ma non riesco a farmi un quadro preciso dei disturbi di Karen. Mi giungono nuovi. Come le ho detto, in passato, Karen è stata affetta, per un breve periodo, da depressione, ma poi è finita lì. Cosa vuole che le dica? Una persona dovrebbe avere una motivazione, almeno a livello inconscio, per far del male a qualcuno che ama. Una causa passata e sepolta in qualche angolo del cervello che poi decide di risvegliarsi senza che il soggetto ne sia consapevole. Nel caso dei bambini, soprattutto quelli molto piccoli, una delle cause principali per cui ricevono violenza da una madre che si è sempre dimostrata affettuosa nei loro confronti, può essere rappresentata da una gravidanza indesiderata o avvenuta in seguito a una violenza sessuale. Ma questo non è il caso di Karen. Non credo che la nascita di Karl abbia causato traumi particolari o le abbia fatto vivere momenti difficili.»

«La sua nascita direttamente no, ma tutta la situazione che si è creata nel tempo come la malattia del marito, la sua morte, il fatto di buttarsi alla ricerca di un lavoro per mantenere la famiglia, non può essere che in tutto questo trambusto abbia visto il figlio come un peso?»

«No, perché Amanda le è sempre stata molto vicina. Si è accollata tutti i problemi della figlia e le ha fatto pesare il meno possibile tutta la situazione.»

«Capisco» si arrese Johan, anche perché erano entrati nell'ufficio della caposala, Hanne Lauridsen che, appena li vide, scattò in piedi e li accolse con uno sfolgorante sorriso.

«Hanne, le presento l'ispettore Kallen, sta indagando sul caso del bambino scomparso. Avremmo bisogno di accedere all'archivio delle nascite avvenute nell'anno 2004, pensa che sia possibile?»

«Piacere di fare la sua conoscenza, ispettore. Ma certo che è possibile! Datemi solo un attimo…» rispose l'anziana caposala mentre era già intenta a smanettare sulla tastiera del computer «2004, eccolo qui!»

«Bene! Acceda all'archivio di novembre e cerchi le nascite avvenute il 16 di quel mese.»

«Eccole qui» rispose prontamente Hanne. «Abbiamo tre maschietti e una femminuccia. Uno di loro è Karl Overgaard e immagino che sia il file che dovrò aprire, dico bene?»

«Giusto, Hanne, procedi per favore» chiese Henrik con gentilezza.

«Dunque… alle 8 del mattino Karen Walken dà alla luce un maschietto di 3,400 kg, nato di parto spontaneo, avvenuto in seguito a stimolazione con ossitocina. Madre e figlio risultano in perfetta salute e tornano a casa dopo tre giorni di degenza. Tutto il resto comprende risultati di analisi ed esiti ecografici, posso farvi una copia di tutto se vi serve.»

«No, basta così signora…» si arrese Johan «è sufficiente, grazie.»

***

Mikkel Stentoft seguitava, con la sua satira politica, a rallegrare il pubblico che, a sua volta, applaudiva in maniera forsennata a ogni sua battuta. Era ospite speciale, quella sera, di una nota trasmissione televisiva che si teneva su Kanal 4. Inoltre era il comico preferito di Amanda e magari Stentoft sarebbe riuscito, per qualche secondo, a risollevarle l'animo, se non fosse che ella sonnecchiava beata sul divano. Pochi minuti prima aveva tuffato il suo corpo tra i soffici cuscini del divano, poggiando il capo sul morbido bracciolo, e le palpebre, placide, si erano chiuse. Le lacrime avevano reso i suoi occhi stanchi e deboli ed era entrata in una fase di sonno profondo che l'aveva distaccata, anche se per poco, da quella faticosa giornata che non solo non era ancora finita, ma non prometteva nulla di buono.

Un tonfo improvviso.

Amanda sobbalzò. Si voltò verso il televisore, lo spettacolo di Stentoft aveva lasciato il posto a una lunga carrellata di messaggi pubblicitari e forse il rombo di quell'auto, nel sonno, era stato amplificato. *Sarà una sciocchezza,* pensava, perciò tornò a stendersi finché un altro schianto, cupo e più forte, non la buttò letteralmente giù dal divano. In piedi e immobile, cercava di capire di cosa potesse trattarsi. Lì per lì sembrava il rumore di un mobile, come una sedia, stramazzato sul pavimento e pareva provenire dal piano superiore.

"Karen", pensò, e in quel medesimo istante, altri frastuoni sempre più violenti si susseguirono rimbombando nel silenzio della casa. Amanda scattò come una lepre verso le scale che portavano al piano di sopra e, con altrettanta agilità, percorse i gradini due alla volta fino a quando non giunse, in pochi secondi, nel corridoio. Altri rumori. Questa volta parevano pugni che colpivano i muri della sua camera. Amanda era spaventata; i suoi passi divenivano più corti e la velocità sempre più attenuata, come se non volesse più procedere, come se ciò che avesse potuto scoprire l'avrebbe terrorizzata a morte. Man mano che si avvicinava alla camera di sua figlia la sentiva piangere, pronunciare strane parole, disperarsi.

Con coraggio si accostò alla porta e iniziò a bussare con una certa insistenza. Cercò di aprire, ma era chiusa a chiave.

«Karen… apri! Tesoro stai bene? Che succede… per favore apri questa porta!»

Le urla di Karen e i mobili scaraventati a terra, gettarono Amanda nel panico più totale dandole l'impulso di gettarsi addosso alla porta battendovi forte i pugni e incitando la figlia ad aprire.

«Ti prego Karen, aprimi! Apri questa dannata porta!» urlava piangendo. «Va tutto bene, ti prego apri… tesoro… ti prego!»

Un terrore cieco la aggredì quando a un certo punto udì il rumore della finestra della camera che veniva spalancata con una violenza tale da romperne i vetri e fu a quel punto che, impulsivamente, Amanda, fece alcuni passi indietro nel tentativo di prendere una breve rincorsa. Tentò, con una serie di spallate, di sfondare la porta, ma senza alcun risultato. Era troppo robusta per lei.

Si lasciò andare, vinta, con le spalle al muro.

Era furente, avrebbe incenerito quella porta con la sola forza del pensiero, ma non fu necessario. Le grida di Karen la spinsero a provare ancora una volta a superare quell'unico ostacolo che le impediva di raggiungere sua figlia e, dopo aver colpito con tutte le sue forze in preda a un urlo disperato, la porta si spalancò e Amanda stramazzò a terra in preda a dolori lancinanti causati dalla rottura della spalla.

Ciò che in un attimo attirò la sua attenzione fu la visione di Karen che si sporgeva fuori dalla finestra mentre tentava di arraffare qualcosa. Si distendeva in modo eccessivo, cercava di afferrare, non si capiva bene cosa, ma era in bilico. Nulla le avrebbe impedito di precipitare di sotto.

Tremante e dolorante, Amanda, si sollevò per correre da sua figlia. Il dolore alla spalla le ostacolava il respiro, ma ciò non le impedì di raggiungerla in tempo. I piedi di Karen avevano già abbandonato il pavimento; il suo corpo oscillava verso l'esterno e il peso del busto la spingeva verso il basso finché sua madre, alle sue spalle, non la afferrò con forza per la maglia tirandola verso di sé.

«Lasciami andare! Lasciami andare...» urlava Karen tentando di liberarsi dalla presa della madre che cercava con tutte le sue forze di trattenerla e farla ragionare «devo riprendermi mio figlio, devo andare da lui...»

«Smettila! Non c'è niente fuori... finirai per ammazzarti... finiscila! Torna in te, ti prego!»

Karen le diede una leggera spinta e Amanda barcollò all'indietro notando, con rammarico, che sua figlia si dirigeva ancora una volta verso la finestra.

«Non c'è nessuno lì fuori!» le gridava disperata, «Ti prego fermati!»

Non sapendo cos'altro fare e consapevole che Karen rischiava la vita, agì d'istinto. Afferrò la parte superiore del lume, che era stato scaraventato a terra insieme al comodino e che ora si trovava vicino ai suoi piedi. Non stette a pensare cosa ci facesse lì. Dopo averlo afferrato, con la parte inferiore colpì Karen alla testa. La vide perdere i sensi e cadere inerme ai piedi della finestra. Alcune macchie di sangue cominciarono a intravedersi tra i capelli e sporcare il pavimento.

Scioccata e paralizzata, Amanda, osservava la figlia. Lasciò cadere il lume e si portò le mani sul volto.

"E se avessi colpito troppo forte?" si chiedeva.

Le lacrime inondavano i suoi occhi offuscandone la vista e le mani avevano ripreso a tremare. Costrinse in qualche modo se stessa a riprendersi dallo shock e fu quello l'istante in cui si accorse, per la prima volta da quando aveva fatto irruzione nella camera, dello scompiglio che Karen aveva provocato.

Le lenzuola erano state tirate via dal letto e gettate in un angolo e il materasso matrimoniale, piuttosto pesante, giaceva riverso sul pavimento. Entrambi i comodini erano stati scagliati al centro della stanza, mentre la poltroncina di legno, imbottita e rivestita con prezioso damasco bianco, era stata capovolta. Ciò che aumentò l'ansia di Amanda, però, fu qualcos'altro. Una scritta. Ripetuta infinite volte, riprodotta dappertutto. La leggeva ovunque ella si voltasse. Con un pennarello rosso era stata scritta sui muri e sul pavimento. Con chissà cosa era stata incisa sui mobili.

Tra le pagine di un blocco notes, adagiato sul materasso, con una biro nera era stata scritta la stessa parola. *Otherion.* Un unico vocabolo, impresso dappertutto, scolpito maledettamente nella mente di Karen che in qualche modo voleva rendere reale per raggiungere suo figlio e nell'ultima pagina del notes, alcune frasi.

Il cuore sarà strappato
A coloro dal segno ambrato,
Divisi dalla spada reale
Nutriranno il tempio del male.
A lei l'ultimo discendente si unirà
E una nuova stirpe di morte sorgerà

***

«Io continuo comunque a sospettare che ci sia stato un problema con gli strumenti o probabilmente i campioni di Karl non gli appartenevano, anche se i capelli prelevati, sono stati rivenuti tra le sue lenzuola» insisteva Larsen.

«Una probabilità molto remota ma che, per il momento, è l'unica che posso tenere presente...» ribatté Johan «anche se mi pare strano.»

«Le chiedo scusa ispettore, ma ora devo proprio andare. Ho promesso ad Amanda che sarei passato a trovarla, immagino che mi stia aspettando con una certa ansia. Era piuttosto preoccupata.»

«La ringrazio per il suo tempo, dottor Larsen, e mi perdoni se le ho fatto perdere la pazienza.»

«Non si preoccupi, la posso comprendere. Mi scusi un attimo...» esclamò udendo il cellulare che squillava. «Pronto! Amanda, calmati per favore, non capisco una parola...»

Johan osservava il volto preoccupato di Henrik mentre ascoltava ciò che Amanda gli stava raccontando, eseguiva dei cenni verso di lui, ma il dottore non gli dava retta.

«Amanda, ascolta, non lasciarti prendere dal panico. Controlla il polso e assicurati che respiri, poi metti una borsa di ghiaccio sul punto in cui è stata colpita e mantieni la calma. Io chiamo un'ambulanza e corro lì da voi, ok? Sto arrivando Amanda!»

«Colpita? Che diavolo è successo?» chiese Johan, preoccupato a sua volta.

«Non so se ho capito bene...» gli rispose Henrik mentre, dirigendosi all'uscita della clinica, digitava sul cellulare il numero del pronto intervento «ma a quanto pare Karen ha perso la testa e stava tentando di gettarsi dalla finestra del piano superiore. Non riuscendo a fermarla, Amanda le ha dato un colpo in testa con un lume facendole perdere i sensi.»

«Vengo anch'io, ci incontriamo lì.»

«Mi dispiace...» sussurrava Amanda mentre con una mano accarezzava la fronte della figlia e, con l'altra, teneva premuta la borsa di ghiaccio sulla ferita che pareva aver smesso di sanguinare «mi dispiace tanto. Perdonami, non ho avuto altra scelta. Non volevo farti male...»

Nonostante i battiti cardiaci e il respiro fossero regolari, Karen non accennava a riprendersi. Forse il colpo era andato troppo a fondo o il suo animo aveva deciso di starsene lontano dalla realtà, dove non avrebbe di certo trovato suo figlio.

Pochi minuti più tardi, giusto il tempo di raggiungere Silkeborg, Henrik e Johan irruppero in casa Overgaard, dove Amanda, prima di risalire in camera con la borsa di ghiaccio, aveva lasciato accostata la porta d'entrata. Guidati dalla voce della donna, che li aveva sentiti arrivare, si avviarono a grandi passi verso la camera di Karen dove, uno spettacolo raccapricciante invase i loro occhi.

«Buon Dio del cielo, ma che è successo qui?» si stupì Henrik bloccato sulla soglia della stanza.

«Cristo Santo...» ribatté Johan dietro di lui «ma cosa... cos'è tutto questo casino?»

La finestra spalancata della camera accoglieva le luci lampeggianti dell'ambulanza. Karen le osservava dalla stretta fessura dei suoi occhi che tentavano di riaprirsi, mentre una mascherina trasparente veniva posata sul suo viso. Si rese conto di essere su una barella, sentiva la mano stretta in quella di sua madre che udiva piangere. Era confusa ma rammentava Otherion, allorché cominciò ad agitarsi, inizialmente in maniera contenuta, ma in seguito, i soccorritori stentarono a trattenerla, perciò decisero di sedarla.

Dopo circa un paio d'ore, Karen riposava in un letto del reparto psichiatrico del Silkeborg Central Hospital. La ferita era stata chiusa con tre punti di sutura e la TAC non aveva mostrato particolari complicazioni. La diagnosi fu un lieve trauma cranico senza complicanze e una lacerazione cutanea di circa due centimetri. Anche Amanda ebbe il suo responso. Una lieve frattura composta alla testa omerale sinistra e una lesione alla cuffia dei rotatori. Una fasciatura semirigida, con cui avrebbe dovuto convivere per almeno trenta giorni, le immobilizzava tutta la parte sinistra del busto, ma a lei non importava. Se quello era il prezzo per la vita di sua figlia, allora lo avrebbe pagato volentieri.

Dopo più di un'ora, nonostante fosse ancora sotto l'effetto dei sedativi, Karen si mostrava sveglia e lucida, avvertiva la sensazione di galleggiare nell'aria, di vivere in un sogno. Amanda, molto dolorante, era appena giunta da lei e sedeva al suo capezzale. Con la mano destra accarezzava la fronte di sua figlia, mentre Henrik e Johan, ai piedi del letto, la osservavano chiedendosi se era o no il caso di porle qualche domanda su cosa l'avesse indotta ad agire in quel modo e che cosa rappresentasse per lei quella parola con la quale aveva tappezzato la sua camera. L'ispettore stringeva il blocco notes tra le mani e svolazzava tra i fogli. Non si era accorto dell'ultima pagina e di quelle strane frasi che parevano comporre il pezzo di qualche insolita, lugubre poesia.

Leggeva con attenzione, cercando un nesso con le ultime vicissitudini, una lieve, minuscola traccia che potesse condurlo dal piccolo Karl.

«Perché mi hanno legata?» chiese Karen con voce molto bassa, appena udibile.

«Sei molto agitata...» le rispose sua madre con un tono di voce insicuro, cercando i termini giusti da pronunciare, qualcosa di attendibile da farle credere «hai la flebo nel braccio, dovresti restare immobile, ma tu... così hanno deciso di...»

Amanda non sapeva come venir fuori da quella situazione, aveva ancora voglia di piangere e desiderava uscire dalla stanza. Vedere Karen in quelle condizioni la sconvolgeva.

Non avendo ricevuto una risposta soddisfacente, Karen si voltò verso Henrik, sperando che almeno lui potesse esprimere qualcosa di plausibile e convincente. Lui si avvicinò sorridendole e stringendole la mano. La teneva tra le sue e la sentiva fragile, fredda, mentre continuava a sorriderle placido nel tentativo di dimostrarle che non l'avrebbe mai abbandonata. Le sarebbe rimasto vicino per tutto il tempo necessario a chiarire ogni cosa.

«Ehi piccola, va tutto bene! Hai vissuto un brutto momento. Non stai tanto bene. Devi riposare adesso. Ti prometto che al tuo risveglio mi troverai qui e ne riparleremo, ok?»

Karen annuì lentamente accennando, con un lieve sforzo, a stringere la mano di Henrik. Poi il suo sguardo si spostò su Johan.

«Karl... il mio bambino...»

Per Kallen, questo si rivelò quasi un invito. Non resistette e si avvicino a lei non curandosi di Henrik che discostò con un braccio.

«Karen, mi ascolti bene. Dov'è Karl? So che ne è al corrente, ne sono sicuro, mi dica dov'è e io andrò a prenderlo. Lo riporterò da lei sano e salvo, glielo prometto, ma la prego mi dica dov'è!»

La sua risposta fu appena percettibile ma Johan la afferrò.

«Otherion!»

«Che diavolo è Otherion? Un luogo? Il nome di qualcuno?»

«Ispettore, non adesso, la lasci in pace,» intervenne Henrik «lasci che riposi qualche ora. Quando sarà più lucida ne riparlerete. Ora non è nelle condizioni di...»

«Non voglio aspettare che sia lucida» lo interruppe Johan. «Sono informazioni che mi servono ora! Quando sarà lucida, potrei non averle più.»

«Un'isola!» rispose Karen sempre più vicina allo sfinimento.

«E dove si trova quest'isola? Chi ha condotto lì suo figlio?»

«Non lo so… io non lo so.»

«E questa invece…» continuò Johan mostrandole l'ultima pagina del blocco notes «questa specie di poesia, l'ha scritta lei. Che significa? Che significato hanno queste frasi?»

«La fine del… mio bambino!» esclamò lei in preda alle lacrime.

«Adesso basta, non le permetto più di continuare! È debilitata, non lo vede?»

«No, dottor Larsen, ho ancora bisogno di…»

«E invece basta così!» s'intromise Amanda. «Mia figlia ora deve riposare. Lei può iniziare a lavorare su quel poco che ha. Cerchi l'isola di cui ha parlato Karen, tanto per cominciare.»

«Sì, avete ragione, scusatemi. Cercavo solo di recuperare più informazioni possibili. Tornerò in centrale e mi tufferò in questa ricerca nella speranza che venga fuori qualcosa. Se è un'isola, da qualche parte dovrà trovarsi, giusto? Prima però, farò un salto nella camera di Karen per dare un'ultima occhiata. Magari potrebbe venir fuori qualche indizio che ci è sfuggito. Dirò a Chiusa di raggiungermi lì.»

«Io mi tratterrò ancora qualche istante in attesa che le venga somministrata la seconda dose di sedativo, dopodiché vi raggiungerò per dare una mano.»

«Come vuole dottor Larsen, io vado.»

«A più tardi.»

Quando Kallen uscì, Amanda volse il suo sguardo lucido e stanco verso il caro amico di famiglia con cui aveva spesso l'abitudine di confidarsi e nel quale aveva sempre trovato un appoggio nei momenti più difficili.

«Non crederai che mia figlia sia effettivamente responsabile della scomparsa di Karl, vero?»

«Amanda, ti giuro che fino a due ore fa non lo avrei mai pensato. Adesso non so. Non so da che parte voltarmi, non so più cosa pensare, non dopo ciò che ho visto in quella stanza e dopo le cose che Karen ha detto poco fa. Se è vero ciò che ha affermato, come fa Karl a trovarsi su un'isola? Chi ce lo ha portato? E lei come fa a sapere che è lì? Amanda io… io non lo so, non so che le succede. Ora come ora non è lucida, non è lei. Che sarà mai successo nella pizzeria quella maledetta sera?»

«Non hai idea di quello che darei per saperlo, Henrik, non ne hai idea!»

Ormai conosceva quel fumetto a memoria. Lo aveva letto e riletto un'infinità di volte, ma si trattava del suo eroe preferito e non si sarebbe mai stancato di lui. Era la prima cosa che afferrava tutte le volte che visitava la sala e come sempre si era sistemato comodamente sulla seggiola colorata tuffandosi nella lettura.

Era solito addentrarsi nelle storie che leggeva; era così concentrato che non si accorse di avere qualcuno alle spalle e la voce matura e robusta di quell'uomo, oltre che a stupirlo, lo fece trasalire e voltare di scatto.

«Ciao!» lo aveva salutato l'uomo.

Karl lo fissò per alcuni istanti chiedendosi come avesse fatto a giungere alle sue spalle senza che se ne fosse accorto, dopodiché tornò alla sua lettura facendo finta di niente.

«Ciao» ripeté l'uomo. «Lo sai che è da maleducati non rispondere a un saluto?»

«Non devo parlare con gli sconosciuti» ribatté Karl senza voltarsi.

«Mi chiamo Asedhon. Vedi, ora non sono più uno sconosciuto. Il tuo nome qual è?»

«Non posso dirti il mio nome, io... io non devo parlare con gli sconosciuti.»

«Però il mio nome lo conosci! Non è giusto. Ho un'idea! Facciamo un gioco!» propose l'uomo. «Concentrati a fondo sul tuo nome ed io cercherò di scorgerlo nella tua mente. Se indovino, diventiamo amici, ok? Allora ci stai?»

Il piccolo non voleva dargli la soddisfazione di accettare, ma senza volerlo acconsentì ed ecco che il suo nome girovagava ora libero nella sua testa.

«Così... ti chiami Karl!» affermò l'uomo soddisfatto.

Il piccolo rimase per un attimo sbigottito, poi gli rivolse la parola senza voltarsi. «Non vale, hai sicuramente sentito mia madre mentre mi chiamava.»

«Ti sbagli, sono appena giunto e non ho mai udito tua madre pronunciare il tuo nome. Ti dico, allora, a cosa stai pensando in questo istante. Visto che non ti fidi di me, stai escogitando di tornare da tua madre con la scusa di non sentirti bene, di dirle che sei stanco e che sarebbe meglio tornare a casa. Allora, ho visto bene?»

Non riusciva a credere alle sue orecchie, ci aveva azzeccato, eccome! Era esattamente ciò che lui aveva intenzione di fare.

Si voltò verso di lui e lo scrutava ora con attenzione. L'uomo poteva avere dai trenta ai trentacinque anni, aveva i capelli scuri, lisci e lunghi, legati per metà dietro il capo e l'altra metà lasciata libera sulle spalle. Gli occhi arguti, scuri e profondi davano vita a un volto maturo dall'espressione sicura e non minacciosa. Era seduto su una delle panchine alle spalle di Karl e, nonostante ciò, l'uomo, dava l'impressione di essere molto alto. Indossava un lungo impermeabile scuro e dei pesanti scarponi tipo *anfibi* che ricoprivano le gambe fino alla metà dei polpacci.

«Ma come hai fatto?» gli chiese alla fine, spinto più dalla curiosità che dalla voglia di diventare suo amico.

«È una magia. Tutto si può fare con la magia.»

«Cavolate, la magia non esiste, dov'è il trucco? Come hai fatto?»

«Allo stesso modo di come faccio questo!»

Afferrò un pezzo dei lego che era situato in un vano dello scaffale. Lo nascose tra le mani pronunciando alcune strane parole e, magicamente, quando le riaprì, *una piccola e variopinta farfalla* prese il volo sotto lo sguardo esterrefatto del piccolo Karl che non riusciva a credere ai suoi occhi.

«Mamma mia! Ma come… come…»

Era sbalordito, impressionato, felice per aver assistito a un prodigio simile. Con quel semplice gesto, quell'uomo era entrato nelle sue grazie e il piccolo Karl, senza pensarci due volte, lasciò il suo posto e si avvicinò a lui.

«Allora come hai fatto? Tanto lo so che c'è il trucco, però sei molto bravo. Adesso siamo amici, me lo puoi dire!»

«Ah e così! Adesso siamo amici, eh? Furbetto!» disse l'uomo sorridendo. «Vuoi che t'insegni come si fa?»

«Lo faresti davvero?»

«Certo, se lo vuoi!»

Karl fantasticava sui trucchi di magia, immaginando le facce stupite dei suoi amici. Lui stesso si precipitò verso i lego afferrandone un piccolo pezzo e rinchiudendolo tra i suoi giovani palmi.

«Allora, cosa devo fare?»

«Beh, mi dispiace deluderti ma non c'è il trucco. Ciò che hai visto era pura magia e se tu non ci credi, non potrà mai funzionare. Non mi sarà possibile insegnarti nulla se non credi nella magia.»

«Ma… stai parlando sul serio?»

«Mai stato così serio» puntualizzò l'uomo.

«Allora, la magia esiste davvero?»

«Esiste eccome! Molti non ci credono semplicemente perché, ormai, nessuno crede più a niente. Usanze e valori si sono persi da tempo e questo mondo ormai è vuoto e spento.»

«Allora… allora io ci credo. Da adesso in poi ci crederò, promesso! Ora dici che funzionerà?»

«Sono sicuro di sì» gli rispose lui con un sorriso.

Afferrò le mani del piccolo Karl, congiunte attorno al minuscolo lego, e le racchiuse tra le sue.

«Ora devi dire questa formula magica. *"Asef manhun, masajef, set abhinum!"* Avanti, ripeti con me.»

Il piccolo pronunciò insieme a lui quegli strani termini così insoliti e difficili da articolare, ma subito dopo l'ultima sillaba, sentì dapprima un formicolio e poi qualcosa che solleticava le sue dita serrate.

Quando le loro mani si schiusero, un'esile e *colorata farfalla* iniziò a volteggiare nella sala, tra lo stupore e la contentezza di Karl. Sembrava incredulo a ciò che aveva appena compiuto e, mentre era in preda a un'incontenibile gioia, l'esultanza fu tale che non resistette al bisogno di urlare.

«Mamma! Mamma, corri! Guarda cosa ho fatto! Dai, mamma! Sbrigati!»

L'uomo, colto da un'improvvisa percezione, balzò in piedi di scatto. *"Elenìae… no!"* pensò tra sé *"Maledizione… è qui!"*

Afferrò Karl per un braccio con una certa irruenza, tirandolo a sé. L'entusiasmo del piccolo si spense bruscamente e il suo sfolgorante sorriso lasciò il posto a un'evidente manifestazione di paura. Inoltre, il suo ultimo tentativo di invocare sua madre fu interrotto dall'uomo che lo avvolse nel suo impermeabile scuro, scomparendo nel nulla insieme a lui.

Solo alcuni istanti dopo, Karen fece il suo ingresso nella sala vuota.

Mitwock

Il loro primo incontro nel bosco, l'anello con la pietra di alabastro, quella volta alla cascata, il primo bacio, le lunghe passeggiate insieme. Tutte immagini che scorrevano nella sua mente come un fiume impetuoso, limpide, come da poco vissute. Aveva appena evocato il suo ricordo, lo aveva ritrovato e già perduto. Non c'era sofferenza peggiore di quella che Ambra nutriva in quell'istante.

Il capo di Nicholas era ancora adagiato tra le sue braccia. Il suo corpo inerme e senza vita era ancora disteso sull'erba silenziosa e il suo viso, bagnato dalle lacrime insanguinate di Ambra, era ormai quieto e non più sofferente. Il nuovo squarcio sul petto, le sanguinava con forza e parte degli abiti di Nicholas, si macchiò.

Il trambusto della lotta aveva ceduto il posto alle silenziose correnti d'aria fredda che accompagnavano, come in una danza di morte, sia i singhiozzi struggenti di Ambra, sia l'affanno di Dionas che, addolorato, seguiva la drammatica scena che si presentava dinanzi a sé. Era consapevole di quanto sua sorella lo amasse e immaginava il lacerante dolore che stava provando. Desiderava consolarla, ma era certo che non sarebbe servito. Avrebbe sacrificato qualsiasi cosa in quel momento pur di farla sentire meglio, ma solo il tempo avrebbe seppellito ogni sofferenza.

Nessuno, meglio di lui, poteva comprendere ciò che Ambra stava vivendo. Rivedeva se stesso da bambino mentre sorreggeva il capo di sua madre morente e aveva, ora, ascoltato lo stesso urlo straziante di dolore che per anni aveva accompagnato i suoi incubi. Sentiva ancora viva l'angoscia di quel giorno maledetto e Dio solo sapeva se in quel momento non avrebbe dato la sua stessa vita per rivedere ancora una volta la gioia splendere sul volto di Ambra.

Alcune lacrime si dispersero tra la sua barba rada. Le affilate *gemelle*, dalle bianche lame gocciolanti di sangue, erano ancora nelle sue mani tremanti e dopo che le lasciò cadere, si diresse con passo incerto verso colui che aveva appena sacrificato la vita per sua sorella.

192

Durante il tragitto notò la scia di sangue che Ambra aveva lasciato sull'erba trascinandosi e questo gli fece intuire che la ferita era più profonda di quanto immaginasse. Di conseguenza, doveva condurla via di lì al più presto e trovare un posto sicuro per curarla.

Si chinò al fianco di Nicholas. Osservava, afflitto, lei che si avviliva sempre di più. Voleva dirle qualcosa, ma non proferì parola. Protese verso di lei la mano nel tentativo di farle una carezza, ma a cosa sarebbe servito? Si chiedeva come avrebbe fatto a staccarla da lui. Con quale coraggio le avrebbe chiesto di sciogliere quell'abbraccio e fuggire via lasciandolo lì, in balìa delle intemperie e delle belve feroci. La mano indugiò protesa nel vuoto, a un palmo dal viso distrutto di lei mentre la sua attenzione era attratta da qualcosa che gli luccicava sul dito, l'Anello del Comando.

"... quando arriverà il momento giusto, saprai cosa fare."

Quelle parole riecheggiavano nella sua mente senza comprenderne il motivo. Si chiedeva quale sarebbe mai stato il momento giusto, ma soprattutto cercava di capire perché, in cuor suo, sentiva che era proprio quello. Agì d'istinto, quasi senza pensarci. Si sfilò l'anello, afferrò la mano di Nicholas e in una delle dita introdusse ciò che il Vecchio morente gli aveva raccomandato di non togliere mai. Un robusto anello d'oro massiccio con incisi simboli appartenenti al clan degli *arteni*.

Dopo aver delicatamente riposto la mano di Nicholas, si alzò e si portò alle spalle di Ambra, afferrando piano le sue braccia e cercando di sciogliere l'abbraccio disperato da quel corpo senza vita.

«Che cosa fai? No! Non toccarmi, lasciami stare!» lo ammonì lei tra i singhiozzi e le lacrime.

«Ambra, non possiamo permetterci di restare un attimo di più. Dobbiamo andare, ti prego!»

«No, lasciami!» gridava mentre cercava di districarsi dalla presa del fratello. «Non voglio abbandonarlo, non lo lascerò qui in balìa degli sciacalli!»

«Cerca di capire, non possiamo fare più nulla ormai. Lupo non terrà a bada per molto gli altri due cavalieri, dobbiamo andarcene subito!»

«No!» urlava lei in preda al dolore. «Lasciami morire con lui, ti prego! Vattene! Se morirò, del mio cuore non sapranno più cosa farsene.»

A quel punto Dionas, urlando come un folle, la strappò via da quel corpo inerme e, scrollandola con veemenza, cercò di rimetterla in piedi.

«Adesso basta! È così che rispetti l'uomo che ami? È questo il rispetto che porti per lui? Ha dato la sua vita per te, proteggendoti fino all'ultimo. È stato tutto inutile? È morto invano? Ciò che lui desiderava più di ogni cosa era metterti in salvo e tu non puoi deluderlo. Non puoi lasciare che sia morto per niente. Tu devi vivere! Glielo devi! Coraggio, dobbiamo andare. Lui avrebbe voluto questo, credimi!»

Aveva sempre voluto bene a Dionas, ma l'amore che sentiva per lui in quell'istante, era infinito. Aveva perso le persone più care e lui era tutto ciò che le restava. Lo abbracciò tra le lacrime e lo strinse a sé con le poche forze che le erano rimaste dopodiché svenne.

***

Il suolo circostante era lambito da chiazze di sangue perso da ferite oramai risanate. Come esseri immortali avevano la capacità di rigenerarsi in fretta e, nonostante il combattimento durasse già da tempo, nessuno dei tre aveva la benché minima intenzione di cedere. Lupo era molto più abile dei due cavalieri, più veloce e soprattutto più vorace. I suoi morsi affondavano e dilaniavano più delle loro spade, ed essere alto un terzo più di loro rappresentava per lui un grande vantaggio.

La lotta durava già da un po' e, solo quando ebbe la certezza che il suo padrone fosse già abbastanza lontano da non essere raggiunto dai cavalieri della morte, Lupo si diresse verso i diabolici destrieri e, con un colpo deciso, ne lacerò i solchi giugulari, troncando nettamente le arterie carotidi. In breve, gli sventurati stalloni perirono dissanguati lasciando così a piedi i loro cavalieri che, in difficoltà, emisero un urlo di rabbia così acuto che fu udito a numerose miglia di distanza.

Nel frattempo Lupo era già in viaggio verso il suo padrone.

Dionas tirò appena le redini del cavallo, erano già abbastanza lontani da permettersi di rallentare dato che Ambra, ora, appariva più sofferente e la ferita sul petto ancora sanguinante. Ella sedeva davanti a lui ed egli la sosteneva in modo da ammortizzare il più possibile gli sbalzi dovuti al terreno accidentato. Lei con un braccio gli cingeva un fianco e con l'altro premeva sul suo petto ferito. Sanguinava meno, ma era pur sempre una ferita molto profonda e Dionas sperava di trovare quanto prima ciò che cercava, perché in caso contrario sarebbe stato costretto a fare una sosta e arrangiare una cura come meglio poteva. Procedevano più lenti adesso, anche perché la salita su per il versante era alquanto difficoltosa. Il luogo dove erano diretti si trovava molto in alto. Il freddo, ora, era divenuto pungente e l'aria più rarefatta.

«Dove siamo diretti?» chiese Ambra con voce quasi spenta.

«In un posto caldo e asciutto dove potrò curarti.»

«Pensi che ci abbiano seguito?»

«Non credo, Lupo non glielo avrà permesso di sicuro.»

«Dove hai trovato quella bestia?»

Dionas rise. «Trovato? Sembra che tu ti riferisca al cucciolo di un cagnolino abbandonato sotto un cespuglio. Mi pare sia un po' più grande di un cagnolino e comunque non l'ho trovato, è stato lui a trovare me. Per essere più preciso mi è stato affidato in custodia da un vecchio in punto di morte che lo aveva accudito sin dalla nascita. Forse era un mago o qualcosa del genere e le sue ultime parole furono *"Prenditi cura di mio figlio"*. Doveva essergli molto affezionato se lo considerava come un figlio visto che il suo ultimo pensiero è stato diretto a lui.»

«Quando vi ho visto arrivare non riuscivo a crederci. Non riuscivo a capire se quella bestia era con te o contro di te, ma l'ho capito subito quando ho visto che azzannava uno dei demoni di Elenìae.»

«Dal momento in cui ha ottenuto la libertà, non mi ha mai abbandonato. È sempre rimasto al mio fianco aiutandomi in ogni momento di difficoltà. Non ci crederai, ma all'inizio, spinto forse dalla fame, si è pappato il mio cavallo e in seguito, forse per mettere riparo al danno che aveva provocato, me ne ha procurato un altro, proprio quello che stiamo cavalcando.»

Ambra avrebbe voluto emettere una risata, invece ciò che si udì fu solo un gemito lieve e sofferente. Lo sterno e l'intera cassa toracica erano dolenti. Le costole adiacenti al cuore erano rotte e ogni movimento, non solo le procurava un intenso dolore, ma aumentava il rischio che frammenti di ossa potessero raggiungere l'organo vitale provocando una grave emorragia.

Le calde carezze dei raggi morenti del sole erano ormai sempre più impercettibili. Le ombre degli abeti si mostravano sempre più lunghe e, al di là della piccola altura, oltre la fila di aceri, le ultime luminescenze solari davano vita a sfolgoranti danze rilucenti che saltavano agli occhi baldanzose. Dionas si fermò, ciò che cercava era finalmente davanti a lui. Quei giochi di luci lo affascinavano e presto sarebbero stati al sicuro, almeno per un po'.

Lupo bloccò di colpo la sua corsa. Il suo fiuto ferino avvertiva gli odori in maniera molto più acuta di qualsiasi altro essere. Le zone scampate alla tempesta non erano ricoperte di neve e la vegetazione autunnale aveva mantenuto i suoi colori.

Annusava l'aria tentando di captare la provenienza di quel particolare odore. Un profumo di ricordi, di pace, di famiglia. Poco lontano avvistò due corpi senza vita circondati dall'erba insanguinata. Avvicinatosi, annusò dapprima il cadavere del cavaliere decapitato e, subito dopo, continuò in direzione di colui che lo attirava, verso quel viso che aveva guardato fin troppe volte. Lo annusò. Odorò ogni parte del suo corpo alla ricerca di una piccola scintilla vitale, ma non ne rinvenne. Con il suo muso selvaggio smuoveva il capo di quell'individuo così familiare, prima a destra, poi a sinistra e ancora a destra. Scuoteva il busto, le gambe, ma i suoi occhi continuavano a rimanere serrati. Quando intuì che la vita aveva abbandonato colui con cui era cresciuto e che lo aveva sfamato per anni, Lupo emise dapprima un flebile guaito, un pianto, che divenne sempre più intenso fino a diventare un malinconico ululato di dolore. Si distese accanto a lui e continuò a mugolare come un cucciolo che aveva appena perso la madre. Se la sua fosse stata una mente umana, probabilmente gli avrebbe suggerito di seppellirlo in un posto tranquillo, ma era una bestia e non aveva niente di umano. Agiva solo per istinto e per comando di colui che portava l'anello. Ora, era infilato in un dito inerme e senza vita e nessun comando sarebbe mai giunto, perciò come l'istinto gli suggeriva di fare, se ne stava disteso al suo fianco in attesa del nulla, fedele come un cane nei confronti del suo padrone. Non lo avrebbe mai lasciato. Avrebbe protetto il corpo esanime di suo fratello, probabilmente fino alla fine dei suoi giorni.

***

«Perché ti sei fermato?»

Dionas non le rispose, osservava con interesse e soddisfazione ciò che compariva oltre il ciglio innevato, e quando Ambra si voltò per curiosare, non credette quasi ai suoi occhi, non aveva mai visto nulla di così immenso.

Quelli che un tempo erano piccoli agglomerati di capanne, adesso si presentavano come un'unica e immensa città. Ciò che secoli prima era un'enorme distesa di folta e rigogliosa boscaglia, ora si mostrava come un regno infinito, non più circondato da imponenti arbusti di larici e querce tanto da sembrare soldati alla difesa di un tesoro, ma da un'alta e spessa muraglia di solida roccia.

Al centro della città si ergeva un castello, costruito con spessi blocchi di pietra. Le alte e massicce mura erano rafforzate da bastioni e quattro immense torri si ergevano alla loro intersezione. Nelle mura si apriva una grande porta fortificata da saracinesche che rappresentava l'unica via d'accesso al castello. Non si distingueva bene la sua struttura, la foschia e l'avvicinarsi dell'oscurità non permettevano di studiarlo a fondo. La periferia della città era stata riservata alle fabbriche fumanti e sempre all'opera nella lavorazione delle materie prime che offriva Xenidra. Dalle sue miniere venivano estratti metalli come oro, argento, ferro e rame e altri elementi come carbone, sale e zolfo. Il terreno, soprattutto sui versanti, forniva una grande varietà di piante medicamentose da cui erano ricavati prodotti curativi. I boschi che abbracciavano Xenidra erano ricchi di selvaggina e i fiorenti pascoli alimentavano il bestiame. La terra era ricca di sostanze nutritive e permetteva lo sviluppo di produttive piantagioni tanto da colmare i granai e le cantine di tutto il regno. Anche la pesca era largamente praticata, nonostante il mare fosse piuttosto distante dalla città e complicato da raggiungere. I crateri di Xenidra, colmati in seguito alle alluvioni avvenute nel corso dei secoli e durante lo scioglimento dei ghiacciai, regalavano alla montagna una moltitudine di laghi di ogni dimensione, offrendo una gran quantità di trote, carpe e altri pesci d'acqua dolce. Era inoltre una delle città più ricche di prodotti tessili. I suoi tessitori ordivano trame e tele pregiate che esportavano ovunque. Vestivano re, principesse, nobili di ogni regno e la loro maestria non aveva pari.

«È immenso!» esclamò Ambra rimasta come incantata da quel regno così sconfinato «Ma cos'è?»

Con un lieve sorriso sulle labbra, Dionas, orgoglioso come se stesse per presentarle un personaggio importante, rispose: «Mitwock!»

L'odore di sangue e morte, di marcio e putrido aveva attirato gli *aguzzini* che se ne stavano rintanati dietro folti cespugli, distanti a sufficienza da non essere captati dalla bestia. I brandelli di ossa e pelle appartenenti a una coppia di sciacalli che avevano attaccato Lupo per impossessarsi dei cadaveri, fecero presagire agli *aguzzini* che forse era meglio attendere. Nascevano da una razza mista tra la iena e lo sciacallo, ma erano molto più grossi, intelligenti, spietati e voraci. Erano così orrendi che bastava la loro vista per atterrire anche l'essere più temerario.

Il tenue luccichio dei raggi solari che filtrava attraverso il fogliame degli aceri stava per lasciare il posto alle prime ombre della sera. L'istinto di Lupo lo metteva in guardia dai predatori notturni che, in lontananza, già si udivano lottare tra loro per contendersi la preda. Sarebbe stata una lunga notte ma, per lo meno, Lupo era sicuro che avrebbe avuto il pasto assicurato per un bel po' di tempo. Le belve che lo circondavano erano ignare del pericolo che le attendeva e della fine che avrebbero fatto.

Più il sole si avvicinava all'orizzonte, più prendevano vita gli strepitii, gli ululati e le lotte tra coloro che abitavano la foresta. Le orecchie di Lupo erano sempre ben tese; captavano ogni respiro e qualunque spostamento anche da lunga distanza. Sapeva di essere osservato e sentiva che l'attacco sarebbe stato imminente.

Trascorsero solo pochi istanti che uno degli *aguzzini*, con una rapidità impressionante, gli fu addosso agguantandolo al collo. Altri quattro si lanciarono verso di lui azzannandolo in ogni parte del corpo, mentre gli ultimi due indugiavano, osservando l'evolversi della lotta e rimanendo in attesa di cibarsi del succulento corpo senza vita disteso sull'erba. Ma, ahimè, la carneficina che Lupo aveva compiuto sotto i loro occhi in un brevissimo lasso di tempo li fece esitare dapprima e rinunciare poi, tanto che si diedero alla fuga con l'amaro in bocca e sconsolati per aver sciupato l'occasione di sfamarsi.

Lupo si nutrì con il corpo degli *aguzzini* che aveva appena dilaniato, sicuro che quello scempio avrebbe tenuto lontano i predatori per il resto della notte. Si distese sull'erba fredda lasciandosi andare alla beatitudine della sazietà, mentre la lieve carezza del sonno lambiva dolcemente i suoi occhi.

***

«Chi siete stranieri e cosa volete? Non potete stare qui» gridò dall'alto della muraglia un soldato del plotone di guardia mentre tendeva una freccia puntata su di loro.

«Il mio nome è Dionas e... questa donna è ferita, ha bisogno di cure.»

L'immenso portale che sbarrava l'unica via d'accesso alla città, si schiuse lentamente e un uomo a cavallo si diresse verso di loro.

«Non accettiamo stranieri qui, poco più giù, andando verso est troverete un villaggio. Lì, potranno aiutarvi ma vi conviene farlo in fretta, tra poco sarà buio.»

«Vi prego,» lo implorò Ambra mentre dolorante si discostava dalle braccia di Dionas «fateci entrare, ho tanto freddo e la mia ferita è molto profonda. Non so se reggerò ancora.»

«Stai tranquilla Ambra, lascia che ci pensi io» la rassicurò il fratello.

Senza farlo apposta, il movimento di Ambra, aveva messo allo scoperto lo stemma inciso sul petto di Dionas che, come un lampo accecante nella notte, abbagliò il primo ufficiale. Egli scese affannosamente da cavallo e chiese venia prostrandosi in ginocchio davanti a loro.

«Vi chiedo umilmente perdono, mio Signore. Io non immaginavo, non avrei mai pensato... io...»

«È colpa mia. Doveva essere mia premura mettervi al corrente. Rimettetevi in piedi e conducetemi in città.»

«Subito, mio Signore! Invierò uno dei miei uomini ad annunciare al re il vostro arrivo. Vi scorterò al castello di persona e la donna che portate con voi riceverà le migliori cure.»

«No, ci vorrebbe troppo tempo per raggiungere il castello. Guidatemi alla locanda più vicina. Ho urgente bisogno di acqua, un letto caldo e bende pulite. Ho della roshàlia blu con me, che ho raccolto durante il viaggio. Curerò io stesso questa donna. Pretendo solo che la locanda sia tenuta d'occhio e che nessuno vi metta piede.»

«Sarà fatto come desiderate. La locanda di Minos e situata poco lontano da qui, nella vicina periferia. I migliori tra i miei uomini resteranno al vostro servizio per ogni necessità e non dovrete preoccuparvi di nulla. La locanda sarà organizzata per ricevervi e come avete ordinato, nessuno oserà mettervi piede fino alla vostra ripartenza. Vi prego, lasciate che prenda il cavallo che trainate. Uno dei miei uomini lo condurrà alle nostre scuderie, dove sarà alimentato e abbeverato. Faremo altrettanto con il vostro quando vi sarete sistemati alla locanda.»

Afferrate le redini del cavallo di Ambra, il primo ufficiale le porse a uno dei suoi soldati con l'ordine prioritario di condurlo alle scuderie e, raggruppati dieci tra i migliori soldati, si diressero alla locanda.

«*Questa donna* è ferita, ha bisogno di cure. *Questa donna?*» bisbigliò lei all'orecchio del fratello.

«Non voglio che sappiano che sei mia sorella» sussurrò lui a sua volta. «Il Ministro del Drago non ha amici, non ha parenti, non ha conoscenti e non prova affetto per nessuno. Tutti i regni pullulano di oppositori e seguaci di Elenìae e nulla m'impedisce di pensare che ce ne siano anche qui. Ordinerò al primo ufficiale di mantenere il segreto sul nostro arrivo, anche tra i suoi uomini. Ci faremo portare abiti puliti e farò trasportare, durante la notte, la mia armatura al castello, dove sarà custodita nelle mie stanze.»

«Le tue stanze? Conosci questa città?»

«Il Ministro del Drago deve pur avere una dimora. Il fatto che viaggi incessantemente per tutti i popoli di questa terra con lo scopo di mantenere l'ordine e far seguire le regole, non significa che non abbia una sede, dove ogni tanto andare a farsi un bagno caldo e imbottirsi di buon vino rosso.»

«Perché hai scelto proprio questa città?»

«È stato il Drago. È lui che ha scelto Mitwock come residenza del suo cavaliere. Non so se esista un motivo ben preciso per questa scelta ma, se così fosse, non mi è stato rivelato.»

Un dolore più acuto colse all'improvviso Ambra, che si strinse a lui con più forza.

«Ehi… ehi piccola, ci siamo quasi, resisti. Una volta alla locanda, il mio impasto di roshàlia blu chiuderà la tua ferita e calmerà il dolore. Domani, quando giungeremo al castello, il Saggio Stregone, con la sua profonda magia, riassesterà le tue ossa, allo stesso modo di come fece Nicholas quando…» s'interruppe come se avesse detto qualcosa che non avrebbe dovuto.

Il solo averlo nominato bastò per far tornare le lacrime sul volto sofferente di Ambra. Il dolore per averlo perso era ancora vivo e profondo e, per quanto il tempo avesse contribuito ad attenuare quella sofferenza, non avrebbe mai cancellato il fresco ricordo di lui e dei meravigliosi momenti vissuti insieme.

Il profumo fresco di lavanda e di pulito inondava la stanza nella quale erano appena entrati. Ambra fu delicatamente adagiata sul letto. Abiti puliti erano stati posti sul comodino adiacente e candide bende con un catino di acqua calda erano state sistemate su un tavolino in un angolo vicino alla finestra, le cui imposte erano state serrate. Come Dionas aveva ordinato, la sua armatura fu condotta al castello e custodita nel suo alloggio.

L'ultima volta che aveva visto il seno di sua sorella aveva tredici anni.

«Lusedia! Lusedia!» aveva urlato lei tentando di coprirsi come meglio poteva «Caccialo via... caccialo via!»

Ovviamente lui non credeva di trovarla seminuda, non sarebbe mai entrato, altrimenti. Era divenuto più rosso di un peperone e sembrava piuttosto spaventato, tanto che era rimasto lì impalato finché Lusedia non lo aveva afferrato per le orecchie tirandolo fuori dalla stanza.

Pensava a quell'episodio con nostalgia. Sorrideva appena, mentre ripuliva le croste insanguinate attorno alla pelle lacerata. Lo faceva con delicatezza, non voleva causarle altra sofferenza. Le sue dita palpavano i frammenti delle ossa dilaniate che davano alla pelle circostante un colore bluastro. L'impasto di roshàlia blu, con estratto di mirtillo, aloe e succo di bardana era già stato preparato e ora, Dionas, si apprestava ad applicarne un impacco che presto avrebbe fermato l'emorragia e lenito il dolore. Pensava che al massimo entro il giorno dopo, tutto si sarebbe risolto e finalmente Ambra avrebbe potuto riposare.

Troppe sofferenze l'avevano travolta negli ultimi tempi. Aveva rischiato la vita per ben due volte. Il suo Nicholas non era più con lei. Aveva dato la sua vita per salvarla e, in cuor suo, sapeva che non era stato l'unico ad averlo fatto e mentre era in attesa di un sospirato miglioramento, il suo pensiero si librò verso suo padre.

Frazione di Bellarja - Era del Drago
Tramonto del venticinquesimo autunno

«C'è fermento per le strade stasera, festeggiano la comparsa di Solon. Il momento è giunto, temo che dobbiate andare. I vostri cavalli sono pronti, vi attendono nella stalla. Ho riempito le borracce di acqua e colmato le sacche di provviste varie.»

«E il tuo cavallo, papà?»

«Io non verrò con voi, tesoro, resto qui.»

«Ma cosa dici, sei impazzito?» gridò Ambra, in preda allo stupore. «Se non mi trovano, se la prenderanno con te, ti uccideranno!»

«Tesoro mio,» la interruppe Alvin prendendole il viso tra le mani «vi rallenterei e non posso permetterlo. Invece voi dovete volare, lontano da qui, il più presto possibile e senza voltarvi indietro.»

«No! Non ti lascerò in balia di quei mostri, scordatelo! Nicholas, ti prego, fallo ragionare.»

Lei era furente, aveva cercato un appoggio negli occhi di Nicholas che invece, in cuor suo, era consapevole del fatto che non sarebbe stato di grande aiuto. Alvin era testardo. Le sue decisioni non si discutevano e, con tutta probabilità, quella sera, Ambra sarebbe stata trascinata via con la forza.

«Alvin,» intervenne Nicholas cercando di assecondare in qualche modo la sua amata «se non verrai con noi, per lo meno cerca di non farti trovare qui. Fuggi da qualche parte, nasconditi! Ora che ci penso, saresti potuto andare via con Lusedia. Puoi ancora raggiungerla…»

«No, io resto qui, Non ho paura di loro e poi ho in mente un piano per farvi guadagnare tempo. Nicholas,» continuava avvicinandosi a lui «giurami che ti prenderai cura di lei.»

«Te lo giuro, Alvin, la proteggerò anche a costo della vita, ma tu vai via.»

«Non insistere» gli sussurrò. «Te l'ho detto, ho un piano. Li affronterò rubando loro un po' di tempo che per voi sarà prezioso. Per questo non indugiate, indossate le vostre armature e dileguatevi.»

«Alvin,» gli aveva sussurrato in un orecchio «non ti lasceranno vivo, lo sai vero?»

«Lo so, portala via, ti prego!»

Nicholas scrutò i suoi occhi per un attimo. Vedeva riflettersi l'amore e il coraggio di un padre che presto si sarebbe sacrificato per ciò che di più caro aveva al mondo.

«Ambra, andiamo…» la invitò lui «ti aiuto a indossare l'armatura.»

«Nicholas, che intenzioni ha? Che cos'ha in mente di fare?»

«Andiamo in casa adesso. Ne riparleremo dopo.»

La aiutò a indossare quella corazza che, si presumeva, l'avrebbe in qualche modo protetta. Nicholas, al contrario, non lo fece. Non aveva mai indossato un'armatura. Si sentiva impedito con tutto quell'ammasso di ferraglia addosso e poi, non ne aveva mai avuto bisogno.

Era buio. Alvin aveva alzato lo sguardo al cielo che luccicava di mille perle incandescenti. Stava contemplando la più bella tra esse, Solon, che a nord dell'oscurità aveva già raggiunto il suo massimo splendore.

Dopo un'accesa discussione con il suo uomo e rassegnata al fatto che Alvin non li avrebbe seguiti, Ambra se ne stava sulla soglia di casa a guardare, in modo alquanto accigliato, suo padre che nel frattempo era tornato dalla stalla con i due cavalli. Egli porse le redini a Nicholas e, voltatosi verso di lei, allargò le braccia come faceva quando era bambina. Ciò rappresentava una sorta di comando. Ogni volta che le sue braccia si distendevano, sua figlia si lanciava verso di lui, urlando di gioia e aggrovigliando le esili braccia attorno al suo collo forte e robusto, ma questa volta scoppiò a piangere e lo abbracciò così forte come non aveva mai fatto. Lui non avrebbe voluto lasciarla, ma era necessario. Si sfilò un bracciale dorato, il gioiello che Elizabeth gli aveva donato il giorno del loro decimo anniversario, ma era troppo grande per il polso esile di Ambra e lo agganciò in un incavo dell'armatura.

«Ti porterà fortuna» le disse prima di baciarla.

«Papà non voglio, non voglio!»

«Nicholas!» ordinò Alvin. «Portala via!»

«Papà, no!»

«Andiamo tesoro, Alvin se la caverà, è in gamba. Dobbiamo andare, non possiamo attendere oltre.»

Nicholas cercò d'incoraggiarla e lei, con le lacrime agli occhi, si lasciò trascinare via da lui verso quella fuga disperata, volando nell'ombra della notte verso la salvezza. Quella fu l'ultima volta che Ambra vide suo padre e non seppe mai cosa gli accadde.

Alvin attese con ansia i cavalieri della morte. Nella stalla, seduto su una balla di fieno, meditava sui particolari del suo piano. Doveva riuscire alla perfezione e non poteva permettersi di sbagliare.

I demoni giunsero nel silenzio, ma egli era lì che li attendeva da tempo. Andò loro incontro come un pazzo furioso, in groppa al suo cavallo e, giunto al loro cospetto con la spada sguainata, finse di essere sorpreso della loro presenza.

«E voi chi diavolo siete? Che ci fate nella mia terra? È lui che vi ha mandato?»

I quattro cavalieri si fissarono sorpresi. Lo circondavano con la spada estratta e gliela puntavano contro.

«Sì, sì, bravi!» continuava Alvin. «Quattro contro uno, eh? È facile così! Se vi ha mandati quello scansafatiche da strapazzo per tenermi a bada, beh, sappiate che non mi fate paura!»

Uno di loro parlò.

«Che cosa pensi di fare, metti giù quell'arma. La tua testa rotolerà giù prima ancora che tu faccia il prossimo respiro.»

Quella voce demoniaca gli provocò brividi in tutto il corpo ma Alvin non si lasciò intimidire.

«Cosa penso di fare? Penso che ora trancerò prima le vostre teste, poi correrò da quel buono a nulla che si è portato via mia figlia e lo scannerò con le mie mani. Dopodiché mi riprenderò quella sgualdrina e la riporterò a casa, dove riceverà la punizione che merita. Pensate di lasciarmi passare o devo cominciare a farvi stramazzare uno per volta? Vi avviso, quando sono furente, non mi ferma nessuno.»

I quattro si scrutarono ancora una volta. La ragazza non era lì. Rifoderarono le spade e si discostarono per lasciarlo passare.

«Bene, vedo che cominciamo a ragionare. Ma si può sapere chi diavolo siete?»

«Siamo tutori della legge» intervenne uno di loro. «Siamo alla ricerca di quel *buono a nulla* di cui parli. Se ci porti da lui, potremmo farti un favore.»

«Parlate sul serio? Beh, in questo caso, vi chiedo scusa, avevo pensato male. Quei due mi hanno fatto fesso, ma non sanno cosa li attende.»

«Vogliamo andare?»

«Seguitemi, so dove sono diretti. È l'unico posto dove possono andare.»

Alvin era cosciente che la sua vita, quella notte, avrebbe avuto termine e decise di finirla in grande stile. Gli piaceva recitare. In passato aveva costruito diversi burattini con cui si divertiva a intrattenere i suoi ragazzi interpretando sceneggiate di ogni genere, da quelle divertenti alle drammatiche. Li faceva sbellicare dalle risate e allo stesso tempo riusciva a commuoverli.

Si avviarono nella notte verso la direzione opposta a quella che avevano preso i due ragazzi. Alvin era intenzionato ad allontanarli il più possibile dirigendosi verso un casolare nei pressi di una fattoria abbandonata, situata a molte miglia da Bellarja. Probabilmente avrebbero cavalcato fino all'alba senza mai sostare e così avvenne.

Nel primo bagliore mattutino, Alvin indicò loro un vecchio casale in lontananza dove, si presupponeva, avrebbero colto di sorpresa i due innamorati. Decisero che non si sarebbero avvicinati a cavallo. Si fermarono perciò un po' prima di raggiungere la fattoria e proseguirono a piedi sforzandosi in tutti i modi di attutire ogni rumore. Giunti al casolare, attesero sulla soglia e sfoderando silenziosamente le spade, dopo un cenno d'intesa, uno dei demoni sferrò un violento calcio alla porta d'ingresso fino a ridurla in minuscoli brandelli. Si lanciarono nel locale fatiscente come furie scatenate, ma ciò che rinvennero fu solo la polvere che la stasi del tempo aveva accumulato in ogni angolo e che, leggera, galleggiava nell'aria come nebbia silenziosa.

Uno di loro, accecato dalla rabbia, agguantò Alvin per la gola e, con una violenza inaudita, lo appigliò al muro tenendolo sospeso da terra.

«Ehi! Ma cosa fai? Fermati! Non è colpa mia. Dovrebbero essere qui... non capisco!»

Il malcapitato tentò di difendersi sperando di far allentare la stretta morsa alla gola. La sua voce era strozzata e il respiro cominciava a mancargli, ma il demone non demordeva. Seguitava imperterrito a comprimerlo al muro e, con una voce ancor più roca e spaventosa, gli sbraitò in faccia facendolo trasalire.

«Dov'è tua figlia?»

«Ve l'ho detto... l'unico posto... questo...» tentò di rispondere, ma la sua voce era sempre più flebile.

«Piantala di dire idiozie! Ti prendi gioco di noi? Dov'è? Parla!» gli urlò mentre lo scaraventava dall'altra parte della stanza.

Con molta calma, Alvin si risollevò mentre cercava di riprendere fiato. Il suo sguardo era serio, vi si leggeva l'espressione di colui che aveva smesso di recitare e che era pronto ad affrontare il suo destino. Avanzando, un passo dopo l'altro, si avvicinò al demone che, nonostante fosse molto più alto di lui, riusciva a fissare dritto negli occhi, rossi come l'inferno, con aria sicura. Sapeva ciò che lo attendeva, ma non nutriva timore.

«Non avrete la mia bambina, brutti bastardi. Non la troverete mai.»

L'ira acceco il cavaliere della morte che, furente, arretrò di qualche passo. Alvin era pronto. Con un sorriso ironico aveva invitato il demone a compiere ciò che doveva e, accogliendo l'invito e sferrando un violento colpo di spada, il cavaliere fece saltar via la testa di Alvin che ruzzolò sul lurido pavimento, lasciando dietro di sé una rossa scia di sangue. Il corpo decapitato, rimasto eretto solo per qualche istante, si accasciò pesante al suolo, inerme e senza vita, sollevando la polvere intorno a sé.

I cavalieri maledetti lasciarono il casolare furenti, s'incamminarono verso i loro destrieri e ancor prima di raggiungerli, uno di loro emise un fischio acuto. A quel richiamo, due carnefici affamati e rabbiosi sbucarono dai meandri del bosco vicino. Si azzannavano tra loro durante il tragitto per contendersi il pasto. Uno di essi ebbe la meglio ed entrò per primo. Azzannò la testa del povero Alvin e con una morsa ferrea, la stritolò. L'altro staccò un braccio con parte del torace e la quantità di sangue che ne fluì, fu tale da inondare gran parte del pavimento circostante. In poco tempo, tutto ciò che rimase di quel corpo, furono solo due dita della mano affondate in una pozza di liquido rosso che la polvere e il legno marcio avevano in gran parte assorbito.

I cavalieri maledetti ripresero il loro viaggio separandosi. Qualcuno, prima o poi, l'avrebbe fiutata e, telepaticamente, lo avrebbe comunicato agli altri. E così avvenne.

***

La prima volta che Ambra s'imbatté in un cavaliere della morte costò la vita al Vecchio della Montagna che, con Nicholas, aveva attuato un piano per rendere mortale quell'essere demoniaco e poterlo finalmente abbattere. Durante il secondo incontro, invece, la vita del suo amato venne meno e Ambra giurò che da quel momento in poi, nessuno si sarebbe più sacrificato per lei.

«Cerca di dormire un po', riposati. Rimarrò qui al tuo fianco a vegliare su di te.» Dionas la tranquillizzava mentre le accarezzava delicatamente i capelli.

«Sarà difficile che riesca ad addormentarmi» ribadì lei. «I dolori che mi affliggono sono ancora molto forti.»

«Sì, lo so, ma è solo questione di tempo. Tra un po' sarà svanito tutto, vedrai! La febbre sta cominciando a scendere, devi solo avere un po' di pazienza.»

«Pazienza?» gli rispose tentando, con fatica, di nascondere le lacrime. «Come posso avere pazienza? Le persone a me più care stanno morendo una dopo l'altra per salvarmi e tu mi dici di avere pazienza? Chi sarà il prossimo. Tu, Dionas? Chi dovrò piangere la prossima volta?»

«No, no, piccola! Non dire queste cose! Non devi pensarci. Tu... tu sei troppo importante e sei la mia sorellina. Non permetterò a nessuno di farti del male. Da te dipende la vita di tutti gli esseri viventi dell'universo e se un uomo, dieci uomini o dieci regni dovranno sacrificarsi per salvarti, allora così dovrà essere e tu lo dovrai accettare.»

«Come puoi dire una cosa simile? Sai come sono fatta, non potrei mai accettarlo!»

«E invece dovrai farlo, Ambra! Devi sopravvivere! Devi resistere, a qualunque costo, fino all'alba della prossima primavera, dopodiché sarai al sicuro. Per il momento puoi stare tranquilla. Finché io sarò al tuo fianco, i demoni non ti fiuteranno e la maga non potrà vederti, ma dobbiamo fare molta attenzione agli oppositori. Se qualcuno facesse la spia, non potrai permetterti una fuga nelle tue condizioni.»

Ambra voltò il suo viso dall'altra parte e non impedì più alle sue lacrime di scendere. Lui le asciugava e seguitava ad accarezzarla, comprendeva quanto potesse essere difficile accettare questa condizione, ma non poteva prometterle nulla e, con molta probabilità, avrebbe sacrificato anche se stesso.

«Hai voglia di raccontarmi qualcosa? Tanto non riuscirò a dormire. Perché vogliono uccidermi? Nicholas mi disse che Elenìae voleva impossessarsi del mio cuore per distruggere il Drago e dominare l'universo intero, ma perché proprio il mio? Perché proprio io? E come mai colui che servi e per il quale hai rinunciato a tutto, non viene ad aiutarci?»

«In molti mi hanno fatto questa domanda. Ebbene, secondo un'antica profezia, esiste un modo per distruggere il Drago. Elenìae ne è venuta a conoscenza e può attuare i suoi piani solo durante questo inverno. Perché tu? Perché rappresenti l'elemento sacrificale, sei stata prescelta e il marchio che hai sulla nuca lo dimostra.»

Senza quasi pensarci, Ambra portò la mano dietro la nuca, come se volesse sentire sotto le dita la forma di quella voglia che si portava dietro sin dalla nascita.

«In questi ultimi tempi sentivo del bruciore,» intervenne preoccupata «ha anche sanguinato qualche volta.»

«Non è mai stata una semplice *voglia* come abbiamo sempre creduto…» continuava Dionas «ma simboleggia il *marchio del cuore*. Da quando ha cominciato a sanguinare, si è attivato il meccanismo del *richiamo* e la caccia si è aperta. Se solo tu potessi vederla! Ha la forma esatta della metà di un cuore e vuoi sapere dov'è il Drago? A proteggere il portatore dell'altra metà.»

«Mi stai dicendo che qualcun altro sta vivendo il mio stesso incubo?»

«Purtroppo sì» rispose Dionas rassegnato.

«E chi sarebbe?»

«Un bambino, e non è di questo mondo.»

«Oddio!» esclamò lei nello sconcerto più totale. «Come si può fare del male a un bambino!»

«Lo spirito del Drago ha sorvolato i mondi dell'universo alla ricerca del bambino, seguendo la scia del *richiamo,* finché non lo ha trovato. Ha ritenuto necessario condurlo nel nostro mondo dal momento che i loro corpi non possono fermarsi per lungo tempo fuori da Castaryus. Ora lo tiene in custodia nel suo castello, su Otherion, e finché resteranno insieme sull'isola, il bambino sarà al sicuro.»

«*I loro corpi*, hai detto?»

«Sì. Anche Elenìae seguiva il *richiamo* ma il Drago è stato più veloce. Capisci ora la situazione? Se la maga dovesse uccidere il Drago grazie al vostro sacrificio, raggiungerà la completezza e potrà viaggiare senza limiti di tempo e di spazio, dominando e sottomettendo tutti gli esseri viventi. Il suo potere diverrebbe smisurato e nessuno mai potrà mettere fine alla sua perfidia.»

«Ma come sarà possibile tutto questo?» chiedeva ancora Ambra incredula per ciò che il fratello le rivelava.

«Secondo la profezia, durante un macabro rito, la metà del tuo cuore ancora pulsante dovrà essere unita alla metà che appartiene al discendente, formando così un unico cuore che nutrirà Elenìae. Dalla sua evoluzione nascerà una nuova stirpe di morte che sottometterà le galassie dell'universo.»

«Il bambino è il discendente?»

«Sì.»

«Ma il discendente di chi?»

«Di Elenìae. Non so come sia possibile, ma è così.»

«Immagino che lei sappia che il Drago abbia con sé il bambino. Vista la sua immane potenza cosa le impedisce di raggiungere l'isola e tentare di rapirlo?»

«A quanto pare, quando la maga e il Drago sono vicini, i loro poteri si annullano. Perdono completamente la magia e tornano a essere mortali e non credo che a Elenìae converrebbe affrontare il guerriero che è sotto le spoglie del Drago. Non mi è stato dato modo di conoscere il motivo di ciò e, se devo essere sincero, non l'ho mai chiesto.»

«È tutto così incredibile!» esclamò Ambra. «Non so che darei perché tutto questo fosse solo un brutto incubo. Vorrei svegliarmi domani con il frastuono delle martellate di Alvin sul ferro caldo. Nicholas invece, che è alle prese con la colazione e Lusedia che minaccia di buttarmi giù dal letto per cambiare le lenzuola. Ma tutto questo non tornerà più, non è così? Hai saputo qualcosa di nostro padre?»

«No. Il Drago mi ha assegnato istruzioni ben precise su dove recarmi e cosa fare. Non ho avuto il tempo di accertarmi che stesse bene. Mi dispiace.»

Dionas, rimase un attimo in silenzio poi riprese. «Ti ricordi quando mi chiedesti perché ha scelto me?»

«Chi?»

«Il Drago! Mi domandasti se conoscevo il motivo per cui mi avesse scelto.»

«Sì, me lo ricordo, fu quel giorno nel bosco, quando incontrammo Nicholas.»

«Sì, proprio quel giorno…» annuì Dionas. «L'ho capito soltanto ora. Sapeva già di te e mi ha scelto per questo. Era al corrente che un giorno saresti stata in pericolo e per l'amore che provo per te, solo io avrei potuto proteggerti mettendo in gioco anche la mia stessa vita. Solo che non aveva considerato Nicholas. Lui ora ha fatto la sua parte e adesso tocca a me.»

Ambra scoppiò nuovamente in lacrime, le parole di suo fratello erano veri e propri macigni per lei. Non gli avrebbe permesso di sacrificarsi ma, dopo tutto ciò di cui era venuta a conoscenza durante quella conversazione, ormai sapeva di non avere molta scelta.

«Non voglio perderti, Dionas! Io non voglio perderti!»

«Non succederà, piccola, te lo prometto. Ora basta, cerca di riposare. Domani affronteremo il viaggio verso il castello e non voglio che ti stanchi.»

La baciò delicatamente sulla fronte e rimase al suo capezzale finché non si addormentò. Egli sapeva di suo padre. Attraverso il pensiero del Drago ebbe l'opportunità di vederlo e la rabbia che si portava dentro lo stava consumando. Avrebbe voluto dargli una degna sepoltura, ma di lui era rimasto ben poco. Non avrebbe svelato nulla a sua sorella, non adesso. Ora aveva bisogno di rasserenarsi e riprendere le forze. La attendevano momenti difficili e doveva tenersi pronta. Subito dopo la sua guarigione sarebbero ripartiti per discendere il versante est di Xenidra e raggiungere il mare.

La *Stellamaris* era ad attenderli in un'insenatura della costa e presto sarebbero salpati per raggiungere Otherion, l'isola del Drago, dove avrebbero potuto trascorrere l'inverno in tutta sicurezza.

La Dea dei Flussi Aerei

Nelle terre di Veloria
Alcuni secoli prima

«unque, vediamo un po'. Catarhina, Moset, Mimor e Loraq… Mathias, le tinozze sono state sistemate al loro posto?»

«Sì, padre, è tutto pronto. Tinozze, botti… ogni cosa al suo posto.»

«Bene, io vado a letto. Mi raccomando, domani all'alba tutti in piedi.»

«Dormite tranquillo, padre» rispose Hartes, il maggiore dei due fratelli. «Buonanotte.»

I preparativi per la vendemmia, in casa Hastores, come per tutte le famiglie occupanti le terre di Veloria, nell'antica periferia di Vestusia, erano un vero e proprio rito. L'intera pianificazione durava dai due ai tre giorni e più famiglie collaboravano, dalla raccolta dell'uva fino alla sua torchiatura. Prima degli Hastores era stato il turno dei Carosoli e solo due sere prima si era festeggiata la pigiatura che, di solito, veniva effettuata a piedi nudi dalle belle ragazze del quartiere. Musica allegra e gioiosi canti accompagnavano d'abitudine questo avvenimento da sempre e, quella sera, con altrettanta allegria, i piedi delle ragazze si erano azzuffati frementi tra gli acini scuri di quel dolce frutto autunnale, avendone estratto il delizioso succo divino che, nei mesi successivi, avrebbe rallegrato gli animi dei suoi bevitori. Mathias Hastores non era riuscito, per tutto il tempo, a distogliere lo sguardo dalla sua amata segreta, Catarhina. Entrambi ventenni, avevano scoperto di amarsi qualche anno prima, ma erano rare le volte in cui riuscivano a stare insieme a causa dell'eccessiva severità dei loro padri. Se mai avessero scoperto il loro amore, allora la giovane fanciulla sarebbe rimasta segregata in casa e tenuta d'occhio incessantemente, fino al matrimonio.

«Hartes, ascolta!» disse Mathias, sgranocchiando le ultime noccioline rimaste sulla tovaglia.

Loween era intenta a sparecchiare la tavola. La cena era stata generosa quella sera. Servivano energie da immagazzinare per il lavoro del giorno seguente e Mathias si era affrettato a prendere la poca frutta secca avanzata, prima che sua madre togliesse via la tovaglia.

«Cosa c'è?» chiese Hartes.

Mathias attese che Loween si allontanasse, così si accostò all'orecchio del fratello.

«Ascolta! Io domattina giungerò un po' più tardi al vigneto…»

«Sei matto? Come sarebbe a dire più tardi?»

«Solo di poco, te lo prometto! Veramente anche Catarhina arriverà più tardi. Insomma, se qualcuno chiedesse di noi, inventati qualcosa.»

«Ma tu sei tutto matto! Nostro padre andrà su tutte le furie! Mi dici cosa gli racconto se ti cerca?»

«Andiamo, Hartes, reggimi il gioco! Trova una scusa, una qualunque! Ho voglia di stare con lei, per favore!»

«Porco di un piffero, Mathias! Perché vuoi mettermi nei guai? Finiranno per accorgersi che manca anche Catarhina.»

«Ti prego… per favore…» lo supplicava il fratello minore, facendo gli occhi teneri come un gattino coccolone.

«Cosa c'è ragazzi?» intervenne Loween dopo aver origliato le ultime battute.

«Niente, mamma,» la rassicurò Hartes «dicevo a Mathias che sarebbe meglio andare a dormire o non sentiremo il gallo domani.»

«Sono d'accordo con voi ragazzi, appena finirò di rassettare, anch'io farò lo stesso, buonanotte.»

«Buonanotte, mamma.»

La baciarono entrambi, ognuno su una guancia e lei li abbracciava con affetto ricambiando loro il bacio sulla fronte.

La brina mattutina lambiva ogni superficie del vigneto. Le minuscole goccioline che ricoprivano i pampini, riflettevano i primi raggi solari che timidamente si erano destati, brillando come pietre preziose in attesa di dissolversi al primo calore del giorno. Il cielo era pulito, non si vedevano nuvole da giorni e la terra, asciutta a causa della siccità delle ultime settimane, era inumidita dalla rugiada gocciolante che ricopriva i lunghi filamenti erbosi.

Non c'era niente di più piacevole che fare colazione con un bel grappolo d'uva nera, dolce e matura; quando i carri giunsero al campo e tutti furono pronti, si diede inizio alla raccolta.

Mathias e Catarhina approfittarono del trambusto iniziale per svicolare tra gli alti ceppi e fuggire via. Si recarono, veloci, oltre il colle, discesero il versante e si diressero verso il mare. Si appartarono in un posto tranquillo, tra due cunette di sabbia, e si abbandonarono al piacere. Per entrambi fu la prima volta. La voglia di unirsi, stare insieme, era smisurata e sperando che nessuno si accorgesse della loro assenza, si lasciarono travolgere da baci, abbracci ed effusioni. Fecero l'amore un po' impacciati, inizialmente, ma quando il piacevole dolore si affievolì, la delizia e la beatitudine li avvolse e, per alcuni momenti, per loro non esistette altro.

«Qualcuno ha visto Catarhina?» chiese Aravel, dopo aver sbirciato tra un filare e l'altro del vigneto in cerca della figlia.

«Ehm…» intervenne Hartes «credo di averla vista andare verso i carri. Farfugliava qualcosa circa il foulard o il nastro per i capelli, non ho capito molto bene.» Era impacciato e, voltandosi a destra e a sinistra, sperava di vederla comparire da un momento all'altro, ma in quello stesso istante, invece di Catarhina, si presentò suo padre urlando.

«Si può sapere dove diavolo è tuo fratello? Lo sto cercando dappertutto, non si trova!»

«Ah… si… certo! Dunque, si sentiva poco bene, è andato in quella direzione, credo cercasse un posto per vomitare. Ha detto di aver mangiato troppe noccioline ieri sera…»

«Beh, quando torna, se si è svuotato, digli di darsi una mossa, siamo già in notevole ritardo.»

«Sì padre… sicuramente padre!» balbettò in maniera esagerata cominciando ad apparire piuttosto nervoso. «Maledetto, maledetto e stramaledetto, ma quanto cavolo ti ci vuole?» confabulava tra sé mentre, irritato, recideva con le cesoie i generosi grappoli. «Si può sapere dove sei?»

Ma quando l'ultimo grappolo d'uva fu riposto nel secchio, qualcuno lo travolse.

«Mathias, accidenti a te, ma si può sapere dove diavolo sei stato? Ti eri scordato di tornare? Ehi…» gli sussurrò perplesso «ma cos'hai?»

Era sudato, aveva corso veloce e l'affanno gli impediva quasi di respirare. Si era scagliato addosso a suo fratello e lo teneva stretto per la camicia.

«Hartes, vieni con me. Lascia stare tutto e seguimi.»

«Cosa? Ma tu sei fuori di testa, nostro padre è furioso per non averti visto. Se si accorge anche della mia assenza, finisce che ci ammazza!»

«Lascialo perdere, Hartes! Devo farti vedere una cosa importante, andiamo!» insisteva Mathias mentre lo tirava affannando.

«Porco di un piffero, Mathias... accidenti! Ma dov'è Catarhina?»

«Sta tornando... andiamo, andiamo!»

Nonostante il respiro affannoso, Mathias era in grado di correre più veloce di suo fratello che faticava a stargli dietro. Era successo tutto così in fretta che Hartes non aveva avuto il tempo di chiedergli cosa ci fosse di tanto importante da fargli vedere. Teneva ancora le cesoie in mano e solo quando se ne accorse, le infilò nella tasca posteriore dei pantaloni. Non si limitarono a discendere il versante, si lasciarono scivolare in tutta fretta concedendo alla polvere di imbiancare i vestiti al loro passaggio. Si diressero poi verso il mare e, quanto giunsero in cima a una delle dune che lambivano la spiaggia, Mathias si tuffò nella sabbia, avendo l'accortezza di nascondersi dietro un cespuglio e suggerendo al fratello di fare lo stesso.

Hartes, in preda al fiatone, si catapultò al suo fianco, lo afferrò per i capelli tentando di dirgli qualcosa, ma non vi riuscì. Così, mollò la presa e con calma, steso supino e contemplando l'azzurro del cielo, cercava di riprendere fiato.

«Porco... porco... e straporco di un piffero! Io ti uccido! Si può sapere... che ci facciamo qui?»

Anche Mathias boccheggiava ma questo non gli impedì di spiegare al fratello cosa avesse visto.

«Dopo che io e Catarhina abbiamo fatto... si... insomma... quello che tu sai, sono venuto quassù, oltre la cunetta, per urinare e prima di slacciarmi i pantaloni, non credevo ai miei occhi. Ho visto lei!» gli indicò con un dito verso il mare. «Ora che ci penso, non l'ho neanche fatta. Spero di non pisciarmi sotto!» concluse spiritosamente.

«Santi numi... e quella chi è?»

«Come chi è? Guardala bene!»

«Certo che la guardo bene, è uno schianto!»

«Ah... Hartes, non in quel senso. Guardala! Una bellissima donna che dorme tutta nuda su una spiaggia. Una lunga, folta e nera chioma che la ricopre, cosa ti ricorda?»

«Non certo qualcosa di buono... *"Lo splendore dormiente, portatore di morte, dalla sua chioma nera desterà la sorte, e se lo specchio dell'anima, con l'inganno, scruterà, altri confini la ragione solcherà"*. Non mi piace, andiamocene!»

«Starai scherzando, spero!» ribatté Mathias contrariato. «È una grande occasione questa. Abbiamo la possibilità di cambiare la nostra esistenza, di diventare ricchi e condurre finalmente una vita dignitosa. Come puoi dire andiamocene! Non avremo mai più un'opportunità come questa. Ti rendi conto di cosa abbiamo davanti?»

«Certo che mi rendo conto. Morte! Se è veramente colei che pensiamo che sia, allora sarà vero anche tutto ciò che si narra sul suo conto. Si dice che chiunque sia partito alla sua ricerca, non sia più tornato. La leggenda narra che i suoi occhi penetrano i tuoi, schiavizzando la tua mente e facendoti compiere azioni di cui non sei affatto cosciente.»

«Sì, sì, ho sentito tutte queste dicerie, ma non è un buon motivo per tirarsi indietro. Noi siamo in due e possiamo farcela. Ho un piano! Stai a sentire! Tu le andrai incontro bendato e cercherai di distrarla in qualche modo. Io mi avvicinerò di nascosto alle sue spalle e quando sarò a debita distanza, mi tufferò su di lei afferrando i suoi capelli. Si dice che basti agguantare la sua chioma affinché si compia la trasmutazione e quando ciò avverrà, lei sarà solo e unicamente al nostro comando. Grazie al suo potere potremmo raggiungere luoghi che nessun essere ha mai visitato, luoghi zeppi di tesori preziosi che nessuna mano ha mai toccato.»

«Non so, non sono sicuro» insisteva il fratello maggiore.

«Andiamo Hartes, non sarà difficile. Tieni la benda pronta sulla fronte e dirigiti verso di lei. Nel momento in cui inizia a muoversi e comunque prima che lei ti guardi, copriti gli occhi e poi... e poi inventati qualcosa per tenerla occupata, qualsiasi cosa. L'importante è che i tuoi occhi non incontrino i suoi.»

«No, no, non mi convince, ho una brutta sensazione. Mathias, lasciamo stare, andiamo via...»

«Possibile che non riesci a capire! C'è chi ha sfidato i ghiacciai, le intemperie, chi ha trovato la morte, chi ha vagato un'intera vita per cercarla. Invece noi ce l'abbiamo lì, sotto i nostri occhi, solo pochi passi ed è nostra! Perché vuoi lasciartela sfuggire?»

«Accidenti non lo so... non so che fare...»

«Io so cosa non devi fare. Fartela sotto! Andiamo fratello!»

Hartes, infine, si lasciò convincere. Strappò un lembo della sua camicia e ne arrangiò una benda che adagiò sulla fronte, pronta per essere tirata sugli occhi non appena l'incantevole dama si fosse svegliata. Molto timidamente e con una certa cautela, si avviò verso la meravigliosa creatura. La dea giaceva ancora dormiente sulla riva sabbiosa che lambiva la costa marina, mentre Mathias si era allontanato verso la direzione opposta, rimanendo in attesa che il fratello passasse all'azione.

Hartes era a pochi passi da lei. Il suo corpo era bellissimo. I lunghi capelli neri coprivano gran parte del fondoschiena. Le sue curve tondeggianti e sinuose lo ipnotizzavano, il respiro cominciava ad appesantirsi e l'ansia a farsi sentire. Notò le sue braccia che, piano, cominciavano a muoversi. Facevano leva sulla sabbia mentre si sollevava. Molto previdente, Hartes, per evitare ogni rischio, abbassò di colpo la benda sugli occhi, oscurando così la sua vista.

Il silenzio era disturbato dal fruscio delle onde che si disperdevano sulla costa sabbiosa. Alcuni gabbiani strillavano per contendersi un boccone succulento che galleggiava sull'acqua e avevano cominciato a lottare tra loro, picchiettandosi sul collo, mentre il vento lieve solleticava appena le orecchie di Hartes.

Le sue parole risuonarono fiere e sensuali nell'aria profumata di mare e Hartes arrivò a pensare che probabilmente anche la sua voce, oltre allo sguardo, poteva rivelarsi fatale.

«Chi siete, mio bellissimo uomo? Perché vi coprite? Lasciate che io mi specchi nella bellezza dei vostri occhi e tutto ciò che vi si rifletterà, sarà vostro.»

«Non tentate di ingannarmi, mia signora. So benissimo che ogni vostra parola non è altro che menzogna. Desidero cavalcarvi, perciò concedetemi di afferrare i vostri capelli!»

«Come osate!» ribatté la dea. «Non siete altro che un individuo insignificante. Nessun essere di questo mondo può darmi degli ordini!»

«Beh...» blaterò Hartes, ormai a corto d'idee «io posso, anzi, lo pretendo!»

Mathias era giunto dietro di lei. Gli sarebbe bastato allungare le braccia e avrebbe stretto la nera chioma nelle sue mani, ma non appena questo pensiero lo pervase, lei, con un movimento rapido, si voltò. Afferrò il ragazzo e si portò alle sue spalle. Lo avvinghiò tra le sue braccia e, come se fosse la presa di un boa, diede inizio a una stretta micidiale.

Ciò che Mathias non aveva considerato era, che oltre a una smisurata forza mentale, la dea era munita anche di una possente prestanza fisica, una forza divina con cui il giovane ragazzo non poteva competere.

Le ossa di Mathias scricchiolarono dapprima, poi alcune costole si ruppero e il lancinante dolore lo spinse a urlare. A quel punto, Hartes, d'impulso, si sfilò la benda.

«No! Hartes! Non farlo!» urlò Mathias tra gli spasmi di sofferenza «Rimettiti la benda. Non guardarla!»

«Lascialo andare, strega maledetta! Lascialo!» la minacciava Hartes, ma la Dea dei Flussi Aerei non era parsa affatto preoccupata, neanche quando egli estrasse le cesoie dalla sua tasca con il proposito di incuterle timore.

Come Hartes aveva temuto, avvenne l'irreparabile. I suoi occhi si svuotarono, si persero in quelli di lei. Tutti i muscoli del suo corpo si rilassarono. Si mostrò insensibile alle grida del fratello e, con molta calma e freddezza, si avvicinava a lui.

«Hartes... fuggi via!» continuava a gridare in modo soffocato Mathias. «Scappa!» Ma ormai diveniva sempre cosciente che suo fratello appartenesse a lei. «Ti prego... torna in te... Hartes... svegl...»

Le sue grida si troncarono di colpo. Hartes aveva sgozzato il fratello con le cesoie che stringeva nella mano e fiotti di sangue lo avevano investito sulla faccia, bagnando i suoi vestiti. Mathias, prima di morire, si urinò addosso e quando il suo cuore smise di battere, la dea mollò la presa, lasciandolo cadere inerme sulla sabbia intrisa di liquido rosso. Si allontanò poi di qualche passo, soddisfatta per l'azione compiuta, mentre il suo corpo cominciava a mutare, a ingrandirsi. Prese la forma di una gigantesca pantera nera. Due enormi ali le comparvero sul dorso e due acuminate zanne bianche lambirono gli angoli delle sue fauci. Ruggì con ferocia; i suoi agghiaccianti occhi vitrei volsero per l'ultima volta lo sguardo verso Hartes, poi prese il volo scompigliando la sabbia intorno a sé e scomparendo tra le poche nubi che si erano approssimate macchiando, come piccoli batuffoli bianchi, l'azzurro intenso del cielo di quella mattina autunnale.

Nel momento in cui la Pantera Alata spiccò il volo, Hartes tornò in sé emettendo un respiro profondo. Credette di essere in un incubo accorgendosi del fratello sgozzato che giaceva in una pozza di sabbia scarlatta. Un incubo ancor più spaventoso quando sentì strette nella mano le cesoie, ancora grondanti di sangue, con cui gli aveva tolto la vita. Non ci volle molto per capire… *"i suoi occhi penetrano i tuoi, schiavizzando la tua mente e facendoti compiere azioni di cui non sei affatto cosciente"* e in quell'istante desiderò essere morto.

Ubald Hastores imprecava nervosamente per l'assenza dei suoi figli e smise all'improvviso quando in lontananza, notò uno di loro tornare. Portava tra le braccia qualcosa, *qualcuno*. Loween emise un grido così acuto da far sussultare tutti i lavoratori impegnati nella raccolta dell'uva. Altre grida di sgomento si susseguirono man mano che Hartes si avvicinava. Aveva trasportato il fratello in braccio per tutto il percorso ed era sfinito. Si lasciò cadere sulle ginocchia e adagiò il corpo di Mathias sull'erba oramai asciugata dai caldi raggi del sole. Loween corse loro incontro e, alla vista di quello strazio, rischiò d'impazzire.

Alcuni credettero alla storia di Hartes, altri no. Altri ancora non diedero retta alle sue parole, ma il terrore e lo shock erano così evidenti sul suo volto che dovettero ricredersi.

***

Meglio conosciuta come la *Pantera alata,* la *Dea dei Flussi Aerei* era la divinità che ne prendeva la forma, quella di un immenso felino munito di grosse ali nere, con cui sfrecciava nel cielo a una velocità impressionante. Era ingovernabile e chiunque avesse mai provato a cavalcarla, non era riuscito a sopravvivere per raccontarlo.

La dea, nella sua forma umana, si presentava come un'incantevole dama dal corpo perfetto e ammaliante. I lunghissimi capelli scuri coprivano la maggior parte delle sue nudità e i suoi ipnotici occhi neri non permettevano, a chiunque si avvicinasse, di mantenere il controllo di sé. Per riuscire a cavalcarla bisognava coglierla alle spalle, non solo per impedire ai suoi occhi di penetrare nella mente, ma anche perché, afferrare la sua lunga chioma nera significava dare il via alla trasmutazione, conquistando così il pieno potere su di lei. Le destinazioni più remote potevano essere raggiunte in tempi rapidissimi e ogni desiderio, anche il più recondito, poteva essere esaudito. Una vera e propria miniera d'oro, insomma, tanto preziosa quanto inaccessibile. La sua dimora era l'aria, il flusso del vento la sua casa, atterrava al suolo solo per riposare ed era proprio quello il momento in cui si poteva tentare di assumerne il controllo. Ma è inutile dire che nessuno vi sia mai riuscito. Ancor prima di essere raggiunta, la dea dagli occhi vitrei e neri penetra nella mente dell'individuo che, prima di rendersene conto, perisce per sua stessa mano, uccidendosi.

Hartes fu l'unico sopravvissuto a un suo incontro e il solo che abbia avuto modo di narrare la sua esperienza, ma visse in una situazione mentale simile a uno shock da cui, dopo aver riferito la sua storia, non si riprese mai più.

Oggi

La stiva era stata messa in subbuglio. C'era da preparare il pranzo per l'equipaggio, ma molti degli ingredienti scarseggiavano e il cuoco del *Neromanto* era su tutte le furie. Si contavano poche carote, patate, alcune manciate di farina di mais, diverse fette di carne essiccata, del pane oramai raffermo e una quantità considerevole di spezie.

«Dovevamo saccheggiare Lamantzia, lo dicevo io. In questo modo non avrei avuto problemi con lo stufato! Per il prossimo porto ci vorrà un'intera giornata di navigazione, mi dite cosa servirò alla Signora quando sarà qui?»

«Stai calmo, Rhios...» rispose il capitano «... tanto lei non mangia. Preoccupati piuttosto di saziare l'equipaggio.»

«Beh, ci sarà un bel po' da preoccuparsi finché non faremo rifornimento.»

«Agiremo presto, Rhios, ma non oggi. Lei sarà qui tra poco.»

L'aria era immota. La nera bandiera innalzata sull'estremità dell'albero maestro ondeggiava appena e le scialuppe giunte da Heossur, appena issate, gocciolavano ancora. I due cavalieri che le avevano adoperate, erano in attesa sul ponte, ansiosi, coscienti del fatto che presto avrebbero dovuto riferire alla loro regina una brutta notizia.

«Capitano, la cabina della Signora è stata ripulita e ordinata come lei ha chiesto. C'è altro?»

«No, Lareyev, per il momento no.»

«Non so a voi...» bisbigliava Lareyev riferendosi ai due cavalieri della morte «ma a me quei due incutono una certa apprensione quando li vedo.»

«Per forza, sono maledetti. Hanno il compito di terrorizzare, e i poteri loro conferiti, li rendono ancora più mostruosi. Mi sorprenderei se qualcuno passasse loro davanti e rimanesse indifferente. Avvisali che possono andare.»

«Eh no! Siete voi il capitano, sarebbe scortese da parte mia togliervi quest'onore. È meglio che li avvisiate voi.»

Roshas sospirò, fece cenno a Lareyev di andare al diavolo e si diresse sul ponte.

«Potete attendere la Signora nella sua cabina, avete bisogno di qualcosa?»

I cavalieri non gli risposero e senza degnarlo di uno sguardo lasciarono il ponte dirigendosi verso la cabina di Elenìae.

«Vi consiglio di tenervi pronto capitano,» gli confidò Elias facendolo voltare di scatto «tra non molto, su questa nave, si scatenerà l'inferno.»

«E posso prendermi la libertà di chiedervi come mai, visto che si tratta della mia nave?»

«Qualcuno non ha svolto il suo compito come avrebbe dovuto, una semplice e banale missione, e quando gli ordini non vengono eseguiti, *lei* va su tutte le furie.»

«Non vorrei sbagliarmi...» continuò Roshas «ma i due avrebbero dovuto portare un certo cofanetto, dico bene?»

«Esatto, ed è proprio questo il punto, non è nelle loro mani e, se lo fosse, sarebbe vuoto. Come le ho detto, capitano Roshas, la missione non è stata compiuta e ora pagheranno.» Detto ciò, Elias s'incamminò verso l'angolo di prua e attese. Osservava in lontananza ciò che si approssimava. Una minuscola figura svolazzante nel cielo, s'ingrandiva progressivamente al suo avvicinarsi, finché non divenne enorme quando fu nei pressi della nave.

Due imponenti ali trafiggevano l'aria. Ali nere come una notte buia senza luna, nere come tutto il resto del suo corpo. Un felino alato, gigantesco e spaventoso, atterrò sul ponte del *Neromanto* e, con i suoi occhi di ghiaccio, scrutava l'equipaggio incuriosito. Non era la prima volta che la ciurma pirata assisteva a quella scena e come in ogni occasione, non resisteva alla voglia di osservare come, quella bestia, così animalesca e feroce, tornasse lentamente alle sue sembianze originali. Roshas, come sempre, attendeva pronto dietro di lei, con il mantello di raso blu tra le mani. Avrebbe cinto le spalle della dea, coprendo ogni sua lasciva nudità.

Elias aiutò Elenìae a scendere dal dorso della Pantera Alata. La maga era l'unica ad avere potere sulla dea. Non aveva bisogno di afferrare la sua chioma con l'inganno, bastava un semplice comando e la Dea dei Flussi Aerei era già al suo servizio. La Pantera, molto lentamente, regredì verso il suo stato originario e Roshas, con delicatezza e un certo timore, posò il mantello di raso blu sulle spalle dell'incantevole dama che, nel frattempo si era posizionata, come una statua immobile, all'angolo di prua.

Elenìae nutriva una certa premura. Raggiunse con passo spedito la sua cabina senza dare modo a Elias di informarla del fallimento della missione.

«Dov'è? Fatemelo vedere!» ordinò dopo essere entrata con prepotenza nell'abitacolo. «Allora... datemi quel cuore!»

Si prostrarono ai suoi piedi e uno di loro intervenne. «Mia Signora, purtroppo è riuscita a sfuggirci. Siamo stati attaccati da una bestia disumana, comandata dal Ministro del Drago. Uno dei nostri è stato annientato e dopo che la bestia ha sgozzato i nostri cavalli, abbiamo perso le loro tracce. Perdonateci, mia Signora, la prossima volta non falliremo.»

«No, non fallirete, ve lo garantisco!»

E, detto ciò, urlò rabbiosamente. Posò con una furia impetuosa le mani sul collo dei cavalieri e l'alto collare che li proteggeva iniziò a restringersi, sempre di più, fino a reciderne completamente le vertebre. Le loro teste ruzzolarono sul freddo pavimento e gran parte del sangue che ne fluì s'incanalò tra le fessure delle assi, scorrendo fino alla porta della cabina e allargandosi sotto gli sguardi sconcertati dei pirati di Roshas.

Elenìae non aveva ancora smesso di urlare. La sua collera inferocita imperversò sulle forze della natura prendendone il controllo e quell'inferno che aveva predetto Elias, iniziò.

Il mare pareva impazzito, violente raffiche di vento e fulmini accecanti fendevano l'aria attorno al vascello sradicandone l'albero di mezzana e riducendo a brandelli le vele.

«Madre, madre! Vi prego, calmatevi!» gridava Elias alle sue spalle, cingendone i fianchi. «Ve ne prego, riprendete il controllo!»

Elenìae smise di urlare e, pian piano, tutto tornò alla normalità. I danni furono ingenti e qualcuno dell'equipaggio perse la vita. Elias era ancora dietro di lei, le massaggiava delicatamente le spalle nel tentativo di rilassarla. Ora le baciava il collo e lei si lasciò andare posando il corpo sul suo petto.

Elias aveva quarantasette anni. Sentirsi chiamare *"madre"*, per Elenìae, cominciava a diventare alquanto imbarazzante. Lei preservava la giovinezza dal giorno in cui aveva acquisito il potere, quel giorno maledetto in cui suo padre s'impadronì di lei. Quando avrebbe ottenuto l'onnipotenza assoluta, pensava, avrebbe fermato l'età di Elias. Lo amava, con tutte le sue forze e suo figlio, contraccambiava lo stesso amore.

«Volete che vi faccia preparare un bagno caldo, madre mia?»

«Sì, mio tesoro…» gli rispose mentre accarezzava il suo viso «e fai ripulire questo schifo.»

L'aria era serena, ora. I cadaveri decapitati, così come le loro teste, furono gettati nelle oscure profondità dell'oceano, dove, nel lontano orizzonte si specchiava, placida, la bionda luna nascente. L'alloggio di Elenìae fu ripulito a fondo, anche se il pavimento conservava oramai vecchie chiazze rossastre che, nonostante l'ostinato sfregamento, erano rimaste vive come cimeli da collezione.

All'interno della vasca, i bianchi fiotti schiumosi galleggiavano come nuvole vaporose sparse nell'azzurro cielo autunnale. Alcune di esse si dispersero sul pavimento nel momento in cui Elenìae lasciò andare delicatamente il suo corpo in quell'abbraccio caldo e profumato, in cui erano stati disciolti sali all'essenza di biancospino e di lavanda.

Elias aveva lasciato cadere i suoi vestiti ai piedi della vasca e con molta delicatezza, per evitare che l'acqua traboccasse ancora, vi si addentrò inginocchiandosi di fronte a lei. Ella sollevò il piede fuori dall'acqua e lo pose gentilmente sul petto di lui, massaggiandolo, accarezzandolo attorno ai pettorali, scendendo poi sui virili addominali e risalendo, in seguito, sul collo. Con l'alluce sfiorò le sue labbra, giungendo sullo zigomo e vezzeggiandogli, poi, il mento. Con entrambe le gambe, cinse il suo corpo e, con un movimento perentorio lo avvinghiò, tirandolo a sé. Egli era disteso, ora, su di lei e l'iniziale accorgimento che adoperò, per evitare che l'acqua straripasse, si rivelò piacevolmente vano. Le sue ritmiche movenze, dapprima sinuose, sensuali e affettuose, divennero sempre più irruente, vogliose, al punto che il pavimento sottostante la vasca era ormai sommerso da un liquido caldo, schiumoso e profumato, mentre i loro sospiri, profondi e alimentati dal piacere, venivano soffocati dalle loro labbra perpetuamente congiunte e fuse le une nelle altre.

«Lasciate che ci pensi io, madre mia» le disse poi, contemplando il suo viso rilassato, ancora immerso nella pace dei sensi. «Con quel mago da strapazzo fuori dai piedi, sarà molto più facile ora.»

«Il Ministro non è da sottovalutare» gli rispose. «Attinge la forza dal Drago, ricordalo.»

«Lui non è un problema per me. Grazie all'armatura e al collare, io sono immortale. Lui no. Lasciate che sia io a donarvi quel cuore, non voglio mai più vedervi in collera.»

«In collera? Come potrei non esserlo! Sono circondata da un branco d'incapaci. Ho dato loro in dono il potere e l'immortalità, avevano una semplice missione da compiere e cosa hanno fatto? Si sono lasciati soggiogare da una stupida bestia e da un mago da quattro soldi. Ti rendi conto? Si meritavano la tortura, prima della morte, sono stata più che clemente.»

«Domani all'alba partirò alla ricerca della ragazza.»

«No» lo interruppe lei. «Tanto per cominciare domani faremo visita a un caro amico e uno degli *elementi sacrificali* sarà finalmente nelle mie mani. In quanto alla ragazza, il nostro caro amico, ci informerà su tutto ciò che ci sarà da sapere.»

«E riguardo al discendente? Che cosa sappiamo di lui e dove pensate di rintracciarlo?»

«Non ci sarà bisogno di cercarlo,» precisò lei «si trova a Otherion, è nascosto nel castello e il Drago veglia su di lui. Sarà impossibile raggiungerlo. Dovremo trovare quanto prima un modo per farlo o tutto ciò per cui stiamo lottando si rivelerà inutile.»

«A cosa è dovuta tutta questa difficoltà? Che problema c'è? Andiamo su Otherion, voi vi occuperete del Drago e io andrò alla ricerca del piccolo cuoricino. Quando fuggiremo con la Pantera Alata, per il Drago sarà impossibile raggiungerci. Una volta a Galhois, daremo inizio al rito sacrificale che vi permetterà di divenire la potenza più assoluta dell'intero universo, nonché mia signora e amante, il cui grembo sarà finalmente in grado di concepire colui a cui io stesso darò la vita.»

«Sarebbe così facile, se solo io potessi affrontarlo.»

«E perché mai non potete?» chiese Elias, tanto incuriosito quanto stupido.

«È una storia lunga» gli confidò mentre, dopo essere fuoriuscita dalla vasca, asciugava lentamente il suo corpo con un asciugamano di morbida spugna rossa che la ricopriva interamente. «Una storia lunga più di duemila anni cui le tue orecchie non crederanno.»

«Perché non provate a raccontarmela?»

Elenìae sedette sul bordo della vasca invitando il capo di Elias sulle sue gambe, avvolte ancora nel rosso asciugamano, e lui la guardava come per invitarla a iniziare la storia.

«Circa due millenni fa, il sovrano e capitano dell'esercito di Mitwock, Asedhon, uccise il Drago Rosso in un'imponente battaglia che si tenne sull'isola di Otherion. Nessuno, o quasi, venne a conoscenza che egli era divenuto il nuovo Drago. Mia madre amava Asedhon, ma la loro unione non fu mai approvata e dopo che egli scomparve in seguito alla battaglia, lei sposò un altro re cui non donò mai il suo cuore. Il Drago possedette mia madre la notte prima del suo matrimonio e in quell'occasione, io fui generata. Sono stata concepita in preda a un sogno. Il suo sangue scorre nelle mie vene, il sangue di un mostro dai poteri senza fine e il risultato che ne è conseguito è ciò che hai davanti a te.»

«Un essere incantevole, oserei dire. Dunque il Drago è vostro padre! È questo che v'impedisce di affrontarlo?»

«No, non avrei scrupoli a distruggerlo. Ha permesso che quel miserabile di Calav sposasse mia madre. L'ha abbandonata tra le sue braccia. Ha preferito il potere a lei ed è solo colpa sua se è stata uccisa. No, non esiterei ad annientarlo.»

«Che cosa vi ostacola allora?»

«Quando siamo vicini, i nostri poteri svaniscono, si annullano. Torniamo semplici esseri umani. Potremmo addirittura contrarre un'infezione da una piccola sbucciatura sulla pelle o morire per un raffreddore. Prima di divenire il Drago, Asedhon era un potente guerriero. Potrebbe ucciderci con la facilità con cui si schiaccia una formica. Per questo, recarci sulla sua isola, sarebbe una pazzia.»

«Quale altro sistema potremmo adottare per raggiungere il discendente?»

«Non lo so,» rispose lei preoccupata «ci penserò poi. Ora dobbiamo concentrarci sulla ragazza. Se anche lei dovesse raggiungere Otherion, allora sarà davvero impossibile, tutti i nostri sogni andrebbero in frantumi.»

«Non succederà, madre, ve lo giuro, avrete quel cuore. Riuscite a vederla?»

«No. Fino a quando il Ministro del Drago sarà al suo fianco, mi è impossibile scorgerla, ma ho già in mente un posto da cui cominciare a cercare. Ho paura che dovremo sporcarci le mani, tesoro mio! Non possiamo permetterci di lasciarcela sfuggire questa volta.»

***

La notte procedeva serena, nessun predatore si fece più notare nelle vicinanze, tranne alcuni ratti che, attratti dall'odore del sangue e dalla fresca carne appena lacerata, si cimentavano a ripulire le carcasse disperse tra l'erba non più desta.

Nel bosco vicino, alcune civette si rincorrevano volteggiando tra i rami delle vecchie querce, stridendo come comari che si raccontavano gli ultimi pettegolezzi. La luce fioca della luna aveva da poco oltrepassato il gruppo di pioppi neri, alle spalle di Lupo che, immerso nelle profondità dei sogni, rivedeva se stesso nella prigione delle sue catene con cui era nato e vissuto per anni. Sentiva ancora l'odore del *sedrivium* nelle narici e lo strepitio degli anelli a ogni movimento.

La luminescenza lunare attraversò i suoi occhi dischiusi che, a contatto con quella luce fievole, si chiusero di nuovo. Emise un leggero guaito e sgranchì lentamente il suo corpo, allungandosi. Sollevò il capo e i suoi occhi si destarono completamente, scrutò i dintorni senza notare nulla di diverso se non l'illuminazione di quell'astro che non era mai stato così vivo. Pareva tutto nella norma ma, a un certo punto, le sue orecchie si drizzarono... avvertiva qualcosa di strano nell'aria, percepiva una forza surreale che si faceva sempre più vicina. Rilevava un'insolita energia che non apparteneva né a lui, né a nessuna creatura che abitava quel mondo.

L'apprensione s'impadronì di lui, osservava, nel buio della notte, cercando di intravedere qualcosa o qualcuno da attaccare, si agitava impaziente e, qualunque cosa fosse, era sempre più vicina. Nonostante tutto non abbandonava il suo posto. Come un soldato fiero a guardia del suo tesoro, si aggirava intorno al corpo senza vita di Nicholas, indugiando. Solo dopo, quando intuì che non vi era anima viva a braccarli e che il corpo di suo fratello non correva nessun rischio, si rasserenò lasciando andare, in modo quasi naturale, il suo sguardo alla luna, intensa, lucente e più vicina che mai. La sua luce irradiava

Nicholas, ma l'attenzione della bestia fu attirata dall'anello che, come uno specchio, rifletteva quella radiazione luminosa al punto tale che pareva brillare di luce propria. Una luminosità così intensa da divenire quasi incandescente, anzi, lo divenne a tutti gli effetti. L'aureo gioiello, non avendo ricevuto più ordini, iniziò a sciogliersi, lasciando evidenti ustioni sulla pelle di Nicholas. Colò, goccia dopo goccia, sull'erba fresca e dormiente, e quando l'ultima lacrima dorata lasciò quel corpo senza vita, l'intero agglomerato incandescente divenne cenere, disperdendosi nell'aria al primo lieve soffio di vento.

Pochi istanti dopo, Lupo avvertì spasmi dolorosi ovunque, soprattutto attorno alle meningi e alla nuca. Le mani artigliate e pelose stringevano il capo nella speranza di alleviare un po' la sofferenza, mentre ululati affranti e disperati, echeggiavano dalle sue fauci, disperdendosi nell'oscurità. Il tutto durò solo alcuni istanti. La bestia ora, lontana dal tormento, scrutava attentamente lo spazio intorno a sé e il paesaggio che la circondava, come se tutto ciò che aveva visto fino allora, fosse stato modificato. Osservava tutto sotto una luce nuova, diversa, più umana.

La creatura aveva acquisito la ragione, era divenuta cosciente. Le catene di *sedrivium* che nel sogno la tenevano ancora legata, erano state nuovamente disintegrate. Per l'ennesima volta, Lupo divenne libero. Ottenne la libertà di pensare, di ragionare, di decidere. Per anni l'*anello del comando* gli aveva ordinato cosa fare e come agire e ora che le sue ceneri danzavano nell'aria morbide e sinuose, il suo spirito era divenuto un tutt'uno con la bestia. Furono generati insieme dal Vecchio della Montagna e legati dal destino come due fratelli inseparabili. Il possessore dell'anello avrebbe dominato la creatura, ma il destino si trovò impreparato quando l'anello fu infilato al dito di un corpo senza vita, senza che alcun comando potesse mai giungere. Non avendo più motivo di esistere, il gioiello si disgregò e la sua sapienza si risvegliò nella creatura che, ora, guardava con rimpianto e nostalgia il corpo del fratello morto.

La sua nuova capacità razionale si mise subito in moto. L'idea di dover prendere una decisione tutta da solo lo eccitava e, per la prima volta nella sua vita, si sentiva responsabile ma, soprattutto, consapevole che ciò che stava per compiere sarebbe stata la cosa più giusta.

Avvicinando il muso al volto di Nicholas, Lupo si affidò alla magia che il Vecchio gli aveva trasmesso nel momento in cui lo aveva generato. Del vapore grigio fuoriuscì dalle sue fauci e s'insinuò nella bocca semiaperta di Nicholas. Solo alcuni momenti più tardi, Lupo si accasciò inerme e senza forze al fianco di colui che amava come un fratello e vi rimase immobile. I suoi occhi restarono chiusi e non si sarebbero mai più riaperti. Era andato incontro a quel destino per cui era stato generato, aveva compiuto quella missione che da tempo gli era stata assegnata.

Un'unica, solitaria e minuscola cellula, nel corpo di Nicholas si mosse. Un lampo, come una piccola scarica elettrica riavviò il suo nucleo. La macchina cellulare si rimise in moto e la sua energia si estese a tutte le cellule circostanti. I tessuti, gradualmente, si rigeneravano. I neuroni cominciavano a ricevere e a trasmettere impulsi nervosi lungo tutto il suo sistema neuromotorio fino a risvegliare il cervello che, come un generale al comando del suo esercito, diede l'impulso al cuore di emettere il suo primo battito. Il sangue iniziò il suo faticoso cammino lungo l'estesa rete dei vasi sanguigni. I muscoli riprendevano tono, la pelle iniziava a riacquistare il colore che aveva perduto divenendo sempre più calda e, come un sub rimasto in apnea per troppo tempo, intrappolato nei meandri più profondi degli abissi marini, Nicholas inspirò freneticamente una lunghissima, faticosa e interminabile boccata d'aria. Poi una seconda, quindi una terza, finché i suoi polmoni non ripresero la regolare, anche se affannosa, attività respiratoria.

Assieme al suo primo respiro si erano spalancati gli occhi. La visione risultava offuscata e le pupille si erano dilatate a tal punto da ricoprire l'intera iride. L'unica fonte di luce irradiata dalla luna, lo abbagliava. Il ritorno alla vita lo aveva reso confuso e i suoi muscoli, ancora rigidi, davano vita a movimenti spasmodici e convulsivi, le mani stringevano e strappavano l'erba finché, dopo un po' di tempo, tutto si normalizzò.

Gli occhi si richiusero nuovamente. Il respiro, ora, era tranquillo e regolare, il suo corpo rilassato mentre i battiti frenetici del cuore rallentavano. Ora Nicholas dormiva. Il riposo sarebbe servito al suo organismo a rigenerare le forze, fisiche e mentali, per ciò che avrebbe dovuto affrontare nelle prossime ore. Non si era ancora accorto che Lupo giaceva accanto a sé; tutto ciò che i suoi occhi avevano scrutato, prima di chiudersi ancora, furono solo i raggi lunari. Avrebbe appurato il sacrificio di quella creatura soltanto al suo successivo risveglio e non c'è modo di descrivere la quantità di lacrime che egli avrebbe versato.

Evolante

Ellech - Era del Drago
Duemila anni prima

o! No! Aspettate... non lo fate! Sire!»

Delirava tutte le notti. Si svegliava di colpo, sudato e ansante. Dopo alcuni attimi, con sollievo si rendeva conto di aver solo sognato e si lasciava nuovamente cadere sul cuscino, riprendendo fiato. Una scena che si ripeteva, puntuale, ogni notte. Lo stesso sogno, da almeno venti giorni, era tornato a tormentarlo ed era cosciente del fatto che le sue notti non sarebbero state serene finché gli alleati non avrebbero fatto ritorno.

Il grande stregone di Ellech percepiva in cuor suo che la battaglia avrebbe avuto presto inizio. I guerrieri non avrebbero tardato ad affrontare la tempesta. Molto presto il grande re di Mitwock avrebbe stretto tra le mani la *pergamena sacra* e, attraverso i saggi e il rito di distruzione, l'oppressore sarebbe stato abbattuto.

Nel sogno invece le cose andavano in maniera diversa. Asedhon uccideva il Drago e acquisiva il suo potere senza tenere fede al giuramento fatto. Le raccomandazioni, insistenti, dello stregone, non erano state tenute in considerazione e il resto del sogno si trasformava in fiamme incandescenti che circondavano il resto delle navi occupate dagli alleati, riducendo in cenere l'equipaggio e tutto ciò che restava della flotta.

Le giornate a Ellech proseguivano tranquille e silenziose, anche se l'angoscia e la preoccupazione, unite alla snervante attesa di ricevere presto notizie, regnavano nei cuori degli abitanti. Erano trascorsi più di quaranta giorni dalla grande partenza e i loro sguardi erano sempre più spesso rivolti all'orizzonte, alla ricerca disperata della sagoma indistinta di una nave o di una vela.

I freschi colori di quel giorno inondavano la campagna rendendola piacevole agli occhi di chi la contemplava. Le infiorescenze di alcune piante mediche furono raccolte e sistemate in un cesto, mentre alcuni appezzamenti di terreno erano stati arati e preparati per la semina. Quel giorno lo stregone non era nell'orto insieme agli altri maghi del regno, come avveniva d'abitudine tutte le mattine. Rimase al castello con l'intento di sperimentare una nuova formula che avrebbe permesso, a stregoni di una certa esperienza, di viaggiare nello spazio presente, trovarsi cioè in più luoghi nello stesso tempo. Era una tecnica molto difficile, cui ambivano i maghi di tutti i regni per soddisfare appieno le volontà dei propri Signori, ma solo in pochi, nell'arco dei millenni, vi erano riusciti.

Gli alleati fecero ritorno vittoriosi, ma la sorte del grande re di Mitwock, rattristò i cuori di ognuno. Il vecchio stregone non pianse la sua morte, lo avrebbe preferito di gran lunga. I sogni che lo avevano tormentato fino allora, altro non erano se non una finestra aperta sulla verità. In cuor suo sospettava, sapeva e solo dopo alcuni anni ne ebbe finalmente la conferma.

Con l'inoltrarsi di quel pomeriggio, l'aria era divenuta umida e gelida e non ci volle molto a capire che il tempo stava per cambiare. Dalla finestra della sua camera lo stregone notò nere e minacciose nubi che dall'orizzonte si spostavano verso l'interno e, a giudicare dalla direzione e dall'intensità con cui soffiava il vento, intuì che presto l'oscurità avrebbe invaso il regno.

Anche Lysia osservava preoccupata l'incombere di quello che sarebbe di sicuro sfociato in un violento temporale. Passeggiava avanti e indietro sulla soglia della finestra e si muoveva da un lato all'altro solleticando, al suo passaggio, il naso del suo padrone, sfiorandolo con la sua lunga, folta e bianca coda di pelo d'angora.

Lo stregone emise uno sternuto così violento che Lysia balzò via spaventata cercando un nascondiglio dove rifugiarsi, ma a un certo punto si fermò, voltandosi indietro per controllare meglio la situazione. Quando si rese conto che la sua fuga era immotivata, tornò con molta cautela tra i piedi del suo vecchio facendo le fusa e, nello stesso tempo, emettendo una sorta di mugolio che rappresentava quasi un rimprovero per averla spaventata in quel modo. Era una creatura molto dolce. Presentava le caratteristiche di un gatto, ma in realtà Lysia non lo era anche se le dimensioni, le fattezze e il modo di fare, si avvicinavano a quelle di un piccolo felino.

La *nusylya* era una delle creature più docili, tra tutte quelle che vivevano allo stato selvatico nei boschi dell'est. Erano rimasti pochi esemplari che l'uomo non riusciva a incontrare con molta facilità, appropriarsene e addomesticare. I pochi che vi riuscivano erano per lo più maghi. Il suo corpo differiva da quello di un gatto solo per alcuni particolari. Le orecchie si presentavano lunghe e ampie. Le zampe anteriori, invece, erano molto corte e, rispetto alla maggior parte degli animali a quattro zampe, la *nusylya* si muoveva spesso in posizione eretta. Secondo l'occasione, muoveva le zampe posteriori, una davanti all'altra come se camminasse. Nella fuga, saltellava invece come un coniglio.

«Ah, Lysia...» sospirò lo stregone «neanche a te fa un bell'effetto l'orizzonte, vero?»

Con il suo miagolio Lysia assentì, ma con il saltellare baldanzoso per la stanza voleva fargli intendere qualcos'altro.

«Va bene, va bene, ho capito! Stai calma! Ora faremo uno spuntino, così il tuo stomaco non avrà da ridire fino a stasera. Se solo avessi saputo che la *nusylya* fosse una razza così affamata, ti avrei lasciato nel bosco.»

Invece non lo avrebbe mai fatto.

Lysia non faceva parte di una razza vorace, come non era vero che lo stregone l'avrebbe abbandonata sola nel bosco in balia dei veri divoratori.

L'aveva trovata un pomeriggio di cinque anni prima nella parte alta della boscaglia che lambiva la zona sud di Ellech. Era in cerca di piante di *elicriso*, un'erba medicamentosa adatta alla preparazione di utili decotti che avrebbero portato beneficio ai suoi continui attacchi d'asma.

Lei era appena nata e la madre l'aveva sepolta sotto alcuni centimetri di fogliame secco misto a terriccio umido, nei pressi di una grande quercia. Probabilmente aveva fiutato la presenza di predatori in cerca di cibo e, non sentendosi più al sicuro, aveva sepolto la piccola neonata, fuggendo poi con l'intenzione di attirare su di sé l'eventuale cacciatore. Il fatto che non fosse più tornata dimostrava che la sventurata madre aveva visto giusto mentre, la presenza di sangue essiccato, perso senza dubbio durante il parto, aveva fatto intuire allo stregone che si era allontanata già da un bel po', divenendo con tutta probabilità il pasto di quella bestia da cui aveva tentato di fuggire.

L'aveva chiamata Lysia. Aveva ancora il cordone ombelicale attaccato alla placenta che la madre non aveva fatto in tempo a staccare e, con molta cura e attenzione, lo aveva rimosso lui stesso. Quando lo stregone l'aveva stretta tra le mani, non era più grande di una tazza di tè e gli era bastato guardare il suo faccino tenero e grazioso per capire che si trattava di una femmina. La sua pelle, a causa del liquido amniotico che la ricopriva, era divenuta una calamita per il terriccio e le foglie secche sminuzzate. Era stato difficile ripulirla. L'angolo di una pezzuola bagnata non avrebbe mai potuto sostituire la lingua e la delicatezza della madre ma, alla fine, verso sera, linda e profumata Lysia aveva già preso posto nel cesto del pane che lo stregone, con molta cura, aveva ovattato con morbidi stracci di calda lanetta. Da come dormiva beata, sembrava che avesse anche gradito la cena a base di latte di capra. Nel corso della sua crescita, l'alimentazione non si era limitata solo a poppate di latte. Lo stregone l'aveva viziata con appetitosi manicaretti e, anche se spesso si lamentava della sua continua ingordigia, alla fine cedeva sempre come avrebbe fatto un padre nei confronti di una figlia.

Il cielo di Ellech si oscurò prima del solito. Ciò che nel pomeriggio s'intravedeva solo all'orizzonte, ora si era esteso come olio sul mare e per tutta la terra dell'est. Nonostante la minaccia che pareva aleggiare negli imponenti nuvoloni, non piovve, non un alito di vento accarezzò il regno e, al posto dei tuoni e dei lampi che avrebbero dovuto squarciare l'aria, dominava un silenzio e una calma quasi innaturali. Quando scese la notte, nessuno avrebbe giurato che il cielo ospitava ancora quella spaventosa quanto innocua perturbazione che, invece, si confondeva con l'oscurità, ma lo stregone percepiva, intuiva, sospettava.

Aveva indossato da poco il camice da notte e disfece il letto. Diede la buonanotte alla sua cara amica che, nel frattempo, si era accucciata nel suo immancabile e confortevole cesto del pane dove aveva sempre dormito, dal momento in cui era giunta al castello.

Gli occhi dello stregone non si assopivano ancora. Il cuore batteva agitato e il suo animo era irrequieto. Si aspettava che qualcosa dovesse accadere da un momento all'altro, una sensazione che si portava dietro da settimane e che aumentava sempre più man mano che i giorni trascorrevano.

Il primo allarme fu scaturito da un intenso bagliore che, per una frazione di secondo, inondò la stanza. Lo stregone balzò spaventato dal letto fino a ritrovarsi eretto sulle ginocchia, mentre Lysia iniziò a strillare in un modo spaventoso, saltellando verso la porta chiusa e sbattendole contro, nel tentativo di uscire.

«Lysia… Lysia… piccola! Torna qui, ti farai male se continui a sbattere in quel modo! Ma chi c'è? C'è qualcuno?»

Non potendo fuggire, Lysia s'intrufolò sotto le coperte che il vecchio stregone aveva messo in subbuglio per scendere dal letto e lì rimase nascosta, senza emettere alcun fiato, mentre il suo padrone, con le mani in preda ai tremori e annaspando per lo spavento, era impegnato nel tentativo di accendere la piccola lanterna posta sul comodino. Afferrò il lume acceso e, dopo averlo portato all'altezza del viso, molto goffamente e con cautela si voltò, lasciando che il tenue chiarore della piccola fiamma si estendesse per tutta la stanza.

I suoi occhi non ebbero quasi il tempo di mettere a fuoco l'oscura sagoma che era apparsa a pochi passi da lui. Era terrorizzato a tal punto che la piccola lanterna gli cadde dalle mani e l'olio al suo interno si versò sul pavimento. Cercò di recuperare ciò che poté nella speranza di ridare vita a quella piccola lingua di fuoco ormai spenta quando, all'improvviso, la stanza s'illuminò di una luce che non proveniva da una lampada, né dalla luna, né da una candela, ma concepita dal nulla. Lo stregone portò le mani dinanzi a sé come per proteggersi non sapendo bene da cosa, ma dopo una breve attesa, con prudenza, sollevò lo sguardo rimanendo allibito per ciò che i suoi poveri e stanchi occhi avevano davanti.

La visione era più chiara, ora. Non più una semplice sagoma, ma un uomo possente e molto alto. Un lungo mantello avvolgeva interamente un corpo dal torso nudo mentre il copricapo che posava sulla testa, nascondeva, per certi versi, il suo viso. Lo stregone, però, non aveva dubbi sulla sua identità e se mai ne avesse nutriti, si sarebbero sciolti nel momento in cui l'uomo sfilò via il copricapo.

Tutti i sogni che lo avevano angustiato, le paure, i dubbi, si concretizzarono in quell'istante, fissando l'essere che aveva dinanzi a sé e che con molta probabilità non era più l'uomo che aveva conosciuto.

«Oh… mio re!» esclamò il vecchio lasciandosi cadere, con fare goffo, sulle ginocchia e prostrandosi ai suoi piedi. «Mio Signore, ma cosa… cosa vi è accaduto?» *Cosa avete fatto?* Avrebbe invece voluto chiedergli.

«Alzatevi!» rispose colui che fino a poco più di un mese prima aveva rappresentato la più alta carica del regno di Mitwock e che aveva comandato l'esercito più potente di tutti i tempi. «Sapete benissimo cosa mi è accaduto e… cosa ho fatto.»

«E quali sono le intenzioni che albergano nel vostro cuore, mio Signore? Non saranno morte e oppressione, spero!»

«Voglio cambiare le cose.»

«Che intendete dire? Non ditemi che non avete intenzione di rinunciare al potere del Drago! Oh, mio re! Dovete farlo o diventerete come lui! Non lasciate che l'onnipotenza annebbi la vostra mente, offuscandovi la ragione!»

«Perché pensate che sia partito per Otherion, allora? Inizialmente la mia reale intenzione era di tenere fede alla missione per la quale tutti gli alleati si erano uniti, ma poi… poi…» Il suo pensiero volò verso Ariel e si disperse subito dopo come cenere in balia del vento «mi ha fatto gola il potere del Drago e ho deciso di appropriarmene.»

«Perché mai? Quello è un potere maledetto che distruggerà tutto ciò che rappresentate. Voi siete un grande re, un grande uomo…»

«E nessuno m'impedirà di continuare a esserlo, soprattutto ora. Puoi essere un sovrano straordinario e prestigioso, fare grandi cose che nessuno dimenticherà mai, ma quando non ci sarai più, tutto ciò che hai creato e per cui hai combattuto, se cadesse nelle mani di uno stolto, si sgretolerebbe come foglie secche al vento, lasciandoti svanire per sempre. Ma questo, ora, è un rischio che non sussiste. Castaryus è nelle mie mani e, d'ora in poi, le cose cambieranno.»

«Finché l'onore e la giustizia nutriranno il vostro cuore, io, mio Padrone e Signore, sarò felice e onorato di servirvi, fino a che la morte non m'impedirà di continuare. Se invece così non fosse, se la vostra anima è dannata e ha distrutto tutto ciò che di buono c'era in voi, allora io vi prego, sire, uccidetemi in questo istante.»

«Vecchio, non c'è niente di diverso in me…» precisò Asedhon, il Nuovo Drago «tranne il fatto di avere poteri infiniti e che nessuno potrà distruggermi. Ho deciso di approfittare di questa mia nuova forza per porre fine alle guerre e alla sofferenza una volta per tutte e dar vita, finalmente, a un mondo nuovo. Dominerò su tutti i regni e imporrò le mie regole e chi non le rispetterà, subirà la mia ira.»

«Non sarà facile. Non tutti i popoli si lasceranno convincere.»

«Non inizialmente, vecchio, ma vedrai che con il passare del tempo, quando tutti capiranno, quando non sarà più necessario uccidere per contendersi il potere, quando confusione e disordine saranno solo un ricordo, allora rispetteranno la mia politica. Uno solo sarà al potere e tutti gli altri dovranno ubbidire.»

«Che cosa dovrà aspettarsi chi si rifiuterà?» chiese quasi con timore lo stregone, conoscendo la risposta che Asedhon, difatti, gli diede subito dopo.

«Morte.»

Alle orecchie del vecchio, quelle parole giungevano con un sapore di dittatura. Da cosa differiva, si chiedeva, il vecchio Drago Rosso dall'uomo che aveva dinanzi a sé, se alla fine tutto si riduceva a un'unica e sola condizione. Obbedienza o morte! Ma le sue intenzioni non erano cattive. La buona fede si vedeva sprigionarsi dalla profondità dei suoi occhi neri, si avvertiva nella sincerità della sua voce. In fondo chi non aspirerebbe a un mondo più pulito, senza guerre e distruzione, dove tutti i popoli avrebbero vissuto in un contesto di pace e giustizia. Chi non vorrebbe vivere sapendo che nessuno mai avrebbe attaccato il proprio regno, bramandone la conquista. Sembrerebbe quasi un sogno. E se il nuovo Drago riuscisse a concretizzarlo? Certo, non si poteva pretendere tutto e subito. Sarebbe come dichiarare guerra all'intera Castaryus e molti regnanti non si sarebbero lasciati convincere tanto facilmente del cambiamento. Perciò, il nuovo Drago non avrebbe avuto clemenza verso tutti coloro che non sarebbero stati in accordo con le sue condizioni. Ma ne sarebbe valsa la pena? Il nuovo Signore avrebbe continuato a seguire le orme della giustizia? O prima o poi sarebbe caduto nella dannazione? Solo il tempo avrebbe dato una risposta a quegli interrogativi. Per il momento, il Signore aveva parlato e non c'era modo di sottrarsi al suo volere. Obbedienza o morte. Non restava che attendere e studiare l'evolversi degli eventi.

«Per la vostra vita, vecchio, non dovrete temere. Avrà fine solo quando lo deciderò io.»

«Che intendete dire mio Signore? Oramai sono molto in là con gli anni e dei miei servigi non potrete godere a lungo. Il mio tempo è quasi giunto.»

«Voi servitemi e finché io avrò vita, mi seguirete.»

«Non... non capisco... mio re.»

Gli bastò posare sul viso del vecchio le mani, tanto forti e possenti quanto delicate e sensibili. Ciò che si sprigionò da esse, il vecchio, lo sentì sul corpo, nella mente, nel battito del cuore che era divenuto sempre più energico e vigoroso. Se ne accorse dai suoi malanni che, via via, avevano cominciato a dileguarsi. Non aveva respirato così bene da decenni. L'asma sarebbe divenuta presto un brutto ricordo. Fu come se la vita lo avesse investito, assalito, travolto. Il vecchio finalmente capì. La vita eterna sarebbe stata il compenso per i suoi servigi.

«Che cosa desiderate che faccia, mio Signore?»

«All'alba partirete per Mitwock. Consegnerete il mio messaggio a Cletus. Ditegli chi sono, dove sono e cosa ho intenzione di fare.»

«Chiedo venia, mio re, ma chi è Cletus?»

«Il mio migliore amico. Colui che ha occupato il mio posto, il re di Mitwock. Lui dovrà essere il primo ad accettare le nuove leggi ed essere di esempio agli altri. Tutti dovranno sapere che chiunque rispetterà il mio volere avrà protezione e rispetto e non dovrà mai temere nulla. Poi sceglierò un guerriero che mi rappresenti, un cavaliere forte e valoroso. Uno dai sani principi, per difendere i quali, non esiterebbe a sacrificare la propria vita. Lo raggiungerete, lo addestrerete e attraverso di voi, attingerà la mia forza. Ovunque egli si troverà, sarà come se fossi presente io stesso. I suoi occhi saranno i miei, ciò che lui vedrà, io vedrò. Tutti dovranno sapere chi è. Il simbolo che marchierà il suo petto, sia nella carne sia sull'armatura, dovrà essere riconosciuto da chiunque, uomini, donne, vecchi e bambini. Voi risiederete in quella che sarà per sempre la mia città, Mitwock, e veglierete su di essa come avrei fatto io. Fate costruire una dimora per il mio Ministro, all'interno del castello. Quando lo avrete raggiunto, conducetelo nella sua nuova casa e istruitelo.»

«Istruirlo? E come? Che cosa dovrò insegnargli? Non saprei da dove cominciare. Le mie ossa sono troppo logore e stanche per fare tutto ciò che mi chiedete, anche se… devo ammettere di non essermi mai sentito così bene come in questo momento.»

«D'ora in avanti il vostro nome sarà *Evolante*. Avrete abbastanza vita e forza per servirmi e nel momento in cui avrò lasciato questa stanza, saprete cosa fare.»

Oggi

L'innaturale, gelida, aria autunnale che, nonostante i primi tiepidi raggi di sole, non accennava ad attenuarsi, scortava la compagnia che, con riserbo, si dirigeva al castello.

Fiotti intensi di vapore fuoriuscivano dalle narici dei cavalli infreddoliti. La strada dissestata faceva sobbalzare in modo impetuoso le rigide ruote della carrozza e al suo interno, Dionas sosteneva tra le braccia la sorella ferita, ammortizzando così ogni contraccolpo.

Le ferite di Ambra, grazie alle cure meticolose di Dionas, si erano chiuse e già dalla sera prima avevano smesso di sanguinare. I dolori alle ossa, però, erano ancora intensi e la difficoltà a respirare non accennava a diminuire.

Come l'ufficiale di comando aveva promesso, il Ministro e la *misteriosa* donna che era con lui, venivano in questo momento scortati al castello da dieci tra i suoi uomini migliori che sarebbero rimasti al loro completo servizio per ogni esigenza.

Il pesante ponte levatoio iniziò, ruggente, ad abbassarsi nel momento in cui la compagnia fu avvistata dalle guardie del castello. L'aria fresca mattutina accentuava l'odore metallico delle spesse catene srotolate con forza e, nel momento in cui l'estremità del ponte toccò terra, i cinque guerrieri che precedevano la carrozza si fecero da parte lasciando avanzare il resto del convoglio. Appena il ponte fu attraversato da tutti, così com'era venuto giù, allo stesso modo tornò al suo posto, serrando perfettamente l'unica via di accesso al castello.

Una lettiga, allestita con molta cura, attendeva pronta ad accogliere la donna ferita. Doveva essere condotta con molta urgenza negli alloggi del Ministro, come lui stesso aveva ordinato.

Dionas lasciò la carrozza trasportando in braccio la sorella. La posò con delicatezza sulla lettiga e ordinò ai portantini di usare molta cautela. Poi la baciò sulla fronte e la rassicurò. Presto lo stregone l'avrebbe raggiunta e tutte le sue sofferenze avrebbero avuto fine.

La grande porta della sala del trono si spalancò. Una delle guardie reali fece il suo ingresso annunciando l'atteso arrivo del Ministro del Drago e re Endgal, vedendolo entrare, lasciò il trono e si diresse verso di lui, accogliendolo come si fa di solito con qualcuno che si attende da molto tempo. In realtà l'ultima volta che Dionas aveva messo piede a Mitwock risaliva a circa otto mesi prima.

«Maestà…»

«Ministro carissimo, bentornato nella vostra casa.»

Si abbracciarono come due vecchi amici.

«Vogliate perdonare i miei uomini, Ministro. Sono stato informato sullo spiacevole equivoco di ieri e ne sono molto addolorato.»

«Non vi rammaricate sire, il simbolo sulla mia armatura non era visibile e nessuna delle guardie aveva mai visto il mio volto. È ovvio quindi che l'ufficiale di comando non mi abbia riconosciuto.»

«Quali notizie portate dal vostro lungo viaggio? Da ciò che hanno udito le mie orecchie, non dovrei aspettarmi niente di buono.»

«Avete ragione. Troppi orrori e lacrime hanno veduto i miei occhi e penose sofferenze sono giunte alle mie orecchie. I seguaci di Elenìae seminano terrore e morte in ogni luogo. Arriveranno anche qui, non ci vorrà molto.»

«Troveremo il modo di difenderci. Con la vostra presenza, la città avrà mura ancor più solide che la proteggeranno.»

«Mi dispiace deludervi, sire, ma contro quella strega neppure io posso fare molto. Ciò su cui dovrò concentrarmi è impedirle di raggiungere il potere assoluto ed evitare che i mondi dell'universo cadano nelle sue grinfie riducendo tutti in schiavitù. Ed è proprio per questo motivo che non mi tratterrò a lungo. Entro un paio di giorni al massimo dovrò lasciare la città, raggiungere la *Stellamaris* e salpare.»

«Come dite? Avete intenzione di lasciarci senza difesa? Se ve ne andrete, finiremo per soccombere!»

«No sire, non crollerete. La città è ben protetta da alte e possenti mura e il vostro esercito vanta guerrieri imbattibili che sapranno come tenere a bada i vostri nemici. E di questo, io, sono sicuro. Salvo che non sia Elenìae in persona a sferrarvi un attacco, per i suoi seguaci sarà molto difficile riuscire a penetrare la fortezza. Non lasciate che vi trovino impreparati. Chiamate all'appello tutti i soldati. Che le mura siano sorvegliate giorno e notte e fate costruire altre armi, tutte quelle che potete.»

«Lo farò sicuramente, ma cosa c'è di così importante da farvi partire in un momento così difficile?»

«Ecco, io…» indugiò Dionas mentre si accomodava su una soffice poltrona posta accanto ad un caldo e invitante camino acceso «eseguo la mia parte, maestà. Come vi ho detto mi batterò per impedire che Elenìae raggiunga il suo scopo.»

La Sala del Consiglio era stata riordinata appena la sera prima, a seguito dell'incontro tenuto tra il re e i suoi consiglieri per esaminare, appunto, l'argomento *difesa* in cui erano state discusse le strategie ed eventuali provvedimenti da adottare. Dalla cima delle ampie e ondulate tende porpora, pendevano, arricciate, le dorate mantovane di morbida e preziosa seta, il cui lembo era tenuto legato con un cordoncino a un bracciolo d'argento infisso nel muro e il resto del lembo scendeva morbido sul pavimento. Coprivano le uniche due finestre che occupavano la parete ovest della sala e, l'abbinamento dei due colori, insieme alla quieta fiamma danzante nel camino, rendeva l'ambiente caldo e confortevole.

Anche il re si lasciò andare a qualche minuto di tranquillità che da un po' di tempo gli mancava e a cui, probabilmente, avrebbe rinunciato per chissà quanto tempo ancora. Era seduto sulla poltrona di fronte a Dionas e, dopo che gli inservienti ebbero servito loro la colazione, i due rimasero soli in compagnia del fuoco scoppiettante.

«Siamo soli, Ministro, ora potete parlare liberamente.»

«Vedete, gli attacchi che si stanno verificando in ogni luogo di *Castaryus* sono nulla rispetto a ciò che si prevede per l'imminente futuro e per *imminente* intendo i prossimi tre mesi. Io e il nostro Signore ci stiamo battendo affinché ciò non accada.»

«Avete detto che *dovrete* raggiungere la *Stellamaris*. Chi altri dovrà salpare, oltre a voi? La ragazza?»

«Sì.»

«Perdonate la mia sfrontatezza, ma chi è quella donna e come mai dovete portarla con voi?»

«Sire, ciò che vi confiderò non dovrà uscire da questa stanza. Lei è mia sorella ed Elenìae vuole sacrificarla per raggiungere il suo scopo. Ha bisogno del suo cuore e ci perseguita per raggiungerlo e strapparlo ancora vivo dal suo petto per immolarlo in un macabro sacrificio. L'unico modo per evitare che ciò accada è condurre mia sorella su Otherion dove, grazie alla protezione del Drago, sarà al sicuro.»

«Mi è stato riferito che è ferita gravemente.»

«Purtroppo è così, è già il secondo attacco cui riesce a sfuggire e ha rischiato comunque di morire. Ho ordinato che Evolante la raggiungesse al più presto. Bene! Vi sono grato per la colazione, maestà, ma ora devo lasciarvi.»

Qualcuno bussò alla pesante porta della Sala del Consiglio. Dopo aver ricevuto il consenso del re, il capo della guardia reale si fece avanti e, con il pugno serrato sul petto, salutò da buon soldato le due alte cariche dinanzi a lui.

«Mio Signore,» esclamò rivolgendosi al Ministro «come voi avete ordinato, la ragazza è stata condotta nel vostro alloggio. È stata sistemata nella vostra camera e le concubine si stanno prendendo cura di lei. Il Signore dell'Antichità, Evolante, è stato informato e ora dovrebbe averla raggiunta.»

«Darò disposizioni affinché nessuno possa disturbarvi» gli assicurò Endgal. «Se avete bisogno di qualcosa, non esitate a chiedere.»

«Vi ringrazio maestà, con permesso!» E posando la tazza sul prezioso vassoio d'argento rifinito in lucida tormalina nera, Dionas salutò il re con un inchino appena accennato e si diresse all'uscita della Sala per raggiungere la sorella.

Seduto al capezzale della giovane donna, Evolante, la contemplava con incanto e profonda ammirazione. Era a conoscenza di ciò che aveva vissuto negli ultimi tempi e ne era molto rattristato. *"Con quale coraggio…"* pensava *"… si può stroncare la vita di una così incantevole creatura! Il suo petto è stato trafitto da artigli assassini con la stessa cruda ferocia con cui un leone avrebbe tranciato un coniglio. Come hanno potuto?"*

«Chi siete?» chiese lei con un filo di voce e gli occhi ancora chiusi. Avvertiva la sua presenza, ma non si sentiva minacciata.

«Un amico che brama solo il vostro bene, mia signora. Non abbiate timore di me. Le sofferenze che vi affliggono, tra breve, cesseranno di esistere.»

La dolce Ambra, quasi con un po' di fatica, socchiuse gli occhi e, con evidente sofferenza, volse lo sguardo verso di lui. Gli sorrise appena, con l'intenzione di fargli capire che acconsentiva a qualunque cosa la allontanasse da quell'atroce dolore.

Evolante si alzò dalla sedia e sedette sul bordo del letto accanto a lei. Le fece cenno di tenersi pronta, poiché, da lì a pochi istanti, le avrebbe provocato una fitta lancinante al petto che, a stento, avrebbe sopportato. Nel momento in cui ella acconsentì, il Signore dell'Antichità posò con molta premura le mani sul torace ferito e, sotto la pelle, i suoi palmi, avvertirono le escrescenze pungenti delle costole spezzate nella zona adiacente al cuore. Con una tenera espressione paterna le fece un ultimo cenno. La struggente angoscia per la sofferenza che le avrebbe provocato lo faceva esitare, ma poi agì, sprigionando una potente energia che, dal suo corpo s'irradiò per le braccia e si riversò poi verso le ferite. Ciò suscitò, nel petto di Ambra, uno sconvolgimento tale per cui la povera ragazza non resistette a urlare. Gridava forte e si contorceva, Evolante quasi faticava a trattenerla. Premeva sul torace con impetuosa tenacia e dopo un'ultima spinta, all'improvviso, tutto cessò.

Udendo le grida disperate della sorella, Dionas, ancora ai piani inferiori del castello, scattò di corsa verso le scale che conducevano ai suoi alloggi, con le immancabili gemelle ai suoi fianchi pronte per essere sguainate.

«Riposate ora, mia diletta fanciulla,» sussurrò lo stregone mentre, con una pezzuola, asciugava la fronte sudata della sofferente ragazza «al vostro risveglio vi sentirete una persona nuova.»

Ambra non lo ascoltava, si era lasciata andare verso quella quiete che da qualche tempo non consolava più i suoi sensi e come un fiore dormiente che attendeva solo di schiudersi, profumava e illuminava quella stanza grigia e buia, la cui porta si spalancò all'improvviso sbattendo con forza alla parete. Dionas apparve sulla soglia trafelato, con le mani pronte sull'impugnatura delle spade, ma non le estrasse. L'uomo che si era voltato verso di lui e lo scrutava, lo aveva rassicurato.

«Salute a voi Dionas, Ministro del Drago, portatore di lealtà e giustizia e mio carissimo amico. Avete intenzione di estrarle?»

«Cosa?» chiese Dionas incuriosito.

«Le vostre spade! Dal modo in cui le afferrate, sembra che vogliate decapitarmi.»

«Oh no… certo che no! Vi chiedo scusa, ma sentendola urlare in quel modo mi sono preoccupato.»

I due si abbracciarono contenti di rivedersi. L'amicizia che li legava era molto forte e ci fu un tempo in cui, forse per la sua giovane età, Dionas era apparso agli occhi di Evolante quasi come un figlio.

«Avete già concluso?»

«Sì, ora deve solo riposare, si riprenderà tra qualche giorno. Come state, Ministro? Date l'impressione di non aver fatto un viaggio tranquillo.»

«Infatti! Avete visto giusto.»

«Chi è questa splendida fanciulla?»

«Veramente… lei è… perché mai me lo chiedete? Immagino sappiate perfettamente chi è e soprattutto da chi sto cercando di proteggerla. Potrei nasconderlo a chiunque, ma non a voi, lo so.»

«Avete ragione e so anche come andrebbe a finire se Elenìae riuscisse nel suo intento. Come avete intenzione di muovervi?»

«Venite, andiamo a sederci accanto al camino, staremo più tranquilli. Ho intenzione di ripartire quanto prima,» spiegava Dionas mentre lasciavano la camera «al massimo entro un paio di giorni. Purtroppo non posso attendere che Ambra si riprenda del tutto, sarebbe rischioso. Senza ombra di dubbio, Elenìae sa già da dove iniziare a cercare. Anche se la mia presenza nasconde Ambra alla sua vista, questo sarà il primo posto da cui comincerà. Perciò prima andremo via di qui e meno possibilità avrà Mitwock di subire un attacco.»

«Ambra avrà bisogno di qualche giorno in più per riprendersi. Le sue ossa si mostrano guarite ma sono ancora molto fragili, potrebbero rompersi anche con sforzi minimi.»

«Lo so e non immaginate quanto ciò mi preoccupi, ma non possiamo trattenerci oltre. In fondo la *Stellamaris* non è molto lontana. Una volta sceso il versante est, nell'insenatura più profonda, la troveremo ormeggiata in attesa di salpare. Ho già inviato un messaggero ad avvisare i miei uomini di tenersi pronti. Appena giunti alla nave, Ambra potrà riposare e stare tranquilla finché non raggiungeremo Otherion.»

«Cosa ordinate, Signore?» chiese il capo della guardia reale mentre andava loro incontro.

«Scegliete una dama di corte di fiducia» gli rispose il Ministro «e ordinatele di rimanere al capezzale della donna che giace nella mia camera fino a nuovo ordine. Voglio due uomini di guardia alla porta e altre sentinelle giù nel cortile. Tranne me, Evolante e la dama di corte, nessuno dovrà accedere a quella stanza.»

«Sarà fatto, Signore!»

«Un'ultima cosa! Rintracciate il capitano dell'esercito e diteglì che voglio vederlo immediatamente.»

«Subito, Signore!»

Avevano lasciato il piano superiore e si erano addentrati nella camera di soggiorno. Il fuoco era stato acceso già da tempo e l'ardente brace che giaceva sul fondo del camino brillava rossa come lava incandescente. L'inserviente aveva colmato due calici di buon vino rosso; Dionas ne osservava il colore in trasparenza e, come farebbe un buon intenditore, prima di gustarne la fragranza, cullò il calice davanti alle sue narici per assaporarne il profumo.

«Si direbbe che sia stata un'ottima annata.»

«Già, deliziosa bevanda rossa,» precisò Evolante «capace di

scaldare i sensi e l'anima, il corpo e la mente.»

«Ho da porvi una domanda. Prima, quando ho fatto irruzione nella mia stanza, avete pronunciato il mio nome, associandolo al Ministro del Drago. Come fate a sapere? Nessuno ne è al corrente! Il Ministro non ha un nome. Nel campo di addestramento, ricordo, eravamo solo dei numeri ed io per voi sono sempre stato il numero nove.»

«Mio caro ragazzo, ho conosciuto i nomi di tutti i Ministri del Drago che si sono susseguiti nel corso di questi due millenni.»

«Come dite? È impossibile! Ma… qual è la vostra età?»

«Beh, non sono un ragazzino, questo è sicuro. Evolante, è colui che veglia sul Ministro, che è al suo servizio. Servo voi allo stesso modo di come ho fatto con tutti i vostri predecessori.»

Dionas rimase stupito da tale affermazione. Il Signore dell'Antichità godeva di rispetto perfino da parte delle cariche più alte. Endgal in persona si chinava al suo cospetto. Evolante stesso lo aveva incoronato solo pochi anni prima, quando Nemehir, il suo predecessore, morì all'improvviso per un infarto.

Un abile stregone, un grande saggio, un emerito guaritore, l'essere più anziano che sia mai vissuto a Mitwock. Questo era ciò che rappresentava Evolante per Dionas.

«Perché non mi avete mai messo a conoscenza di tutto ciò? Quando partii per il campo di addestramento, non sapevo neppure come si maneggiasse una spada. Pensate! Non avevo mai fatto a pugni con qualcuno, sono sempre stato un tipo molto pacifico. Eppure, voi mi sceglieste per addestrarmi in privato, insegnarmi trucchi, tecniche che non avevo mai visto attuare a nessuno. Mi sono sempre chiesto il perché. Alla fine mi diceste che ero pronto e non ho mai saputo per cosa. Tempo dopo il Drago venne da me, ma io… non vi ho mai collegato a Lui. Ho sempre creduto di avere la vostra amicizia e che avevate pensato di aprirmi la strada verso la carriera militare. Insomma perché non mi avete mai rivelato nulla?»

«Che fretta c'era? Ora lo sapete!»

«Quindi, voi siete stato ingaggiato dal Drago, giusto? Perciò, questo vuol dire che lo avete visto o in qualche modo ci avete parlato. Ditemi, lo avete conosciuto?»

«Conobbi Asedhon più di duemila anni fa, parlai con lui esattamente come faccio ora con voi. Vedevo il suo giovane viso da re esattamente come ora vedo il vostro.»

«Un momento, un momento... Asedhon? Ma... state parlando del grande re di Mitwock? Colui al quale si deve la liberazione dal Drago Rosso? La grande statua all'entrata del castello che lo rappresenta... quell'Asedhon?»

«Sì, proprio lui.»

«Ma... ma... si narra che sia morto durante lo scontro con il Drago Rosso. Dicono che abbia sacrificato la sua vita per la libertà di tutti i popoli e che...»

«L'ultima volta che parlai con lui da re,» lo interruppe Evolante «fu il giorno della grande partenza. Gli fornii alcuni suggerimenti da tenere presente qualora la missione non si fosse conclusa come previsto. Ma egli non seguì alla lettera il mio consiglio e non riportò la *pergamena sacra* all'unico saggio rimasto in vita.»

«La tenne per sé?»

«Beh, diciamo che ne fece un uso improprio, ma forse è stato meglio così. Da quando egli è al potere, non ci sono più guerre e i popoli di Castaryus, se non fosse per pochi disordini fomentati da qualche oppositore, hanno vissuto giorni sereni. Poco tempo dopo, quando tutto si concluse, Asedhon ritornò da me e lo vidi per la prima volta da essere supremo. Mi donò la vita eterna e mi pose al suo servizio. Appena si dileguò, sentii una forte energia inondare tutto il mio corpo. Una forza vitale che non avevo mai provato prima, neanche da giovane e, come per magia, come se fosse stato tutto registrato nella mia testa, io sapevo già nei minimi particolari, cosa fare, come agire e dove andare.»

«Quindi, lui sceglie il suo Ministro e voi partite spedito alla sua ricerca» replicò Dionas mentre, picchiettando la lingua sul palato, continuava a gustare quel buon vino di ottima annata.

«Ebbene sì, lui sceglie ed io istruisco.»

«Come fate a comunicare se dite di non vederlo da almeno duemila anni?»

«Si rivela nei miei sogni. L'ultima volta che è successo è stato qualche anno addietro. Mi svegliai di soprassalto dopo aver sognato di ricevere un ordine categorico. Non è stato come le altre volte. È sempre comparso nello stesso modo in cui lo avevo incontrato la prima volta, nelle vesti del Drago, nello stesso punto della mia camera e alla stessa ora della notte. Ma l'ultima volta è stato diverso. Io ero nel suo castello. Non mi era mai successo di sognare il suo castello. Mentre lui mi parlava, s'intravedeva un taglio sulla sua gola, una spaccatura che sanguinava sempre più vistosamente, fino a divenire un profondo squarcio, così profondo che la sua testa è andata giù abbandonando il suo corpo, che ho visto cadere senza vita sul freddo pavimento. Mi ordinò di cercare qualcuno in un luogo ben preciso, in un giorno predeterminato e istruirlo per la sua nuova carica. Presto sarebbe stato consacrato *Ministro.*»

«Io!»

«Esatto.»

«E immagino che il motivo per cui io sia stato scelto sia lei, mia sorella.»

«E per quei sani principi che egli brama tanto. Giustizia, onestà, onore. Tutte qualità che ho avuto modo di leggere nel vostro animo. E comunque sì, il motivo principale è lei, Ambra. Lui sa che la proteggerete anche a costo della vostra vita.»

«Infatti, è così.»

Il capitano Niardbur giunse agli alloggi del Ministro come gli era stato ordinato. Si apprestava a bussare quando Evolante aprì la porta, invitandolo a entrare.

Il capitano dell'esercito si avvicinò al Ministro e lo salutò con il classico pugno sul petto.

«Avete chiesto di me, Signore?»

«Sì, capitano. Ho bisogno di voi.»

«Sono ai vostri ordini.»

«Scegliete i cavalli più veloci, tanti quanti sono i regni alleati. Mettete loro in groppa i vostri uomini migliori e...» disse avvicinandosi ancora al capitano «per migliori intendo uomini che non si fermeranno per mangiare, per bere o per pisciare. Entro la notte dovranno recapitare il mio messaggio agli alleati.»

«Quale messaggio?»

«Esattamente ciò che dovrete fare voi qui, ora.»

«E cioè, mio signore?»

«Siamo in guerra. Mobilitate la flotta navale, preparate tutto per un viaggio imminente. Radunate l'esercito e chiunque abbia un'armatura e una spada, entro l'alba di domani dovrà già essere su quelle navi in viaggio verso Otherion. Non più tardi dell'alba. Una volta giunti all'isola attenderete ordini. Presto affronteremo Elenìae e i suoi seguaci.»

«Sarà fatto Signore, ma... il re...»

«Quando v'impartisco un comando, capitano, non dovete perdere tempo a pensare se il re ne sia al corrente o se mai fosse d'accordo. Questo è un ordine categorico e ha la priorità assoluta.»

«Vi chiedo perdono. Considerate che i miei messaggeri siano già a cavallo e viaggino alla velocità del vento, mio Signore.»

«Bene, andate!»

Della vecchia alleanza era rimasto ben poco rispetto all'epoca di Vanguard in cui si contavano ben diciotto regni uniti nella forza e nell'onore. Con il passare dei secoli l'alleanza si era sciolta ma, via via, dopo i continui attacchi degli oppositori negli ultimi anni, alcuni reami si erano coalizzati, ma erano solo in sette. Heraltil, Roncas, Vestusia, Roxadria, Adamanthis, Hiulai-Stir e Honumiss, quella che un tempo era Sellerot.

«Era questo, dunque, che avevate in mente! È sempre stato questo, dico bene? Giungere a Otherion per attirarla lì.»

«Questa è una guerra che non potremo mai vincere Evolante, ma se la affrontassimo su Otherion, avremmo una speranza.»

«Se Elenìae giungesse sull'isola, il Drago non godrà più dei suoi poteri...»

«Sì, ma neanche lei. Ci batteremo tutti alla pari, lei con il suo esercito, noi con il nostro. Anche senza i suoi poteri, Asedhon resta sempre un valente guerriero. Potrà tenere testa a dieci uomini solo con le sue forze e in quanto a me, anche se non attingerò più forza da lui, rimango sempre un combattente esemplare, addestrato da un grande uomo.»

«Immagino che vi riferiate a me!»

«Sì,» rispose Dionas sorridendo «è ovvio che mi riferisca a voi, conoscete benissimo il guerriero che avete plasmato.»

«Ebbene sì, un grande guerriero, che peraltro sa avere anche ottime idee. Tutto sta riuscire a raggiungere l'isola.»

«Ce la faremo!» concluse Dionas.

***

L'uomo misterioso si soffermò ancora qualche istante per scrutare il sentiero alle sue spalle, non poteva rischiare di essere seguito, né tantomeno farsi riconoscere. Il nero mantello che lo avvolgeva, con il copricapo che celava il suo volto, si fondeva con l'umida oscurità appena discesa sulle strade della città. L'ora del suo appuntamento era imminente, anzi, doveva fare in fretta. Ciò che aveva appreso di lei, oltre alla perfidia, era anche la sua impazienza.

Dopo essersi assicurato che nessun occhio indiscreto fosse interessato alla sua passeggiata notturna, si avviò verso l'antica, quanto buia periferia di Mitwock e, non appena giunse nei pressi di un'antica baracca, che un tempo era utilizzata come magazzino per il materiale tessile, si fermò dinanzi a un portone vecchio e logoro. Dopo essere sceso da cavallo, lanciò un un'ultima occhiata furtiva e al suo bussare la risposta fu repentina. La porta si spalancò rapida e un uomo dal viso coperto lo invitò a entrare.

Lei apparve davanti ai suoi occhi traboccando di un'incantevole quanto perfida bellezza. Nonostante il rigido e insolito clima autunnale era coperta solo da pochi veli che celavano appena le sue nudità, paralizzando l'uomo che, alla sua vista, rimase affascinato, sedotto da quell'incanto che non pareva alimentare cattiveria. Ci volle qualche attimo prima di tornare in sé e prostrarsi ai suoi piedi.

«Salute a voi, mia incantevole regina. Il vostro schiavo è qui per servirvi.»

«Avete ciò che vi ho chiesto?»

L'uomo annuì. Allargando con un solo gesto i lembi del mantello, tirò fuori una spada, dall'aspetto un po' dimesso, ma molto preziosa a giudicare dall'espressione di gioia che illuminò il viso di lei. La porse come un dono prezioso a Elenìac che invece la afferrò con energica avidità. Era soddisfatta di avere finalmente tra le mani l'elemento con cui avrebbe presto dato inizio al rito sacrificale che l'avrebbe resa dominatrice incontrastata dell'intero universo.

La sacra lama che recise la testa al Drago e liberò i popoli dal terrore.

«Mi avete reso un ottimo servizio e ora ditemi, lei dov'è?»

«È al castello. Giace ferita negli alloggi del Ministro ma, mia Signora, lasciate che vi dia un consiglio. Non lanciate un attacco alla città. Il castello, soprattutto l'area destinata al Ministro, è strettamente sorvegliato...»

«E questo dovrebbe mettermi paura?» lo interruppe lei, con un tono denso d'ironia.

«Lo so che per voi non è un problema mia potente Signora, ma volevo farvi presente che Evolante è al castello e veglia sulla ragazza e questo sì, che potrebbe rappresentare un problema.»

«Evolante! Quel vecchio maledetto! Non ha fatto che mettermi sempre i bastoni tra le ruote.»

«Se pazientaste solo per poche ore, mia regina, vi sarà offerta la ragazza su un piatto d'argento. Hanno intenzione di partire tra qualche giorno, ma io vi posso assicurare che già all'alba di domani lasceranno la città e sono certo che lo faranno da soli. Il Ministro rifiuterà ogni tipo di scorta per limitare la perdita di vite umane. Si dirigeranno alla Grande Insenatura, dove li attende la loro nave e per raggiungerla dovranno necessariamente attraversare il Passo di Goiltrand. Potrete attenderli in quel tratto e scatenarvi come meglio credete. Non ci saranno soldati o guardie che vi faranno perdere tempo.»

«Siete sicuro che lasceranno la città all'alba?»

«Sicurissimo, mia Signora, e se mai, per qualche motivo ciò non dovesse accadere, beh... a quel punto troverete la ragazza nell'alloggio del Ministro.»

Lei volse lo sguardo verso l'uomo dal volto coperto che annuì.

«Li attenderemo al Passo di Goiltrand, dunque. Avrete la vostra ricompensa» sussurrò Eleniae accarezzando il volto dell'uomo misterioso, nascosto ancora dal copricapo «quando tutto sarà concluso.»

«Non desidero altro se non ciò che mi avete promesso, mia regina.»

E, detto ciò, l'uomo la salutò con un ultimo inchino e lasciò il casolare.

«Che cosa gli avete promesso?» chiese Elias liberandosi il viso dalla copertura che lo avvolgeva.

Lei lo guardò con un'espressione provocante e gli sorrise. «Non posso dirtelo. Diventeresti geloso.»

Il Sacrificio

L a rudimentale gabbietta di legno, contornata da sottili sbarre di ferro, costruita da suo padre, era stata posta tra due cespugli di mirtilli selvatici nel fiore della loro maturazione mentre una moltitudine di lucide perline nere, li addobbava, rendendo il verde degli aspri cespi, meno monotono del solito. Nocciole fresche e profumate giacevano sul fondo della gabbia e attendevano solo di essere sgranocchiate, mentre con un filo sottile, Dionas teneva aperto lo sportellino della piccola stia, dal quale si sarebbe intrufolato lo scoiattolo. Mancava poco, la testolina pelosa aveva varcato la soglia ed era già al suo interno. Il suo buffo nasino annusava l'aria nella gabbia e si lasciava trasportare dall'odore di quel succulento bottino. Il giovane cacciatore era in procinto di mollare il filo della porticina e intrappolare la povera bestia, quando qualcosa andò storto.

«Dionas! Dionas, dove sei? È pronto da mangiare. Dionas!»

«Accidenti a te, Ambra» bisbigliò lui. «Chiudi quella bocca!»

Non ricevendo alcuna risposta, Ambra invece, insisteva. «Ma dove sei... Dionas!»

Il fratello, furente, sbucò all'improvviso dal suo nascondiglio urlando come un forsennato e mollando una serie di spintoni alla piccola Ambra. «Ecco, sei contenta? L'hai fatto scappare! Stupida!»

«Smettila! Io non sono una stupida! Tu sei uno stupido!»

«Ehi, ehi... adesso basta! Cos'è tutto questo baccano? Che succede qui?»

Un tizio alto, sui trent'anni o poco meno, era comparso all'improvviso sul loro sentiero mettendo fine alla piccola zuffa che si era generata tra i due fratelli.

«Allora! Cosa vi prende, perché litigate? Non è bello che due fratelli litighino tra loro. Perché è così, siete fratelli, giusto?»

«Sì, signore» risposero insieme i due bambini. I volti che si vedevano a Bellarja erano sempre gli stessi e un viso nuovo era spesso riconducibile a uno straniero. Esaminavano, perciò, quell'uomo con sospetto e curiosità. Non avendolo mai visto prima e trovandosi di fronte a uno sconosciuto, che poteva essere chiunque e agire in qualunque modo, i piccoli rimasero alquanto distaccati.

«Non avete paura di me, vero? Come vi chiamate?»

«Dionas, signore.»

«Io mi chiamo Ambra» replicò la piccola.

«Oh, è un vero piacere conoscervi. Sentiamo un po', cos'è successo di così grave da farvi bisticciare in quel modo?»

«Lei è giunta qui urlando, facendo fuggire il mio scoiattolo. Lo tenevo sott'occhio da stamattina.»

«Non l'ho fatto apposta. E poi lui mi ha chiamato stupida!»

«Come? Ah no, no, no... così non va bene!» intervenne lo sconosciuto. «Non si dà della stupida a una signora. Non è da gentiluomini, poco cavalleresco. Dico bene, mia signora?»

Avendolo dalla sua parte, Ambra lo aveva già preso in simpatia accendendo, timidamente un sorriso di approvazione. «Sì, signore, ma chi siete?»

«Ah, è vero, perdonatemi, avete ragione, che maleducato! Non mi sono ancora presentato. Mi chiamo Elias e sono... ecco... sono vostro fratello.»

«Ma cosa dite, noi non abbiamo altri fratelli.»

«Mi spiace deluderti Dionas, ma non è così. Sono nato molto tempo prima di voi due.»

«Allora perché mamma e papà non ce ne hanno mai parlato?»

«Beh... sono successe un po' di cose, magari aspettavano il momento giusto per farlo.»

La tavola era già stata imbandita con succulente prelibatezze partorite dalla fantasia gastronomica di Elizabeth. Riusciva a trasformare la più semplice delle pietanze nel più gustoso e squisito piatto delle feste e i bambini mangiavano sempre molto volentieri. I ragazzi, però, non erano ancora rientrati. Elizabeth, inquieta, li attendeva sulla soglia di casa allungando lo sguardo in ogni direzione, fin quando non li vide apparire oltre la collina, dapprima trotterellando, poi correndo verso di lei, lasciando Elias alle loro spalle. Elizabeth non guardava i suoi bambini. L'uomo che si dirigeva verso di lei aveva attirato la sua attenzione. Non lo aveva mai visto prima o almeno così credeva. I battiti del suo cuore, però, aumentavano man mano che lui si avvicinava. A ogni passo, quel volto diveniva sempre più chiaro. La barba aveva reso più maturo il suo viso, ma gli occhi, anche se erano passati dieci anni dall'ultima volta che li aveva fissati, erano sempre uguali, profondi e complicati, forti e assoluti.

Dionas e la piccola Ambra, quando percepirono lo sguardo attonito e paralizzato della madre, i passi lenti e incerti che si muovevano verso di lui, supposero che quell'uomo non avesse loro mentito e ne ebbero la conferma quando Elizabeth si lanciò incontro a Elias, gettandosi tra le sue braccia e stringendolo a sé con tutte le forze.

A giudicare da come si era tuffato in quel piatto e dalla voracità con cui buttava giù i bocconi senza quasi masticarli, s'intuiva che Elias avesse una gran fame, mentre i due ragazzi lo guardavano sempre più incuriositi di conoscere la sua storia.

«Mamma, lui è davvero nostro fratello?»

Non rispose subito alla piccola Ambra. Elizabeth se ne stava seduta a tavola di fronte a lui cercando di immaginare cosa avrebbe raccontato, quali storie avesse vissuto in quei lunghi dieci anni. Scrutando nel suo cuore non riusciva a comprendere quali emozioni stesse provando. Non sapeva se dar libero sfogo alla felicità di riaverlo con sé o se, invece, dar retta a quel sesto senso che la turbava. Era certa, invece, di come l'avrebbe presa Alvin. Di sicuro non bene.

«Sì, tesoro, lui è vostro fratello.»

Elias si rivolse a Dionas con il boccone ancora tra i denti.

«Quanti anni hai?»

«Compirò dieci anni il mese prossimo.»

«Ma allora sei quasi un uomo! E tu, Ambra?»

«Sei.»

«E dov'è nostro padre?»

«Non lo so. Mamma dov'è papà?»

«Doveva finire una cosa in officina, sta arrivando.»

Alvin fece il suo ingresso in cucina subito dopo, stanco e sudato e com'era prevedibile, alla vista di Elias, trasalì. Restò immobile a guardarlo per alcuni attimi, poi, in maniera del tutto indifferente, si sedette a tavola e iniziò a mangiare.

«Salute a voi, padre» lo salutò Elias.

Alvin non gli rispose, ma si rivolse a sua moglie. «Che ci fa lui qui?»

«Alvin…» Elizabeth era a corto di parole.

«Sono venuto per salvarvi, padre.»

«Salvarci? E da cosa? Noi non siamo in pericolo.»

«Ma lo sarete presto. La guerra è alle porte e voi non siete dalla parte giusta.»

«E quale sarebbe la parte giusta?» ribatté Alvin. «La tua?»

«Siete la mia famiglia e non voglio che siate destinati a perire, perché questa è la fine che spetta a tutti coloro che non saranno dalla nostra parte. La politica del Drago sarà presto cancellata. Egli sarà annientato e con lui andrà a fondo chiunque lo seguirà. Non è troppo tardi, unitevi a noi! Lasciate che vi conduca al sicuro nella mia dimora. Nessuno oserà mai sollevare un dito contro di voi perché avrete la mia protezione, quella di un sovrano.»

«Il Drago non può essere distrutto e voi vivete solo sogni che saranno destinati a infrangersi nel nulla.»

«Chiunque continuerà a servirlo sarà ucciso, lo volete capire?»

«E chi dovremmo servire allora? Quella maledetta strega depravata?»

«Depravata? Che strano, eppure quando ve la siete portata a letto, non la pensavate così…»

Alvin perse il controllo. Alcune stoviglie volarono per aria e una parte della tovaglia fu tirata via rovesciando sul pavimento alcune posate e bicchieri. I bambini si spaventarono mentre Elizabeth s'interpose tra i due cercando di calmarli, ma Alvin era fuori di sé.

«Fuori da casa mia,» urlò «non voglio mai più vederti!»

«Forse della vostra vita non v'importa, ma di quella dei vostri figli? Non vi sta a cuore la loro vita?» Poi si rivolse a sua madre. «Madre, voi siete sempre stata ragionevole. Non mettete la vita dei vostri ragazzi in pericolo, lasciate che vi porti via con me. Avrete tutto ciò che desiderate e non vi mancherà nulla.»

«Oh Elias… ti prego… ti prego…»

«Venite via con me!» insisteva Elias.

«Mi dispiace» dissentì lei. «Speravo tanto che tu fossi tornato per restare. Mi dispiace!»

«Dispiace di più a me per il vostro accanito rifiuto di salvarvi!» Poi si chinò accostandosi all'esile viso di suo fratello. «Non fare come loro, Dionas, almeno voi due salvatevi. Quando avrai bisogno di me, grida forte il mio nome ed io sarò da te all'istante.»

Dionas fissò i suoi occhi, esattamente come avrebbe fatto

diciassette anni dopo, durante una spietata lotta all'ultimo sangue, per proteggere la vita di sua sorella.

Oggi

La momentanea tranquillità notturna trascorreva tra gli spifferi di vento che risuonavano armonici tra le vie cittadine, componendo melodie quasi gradevoli alle orecchie di chi, nonostante l'ora tarda, non si era ancora assopito.

Mitwock era spenta. A parte il corpo di guardia impegnato nella sorveglianza del castello e delle alte mura, nessun occhio era più vigile.

Gli sbuffi della sua pipa venivano dispersi in fretta dal vento agitato che scompigliava, di tanto in tanto, anche i suoi capelli.

Contemplava la luna. Rivolgeva spesso lo sguardo verso il lucente astro notturno che aveva il potere di addolcire i suoi occhi e placare il suo animo e, se non fosse stato per l'arrivo di Dionas, Evolante sarebbe rimasto sulla veranda, con lo sguardo fisso al cielo, fino al mattino.

Il Ministro del Drago, al suo fianco e guardando verso l'alto, in qualche modo volle dargli ragione. «È bellissima, vero?»

«Eh... mio caro ragazzo!» sospirò il vecchio. «La luna è la cosa più bella che si possa ammirare in una notte così buia e vuota. Il suo splendore colma lo spirito e accarezza i sensi facendoli rinascere. Se solo avessi qualche anno in meno e voi foste una bella ragazza, questo sarebbe il momento ideale per una romantica dichiarazione d'amore.»

Entrambi si lasciarono trasportare verso una benevola risata e, mentre Evolante continuava ancora con le sue battute di spirito, Dionas lo pregava di continuare.

«Oh, Evolante! Avevo dimenticato di quanto fosse bello ridere. Mi mancano tanto le vostre battute. Ricordo che riuscivano ad alleggerirmi anche la giornata più pesante. Non torneranno più quei tempi, non torneranno più!» si rammaricò. «Come mai non dormite?»

«Non è un bisogno che mi necessita. A volte dormo tutta la notte, altre, non lo faccio per giorni interi. Voi, piuttosto, dovreste riposare un po'.»

«Riposare? E come pensate che possa riuscirci?»

«Cosa vi turba, mio caro amico?»

«Non la salverò, Evolante.»

«Come dite? Ma cosa vi prende? La luna vi ha forse dato alla testa? Dove sono finiti tutta la carica e l'ottimismo che vi possedevano solo poche ore fa?»

«È un pensiero che scaccio via di continuo, ma insiste a invadere la mia anima. Sento che non riuscirò a proteggerla. È sempre stata una guerra persa in partenza.»

«Oh, tacete! Da quando il nostro amato Drago vi ha reso la grazia di interpellare il futuro? Dite solo idiozie! Vi ricordate chi siete? Il Ministro del Drago non si dà mai per vinto. Che fine ha fatto tutto quello che vi ho insegnato?»

«Evolante, accidenti, guardate in faccia la realtà! Voi stesso avete affermato che tutto sta nel giungere sull'isola sani e salvi. Ma voi pensate veramente che riusciremo anche solo a raggiungere la nave? Pensate che lei non sappia già dove ci troviamo e non controlli le nostre mosse?»

«Vorrà dire che se la sta prendendo comoda o forse attende che Ambra guarisca del tutto. Ricordatevi che il cuore dovrà essere sano, vivo e pulsante affinché possa esaudire il suo desiderio.»

«Ciò che mi turba più di ogni altra cosa è che non sopporterei di vederla morire. Il solo pensiero mi fa stare male e non mi vergogno a dirlo… ho paura! Questo viaggio sarà un incubo, lo so.»

Dionas si lasciò trascinare tra le braccia di Evolante che, come un padre affettuoso e premuroso, lo abbracciava mostrandogli tutta la sua comprensione e non si vergognava a pensarlo ma… anche lui aveva paura.

«Avete il potere di non essere percepiti da lei. Questo rappresenta un grande vantaggio a vostro favore e deve essere sfruttato. Avete pensato bene di ripartire quanto prima. Purtroppo questo è il primo posto dove Elenìae vi verrà a cercare, ma una volta che voi sarete via di qui, lei troverà solo un percorso buio davanti a sé.»

«Tutto ciò in cui spero è che non venga a scoprire del nostro piano. Se sapesse che la *Stellamaris* ci attende alla Grande Insenatura sarebbe la fine.»

«La fine? Ahh… siete sempre il solito esagerato!»

«Come dite? Ma avete la benché minima idea di ciò di cui è capace? Con un solo gesto della sua mano può provocare la più terribile delle tempeste e farci colare a picco come se niente fosse o, peggio ancora, stritolare la *Stellamaris* come carta straccia e ridurla in brandelli.»

«Ma così ucciderebbe la sua ragazza e a lei serve viva, non dimenticatelo. E comunque, sì, potrebbe succedere che perda la pazienza e inizi a lanciare saette da una parte all'altra mettendo in moto la sua ira funesta ed è proprio per questo motivo che ho deciso di partire con voi.»

«Come? No, non se ne parla! Avevo già deciso che io e mia sorella saremmo partiti da qui senza scorta. Nessun altro dovrà rischiare la vita.»

«Ma io non la rischio affatto! Lo avete dimenticato? E poi il mio aiuto potrebbe rivelarsi molto utile.»

«Oh… già è vero… il Drago. Siete legato a lui e vi ha donato la vita eterna.» Dionas rimase per un attimo a pensarci. «Ma voi potete affrontarla?»

«Che cosa volete che vi dica? Lei non può uccidere me ed io non dispongo della facoltà di distruggerla, ma posso contrastare i suoi attacchi e tenerle testa. Questo sì, lo posso fare e la renderei furente, credetemi!»

Risero ancora e questa volta Dionas avvertiva un insperato senso di leggerezza. La notizia appena ricevuta accese per la prima volta in lui una speranza più viva. Riusciva finalmente a guardare verso il futuro con una punta di ottimismo che, fino a quel momento, gli era venuto a mancare.

«Quindi, possiamo affermare che una volta giunti alla nave e preso il largo, il grosso è fatto.»

«Sì, mio caro amico e vi prometto che andrà tutto bene.»

«È davvero una notizia fantastica. Io… non me la aspettavo. Grazie, amico mio!»

«E per cosa?»

«Per tutto quanto. Per quello avete fatto in passato per me e per ciò che continuate a fare.»

«Non è solo per voi che lo faccio. C'è in ballo il destino di tutti noi, caro Ministro, e non solo.»

Le pesanti percosse alla porta della camera reale, fecero sobbalzare Endgal che, destatosi all'improvviso, cercava di capire se era ancora in balia dei sogni o se qualche sconcertante realtà aveva deciso di bussare alla sua porta.

L'incitamento di Honash lo buttò giù dal letto.

«Maestà!» gridava l'ufficiale del plotone di guardia. «Svegliatevi! Aprite, vi prego! È successa una cosa terribile!»

«Un momento… un momento, eccomi!» balbettava il re mentre, assonnato e attento a non inciampare, si dirigeva alla porta. «Ma che succede? Cosa vi prende? Che ci fate voi qui?» disse sorpreso nel vedere Honash sulla soglia della sua camera. «Dovreste trovarvi…»

«Sì, lo so, mio signore,» lo interruppe l'ufficiale «dovrei essere a sorvegliare le mura del castello, ma è successa una cosa gravissima. Coloro che avrebbero dovuto dare il cambio alle guardie del Tempio, si sono imbattuti in uno spettacolo orripilante.»

«A cosa vi riferite? Parlate!»

«Le guardie sono state sgozzate. Giacciono in un lago di sangue e la cosa peggiore è che la *spada reale* non è più sul piedistallo. Nessuno sa cosa sia successo.»

«Numi del cielo, è terribile! La spada è scomparsa? La spada… la profezia… siamo perduti!»

Spaventato, andando avanti e dietro con la testa tra le mani, Endgal farfugliava parole alla rinfusa. La notizia lo aveva sconvolto e aveva paralizzato ogni suo tentativo di prendere una decisione.

«Che cosa volete che faccia, sire? Maestà, vi sentite bene?»

«Secondo chi ha interpretato la profezia, la *spada reale* rappresenta uno degli elementi con cui dovrà compiersi il sacrificio. Elenìae se n'è sicuramente impossessata e ora cercherà la ragazza. Ci ucciderà tutti!» urlò.

«Sire, vi prego, calmatevi. L'esercito è stato mobilitato. Ci sono guardie dappertutto che…»

«Il Ministro…» esclamò terrorizzato il re. «Il Ministro deve essere subito avvertito. Correte! Correte da lui. Mettetelo al corrente di quanto è successo! Devono nascondersi… fuggire!»

«Corro, maestà, corro ad avvisarlo.»

«Sbrigatevi! Fate presto!»

Verso est, il chiarore del cielo, si faceva sempre più evidente. La luna s'incamminava sulla via del tramonto e il suo fulgore diveniva, con il passare delle ore, sempre più spento.

Qualcosa solleticò la sua mano, risvegliandola così da un sonno profondo e rilassato. Mosse le dita lentamente lasciando scivolare quel tocco morbido sotto i polpastrelli e, anche se era passato molto tempo dall'ultima volta che aveva toccato i capelli di suo fratello, li riconobbe.

Era seduto accanto a lei e si era addormentato sul bordo del letto. I suoi capelli sfioravano la mano di Ambra e ora lei li accarezzava con dolcezza, infondendo in quella carezza tutto l'amore che nutriva per lui. Dionas aprì gli occhi, la guardò e le sorrise.

Anche lei gli sorrise. «Non volevo svegliarti» si scusò.

«Non preoccuparti!» la rassicurò. «La verità è che non mi sarei dovuto assopire. Ora penserai a me come a un guardiano da strapazzo.»

Lei si lasciò sfuggire, divertita, una convulsa risata che rese evidente il suo viso pulito e solare, facendo comprendere a Dionas che finalmente la sofferenza, almeno quella fisica, aveva abbandonato il suo corpo.

«Come ti senti?» le chiese.

«Molto meglio. Mi sembra di essere tornata come nuova. È una sensazione che, purtroppo, già conosco.»

«Sì, lo immagino.»

Il sorriso sul volto di Ambra si spense nel momento in cui il suo pensiero toccò Nicholas e un breve viaggio a ritroso nel tempo fu sufficiente per riaprire le sue ferite, quelle del cuore, per la perdita del suo grande amore. Ma quei pensieri furono presto interrotti da qualcuno che chiamava a gran voce Dionas. Si udirono insistenti colpi alla porta e il Signore dell'Antichità non attese che qualcuno gli aprisse.

Evolante irruppe nella stanza in preda all'affanno e Dionas, nel notare il volto angustiato del caro amico, non poté fare a meno di preoccuparsi.

«Che succede?»

«È qui!» rispose il vecchio senza mezzi termini e quelle due sole parole furono sufficienti per accendere il panico nell'animo di Ambra che, intuendo a chi si riferisse, era già in piedi tremante alle spalle di suo fratello. Dionas, la accolse tra le braccia assicurandole che sarebbe andato tutto bene.

«Piccola, ascolta, ora ce ne andremo. Lasceremo tutto, comprese le nostre armature, tanto non serviranno. Ti faccio portare dei vestiti puliti, io nel frattempo vado a prepararmi…»

Ambra piangeva impaurita. Era nell'angoscia più totale, tanto che afferrò suo fratello per la casacca e lo tirò a sé. «No, non lasciarmi, ti prego, non lasciarmi sola… ti prego!»

«Va bene, va bene tesoro, calmati. Resto qui con te…»

«Penserò a tutto io» intervenne Evolante «Di cosa avete bisogno?»

«Dei nostri vestiti e… le gemelle, non dimenticatevi delle gemelle.»

«Aggiungerei delle scarpe comode…» precisò il vecchio amico. «Viaggeremo a piedi.»

«A piedi? Siete impazzito? Ambra non ce la farà mai! Per quale motivo, poi, dovremmo farlo?»

«L'unica uscita dalla città è rappresentata dal grande portale che chiude le mura e sicuramente sarà sorvegliato dai suoi scagnozzi. Anche se ci imbacuccassimo come fantocci e lo attraversassimo sperando di passare inosservati, non ci riusciremmo. Saranno lì ad attenderci, ci seguiranno e al momento opportuno, attaccheranno. Abbiamo un'unica e sola alternativa. Finché sarete vicino a vostra sorella, Elenìae non potrà avvistarla e questo per noi rappresenta un punto di forza che sfrutteremo. Lei si aspetta una nostra fuga e noi la attueremo.»

«E come pensate di uscire dalla città? Volando?»

«Sarebbe una buona idea, ma non disponiamo di ali abbastanza grandi e veloci. Esiste invece un'altra via e la percorreremo nelle viscere di Mitwock.»

«Non capisco…»

«Un tragitto» spiegava Evolante «molto lungo e che può essere attraversato solo a piedi. Si tratta di una rete di cunicoli che conducono in ognuno dei quattro punti cardinali, a diverse miglia, fuori dalla città. Noi percorreremo il tratto che conduce a est.»

«Com'è che non ne sono a conoscenza?»

«Posso immaginare che vi sembri strano, ma è un segreto che non è mai stato rivelato, neanche al re. Sono cunicoli che attraversano la città al di sotto delle sue fondamenta. Discendono Xenidra, quasi fino al livello del mare. Furono scavati ai tempi di Kiro, quando salì al potere, per salvaguardare la vita del re e della famiglia reale. Fu una delle sue più grandi opere e, con il tempo, si rese necessario celarne l'esistenza.»

«E perché mai?»

«È una storia troppo lunga e ora non abbiamo tempo. Dobbiamo prepararci.»

L'ansia del re cresceva di minuto in minuto. I suoi consiglieri invece erano ottimisti, consapevoli del fatto che disponevano di una potente difesa militare e non avvertivano il bisogno di alimentare ulteriori preoccupazioni.

L'ufficiale delle guardie compì finalmente il suo ingresso nella Sala del Consiglio, in evidente stato di apprensione e impaziente per ciò che doveva comunicare al re.

«Sire, il Ministro è stato avvertito. Lui e la ragazza si apprestano a fuggire e, a quanto pare, il Signore dell'Antichità li seguirà.»

A quella notizia il re trasalì. «Evolante non può andarsene! Abbiamo bisogno di lui qui! Chiamatelo subito, devo parlare con lui.»

«Non credo che sarà possibile maestà, saranno già andati.»

«Maledizione! E allora raggiungeteli, che aspettate? La città ha bisogno di lui... non può lasciarci!»

«Con tutto il rispetto maestà,» osò riferire Honash «anch'io sono a conoscenza della profezia e non mi è difficile capire. È al cuore della ragazza che Elenìae dà la caccia, perciò è lei che Evolante deve proteggere. Non è nulla una città in confronto al futuro dell'intero universo.»

«Chi diavolo siete voi per decidere le sorti del mio regno? Come osate soltanto provarci?» Il re era accecato da quella che lui percepì come una totale mancanza di rispetto alla sua autorità e nei confronti della città che l'ufficiale serviva. «Avete la più pallida idea di quanto vi costerà ciò che avete appena asserito?»

«Ne sono più che consapevole maestà.»

«Non meritate di stare qui! Non siete degno di questo regno! Tornate al vostro posto e quando tutto sarà finito, subirete la punizione che meritate.»

«Sono e sarò sempre ai vostri ordini, mio Signore.»

Honash lasciò la Sala del Consiglio rammaricato ma convinto di aver fatto la cosa giusta. I tre non erano ancora partiti e lui avrebbe potuti raggiungerli. Aveva mancato di rispetto al suo re con affermazioni molto pesanti, ma addirittura avergli mentito! *"Quale sorte mi spetterà?"* pensava mentre, sudato, si toccava il collo. *"L'impiccagione? O forse preferirà staccarmi la testa?"*

L'alba era quasi alle porte quando il trio di fuggitivi aveva già percorso i due terzi della galleria est che li avrebbe condotti non molto lontano dal Passo di Goiltrand. Una volta varcato quel passaggio, si sarebbero poi inoltrati in un breve tratto di boscaglia oltre il quale li avrebbe attesi un ripido versante scosceso, da cui avrebbero raggiunto la Grande Insenatura.

I cunicoli sotterranei erano stati ben organizzati. Le torce erano distanziate le une dalle altre a intervalli regolari e non c'era il rischio di rimanere al buio. La pavimentazione era uniforme e l'andatura non si dimostrava difficoltosa. Di tanto in tanto si notavano lunghi trafori, con un diametro di circa venti centimetri, che dal soffitto della galleria si dirigevano verso l'alto, fino a raggiungere la superficie. Vere e proprie prese d'aria, le cui estremità, all'esterno, erano state ben mimetizzate.

Ambra era molto debole e affaticata, avrebbe avuto bisogno di qualche giorno in più per riprendersi del tutto ma, nonostante ciò, non faceva trasparire la stanchezza e continuava imperterrita la fuga con la mano di suo fratello stretta nella sua. Ora la galleria si presentava con un'accentuata pendenza, una sorta di lunga discesa che li avrebbe accompagnati fino all'uscita.

Evolante anticipava i ragazzi di alcuni passi. «Ci siamo quasi, non manca molto. Quella dovrebbe essere l'ultima torcia.»

«Come fate a esserne così sicuro?» chiese Dionas.

«Conoscendo la lunghezza dei condotti e il tempo che abbiamo impiegato finora, direi che manca poco.»

Dionas lasciò la mano di Ambra e le cinse con un braccio la spalla.

«Sei stanca, vero? Vuoi che ci fermiamo un attimo?»

«No, andiamo avanti, non vedo l'ora di uscire da qui. Magari prenderemo fiato quando saremo fuori.»

«Come vuoi tu sorellina.»

Il sole aveva lasciato l'orizzonte da un bel po' e aveva intrapreso la sua lunga ascesa verso lo zenit. Le prime fabbriche già fumavano dai loro lunghi comignoli neri e la maggior parte dei contadini era nei campi a lavorare la terra. La raccolta di verdure e ortaggi andava eseguita la mattina presto in modo che, quanto prima, si trovassero già tra le vie cittadine a essere contese da massaie e cuoche.

Una lunga serie di scalinate, che proseguivano in discesa verso il fondo della galleria, condusse i tre fuggitivi finalmente al capolinea. Un nuovo condotto, più stretto, difforme e di pura roccia, si univa al cunicolo principale. In fondo s'intravedeva una luce fioca e questo, probabilmente, stava a significare che l'uscita era imminente. Alcune perdite d'acqua dalle crepe sulle pareti rocciose, tintinnavano una delicata melodia dai suoni chiari e brillanti e, man mano che la galleria si allargava, la fiamma della torcia danzava in ogni direzione a causa delle correnti d'aria. Alla fine del loro cammino, i tre si ritrovarono nel vestibolo di un'enorme grotta, la cui imboccatura era in parte celata da una folta e rigogliosa vegetazione. Con le gemelle, Dionas creò un passaggio che facilitasse l'uscita dalla grotta. Proteggeva gli altri dietro di sé, controllando che fuori non vi fosse qualcuno ad attenderli. Quando ne fu convinto, diede il *via libera* e finalmente, dopo un lungo e faticoso cammino, giunsero a vedere la luce del sole.

Per un po' di tempo riposarono le gambe affaticate dal lungo tragitto sedendo su alcune rocce, ma erano consapevoli che si trattava di un lusso che non potevano permettersi. Si rimisero perciò in cammino, consci del fatto che il Passo di Goiltrand sarebbe stato presto raggiunto. Distava solo poche miglia dall'uscita della foresta e rappresentava la tappa successiva che avrebbe permesso ad Ambra di riprendere le forze. Il destino, però, aveva in serbo per loro qualcosa d'inaspettato. Forse non avrebbero mai raggiunto la *Stellamaris*. Con ogni probabilità, le paure di Dionas si sarebbero concretizzate e lui stesso ne ebbe la conferma quando la piccola compagnia raggiunse il passo.

Lui era lì ad attenderli.

I suoi occhi iniqui emanavano un'aria di morte. I suoi perfidi artigli erano impazienti di squartare e dilaniare, mentre il battito terrorizzato del cuore di Ambra, lo eccitava.

Dionas le prese la mano e la teneva stretta nella sua. Lei, invece, era dietro di lui, paralizzata, senza la capacità di emettere una sola parola, nonostante avesse una voglia smisurata di urlare.

«Evolante,» sussurrò il Ministro senza staccare gli occhi dal demone «conducete Ambra via da qui. Raggiungete la nave e salpate senza di me. Di questo bastardo mi occupo io.»

«No!» intervenne lei. «Mi sembra di averti detto che nessuno morirà più per me! Non mi muoverò da qui!»

«Apri bene le orecchie sorellina e stammi a sentire! Nessun'altra vita è più importante della tua, neanche la mia. Sono stato chiaro? Sono stato chiaro?» urlò mentre la scuoteva. «È importante che *tu* raggiunga la *Stellamaris*, non io. *Tu* dovrai raggiungere Otherion sana e salva, non io. *Tu* dovrai vivere, e non importa se io non ce la farò. Ma non dovrai preoccuparti perché io ti raggiungerò, non so come e non so quando, ma giungerò da te. Quel maledetto non l'avrà vinta, te lo giuro.»

Ambra ascoltava quelle parole con la disperazione nel cuore. Per l'ennesima volta era di fronte a una situazione in cui non aveva idea di quale sarebbe stato il sentiero da imboccare, qualunque fosse stato le avrebbe provocato solo dolore.

Le gemelle strette nelle sue mani, un ultimo sguardo d'intesa verso Evolante e un bacio sulla guancia rigata di lacrime di sua sorella, Dionas, di corsa e senza indugiare, si scagliò come un toro inferocito sul demone che lo attendeva ansioso, dando inizio a una lotta selvaggia che non avrebbe avuto fine se non con la morte di uno dei due.

La giovane Ambra si rifugiò sconfortata e affranta tra le braccia di Evolante, mentre lacrime e singhiozzi scuotevano con violenza il suo corpo.

Nessun colpo veniva risparmiato, né da una parte, né dall'altra. Pugni, calci, colpi di spada e urla di rabbia echeggiavano nell'atmosfera di Xenidra, un'aria di sangue che presto avrebbe inondato i verdi filamenti erbosi che ricoprivano il Passo di Goiltrand.

«Che tu sia maledetto, verme schifoso!» urlava il giovane Ministro, mentre scintille infuocate scaturivano dai violenti colpi delle gocce di cristallo. «Ti ridurrò in un putrido ammasso di carne, figlio di un cane!»

A quel punto il cavaliere maledetto, con una mossa improvvisa che sorprese il giovane nemico, riuscì a bloccare Dionas contro il tronco di un immenso albero, avvicinandosi ulteriormente al suo volto.

«Dionas... Dionas!» esclamò con voce cupa e oscura. «Non dovresti parlare così di tuo padre, non dovresti definirlo un cane.»

«Non osare... non ti azzardare a nominare mio padre! Non osare farlo!» Inizialmente non riuscì a comprendere cosa il demone intendesse dire. Afferrò il senso di quelle parole soltanto dopo.

«Qualcosa non ti torna, Dionas?»

«Che intendi dire? Chi diavolo sei? Chi sei?»

Il cavaliere maledetto non lo degnò di una risposta. Passò uno dei suoi barbari artigli in direzione del collo, lungo la protezione che congiungeva il copricapo al resto dell'armatura, emettendo, al suo passaggio un'intensa radiazione luminosa. L'elmo si divise dal resto dell'armatura e il cavaliere lo tirò via, mettendo a nudo per la prima volta il suo vero volto.

«Non posso credere a ciò che i miei occhi vedono...» esclamò Evolante, porgendo lo sguardo verso i due combattenti. Anche se si erano allontanati oltremodo, la visione dei due era ancora molto chiara.

Contratta dallo spavento, Ambra si voltò di scatto verso di loro. «Cosa? Che cosa avete visto?»

«Ha sfilato il suo elmo! Che cosa aspetta? Dionas!» urlò. «Non indugiate... colpite!»

La visione di quel volto lo aveva paralizzato al punto da non udire neppure le incitazioni di Evolante. Dionas si trovava in una condizione di totale stupore «Tu!»

«Ciao, fratellino, sorpreso di vedermi?»

«Adesso mi è tutto chiaro! Ora comprendo il motivo del tuo ritorno a casa e perché insistevi tanto a portarci via con te. Volevi che crescessimo al tuo fianco, conquistandoti così il nostro affetto e la nostra fiducia e, quando sarebbe giunto il momento, avresti strappato il cuore a nostra sorella, con comodo, senza perdere tempo a cercarla. Non è così, brutto bastardo?»

Dionas avrebbe voluto squartare la sua faccia immersa in quel sorriso ironico e pungente e ridurla in brandelli, prima di staccargli la testa e darla in pasto alla belva più feroce, ma un lampo illuminò all'improvviso i suoi pensieri. Un particolare che lo aveva accompagnato nel corso della sua vita. Un episodio che aveva dato vita ai suoi incubi peggiori.

«Il sogno...» sussurrò all'improvviso «c'eri tu nei miei sogni, uccidevi Ambra e... e nostra madre...»

«Era *tua madre*, non la mia. Dimmi fratellino, hai sofferto di più quando il mio destriero l'ha travolta stritolando le sue inutili ossa o quando io le ho trafitto il petto lasciandola lì a morire come una cagna? Sì, Dionas, l'ho fatto e non hai idea di quanto ho goduto.» Poi con lo stesso sorriso beffardo e maligno si voltò, urlando, verso sua sorella. «Ciao, sorellina, tieniti pronta. Quando avrò finito con lui, toccherà a te.»

L'ira di Dionas non ebbe più freni. Imbestialito e urlando con tutta la forza che aveva in corpo, lo colpì con una violenta testata, lo scaraventò a terra picchiandolo ripetutamente sulla faccia fino a farlo sanguinare e scagliò sul suo corpo un'inesauribile carica di calci rabbiosi. Poteva fenderlo con le sue lame e farla finita una volta per tutte (*vendetta è fatta*), ma era pervaso da una voglia inferocita di picchiarlo e fargli tanto, ma tanto male.

«Evolante,» gridò «andate via. Finisco di sbrindellare la fetida carne di quest'animale e vi raggiungerò.»

«Sì, va bene! Forza piccola, andiamo!»

«Io non credo proprio!»

Ma chi aveva parlato? Da dove proveniva quella voce? Si udiva dappertutto, si estendeva tra il verde fogliame degli alberi, vibrava nell'aria e se ne respirava l'odore. Una sottile nebbia rossastra si propagava sull'erba come sangue viscido e da lì iniziò a sollevarsi, disperdendosi ovunque, poi deviò concentrandosi in un unico punto dove, immersa in un'aura luminosa, sempre bellissima, sensuale e meravigliosa, apparve *lei*.

Anche Ambra rimase ammaliata dal fascino che sprigionava quella creatura. Una bellezza così giovane e suadente, così perfida e spietata, non la distrasse di certo mentre notava Elias che, nel frattempo, era tornato all'attacco.

«Dionas, attento!» urlò.

I due cavalieri tornarono a lottare mentre Elenìae era invece concentrata su Ambra. Era consapevole di dover fare i conti con Evolante e ciò la disturbava.

«Mettetevi da parte, mio caro, buon vecchio amico. Lei è mia, e poiché l'avrò con o senza il vostro consenso, conviene evitare inutili e sgradevoli perdite di tempo.»

«Non oserete sfiorarla neanche con lo sguardo. Non ve lo permetterò e questo voi lo sapete.»

«Basta con i convenevoli, Evolante. Mi stai irritando! Togliti dai piedi!»

Il grande mago sentiva dietro le sue spalle, i pugni serrati di Ambra la quale, lasciando trasparire la paura, aveva cominciato a tremare e a perdere il controllo di sé. Evolante si voltò leggermente verso di lei sussurrando le sue raccomandazioni.

«Ambra, quando ti darò il via, corri, fuggi!»

«Adesso basta!» inveì Elenìae che con un rapido movimento di braccia aveva esploso una potente onda di energia che Evolante, come niente, neutralizzò. I suoi attacchi si rivelavano vani contro il vecchio mago. A ogni colpo la terra tremava e zolle intere di terreno crollavano sotto i loro piedi. Un'onda d'urto dalla violenza inaudita sbalzò lontano i due guerrieri ancora immersi nella lotta, mentre Ambra restò accucciata con la testa tra le braccia, in preda al terrore, dietro un grande tronco e, in un momento inaspettato, udì Evolante urlare.

«Adesso, Ambra! Corri! Corri!»

Tremante e in preda all'angoscia, senza voltarsi, si diede alla fuga. Arrancava ed era sconvolta, ma, nonostante ciò, prima di dileguarsi, si arrestò per controllare un'ultima volta come stava evolvendo la situazione. Dionas, furente, lottava con tutte le sue forze e sembrava avere la meglio sul suo nemico. Evolante, invece, aveva creato un vero e proprio turbine di energia pura al cui interno Elenìae si dibatteva come un'indemoniata. Cercava di districarsi da quella morsa costrittrice, lanciando a sua volta onde energetiche esplosive che non facevano altro che rendere sempre più forte il vortice che la imprigionava. Alcuni alberi nelle vicinanze venivano sradicati sin dalle radici e scaraventati lontano come proiettili mortali. Con la coda dell'occhio, Evolante, si accorse di lei.

«Non indugiare piccola, fuggi! Non resisterò in eterno.»

Lei iniziò ad arretrare di qualche passo con l'intenzione quindi di rimettersi in fuga, ma qualcosa o qualcuno alle sue spalle, la bloccò.

«Fuggi bambina!» Due labbra erano accostate al suo orecchio e sussurravano quelle parole. «Corri più veloce del vento e non voltarti indietro.»

Lei si voltò di scatto e la visione dinanzi a sé inebriò i suoi sensi.

Si era rassegnata del fatto che non avrebbe mai più udito quella voce. Era convinta che non avrebbe mai più contemplato quegli occhi così profondi e innamorati che ora la guardavano. Nicholas aveva già il soave viso della sua donna tra le mani e, dolcemente, lo accarezzava. Lei tentò di dire qualcosa, ma senza riuscirci.

«Non chiedermi niente, non dire nulla. Ti spiegherò tutto dopo, adesso corri alla nave. Io ti raggiungerò quanto prima.»

Con le lacrime agli occhi Ambra acconsentì. «Giurami che tornerai!»

«Te lo giuro sulla mia vita, e adesso vai!»

Non prima di averlo baciato. Lo strinse forte a sé in un abbraccio profondo, si baciarono ancora, poi lei si dileguò.

La lotta tra i due cavalieri s'interruppe all'improvviso.

Elias, incredulo e sconcertato, vide comparire tra il trambusto della polvere in tempesta il mago che alcuni giorni prima aveva annientato uno di loro in un feroce e brutale conflitto. Lo credeva morto, ma non solo non lo era; percepiva in lui un'energia diversa, quasi selvaggia, animalesca, che scaturiva dai suoi occhi e lo raggiungeva fino a penetrare nei suoi. Colpito da un profondo turbamento, Elias si precipitò alla ricerca del suo copricapo andato a finire chissà dove, per mettersi al sicuro e non rischiare ulteriormente la vita.

Anche Dionas, da parte sua, non nascose la profonda sorpresa di rivedere l'amico, creduto morto fino a quel momento, sano e salvo e che ora, con aria bellicosa si dirigeva verso di loro.

«Nicholas...» Le sue labbra non riuscirono a pronunciare altre parole. Era davvero lui, un fantasma o cosa? Nicholas gli parlava, ma lui notava qualcosa di diverso. I suoi occhi sprigionavano una potenza ferina che nulla aveva a che fare con la sua vera indole.

«Raggiungi tua sorella. Lui lascialo a me!»

«Nicholas...»

«Andiamo, Dionas! Torna in te! Non è il momento delle spiegazioni, non c'è tempo. Raggiungi Ambra e scortala alla nave dopodiché salpate.»

«No, non prima del tuo arrivo.»

«Non ci provare neanche a pensarlo, Dionas!»

«Ambra mi ucciderà.»

«Le ho giurato che l'avrei raggiunta, ma non le ho riferito né come, né quando. Me la caverò. Fidati!»

«Resta vivo, ti prego!»

«Ci puoi giurare, adesso vai!»

Tese le gemelle verso di lui, invitando Nicholas a impugnarle, dopodiché si diede alla fuga per raggiungere Ambra e filare via verso la Grande Insenatura.

Elias nel frattempo aveva indossato l'elmo che, come per magia si saldò perfettamente al resto dell'armatura, prodigandogli nuova forza e vitalità. Così, accettando la sfida che scaturiva dalla veemenza del nuovo arrivato che avanzava risoluto verso di lui, lo attendeva smanioso e assetato di sangue, con tutte le intenzioni di dargli filo da torcere. Evolante, a sua volta, era ancora alle prese col vortice che intrappolava Elenìae. Appariva visibilmente stanco, ma avrebbe retto fino a quando sarebbe stato necessario. Presto, Nicholas sarebbe intervenuto a sostenerlo e in questo modo, unendo le loro forze, avrebbero concesso un valido vantaggio ai fuggitivi.

Dopo aver attraversato il breve ma folto tratto di bosco che precedeva il tanto sospirato versante est, Ambra giunse finalmente nei pressi del ripido pendio, lungo e scosceso, che rappresentava l'ultimo ostacolo da superare per arrivare, finalmente, alla *Stellamaris*.

Alcuni rumori indefiniti provenienti dal limitare del bosco e non molto distanti da lei attirarono la sua attenzione facendola preoccupare, ma con sollievo si accorse che si trattava di suo fratello.

«Sei tu? Mi sono presa uno spavento! Dov'è Nicholas?»

«Ci raggiungerà. Forza! Scendiamo! Stai molto attenta, un passo falso e rischiamo di ruzzolare giù senza fermarci.»

Iniziarono assennatamente la discesa, affondando bene i piedi nel terreno per bloccare i passi ed evitare di scivolare. La Grande Insenatura si allargava ai piedi del versante e non era molto lontana, mentre la *Stellamaris*, imponente e meravigliosa, era già apparsa ai loro occhi.

«Ambra! Fermati Ambra!»

Lei si bloccò all'improvviso scrutando in ogni direzione convinta di ciò che aveva udito, ma non vide nessuno.

«Perché ti sei fermata? Andiamo, lo so che non ne puoi più, ma devi fare un ultimo sforzo. Non possiamo fermarci ora.»

«Ho avvertito la voce di qualcuno. Hai detto qualcosa?»

«No, non ho detto nulla. Deve essere la stanchezza, andiamo!»

Tornarono sui loro passi, ma quella voce si ripresentò a tormentarla.

«Torna indietro sorellina. Ritorna dal tuo amato.»

Si arrestò nuovamente e questa volta lo aveva udito in maniera più distinta.

«Sai che non può nulla contro di me perché sono imbattibile. Sai che lo ucciderò. Come puoi permetterlo? Credevo che lo amassi!»

Dionas non capiva, era preoccupato. «Che ti prende! Andiamo tesoro, manca poco.»

«La tua vita vale la sua, Ambra. Lui l'ha già data per te, una volta. Ora è il tuo turno. Moriresti per lui? Lo faresti sorellina?»

Dionas si dimostrava sempre più in apprensione, cercava di distoglierla senza sapere di preciso da cosa e non riusciva a immaginare il motivo per cui sua sorella non avesse più intenzione di muoversi, ma non ebbe il tempo di scoprirlo.

«La sua vita dipende solo da te. Consegnati a me e ti do la mia parola che lo lascerò vivere.»

Le lacrime di Ambra brillavano sul suo viso come perle diamantate al riflesso del sole e i suoi occhi rilucevano come sfolgoranti gemme preziose.

«Mi dispiace!» sussurrò.

«Piccola, no…»

Non ebbe il tempo di veder giungere quella forte spinta, che Dionas già volava nel vuoto del pendio, ruzzolando a una velocità vertiginosa, senza riuscire a trovare il minimo appiglio cui aggrapparsi mentre Ambra, facendo affidamento alle poche forze che le erano rimaste, iniziò la gravosa risalita per raggiungere il suo amato. Dionas continuava a cadere giù rovinosamente e i tentativi di afferrare il pugnale custodito nello stivale furono vani, ma alla fine la spuntò. Arpionò il terreno più e più volte finché non arrestò quella delirante caduta. La polvere lo accecava. Tossì fino a vomitare e infine, con l'angoscia nel cuore, anche lui cominciò a risalire. Sarebbe stata dura, non l'avrebbe raggiunta in tempo, il percorso era troppo lungo.

Ambra era ora impegnata ad attraversare il tratto di foresta che l'avrebbe condotta al Passo di Goiltrand. Correva più veloce che poteva nonostante fosse allo stremo delle forze. Non sentiva più le gambe, l'affanno la divorava al punto da costringerla a fermarsi alcuni secondi per tossire con violenza. Ce la mise tutta ma, una volta giunta sul posto, ebbe un'amara sorpresa. Non solo Nicholas non era in pericolo e non aveva nessun tipo di problema, ma si trovava in un momento cruciale in cui stava per finire l'abominevole cavaliere. Grazie alla forza vitale acquisita dalla bestia con il suo sacrificio, Nicholas aveva in serbo nuove risorse energetiche che avevano reso la sua magia, già di per sé poderosa, ancora più forte. Aveva atterrato il demone al suolo bloccandolo al collo con una mano, da cui scaturiva un'intensa ed energica irradiazione. Il bordo del copricapo prese a sciogliersi come neve al sole; la vittoria sul cavaliere maledetto era imminente. L'elmo fu scaraventato lontano, dove Elias non lo avrebbe mai più raggiunto. Come per la lega che lo proteggeva, anche la sua gola sarebbe stata sciolta finché, la mano che la stringeva forte, non avrebbe rimosso la sua testa sbalzandola via lontano, fino a raggiungere l'inferno. Ma il destino aveva giocato sporco quella volta. Le cose non andarono esattamente come Nicholas aveva sperato. La presenza di Ambra, anche se per una frazione di secondo, lo distrasse. Non si aspettava il suo ritorno. Non si aspettava di rivederla lì. E Dionas dove diavolo era? Perché le aveva permesso di tornare? Un repentino sguardo sconcertato verso di lei, fu sufficiente a Elias per passare al contrattacco. Una violentissima e inaspettata ginocchiata colpì Nicholas all'altezza dei testicoli. Il demone si liberò di lui e, con un secco colpo di reni, si rimise in piedi. Afferrò il giovane mago con la leggerezza di una piuma e con un'animalesca forza selvaggia lo scaraventò addosso a Evolante che, stanco e senza difesa, stramazzò al suolo perdendo il controllo del vortice che intrappolava Elenìae.

Fuori dal turbine e finalmente libera, la maga urlò rabbiosamente per dar sfogo a tutta la sua ira. Avrebbe raso al suolo e ridotto in cenere l'intera Xenidra se non fosse per la dolce visione che si presentava ai suoi occhi. Quella spettacolare scena che da tempo aveva atteso e così a lungo bramato, la addolciva deliziosamente. Ciò che desiderava più di ogni altra cosa si stava verificando giusto in quell'istante. Assaporava, dolce e appagata, ciò che il suo Elias si apprestava a compiere. Egli teneva Ambra stretta tra le grinfie, l'aveva afferrata per il collo come un animale. Lei si divincolava, ma lui la teneva stretta a sé ed Elenìae gustava quel momento come una dolce delizia. Soddisfazione e piacere la pervasero quando Elias, con potenza barbara e perfida malvagità, conficcò la sua mano artigliata nel petto guarito solo da poco della giovane donna. La serrò attorno al suo cuore spaventato e sofferente, percependone i battiti rapidi e intensi, poi fissando Nicholas negli occhi e godendo di quella tortura inflittagli, estrasse con forza brutale quell'organo ancora pulsante, brandendolo in alto come un trofeo appena conquistato.

Il grido disperato di Nicholas si estese per miglia e miglia. Volò verso di lei. Anche se il demone l'aveva lasciata andare, Ambra era ancora in piedi. Lui la afferrò prima che le sue gambe si lasciassero andare, cedendo il passo alla morte. La abbracciò forte. La stringeva a sé come se quella stretta avesse potuto fermare la violenta emorragia, ma Ambra non possedeva più il suo cuore e la vita, che aveva accompagnato i suoi sorrisi e il suo fresco modo di essere, l'aveva abbandonata. Le sue braccia si erano lasciate andare, oscillando nel vuoto. Lungo il braccio sinistro, un triste e penoso fiume di sangue fluiva fino a raggiungere la punta delle dita e tuffandosi poi, rosso e ancora caldo, sulla roccia bianca e risaltando vivo e scarlatto, agli occhi dell'incredulo Evolante.

I due assassini si erano già dileguati soddisfatti. Un giovane cuore batteva all'interno di un prezioso cofanetto, pregiato come ciò che conteneva. Molto presto sarebbe stato adagiato sull'Altare Sacro nel Tempio di Galhois, situato nell'omonima e segreta dimora di Elenìae, in attesa che un altro cuore, quello del discendente, lo avesse raggiunto per l'estremo sacrificio.

Evolante, straziato dal dolore e dalla fatica, cercava di raggiungere il punto in cui, si presumeva, sarebbe ricomparso Dionas. Non avrebbe retto alla vista di quella scena (*... non sopporterò vederla morire...*). Come un padre, lo avrebbe accolto e consolato. Avrebbe placato la sua ira o per lo meno ci avrebbe provato, anche se sarebbe stato molto difficile. Difatti, come supponeva, si rivelò molto faticoso trattenere il giovane Ministro mentre, con la furia nel cuore e lo strazio nell'anima, scalciava, urlava e piangeva.

L'intera congrega degli alleati, durante la notte, come un unico corpo e senza indugiare, aveva aderito all'appello del Ministro che consisteva nel raggiungere al più presto l'isola di Otherion. Ancor prima dell'alba, ognuna delle navi aveva lasciato il suo porto, pronta a intraprendere il lungo viaggio. Il vento favorevole le spingeva lontano e quando il sole fu già alto nel cielo, si erano distanziati dalle loro terre più di quanto avessero potuto immaginare.

Nel lontano porto di Grainux, a nord delle terre di Turimech, oltre l'altopiano di Vesangia, numerose flotte nemiche, seguaci di Elenìae e provenienti da ogni parte di Castaryus, erano in attesa. L'ordine fu categorico. L'appello, o meglio *il comando*, fu accolto da tutti coloro che speravano nell'abbattimento del Drago, confidando di occupare poi, un posto considerevole nel nuovo mondo che avrebbe creato la loro regina. Decine e decine di *carnefici* furono imbarcati all'interno di gabbie, sgretolate in molti punti a causa della ferocia delle bestie che rodevano il legno e il ferro con l'intento di liberarsi e chissà, forse le loro prigioni non avrebbero retto fino a destinazione. Le stive furono riempite, non tanto di viveri, quanto di armi di ogni genere, dalle balestre agli archi, dalle lance alle spade, dalle catapulte alle armi incendiarie. Orde di uomini e donne di ogni razza ed età, erano presenti a quell'importante incontro che li riuniva tutti in un'unica arma che si sarebbe battuta, fino alla morte, per la sua Signora.

Lei comparve imponente dal cielo, in groppa alla sua Pantera. Sorvolò tutte le navi che formavano il convoglio brandendo, nell'aria vibrante, l'inestimabile cofanetto che rinchiudeva il più prezioso dei tesori, urlando alle bocche del vento la sua prima vittoria verso il potere assoluto. Elargì il suo ultimo comando di partenza, prima di atterrare sulla sua dimora navale, il fiero e mastodontico *Neromanto*, dove Roshas attendeva con l'immancabile mantello di raso blu con cui avrebbe cinto le spalle della Dea.

***

Mancava poco a mezzogiorno. Ambra era stata adagiata su un soffice manto erboso che era divenuto oramai dello stesso colore del sangue. Evolante aveva cauterizzato le sue ferite che non sanguinavano più. I tre erano inginocchiati attorno a lei, immersi in una cupa e profonda espressione di dolore. Gli abiti di Nicholas, del tutto inzuppati, gocciolavano di rosso sull'erba fresca. In alcune zone dei suoi vestiti, il sangue pareva essersi essiccato, in altre era ancora vivo.

Dionas giaceva immobile con lo sguardo perso su di lei. Ai suoi occhi, pareva che dormisse, docile e quieta, e non voleva accettare per nessun motivo al mondo che la vita non la illuminasse più. Avevano trascorso la maggior parte del tempo a piangere, a pregare, rimanendo in attesa del momento in cui fosse giunta, almeno per uno di loro, la forza di reagire. Per molto tempo nessuno si mosse. Nessuno azzardò una sola parola. Il morale era a pezzi. Non solo Elenìae aveva messo fine alla vita di Ambra, ma aveva guadagnato un'ottima opportunità di vincere la guerra.

Il sole era ormai perpendicolare alle loro teste. Illuminava il candido volto di Ambra donando alla sua pelle, ancora per un po', un triste roseo raggio di quella vita che, ormai, non le apparteneva più. I loro cuori straziati non avrebbero mai dimenticato quel momento. I pezzi frantumati del loro animo non si sarebbero mai più ricomposti e Dionas, ora, era solo. Ambra rappresentava tutto ciò che era rimasto della sua famiglia, il bene più prezioso per il quale valesse la pena combattere, ma ora che non c'era più, dopo che gli era stata portata via in un modo così brutale, strappata alla vita dallo stesso essere che aveva assassinato i loro genitori, si leggeva sul suo volto un leggero segno di resa che Evolante percepì.

«Siamo davvero molto addolorati per tutto ciò e…» ruppe il silenzio il vecchio mago, ma all'improvviso la sua voce si strozzò. Poi riprese. «Ma che diavolo sto dicendo! Addolorati? No! I nostri cuori sono stati letteralmente strappati via e fatti a pezzi con il suo. Nessuno…» diceva tra le lacrime «nessuno potrà mai guarirci da tanto dolore, da una così profonda sofferenza, ma non possiamo più attendere. Non è facile, lo so, ma è giunto il momento di reagire perché non è ancora finita. Abbiamo un bambino da proteggere e molto presto, Elenìae, giungerà anche a lui.»

Nessuno degli altri due lo guardò né ebbe alcun tipo di reazione.

«Perché...» intervenne poi Nicholas «perché è tornata? Glielo avevo giurato, l'avevo convinta... perché è tornata? Dionas perché glielo hai permesso?»

«Non so che cosa le è preso» gli rispose con voce molto bassa. «Avevamo quasi raggiunto la nave... ha agito all'improvviso. Mi ha spinto giù per il pendio perché non la raggiungessi... non so che dirti.»

«Lo so io, invece» aggiunse Evolante. «Ho pregato con tutte le mie forze affinché non ascoltasse quella voce.»

«Quale voce?» chiesero simultaneamente gli altri due.

«Quella del cavaliere maledetto, immagino. Era la voce di un uomo e la chiamava *sorellina*. L'ha invocata facendole credere che Nicholas fosse in pericolo e che avrebbe risparmiato la sua vita se solo lei avesse concesso il suo cuore.»

«Si è sacrificata per me! È tornata perché ha creduto che...»

Nicholas tornò a singhiozzare chiedendosi perché è stata così stupida da credere a quella voce maledetta, perché lui è stato così stupido da non aspettarselo.

«Evolante, ascoltate!»

«Ditemi, Dionas.»

«Esiste un incantesimo che possa preservare il corpo di mia sorella per un po' di tempo?»

«Sì. Esiste e posso attuarlo se lo desiderate.»

«Bene. Torneremo a Mitwock. Sarà deposta in un feretro di cristallo e resterà al Tempio finché non sarà tutto finito. Al nostro ritorno avrà un funerale onorevole, degno del suo sacrificio, e una dignitosa sepoltura.»

Nicholas, adagio e con delicatezza, prese il corpo di Ambra tra le braccia e iniziò a incamminarsi. Evolante si rialzò e, afferrando Dionas per un braccio, lo invitò a fare altrettanto.

Nel vicino villaggio di Ingathon, l'angusta compagnia si procurò un carro e due cavalli. Intrapresero la via più comoda e quasi verso sera, il regno di Mitwock, ricomparve ai loro occhi.

«È una disgrazia che rammarica immensamente il mio cuore. Non arriverò mai a immaginare ciò che state provando, ma posso dirvi con certezza che sono vicino al vostro dolore.»

«Vi ringrazio maestà.» Gli rispose senza neanche rivolgergli lo sguardo. Dionas osservava quel feretro limpido e trasparente che accoglieva la salma di sua sorella, incantevole e più bella che mai. Il suo corpo era stato ripulito a fondo. I suoi capelli, lavati e pettinati, scendevano morbidi sul suo petto, nascondendo l'enorme squarcio che lo sfigurava. L'abito con cui era stata abbigliata, principesco e sfarzoso, emanava una sorta di luce che, riflessa sul suo viso, lo illuminava al punto tale da apparire quasi vivo.

«Resterà qui fino al mio ritorno.»

«Come desiderate, Ministro. Sarà sorvegliata giorno e notte e le fiaccole del lutto non si spegneranno mai. Qualunque cosa io possa fare, di qualsiasi cosa abbiate bisogno, non esitate a chiedere.»

«C'è una cosa che potete fare per me, maestà.»

«Vi ascolto.»

«Trovatemi la spia!»

«Spia, dite?»

«Siamo caduti in una trappola, ci aspettavano. Qualcuno li ha informati.»

«Ma questo… questo è terribile. Chi può averci spiato? Chi ha osato origliare le nostre conversazioni?»

«È ciò che dovrete scoprire. Voglio sapere chi è stato e al mio ritorno lo voglio davanti a me. Chiunque sia, è già morto.»

«Di chiunque si tratti, non avrà vita facile, avete la mia parola. Quanto a voi, Ministro, quando avete intenzione di ripartire?»

«Adesso.»

«Ora? Ma siete sfiniti? Perché non lasciate passare la notte?»

«Partiremo ora. Non ha più senso attendere.»

«Un'ultima cosa, Ministro. Sono stato informato solo stamattina della partenza della nostra flotta navale verso Otherion, con tutti i nostri soldati. Come mai non sono stato messo al corrente di ciò? Ora siamo senza difesa e…»

«È stata una decisione presa su due piedi, sire. Avrei dovuto parlarvene nella mattinata, se non fossimo fuggiti all'improvviso.

Comunque non avete di che temere, nessuno avrà più motivo per attaccarvi ora. Non più!» Poi si accostò a Nicholas. «Non lasciar lenire il tuo dolore, fratello. Non permettere alla rabbia di allontanarsi. Custodiscila. Per la vendetta.»

Il giovane mago smise di accarezzare il cristallino diamante che avvolgeva la sua donna e, senza voltarsi, annuì con un cenno della testa. La vendetta sarebbe stata ciò che, da quel momento in poi, li avrebbe tenuti uniti, più di ogni altra cosa. Uniti nel dolore e nella guerra.

«La vendetta non è ciò per cui dovremmo batterci,» s'intromise Evolante, entrato da poco nel tempio, «oscura la mente e non ti fa agire nel modo giusto.»

«Qualunque cosa succeda, non dovete toccarlo. *Lui* è mio!»

«Dionas… Dionas, cosa ti ho insegnato…»

«Non ve ne venite fuori con questi discorsi, Evolante! Non ora e non con me!»

«E invece sì! Dovete ascoltarmi! Se avrò l'occasione di distruggere quel demone, lo farò, che a voi piaccia o no! Che sia per vendetta o no, loro dovranno comunque perire, se vogliamo vincere questa guerra. Ma se la vostra mente non sarà lucida, rischierete di fallire anche stavolta…»

«In che cosa avrei fallito?» urlò Dionas in preda all'ira. «In cosa ho sbagliato? Cos'altro avrei dovuto fare?»

Anche Evolante non risparmiò la sua voce. «Dovevate farla finita quando ne avevate avuto l'occasione. Aveva tolto il suo elmo, sarebbe bastato un gesto della vostra lama per far saltare la sua testa. Perché non lo avete fatto? Per quale motivo avete indugiato?»

«Non mi aspettavo di trovare lui! Mi ha colto di sorpresa… non mi aspettavo *lui*!»

«E che cosa avete fatto invece di reagire? Avete pensato che era la vostra occasione per fargliela pagare. Vendicarvi! Questo avete pensato! E invece di troncare la sua vita in quello stesso istante, avete cominciato a picchiare, a colpire, a pestare…»

«Volevo fargli male! Volevo massacrarlo!»

«E non vi è servito a niente.»

I due si guardarono in silenzio. Dionas con gli occhi lucidi. In cuor suo era consapevole che Evolante aveva ragione. La vendetta non faceva parte dei sani principi per cui era stato scelto, ma s'insinuò nella sua vita il giorno stesso in cui il demone trafisse sua madre e mai lo abbandonò.

«Horinthon!» gridò senza distogliere lo sguardo da Evolante.

«Sì, Ministro!»

«Preparate la mia armatura.»

«Subito, mio Signore.»

Dionas si avviò per uscire dal Tempio e raggiungere la sala delle armature reali ma Evolante gridò il suo nome e lui senza voltarsi lo ascoltò.

«Perdonatemi se ho osato. Siete come un figlio per me.»

«E voi per me come un padre.» E senza voltarsi se ne andò.

La *Stellamaris* spiegò le sue vele all'alba.

Il viaggio verso Otherion era appena cominciato. Secondo i loro calcoli avrebbero impiegato all'incirca tre settimane per raggiungere le sue coste e con molta probabilità avrebbero trovato le flotte alleate ad attenderli. L'epilogo era alle porte. Il preludio dell'ultima battaglia sarebbe presto giunto. Lo scontro finale avrebbe stabilito, una volta per tutte, la fine della guerra o l'inizio di un nuovo e sanguinoso incubo.

Nel porto di Grainux, intanto, Elenìae organizzava la sua offensiva. Centinaia di navi che avevano viaggiato per settimane con il proposito di raggiungere l'adunata, in attesa da giorni, ricevettero finalmente il *via* per la grande traversata. Altre imbarcazioni da guerra salparono dai numerosi porti clandestini dove, per anni, si erano organizzate in attesa della *chiamata*. In quella notte di fine autunno, le vele nere del *Neromanto*, in testa al convoglio, si gonfiarono fiere e altezzose guidando la flotta verso quella che sarebbe stata la battaglia decisiva.

Elenìae era cosciente del fatto che, una volta giunta nei pressi dell'isola, avrebbe perso i suoi poteri e questo avrebbe reso tutto molto più difficile. Perciò decise che era giunto il momento di tirar fuori il suo asso nella manica, una carta vincente che ancora non possedeva ma che presto avrebbe raggiunto.

Lacrime rosse di sangue bagnarono i suoi abiti.
Come una bambola inanimata, Nicholas la stringeva a sé
Sperando, del suo cuore, di udire gli ultimi palpiti.
Nessun battito giungeva dal petto squarciato.
Nessun cuore apparteneva più a quel corpo straziato.
Custode ormai solo del dolore e abbandonato alla tristezza
Null'altro della vita avrebbe avuto senso
Se non, della vendetta, l'amara consapevolezza.

Il Viaggio

manda! Amanda!» Johan la chiamava a voce bassa per evitare che si svegliasse di soprassalto. Il prolungato stress, patito in quella nottata, l'aveva messa al tappeto e Amanda, quasi senza accorgersene, aveva lasciato andare la testa sul morbido schienale del divano.

«Amanda, si svegli!»

«Ispettore... oh ispettore mi scusi! Devo essermi appisolata.»

«Non deve scusarsi. Ne ha tutte le ragioni. Con quello che ha passato, appisolarsi sul divano, era il minimo che potesse fare. Come si sente? La spalla le fa molto male?»

«Non tanto, se me ne sto buona. Trattandosi di una frattura, alla fine, è un dolore sopportabile. Ma non è questo il male peggiore se penso a quello che sta passando Karen.»

«Sono sicuro che si sistemerà tutto, vedrà. Ci vorrà solo un po' di pazienza. Ascolti, noi qui abbiamo finito. La camera di Karen e quella di suo figlio sono state passate al setaccio, millimetro per millimetro. Abbiamo raccolto altri campioni e... speriamo di ricavarci qualcosa. Sono già le due di notte e per ora ci fermiamo, torneremo domattina presto, appena ci sarà luce sufficiente per esaminare anche l'esterno dell'abitato.»

«Faccia pure come meglio crede, ispettore. Per me può rimanere qui anche fino a domani mattina.»

«Beh, non ho impegni per stanotte. Se vuole, posso rimanere a tenerle compagnia.»

Amanda lo guardò con tenerezza. Un leggero sorriso sollevò l'angolo della sua bocca, ma durò solo pochi secondi. La stanchezza e la depressione che avevano invaso il suo animo tornarono subito dopo a prendere il sopravvento.

«La ringrazio ispettore.»

«Mi chiami pure Johan se le viene più comodo.»

«Grazie Johan, ma non oserei mai rubare a un bell'uomo come lei, preziose ore di riposo per trascorrerle invece con una vecchia diroccata come me.»

«Vecchia diroccata? Ma lei è matta! Sta scherzando, spero! Invece è una bellissima donna, Amanda, piacevolmente matura, con un fascino che la contraddistingue.»

«Apprezzo il suo impegno per farmi sentire meglio, Johan. Non ci crederà, ma per un attimo è riuscito a risollevarmi il morale. Riposi bene, la voglio in forma. Deve ritrovare mio nipote. Sento che è vivo ma in pericolo e forse, dopo quello che è successo, le sembrerò pazza, ma ho come l'intuizione che Karen non ha colpa in tutto questo.»

«Certo che non ha colpa! Sua figlia è malata e se mai avesse commesso un reato, non ne sarebbe stata cosciente. Ho ordinato di cercare quell'isola all'infinito e non smetteranno finché non l'avranno trovata.»

«Non rintraccerete mai quell'isola, semplicemente perché non esiste.»

«Karen ne è convinta invece. Continueremo nelle ricerche fino a quando non troveremo qualcosa. Lo so che è molto tardi, ma devo chiederle un'ultima cosa.»

«Mi dica!»

«Può affermare con certezza che Karl sia il figlio naturale di Karen? So che è una domanda fuori luogo, ma la pregherei di rispondermi.»

«Più che fuori luogo, la definirei una domanda assurda. Certo che lo è! Ma perché lo vuole sapere?»

«Nulla d'importante.»

«Non capisco…»

«Non ci pensi. Ora devo andare. Se ha bisogno di qualcosa, di qualsiasi cosa, non esiti a chiamarmi.»

«Non ho bisogno di nulla Johan, non si preoccupi. Me la caverò. Buonanotte.»

Nonostante la forte dose di sedativo che le era stata somministrata e anche se si trovava in una profonda fase d'incoscienza, Karen non chiuse mai gli occhi quella notte e i momenti di lucidità divenivano sempre più sporadici.

«Albert… Albert…»

Gli sorrideva. Era felice di vederlo, anche se in un momento d'incapacità razionale, ma era cosciente del fatto che egli non fosse realmente lì.

«Albert... non lasciarmi...»

Anche lui le sorrideva con dolcezza mentre le accarezzava la guancia, poi all'improvviso divenne serio.

«Non seguirla Karen, non devi seguirla!»

«Albert, resta con me... non andartene!»

La visione di Albert era già scomparsa prima ancora che ella finisse di supplicarlo. Aveva sentito bene o aveva solo immaginato di ascoltare le sue parole? Chi non doveva seguire e perché? Chiuse gli occhi per la prima volta, ma più per la stanchezza di averli lasciati aperti troppo a lungo che per il sonno. Una parte di lei era troppo stanca, aveva voglia di lasciarsi andare, di fuggire dall'oppressione dei pensieri. L'altra invece, non voleva demordere; sentiva immane il bisogno di lottare e di non arrendersi. Più il *tempo* si approssimava, più Karen si allontanava dalla realtà. Più *Elenìae* si avvicinava a suo figlio, ancor più Karen si addentrava nell'esistenza di un mondo misterioso, sconosciuto e ignaro alla conoscenza di qualunque altro essere umano.

Il primo elemento di quel mondo che colpì profondamente Karen, fu l'isola di Otherion che provocò in lei, quella sera, una totale perdita di controllo. A essa seguirono altre visioni, come la figura di un orrendo e gigantesco drago alato dagli occhi di fuoco, dalle fauci terrificanti e con uno sguardo che poteva essere solo sinonimo di morte. Con molta probabilità, pensava, lo stesso drago che aveva terrorizzato suo figlio quella notte maledetta, poco tempo prima della sua scomparsa. Continuava a scorgere terre lontane, sconosciute. Mentre solcava le onde del vento, così fresco da sentirlo vivo sulla pelle, si arrestò all'improvviso davanti all'incantevole viso di una donna, solleticato dai capelli spettinati dal vento. Ella contemplava l'orizzonte lontano, accarezzato dal sole morente che, triste, si rifletteva nelle profonde acque dell'oceano. La donna si voltò piano verso di lei e Karen si ritrovò a fissare i suoi occhi. Occhi freddi come il ghiaccio. Occhi ipnotici. Occhi guerrieri.

Poi, la visione di un bambino. Era di spalle in punta di piedi. Cercava, in preda alla disperazione, di aprire una finestra. Si voltava spesso, ansioso, per controllare che qualcuno non apparisse all'improvviso e continuava imperterrito a sollevare quella serratura con tutte le sue forze. Ma la finestra non si apriva. Era lui! Il suo bambino.

***

Erano all'incirca le sette e trenta quando il campanello di casa Overgaard risuonò con violenza terrorizzando Amanda, che si svegliò di soprassalto con il cuore in gola. Era rimasta assopita sul divano per tutta la notte, coperta solo da un soffice plaid. Aveva preso sonno di tanto in tanto, ma non aveva riposato più di dieci minuti. Ogni movimento le procurava un acuto dolore alla spalla e rialzarsi dal divano per aprire la porta, fu una vera tortura.

«Henrik!»

«Buongiorno Amanda, spero di non averti svegliato. Ho saputo da Kallen che sarebbe arrivato a quest'ora e volevo tenergli un po' di compagnia prima di recarmi in clinica, ma vedo che non è ancora giunto. Ti ho disturbato?»

«No mio caro, anzi hai fatto bene a passare, tanto mi sarei dovuta alzare comunque. Lo sai che sono sempre felice di vederti.»

Le macchine della polizia scientifica erano intanto comparse dal fondo della via e si avvicinavano all'abitazione di Karen per ultimare i controlli interrotti la notte precedente ed eseguire un'analisi più approfondita all'esterno dell'edificio.

Johan aveva intenzione di esaminare, alla luce del giorno, l'esterno delle finestre della camera di Karen e del figlio. Fu proprio in prossimità delle due finestre che si erano verificati gli episodi più strani. Karl aveva visto qualcosa di spaventoso, quella notte, e chissà che non avesse avuto a che fare col suo rapitore. A sua volta Karen, si era sporta fuori al punto tale, da rischiare di precipitare di sotto per raggiungere o cercare di afferrare chissà cosa. Che avevano visto lì fuori?

«Amanda, voglio presentarti Marianne, ti darà una mano in casa finché non sarai in grado di cavartela da sola. È una cara amica di famiglia, fidati! Garantisco io per lei.»

«Sei così caro Henrik! Hai avuto davvero un pensiero gentile. Se devo essere sincera, non avrei saputo proprio a chi rivolgermi. Piacere di conoscerla, Marianne,» disse rivolgendosi alla donna che era con Henrik «è più che benvenuta.»

«Piacere mio, signora.»

«Mi chiami pure Amanda, la prego. Venga, le faccio vedere dov'è la cucina e soprattutto dove troverà il caffè. Ho l'impressione che dovrà prepararne un bel po' stamattina.» Si riferiva più che altro ai cinque agenti che erano appena scesi dalle loro auto, Kallen e Chiusa da una Volvo scura, mentre i tre agenti della scientifica erano giunti su una BMW bianca.

«Buongiorno ispettore, ha dormito bene stanotte?»

«Buongiorno a lei Larsen. No, è stata una nottataccia. Sono rientrato a casa solo un'ora fa, con la scusa di fare una doccia. Ho passato il resto della notte in centrale a cercare quella cazzo di isola.»

«E l'ha trovata?»

«No, niente di niente. Su tutta la crosta terrestre non esiste l'ombra di un'isola che abbia quel nome.»

«E se non fosse un'isola? E se invece fosse il nome di qualcuno? Può essere che sotto l'effetto dei sedativi, Karen, non si sia ben resa conto di quello che diceva. Magari è un nome che ha a che fare col rapimento di suo figlio. Dobbiamo solo dargli la giusta collocazione. Può riferirsi a un nome di persona o un luogo che non sia necessariamente un'isola.»

«Non so che dirle. Proveremo tutte le piste possibili, anche se non ne sono convinto. Per me, sedativo o no, sembrava più che convinta di quello che diceva. A proposito, ha sue notizie?»

«Ho chiamato l'ospedale poco fa e ho parlato col medico di turno. Ha detto che riposava, ma durante la notte è parsa piuttosto agitata.»

Gli agenti della scientifica erano impegnati a passare al setaccio ogni millimetro del terreno che circondava l'abitazione, concentrandosi soprattutto sulle aree sottostanti le finestre delle camere. Henrik e l'ispettore invece erano impegnati a scandagliare la parte esterna della camera di Karen. Osservavano attentamente la sua intelaiatura, ricercando tracce insolite, macchie sospette o qualsiasi cosa su cui si potesse indagare. Sulla parete, tranne che per alcune sbavature scure sotto la finestra, dovute probabilmente alle infiltrazioni di acqua piovana o all'umidità, non si notava nulla di particolare, nessuna impronta o segno di una certa importanza.

Intanto Noah Schmidt, uno degli agenti della scientifica, aveva raggiunto Kallen al piano superiore.

«Ispettore...»

Johan lo interruppe voltandosi di scatto. «Trovato qualcosa?»

«Non ne siamo sicuri, ma è meglio che venga a vedere.»

Schmidt li guidò verso il retro del giardino, di preciso nella parte sottostante la finestra di Karl.

«Osservi un po' qui, signore, vede? Ci sono alcuni punti in cui il terreno sembra affondato di una quarantina di centimetri, come se qualcosa di pesante vi si fosse poggiato sopra e l'erba sembra stranamente... non saprei come definirla, recisa forse, come se fosse stata tosata. Mi chiedo, essendo l'erba così alta, se qualcosa di pesante l'avesse schiacciata, non dovrebbe mostrarsi piegata e rinsecchita? Invece risulta tagliata e perfettamente uniforme. Qui s'interrompe vede? Poi ricompare in quest'altro punto...»

«A guardarla meglio non sembra tosata,» osservava Johan chino al suolo, dopo aver prelevato una piccola zolla di terreno e fissandolo in ogni punto «sono solo filamenti nuovi, nati da poco. Quelli vecchi sono nascosti qua in mezzo, li vede?» chiedeva all'agente Schmidt, mentre col dito perlustrava il ciuffetto che aveva in mano. «Eccoli! Sono i filamenti ancor più piccoli, secchi e scuri. Guardi, sembra come se fossero stati bruciati. Non sono carbonizzati, ma qualcosa di molto caldo li ha come... cauterizzati. Cosa diavolo, di così pesante, può essere stato qui e aver bruciato l'erba su cui si è posato? Ne avete trovate altre di queste zone?»

«No, sono tutte concentrate qui. Abbiamo controllato a fondo tutto il giardino, ma non abbiamo trovato altro.»

Henrik e Johan si guardarono per un attimo, poi, come se avessero avuto un'illuminazione, rivolsero assieme lo sguardo verso l'alto e notarono di trovarsi esattamente sotto la finestra di Karl. Senza dire una parola e con passo piuttosto spedito si diressero al piano superiore dritti nella camera del bambino, si lanciarono verso la finestra e quando la spalancarono, un'immagine che aveva dell'incredibile colpì impetuosa i loro occhi.

«Sembrano...»

«No, Larsen, non lo dica. È solo una coincidenza. Non può essere.»

«Ispettore, Karl aveva visto... era fermamente convinto di aver visto un drago alcune notti fa.»

«Oh per favore, Larsen! Sta parlando con me, non con un bambino. Avanti torni sulla terra!»

«E quelle? Che diavolo sono allora? Sono orme ispettore! Le guardi bene Cristo Santo! Riesce a vederle?»

«Non sono cieco porca puttana, le vedo! Vedo benissimo che sono delle orme. Sembrano impronte che lascerebbe una bestia piuttosto grossa, qualcosa come un dinosauro o...»

«O un drago.»

Due enormi e terrificanti tracce erano state impresse sull'erba da chissà quale bestia. Furono scattate numerose foto da diverse angolature. Numerosi campioni di terriccio, erba o qualsiasi altra cosa sospetta, furono prelevati e condotti in laboratorio ed esaminati con la massima urgenza. Inoltre la testimonianza di Amanda, secondo la quale nulla di così enorme sarebbe entrato in giardino e il fatto che lei fosse ignara di ciò, rese tutto ancor più misterioso.

La prima analisi fu condotta sui campioni di erba bruciati, portando alla conclusione che quello strano fenomeno si era verificato esattamente nel periodo in cui Karl aveva avuto quella strana visione che lo aveva spaventato a morte e a quel punto l'enigma divenne ancor più intricato.

Il monotono rombo del motore, la strada priva di traffico, il tepore irradiato dal climatizzatore, fecero emergere i mille pensieri che, soprattutto dopo gli ultimi avvenimenti, fluivano nella sua mente. Johan ne era così immerso che quasi trasalì al suono del cellulare.

«Sì, chi è?»

«Ispettore, sono Henrik. Ho finito ora il turno e mi chiedevo se ci fossero novità. Scoperto niente?»

«Ci stiamo lavorando. Un nostro esperto ha scannerizzato le foto e con alcuni filtri speciali ha ricostruito le forme, le ha delineate e rese più visibili.»

«Facendone venire fuori cosa?» chiese Larsen incuriosito.

«Indovini un po'?»

«Non me lo dica...»

«Due orme. Sorpreso?»

«Chissà perché non lo sono. Si riesce a capire a quale bestia appartengano?»

«Qualunque sia l'essere che le ha impresse, è enorme e non esiste in questo tempo e se anche qualcosa di così gigantesco gironzolasse spensierato per lo Jutland centrale, non sarebbe passato certo inosservato. Ricordano pressappoco le tracce di un tirannosauro o una bestia del genere.»

«Può essere che qualcuno si sia divertito a fare uno scherzo?»

«È improbabile. Sono state rinvenute tracce radioattive.»

«Cioè?»

«Tracce piuttosto consistenti di radiazioni alfa. A proposito, pensa che Karen possa aver subito un avvelenamento da radiazioni?»

«No, non credo. Non ha mai manifestato i classici sintomi da avvelenamento radioattivo.»

«Che consistono in cosa?»

«Nausea, vomito, eritema, inappetenza. Questo per quanto riguarda la fase prodromica cui segue, dopo un periodo di latenza, la fase acuta in cui insorge una sintomatologia più complessa. Il sistema nervoso centrale è tra i tessuti meno radiosensibili. Si può arrivare ad avere un'ischemia solo se sono state assorbite dosi troppo forti di radioattività e non mi pare che Karen abbia avuto attacchi ischemici. Lo ha confermato la tac di ieri sera. Ora sto andando da lei.»

«Sul serio? Anch'io. Sono partito da poco dalla centrale.»

«Io sono quasi arrivato, ci vediamo tra un po' allora.»

Nello stesso momento in cui concluse la chiamata, Henrik sentì vibrare nuovamente il cellulare. La melodica suoneria tintinnava le sue note allegre e senza distogliere lo sguardo dalla strada, rispose. «Sì, pronto!»

«Henrik, sono Amanda. Hai finito il turno? Devo vederti con urgenza.»

«Che succede, Amanda?»

«Te lo devo mostrare Henrik. Devi vederlo! Ho provato a chiamare Kallen, ma non riesco a rintracciarlo. Alla centrale mi hanno detto che è fuori.»

«Era al telefono con me. Lo avevo chiamato per avere notizie. Lo richiamo se vuoi, ma cos'è successo?»

«Ho scoperto qualcosa d'impressionante, fai presto Henrik.»

«D'accordo, avviso Kallen e mi dirigo verso casa.»

***

«Vorrei poterle dire buongiorno,» esclamò Sigurd Langkiær, primario del reparto psichiatrico del Silkeborg Central Hospital, guardando l'orologio, «ma sono le tre del pomeriggio, perciò mi limiterò a dirle *ben svegliata*. Come si sente signora Walken?»

«Come se volessi dormire ancora, mi fa male la testa. Vi prego slegatemi, non potermi muovere mi fa stare ancora più male.»

«Lo farò volentieri, signora Walken, perché sono convinto che farà la brava, non è così?»

«Io non so… non ricordo cosa sia successo, perché sono qui?»

«Lei è stata colpita da una violenta crisi, durante la quale ha rischiato di farsi molto male, mia cara signora, e il fatto che non ricordi nulla dimostra che non era cosciente delle sue azioni.»

«E che cosa avrei fatto, esattamente?»

«Beh, non hanno molta importanza le azioni che lei ha compiuto, quanto scoprire cosa le abbia provocate e per quale motivo non sia riuscita a mantenere il controllo di sé.»

Il dottor Langkiær era una persona molto paziente e scrupolosa. Conversava con Karen mentre slegava i legacci che l'avevano tenuta immobile nel letto per tutta la notte, ma lo fece solo dopo averle somministrato una piccola dose di tranquillante che l'avrebbe tenuta serena per il resto della giornata.

«Posso solo dirle che la testa le fa male perché ha subito una forte contusione con conseguente trauma cranico, ma da tutti i controlli eseguiti, sembra che non ci siano problemi. Il suo elettrocardiogramma ci ha dimostrato che lei ha un cuore perfetto, anche se comprensibilmente agitato.»

«Il mio bambino è scomparso,» lo interruppe lei all'improvviso cercando nel suo sguardo un briciolo di comprensione «sospettano che io ne sia la responsabile perché pensano che sia pazza e chissà, forse hanno ragione. Mi aiuti…» lo supplicava con le lacrime agli occhi «ho tanta paura!»

***

«Pronto? Mi dica ispettore!» Come al solito Chiusa, anche se un po' in ritardo, era alle prese con il suo misero pranzo confezionato da fast food, ma anche a costo di portarselo dietro, questa volta, non ci avrebbe rinunciato.

«Fatti trovare fuori dalla centrale, sto passando a prenderti. Non dimenticare il registratore.»

«Può considerarmi già sul marciapiede, capo!»

C'era una strana calma quel pomeriggio per le strade. L'assenza di traffico permise a Henrik di premere un po' di più sull'acceleratore, spinto non tanto dalla curiosità, quanto dalla preoccupazione di aver sentito Amanda così in ansia e turbata. La sua e l'auto guidata da Johan giunsero insieme sul tratto di strada che conduceva a casa Overgaard. Henrik si accorse di lui dallo specchietto retrovisore anche perché Johan aveva azionato un paio di volte la leva degli abbaglianti.

Quando Amanda li sentì arrivare non attese che suonassero il campanello. «Venite!» disse appena aprì la porta.

«Amanda, va tutto bene?»

Non rispose a Henrik, faceva loro strada verso il soggiorno eccitata e allo stesso tempo perplessa per qualcosa. I tre si guardavano mentre la seguivano e quasi non stavano più nella pelle per la curiosità. La videro sedersi sul divano e afferrare dal tavolino una cartella contenente un mazzo di fogli, duecento o trecento pagine circa, rilegati in modo piuttosto rudimentale e scritte tutte a mano. Senza dire nulla, Amanda, si voltò verso Henrik porgendogli il manoscritto. Il caro amico lo strinse tra le mani, quasi incredulo. Riconosceva la calligrafia, inconfondibile, del suo migliore amico.

«Ma questo è… non posso crederci! È quella roba che stava scrivendo Albert, quel racconto così inaccessibile! Ricordo che ne era tremendamente geloso. Guai a chi avesse letto una sola parola. Lo teneva sempre stretto al suo petto e non scriveva mai alla presenza di qualcuno.»

«Amanda,» riprese Johan impaziente, «torniamo a noi, cosa voleva mostrarci?»

«Ho inserito alcuni segnalibri» rispose indicando, quasi tremante, il manoscritto «e ho evidenziato alcune parole.»

In effetti Henrik, notando che tra i fogli fuoriuscivano alcuni segnalibri, d'istinto aprì la pagina contraddistinta dal primo segno e il suo sguardo cadde inesorabile su ciò che era stato evidenziato in giallo da Amanda. Henrik divenne pallido e attonito e il suo respiro si fermò per alcuni istanti.

Johan non capiva. «Cosa le prende Henrik? Che ha visto? Cosa c'è scritto?»

I due si guardarono per un attimo, poi Larsen gli rispose. «Otherion, l'isola del Drago.»

Otherion e Drago. Bastarono quelle due sole parole per dare l'impulso a Johan di strappare il manoscritto dalle mani di Henrik e controllare di persona. Lesse con i suoi occhi ciò che aveva scritto un uomo morto da almeno due anni e andò avanti con i segnalibri finché non giunse in un punto del racconto in cui si narrava di un sacrificio. Il sacrificio di un bambino.

«È questo dunque! È tutto qui! Sto impazzendo per tirar fuori, a tutti i costi, dal globo terrestre una stramaledetta isola che non esiste e cosa viene fuori? Che l'ho trovata! In un fottuto racconto!» Gettò con stizza il manoscritto sul tavolino di fronte al divano. Era fuori di sé. Ci sperava in quell'isola e soprattutto confidava nel trovarci Karl.

«Ho sbagliato tutto! Non dovevo starle dietro, ho sbagliato. Ora è tutto chiaro! Karl è scomparso e la mente contorta di sua madre si è immedesimata così tanto in quel racconto che...»

La sua guancia fu percossa da uno schiaffo. Amanda non si risparmiò.

«Non osi riferirsi a mia figlia come a una mente contorta! Non glielo permetto. Non vi avrei fatto correre qui con tanta urgenza se non fosse stato per un motivo importante.»

«E quale sarebbe?»

«Che mia figlia non ha mai letto una parola di questo racconto.»

Kallen si passò le mani tra i capelli, frastornato, confuso. Sentiva che stava per giungere al limite e che presto non avrebbe più retto la situazione.

«Karen ha sofferto molto» continuava Amanda amareggiata «sia la perdita di suo marito sia il modo in cui se n'è andato. Divenne consapevole che per riprendersi e uscire da quel groviglio di sofferenza, doveva liberarsi di tutto ciò che le ricordasse Albert. Lo amava molto. Gettò via tutte le sue cose, i suoi vestiti, i suoi oggetti e soprattutto quella cartella, senza mai aprirla. Karen odiava quel racconto. C'erano momenti, soprattutto durante gli ultimi mesi di vita, in cui Albert ne pareva ossessionato. A volte non aveva voglia di vedere nessuno perché doveva scrivere. Neanche Karen. Tantomeno suo figlio. Dava l'idea di capire che il suo tempo stava per terminare e sembrava volesse concludere il racconto prima della sua fine. Ma lui non era più lucido, ormai. Io recuperai quella cartella e dopo due anni convinsi Karen che sarebbe stato giusto riscrivere e rilegare quel racconto che per lui era così importante. Lei mi promise che l'avrebbe fatto, ma non ebbe mai la forza di cominciare. Diceva che rivedere la sua calligrafia e leggere i suoi scritti l'avrebbe fatta stare di nuovo male. Non si sentiva ancora pronta. Henrik, tu mi credi vero?»

«Non è questione di crederti o no, Amanda. So benissimo che non mentiresti mai su una cosa così importante. E se lo avesse letto senza

286

che tu te ne fossi accorta?»

«Lo custodivo nella mia camera. Non voleva vedere quella cartella, come devo farvelo capire!»

Con la stessa irruenza con cui aveva gettato il manoscritto sul tavolino, Johan lo raccolse, ponendolo a pochi centimetri dal viso di Amanda. «Va bene! Mettiamo il caso che sua figlia non abbia mai adocchiato neanche una parola, a quale conclusione dovrei giungere io? Cosa… cosa dovrei fare, Amanda?»

La donna, con molta tranquillità, riprese il libro tra le mani aprendolo verso l'ultimo segnalibro rimasto e lo porse nuovamente a Johan indicandogli ciò che era stato, da lei stessa, evidenziato.

«Galassia di Ursantia? Castaryus? E che diavolo sarebbero?»

«È un altro mondo, Johan, ed è lì che si trova mio nipote.»

«Oh, no! No Amanda, no! Non faccia così, la prego! Non se ne vada anche lei! Chi si prenderà cura di Karen se lei deciderà di seguirla? Cos'è Castaryus? Un pianeta disperso nella Galassia di Ursantia o cosa? E se anche così fosse, chi mai avrebbe potuto portare suo nipote così lontano? Torni in sé, la prego, non mi lasci!»

L'afflizione si leggeva forte negli occhi della donna, soprattutto quando sofferte lacrime cominciarono a lambire il suo viso contratto. «Sono io che le chiedo di non abbandonarmi.»

Kallen ordinò a Chiusa di mettere in moto l'auto. Lui intanto ripose il manoscritto nella cartella e senza dire una parola si avviò verso l'uscita.

«Dove sta andando con quella roba?» chiese Larsen.

«In ospedale.»

«Io resto qui ancora qualche minuto, poi la raggiungo.»

Non era ancora giunto l'orario delle visite. Molti settori erano chiusi e, soprattutto nel reparto psichiatrico, vigeva una ferrea disciplina che regolava l'accesso. Johan dovette suonare al citofono con una certa insistenza per farsi aprire.

«Mi chiamo Kallen. Sono un ispettore di polizia e devo vedere con molta urgenza una vostra paziente. Si chiama Karen Walken ed è stata ricoverata qui ieri in tarda serata.»

Senza rispondergli, l'infermiera si voltò in cerca di qualcuno, dopodiché chiese ai due uomini di attendere. Bisbigliò qualcosa a Poul Mathiasen, caporeparto della divisione di psichiatria, che ringraziò la collega e si diresse verso gli agenti.

«Salve ispettore. Poul Mathiasen, piacere di conoscerla. Mi è stato riferito che avete bisogno di vedere con urgenza Karen Walken, è così?»

«Esattamente.»

«Fosse solo per il regolamento sull'orario delle visite, le assicuro che sorvolerei, ispettore, ma purtroppo per accedere a determinati pazienti, non ho l'autorizzazione neppure io.»

«Che intende per *determinati pazienti*?»

«I degenti dell'ala nord, quelli destinati a un regime di massima sorveglianza. Vi si può accedere solo con l'autorizzazione del primario e a seconda, naturalmente, delle condizioni del paziente stesso.»

«Va bene. Andiamo a farci dare quest'autorizzazione, allora!»

«Il dottor Langkiær è in ambulatorio adesso. Quando è impegnato con le visite, non vuole essere disturbato. Dovreste tornare tra…»

«Senta,» si accanì Johan «forse non ha capito bene. Ho bisogno di vedere Karen Walken adesso. Vuole che faccia un'irruzione forzata? Se chiamo l'esercito, sarà sufficiente?»

«Non è il caso che faccia dello spirito, ispettore. Qui abbiamo pazienti con una situazione mentale molto fragile e quando sono in visita, vivono momenti molto delicati. Basta un niente per mandare in fumo giorni e giorni di lavoro.»

«Ma io le sto chiedendo una stramaledetta autorizzazione.»

«Va bene» si arrese Mathiasen «seguitemi, ma non vi prometto niente. Come vi ho detto un permesso dipende anche dalle condizioni in cui si presenta il paziente.»

Nel momento in cui raggiunsero lo studio del dottor Langkiær, videro uscire qualcuno che con molta probabilità aveva terminato la sua seduta. Salutava il primario con molta cordialità ma, prima che Langkiær invitasse il paziente successivo a entrare, notò Mathiasen fargli cenno di aspettare e dirigersi verso di lui.

«Dottor Langkiær, non vorrei disturbarla, ma ci sono qui l'ispettore Kallen e l'agente Chiusa che hanno bisogno di vedere, con una certa urgenza, una paziente dell'ala nord.»

Langkiær rivolse lo sguardo oltre le spalle del caposala e si accorse che i due uomini attendevano con una certa insofferenza, perciò dopo aver chiesto a Mathiasen di far accomodare nello studio il paziente successivo, andò incontro alle due autorità.

«Salve dottor Langkiær, sono l'ispettore Kallen, lui è l'agente speciale Chiusa.»

«Piacere di fare la vostra conoscenza signori. Il signor Mathiasen accennava alla vostra urgenza di vedere una paziente dell'ala nord e immagino si riferisse alla signora Walken.»

«Per l'appunto.»

«Ho visitato Karen Walken nel primo pomeriggio e ci siamo lasciati non più di un'ora fa.»

«E cosa può dirci sulla sua salute? Come l'ha trovata?»

«I controlli effettuati hanno dato esiti negativi e posso dirle con certezza che Karen gode di ottima salute. Ho avuto un lungo colloquio con lei che mi ha permesso di infiltrarmi per un po' nella sua personalità. Per il momento sembra essere tornata in quella realtà da cui si era assentata per un po' di tempo e non ricorda nulla di tutto ciò che ha vissuto. Ha insistito per saperlo, ma mi sono limitato a riferirle il minimo indispensabile.»

«Posso comprendere che ora Karen sia in una situazione di momentanea stabilità e sarò d'accordo se lei mi dirà che ha bisogno di riposare e stare tranquilla, ma io devo vederla. Anche solo per pochi minuti. Devo farle solo alcune domande dopodiché la lascerò in pace, promesso.»

«Va bene, ma è permesso solo un visitatore.»

«Non c'è problema, l'agente Chiusa mi attenderà fuori.»

«Bene. Mathiasen accompagni l'ispettore dalla Signora Walken e si assicuri che rimanga qualcuno fuori dalla porta nel caso la signora non dovesse... sentirsi bene.»

«La ringrazio dottor Langkiær, le auguro buon lavoro.»

I tre si salutarono con una cordiale stretta di mano. L'ispettore e l'agente speciale si congedarono dal primario lasciandosi guidare da Mathiasen verso l'ala nord del reparto. Johan fece cenno all'agente Chiusa di attenderlo fuori, ma prima si fece porgere il registratore e gli promise che non avrebbe tardato. Mathiasen compì quindi il primo giro di chiavi, poi il secondo. La porta si aprì e, speranzoso di non imbattersi in una situazione critica e disperata, Johan fece finalmente il suo ingresso nella stanza. Lei si voltò. Era di spalle, seduta sul bordo del letto e indossava ancora il camice dell'ospedale. Lo guardava avvicinarsi e gli sorrise. Johan, in cuor suo, emise un sospiro di sollievo. Immaginava di trovarla esattamente come l'aveva lasciata la sera prima.

Legata, come si fa abitualmente con i pazzi furiosi, con gli occhi in lacrime e adombrata da un'espressione cupa e addolorata. Invece non credeva quasi ai suoi occhi, non sembrava nemmeno lei. Una luce serena illuminava il suo viso e aveva una grazia così profonda che, in tanta sofferenza, lui non aveva mai notato. Forse stava meglio. Lo sperava con tutto il cuore.

Lei si alzò e gli andò incontro. «Ciao.»

«C… ciao» rispose lui un po' imbarazzato.

Quella momentanea serenità che la avvolgeva, aveva lasciato emergere in lei una singolare e nascosta bellezza, da cui Johan non riusciva a sottrarsi. Continuava a guardarla accendendo una punta d'imbarazzo anche in lei.

«Come… come si sente?»

«Sto molto meglio grazie. Il dottor Langkiær dice che sono tornata.»

«Ah davvero? E dov'era andata?» la provocò spiritosamente, notando con piacere l'incantevole effetto che suscitava sul suo viso quella risata. Non si era mai accorto di quanto fosse bello il suo sorriso, ma poi si ricordò di non averla mai vista ridere.

«E con quello, cosa vuole farci?» gli chiese notando il registratore. Johan lo teneva in mano, ma non lo aveva ancora acceso. Non lo fece e lo ripose in tasca. «Nulla, non devo farci nulla.»

«Dicono che sono stata fuori per un po' e che ho vissuto dei brutti momenti.»

«Sì, purtroppo è così e mi fa piacere constatare che stia molto meglio.»

«Grazie, ma lei cosa sa di ciò che mi è accaduto?»

«Beh… ero lì. Non ho assistito a tutto quanto, ma sono giunto da lei un po' prima dell'ambulanza. Sono rimasto qui per un po', non ricorda?»

«No, è tutto buio.»

«Non ricorda neanche di aver parlato con me?»

«Mi dispiace!»

«Faccia un piccolo sforzo, Karen!»

Lei abbassò lo sguardo, insicura, forse perché non voleva che lui leggesse i suoi occhi. Negò ancora e Johan si arrese. La ammirò ancora per pochi attimi, poi decise di andare.

«Le auguro di rimettersi in fretta, Karen. Quando suo figlio tornerà, dovrà ritrovare la sua mamma più in forma che mai.»

Il suo *grazie* fu appena percettibile mentre i suoi lineamenti divenivano nuovamente contratti e la sua espressione cupa. Lo vedeva andar via. Avrebbe voluto chiamarlo. Dirgli di non andarsene. Gridare il suo aiuto, ma Johan la anticipò. Si voltò di scatto e tornò da lei, aprì la cartella che portava sotto braccio e tirò fuori il manoscritto, allorché Karen, a quella visione, si lasciò andare in profondi sospiri di panico.

«Le chiedo solo di essere sincera, lo ha mai letto?»

Era tornata indietro nel tempo, in quel periodo in cui tutto il suo mondo era in procinto di crollare. Colui che amava più di ogni altra cosa, l'avrebbe presto lasciata e lei sarebbe rimasta sola, sola nell'anima, con un vuoto che nessuno mai avrebbe potuto colmare.

«Karen... ti prego!»

«No, non ho mai avuto il coraggio di aprirlo. M'incuteva un certo timore anche il solo tenerlo tra le mani.»

«Dimmi la verità... te ne prego.»

«Te lo giuro!» affermò guardandolo negli occhi.

Senza accorgersene erano arrivati a darsi del *tu*, i loro animi erano troppo vicini. La voglia smisurata di lui nel volerla aiutare, il bisogno infinito di lei di essere creduta.

Con un atteggiamento concitato, Johan sfogliava il manoscritto davanti a lei cercando una pagina finché non la trovò.

«Eccola qui, eccola qui, Karen. C'è scritto *Otherion, l'isola del Drago*. È quest'isola che mi hai chiesto di rintracciare, cerca di ricordare! È qui che mi hai chiesto di cercare tuo figlio...»

Lo interruppe «... e morirà se non lo riporterò indietro...» Fu come se l'avesse liberata. Nonostante gli sforzi immensi, non riuscì più a restare in quel guscio di finzione. La vera Karen era ricomparsa e Johan rappresentava per lei l'unica spalla su cui poggiarsi. «Aiutami... aiutami... lo uccideranno. Credimi! Non chiedo altro, non chiedo altro...» ripeteva.

No! Karen non era tornata. Era sempre rimasta lì, sospesa tra due mondi così lontani e difficili da raggiungere e supplicava Johan con tutte le sue forze, aggrappandosi alla sua giacca e bagnandola con le sue lacrime. Lui avrebbe dato qualsiasi cosa per crederle. In quel momento avrebbe voluto urlarle *volerò lontano e troverò tuo figlio*. Avrebbe sacrificato la sua concreta razionalità per dar retta alle sue parole. La strinse a sé in un abbraccio che Karen trovò confortevole, premuroso e piacevolmente caldo. Si strinse a Johan come alla sua unica speranza e dopo che lui le prese il viso tra le mani, tentando di asciugarlo dalle lacrime, le fece una promessa che sapeva benissimo di non poter mantenere.

«Ti giuro che farò tutto quanto sarà umanamente possibile per… per…» s'interruppe perché non era affatto convinto di ciò che le stava promettendo, ma poi la strinse nuovamente a sé. «Io te lo prometto!»

Chiusa, in attesa in fondo al corridoio, lo vide uscire dalla stanza di Karen piuttosto provato. Johan stava per raggiungerlo quando si fermò all'improvviso e, come quasi in segno di resa, si lasciò andare con le spalle al muro. Joren fece per andargli incontro, ma il suo capo compì un cenno con la mano facendogli intendere di fermarsi. Desiderava restare solo. Aveva bisogno di riflettere, non sapeva bene su cosa, ma non voleva compagnia.

Karen udì un brusco tonfo provenire dalla finestra. Si voltò di scatto, ma non vide nulla. Probabilmente l'aveva immaginato. Era stanca e aveva voglia di dormire. Si rilassò sul cuscino lasciando fluttuare i sensi in balia dell'ignoto, alla ricerca di un segno, di qualcosa che…

Un altro colpo improvviso.

Spalancò gli occhi e si sollevò dal cuscino, guardando sempre verso la finestra. Si mise seduta e istintivamente si pizzicò credendo di sognare, ma si rese conto di provare dolore. Si volse indietro e guardò verso la porta. Solo pochi secondi prima aveva udito la serratura chiudersi. Allora com'era possibile che quella creatura fosse lì davanti a lei? Non poteva essere entrata dalla porta, tantomeno dalla finestra, che era fissata al muro e non aveva maniglie o serrature. Non poteva essere aperta e all'esterno vi erano le inferriate fisse nel marmo. Karen sentiva di essere sull'orlo della pazzia e in quel momento ne ebbe la conferma. Aveva l'impressione di guardarsi in uno specchio. Quella creatura era identica a lei. Si avvicinò, le toccò il viso, lo sentiva reale sotto le sue dita. Notò la camicia azzurra con le maniche rivoltate fino al gomito, sotto di essa una t-shirt a righe bianche e blu e i jeans sporchi. Aveva i capelli legati e rivedeva se stessa il giorno che tornò a casa dopo il temporale.

«No!» esclamò. «Non sono pazza! Eri tu a scuola quel giorno, non io, eri tu! Allora non sono pazza. Chi sei? Chi diavolo sei? Lo so che esisti!»

La donna, gradualmente, mutò le sue parvenze e rivelò il suo vero aspetto. Un lungo e ampio mantello rosso la ricopriva. Emanava un'aria sfarzosa, i suoi capelli fluttuavano e dalle loro punte scaturivano fiotti di bianca nebbia che in breve tempo inondò la stanza.

«Io... io ti conosco» balbettò Karen. «Ti ho già vista. Mi ricordo di te! Eri nella sala quel giorno.»

Si precipitò verso la porta con l'intenzione di urlare. Johan non doveva essere lontano, poteva ancora sentirla. Voleva dirgli che quella donna così misteriosa, che per tanto tempo hanno cercato, era proprio lì. Voleva fargli capire che non era pazza, che non se l'era immaginata, ma poi si fermò.

«Non farlo Karen! Non chiamarlo, se vuoi rivedere tuo figlio.»

Si voltò verso di lei con l'angoscia nel cuore. «Dov'è? Dove lo hai portato. Cosa gli hai fatto?»

«Volevo proteggerlo, salvarlo, ma sono giunta troppo tardi.»

«Salvarlo da chi?»

«Da colui che lo tiene prigioniero. Il Drago.»

«Oddio! Ancora lui...»

«Posso aiutarti. Lo ucciderò, ma non posso farlo senza di te. Tu farai un favore a me ed io ne farò uno a te. Mi aiuterai a uccidere quell'essere maledetto e in compenso riavrai tuo figlio.»

«Che cosa devo fare?»

Henrik raggiunse Chiusa proprio in quel momento. Si accorse che Kallen era tutto solo e pensieroso, appoggiato con le spalle alla parete, verso la metà del corridoio.

«Che è successo? È già stato da Karen?»

«Sì, ma non ho idea di cosa sia successo.» Chiusa gli raccontò del loro incontro con il dottor Langkiær, ma non aveva ancora finito di parlare che Henrik si era già incamminato verso Kallen, lasciandosi alle spalle gli ammonimenti di Joren che, alla fine, decise comunque di seguirlo.

«Che cosa ha scoperto? Come sta? Ha parlato con lei?» chiese Henrik in evidente stato di apprensione. «Chiusa mi ha detto che non ricorda nulla, è vero?»

«No, non è vero. È quello che ha voluto far credere.»

«Come? E di cosa avete parlato?»

«È ancora convinta che suo figlio si trovi su quell'isola e ha giurato di non aver mai letto il racconto di suo marito. Credo che...» s'interruppe. Aveva quasi il timore di riferirlo, non solo agli altri, ma anche a se stesso. «Sì, credo che interpellerò un esperto di...» sapeva che stava per dire un'idiozia, ma glielo aveva promesso «di geografia astronomica, astrologia o non so cosa. Mi rivolgerò alla Nasa, non lo so...»

«Cosa? Cosa? Ma di cosa sta parlando? Che cosa sta dicendo?» Henrik non riusciva a credere a ciò che aveva appena udito. «Non vorrà davvero andare a cercare un mondo immaginario in una galassia che non esiste, dispersa in un universo che non troverà mai, nato dalla mente di un malato terminale?»

«Gliel'ho promesso! Non mi costa nulla provare.»

«Le ha promesso che cosa? Cosa? Ha accusato Amanda di essersi lasciata trascinare nella stessa chimera di sua figlia e ora lei sta facendo altrettanto! Che diavolo vi costa restare con i piedi per terra!»

«Ho fatto una promessa!» urlò.

«E va bene, va bene! Non so cosa le ha promesso, se troverà quella fottuta isola o suo figlio, ma metta il caso che il suo bravo astronomo, per un puro caso o miracolo, riuscisse nell'intento. Poniamo il caso che il suo uomo venga da lei e le dicesse *"Eccola ispettore, ecco la sua galassia a milioni di miliardi di anni luce da qui"*, che farà Kallen? Che cosa farà?»

Chiuse gli occhi e non ebbe la forza di rispondere.

«Così le farà solo del male,» continuava Henrik «non farà che alimentare la sua sofferenza.»

«Per quale motivo le farei del male, me lo spiega? Cercherò quella cazzo di isola e se non la troverò, non dovrò fare altro che dirglielo. Forse le sarà utile per mettersi l'anima in pace e tranquillizzarsi!»

«Non è questo il punto, Kallen!» Ora, Henrik si stava scaldando. «Il fatto è che si sta allontanando da ciò che realmente rappresenta il vero problema. Karl! Un bambino è scomparso, Cristo Santo! Potrebbe trovarsi chissà dove, in balia di chissà quale pazzo furioso e lei cosa fa invece di indagare? Perde tempo dietro le follie di una pazza...»

Johan perse la testa. Afferrò Henrik per la maglia e lo sbatté contro il muro.

«Non osare parlare di lei in questo modo! Non farlo mai più!»

I due si fissarono per qualche istante mentre Joren li chiamava.

«Che strano!» continuava Henrik. «Poco più di un'ora fa ti sei beccato un ceffone da Amanda proprio per aver affermato la stessa cosa.»

«Si dà il caso che abbia cambiato idea.»

Discutevano così animatamente che non si accorsero che l'agente Chiusa li chiamava con una certa insistenza e non riuscendo ad attirare la loro attenzione, gridò. «Ehi, voi due, volete smetterla? C'è qualcosa che non va, qui!»

Con un rapido sguardo Johan si accorse che del fumo fuoriusciva dalla parte inferiore della porta che chiudeva la camera di Karen. Vi si precipitò spingendo Chiusa di lato per osservare dallo spioncino.

«Non si vede nulla,» esclamò Chiusa «non è fumo. Non ha nessun odore.»

Johan tentò d'istinto di aprire la porta, ma non vi erano maniglie. Soltanto in quel momento ricordò di essere in un reparto di massima sorveglianza dove le porte si aprono solo con la chiave. «Chiamate qualcuno che apra questa porta, subito!»

Henrik si precipitò alla ricerca dell'infermiere che poco prima aveva chiuso la camera di Karen, mentre Johan scalciava e scuoteva con forza la porta nel tentativo di ricevere una risposta. «Karen! Karen!» urlava. «Che succede, fatti vedere! Karen!»

La camera era stata inizialmente invasa da una fitta nebbia biancastra che ne impediva la visione, ma ora iniziava a diradarsi, a divenire meno compatta e qualcosa al suo interno si cominciava a intravedere.

«Ma chi è?» esclamò Johan in preda allo stupore. Si scostò leggermente per invitare Joren a dare un'occhiata ed egli si accostò allo spioncino.

«Capo, ma chi è quella donna?»

Johan era spaventato. «Dimmi che la vedi... dimmi che la vedi anche tu!»

«Cazzo se la vedo! Parla con la signora Walken. Cosa si staranno dicendo?»

«Avanti, avanti con queste chiavi!» Johan incitava l'infermiere che, con Henrik, si dirigeva verso di loro. Si accostò ancora allo spioncino e notò che la misteriosa donna avvolgeva Karen nel suo mantello rosso. La teneva stretta a sé e, nel momento in cui Johan gridò di lasciarla andare, la donna lo guardò e un'occhiata di fuoco trafisse i suoi occhi.

Gridava il nome di Karen, mentre le chiavi ruotavano nella

serratura. La pistola stretta in mano pronta a scattare contro chiunque avesse osato farle del male ma, nel momento in cui la porta si spalancò, una luce accecante li abbagliò e i loro corpi furono violentemente sbalzati via da una potente onda d'urto. Scaraventato contro il muro del corridoio, in preda ai dolori e alla confusione, Johan continuava irremovibile a tenere la pistola puntata verso la camera. I suoi occhi avevano ancora una visione un po' offuscata a causa del violento bagliore ma, qualunque cosa fosse uscita da quella porta, era sotto tiro.

«Karen! Karen!»

Insisteva a chiamarla senza ricevere risposta. Altro personale comparve dal fondo del corridoio e Johan intimò loro di non muoversi. Un po' alla volta, cominciarono a riprendersi. Chiusa aveva battuto la testa con violenza ed era svenuto. Henrik invece si sfregava gli occhi e tentava di rimettersi in piedi, ma non ci riusciva.

Johan raggiunse carponi l'infermiere. «Come si sente?»

«Non lo so, ma che cazzo è successo?»

«Corra! Metta in allarme la sicurezza, faccia sigillare tutte le uscite. Nessuno deve uscire da qui!»

«Ok!» Barcollante, ma di corsa, l'infermiere raggiunse il resto del personale che attendeva ansioso di apprendere quanto fosse successo e diede loro tutte le disposizioni che l'ispettore aveva stabilito.

Johan, ginocchioni e con la pistola sempre tesa, si avvicinò con cautela alla camera. La nebbia si era dissolta del tutto e la visione, ora, era molto più distinta. Chiamava Karen a gran voce, gridava il suo nome mentre puntava l'arma in ogni direzione, alla ricerca di un nemico o di qualsiasi cosa potesse dare una spiegazione a quanto era successo. Notò, cosa molto strana, che nonostante loro fossero stati sbalzati via con una furia impetuosa, i mobili nella stanza erano perfettamente al loro posto. Una bottiglietta d'acqua e alcuni bicchieri di plastica occupavano lo stesso punto di pochi minuti prima e non si erano spostati di un millimetro. Nulla era cambiato, tranne il fatto che Karen e la misteriosa donna erano scomparse. Eppure nessuno era uscito dalla porta, e la finestra, oltre a essere protetta da sbarre di ferro, era troppo in alto perché vi si potesse accedere.

«Dov'è Karen? Dov'è Karen?» Henrik non riusciva a capire, era confuso. «Che diavolo è successo?»

Johan aveva sfondato con un calcio la porta del piccolo bagno all'interno della camera, ma la sua pistola era puntata contro il vuoto.

Tranne i sanitari, un paio di asciugamani e un rotolo di carta igienica, non c'era altro. Tornò in camera, in un certo senso vinto. Vedeva Henrik girare a vuoto nella stanza, gridando il nome della sua amica e in cerca d'indizi che potessero fornire una qualche spiegazione. Lui invece si era fermato, sentiva l'affanno diminuire e il respiro rallentare. I battiti del suo cuore tornavano gradualmente alla normalità, mentre il braccio teso con cui puntava la sua arma si rilassò, dondolando nel vuoto. Ripose la pistola. Si sentiva debole e si accasciò sul pavimento, lasciandosi scivolare lungo il muro. Henrik lo guardava sconvolto, atterrito.

«Dio mio, ma che è successo?»

Johan non gli dava retta. Aveva lo sguardo perso in chissà quali pensieri. Non gli rispose. Non aveva idea di cosa fosse successo, non avrebbe saputo dirgli nulla. Henrik si precipitò addosso a lui scrollandolo per le spalle. «Kallen, per l'amor di Dio, che cosa hai visto?»

«Ho visto Karen in compagnia di una donna…» gli rispose con voce sommessa «una donna molto strana. Non era nella camera quando sono uscito. Non è entrato nessun altro. Noi eravamo qui e non abbiamo visto nessuno. Come cazzo ha fatto a…»

«Sei sicuro di quello che hai visto?»

«L'ha vista anche Chiusa.»

«Sì, è vero» intervenne Joren barcollante e con il capo dolorante tra le mani. «L'ho vista perfettamente.»

«Ma dov'è?» Henrik piangeva. «Dov'è? Non può essere scomparsa nel nulla! Dov'è?»

Forse Johan aveva trovato la risposta. Lo sguardo era sempre lì, perso nel vuoto, ma non per quanto era successo. Suo malgrado, era divenuto consapevole di avere a che fare con qualcosa più grande di lui, si trovava di fronte a una realtà di cui ignorava completamente l'esistenza. «È in viaggio, Henrik,» gli rispose «è andata a riprendersi suo figlio. Qualcuno ha pensato bene di darle un passaggio, cosa che noi non avremmo mai potuto fare.»

«Tu… tu sei pazzo! Non ti rendi conto di quello che dici! Hai ascoltato le tue parole mentre le pronunciavi? Non puoi venirtene fuori con queste cazzate!»

Gli occhi di Johan divennero severi e ora guardavano Henrik. «Quando Karen ci ha descritto la scomparsa di suo figlio, non le abbiamo creduto perché non esisteva un nesso razionale in quello che diceva. Adesso trovamela tu una cazzo di spiegazione logica a tutto questo e quando l'avrai trovata, fammela conoscere.»

Henrik lo vide alzarsi e dirigersi verso l'uscita. «Dove vai adesso?»
«Me ne vado Henrik, lascio questo caso. Non è più di mia competenza.»
«Cosa diavolo racconto ad Amanda? Che diavolo le dico?»
Johan si fermò e si voltò verso di lui. «Dille che sua figlia ha finalmente trovato l'isola. Sta tranquillo che ti crederà, Henrik, ti crederà.»

L'Epilogo

d eccoci giunti così alla tappa conclusiva. Dopo più di duemila anni la storia si ripeteva. Per la seconda volta, un immenso convoglio di navi da guerra, percorreva lo stesso tratto di oceano che i loro antenati avevano solcato un tempo per raggiungere l'isola maledetta. Ma, a differenza di quel giorno, oggi si combatterà la battaglia decisiva. Ora si lotterà, non per sopprimere un tiranno o un oppressore, non per la salvezza di un regno o di un intero mondo, ma per la sopravvivenza di tutti i popoli, di ogni terra, galassia, universo. Il dominio dei mondi era conteso dall'esercito del male ed era proprio contro di esso che gli alleati si preparavano a combattere.

La nebbia che circondava l'isola di Otherion si era diradata nella zona meridionale e infittita invece nella fascia costiera occidentale continuando, come sempre, a conferire all'isola quell'immagine tenebrosa che la distingueva da qualunque altra terra esistente. Nonostante il sole la inondasse con i suoi tiepidi raggi invernali, appariva sempre più velata.

La serratura era bloccata. Tentava con tutte le sue forze di scardinarla. Stringeva con rabbia la maniglia, tirava, ma la finestra non si apriva. Di tanto in tanto si voltava indietro, di soppiatto, tendendo l'orecchio. Alcuni istanti dopo, due leggeri colpi alla porta lo fecero precipitare nel suo lettino e, quando Asedhon entrò, Karl era già sotto le coperte. L'uomo posò il vassoio sul piccolo tavolino accanto all'armadio. Nel momento stesso in cui sollevò il pesante coperchio, l'intenso profumo che scaturì da quell'arrosto contornato di patatine novelle inondò la stanza, stimolando non solo l'odorato che recepiva quella bontà divina, ma anche le papille gustative che ne pregustavano quasi il sapore. Nonostante avesse lo stomaco vuoto dal giorno prima, Karl rimase impassibile, seduto e rannicchiato nel suo letto senza mostrare il benché minimo interesse per quella prelibatezza. Non degnò di un solo guardo Asedhon e non rispose al suo saluto.

«Ci hai provato di nuovo, vero?»

Come faceva ad accorgersene tutte le volte? «Perché non posso aprire la finestra?» si lamentò Karl.

«Perché non puoi e basta. Avanti, devi mettere qualcosa sotto i denti. Ieri non hai toccato cibo e stamattina hai rifiutato la colazione. Si può sapere cos'hai? Che direbbe tua madre se ti vedesse secco come un chiodo?»

«Tanto non mi riporterai da mia madre.»

«Karl! Ne abbiamo già parlato, mi sembra, ed eravamo d'accordo che non avremmo più ripreso l'argomento.»

«Tu me l'avevi promesso...»

«Ed io mantengo sempre le mie promesse.»

«Tu... tu quando mi hai portato qui, dicesti che ci sono delle persone cattive che vogliono farmi del male, che tu mi avresti protetto e che poi mi avresti riportato a casa. Dicesti che sarebbe stata questione di giorni e invece sono passate settimane!»

«Lo so, forse non sono stato molto preciso con i tempi però... è davvero questione di poco, credimi!»

«Io non ti credo più!»

«Andiamo Karl, non fare così! Non ti fidi più di me? L'hai dimenticato? Siamo amici!»

«No, io sono solo tuo prigioniero. Tu mi hai rapito e tenuto sempre chiuso in questo castello, senza mai farmi uscire. Non mi permetti neanche di aprire le finestre. Di cosa hai paura? Che me la svigni?»

«Siamo su un'isola inospitale, Karl. L'ambiente fuori di qui non è adatto a un bambino.»

«Sono tutte scuse!»

«Non sono scuse» ribatté Asedhon. «D'accordo. È questo che vuoi? Vuoi fare una passeggiata nel bosco? Andiamo! Sarò lieto di farti conoscere la mia isola.»

C'era un tono di sfida nella sua voce, come per fargli intendere il pericolo che avrebbe corso se si fosse avventurato in un mondo che non avrebbe mai potuto affrontare da solo.

Karl doveva affrettare la sua andatura per stargli dietro. Un passo di Asedhon corrispondeva ad almeno due dei suoi e una volta giunti in prossimità dell'ingresso principale, il piccolo si fermò un attimo per riprendere fiato.

«Sei già stanco? Ancora non abbiamo neanche cominciato.»

«No, non lo sono per niente.»

«Che strano, non si direbbe.» Lo guardava serio e severo dall'alto della sua imponenza ma, nonostante ciò, aveva teso la sua forte e grande mano verso di lui ed era in attesa che il piccolo la afferrasse. Karl osservava quella mano, quasi sconcertato. Si sentiva in un certo senso *impedito*.

«Ti fanno paura?»

Il piccolo quasi trasalì. «Eh? Cosa?» Invece aveva capito bene a cosa si riferisse. Lo fissò per un attimo, poi tornò a scrutare quella mano tesa verso di lui e alla fine decise di afferrarla. «No, non mi fanno paura,» gli diceva mentre si approssimavano al grande portone «però, non avevi gli artigli quando sei venuto da me la prima volta.»

«Beh, per forza! Avrei rischiato di incuterti paura ma ora mi conosci bene, perciò...»

«Devi tenerli per forza?»

Asedhon rise divertito. «Sì! Fanno parte di me. È come se chiedessi a te se devi tenere per forza le tue unghie.»

Karl era impaziente di vedere il grande portone spalancarsi e d'inoltrarsi nella natura selvaggia da cui Asedhon aveva sempre cercato di tenerlo lontano ma, nonostante fossero pronti, mano nella mano, l'uomo ancora indugiava.

«Karl, c'è una cosa che devi sapere» gli disse. «Se non ti ho mai permesso di aprire la finestra nella tua camera, è perché il tuo corpo non gradirebbe alcune particelle presenti nell'aria di Castaryus. Si tratta di gas estranei con cui non sei mai venuto in contatto. Potrebbero essere letali per te, soffocheresti.»

Karl lo scrutava con l'aria di uno che sapeva di essere preso per i fondelli. «E con questo?»

«Accetti il rischio?»

«Ancora non mi conosci bene» gli rispose con aria spavalda. «Non sai con chi hai a che fare!»

«Uh! Un duro, eh? Va bene. Andiamo!»

Non gli servì concentrarsi. La magia, in lui, era così naturale che bastò un solo cenno del suo capo per far sì che il grande portale si spalancasse e nel momento in cui accadde, quasi come fosse comparsa una grossa mano che lo afferrava per la gola, Karl fu investito da una forte crisi respiratoria al punto da diventare cianotico. Sentiva dolore, soffriva molto. Il suo corpo combatteva contro quei corpuscoli diffusi nell'aria e purtroppo stava perdendo. La sua mano stringeva forte quella di Asedhon. Il suo sguardo sofferente, rivolto verso di lui, chiedeva aiuto, i suoi occhi si scusavano... aveva ragione. Ma Asedhon era già chino su di lui con una mano poggiata sul minuscolo petto, l'altra a sorreggerlo, mentre bisbigliava strani termini che facevano parte di un incantesimo, lo stesso che aveva attuato la prima volta che Karl era giunto al castello. La grande fortezza era stata, come dire, *sterilizzata* per permettere al bambino di permanere in un mondo così ostile, dove non sarebbe di certo sopravvissuto. Porte e finestre erano state sbarrate e nulla sarebbe entrato o uscito.

Lentamente il viso di Karl si colorì di un rosa ancora pallido mentre i suoi respiri tornavano regolari e più tardi, molto più tardi, erano già alle prese con la fitta boscaglia che sembrava quasi abbracciarli in una stretta morsa. Brandendo la sua lama in ogni direzione, Asedhon tentava di aprire un varco per facilitare il loro passaggio, mentre Karl, due passi dietro di lui, non lo perdeva mai di vista, nonostante fosse spesso distratto da elementi nuovi ai suoi occhi. Piante che non aveva mai visto, foglie dalle forme assurde e gigantesche radici, lo circondavano in ogni direzione. Per non parlare degli strani suoni, se così vogliamo definirli, che echeggiavano tra il fitto fogliame e che fecero supporre a Karl che anche la fauna, in quel posto, non era sicuramente quella cui era abituato.

«Se fossi in te, non la toccherei» lo avvertì Asedhon senza voltarsi.

«Perché?» Karl trasalì a quell'avvertimento, ritraendo la mano come un ladro che era stato appena scoperto.

«L'hai toccata?» gli chiese l'amico voltandosi verso di lui.

«No... davvero! Non l'ho... ma che succede?»

La sua mano diveniva rossa, sempre più rossa. Pareva dovesse incendiarsi da un momento all'altro, mentre quell'alito di fuoco si estendeva su tutto il braccio.

«Brucia! Brucia!» urlava piangendo. Il dolore era lancinante, insopportabile per un bambino di sei anni, ma quando Asedhon afferrò il suo braccio, dopo essersi concentrato per pochi attimi, tutto tornò come prima.

«I colori e le loro forme attirano molto l'attenzione. Devi stare attento! Non tutto ciò che brilla è oro.»

«Io... io non lo sapevo.» Continuava a piangere, ma si era quasi calmato. La curiosità di vedere il resto, era di gran lunga superiore al dolore che ora era svanito del tutto.

«È proprio per questo che devi stare attento. Siamo immersi in un ambiente inospitale e selvaggio. Qualunque cosa tu incontri, potrebbe essere l'ultima cosa che vedi.»

«Sembrava... sembrava un chewingum gigante e aveva un odore di fragola.»

«Sono muffe velenose che crescono in quantità abbondanti solo in questa zona. Vedrai che più avanti non ce ne saranno più.» Poi divenne un attimo pensieroso. «Che diavolo è un *chewingum*?»

«È una cosa gommosa che si mastica per un po' e poi si sputa. Ma che ne può sapere un primitivo come te!»

«E così sarei un primitivo, eh?»

«È ovvio, basta guardare come sei vestito!»

«Cos'hanno di strano i miei vestiti? Sono un guerriero. Che cosa dovrebbe indossare un guerriero?»

«Ecco, lo vedi? Parli come uno della preistoria, sembri nato nel medioevo. Un guerriero! Roba da favole!»

«Medioevo? Bah... non so di che parli. Forse è meglio lasciar stare questi discorsi, credo che sia il caso di rientrare.»

«E quello, cos'è?»

La voce di Karl era ancora una volta distante. Si era arrestato senza che Asedhon se ne fosse accorto e fissava qualcosa attraverso i cespugli.

«Vieni via da lì, non fissarlo!»

Una strana creatura, delle stesse dimensioni di una lince, era nascosta tra i rovi di un folto cespuglio, da cui s'intravedevano solo gli occhi. Il piccolo era assorto, sforzandosi di capire a chi mai appartenessero, mentre Asedhon continuava a dissuaderlo. Qualcosa di terribile, però, si stava verificando. Il corpo di Karl non reagiva più. Si accasciò a terra, inerme e immobile. Gli occhi erano aperti e fissi nel vuoto. Ogni muscolo del suo corpo, volontario e involontario, non era più in funzione, compreso il cuore. Dopo un profondo sospiro di resa, per l'ennesima volta, Asedhon accorse in suo aiuto. Le sue iridi profonde e infuocate reclamarono il controllo su quella natura che lui stesso dominava e, la strana creatura, che sentiva già tra le fauci il sapore dell'abbondante e succulenta preda, fu costretta a rinunciarci disperdendosi nelle profondità della foresta.

«Karl, Karl... avanti, respira!»

Una prolungata boccata d'aria inondò i suoi polmoni, in stasi già da un po'. Si sedette di scatto sull'erba mentre ansimava rumorosamente. Tremava.

«Va tutto bene» lo confortava Asedhon. «Coraggio, andiamo!»

Lo aiutò ad alzarsi e lo prese in braccio. Karl era visibilmente debole, ma il suo amico gli assicurò che sarebbe passato in fretta. Avvinghiò le gracili e stanche braccia attorno al robusto collo di lui, mentre il respiro, ora, diveniva sempre più regolare.

«Ti senti meglio?»

«Quest'isola… quest'isola è una palla! Non puoi toccare, non puoi guardare, non puoi… non puoi… è una palla!» ripeté scocciato.

Erano quasi giunti al castello. La nebbia che circondava l'isola si era in gran parte dissolta lasciando una visibilità maggiore del lontano orizzonte e Asedhon lo scrutava con attenzione.

«Che cosa sono quelle ombre laggiù?» chiese Karl incuriosito.

«Sono navi» gli rispose lui con espressione seria e preoccupata.

«I cattivi?»

«No, Karl, non ancora, ma non manca molto. Dobbiamo tenerci pronti.»

In quello stesso istante, qualcuno issato sulla torretta in cima all'albero maestro, diede l'allarme. «Otherion! Otherion!»

Erano trascorse circa tre settimane di navigazione quando, per la prima volta, l'uomo di vedetta della Redigot, la nave ammiraglia della flotta di Hiulai-Stir, avvistò la sagoma oscura dell'isola del Drago e, nel bel mezzo della notte, quando Karl già sonnecchiava placido nel suo lettino, centinaia di navi alleate gettarono le ancore a circa trecento metri dalla costa, dove avrebbero atteso fino a nuovo ordine.

***

Il cuore di Ambra era stato rubato e la sua vita aveva avuto termine.

Il tragitto verso Otherion procedeva lento, senza fretta. Solo la vela dell'albero maestro era gonfia e si lasciava carezzare dal lieve soffio del vento. Il cielo era pulito e quell'azzurra immensità si rifletteva sulle limpide acque dell'oceano di Ther-Himril, rendendolo a sua volta dello stesso colore. I fasci aurei del sole alto rimbalzavano sulle sottili increspature delle onde, dando vita, agli occhi di chi le osservava, a un frizzante spettacolo di luci e colori.

In piedi, all'angolo di prua, Dionas era assorto nei suoi pensieri, mentre la fresca brezza marina che s'infiltrava tra i suoi capelli dorati li accarezzava come farebbe un lieve soffio sulla fiamma di una candela.

Nicholas lo aveva raggiunto e ora si trovava al suo fianco. «Come ti senti?» gli chiese.

«Come uno cui hanno ammazzato la sorella» gli rispose con aria affranta, senza guardarlo.

«Mi dispiace. È stata tutta colpa mia. Avresti voluto chiedermelo, vero?»

«Che cosa?»

«Perché diavolo sono tornato. So che sotto sotto ce l'hai con me. Dionas, se vuoi odiarmi, non ti biasimerò.»

«Non affliggerti con colpe che non hai, Nicholas. Se tu non fossi arrivato, non avremmo avuto comunque la possibilità di cavarcela. Avrei potuto tenere a bada Elias ma Evolante non avrebbe retto in eterno e, contro Eleniae, io avrei potuto ben poco.» Poi gli rivolse il suo sguardo placido e fraterno. «No, non c'è l'ho con te. So quanto la amavi e quanto lei ti amava. Non potrei mai odiarti per questo, Nicholas.»

«Abbiamo patito una grande perdita, ma questo non deve indebolirci. Non dobbiamo arrenderci.»

«E non ci arrenderemo!» ribatté Dionas mentre gli dava un'affettuosa pacca sulla spalla ma, quando fece per andarsene, Nicholas lo fermò. «Dionas, aspetta!»

«Cosa c'è?»

«Ho visto la sua morte. L'ho scorta tempo prima che avvenisse.»

«Come dici? Sapevi che Ambra...» Era confuso. «Come potevi saperlo?»

«Posso in una certa misura prevedere ciò che accadrà in futuro. È una tecnica che il mio maestro insistette a insegnarmi, ma non avevo mai avuto il coraggio di metterla in pratica. Posso venire a conoscenza di determinati eventi futuri, avvenimenti di una certa importanza e che in nessun modo si possono modificare. In realtà non vedo ciò che avverrà, ma ciò che il destino ha in mente di compiere.»

«Quindi, se tu conosci una certa situazione futura, non servirà prendere provvedimenti per modificarla!»

«Dipende dalle circostanze. Se io vedo una valanga che invade una città, quello che posso fare è evitare di recarmi in quella città.»

«Ma la morte di mia sorella...» lo interruppe «la morte di mia sorella! Non esisteva un modo per scongiurarla?»

«No. Sia che io avessi deciso di raggiungervi, sia che non lo avessi fatto, non sarebbe cambiato nulla. Qualsiasi decisione io avessi preso, qualunque strategia avessi adottato, in ogni occasione, la vedevo morire.»

«Se sapevi che sarebbe successo, allora, perché sei venuto? Con quale coraggio hai deciso di affrontare lo strazio della sua morte? Come hai potuto fronteggiare una sofferenza così grande!»

«Per poterla stringere ancora una volta tra le mie braccia e potermi specchiare un'ultima volta nei suoi occhi. Dionas, tu hai perso una sorella che amavi molto. Io mi sono visto strappare la mia unica ragione di vita.»

Si abbandonarono alla commozione più profonda e si strinsero in un forte abbraccio consolatorio. L'animo di Nicholas, però, era ancora più straziato perché un'ulteriore brutta notizia stava per essere annunciata.

«Dionas…» disse tra le lacrime mentre era ancora abbracciato a lui «ho visto dell'altro.»

Il giovane Ministro sciolse il suo abbraccio piuttosto sconsolato e lo guardò negli occhi. «Hai visto anche la mia morte, non è così?»

«No, non ho visto la tua morte, ma non ti piacerà lo stesso.»

«Di cosa si tratta allora?»

«Il Drago sarà ucciso.»

«Ti sei bevuto il cervello?» esclamò in preda all'incredulità. «Ma cosa dici! Il nostro Signore non può essere ucciso, non senza il bambino e finché egli sarà sotto la sua custodia, Elenìae, non potrà mai raggiungerlo.»

«Il destino non mente, non imbroglia, non sbaglia. Il Drago morirà ed Elenìae porterà via con sé il suo discendente.»

«E questo quando dovrebbe avvenire?»

«Non lo so con sicurezza, ma molto presto.»

Dionas, ora, era nel panico più totale. Non riusciva a credere a quelle parole. «Che succederà poi?»

«Non ho avuto la forza di scrutare oltre. Troppa morte i miei occhi hanno visto. Troppa sofferenza il mio cuore ha patito, ma la speranza è sempre l'ultima a morire.»

Il Ministro del Drago raggiunse di corsa il ponte di comando.

«Haltier!» urlò.

«Sì, mio signore!» replicò una voce in lontananza.

«Mettiti al timone e governa la nave. Voi…» gridò all'equipaggio «spiegate le vele e mettete al riparo tutto ciò che potete. Tenetevi pronti! Tra un po' si balla.»

«Agli ordini, signore!» gridarono all'unisono gli uomini della *Stellamaris*.

«Nicholas, lasciami solo.»

«Va bene fratello, fa' ciò che devi.»

«Forza con quelle vele!» gridava ancora mentre tornava all'angolo di prua e una volta giunto, vi s'inginocchiò. Volse lo sguardo al cielo e chiuse gli occhi, allargò le braccia e una preghiera silenziosa fluì dalle sue labbra.

«Mio Signore, il vostro servo v'implora!
Lasciate che la Stellamaris
saetti come un fulmine
sulle onde dell'oceano.
Acconsentite che venti impetuosi
sposino le sue vele,
affinché io possa raggiungervi
ancor prima che il sole muoia.
La morte precede il nostro viaggio,
ma grazie a voi la raggiungeremo
e la distruggeremo.»

Aprì gli occhi. «Mio Signore!» urlò.

Un impetuoso soffio di vento lo raggiunse e gli scompigliò i capelli. Le vele, come immense braccia materne, accoglievano, ora, quelle che divenivano raffiche sempre più violente e a quel punto, tutti si tennero pronti. In pochi attimi, una furiosa bufera li travolse e intensi nuvoloni neri oscurarono il cielo, ma nonostante ciò, il mare non si gonfiò più di tanto. Le alte onde di Ther-Himril non potevano permettersi di rallentare la *Stellamaris* che non navigava ora, ma volava sul mare. La sua carena tappezzata di verdeggianti alghe marine era in buona parte fuori dall'acqua, mentre alte mura di schiuma esplodevano ai fianchi della nave al suo passaggio. Le sue bianche vele parevano immense ali che si libravano nell'aria e quel viaggio, che sarebbe dovuto durare ancora alcuni giorni, si concluse entro quella stessa sera.

Il dorato tramonto sull'oceano ormai scuro, intensificò l'immancabile velatura nebbiosa che lambiva solo in alcuni tratti le coste frastagliate dell'isola.

«Ancora niente?» Kalanis, sovrano di Hiulai-Stir era in apprensione per l'arrivo della *Stellamaris* e chiedeva spesso ai suoi uomini se anche un frammento delle sue vele s'intravedesse all'orizzonte.

«No, sire, non si vede ancora nulla. È vero che la nave del Ministro è molto più veloce delle nostre, ma dovete darle tempo. Vuole che organizzi i preparativi per l'accampamento?»

«No, non ho nessuna voglia di mettere piede su quell'isola, per il momento.»

«E perché mai? Che cosa temete, mio signore? Combattiamo tutti per la stessa causa, mi pare!»

«Sì, lo so capitano, ma preferisco attendere l'arrivo del Ministro. Comunque, fate uscire una scialuppa e fatemi sapere cosa ne pensano gli altri.»

«Sarà fatto, maestà.»

Non ce ne fu bisogno. La *Stellamaris* li raggiunse così velocemente che quasi non si sarebbero accorti di lei, se non fosse per la bufera che la accompagnava. Nel momento in cui giunse tra gli alleati, i venti si placarono e, come fossero enormi draghi vestiti d'aria, abbandonarono la nave e si dispersero.

«Ammainate le vele!» urlò Haltier, il vice capitano della *Stellamaris*. «Gettate le ancore e preparatevi allo sbarco.»

Il Ministro diede a tutti l'ordine di sbarcare e allestire quanto prima l'accampamento. Egli era già in viaggio verso il castello. Nuovi ordini sarebbero giunti e ciò che il potente Signore avrebbe ordinato, sarebbe stato presto eseguito.

Il grande portale, un enorme porta in legno di *kalornak*, ricavato da un arbusto che cresceva solo su quell'isola e che sigillava l'unica via di accesso al castello, si spalancò nel momento in cui Dionas apparve al suo cospetto. Il Drago lo attendeva nella Sala del Trono, dove era solito accoglierlo quando doveva affidargli le sue disposizioni e, avvolto in una nuvola di tenebre, era in attesa di impartire i suoi ordini. Il Ministro varcò la soglia della Sala proprio in quel momento. Com'era solito fare, si prostrò a lui con il capo chino, in prossimità della nube, rimanendo in attesa che la sua imponente voce rompesse il silenzio. Nessuna voce si udì. Dionas sollevò di poco lo sguardo e vide passi silenziosi muoversi verso di lui. Turbato e confuso, chinò ancora il capo. Ciò che si verificava in quell'istante non era mai accaduto in duemila anni e per la prima volta, da quando lo serviva, il Drago si rivelò.

«Alzati!» gli disse.

«Non sono degno di rivolgervi lo sguardo, mio Signore.»

«Nessuno lo è più di te, Dionas, figlio di Alvin, il mastro ferraio. Alzati!»

Con una certa apprensione, sempre più perplesso, il Ministro si rialzò sollevando, allo stesso tempo, il volto. Con meraviglia, per la prima volta, si vide riflesso nel nero dei suoi occhi rimanendo sorpreso, quanto affascinato, di come la semplicità di colui che definiva un dio, fosse così alla sua portata.

«Ordinate, mio Signore!»

«Siamo giunti all'epilogo,» gli riferì con una punta di rassegnazione «dobbiamo tenerci pronti.»

«Ne sono consapevole, Signore. Elenìae e il suo esercito maledetto sono già in viaggio per raggiungervi e presto saranno qui.»

Asedhon lo sapeva, la sentiva. Non era lontana e non mancava molto.

«Quando lei giungerà in prossimità dell'isola, ci sarà un momento in cui le forze mi abbandoneranno e i miei poteri cesseranno di esistere.»

«Lo so, mio Signore.»

«Ma quando ciò avverrà, Elenìae, non avrà ancora messo piede sull'isola, perciò avrò tutto il tempo di riprendermi. Intanto organizzate la difensiva. Allineate le navi tutto intorno all'isola creando una vera e propria barriera. Giungeranno da ogni direzione. Tutto ciò che oltrepasserà la barriera navale, sarà affrontato a terra, dove ad attenderli, voglio i guerrieri più valenti. Che siano disposti soldati di guardia sul tetto, all'entrata e tutt'intorno alle mura del castello. Qualunque cosa entrerà da quella porta,» disse indicando l'entrata della Sala «se la vedrà con me.»

«Lasciate che resti qui con voi!»

«Non sarà necessario. Anche se il potere mi abbandonasse, non c'è essere mortale che possa battermi. Ora vai, non perdere tempo prezioso e fai in modo di non trovarti impreparato.»

«Sarà fatto come avete ordinato, Signore. Se non avete altro da riferire, io andrei.»

«Potete andare. Quando uscirai da qui, il grande portale si chiuderà alle tue spalle. Solo la magia potrà riaprirlo e quando essa non mi apparterrà più, nessuno potrà sfondarlo, neanche *lei.*»

Il Ministro si chinò in segno di riverenza e si avviò verso l'uscita.

«Dionas!»

«Mio Signore?»

«Qualunque cosa accada, Elenìae non dovrà avere il bambino.»

«Lo proteggerò anche a costo della mia vita, non dubitate.»

E dopo l'ennesimo saluto, si congedò.

Trasportata nella cabina di Elenìae e adagiata sul suo stesso letto, Karen giaceva priva di conoscenza e in lotta contro l'aria venefica che torturava il suo respiro, mentre la maga, china su di lei, era intenta ad attuare lo stesso incantesimo che Asedhon aveva praticato su Karl.

«Coraggio, bambina, respira... da brava... respira lentamente, così!» Elenìae la incoraggiava a riprendersi mentre Karen tentava di aprire gli occhi. Roteava le pupille in ogni direzione e, sofferente, lottava contro il bisogno di respirare, finché non ebbe la meglio. Ora si guardava intorno, sforzandosi di capire dove si trovasse e a chi appartenessero quei volti sconosciuti che la scrutavano. Rammentava ogni cosa. Ricordava la clinica psichiatrica, di aver conversato con Johan, di aver discusso con *lei* a proposito di salvare suo figlio ed era consapevole di essere finalmente giunta in quel mondo tanto sospirato dove nessuno avrebbe mai potuto condurla.

Elenìae era al suo capezzale, le asciugava il sudore sulla fronte e, con aria pacifica, le sorrideva. Con molta premura, cercava di farla sentire al sicuro e guadagnarsi la sua fiducia, si prendeva cura di lei e la accarezzava. «Devi stare tranquilla, ora. Riposati. Non manca molto. Presto riavrai tuo figlio, te lo prometto. Adesso dormi.» Dopo che l'ebbe baciata sulla fronte, Karen chiuse gli occhi lasciandosi andare in uno stato di estasi, felice e soprattutto sicura che presto avrebbe riabbracciato il suo bambino.

«Perché l'avete condotta qui?» chiese Elias. «A che ci serve lei?»

«Servirà più di quanto tu possa immaginare.»

«Come pensate di entrare nella fortezza e soprattutto come permetterete a quella donna di sopravvivere quando non avrete più i vostri poteri?»

«Tu non devi preoccuparti di nulla. Ho in mente un piano molto accurato che sto elaborando da giorni. Non mi piace quando sei così pessimista.»

«Non è questione di pessimismo, madre mia. È solo che... non vorrei che vi accadesse nulla. Se vi perdessi, morirei.»

***

Tre giorni dopo la visita nella diabolica foresta di Otherion, Asedhon, sulla veranda della sua camera, scrutava l'orizzonte. Da lì, presupponeva, sarebbero comparse le prime sagome minacciose e non si stupì quando percepì *lei* che si avvicinava. Solo poco tempo dopo, quelle sagome che s'intravedevano in ogni punto dell'orizzonte, iniziarono a prendere ognuna la propria forma. Tra tutte, il *Neromanto*, dalle vele alte, imponenti e nere come la notte, appariva altero e superbo mentre guidava alla guerra tutta la sua flotta.

«Buongiorno.»

«Uffa, è già mattina?» Il sonno di Karl fu inquieto quella notte e spesso s'interrompeva. Era logico, quindi, che avesse ancora voglia di dormire e, come segno di protesta, portò le lenzuola oltre il capo, infilando poi la testa sotto il cuscino. Asedhon lo lasciò fare. Si diresse verso la finestra e ne sbloccò le maniglie che l'avevano tenuta serrata fino a quel momento. Dopo averla spalancata, lasciò che i fievoli raggi del primo sole mattutino inondassero la camera, poi tornò da lui e si sedette sul lettino, al suo fianco. Osservava quel minuscolo fagotto che affiorava dalle lenzuola, modellando il corpo rannicchiato di un bambino e pensò che dalla vita aveva ottenuto tutto. Gloria, potere, piacere e ogni sorta di magnificenza aveva colmato la sua esistenza prima da re, poi da essere supremo. Ma la gioia di crescere un figlio, di proteggerlo, di accudirlo e coccolarlo, non fece mai parte del suo destino e in quel momento, mentre con i suoi artigli accarezzava amorevolmente quel fagottino raggomitolato, pensava che forse è così che si sente un padre quando la mattina cerca di svegliare il suo piccolo per dirgli che è ora di alzarsi. Forse è così che si sente un padre, quando la vita di quel piccolo essere indifeso è in pericolo ed è così che si sente un padre quando è arrivato il momento di difenderlo e proteggerlo da ogni avversità. Quella realtà paterna, d'altronde, non era poi così lontana. Nelle loro vene scorreva lo stesso sangue. Lui aveva generato

Elenìae e lei aveva concepito Karl. Sapeva che quello sarebbe stato il loro ultimo giorno insieme, al di là di come si sarebbero svolti gli eventi ed era cosciente che la vita del Drago, non sarebbe durata oltre quello stesso giorno.

«È ora di alzarsi.»

«Ho sonno!»

«Lo so, ma… è ora!»

Karl scoperchiò con un solo gesto le lenzuola inginocchiandosi sul letto, proprio davanti a lui. Guardandolo fisso negli occhi, gli trasmetteva tutta la sua paura che, come un'onda gigantesca, si era propagata su tutto il corpo facendolo ansimare e rabbrividire.

«Non avere paura,» lo incoraggiò lui «ti proteggerò a tutti i costi. Nessuno oserà farti del male, non finché ci sarò io.»

Karl annuì e si strinse a lui. Asedhon, dapprima accarezzò dolcemente il suo capo, poi anche lui si lasciò andare e lo strinse in un caloroso abbraccio.

Gli ordini erano stati impartiti. Da una parte la barriera navale, dall'altra gli eserciti terrestri e da un'altra ancora la perfida foresta di Otherion che non avrebbe lasciato scampo neanche al più scaltro dei guerrieri. La difesa fu organizzata esattamente come Asedhon aveva ordinato e ora, tutti pronti, si preparavano alla battaglia.

Come il potente Signore aveva previsto, le flotte navali nemiche giunsero da ogni direzione frantumando le onde dell'oceano. In seguito, tutte le vele furono ammainate e le ancore gettate a una distanza sufficiente per l'utilizzo delle catapulte. Spade, lance, archi e balestre erano puntati sul nemico e fremevano in attesa.

Un silenzio quasi surreale aleggiava sulle acque di Ther-Himril. Neanche il flusso delle onde rompeva la stasi di quell'attesa così snervante finché, il primo masso infuocato, trafisse l'aria e centrò in pieno l'albero maestro della Theress, una delle navi appartenenti alla flotta di Sellerot. L'imbarcazione prese fuoco in più punti, le sue vele furono le prime a incendiarsi e a propagare le fiamme. Quel colpo diede inizio al conflitto. Le frecce degli alleati, come una nuvola minacciosa, precipitavano sulle navi nemiche, causando un numero considerevole di vittime, e con gli stessi massi ardenti con cui erano stati colpiti, contraccambiavano i colpi riducendo in frammenti infuocati i galeoni nemici.

Alcune imbarcazioni ostili riuscirono a oltrepassare la barriera in un punto in cui, per un valido motivo, non era stata ben concentrata. Ormeggiarono nello stesso punto in cui, duemila anni prima, aveva gettato le ancore la *Stellamaris*, in seguito alla decisione del suo capitano di aggirare la tempesta e sorprendere il Drago Rosso alle spalle. Ma per Asedhon e i suoi uomini, dalla mole vigorosa, dalla potenza fisica smisurata e dai riflessi pronti e scattanti, non era stato difficile superare il verdeggiante inferno di Otherion, dove invece, i seguaci di Elenìae, rimasero intrappolati, inghiottiti, eviscerati e asfissiati. Solo pochi tra i più tenaci uscirono allo scoperto dalla parte opposta dell'isola, ma furono accolti dai colpi delle balestre di chi, con impazienza, li attendeva.

La follia di Elenìae imperversava nel corpo e nelle menti dei suoi gregari che, come kamikaze impazziti, si lasciavano morire per lei e per la sua guerra. Si cospargevano di *shiyna*, un composto oleoso ottenuto dall'unione tra il *naveral* e il *surikel*, con cui erano irrorati anche i massi delle catapulte. Durante il lancio, il forte attrito dell'aria su tale composto ne produceva la combustione. I corpi di quegli uomini, sposati con la *shiyna* e catapultati, prendevano fuoco divenendo veri e propri razzi assassini e prima di perire in preda ad agonizzanti sofferenze, cercavano di venire a contatto con qualsiasi cosa, in modo da causare danni ingenti alle navi e all'equipaggio.

Poco prima che il sole raggiungesse lo zenit, come se agissero dominati da un unico cervello, alcune imbarcazioni nemiche spiegarono le loro vele, che si videro gonfiarsi imponenti sotto l'azione del vento. Le onde schiumose, provocate dall'impeto dei rematori, fecero presagire agli alleati che uno scontro diretto era imminente. Si aspettavano di essere abbordati e si tenevano pronti per l'arrembaggio, ma avvenne tutt'altro.

«Caricate le catapulte! Tenetevi pronti con le balestre, là dietro! Tutti in coperta... tutti in coperta!» Il capitano della Theress non indugiò a prendere le dovute precauzioni e si preparò a riceverli come meritavano.

«Signore...» L'ufficiale in seconda pareva piuttosto preoccupato.

«Tenetevi pronti con le lance!» continuava il capitano. «Prima che riescano ad arrembarci, dovrete massacrarne almeno la metà!»

«Signore!» L'ufficiale in seconda continuava a chiamarlo ed era sempre più inquieto.

«E prima ancora che qualcuno riesca a mettere piede qui, almeno la metà di voi dovrà volare sulla loro nave e…»

«Signore!» Questa volta l'ufficiale urlò a squarciagola e finalmente riuscì ad attirare l'attenzione del suo capitano, che si voltò di scatto.

«Non si spostano! Non si spostano!»

Non sembrava esserci alcuna intenzione da parte dei rivali di affiancare le navi alleate. Si approssimavano velocemente, procedendo dritti davanti a loro e quando il capitano si rese conto delle loro vere intenzioni, fu troppo tardi.

«Levate l'ancora… spiegate le vele, presto! Virare a dritta… tutta a dritta!»

Non servì. Un travolgente scontro frontale li investì alla velocità del vento, provocando danni ingenti alle strutture navali sia da una parte, sia dall'altra. Per non parlare dei numerosi feriti e di coloro che si dispersero in mare. Gravose falle si aprirono nella parte anteriore degli scafi e alcuni alberi caddero rovinosamente. Altre navi subirono la stessa sorte e il corpo a corpo ebbe inizio. L'arrembaggio doveva servire a un unico scopo, permettere alle altre navi di superare la barriera e raggiungere la costa. Il piano riuscì alla perfezione.

Dall'alto del suo castello, Asedhon seguiva la scena. Osservava l'armata terrestre che si preparava a ricevere il nemico che, avanzando sulle scialuppe, non era distante dal litorale. Una tripla e lunga barriera di lance era stata allineata sulla spiaggia in prossimità della battigia mentre, poco dietro, sul punto più alto delle dune, gli arcieri avevano già scoccato le loro frecce nel blu del cielo. Come saette inferocite si abbatterono sulle scialuppe. Gli immensi e pesanti scudi dei nemici ne bloccarono la maggior parte, ma una seconda e inaspettata ondata determinò un numero altissimo di vittime.

L'esercito maledetto di Elenìae toccò terra nello stesso istante in cui Karl raggiunse Asedhon sulla veranda. Il Drago scrutava con attenzione tra le imbarcazioni, ma non scorgeva ancora l'ombra del *Neromanto* e il fatto stesso che possedesse ancora i suoi poteri stava a significare che il vascello pirata era ancora a debita distanza. La sua fanteria trepidava in attesa al di là dei lancieri, pronti a trafiggere chiunque avanzasse e non attesero a lungo che spade, asce da guerra e mazze ferrate iniziarono a squarciare, dilaniare e sgozzare ogni individuo alla loro portata. Il Ministro e il giovane mago guerriero, combattevano fianco a fianco, mentre Evolante preferì restare al castello, consapevole del fatto che quando il Drago avrebbe perso i poteri, lui sarebbe tornato a essere lo stesso vecchio che Asedhon visitò nella lontana notte di duemila anni prima, concedendogli la vita eterna. Anch'egli scrutava l'evolversi della battaglia e pensava che per un po', finché avrebbe avuto i suoi poteri, si sarebbe potuto rendere utile. Ma *lei* non avrebbe tardato, la sentiva vicina.

Non molto tempo dopo, Asedhon e Karl varcarono la soglia della Sala del Trono. La porta fu chiusa, ma non serrata. Non sarebbe servito.

«Karl, ascoltami molto attentamente. Non allontanarti mai da me, restami sempre vicino. Lo vedi il trono?»

«Sì!»

«Se dovessi affrontare dei nemici, tu nasconditi lì dietro e non muoverti finché non ti avrò chiamato.»

«Ok, farò come dici.»

«Un'ultima cosa. Semmai mi succedesse qualcosa, qualsiasi cosa, dovrai fidarti soltanto di Dionas. Sarà lui che dovrai seguire.»

«Ma io non voglio che ti succeda…»

«Dionas!» lo interruppe. «Sono stato chiaro?»

«Va bene! Ho capito. Dionas.»

«Bravo! Sei davvero un bravo bamb…» Si allontanò da lui con fare brusco e convulso. Arretrò di alcuni passi, ansimava, perdeva l'equilibrio, barcollava, finché a un certo punto non andò a sbattere con la schiena contro il muro.

«Che cos'hai?» gridò Karl, spaventato a morte. «Che ti succede?» gli ripeteva.

Asedhon si accasciò al suolo in preda a penosi lamenti. Ora Karl piangeva. «Ti senti male? Cos'hai?» Gridava forte il suo nome, mentre lo scuoteva. Il suo amico stava male e lui non riusciva a comprenderne il motivo. Avrebbe voluto agire in qualche modo, ma non sapeva cosa fare. Si guardava intorno, in preda al panico, finché il suo amico non lo afferrò per il braccio. «Va tutto bene…» gli disse con un filo di voce.

Il piccolo gli tenne stretta la mano. Forse si stava riprendendo, pensava. Di sicuro si era trattato di un malore momentaneo ma, con sorpresa, si accorse che nella mano che stringeva, non erano più presenti quegli elementi che lo avevano impressionato la prima volta. I suoi artigli erano scomparsi. Con stranezza, notò ancora che la corporatura si era, anche se di poco, ridimensionata mentre la pelle si presentava ora più calda e morbida.

Asedhon, non più il Drago, sedette sul freddo pavimento in attesa di riprendere il controllo del suo corpo stanco e affaticato. Dopo millenni di potenza assoluta, tornare nel corpo di un povero mortale, era come per un giovane e forte guerriero ritrovarsi all'improvviso nel corpo di un vecchio di duecento anni, con tutti gli acciacchi e le fatiche che un'età come quella si porta dietro.

Osservava quel bambino spaventato e con le lacrime agli occhi. Non resistette, con la scusa di asciugargli le lacrime, a lasciarsi andare a un'affettuosa carezza di conforto e anch'egli appurò come, ora, le sue dita percepivano la morbida pelle di un bambino e il calore umido delle lacrime che lambivano il suo volto. Quasi gli mancavano quelle sensazioni. Aveva dimenticato le emozioni che ne scaturivano e sentirle vive ancora una volta, un'ultima volta prima della sua fine, lo resero felice.

«Stai meglio?»

«Sì, ora va meglio.» Asedhon si sollevò, seppur ancora affaticato. Karl lo aiutò, a suo modo, a sedersi sul trono e lì attese ancora che il suo corpo si adattasse alla nuova condizione.

Il campo di battaglia era divenuto, in un certo senso, un mare di sangue. Lo stesso che scorreva anche sulle navi, il cui legno, a questo punto, ne era intriso.

A Nicholas non sfuggì che la forza di colui che definiva un fratello, cominciava a venire meno. Era già la seconda volta che, per miracolo, lo aveva tirato fuori dai guai e Dionas intuì che qualcosa era cambiato. Lei era nelle vicinanze e il Potente Signore aveva perso i suoi poteri. In quel momento, qualcosa di simile a una saetta squarciò l'aria dirigendosi sul tetto del castello.

«Dionas, Dionas!» Nicholas non era molto sicuro di ciò che aveva visto, ma lo preoccupò oltremodo.

«Che diavolo era?» Anche Dionas non era tranquillo.

«Non ne sono sicuro, ma è meglio correre al castello.»

Abbandonarono in tutta fretta il campo di battaglia e sfrecciarono verso la dimora del Drago. Allontanandosi non si accorsero che, alle loro spalle, alcune scialuppe trasportavano le gabbie che rinchiudevano i carnefici i quali, frementi, si dimenavano nella loro circoscritta prigione, sbavando e assaporando già il gusto della carne fresca.

La Pantera Alata atterrò sul tetto del castello, esattamente nel punto in cui, duemila anni prima, il Drago Rosso aveva detto addio alla sua lunga e dispotica esistenza. Elenìae, anche se stremata e indebolita, finché stringeva nelle sue mani la chioma della Pantera, era in grado di tenerla sotto controllo e non si lasciò sfuggire l'occasione di farle sterminare tutti gli uomini di guardia sul tetto. Gli occhi feroci della bestia penetrarono come una scossa elettrica nelle loro menti e una lunga serie di uccisioni avvenne tra i soldati per loro stessa mano. Nel momento in cui Elenìae si lasciò cadere, la Pantera riprese il controllo di sé. Ruggì selvaggiamente contro colei che l'aveva dominata fino a quel momento e prese il volo scomparendo nel triste cielo pomeridiano.

In quello stesso istante, i due giovani guerrieri erano appena giunti sulla soglia dell'entrata che Asedhon aveva serrato con la sua magia e che solo tramite essa si sarebbe riaperta.

«Non dovrebbe essere difficile per te aprire una porta, dico bene?»

Nicholas lo guardò con un sorrisetto quasi beffardo, dopodiché passò all'azione. Dopo aver teso le braccia, immergendosi in un profondo stato di concentrazione, il grande portale cominciò a schiudersi e, prima ancora di essere del tutto spalancato, i due amici si dirigevano già di corsa, verso la Sala del Trono.

Non possedeva più la sua magia. Ora era uno come tanti, ma la percezione che qualcuno si stava approssimando, colpì Asedhon con tale veemenza da estrarre la sua spada puntandola verso la porta, l'unico punto d'accesso da cui, qualcuno, avrebbe potuto fare il suo ingresso.

Aspettava.

Karl si aggrappò al suo fianco e lui lo tenne stretto.

«Ricordati quello che ti ho detto» gli raccomandò.

«Ho paura.»

«Non devi,» lo rassicurò Asedhon «sei un bambino coraggioso, ricordalo sempre.»

I suoi occhi però non si distoglievano dall'entrata e la sua spada era sempre lì che fremeva verso di essa. Il momento giunse e la porta, di botto, si spalancò.

Asedhon non credeva ai propri occhi. Come poteva essere? Anche *lei* aveva perso i suoi poteri, perciò non poteva aver preso le sembianze di qualcun altro, a meno che...

I suoi pensieri furono interrotti dal grido di Karl. «Mamma... mamma!» D'impulso si staccò dal suo fianco e si precipitò verso di lei.

Karen, con le lacrime agli occhi e felice più che mai di poterlo riabbracciare sano e salvo, si chinò con le braccia tese per accogliere suo figlio e stringerlo forte a sé.

«Karl, no!» Asedhon non ebbe il tempo di fermarlo. Fu in quell'esatto momento che, alle spalle di Karen, comparve Elenìae, più agguerrita che mai, con l'arco teso e la freccia pronta per essere scoccata. Sibilò acutamente nell'aria e quel primo colpo trafisse Asedhon al torace. Un secondo dardo lo colpì allo stomaco, un terzo gli perforò un polmone e l'ultimo colpo gli trapassò il cuore. Le urla di Karl investirono la sala, risuonando disperate alle orecchie di sua madre. Cercava in tutti i modi di districarsi da lei per raggiungere il suo amico ma Elenìae li tirò via perché il Ministro e il giovane mago sarebbero giunti a momenti. Afferrò il bambino con prepotenza e, mentre con una mano sul volto cercava di farlo stare zitto, fuggirono tra gli intricati corridoi del castello, cercando un nascondiglio sicuro, finché la morte di Asedhon, che non avrebbe tardato a sopraggiungere, non le avrebbe ridato i suoi poteri.

Evolante, anche se piuttosto malandato, fu il primo a sopraggiungere. Dietro di lui, Dionas e Nicholas non credevano alla visione agghiacciante che avevano davanti ai loro occhi.

Con la spada ancora in pugno e flesso sulle ginocchia, Asedhon era in lotta contro la morte che sopraggiungeva, ma non l'avrebbe lasciata vincere, non prima di aver parlato al suo cavaliere.

«Mio Signore… mio Signore, la troveremo, resistete!» Poi urlò ai suoi uomini. «Trovatela, uccidetela! Cercate dappertutto, non può essere lontana!» Dionas era angosciato. Le condizioni del suo Signore non davano buone speranze. Se Elenìae non si fosse allontanata da lui o se qualcuno non l'avesse uccisa, Asedhon non avrebbe potuto riacquistare la sua immortalità e, di conseguenza, la sua morte sarebbe stata inevitabile. Chino al fianco del suo Signore, lo confortava. «Sdraiatevi. Andrò a cercare quella strega e la annienterò con le mie stesse mani, così riavrete i vostri poteri.»

Asedhon non aveva alcuna intenzione di stendersi. Aveva afferrato l'armatura del suo Ministro e la tirava verso di sé. «Sarò… morto…» balbettava «… ancor prima che tu varchi quella soglia. Non lasciare… non lasciare che io muoia per *sua* mano.»

«Che intendete dire, mio Signore? Non capisco. Voi non morirete!»

Con le ultime energie rimastegli, Asedhon portò la sua spada verso il cavaliere, invitandolo a impugnarla.

«Vuole che tu lo uccida» intervenne Nicholas.

«Non posso farlo! No, non posso farlo!» Era confuso. «Perché dovrei?»

«Acquisiresti i suoi poteri» insisteva Nicholas.

«Devi farlo» continuava Asedhon oramai allo stremo delle forze. «Non avrai la possibilità... altrimenti... di riprenderti il cuore di tua sorella. Finché non smetterà di pulsare... lei avrà la possibilità di... tornare alla vita, ma se non lo farai...» I suoi occhi stavano per chiudersi. La forza lo stava abbandonando mentre le sue braccia si lasciavano andare lentamente.

«Ha ragione Dionas! Non lasciarti sfuggire quest'occasione.» Nell'udire ciò che Asedhon aveva appena rivelato sul cuore di Ambra, Nicholas fremette e, vedendo le condizioni oramai critiche del Drago, lo intimava a compiere il sacrificio. «Fallo accidenti! I soldati non troveranno Elenìae in tempo e lui sta morendo. Se dovesse succedere, nessuno la fermerà più!»

«Io non posso... io...»

«Non esitate oltre...» Anche Evolante si era reso conto che quella era l'unica soluzione. «Se ne sta andando. Fatelo, Dionas, ora!»

A malincuore, il Ministro del Drago afferrò l'impugnatura della spada che ora, Asedhon, privo di forze, aveva lasciato cadere. Con la sofferenza nel cuore e gli occhi oscurati dalle lacrime, si accingeva a ubbidire al suo ultimo comando.

«Vi ho servito con onore, mio Signore. Perdonatemi!» Sollevò la lama più in alto che poteva e affidandosi a tutto il suo coraggio e a tutta la sua forza, lasciò filare rabbiosamente la spada, fino a raggiungere il suo Signore.

Pareva quasi che il tempo si fosse fermato. Nell'istante in cui la lama toccò la sua pelle, tutto divenne immobile. Il silenzio dominava, non si udiva altro, se non i suoi respiri terrorizzati e affannosi. Lentamente aprì gli occhi e la vide. Asedhon era confuso, non capiva, non riusciva a dominare il suo respiro che pareva volesse soffocarlo, ma quando lei gli sorrise e protese le braccia verso di lui, tutto si normalizzò. Non sentiva più dolore, le frecce che lo avevano trafitto erano svanite. Le forze erano tornate o probabilmente era lui che era divenuto più leggero. Ariel, con le braccia protese verso il suo uomo, lo invitava a raggiungerla ed egli non la fece aspettare. Si sollevò afferrando le sue mani e, portandole vicino al suo viso, le baciò.

«Ti ho atteso così a lungo» sussurrò Ariel.

«Eccomi! Ora sono qui.»

«Nessuno potrà più separarci adesso.» Gli accarezzò il viso prima di baciarlo. Poi lo abbracciò forte e Asedhon la tenne stretta a sé, dopodiché le prese la mano e si lasciò portare via da lei.

Il tempo riprese il suo regolare decorso. La lama penetrò la nuca, stritolò le vertebre e fuoriuscì dalla gola. La testa di Asedhon ruzzolò sul duro pavimento, nel lago di sangue che il suo cuore lacerato aveva lasciato fluire e anche il suo corpo, dopo aver combattuto fino a quel momento per mantenersi eretto, si lasciò cadere ormai privo di vita.

In quell'istante.

Evolante riprese il suo magico e immortale potere, legato alla vita del nuovo Drago. Per la seconda volta si sentì rinascere e una nuova linfa vitale lo rigenerò.

Elenìae gioiva al ritorno dei suoi poteri, perché ciò poteva indicare solo una magnifica realtà. Asedhon, il Drago, era morto. Il fatto, però, di non aver acquisito i poteri supremi, la lasciò un po' perplessa, ma di certo, pensava, ciò era dovuto al fatto che il sacrificio non era stato ancora completato. Ora i due cuori erano nelle sue mani e nessuno l'avrebbe più fermata. Al ritorno della magia, anche la Pantera Alata si trovò ad attenderli sul tetto. Avrebbero prelevato anche Elias dal *Neromanto* e insieme si sarebbero diretti a Galhois, dove finalmente, dopo secoli di attesa, avrebbero dato inizio al rito sacrificale.

In quanto a Dionas, beh… lo spirito del Drago gli apparteneva e ora, come avvenne al suo Signore due millenni prima, anche lui era riverso sul pavimento in preda a spasmi strazianti. Le sue ossa stridevano, si allungavano, si allargavano, mentre lui, contorcendosi, urlava disperato. I suoi amici erano in pena, ma egli intimava loro di andarsene. Voleva restare solo. Presto non avrebbe più mantenuto il controllo di sé e avrebbe potuto far loro del male.

Nicholas non tollerava di vederlo soffrire in quel modo. «No, io non ti lascio» gridava.

«Andate via! Andate via!»

«Non ti lascio, ho detto!»

«Vai via!» urlò con occhi furenti. Nemmeno la sua voce era più la stessa. Si presentava rauca, animalesca. Gli occhi erano divenuti rossi come il sangue. Il suo corpo cresceva, si deformava. La pelle diveniva scura, nera come una notte senza luna e, in alcuni punti, si ricopriva di squame. Lunghi artigli crescevano sulle estremità dei suoi arti e due immense e mostruose ali nere si spiegarono ai lati del dorso. Si sentiva bruciare. La sua anima ardeva come fuoco funesto e, nel dare libero sfogo al calore che lo opprimeva, emise la sua prima, impetuosa e travolgente fiammata che investì tutto ciò che era nelle vicinanze. Evolante e Nicholas pensarono bene di mettersi al riparo e attendere che il Drago, in qualche modo riprendesse il controllo di sé, ma la nuova creatura, in preda all'agitazione e al senso di oppressione che la soffocava, si dimenava come una furia travolgendo ogni cosa. L'immensa Sala del Trono, invasa dalle fiamme, era divenuta un'angusta prigione da cui doveva fuggire e fu così che con impeto veemente, scaraventò il suo corpo contro il muro che dava all'esterno, sbriciolando ogni mattone che lo componeva.

Il Drago era in volo.

Un senso di libertà e di smisurata potenza, lo pervase. Filava tra le nuvole. L'aria violenta che lo investiva, gli conferiva una sensazione di fresca beatitudine. Sfrecciava nel limpido cielo di Castaryus. Attraversava la sua atmosfera, fino a raggiungerne i limiti e, una volta varcata la soglia dell'universo, rilassando ogni muscolo del suo corpo, si lasciò precipitare nel vuoto. Piombò come un missile infuocato sul campo di battaglia. Molti nemici ebbero la sfortuna di capitare tra le sue orride fauci, tra cui i carnefici che si presentarono a lui come un pasto delizioso e succulento, e quando l'ultimo di essi fu ridotto in minuscoli brandelli sanguinolenti, il Drago riprese il volo verso le navi nemiche. Ridusse in cenere alcune imbarcazioni, ne scaraventò altre sulle ispide rocce che delimitavano la scogliera ovest di Otherion e, quando la situazione tornò sotto controllo, decise di non perdere ulteriore tempo prezioso e lasciare l'isola. Iniziò così la sua lunga trasvolata verso Rustaingard.

Dal muro squarciato, Nicholas, lo vedeva allontanarsi. Osservava con viva speranza la sua sagoma che diveniva sempre più minuta, finché non scomparve del tutto.

Rustaingard

Il tramonto era più rosso del solito quella sera. Pareva essersi impregnato di tutto il sangue versato dai caduti di Otherion e, contemplato dall'alto della vetta di Galhois, si rispecchiava sulla bianca neve che ricopriva l'intera catena montuosa di Rustaingard, donandole a sua volta lo stesso riflesso scarlatto.

I quattro passeggeri della Pantera Alata atterrarono sulla cima più elevata del monte Galhois. Karen sorreggeva suo figlio in braccio procedendo con fatica sulla neve ancora vergine. Elenìae li anticipava, mentre Elias era dietro di loro. Si ritrovarono, a un certo punto, nei pressi di un'imponente lastra di ghiaccio che ricopriva ciò che sembrava essere l'ingresso di una caverna.

«Apriti, mia fedele gola di cristallo!»

Al perentorio comando di Elenìae, il gigantesco strato di gelo che celava l'imbocco della grotta, si sgretolò lasciando ruzzolare nella neve grossolani mattoni ghiacciati, mettendo così in evidenza l'anticamera dell'inaccessibile dimora. A essa seguiva un'interminabile scalinata, della larghezza di circa due metri, scavata nella roccia, che conduceva nelle profondità della montagna. Un lungo corridoio collegava la scalinata all'effettivo mondo di Elenìae. L'intera dimora era scavata all'interno della pietra. Scale, corridoi, camere, grandi sale e addirittura un tempio, erano fusi nelle viscere di Galhois, una vera e propria città sotterranea. Secoli di schiavitù avevano contribuito a quella creazione. Nella sua pavimentazione erano stati sepolti coloro che avevano perso la vita a causa della fame e dello sfinimento. Molte erano state le infezioni contratte a seguito delle frustate. Innumerevoli le contaminazioni provocate dalle catene di metallo, spesso arrugginito, che lacerava la pelle e in molti erano periti per epidemie che non potevano essere curate.

Karl era esausto ma tranquillo. Si stringeva a sua madre che lo teneva in braccio e, mentre percorrevano le arterie del monte Galhois, cercava di capire chi fosse quella donna che li guidava, perché aveva ucciso il suo migliore amico e per quale motivo sua madre era con lei. Rammentava l'esatto momento in cui la freccia aveva squarciato l'aria al di sopra della sua testa e si era diretta, micidiale come un falco sulla preda, verso il petto di Asedhon. Ricordava la prima volta che si erano incontrati nella sala dei giochi, il giorno in cui *una piccola e variopinta farfalla* era fuoriuscita dalle sue mani svolazzando libera e felice tra i giochi e i fumetti e, a quel ricordo che affiorò così vivo e limpido nella sua mente, non resistette al pianto.

«Tesoro, basta piangere adesso. Ti spiegherò tutto più tardi, appena ci saremo fermati.»

Stavano per entrare in una grande sala, quando Elenìae si fermò.

«Elias, accompagna i nostri amici nella camera degli ospiti e fa portare loro degli indumenti puliti. Appena la cena sarà pronta, una ricca e succulenta cena,» precisò rivolgendosi a Karen «vi manderò a chiamare.»

«Aspetta!» disse Karen. «Come faremo a tornare a casa? Quando?»

«Presto. Penserò a tutto io. Trascorrerete la notte qui e domani, quando sarete sazi e riposati, vi metterete in viaggio. Sarà un cammino lungo e faticoso, perciò dovete solo pensare a stare tranquilli e a riposare. Domani vedremo il da farsi.»

L'ultimo sguardo malizioso verso Karl, prima di congedarsi, fu ricambiato in maniera alquanto accigliata e, nonostante gli sforzi della madre per convincerlo che il Drago gli avrebbe fatto solo del male, Karl quella sera non volle presentarsi a tavola per la cena.

«Ti ha usato, non capisci? Ti ha tenuto prigioniero forse perché voleva servirsi di te contro la sua nemica, anche se non ne conosco il motivo. Aveva in mente chissà quale piano. Se non fosse stato per *lei*, io non sarei qui ora.»

«Lui mi voleva proteggere, mi voleva bene.»

«È ciò che ti ha fatto credere, ma era un mostro! Hai mai visto le sue vere sembianze? Beh, io sì e le hai viste anche tu. Ricordi quella notte in cui tutti abbiamo creduto che tu avessi avuto un incubo? Quella notte in cui nessuno ti ha creduto? Oh, tesoro mio,» lo confortava abbracciandolo «lei ci riporterà a casa, vuole solo aiutarci.»

«I suoi occhi mi fanno paura, non mi fido di lei.»

«È solo perché non vuoi accettare ciò che ha fatto. Liberarti da un mostro! Sei arrabbiato con lei, per questo vedi solo i lati negativi, ma quando torneremo a casa, dalla nonna, dai tuoi videogiochi, dai tuoi amici, mi darai ragione. Tutto sarà diverso, tutto tornerà come prima e questo diverrà ben presto un brutto ricordo.»

Karl la abbracciò stretta. Karen non era riuscita a fargli cambiare l'opinione che aveva di Asedhon, ma lui in qualche modo glielo lasciò credere. Nonostante ora fosse più tranquillo, non toccò cibo dal vassoio che era stato fatto portare nella loro camera, colmo di ogni prelibatezza.

L'alba del mattino seguente esplose come una bomba iridescente sulle bianche creste di Rustaingard. L'altura di Galhois brillava come un immenso diamante, trapassato dagli aurei fasci luminosi che, quella stella mattutina, quasi con prepotenza, proiettava su di esso.

Un leggero tocco sui capelli la svegliò. Stringeva ancora a sé suo figlio che dormiva placido ora, dopo aver trascorso la notte piuttosto agitato. Karen immaginava di sognare quella carezza che, con tanta premura, pettinava i suoi capelli ma, ora che era sveglia, ora che la sentiva più concreta, più vera, ora che quel tocco... si voltò di scatto e lo vide. «Albert!»

Lui era seduto sul bordo del letto, alle sue spalle. Le dolci carezze ora si erano spostate sul suo viso e, sfiorandola appena, le sorrideva. Karen toccò la sua mano e la sentì viva. D'istinto si sollevò e si lasciò tirare tra le sue forti braccia che avvertiva calde, avvolgenti, sicure. Non avrebbe mai creduto di poter sentire ancora il suo odore, il tenero tocco delle sue carezze, il respiro tiepido sul collo, ma in quel momento lui era lì e a lei non importava altro, né se mai fosse un sogno o la stessa realtà. Ora piangeva e lui la consolava.

«Non lasciarmi mai più!» gli disse.

Lui la baciava, la accarezzava, teneva il suo viso tra le mani e la coccolava.

«Lo sai che invece dovrò farlo.»

«No! No, ti prego! Resta con me!»

«Non posso. Ti avevo detto di non seguirla, perché lo hai fatto?»

«Non capisco. Di cosa parli?»

«Di *lei*. Non dovevi venire. Non dovevi seguirla. Prendi Karl e fuggi via. Devi farlo in fretta.»

«Mio Dio, ma cosa dici? Perché?»

«Vieni, devo farti vedere una cosa.»

La condusse davanti a una delle pareti vuote della stanza. Egli rimase fermo alle sue spalle mentre le cingeva i fianchi e la invitò a guardare.

«È solo una parete!» disse lei. «Non c'è niente!»

Con la mano tesa verso il muro, Albert aprì una sorta di cornice spazio-temporale in cui, alcune scene del loro passato iniziarono ad affiorare.

Silkeborg - 17 febbraio di sei anni prima

«Tesoro, vado a letto.»

Karen riusciva a stento a riaprire gli occhi, vinti dal sonno già da tempo. Il calore del fuoco, la morbidezza del plaid che la avvolgeva e la comodità del divano nuovo l'avevano rilassata a tal punto che non aveva impedito ai suoi sensi di assopirsi, anzi, si era lasciata volentieri cullare da quei momenti di pace e di tenerezza, facendosi trasportare in un surreale mondo di beatitudine.

«Sì, cara» rispose Albert mentre gironzolava tra i canali del televisore. «Tienimi il posto caldo che arrivo.»

«Oh, amore,» riprese lei gettandogli le braccia al collo, con gli occhi ancora semichiusi «sono a pezzi. Non credo di riuscire a farlo con gli occhi aperti. Magari domani. Va bene?» E, detto ciò, lo baciò.

«Ma come! Non è giusto accidenti! Sono un toro stasera.»

«Ed io una mucca rammollita!» replicò lei ridendo. «Lo sai che mi piace essere presente non solo fisicamente. Domani! Te lo prometto.»

«Lo spero, perché se non sarà così, non avrò pietà. Il toro Albert si abbatterà come una furia scatenata sulla povera mucca che, ahimè, non avrà scampo!» Continuava a minacciarla mentre sprofondavano nella morbidezza del divano, abbandonandosi a tenere effusioni.

Dopo la buonanotte, Karen si avviò verso la camera con un leggero sorriso sulle labbra, pensando di aver raggiunto, finalmente, quella soddisfazione che ogni donna desiderava. Abitava nella casa dei suoi sogni insieme alla persona che aveva rapito il suo cuore e che amava più ogni altra cosa. Desideravano tanto un figlio e ora che il problema *casa* era stato risolto, ci avrebbero fatto presto un pensierino. Perciò, mentre si lasciava accarezzare dalle morbide lenzuola, pensava che sarebbe stato meglio sospendere l'assunzione della pillola, per permettere al suo sistema riproduttivo di rimettersi in moto.

La fioca luce dell'abat-jour sul comodino era rimasta accesa. Sapeva che Albert non avrebbe tardato, mentre lei, dopo solo pochi minuti, si spense tra i pensieri di una desiderata gravidanza unita all'immagine di un paffuto pargoletto che avrebbe presto avvolto tra le sue braccia.

Albert si sdraiò accanto a lei poco dopo. Prima di affondare il capo nel morbido cuscino, distese il braccio verso il comodino di Karen, con l'intenzione di spegnere il lume, ma non lo fece. Si lasciò andare sul guanciale restando lì a guardarla, affascinato dalla sua bellezza, dalla semplicità con cui quel volto emanava così tanta tenerezza. *La mia dolce Karen*, pensava. La tenera fanciulla che aveva conosciuto al liceo, da cui si era lasciato rapire e che amava ogni giorno di più. Ascoltava il suo respiro pacifico, beato, tranquillo. L'avrebbe resa felice. Non le avrebbe fatto mancare nulla. Si sarebbe dedicato a soddisfare ogni sua esigenza, ad accontentare ogni sua voglia. La contemplava ancora, con profondo desiderio. Le accarezzava le guance, con accortezza, per non svegliarla. Desiderava fare l'amore in quel momento, ma rispettava la sua volontà e pazientemente, con la voglia nel cuore, avrebbe atteso fino al giorno dopo.

Solo quando venne fuori da quel tunnel di profonda passione, Albert si rese conto che nella stanza aleggiava del fumo biancastro, quasi come nebbia. *"Come mai non ho sentito alcun odore?"* fu la prima cosa che gli venne in mente. Preso dal panico, pensando che stesse andando a fuoco qualcosa, si voltò di scatto con l'intento di alzarsi, ma si bloccò all'istante. Rimase disteso con lo sguardo fisso verso la parete. Non solo non aveva mai visto una creatura così affascinante, ma era rimasto paralizzato dal fatto che ciò non era naturale. Era cosciente di essere sveglio, nel modo più assoluto. Non stava sognando e, nonostante tutto, ciò che aveva davanti agli occhi non era reale. Desiderava muoversi, reagire, ma quel desiderio veniva sempre meno a ogni passo che la splendida fanciulla compiva verso di lui. Un lungo mantello rosso copriva il suo corpo e ondulati riccioli color mogano fluttuavano morbidi nell'aria. Le lingue di fuoco che fuoriuscivano dal suo mantello, sprigionavano quel fumo che aveva saturato la stanza, al punto che, oramai, nulla era più visibile se non lei. Ora, era vicino al bordo del letto e lo guardava ammaliante, provocandolo. I suoi occhi passionali rapirono i sensi di Albert, il quale si abbandonò, più arreso che mai, alla sua volontà. Lei, con delicatezza, afferrò la sua mano inerme e la introdusse nel lembo del mantello, posizionandola tra le gambe, calde, come quelle fiamme che non bruciavano, ma emanavano solo un lieve tepore. Albert aveva sospettato che sotto quelle fiamme non ci fosse altro, se non un corpo nudo e perfetto, desideroso di essere accarezzato, baciato e posseduto. La sentì emettere un sospiro. La mano aveva raggiunto il limbo del piacere e lui, senza indugiare, spingeva con forza dentro di lei. Fu quello il momento in cui ella, con un movimento sensuale e provocante, slacciò il nastro che chiudeva il mantello, lasciandolo così scivolare sul pavimento, ancora inondato di fumo bianco. Seduto sul bordo del letto, Albert si avventurò allora, alla scoperta di quel corpo così desiderabile, passando dai generosi seni, verso il fondoschiena, sentendo scorrere sotto le dita la sua pelle vellutata. Quando toccò i suoi glutei, con una leggera stretta, la tirò a sé, baciando il suo ventre e leccando i suoi fianchi. Elenìae, questo era il suo nome, gli accarezzava i capelli che le solleticavano l'addome e iniziò, molto lentamente a sfilargli la parte superiore del pigiama. Accarezzava le sue forti spalle poi, dopo che egli si distese nuovamente, gli sfilò con un solo gesto i pantaloni e gli slip. Si sedette accanto a lui sfiorandogli le gambe e passando a breve distanza dai suoi genitali. Poi si posò sul petto che, in preda ai sospiri, saliva e scendeva vistosamente. Si adagiò sui pettorali baciandoli, assaporandoli. La sua lingua ardente li avrebbe ustionati se non avesse smesso per proseguire il suo viaggio lungo quel corpo così virile, da cui si sarebbe lasciata presto possedere. Giocherellò per un po' vicino all'ombelico, ma non si trattenne oltre. Tutto ciò che lui desiderava più di ogni altra cosa, in quell'istante, lei glielo concesse con i pregi di un'abile amante, conducendolo, tra forti gemiti di piacere, nell'estasi più profonda. Spinto dall'irrefrenabile voglia di averla, si staccò dalla sua bocca e la distese con irruenza al suo fianco, dove, fino a pochi minuti prima giaceva addormentata la sua Karen, colei che aveva contemplato con tanto amore, di cui ormai ignorava completamente l'esistenza. Baciava Elenìae con furiosa bramosia e lei lo accolse nel suo corpo con sfrenata voracità, insaziabile e infervorata.

Albert si lasciava travolgere dall'eccitazione, la libidine non lo aveva mai saziato come quella notte. Non aveva mai goduto in un modo così intenso e prolungato e mai, come quella volta, aveva urlato di piacere. Sudato e accalorato, chiuse gli occhi e la strinse a sé. Cingeva il suo corpo caldo serrandolo al suo, per paura forse di perderla, allo stesso modo di com'era comparsa, ma non fu così. Sentì ancora a lungo il suo calore, la tenerezza della pelle adesa alla sua, il sospiro che gli sussurrava all'orecchio, la punta delle sue dita, lunghe e affusolate, che accarezzavano il vigoroso fondoschiena, le sue gambe che lo attorniavano. Ancora per molto indugiò dentro di lei e con gli occhi ancora inibiti dalla pace dei sensi, la baciava con soave e tenera passione. Le loro lingue non si lasciarono per un po' e solo dopo aver dischiuso appena le palpebre, notò la fioca luce dell'abat-jour che rischiarava la camera, ora ripulita da quel fumo biancastro che l'aveva inondata fino a pochi minuti prima.

«Il mio torello scatenato» gli sussurrò mentre lui, tenendola ancora stretta, si guardava intorno.

Quella voce lo fece trasalire e la guardò con gli occhi sbarrati, come se non avesse mai creduto di poter trovare lei tra le sue braccia, Karen. Il suo respiro divenne quasi affannoso. Si vergognava di quel pensiero, ma non avrebbe voluto vedere lei in quell'istante, non era dentro di lei che voleva stare, non era lei che desiderava stringere. L'idea che poteva essersi trattato solo di un sogno lo sconvolgeva, ma lui era sicuro di ciò che aveva appena vissuto. Non si era mai abbandonato a un corpo così reale. Non aveva mai vissuto un piacere così intenso né guardato una meraviglia così concreta e non aveva mai desiderato, in modo così impetuoso, di possedere una donna.

«Tesoro, è tutto a posto?»

«S... sì.» Non riuscì a dire altro.

«Ma che ti è preso?» gli sussurrò con un leggero tono di soddisfazione. «Per poco non andavamo a finire nell'altra stanza. È davvero bello essere presi nel sonno, dovresti farlo più spesso.» Lo baciò soddisfatta, ma lui era ancora sotto shock e non sapendo cosa dire, buttò giù la prima cosa che gli venne in mente. «Mi ero messo a letto con quel pensiero. Ti desideravo molto... io...» balbettava «scusa... devo andare in bagno.»

Fuoriuscì da lei, da quella che aveva creduto un tempio di piacere. Si diresse in bagno, lasciandola sola nella sua sazietà, nella sua soddisfazione. Karen sorrideva e, con le dita, si pettinava i capelli che scendevano arruffati sul cuscino. Accarezzava il suo corpo nudo e appagato ed era felice, compiaciuta di quell'uomo che amava con tutte le sue forze e che non avrebbe mai deluso. Chiuse gli occhi abbandonandosi a quei pensieri e si addormentò.

***

Karen osservava quelle scene, come se fosse sulle gradinate di un cinema. Rievocava con certezza quella sera. Rammentava ogni carezza che aveva regalato al suo corpo prima di addormentarsi, ma ciò che osservava in questo istante, era Elenìae, fusa in lei come una sola carne e una sola anima. Elenìae, che si lisciava i capelli arruffati sul cuscino. Elenìae che coccolava il proprio corpo, soddisfatta per quello che aveva appena compiuto e per ciò che aveva con orgoglio concepito.

Con la disperazione nel cuore, Karen aveva appurato che, nonostante avesse partorito e cresciuto suo figlio, alla fine dei conti non gli apparteneva.

«Portalo via, Karen» continuava Albert alle sue spalle. «Ha concepito Karl con l'unico scopo di sacrificarlo e lo farà oggi. Fuggite!»

Ancora soffocata dalle lacrime, Karen si voltò verso di lui per chiedergli aiuto, perché non sapeva cosa fare. Non aveva idea di come muoversi. In un mondo così diverso dal suo, così misterioso, così inesplicabile, cosa avrebbe potuto fare? Dove fuggire? Come? Albert non era più alle sue spalle, né all'interno della stanza, né in nessun altro posto.

«Karl!» Cercava di svegliarlo presa dal panico. «Tesoro, svegliati! Tesoro…»

«Cosa c'è mamma? Cos'hai?»

«Amore mi dispiace, mi dispiace tanto. Avevi ragione, perdonami!»

«Che succede mamma? Perché piangi?»

«Dobbiamo andare! Avevi ragione su tutto, dobbiamo fuggire!»

Lo aveva preso in braccio ed erano fuori dalla stanza. Tentavano di ricordare il percorso che avevano compiuto la sera prima. Di tanto in tanto si udivano voci o i passi di qualcuno che procedevano negli intricati corridoi scavati nella montagna. Allora i due fuggitivi tornavano indietro o si nascondevano in qualche anfratto abbastanza grande da sottrarli alla vista dei loro rapitori. Rimanevano in attesa, poi ancora di corsa alla ricerca dell'uscita, fino a quando, finalmente, non raggiunsero la lunga scalinata. Cominciarono a salire, veloci, senza mai fermarsi. Karen era sfinita. Aveva corso con suo figlio in braccio fino allora e lo mise giù. Mentre salivano, lo tirava più volte, perché Karl rallentava e anche lei di tanto in tanto si fermava a riprendere fiato. Quando, dopo una lunga e faticosa risalita, Karen si rese conto che l'uscita era prossima, riprese suo figlio in braccio e aumentò l'andatura, ma una volta giunta in prossimità dell'immensa e spessa porta di ghiaccio, una realtà raccapricciante la sconcertò. Non esistevano serrature e non vi era nessun modo per aprirla. Avevano dinanzi un'immensa lastra ghiacciata trasparente, dello spessore di almeno mezzo metro e non esisteva una sola possibilità di smuoverla.

«Che facciamo? Mio Dio, che facciamo adesso?» Tirava pugni sul ghiaccio e si disperava.

«Mamma, calmati, non piangere! Proviamo a dire le stesse parole che ha pronunciato *lei*, forse funzionano. È un mondo di magia questo, Asedhon me l'ha spiegato molto bene.»

«Asedhon?»

«Il mio amico» disse rattristandosi.

«Oh, tesoro! Mi dispiace tanto per lui. Potrai mai perdonarmi? Io non avevo idea...»

«Non ce l'ho con te, mamma. È stata *lei*, è tutta colpa sua. Dai, prova a pronunciare la frase!»

«Non ricordo una parola di quello che ha detto. Mi sembra qualcosa che avesse a che fare con una gola di cristallo. Aspetta! Apriti...» esclamò con una certa imponenza «gola di cristallo!» Ma nulla si mosse.

«Non sono le esatte parole, mamma, e poi devi essere convinta che la magia esista davvero o non funziona.» Poi si voltò verso il gelido portale. Concentrandosi al massimo, chiudendo gli occhi e dopo un respiro profondo, ci provò. «Apriti, mia fedele gola di cristallo!»

Non credendo ai loro occhi, sbigottiti e meravigliati, assistevano al disfacimento di quell'unico ostacolo che impediva loro di correre verso la libertà, ma una volta fuori, l'ambiente circostante, astioso e innevato, non dava loro modo di trovare un punto sicuro da cui continuare la fuga. In alcune zone c'era un alto rischio di sprofondare nella neve. Nell'unico punto, invece, da cui si poteva azzardare una discesa, c'era il pericolo di precipitare nel vuoto, poiché il versante era piuttosto scosceso. Sotto di loro, solo le nuvole. L'angoscia di Karen aumentava a dismisura, aveva girato a vuoto per almeno un chilometro con suo figlio in braccio. Non vi era modo di allontanarsi da quella vetta e, ben presto, sarebbero stati scoperti ma, nel momento in cui lo sconforto stava per prendere il sopravvento, qualcosa immerso nella neve, attirò la loro attenzione. Il corpo assopito di una donna nuda, giaceva affondato in circa mezzo metro di neve e percependo la loro presenza, la Dea dei Flussi Aerei, lentamente cominciò a muoversi.

«Resta qui» raccomandò a suo figlio. «Qualunque cosa succeda non avvicinarti.»

Man mano che Karen si avvicinava a lei, la vedeva sollevarsi. La riconobbe. Si ricordò di come, sulla nave, subì la trasmutazione e del momento in cui lei ed Elenìae la cavalcarono. Ora le era vicina, vicinissima. Dall'alto della sua regalità, la Dea la osservava e pareva piuttosto stizzita nell'appurare che il suo sguardo ipnotico non la penetrava.

«Portaci via di qui!» le ordinò Karen all'improvviso.

La dea s'irritò. «Con chi credi di parlare, misera mortale.»

«Sto parlando con te!» continuava severamente Karen.

La Dea ora era furiosa. Non solo i suoi occhi di ghiaccio non la colpivano, non filtravano la sua mente, ma non sopportava la spavalderia con cui quell'essere inferiore aveva osato parlarle.

«Avanti, voltati! È un ordine!» gridava Karen.

«Sei solo un piccolo e insignificante verme. Come osi! Nessun essere di questo mondo può impartirmi degli ordini.»

«Io non sono di questo mondo,» urlò «stronza!»

Non fu sicuramente quel calcio rotante al volo a farle conquistare la sua cintura nera di karate, ma nel giorno degli esami, non solo aveva impressionato la commissione, ma aveva stupito addirittura il suo stesso istruttore. In questo momento, lo aveva stampigliato, con una potenza brutale, sulla mascella della povera Dea che, colta alla sprovvista, stramazzò nel soffice candore della neve. Prima ancora che toccasse terra, Karen era già alle prese con i suoi lunghi capelli, che afferrò saldamente per paura di perderli dalle mani.

«Karl, corri… andiamo!»

Il piccolo la raggiunse balzando qua e là nella neve alta e insieme si avvinghiarono con tutte le loro forze alle spalle di colei che ora si trasmutava. Karen teneva suo figlio davanti a sé e lo proteggeva con il suo corpo e, nel momento in cui la mutazione si concluse, ordinò alla Pantera di mettersi in volo e di condurli il più lontano possibile da quell'incubo.

Era fatta. Avevano avuto successo. Erano riusciti finalmente a trovare il modo, anche se non ci avevano mai del tutto sperato, di abbandonare quella dimora maledetta, dove, la loro vita, avrebbe corso un serio pericolo. Dove quella del suo piccolo sarebbe stata sacrificata per i capricci di una strega pervertita che un tempo si servì di suo marito per concepire colui che lei stessa avrebbe ucciso. La Pantera si sollevò dal suolo, prendeva finalmente il volo verso la salvezza. Una volta lontani da lì, avrebbero trovato il modo di cavarsela. Qualcuno li avrebbe aiutati a tornare a casa. Tutti i loro sogni, però, i loro progetti di rivedere finalmente la loro terra e le persone a loro più care, furono tragicamente infranti. Una potente scia di fuoco, simile a una lama tagliente, dilaniò l'aria gelida, colpendo in pieno la Pantera Alata, squarciando il suo ventre ed eviscerandola. I due passeggeri precipitarono nella neve. Karen stringeva ancora suo figlio a sé e si sentiva stordita. Cercava di riprendersi, di capire cosa fosse successo, ma non ne ebbe il tempo. Da una parte Elenìae le strappava suo figlio dalle mani, dall'altra, Elias la afferrava per i capelli trascinandola via, verso il punto estremo della vetta, mentre lei si dimenava e urlava a squarciagola. Giunti sul ciglio, lui si fermò per un attimo a guardare Elenìae che cercava di tenere fermo Karl e attese da lei il consenso.

«Fanne quello che vuoi,» disse lei soddisfatta «ormai non mi serve più.»

«Mamma, mamma!» Karl era terrorizzato, più che per se stesso per ciò che rischiava sua madre. La chiamava, sperando che le sue grida in qualche modo compissero un miracolo, ma questa volta lei, tra le grinfie di Elias, non avrebbe potuto fare nulla. Il suo aggressore avrebbe presto troncato la sua vita e il suo bambino sarebbe andato incontro a un destino spietato. Ora Elias, aveva mollato i suoi capelli mentre lei continuava a divincolarsi per tentare di sfuggirgli. Lui l'aveva afferrata con prepotenza per la nuca e, dopo averle ghignato in faccia per un istante, la gettò nel vuoto, lanciandola come fosse una bambola di pezza. Sotto di lei, le nubi la accolsero. Karen precipitava tra di esse mentre le sue urla divenivano sempre più fievoli, finché non si udirono più.

«Mamma!» Karl aveva perduto sua madre. Nello shock pensava ad Asedhon, a come, quando era tra le sue braccia, si sentiva al sicuro. Ora, invece, si dimenava, mentre la stretta morsa di Elenìae lo imprigionava. Lei non lo avrebbe mai più lasciato andare. Questa volta il sacrificio si sarebbe compiuto.

Sicuro della sua fine, il piccolo Karl continuava a disperarsi. La paura e i singhiozzi convulsi avevano preso il sopravvento, il dolore per aver perduto sua madre lo sovrastava. Non aveva più voce per gridare né, tantomeno, lacrime da versare. Pensava che in quel momento stesse deludendo il suo amico che lo aveva ritenuto un bambino coraggioso, ma era consapevole che un piccolo esserino come lui non avrebbe potuto nulla contro una strega così spietata e potente. Decise perciò di arrendersi e lasciarsi trascinare verso il crudele destino che lo attendeva, ma quando tutto sembrava crollargli addosso, quando tutte le speranze lo avevano ormai abbandonato, qualcosa di eccezionale avvenne. S'immobilizzò, incredulo. Il suo respiro si bloccò per qualche istante e tutto il suo corpo s'irrigidì, così come anche quello della dama che lo stringeva a sé.

Gli occhi stanchi e meravigliati di Karl contemplavano quella meraviglia che era apparsa dalle nuvole e che ora, maestosa e imponente, volteggiava sulle loro teste. Aveva volato per tutta la notte. In una delle zampe, tra gli artigli, stringeva delicatamente il corpo svenuto della povera Karen, che aveva afferrato al volo mentre precipitava e che ora lasciò cadere, adagio, sulla neve soffice. Straziò l'aria con la sua voce stridula unita a minacciose lingue di fiamme ardenti che scioglievano la neve al loro passaggio. Poi il Drago atterrò. Elenìae estrasse il pugnale dalla punta mozzata che custodiva sempre dietro al fondoschiena, nascosto dal mantello. Grazie alla sua potente magia, non aveva bisogno di un pugnale per uccidere qualcuno ma, a volte, la stessa magia non le donava il gusto di lacerare la carne viva, come faceva invece la lama tagliente di un coltello. Farlo con quel pugnale, quello di *suo padre*, le donava un gusto ancora maggiore. Ora lo comprimeva con forza sulla gola di Karl e sarebbe bastato un niente per recidere la sua pelle.

La bestia alata, nel frattempo, era atterrata sul suolo bagnato dalla neve sciolta e si accingeva a riprendere la sua forma, per così dire, umana. Un uomo completamente nudo era ora lì, davanti a lei e la scrutava con espressione diabolica. Con passi lenti e cauti si avvicinava, mentre lei, quasi affascinata e con un sorriso provocante, lo esaminava dall'alto in basso, senza scostare di un millimetro la lama che comprimeva la gola di Karl.

«Sei qui per sedurmi? Devo stare molto attenta perché potresti riuscirci. Non resisto a corpi così fascinosamente perfetti.»

«Sedurre te?» rispose Dionas. «Non ne ho la minima intenzione. Se c'è il rischio che io ti distragga, risolverò subito il problema.»

A ogni suo passo, stivali di pelle scamosciata prendevano forma sui piedi fino a ricoprire gli stinchi. I fianchi e le gambe furono ricoperti da pantaloni neri, tenuti stretti in vita da una larga cintura in cuoio scuro, marchiata da strani simboli, presenti anche sull'armatura del Ministro.

«Che peccato!» rispose lei con una crucciata smorfia ironica.

«Lascialo andare, Elenìae. Lo sai che non ti converrebbe affrontarmi.»

«Dionas, oh Dionas, Ministro del Drago e ora il Drago in persona! Hai ucciso il tuo Signore per aguantare il suo potere. Avrei dovuto immaginarlo. Ora sono punto e accapo. Dovrò uccidere te.»

«E pensi di avere abbastanza potere per farlo?»

«Perché, mi chiedo! Perché sei così sciocco? Perché non rifletti? Uniscititi a me. Non hai idea di quello che tu ed io potremmo fare insieme, di ciò che potremmo realizzare. Domineremmo sull'intero universo per l'eternità. Intere galassie ci apparterrebbero. Tu il mio re ed io la tua regina. Tu il mio uomo, io la tua donna, la tua amante. Ti donerò tutto ciò che desideri e non mi risparmierò.»

«Allettante, ma non ci penso nemmeno.»

«Vuoi la sua morte, allora!» Lo minacciava mentre premeva con decisione la lama sulla gola del bambino che ora, iniziava a perdere minuscole gocce di sangue. «Non sarà la mia mano a troncare la sua vita, ma la tua.»

«Ahi, fa male!» Non aveva mai smesso di piangere e ora Karl iniziava a sentire il dolore che provocava la lama a contatto con la sua pelle.

«Prova a torcergli solo un capello ed io ti ridurrò in briciole ancor prima che tu possa rendertene conto, ma non prima di aver carbonizzato lui.» Si riferiva a Elias che era a una certa distanza e attendeva, con la spada in pugno, l'evolversi della situazione.

«Pensi di intimorirmi con le tue minacce? Fai un altro passo e morirà sgozzato. Lo sai che non avrei alcun problema a farlo.»

«Non lo ucciderai. Non ti servirebbe a niente morto.»

«Vuoi scommettere? Non ho più nulla da perdere ormai. Tu mi distruggerai, lo so, ma lui morirà. Mi annienterai, sterminerai il mio popolo, distruggerai tutto ciò che ho creato, ma non prima di aver visto la vita lasciare il corpo di questo bambino.»

«Lascialo andare!»

«Trancerò la sua testa e tu non potrai salvarlo.»

«Lascialo andare!» insisteva Dionas.

«Vuoi davvero che ciò avvenga? Vuoi davvero permetterlo? Lo lascerai morire, Dionas?»

«Non se tu lo lascerai andare. Lascia che torni a casa con sua madre.

Ci batteremo ad armi pari, solo tu ed io.»

«E rinunciare a tutto? No, scordatelo!»

«Lascialo!»

«Lo ucciderò Dionas, e tu ne sarai l'unico responsabile.»

«Lascialo andare, dannazione!» urlò, mentre la lama affondava sempre di più e scie di sangue più vive scendevano sul petto di Karl.

«Lo lascerei, sai? Ma tu cosa mi darai in cambio? Che cosa saresti disposto a sacrificare per lui?»

«Tutto quello che vuoi, ma lascialo andare.»

«La tua vita per la sua, Dionas!»

«Non dire idiozie, lo uccideresti comunque. Non rinunceresti mai al suo cuore.»

«È vero, ma dopo che avrò acquisito il potere supremo, potrò ridargli la vita. Lui rivivrà Dionas, e tutto questo sarà come se non fosse mai successo.»

«Non ne avresti motivo. Perché mai dovresti ridargli la vita.»

«È mio figlio, il sangue del mio sangue, il mio erede, il mio discendente. È stato generato per darmi il potere e vivere al mio fianco. Se invece, a causa tua, affondassi questa lama nella sua gola, io non otterrò nulla, ma lui morirà all'istante e nessuno potrà salvarlo, neanche tu.»

«Come faccio a crederti?»

«Devi. È l'unica opportunità che hai di strapparlo alla morte ed io ti do la mia parola che non ho mentito. Che cosa decidi, mio signore?»

Tutta la sua esistenza, il suo mondo, la sua vita, stavano crollando davanti al pianto disperato di un bambino. Intere galassie avrebbero subito il dominio di una maga perfida e crudele. Una miriade di mondi sarebbe andata distrutta, annientata se non avesse accettato la sua supremazia. Intere popolazioni sarebbero state schiavizzate e piegate ai suoi voleri, ma... lui era solo un bambino. Era terrorizzato e con un pugnale alla gola pronto ad affondare ed Elenìae non avrebbe avuto scrupoli a procedere. Però, forse non mentiva. Ciò che generava era per lei motivo di orgoglio. Lo aveva dimostrato con Elias. Non sentirsi un figlio crescere dentro e non poterlo partorire, l'avevano resa desiderosa di quella maternità che non le era mai stata concessa dal suo stesso potere e forse era proprio questo uno dei motivi per cui Dionas volle crederle.

«Giurami che lo farai.»

«Te lo giuro sulla mia stessa esistenza, ma solo dopo che avrò visto volare la tua testa.»

Amareggiato più che mai e con lo sguardo rassicurante rivolto verso Karl, acconsentì. «Allora sia.»

Con l'animo colmo di soddisfazione e con la spada in pugno, Elias gli si avvicinò. «In ginocchio, fratellino» gli intimò.

«Aspetta!»

«Cosa c'è fratello? Vuoi esprimere il tuo ultimo desiderio?»

«Come facevate a sapere che eravamo diretti alla *Stellamaris*? Chi vi ha informato che avremmo attraversato il passo di Goiltrand?»

Lei si lasciò sfuggire una risata oltremodo sprezzante. «Te lo concedo come ultimo desiderio. Vuoi sapere chi è stato? Ebbene, il tuo re! Quell'impotente di Endgal. Ah, maschi! Per il corpo di una donna vi vendereste anche l'anima. Gli avevo promesso la virilità e un erede. Un'offerta che non poteva rifiutare. In cambio avrebbe dovuto offrirmi la spada reale e le vostre vite, ma mi sono accontentata del cuore di tua sorella. Adesso basta Dionas, è ora di andare.»

Arreso e con la rabbia nel cuore, soprattutto ora che aveva appreso del tradimento del suo re, con lo sguardo sempre rivolto verso Karl, si lasciò andare sulle ginocchia, in attesa che tutto si compisse. «Chiudi gli occhi, piccolo, non guardare.»

Elias, con entrambe le mani, afferrò l'impugnatura della spada, pronto come non mai a eseguire gli ordini di sua madre, della sua donna. La lama era al di sopra del suo capo, ora, ed egli si apprestava a colpire forte ma, questa volta, il destino compì il miracolo. L'arma gli scivolò dalle mani, tremanti e terrorizzate, per ciò cui assisteva. «Madre...» bisbigliava appena «madre mia!»

Le labbra della sua dama tremavano convulse e un filamento sottile di sangue scivolava dall'angolo della sua bocca. Aveva lasciato cadere il pugnale dalla *punta mozzata* che giaceva solitario nella neve.

«Madre mia!» continuava a mormorare Elias, sconvolto e in lacrime.

Qualcosa di appuntito e insanguinato fuoriusciva all'altezza del suo ventre. Il corno era stato conficcato alle sue spalle, aveva reciso alcune vertebre, attraversato il busto ed era fuoriuscito dall'addome nudo. La guancia di Karl era stata appena sfiorata dal corno della divina creatura e, dalla lieve ferita che ne era scaturita, avevano fatto la loro comparsa alcune goccioline di sangue che, lentamente, scivolavano verso la mandibola. Nicholas aveva guidato l'Unicorno di Jerhiko fino all'estremità più elevata di Rustaingard e grazie alla straordinaria velocità con cui aveva viaggiato e, forse, anche a un pizzico di fortuna, era giunto appena in tempo, prima che la situazione degenerasse. Sceso dalla groppa dell'Unicorno, il giovane mago sostava al suo fianco e ne accarezzava la chioma folta e ondulata. «Portala via!» gli sussurrò. «Il pezzo più grande che rimarrà di lei, non dovrà superare le dimensioni di un granello di polvere.»

Lei era immortale, nessun dolore l'avrebbe mai pervasa, né alcuna arma l'avrebbe mai scalfita; non ci sarebbe stata ferita per lei che sarebbe potuta risultare letale. Il tempo di rigenerarsi e la vita l'avrebbe di nuovo investita, ma il corno che la trafiggeva apparteneva a una creatura sacra, l'Unicorno di Jerhiko. Una creatura divina che aveva il potere di donare la vita allo stesso modo di come poteva toglierla. Un essere contro il quale l'immortalità di Elenìae, nulla avrebbe potuto.

Il vertice estremo di Rustaingard era situato al di sopra delle nuvole, ma la sacra creatura, con il corpo di *lei* ancora infilzato sul corno, prese il volo oltre l'atmosfera di Castaryus, al di là del suo cielo, oltre l'immensità di Ursantia. La deflagrazione che derivò dal suo annientamento si poté percepire fin nei luoghi più remoti dell'universo, mentre l'onda d'urto s'irradiava in maniera estesa su tutte le terre di Ursantia.

L'urlo straziante di Elias echeggiò come un ruggito funesto tra le alture di Rustaingard. «Madre mia!» La sua disperazione fu tale da non accorgersi che la mano artigliata del Drago stringeva, all'interno del torace, il suo cuore terrorizzato e colmo di dolore. Dionas lo sentiva pulsare. «Addio fratello!» gli disse, prima di sradicarglielo via con la stessa violenza con cui lui aveva strappato quello di sua sorella. Ora, lo stringeva nella mano. I suoi artigli lo infilzavano. La stretta morsa lo ridusse in brandelli e spruzzi di sangue rosso schizzarono sul volto di Elias prima che, privo di vita, stramazzasse al suolo.

Nel momento in cui Elenìae aveva perso il controllo su di lui, Karl ne aveva approfittato per correre da sua madre che giaceva ancora svenuta nel punto in cui il Drago l'aveva deposta. La chiamava, la scuoteva e tra i singhiozzi cercava di svegliarla.

«Non hai idea di quanto sia felice di vederti.»

Nicholas e il nuovo Drago si abbracciarono.

«Anch'io Dionas, sono felice di vederti... vivo. Non sono molto convinto che stessi per fare la cosa giusta, sai?»

«Avrei potuto distruggerla con niente, ma nessuna delle mie mosse avrebbe evitato la morte di quel bambino. Ed io non lo avrei sopportato, te lo giuro. Ma tanto saresti arrivato tu, no?»

«Già, bella scusa!» E dopo aver riso, si abbracciarono ancora una volta.

«Prenditi cura di loro» riprese Dionas indicando Karl e sua madre. «Io vado a riprendermi il cuore di mia sorella e... a fare un po' di pulizie.»

Con la sola forza del pensiero ridusse a pezzi la grande lastra d'entrata e una miriade di perle ghiacciate saettò nell'aria come proiettili. Mentre percorreva il mondo di Elenìae fuso nella roccia, diretto al Tempio, Dionas disintegrava tutto ciò che era alla sua portata, mura, porte e soprattutto uomini. Degli ultimi seguaci di Elenìae, restarono solo pezzi dei loro corpi straziati, sparsi ovunque nella dimora di Galhois.

L'emozione, mentre stringeva tra le mani il prezioso cofanetto che Dionas aveva recuperato, traspariva limpida e raggiante sul volto di Nicholas.

«È ora di tornare a Otherion.»

«No, Dionas. Io non vengo. C'è qualcosa di più importante che devo fare.» Aveva aperto il cofanetto e contemplava il battito pacato e regolare del cuore appartenente alla sua amata. «Devo andare.»

«Come vuoi. Non sarò certo io a fermarti. Non credo che a questo punto ti fermerebbe più nessuno.»

«Karl e sua madre li porterò via con me. Tu risolvi la situazione a Otherion e torna quanto prima nella tua città.»

Il Ritorno

La situazione a Otherion non era delle migliori.

I carnefici avevano dilaniato un'infinità di corpi prima che il Drago avesse messo fine alla loro furia distruttiva. Non una di quelle bestie era sopravvissuta alla sua collera. Anche Evolante, grazie al ritorno dei suoi poteri, si era gettato anima e corpo nella battaglia. Il più forte degli oppositori non poté nulla contro la sua potente magia ma, nonostante ciò, erano in soprannumero e prima che egli fosse riuscito ad annientare l'ultimo dei nemici, molte altre vite erano state ancora straziate. Anche Nicholas aveva dato il suo vivo contributo prima di volare via con l'Unicorno, ma ora il Drago era tornato sul campo. La sua ombra scura si stagliava contro quel tramonto più rosso che mai e le sue fiamme vive ridussero in cenere gli ultimi resti delle navi nemiche che galleggiavano ancora sulle acque di Ther-Himril. Con la sola forza della mente, penetrò in ogni oppositore che calpestava la sua isola, annientandone la forza e maciullandone gli organi vitali che comandavano i loro corpi. Inermi e senza vita, con il sangue che fuoriusciva dal naso, dagli occhi e dalle orecchie, ogni nemico si accasciò al suolo freddo e insanguinato, mentre il Drago, il nuovo Signore di Castaryus, con orgoglio e soddisfazione esplodeva le sue fiamme al cielo in segno di vittoria.

Una simile carneficina non si era mai vista. Le acque che lambivano Otherion erano rosse. Le vivaci onde del mare spingevano schiuma rosa sulla riva sabbiosa, accompagnata da corpi dilaniati, carbonizzati e mutilati. Furono accesi falò in diversi punti dell'isola, dove arsero per diversi giorni e dove furono cremati tutti i cadaveri. Asedhon fu ricomposto e il suo corpo adagiato in un sarcofago di legno d'acero. Lo avrebbero condotto a Mitwock e la sua tomba sarebbe stata allestita e custodita nel Tempio degli Avi.

Il sole non era ancora alto quando l'aria di Mitwock fu invasa dalla folgore abbagliante dell'Unicorno che, solo pochi minuti prima, aveva preso il volo dall'imponente vetta di Galhois. Giunto nei pressi del

Tempio, attendeva che i suoi passeggeri scendessero dalla sua groppa.

«Fico!» esclamò Karl in preda allo stupore per quel viaggio a dir poco fulmineo. Si sentiva un po' stordito, come ubriaco, mentre Nicholas lo aiutava a scendere.

«Come dici?»

«Oh niente, è solo un modo di dire. Come quando dici *forte!* O *mitico!* O *che sballo!*»

«Beh... non sono termini che utilizziamo qui» precisò Nicholas. «Comunque credo di aver afferrato il concetto.» Poi si rivolse a Karen. «Come vi sentite?»

«Un po' a pezzi, direi. Sono molto stanca. Io... noi... vorremmo tanto tornare a casa.»

«Sarà fatto, non abbiate timore, ma prima devo occuparmi di una cosa molto importante.»

«Cos'hai lì?» La curiosità di Karl non aveva mai avuto freni e, anche stavolta, non riuscì a trattenersi oltre. Quel cofanetto aveva già attirato la sua attenzione da un po' e ora, con la sua solita faccia tosta, non esitò a chiedere. «Sembra il portagioielli della mamma.»

Karen rise un po' imbarazzata. «Smettila! Non sono affari tuoi. Lo scusi,» disse rivolgendosi a Nicholas che aveva trovato la battuta piuttosto divertente «a volte è un po' sfacciato.»

«Non vi turbate. Ha ragione lui, è davvero un portagioielli e contiene il più prezioso dei tesori.»

Una voce forte e autoritaria li interruppe. «Fermi dove siete, non potete stare qui!» Tre guardie, con la spada sguainata e puntata su di loro, erano sulla scalinata che conduceva al Tempio, mentre altre due, con l'arco teso, erano ferme dietro di loro minacciando chiunque avesse intenzione di varcare quella soglia. Gli ordini erano stati categorici. Fino al ritorno del Ministro, nessuno avrebbe avuto il permesso di accedere al Tempio degli Avi, ma alla vista dell'Unicorno di Jerhiko che, imponente e maestoso, aveva spiegato le ali drizzandosi sulle zampe posteriori, le guardie del Tempio restarono impassibili a ogni stimolo, come dormienti.

Nicholas, Karl e sua madre, varcarono indisturbati la soglia sacra, dirigendosi verso il fulgido feretro di cristallo, dove Ambra giaceva priva del suo cuore.

«Sembra una principessa, com'è bella!» esclamò Karl, rimasto affascinato quanto addolorato per quella bellezza dormiente che era andata incontro a chissà quale destino. «Ma cosa le è successo? È morta?»

Nicholas accarezzava il capo del bambino. «In un certo senso sì.»

«Mi dispiace tanto» intervenne Karen. «Immagino che lei sia...»

«La mia amata» concluse lui mentre apriva il cofanetto.

«Oh mio Dio!» Karen, con le mani sul volto come per sottrarsi a quella visione, restò profondamente turbata nel vedere quel cuore insanguinato che ancora palpitava, circondato da vasi sanguigni che parevano non recisi ma strappati. Alcune lacrime inumidirono i suoi occhi, avrebbe voluto chiedere a Nicholas se anche il cuore di suo figlio era destinato a occupare quel cofanetto. Non riuscì a parlare ma Nicholas capì. «Sì» rispose a quella domanda che Karen non ebbe la forza di formulare, anche a causa della presenza stessa di suo figlio. «Ma ora, non dobbiamo più preoccuparci.»

Il cofanetto fu posato sull'altare sacro. Gli zoccoli dell'Unicorno, che con premura si avvicinava al feretro, rimbombavano a contatto con il duro lastricato del Tempio e, nel momento in cui giunse in prossimità di colei che sarebbe rinata, Nicholas consigliò agli altri di allontanarsi.

L'aura luminosa che scaturiva dall'Unicorno si accese più viva che mai. L'indaco manto, divenne più candido della neve appena caduta e, quando i suoi occhi emanarono un intenso bagliore, il cristallo che componeva il feretro esplose in migliaia di minuscoli diamanti risplendenti che non caddero sul pavimento, ma volteggiarono leggeri nell'aria, galleggiando poi in prossimità del soffitto. Ambra rimase sospesa nell'aria, mentre il suo splendido vestito cadeva morbido nel vuoto. L'organo pulsante lasciò lo scrigno in cui era stato deposto. Librando nell'aria, si approssimò alla sacra creatura che, con il suo alito di vita, si apprestava a restituirlo alla deliziosa fanciulla cui apparteneva. L'organo, lentamente, cominciò a svanire lasciando al suo posto una moltitudine di scintille infuocate che, impetuose, vorticavano nella stanza, rilasciando dorate scie luminose al loro passaggio. Il turbine infuocato riduceva un po' alla volta le sue dimensioni, volteggiava ora su Ambra, concentrandosi via via in un unico punto, sul suo petto. Attingendo forza dalla divina creatura, quel vortice di vita implose in lei, irradiando una luce così intensa che avrebbe illuminato l'intera Mitwock se non fosse stata in pieno giorno. Karen urlò spaventata, tirando a sé suo figlio con l'intento di proteggerlo non sapendo bene da cosa. Anche Nicholas, portando le braccia sugli occhi, cercava di ripararsi da quella folgore accecante che irradiava l'ambiente come se il sole stesso fosse venuto giù dal cielo e quando, alcuni istanti dopo, il bagliore si diradò, dall'alto, una minuscola lacrima di cristallo lo colpì. Poi un'altra. E un'altra ancora. Come una leggera pioggerella, uno per volta, i detriti cristallini del feretro che galleggiavano sul soffitto, cominciarono a venir giù tintinnando sul lastricato e rimbalzando, gentili, sui loro corpi. Quando Nicholas sollevò lo sguardo, notò che Ambra giaceva inerme sul pavimento e ciò che illuminò il suo volto e che riempì il suo cuore di gioia, fu accorgersi che respirava. Si precipitò da lei. Piangeva. La abbracciò e la strinse a sé.

«Apri gli occhi...» bisbigliava tra le lacrime «guardami...» continuava mentre accarezzava i suoi capelli e la baciava.

Il braccio di lei si mosse. La sua mano lo cercava e Nicholas, afferrandola, la portò sul suo viso. Lei lo sentiva. Sfiorava la sua barba appena accennata, palpava la sua cicatrice che, dal sopracciglio sinistro scendeva sullo zigomo. Le dita, mentre accarezzava le sue labbra, erano investite dal suo respiro caldo e gradevole. Cercava di asciugargli le lacrime che, tiepide e gioiose, le avevano bagnato la mano e non accennavano a fermarsi. Come una finestra sull'universo, i suoi occhi si aprirono e due stelle luminose si specchiarono in quelli di Nicholas che, trepidante di felicità e con lo sguardo rivolto al cielo, non resistette al bisogno di gridare. «Sì!» Un urlo di gioia, un grido di vita. Quella vita che finalmente avrebbero trascorso insieme, più felici che mai.

Ciò cui Karen aveva assistito, non lo avrebbe mai dimenticato. *"Non voglio dimenticare..."* avrebbe detto a Evolante alcuni giorni dopo.

Commossi ed emozionati, lei e suo figlio, assistevano all'amore profondo che univa i due giovani i quali, dopo tante sventure e sofferenze, si erano finalmente ritrovati.

***

Sull'altura estrema di Otherion, quella rivolta verso ovest, Evolante contemplava il sole morente che conferiva al lontano orizzonte un miscuglio di colori caldi e gradevoli. Anche l'aria era divenuta più calda. «Non ho mai visto un tramonto così bello...» diceva tra i soliti sbuffi della sua pipa «bello quanto spaventoso. Sembra che il sangue disperso in mare si rifletta in esso e lo liberi nel cielo.»

«È un tramonto come tutti gli altri, Evolante,» osservava invece Dionas «ma ora che il male è stato sconfitto, lo vedete con un occhio diverso e vi sembra più bello.»

«Ah, Dionas! Come avete ragione! Siamo andati incontro alla battaglia, consapevoli che forse non avremmo mai più visto un tramonto. Torniamo a noi, mio caro amico. Ora che è tutto finito, quali sono le vostre intenzioni?»

Dionas volse lo sguardo verso Evolante, amareggiato. Aveva il dovere di compiere ciò che Asedhon avrebbe dovuto fare due millenni prima, nel momento in cui venne in possesso del potere, ma la sua volontà veniva meno e lui ne era consapevole. «Otherion mi chiama,» disse rattristato «mi attira a sé e non riesco a trovare la forza per sottrarmi al suo volere.»

«Non dovete lasciarvi sopraffare dal potere, Dionas! Asedhon, a suo tempo cadde nell'oblio, si lasciò trascinare dall'onnipotenza verso quella sete insaziabile di supremazia, di padronanza, di dominio. Una sete che non fu mai saziata.»

«È più forte di me, Evolante. È troppo potente e non riesco a domarlo.»

«E invece dovete farlo! Siete voi il più forte! Lo spirito del Drago deve tornare negli abissi delle tenebre dove è stato generato e nessuno mai dovrà esserne più posseduto.»

«Ma… se ciò dovesse accadere, voi… morirete!»

«Ma no, cosa dite! Non succederà, state tranquillo. Non prima che l'asma arrivi a soffocare i miei respiri o prima ancora che i reumatismi impediscano alle mie povere ossa di muoversi. Certo che morirò, ma sarò un vecchio mortale felice, quando ciò avverrà.»

Dionas gli sorrise teneramente. «Non riesco ad accettare l'idea che un giorno potrei perdervi. Siete come un padre per me, lo sapete!»

«E i consigli di un padre andrebbero sempre ascoltati.»

Si rivolse a lui con la speranza nel cuore. «Aiutatemi allora!»

«Pensate a lei. Non volete rivederla? Non avete voglia di riabbracciare vostra sorella dopo tutto ciò che avete passato? Dopo tutto quello che avete sofferto? Volate! Volate con il suo sorriso negli occhi e ritroverete la forza. E non dovete dimenticarvi di Mitwock, adesso. Avrà bisogno di un nuovo re, soprattutto dopo l'orrenda fine che, presumo, spetti a Endgal, per il suo tradimento.»

«Endgal,» ripeté «brutto bastardo! Pagherà per quello che ha fatto.»

«Sì, ma non ora. Dobbiamo volare a Hiulai-Stir e appropriarci della *pergamena sacra.*»

«Dobbiamo? Non avrete intenzione di cavalcarmi, spero!»

«Ma di cosa vi lamentate? Non sono poi così pesante!»

«Mi riferivo al fatto che potreste cadere.»

«Non temete, lo troverò un appiglio dove aggrapparmi tra tutte quelle guglie che vi spuntano dal dorso. La *pergamena sacra* è la cosa più importante adesso. Rappresenta l'unica via che vi ricondurrà alla vostra vita. Un'esistenza che continuerete a vivere con onore, come avete sempre fatto.»

«Bene, vediamo di darci una mossa, allora!»

Evolante cavalcò il Drago per due giorni e due notti, sfidando i forti venti che trasportavano la gelida aria orientale e, alla terza alba, le vette della catena di Silentill presero vita sotto i loro occhi. A valle del monte Maratris, in prossimità del Lago Forgheda che bagnava i confini a sud, s'innalzava Hiulai-Stir. Le radiose luminescenze che annunciavano il nuovo giorno la investivano, donandole la grazia di un regno ancora assopito ma prossimo al risveglio.

Hiulai-Stir.

Il luogo dove *lei* era nata e cresciuta e dove la sua perfida magia aveva preso vita per non abbandonarla mai più.

«Sovrintendente… Sovrintendente Carsyus!»

Horhand, il suo assistente personale, bussava con insistenza alla porta che chiudeva la sede del Governo e da ciò, Carsyus comprese che aveva da riferirgli qualcosa di una certa importanza.

«Entrate! Avanti entrate, cosa c'è?»

Dal pallore del suo volto, interrotto di tanto in tanto da rade chiazze rosse, e da come il suo respiro annaspava, s'intuiva che aveva corso.

«Mi hanno riferito che il Signore dell'Antichità si dirige in città, anzi, probabilmente ha già raggiunto il castello. Forse ci porta novità sulla battaglia.»

Quando i due viaggiatori varcarono il ponte levatoio che sigillava le alte mura del castello, il sovrintendente, accompagnato dal suo assistente e da alcuni servitori, era già sul posto che lo attendeva impaziente.

«Salute a voi Evolante, Signore dell'Antichità. Mi hanno riferito che eravate diretto al castello e, perdonate la mia insofferenza ma… quali notizie portate?»

«La guerra è vinta!» esclamò il vecchio Signore.

Schiamazzi di gioia si udirono provenire dalla parte alta delle mura. Alcune guardie, dalla postazione di comando, avevano origliato ponendo la massima attenzione a ciò che sarebbe stato proferito dal Signore dell'Antichità. Erano al corrente del fatto che Evolante sarebbe rimasto al fianco del Ministro, su Otherion, e vederlo lì quella mattina fece presagire che qualcosa d'importante avrebbe di certo comunicato. Anche Carsyus non nascose il suo abbagliante sorriso. «È… è una notizia strepitosa! È… è fantastico!» Non aveva parole per descrivere la sua gioia.

«Ma non ci sono molti sopravvissuti, purtroppo» continuò Evolante.

Il sorriso raggiante di Carsyus si spense lentamente. «Che cosa potete dirci del nostro re?»

«Il vostro re è salvo. Ha combattuto con onore, ma solo pochi membri del suo esercito sono scampati alla morte e ora sono sulla via del ritorno.»

«È una notizia confortante, anche se la perdita dei nostri uomini ci rammarica molto. Ma vi prego, non restate qui, lasciate che vi ospiti…»

«No!» Lo interruppe il vecchio mago. «Non ci tratterremo. Siamo qui per prelevare il prezioso cimelio che preservate nel Tempio di Avelar, la *pergamena sacra.*»

«Volete impossessarvi della *pergamena*? E a quale scopo? Vi chiedo perdono, ma senza il consenso del mio re non sono autorizzato a…»

«Vi è concesso il permesso da qualcuno che è molto più in alto del vostro re.»

Il mantello avviluppato attorno al corpo dell'uomo che era al suo fianco, si liberò nell'aria, mettendo a nudo, sul suo torace, quel simbolo che aveva da sempre contraddistinto la sua essenza. Il marchio del Drago, incandescente, ardeva vivo sul petto di Dionas. Una luce di fuoco si sprigionava dai suoi occhi che ora scrutavano gli uomini dinanzi a sé.

Per la prima volta, il Drago, sotto la sua vera forma, si rivelò agli uomini che, increduli e devoti, si prostrarono a lui con il volto quasi a contatto con il terreno. Tranne le più alte cariche di Mitwock, nessuno era a conoscenza della vera identità del Ministro, perciò non fu riconosciuto. Il Drago era intervenuto spesso nelle battaglie contro gli oppositori incendiando i nemici e facendo dileguare i superstiti ed era così che lo conoscevano, come una gigantesca e orrenda creatura che, in volo, sputava fiamme assassine contro chi gli sbarrava la strada.

«Sarò lieto di accompagnarvi io stesso, mio Signore. Per me... per noi è un onore godere della vostra presenza. Sono totalmente al vostro servizio e tutto ciò che ordinate, sarà eseguito all'istante.

Mitwock - Il giorno dopo

«Ministro, Ministro, caro amico mio!» gridava Endgal mentre gli andava incontro. «Ho saputo, ho saputo! Il vostro amico fraterno mi ha rivelato ogni cosa e vostra sorella vive ora!» Poi si fermò di colpo. «Ma... cosa avete? Cosa vi prende?»

L'iride furente dei suoi occhi diveniva come brace ardente man mano che si approssimava a colui che lo aveva tradito. Gli artigli sulle dita e l'espressione furiosa sul volto fecero intuire al re di essere stato scoperto e ora, disorientato e sgomento, arretrava. Si voltò per fuggire, ma Dionas gli era già comparso davanti, con gli artigli decisi ad affondare nella sua carne.

«No, Dionas! Non fatelo, fermatevi!» intimò Evolante. «La morte non è la giusta punizione per un traditore. Lasciate che marcisca in eterno nelle prigioni sotterranee, dove avrà tutto il tempo per riflettere sulle sue sporche azioni.» Poi si rivolse alle guardie. «Arrestatelo! Ha tradito Mitwock, il suo regno. Ha dato in pasto agli avvoltoi i suoi amici e ha tradito il suo stesso onore.»

Endgal fu arrestato e condotto nelle segrete, dove rimase fino alla fine dei suoi giorni.

Dionas e il buon vecchio Evolante avevano intanto raggiunto il Tempio, dove si apprestavano a celebrare il rito di *liberazione*. La *sacra pergamena* era stata srotolata e dopo più di duemila anni, i suoi scritti abbaglianti, tornarono a brillare.

«Facciamo presto. Non voglio che lei mi veda così.»

«Dionas!» La voce di Ambra echeggiò soave e armoniosa nel silenzio del Tempio. Lui si voltò di scatto e nel vederla così risplendente di vita non esitò a correrle incontro e stringerla forte a sé.

«Sei il mio fratellino adorato» gli disse teneramente «e non m'importa cosa nasconde la tua anima.»

«Ti voglio bene,» ricambiò lui «e sono così felice di vedere che...» ma s'interruppe nel momento in cui Karl era apparso sulla soglia del

Tempio insieme a sua madre.

«C'è qualcuno che ti vuole salutare» disse Ambra. Poi protese la mano verso il bambino e lo invitò a raggiungerli. «Vieni Karl, coraggio!»

«Ciao» disse impacciato il piccolo appena li raggiunse. «Tu sei Dionas?»

«Sì, sono io» rispose lui inginocchiandosi. «È un onore per me conoscerti, Karl.»

«Asedhon mi aveva detto che se fosse successo qualcosa, dovevo fidarmi solo di te.»

«Asedhon…» ripeté Dionas con aria malinconica. «Tu hai vissuto per un po' a stretto contatto con lui. Com'era?»

«Lui era… era mio amico. Hai le mani come le sue!» esclamò accorgendosi degli artigli.

Dionas non poteva certo riferirgli di aver inferto al suo amico il colpo di grazia. «Ecco… la verità è che ho acquisito il suo potere nel momento in cui è deceduto, probabilmente perché ero il suo Ministro. Mi dispiace tanto per lui. La *Stellamaris* lo sta riconducendo a casa, dove è giusto che stia. Era il re di questa città, un tempo, lo sai? La sua tomba sarà innalzata proprio in questo Tempio e le fiamme che la illumineranno non si spegneranno mai.»

Nel parlare del suo amico, Karl si rattristò, ma quando Dionas lo strinse nel suo abbraccio, avvertì in lui la forza di un ricordo così fresco da sentirlo ancora vivo. Quando si rialzò, Dionas notò che Karen lo guardava con ammirazione. Lui ricambiò il suo sguardo e la salutò con un leggero inchino.

«Eravamo pronti per tornare a casa,» spiegava lei «ma poi Karl ed io abbiamo deciso di attendere ancora qualche giorno. Volevamo ringraziarvi per quanto avete fatto. Io personalmente» diceva mentre si accostava a lui «vi sono grata per avermi salvato e per… per…» non avrebbe mai trovato le parole adatte per dimostrargli la sua gratitudine. «Ero semicosciente. Non riuscivo a muovermi, ma ho udito ogni parola. Ho ascoltato tutto e in particolar modo quando avete acconsentito a farvi uccidere per salvare la vita di mio figlio.»

Dopo aver acquisito il potere, Dionas era divenuto più alto della sua naturale statura e Karen dovette mettersi sulla punta dei piedi per raggiungere la sua guancia che, molto delicatamente, baciò. «Non so chi siate, ma vi ringrazio.»

«Lui è il mio fratellino,» intervenne Ambra «il futuro re di questa città e colui che, domani, mi accompagnerà all'altare.»

«Domani!» si stupì il futuro re. «Vedo che non avete perso tempo!»

«Nel modo più assoluto!» rispose Nicholas. La sua voce era un po' più distante, era appena entrato nel tempio. «Bentornato fratello!»

I due si salutarono con una forte stretta di mano seguita poi da un affettuoso abbraccio.

«E così te la sposi, eh?»

«Sì, è già stato tutto organizzato. Domani sarà un grande giorno. Tutto il popolo è stato convocato per assistere alla tua incoronazione. Sarà il re di Mitwock in persona ad accompagnare sua sorella all'altare e come la tradizione vuole, sono qui al tuo cospetto a chiedere la sua mano.»

Con un'espressione dubbiosa, Dionas volse lo sguardo verso Ambra, la quale, piuttosto accigliata, lo minacciò. «Non provarci neanche a dire di no.»

«È più che concessa!» disse alla fine lui, immerso in una gioiosa risata che, come un'onda festosa, si estese tra i volti di tutti i presenti.

In un punto preciso della *pergamena sacra*, furono nuovamente impressi gli scritti che Asedhon, a suo tempo, aveva depennato. Il nuovo Drago era a conoscenza di ogni termine, di ogni simbolo, di ogni segno dell'antica lingua *rhocaj* che, sotto il movimento del suo indice, come una schiera di caratteri ardenti, prendeva forma, colmando lo spazio vuoto che era stato creato al centro esatto della pergamena.

Il rito ebbe inizio. Durò il tempo necessario per la lettura degli scritti e man mano che Evolante procedeva, Dionas si sentiva sempre più affaticato. Svaniva a poco a poco la forza nelle gambe fino a fargli perdere quasi l'equilibrio e, quando lo spirito del Drago fu imprigionato in quel mondo indistruttibile di cartapecora, sia lui, sia Evolante si accasciarono al suolo, privi di ogni forza e vitalità.

Mitwock - Anno zero

«La guerra è finita e l'era degli orrori si è conclusa.»

Per quanto gli era possibile, Evolante alzava la voce, con l'intento di farsi ascoltare dalla maggior parte del popolo. In mezzo alla folla, gli araldi del sovrano, come una staffetta, facevano viaggiare verso i cittadini lontani, ogni parola pronunciata dal vecchio, affinché ognuno di essi fosse reso partecipe di un giorno così memorabile. Un forte boato di gioia seguito da scroscianti applausi esplose dalla folla. Dopo aver appreso del tradimento del re, erano impazienti di accogliere il nuovo sovrano e onorarlo come meritava.

«Il nemico è stato sconfitto!» e ancora una volta, Evolante fu interrotto dagli applausi. «I sopravvissuti sono in viaggio e molto presto abbracceranno i loro cari. Ma molti di voi non avranno questa fortuna. Le acque di Ther-Himril traboccano del sangue dei valorosi che si sono battuti fino alla fine con coraggio, mettendo in gioco la loro stessa vita, per proteggere il futuro di tutti noi. Ma una disgrazia ancora più grande ha accompagnato la nostra vittoria. La vita del nostro amato Drago ha avuto termine.»

Un nuovo boato, ma questa volta sconcertato, emerse dalla voce del popolo confuso. Per duemila anni, il dominio del Drago aveva sovrastato l'esistenza dell'uomo. E ora?

«Da oggi, nessuno regnerà più sui popoli di Castaryus. Ogni regno deciderà le sue leggi e le sue sorti e ne sarà il sovrano assoluto. Ogni territorio sarà confinato al reame cui appartiene e ogni regnante governerà con lealtà e giudizio. Gli oppositori non avranno più motivo di nuocere, sia perché la loro regina è stata sconfitta, sia perché quella che loro definivano *libertà*, alla fine l'hanno ottenuta.»

La cerimonia dell'incoronazione fu accompagnata da grida di consenso e applausi di esultanza. Il Ministro del Drago si era sempre dimostrato leale, saggio e disponibile verso il prossimo, senza mai fare distinzione per nessuno. Per questa particolarità, tutti lo amavano e lo rispettavano e, per la prima volta in assoluto, la sua vera identità fu resa pubblica. Non più il Ministro, ora, ma il re. Nessun altro uomo sarebbe stato più adatto a ricoprire una carica così prestigiosa per un regno altrettanto nobile e nessuno mai, nei tempi a venire, fu all'altezza di governare su Mitwock, come fece Dionas.

Lei era bellissima. Stringeva il braccio del nuovo re più emozionata che mai. Il suo lungo strascico bianco trascinava i petali rosa delle soigandre di montagna, fiori invernali molto simili al ciclamino, dall'odore dolce e soave che aveva quasi impregnato il breve tragitto verso l'altare, dove il suo uomo la attendeva. La cerimonia fu celebrata in forma riservata e vi presero parte le più alte cariche del regno. Seduto in prima fila, tra le personalità più importanti, Karl se ne stava impaziente, in attesa della sua breve ma importante missione.

«Tieniti pronto,» gli raccomandò Karen «tra un po' tocca a te. Ecco prendi! Attento a non farli cadere.»

Nelle sue piccole mani, Karen pose un fagottino di raso bianco, dove erano stati annodati gli anelli nuziali. Quando giunse il momento, con molta cautela e facendo attenzione a non inciampare, si avvicinò agli sposi donando loro i preziosi gioielli. Soddisfatto per la missione compiuta, Karl non tornò al suo posto, ma rimase immobile a osservare come i due giovani innamorati, con gli anelli, avrebbero per sempre congiunto le loro vite. Quando però, Evolante, formulò la fatidica frase, «*Ora puoi baciare la sposa*», Karl si dileguò.

«Perché devono sempre baciarsi?» si lamentò.

«Perché si amano,» rispose sua madre «come io amo te!»

Karen affondò suo figlio in un oceano di baci. Lui invece, imbarazzato, cercava di sfuggirle mentre, tra applausi e grida di gioia, Nicholas e Ambra si abbracciavano felici per aver finalmente realizzato il loro sogno più grande.

***

Il freddo gelido che aveva imperversato su tutte le terre nei giorni passati, aveva ghiacciato il piccolo laghetto che bagnava la zona sud dei giardini reali e Karl si divertiva a pattinarci sopra, cadendo più volte sulle ginocchia.

«Mamma, m'insegni a pattinare? Non ci riesco!»

«Amore, non l'ho mai fatto nemmeno io. Non credo che si possa insegnare. Immagino che servano prima di tutto un paio di pattini e poi tanto, tanto equilibrio.»

«Quando torniamo a casa, voglio imparare a farlo. È divertente!»

«E doloroso anche!» intervenne Evolante che, giunto al laghetto, si dirigeva verso Karen con un docile sorriso sul volto. «È il momento!» le disse.

«Adesso?» Karen fu presa quasi alla sprovvista. Pensava che organizzare un viaggio così lungo avrebbe richiesto qualche giorno in più, invece...

«Sì, mia cara. Adesso!»

«Karl, tesoro, torna qui. Dobbiamo andare!» Anche il suo viso era illuminato da un piacevole sorriso e nel vederlo risplendere, Karl capì.

«Torniamo a casa, mamma?» gridò correndole incontro.

«Sì, torniamo a casa. Sei contento? Chissà come sarà in pensiero la nonna!» Lo aveva accolto tra le sue braccia stringendolo forte mentre guardava Evolante con una dolce espressione di gratitudine.

«Grazie!» gli sussurrò.

«E per cosa volete ringraziarmi, deliziosa fanciulla?»

«Per tutto quello che avete fatto. Per tutto quanto!»

«Karl,» disse Evolante rivolgendosi al piccolo «giacché siamo a un'altezza pari, guardami bene negli occhi.»

«E invece no! Sono più alto di te!» esclamò il piccolo soddisfatto.

«Per forza! Sei in braccio a tua madre. Tra meno di un attimo tornerai a essere non più alto della mia gamba, ma prima devo dirti una cosa. Abbi cura della tua mamma e ascolta sempre le sue raccomandazioni. Sempre! Sappi in ogni momento qual è la cosa giusta da fare e se mai un giorno ti troverai di fronte a qualcosa di molto grande, non lasciare che prenda il sopravvento. Domina la tua forza e fanne buon uso.»

Karl lo guardò per un attimo in silenzio, facendo un cenno con la testa per fargli intendere di aver capito. Erano espressioni forti quelle di Evolante, un po' complicate per un bambino di sei anni, anche se Karl aveva spesso dimostrato di avere una personalità che andava ben oltre la sua età.

«Una volta a casa,» continuava Evolante «non ricorderai più nulla di questa brutta avventura. Tornerai alla placida e spensierata vita di tutti i giorni, dai tuoi amici, dai tuoi… come hai detto che si chiamano?»

«Videogiochi! Si chiamano videogiochi! Dovresti provarli sai? E comunque io lo faccio sempre!»

«Cosa?»

«Ascoltare ciò che dice la mamma.»

«Quasi sempre» lo interruppe Karen scoccandogli un affettuoso bacio sulla guancia.

«Ne sono convinto, Karl. Ho sempre pensato che sei un bravo bambino.» Anche Evolante lasciò andare una carezza sul capo del piccolo Karl che, nel frattempo, si era lasciato scivolare dalle braccia della madre per raggiungere Nicholas che, poco lontano, lo chiamava.

Karen restò ancora per un po' in compagnia del vecchio stregone. La sua espressione era divenuta più seria. Nei suoi occhi si leggeva un barlume di paura, di timore per un futuro ignoto e oscuro.

«Io non voglio dimenticare!» esclamò all'improvviso.

Evolante emise un sospiro di comprensione. Karen non aveva tutti i torti. Forse sarebbe stato meglio, per lei, ricordare. Lo avrebbe controllato.

«Se è ciò che desiderate vi sarà concesso.» Egli portò le mani dietro la nuca, al di sotto dei suoi lunghi capelli e slacciò un sottile cordoncino in cuoio. Da esso pendeva una pietra bianca, piatta, non più grande di una nocciolina, incastonata in un reticolo dorato. Era un piccolo frammento di *adamanta hallacair*, la Goccia di Cristallo, quella che gli esperti ferrai chiamano *perla delle nevi* e con cui erano state forgiate le Gemelle. Su di esso, Evolante aveva praticato un incantesimo protettivo. «Fate in modo che Karl lo indossi sempre» le raccomandò ponendo il gioiello nelle sue mani. «Lo proteggerà.»

«Proteggerlo da cosa? Cos'altro può nuocere a mio figlio? Cosa lo attende in futuro?»

Evolante non rispose.

«Cosa c'è che devo ancora sapere? Vi prego, ditemelo! Lui è la mia vita, è mio figlio!»

«Egli è figlio di sua madre, Karen, della sua vera madre e questo non dovete mai dimenticarlo.»

«Che intendete dire con questo?»

«Finché voi sarete al suo fianco e lo alimenterete con tutto il vostro amore, non avrete di che temere. Il seme della magia è in lui. Lo stesso che ha generato Elenìae e con cui, lei stessa, ha concepito Karl. Giungerà il tempo in cui il seme germoglierà dando i suoi frutti e voi dovrete essere pronta. Fate bene a non voler dimenticare. Prendete questo.» Nel palmo della sua mano, un gioco di luci diede vita a un anello che porse a Karen. «L'amnesia del lungo viaggio è inevitabile. Mettete quest'anello e finché lo porterete al dito, non dimenticherete. Ciò che è importante da questo momento è che viviate la vostra vita al meglio e che siate immensamente felici. Dopo le sofferenze che avete patito in questi giorni, lo meritate. Il tempo della morte e dell'orrore è finito. Ora rimane solo la vita. Andate adesso, è il momento di partire.»

I due si abbracciarono con la consapevolezza che non si sarebbero mai più rivisti. Lui le carezzava con tenerezza i capelli e un attimo dopo, la lasciò andare.

«Abbiate cura di voi, mia diletta fanciulla, e non abbiate timore per il futuro.»

«Grazie. Addio!»

«Un'ultima raccomandazione. Durante il viaggio, stringete forte.»

«Cosa?»

«Capirete» le rispose sorridendo.

***

Silkeborg – Danimarca, sabato 11 dicembre

«Eccola qui, una bella tazza di tè bollente, dolce e con tanto limone.»

«Grazie!» Nonostante non avesse ricevuto più notizie di sua figlia, Amanda cercava di nascondere la sua profonda depressione. Aveva continuato a vivere la sua vita come sempre, a guardare i suoi programmi preferiti in tivù, a rilassarsi davanti a una tazza di tè, proprio come avveniva durante quella piovosa mattina. «Marianne…»

«Sì, Amanda, cosa c'è?»

«Volevo dirle che la sua presenza qui, al di là dell'aiuto che mi dà in casa, mi è davvero di grande conforto. La volevo ringraziare per questo.»

«Oh Amanda! Non deve ringraziarmi, anzi, se sentirà il bisogno di parlare o sfogarsi, sarò ben lieta di ascoltarla. Sono molto dispiaciuta per le vicende che si sono susseguite nella sua famiglia, ma non deve perdere le speranze. Continui ad avere fede e vedrà che tutto si sistemerà. Com'è andato il suo primo giorno di fisioterapia?»

«Diciamo bene. Mi aspettavo fosse doloroso invece… il fatto è che ho la spalla ancora bloccata. Ci vorrà un po' di pazienza.»

Il suono del campanello interruppe la loro conversazione.

«Sarà sicuramente Henrik» sospettò Amanda. «A chi salterebbe in mente di venirmi a trovare con un tempaccio del genere?»

I tuoni avevano smesso di rombare, ma il violento acquazzone non accennava a diminuire. Continuava a girare il cucchiaino nel tè bollente facendolo divenire quasi un movimento ipnotico che la trasportò indietro di alcune settimane. Rivedeva la medesima tazza con la stessa bevanda sul comodino di sua figlia e il suo sforzo nel cercare di convincerla a berne almeno un sorso. Ricordava la forte depressione che aveva colpito Karen in quei giorni e la vedeva ora riflettersi viva nella sua anima ormai distrutta, così abbattuta, che non si accorse che lui le era vicino.

«Lo avevo invitato ad accomodarsi in salotto,» spiegò Marianne, «ma ha insistito a raggiungerla in cucina.»

«Ciao Amanda.»

Era stupita e allo stesso tempo felice di rivederlo, tanto che non frenò l'impulso di alzarsi e correre ad abbracciarlo.

«Oh Johan… Johan!»

«Ero di passaggio e ho pensato di…» poi ci ripensò. «No, non ero di passaggio. Avevo voglia di venirla a salutare e sapere come sta.»

«Ha fatto bene, ha fatto benissimo! Sono così felice! Non immagina quanto! Speravo tanto di rivederla. Non ho più avuto l'occasione di chiederle scusa per quello schiaffo.»

«Oh no, Amanda, non deve scusarsi. Me lo sono più che meritato. Ero arrabbiato e sono stato offensivo. Sono terribilmente dispiaciuto! Sono io che devo chiederle di perdonarmi.»

Amanda gli accarezzò la guancia con tenerezza. La stessa che aveva schiaffeggiato, mentre la pioggia incessante continuava a martellare forte su tutto ciò che incontrava.

«Henrik mi ha raccontato tutto ciò che è avvenuto in clinica. Cosa esattamente, non l'ha capito nemmeno lui.»

«E lei Amanda? L'ha capito?»

Lo fissava in silenzio, si specchiava nei suoi occhi e aspettava. Sperava con tutto il suo cuore che lui lo dicesse e, infine Johan, lo fece.

«Torneranno, Amanda. È solo questione di tempo, ma vedrà che torneranno.»

Lei si lasciò andare a una libera espressione di contentezza, accompagnata da lacrime di gioia per aver udito quelle parole, o di paura, perché non aveva idea di ciò che il destino le avrebbe riservato. Poi si calmò e asciugò le lacrime. L'idea di avere Johan con sé in quel turbine di solitudine l'aveva risollevata. Sapere che qualcun altro aveva compreso e che lei non sarebbe rimasta sola la faceva sentire meglio.

«Sì, lo so che torneranno presto e per l'appunto avevo pensato di organizzare una grande festa per il loro rientro. Devo darmi da fare e rintracciare tutti gli amichetti di Karl… sì… devo organizzare tante cose. A proposito, lei è invitato.»

«A beh… ci mancherebbe! Le ho fatto la corte alcune settimane fa, ricorda? Sarebbe scortese da parte sua non invitarmi. Bene, adesso mi toccherà andare in giro per i regali. Non potrei presentarmi a una festa senza, dico bene? Avrei qualche dubbio per Karen. Può consigliarmi qualcosa?»

«Ama tanto la natura. Credo che un bel mazzo di fiori sarà più che sufficiente.»

«Va bene, ma non dovrà scoprire che me l'ha suggerito lei, okay?»

«Sarò muta come un pesce, promesso!» gli assicurò Amanda mentre si divertivano a concludere progetti, forse persi nel vuoto, ma così pieni di speranza.

«Vuole tenermi compagnia con una tazza di tè, Johan?»

«Se non è un disturbo, lo farò più che volentieri.»

***

Nonostante il pomeriggio non fosse poi così inoltrato, un po' a causa del brutto tempo e un po' perché la luce del giorno durava sempre meno, pareva notte fonda. La luce fioca dei lampioni, sulla via principale, si specchiava sull'asfalto lucido per la pioggia caduta fino a quel momento. Era sabato e approfittando della momentanea tregua meteorologica, molta gente si era riversata sui marciapiedi delle principali vie di Silkeborg. Un'anziana coppia, sottobraccio, osservava una commessa mentre allestiva la vetrina di un negozio disponendo luci colorate tutto intorno a essa. Gli addobbi natalizi erano comparsi per le vie da almeno un paio di settimane e anche nell'atrio della centrale di polizia, un grande albero di Natale sembrava dare il benvenuto a chiunque varcasse la soglia di entrata.

Aveva smesso di piovere da almeno un'ora e Johan ne fu quasi rammaricato. Quel monotono e continuo tintinnio alla finestra lo avevano rilassato al punto da avergli reso quasi piacevole il lavoro, mentre ora, inserire numeri e dati in quella pagina di Excel, da controllare e ricontrollare, appariva più stressante. In alcuni punti gli si annebbiava la vista e ciò gli fece ricordare che avrebbe dovuto sostenere una visita oculistica alcuni giorni addietro, di cui si era completamente dimenticato. «Accidenti! Ma dove ho la testa?» Uno per volta, iniziarono ad affiorare progetti che aveva in mente di attuare e che invece aveva rimandato, come prendersi una settimana di vacanza e approfittarne per tinteggiare l'appartamento o fare shopping per rinnovare il guardaroba. Aveva anche pensato di fare un salto a New

York per trascorrere il giorno di Natale insieme a suo figlio, Steven, che non vedeva da mesi, ma poi fu informato da Sasha che, insieme al suo nuovo compagno, avrebbero trascorso le vacanze natalizie in Egitto. Mentre pensava che il progetto di rivedere suo figlio fosse ormai andato in fumo, sentì bussare alla porta e, dopo aver ricevuto il permesso di entrare, il vice sovrintendente Thorsen, a cui era stato affidato il caso Overgaard, entrò.

«La disturbo, ispettore?»

«No, no! Entri pure. Che cosa posso fare per lei?»

«Volevo chiederle se può dedicarmi qualche minuto. Avrei bisogno di parlarle del caso Overgaard.»

«Tutto ciò che conosco sul caso» precisò Johan «è scritto sui fascicoli presenti nell'archivio.»

«Lo so ispettore però, vede, ci sono un paio di punti che vorrei discutere con lei. Non le ruberò molto tempo.»

«Va bene. Mi conceda solo dieci minuti per terminare questa tabella. Se mi perdo con i numeri, dovrò ricominciare tutto daccapo e, se devo essere sincero, non ne ho nessuna voglia. La raggiungerò io appena avrò finito.»

«Come vuole. Ci vediamo più tardi allora.»

«Sì, a dopo.»

Aveva mentito. Non aveva intenzione di continuare con i numeri e soprattutto non aveva voglia di stringere ancora una volta tra le mani quei fascicoli. Ormai ne era uscito e poi gli avrebbero ricordato lei, di come l'aveva lasciata andare, di come non era stato in grado di aiutarla e del terrore che serbava nel cuore di non poterla più rivedere.

I suoi pensieri furono interrotti in maniera tempestiva da Chiusa, che aveva spalancato la porta con una tale furia da sbatterla al muro. I suoi occhi erano sbarrati e sprizzavano stupore e meraviglia.

«Ti sembra il modo di irrompere nel mio ufficio? Da quando non si usa più bussare?» si lamentò Kallen, ma poi si accorse che qualcosa non andava. «Che diavolo ti prende?»

«Ispettore...» Joren Chiusa ansimava e nel momento in cui aprì bocca, fu interrotto da un forte rumore proveniente dalla strada. L'ufficio si affacciava in una delle traverse della via principale perciò non fu possibile vedere con precisione ciò che era accaduto. In quello stesso istante, un'altra auto frenò bruscamente, stridendo feroce sull'asfalto, e si udirono, per l'ennesima volta, rumori di vetri infranti.

Poi, altri tamponamenti ancora.

«Ma che diavolo succede là fuori?»

Chiusa gli era vicino e Johan si accorse che non guardava fuori dalla finestra, ma aveva lo sguardo fisso su di lui.

«Ma che ti prende? Chiusa...»

«Deve venire a vederlo ispettore. Lo deve vedere.»

«Cosa?»

Si precipitarono fuori dall'ufficio e si lanciarono in una concitata corsa verso l'uscita. Alcuni agenti erano affacciati alle finestre che davano sulla via principale, altri erano fermi fuori dalla sede, sulla scalinata e guardavano tutti verso un'unica direzione.

Una tumultuosa confusione si presentò agli occhi di Johan non appena giunse fuori dalla centrale. Alcuni automobilisti erano bloccati nelle loro auto, altri invece, avevano lasciato il loro posto e si dirigevano verso la luce a curiosare. Johan si fece largo tra gli agenti e gli impiegati, andò in strada e, colto da una visione incantevole, s'immobilizzò.

Immersa in un'estesa aura luminosa, sul fondo della via, sostava la *creatura più bella che l'occhio umano avesse mai potuto scorgere*. Johan ne rimase incantato, estasiato, affascinato.

«Ma che cos'è?»

Joren, alle sue spalle, non gli rispose.

«Chiusa!» lo chiamava. Lo sguardo dell'agente speciale non era diverso da quello stampato sul volto di tutte le altre persone che guardavano verso la luce. La stessa espressione era riflessa sul viso dei condomini del palazzo di fronte, affacciati sui balconi. Il medesimo atteggiamento appariva sui pedoni che sostavano sui marciapiedi limitanti la più importante via di Silkeborg.

«Chiusa! Riesci a sentirmi? Ma cos'hai?» Chiusa, però non gli dava retta, nonostante Johan lo scuotesse.

«Agente Kruse... signora Lange... mi sentite? Ma che diavolo avete tutti?» Urlava come un matto sperando di attirare l'attenzione di qualcuno, ma tutti, proprio tutti, erano come ipnotizzati, persi nella contemplazione di quell'albore. Non riusciva a capire, era turbato, confuso. Che cosa stava succedendo? Perché lui non era stato *rapito* come gli altri? Si volse in direzione dell'Unicorno. Il luminoso bagliore che lo circondava gli aveva impedito di notare che sul dorso c'era qualcuno. I passi di Johan, dapprima incerti e titubanti, divennero sempre più veloci man mano che si avvicinava alla creatura. Intravedeva due mani che *stringevano forte* la lunga e armoniosa criniera. Una di esse era molto piccola, come la mano di un bambino.

Johan, in preda all'agitazione, all'incredulità, alla preoccupazione, alla gioia di rivederla, era già al fianco dell'Unicorno, intento a riaprire le mani di Karen per farle mollare la presa. Lei respirava in maniera affannosa, era confusa. Vedeva Johan che le parlava mentre cercava di scioglierle le dita, ma non udiva ciò che diceva. Ci volle qualche attimo, prima che Karen tornasse in sé e si lasciasse scivolare tra le sue braccia. Stringeva a sé suo figlio e Johan li accolse entrambi in un profondo abbraccio protettivo. Li adagiò con delicatezza sull'asfalto continuando a sostenerli tra le braccia. Volse poi lo sguardo verso l'alto, incontrando quello fiero e severo dell'Unicorno di Jerhiko. I loro occhi si fusero per qualche istante e Johan non poté fare a meno di commuoversi, lasciando scivolare sul viso, vere lacrime di gratitudine.

«Grazie!» bisbigliò appena.

La sacra creatura, dopo aver risposto con un lieve cenno del capo, generò un imponente battito d'ali e scomparve nell'oscuro cielo danese, lasciando dietro di sé una lunga scia di scintille infuocate che rimasero visibili per un po'. Poi tutto si dissolse.

L'intenso bagliore che fino a pochi momenti prima aveva irradiato l'Unicorno, si diradò gradualmente, fino a scomparire del tutto. Come al risveglio da un lungo sonno, chiunque, in strada, si guardava intorno disorientato, confuso, con un profondo senso di spossatezza. Qualcuno cadde sulle ginocchia nel momento in cui tentò di muovere i primi passi, molti sedettero sui marciapiedi, sulla strada. Gli stessi agenti si lasciarono andare sugli scalini, dove avevano indugiato fino a quel momento. Il giorno dopo, i notiziari avrebbero riportato la notizia sulla liberazione di Karl Overgaard, avvenuta in seguito a circostanze misteriose.

"Secondo quanto afferma la signora Walken, non ci sono elementi chiari circa il suo rapimento dalla clinica. La madre del piccolo Karl dichiara di essere stata narcotizzata e di non ricordare nulla fino a ieri sera, quando, in preda alla più totale confusione, si è risvegliata in mezzo alla strada, con suo figlio in braccio. La consolazione più grande è che madre e figlio stanno bene, tanto che non si è reso necessario un ricovero ospedaliero. L'episodio della loro ricomparsa è avvolto nel

più totale mistero. Tra tutti i testimoni presenti, agenti compresi, non c'è nessuno che riesca a dare una spiegazione reale di ciò che sia accaduto. Dalle loro labbra pende il medesimo commento. 'Non mi sono accorto di nulla. Io sono corso fuori in strada perché dicevano che c'era qualcosa, ma una volta lì... non lo so... è come se mi fossi addormentato, come se fossi andato in trance. Ciò che ricordo con certezza è la profonda sensazione di pace, un senso di beatitudine che non avevo mai provato prima. Sono tornato in me stanchissimo, non mi reggevo sulle gambe e mi girava la testa...'. Ciò che si sospetta è che delle sostanze allucinogene siano state liberate in gran quantità nell'aria, perché altrimenti non si spiegherebbe ciò che finora è stato definito «ipnosi di massa...»

Johan chiamava Chiusa a squarciagola. Non riusciva a vederlo finché non comparve, barcollante, tra la folla debilitata che cercava di riprendersi.

«Chiusa... Chiusa, chiama un'ambulanza! Hai sentito? Un'ambulanza!»

Karen gli posò la mano sul viso volgendolo verso di sé. La sua voce era stanca. «No, ti prego! Non voglio andare in ospedale.»

«Ma Karl...»

«Lui sta bene. Voglio solo tornare a casa. Ti prego, riportaci a casa.»

Mentre la guardava in silenzio, mentre contemplava il suo volto stremato ma incantevole, annuì. Non le avrebbe detto di no, li avrebbe riportati a casa come lei desiderava.

«Ispettore...» balbettò Joren cadendo in ginocchio al suo fianco «io... non ho capito cosa mi ha detto. Non... mi sento molto bene.»

«Niente, Chiusa, niente.»

«Che diavolo succede, ispettore? Che è successo a tutti quanti? Perché stiamo tutti male?» Poi si rese conto di avere dinanzi a sé Karen e, con molta probabilità, suo figlio. «Oh, buon Dio del cielo!»

«Devi far arrivare qui un'auto! Ho bisogno di un'auto, Chiusa!»

«Non so... se ce la faccio... mi gira tutto! Ho come voglia di vomitare.»

«Sì che ce la fai, avanti! Sono solo pochi metri.»

«Lo so, ma guardi lei stesso. C'è stato un tamponamento di massa. È tutto bloccato. L'unica soluzione...» diceva mentre cercava di riprendere fiato «è quella di raggiungere il parcheggio sotterraneo della centrale, prendere la mia macchina e imboccare l'uscita est, quella della via opposta.»

Dopo essersi assicurato che Karen fosse in grado di rialzarsi, prese in braccio il piccolo Karl e, mentre con l'altro braccio sosteneva sua madre, si diressero verso il parcheggio sotterraneo. Chiusa, di tanto in tanto, perdeva l'equilibrio e si lasciava andare sulla spalla del suo capo. Quando, finalmente, raggiunsero l'auto, Johan aiutò Karen a sistemarsi con Karl sul sedile posteriore. Lui si piazzò al volante e Chiusa al suo fianco. Karl si svegliò. Si guardò intorno come se si fosse svegliato da un lungo sonno, mentre vedeva il mondo scorrere attraverso i finestrini dell'auto. Era consapevole, in cuor suo, che negli ultimi tempi aveva vissuto una brutta avventura; ricordava appena di essere stato, chissà per quanto tempo, allontanato da sua madre. Poi si rese conto di trovarsi tra le sue braccia amorevoli e qualunque spiacevole situazione avesse afflitto la sua vita in quelle settimane, ormai non rappresentava più un problema. Come aveva preannunciato Evolante, Karl non rievocò nulla della sua brutta avventura e nel corso di tutta la sua vita non gli fu mai svelato niente a proposito.

"Sappi in ogni momento qual è la cosa giusta da fare e se mai un giorno ti troverai di fronte a qualcosa di molto grande, non lasciare che prenda il sopravvento. Domina la tua forza e fanne buon uso."

«Qualcuno mi raccomandò ciò, una volta» dirà a sua madre vent'anni dopo. «Conservo queste parole nella mia testa da quando ero bambino. Le pronunciasti tu?»

«No, tesoro mio,» gli risponderà Karen «non io, ma qualcuno che ha voluto imprimerle dentro di te, affinché non le dimenticassi.»

«Chi? Non mi ricordo di lui, come posso ricordare le sue parole?»

«Le parole, a volte, sono macigni indistruttibili. È più facile non dimenticarle. Lui era un carissimo amico.»

Guardava sua madre, ora; le sorrideva e, mentre lei lo accarezzava con amore, si lasciava cullare dall'andatura dell'auto. Chiuse gli occhi e si strinse a lei. Era tutto finito e finalmente stavano tornando a casa.

Epilogo

Ospitare quel gioco di luci e ombre, nella sua camera, non lo spaventava più. Ricordava di quella sera in cui aveva visto, fuori dalla finestra, un immenso drago che lo aveva terrorizzato. Tutti avevano insistito ad affermare che si era trattato di un incubo e che i draghi non esistevano. Alla fine, anche lui se n'era convinto. Ora, Karl osservava come le ombre prendessero le più svariate forme. Una mano che si trasformava in un fiore, una nuvola che si contorceva fino a divenire un cane, poi…

Proprio come quella sera, l'ombra se ne stava immobile e spiccava limpida sul bianco della parete. Lui attese, sperando che tutte le altre sagome che le svolazzavano intorno la smuovessero, ma ciò non avvenne. Si pizzicava le braccia, si schiaffeggiava per avere la conferma di non sognare. Nonostante l'attesa, la sagoma oscura sostava ancora immobile sul muro a fianco del suo letto e lui decise, anche questa volta, di prendere le dovute precauzioni. Scese con cautela dal letto, sudando e ansimando. Più si avvicinava alla finestra, più il cuore gli batteva forte. Il terrore aumentava a ogni suo passo. Il respiro, infine, si bloccò nel momento in cui il suo sguardo volò tra i rami del grande acero. Un grosso barbagianni bianco, dagli occhi neri e lucenti, lo scrutava incuriosito. Non si mosse e sembrava non averne la minima intenzione.

Karl sospirò. Tutta la sua paura si dileguò in un attimo.

«Maledetto!» bisbigliò. «Mi hai fatto prendere un colpo!»

Le gambe non avevano ancora smesso di tremare. Si arrabbiò a tal punto con quell'innocua creatura, che se solo avesse potuto, l'avrebbe fulminata con un solo gesto della mano. Non riuscì a credere ai suoi occhi quando, all'improvviso, il corpo del barbagianni sbalzò via lontano e il folto piumaggio prendere fuoco all'improvviso.

La sua piccola mano era tesa nell'oscurità, fuori dalla finestra, e presentava una leggera luminescenza. La ritirò e osservò con attenzione come quella radiazione scompariva lentamente. Si affacciò fuori e guardava il rapace che continuava a bruciare, poi tornò con lo sguardo sulla sua piccola mano. «Fooorteee!» esclamò con entusiasmo, prima di chiudere tutto e tornare a letto.

Ebbene sì, questa è davvero la conclusione e come per ogni favola a lieto fine che si rispetti, dovrei concludere con uno sfavillante *"... e vissero per sempre felici e contenti."*

Dovrei.

Beh, in certo senso, è così.

Ambra e Nicholas coronarono il loro sogno d'amore. Dopo le nozze si stabilirono a Bellarja e vissero nella casa di Alvin. Nicholas rimise in funzione l'officina e proseguì il lavoro che Alvin aveva interrotto. Ebbero due figli, Nikael, una bellissima bambina dagli occhi verdi come brillanti smeraldi e Oughris, il suo fratellino nato tre anni dopo.

Dionas governò su Mitwock con onore e leale maestria. Due anni più tardi, si unirà in matrimonio con la principessa di Adamanthis, Sayris, di cui si era profondamente innamorato.

Evolante visse ancora per molti anni. La sua vecchiaia fluì serena al servizio del suo più caro amico e sovrano, anche se gli acciacchi incrinavano, di tanto in tanto, la sua quieta esistenza. Pensava a Karen, qualche volta, e a suo figlio. Sperava nella loro serenità e soprattutto confidava nella forza di Karl per affrontare il futuro.

Karen e Johan si frequentarono per un po' e dopo circa un anno decisero di vivere insieme. Lei si trasferì da lui e mise in vendita la sua casa. Amanda ritornò al suo paese e, anche se era piuttosto distante, lei e Karen si vedevano spesso.

E Karl? Beh, il suo futuro non fu poi così roseo. Visse l'infanzia e l'adolescenza nella beata spensieratezza. Con Johan ebbe un rapporto meraviglioso e trovò in lui la figura paterna che, tempo prima, gli era tragicamente venuta a mancare. Divenne una persona rispettata e stimata da tutti. Sia a scuola, sia in quello che divenne poi il suo lavoro, diede sfogo a tutta la sua intelligenza, bravura e destrezza. D'altronde, Karl, era sempre stato un prodigio. Non bisogna dimenticare, però, che egli fu concepito in una notte d'inganno e di magia e che nelle sue vene scorreva il sangue di *lei*. Giungerà il momento in cui, un giorno, dovrà affidarsi a tutta la sua forza e abilità e fare i conti con il suo destino. Ma... questa è un'altra storia.

Personaggi principali

Karl Overgaard: il bambino rapito. Nella storia viene anche definito il discendente e primo elemento sacrificale.

Karen Walken: la madre di Karl.

Albert Overgaard: defunto marito di Karen; da lui è cominciata tutta la storia. Non compare nel romanzo tranne che in qualche visione molto breve.

Amanda Lorensen: la nonna di Karl, la saggia, il pilastro della famiglia, colei che si fa carico di tutti i problemi.

Henrik Larsen: medico pediatra, collega e amico di Albert.

Johan Kallen: l'ispettore responsabile dell'indagine sulla scomparsa di Karl.

Joren Chiusa: agente speciale.

***

Asedhon: un tempo, il re di Mitwock, successore di Kiro, suo padre. Ora il Drago.

Cletus: migliore amico di Asedhon e suo successore.

Ariel: principessa e capitano dell'esercito di Ellech.

Vanguard: sovrano di Ellech.

Calav: regnante di Hiulai-Stir e successivo sposo di Ariel.

***

Dionas: Ministro del Drago.

Ambra: sorella di Dionas. Secondo elemento sacrificale.

Nicholas: potente mago e guerriero. Fidanzato di Ambra.

Elenìae: potente maga, definita anche la *perfida strega di Castaryus*.

Cavalieri maledetti o Cavalieri della morte: seguaci di Elenìae.

Il Vecchio della Montagna: potente mago e maestro di Nicholas.

Evolante: Signore dell'Antichità, servitore del Drago, istruttore dei Ministri e caro amico di Dionas.

Alvin ed Elizabeth: genitori di Ambra, Dionas ed Elias.

Elias: primogenito di Alvin ed Elizabeth. Rinnegò la sua famiglia per unirsi a Elenìae.

Roshas: capitano del Neromanto, il vascello pirata che ospita Elenìae.

Endgal: l'attuale sovrano di Mitwock.

 Nunzia Alemanno nasce a Copertino, città in provincia di Lecce, nel dicembre del 1967. Casalinga e madre di tre figli, ha preferito la vita domestica per prendersi cura della famiglia e dei tre figli. Dopo quindici anni vissuti a Roma, rientra finalmente nel Salento, nella sua Copertino, dove vive tuttora. Ha trascorso la fanciullezza tra fiabe e racconti che amava farsi raccontare dalla nonna e ciò ha sempre tenuto viva in lei la fantasia di mondi lontani e creature fantastiche. Nonostante l'età adulta, l'immaginazione non si è mai affievolita e proprio questo l'ha portata a lanciare una sfida a se stessa mettendo nero su bianco tutto ciò che detta la fantasia. Ha dato vita così, all'età di quarantaquattro anni, alla sua prima opera fantastica, *L'Egemonia del Drago*, primo della serie *Il Dominio dei Mondi*, che ha dedicato al marito per il loro venticinquesimo anniversario di matrimonio. Seguiranno i successivi volumi *L'Angelo Nero* e *Il Mistero del Manoscritto*. Dopo una breve pausa decide di sbarcare in un nuovo genere: il thriller paranormale. Pubblica così un breve prequel, *Venator-L'Incubo dell'Inferno*, che condurrà al romanzo principale *Quella Bestia di mio Padre*. La voglia di sperimentare nuovi generi non si fa attendere. Lancia *Naufraghi di un Bizzarro Destino*, un romance d'azione e avventura, e poco dopo *Eroi-Il Coraggio di Esistere*, un genere di narrativa per ragazzi.

La sua grande passione resta il fantasy e l'horror. Tra gli scaffali della sua libreria non mancano autori come Terry Brooks, George R.R. Martin e Stephen King.

Ringraziamenti

Un forte ringraziamento a Daniele e a Romina per la collaborazione.

Un immenso grazie a mio marito e ai miei figli per avermi sopportata ore e ore al pc o immersa tra i fogli di un'agenda, in particolare a Marco cui ho chiesto spesso consiglio.

A Romina, Maria Grazia e Lucia, mie nipoti, per avermi chiesto continuamente "A che punto sei?" dandomi l'input di proseguire quando avevo mollato.

A Chiara, mia nuora, che mi ha incoraggiata ed è stata la prima a credere in me.

A Sebastiano e Assuntina, miei cognati, secondo i quali stavo compiendo un'opera straordinaria senza aver letto una parola di ciò che avevo scritto, e ciò mi ha dato una forza maggiore.

Ringrazio me stessa per aver avuto il coraggio di entrare in un mondo a me sconosciuto, in sostanza inesistente, quello dello scrivere. Ho scoperto che è una cosa meravigliosa e mi stupisco ancora di quello che sono riuscita a fare. Più di tutti ringrazio Dio non solo per aver raggiunto il mio obiettivo, ma perché ho potuto donarlo a mio marito per il nostro 25° anniversario di matrimonio, che per me è il traguardo più importante.

NUNZIA ALEMANNO

L'EGEMONIA DEL DRAGO

IL DOMINIO DEI MONDI

NUNZIA ALEMANNO

L'ANGELO NERO

IL DOMINIO DEI MONDI

NUNZIA ALEMANNO

IL MISTERO DEL MANOSCRITTO

IL DOMINIO DEI MONDI

NUNZIA ALEMANNO

IL DOMINIO DEI MONDI

LA TRILOGIA

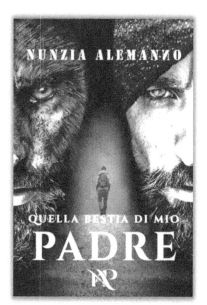

NUNZIA ALEMANNO

QUELLA BESTIA DI MIO
PADRE

NUNZIA ALEMANNO

VENATOR

INCUBO DELL'INFERNO

PREQUEL INTRODUTTIVO AL ROMANZO
"QUELLA BESTIA DI MIO PADRE"

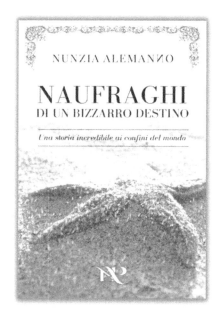

NUNZIA ALEMANNO

NAUFRAGHI
DI UN BIZZARRO DESTINO

Una storia incredibile ai confini del mondo

NUNZIA ALEMANNO

EROI

IL CORAGGIO DI RESTERE

Indice

Made in the USA
Las Vegas, NV
07 August 2021